MW00568626

LA MATRIZ DEL INFIERNO

MARCOS AGUINIS

LA MATRIZ DEL INFIERNO

EDITORIAL SUDAMERICANA
BUENOS AIRES

PRIMERA EDICIÓN POCKET
Mayo de 2000

IMPRESO EN ESPAÑA

*Queda hecho el depósito
que previene la ley 11.723.*
© *1997, Editorial Sudamericana S.A.
Humberto I° 531, Buenos Aires.*

ISBN 950-07-1734-4

LIBRO UNO

ROLF

—¡Vamos a lo del capitán Botzen! —ordenó secamente Ferdinand Keiper a su hijo—. Quiero que te pongas la mejor ropa, que lo impresiones.

Rolf no tenía mucho para elegir y vistió el gastado traje que le había regalado un vecino. Mojó su cabello rubio y se peinó con raya al medio. Ferdinand pidió a Gertrud que planchase su única camisa de cuello duro y luego maniobró con el botón hasta abrocharlo sobre la garganta; se ajustó el nudo de la corbata raída y sintió que era un payaso. Ferdinand y Rolf se miraron con triste aprobación. Sobre el pómulo izquierdo del padre aún quedaban los restos de un hematoma.

Subieron al tranvía rechinante y puntual. No hablaron: la angustiante tensión les había secado la lengua. Media hora después, con paso vacilante, llegaron a la puerta de las oficinas donde atendía el poderoso capitán de corbeta Julius Botzen. Ocupaban el segundo piso de un moderno edificio de departamentos de la avenida Santa Fe. Se accedía a ellas por una ancha escalera de granito.

En la antesala fueron detenidos por un hombre con cara redonda y rosada pero cuerpo tan flaco que en conjunto parecía un fósforo gigante. Verificó sus nombres sobre una planilla y dijo: —Siéntense, por favor.

Una docena de sillas se alineaban junto a las paredes. Tres hombres hojeaban viejas revistas llegadas de Alemania. El secretario les clavaba de cuando en cuando sus desconfiadas pupilas. Al rato llegaron otros dos que también fueron controlados en la planilla. Cuando se abrió la puerta del sanctasanctorum, el secretario saltó a recibir a los individuos que salían; extendió el índice y con un frío "por ahí" les indicó el camino de la calle. Luego ordenó que nadie se moviese y llevó su planilla al interior vedado. Rolf se curvó para espiar, pero sólo distinguió cortinados rojos. La flameante cabeza del secretario volvió enseguida y dejó pasar a los dos caballeros que llegaron últimos, dominados por un franco nerviosismo. Ferdinand levantó las cejas, pero tragó su malestar. Luego pasaron los otros tres. Sacó un pañuelo y se enjugó la frente: el capitán le estaba adelantando su disgusto, se venía una batalla.

Rolf observó las grandes fotografías que adornaban las cuatro paredes. Sobre la principal lucía un enorme retrato del Káiser Guillermo II en uniforme de gala. Junto a él se extendía un desfile militar por la avenida Unter den Linden.

Cuando salieron los tres hombres Ferdinand se secó nuevamente. El hematoma que había hinchado su pómulo tenía el color del estiércol.

—Es su turno.

Dibujaron una obsecuente sonrisa y avanzaron con temor.

Entraron en puntas de pie. La oficina parecía una iglesia por su tamaño y la pesadez del silencio. Al fondo, lejos, tras una ancha mesa de caoba, el altar. Un hombre de cejas boscosas, grueso bigote y hombros cargados revisaba el contenido de una carpeta. Desde una ventana cubierta por tules enmarcados por cortinas rojas se derramaba la luz de la calle.

Ferdinand Keiper se detuvo en posición de firmes, como debe hacer un suboficial de la marina ante su superior jerárquico. Rolf lo imitó automáticamente.

—¡Buenos días, señor capitán de corbeta! —exclamó.

—Buenos días —respondió Botzen en voz baja, sin despegarse de su asiento y sin siquiera levantar los párpados.

El joven Rolf estuvo a punto de caminar hacia adelante, pero su padre lo detuvo con un histérico pellizco. El capitán los dejó parados durante varios minutos, tiempo suficiente para que Ferdinand sintiera que el estrecho cuello de su camisa terminaría ahorcándolo.

—Siéntense.

Eligieron dos de las seis sillas que formaban un semi-círculo ante el escritorio. Julius Botzen siguió concentrado en la carpeta. Sin mirarlos, dijo:

—¿Cómo está, señor Keiper?

El hombre carraspeó.

—Mejor, mucho mejor... He venido para agradecerle todo lo que ha hecho por mí —carraspeó nuevamente—. He traído a mi hijo Rolf para que conozca a mi benefactor.

—Ahá —cerró la carpeta, la depositó sobre otras que ocupaban el lado derecho de la mesa e izó por fin los ojos marrón claro, de extraordinaria severidad, que se fijaron en la verdosa mejilla de Ferdinand. Cruzó los brazos sobre el pecho y se echó hacia atrás, contra el alto respaldo del sillón tapizado en cuero negro.

Ferdinand volvió a secarse. Botzen lo miraba con inquietante frialdad.

—Y bien, mi estimado, ¿qué piensa hacer ahora?

—He venido con mi hijo Rolf para agradecerle —carraspeó por tercera vez: el maldito esputo seguía prendido a sus cuerdas vocales—. Perdón... Decía que he venido para agradecer. Y para asegurarle que estoy decidido a corregir mi falta. No fue buena la decisión de abandonar Buenos Aires para buscar mejores horizontes. No conseguí nada.

Botzen acarició su bigote de morsa. Sus ojos ahora despedían fuego.

—Ha venido con su hijo —separaba cada palabra, como si fueran rocas que debía bajar de una en una—. Entonces recordemos los deberes de un padre, de un hombre. De un hombre alemán. Usted, como ciudadano del Reich, como marino, sabe cuán importantes son los deberes.

—¡Sí, señor capitán de corbeta! —exclamó como si estuviese en posición de firmes.

—Deberes para con la patria, con su familia, con su trabajo y... conmigo.

—¡Sí, señor capitán de corbeta!

—No obstante —apoyó ambas manos sobre el borde de la mesa y adelantó su rostro guerrero—, mandó a un costado los deberes.

Ferdinand palideció y, sin girar la cabeza, espió por el

costado del ojo la reacción de su hijo. De repente se dio cuenta de que había cometido el error propio de un idiota: esa presencia no ablandaba a Botzen ni lo inhibía de humillarlo.

—¿Qué excusas presentará al gerente de la Compañía de Electricidad? —lo miró fijo, como si lo hubiese clavado en la pared.

—Traigo un certificado... del médico que me atendió allá, en el Sur. Dice que soy un enfermo y necesito proseguir el tratamiento en Buenos Aires. Mi enfermedad les hará ser indulgentes, señor capitán.

—¿Ah, sí? ¿De qué está usted enfermo?

—Alcoholismo.

—¿Alcoholismo? Eso no es una enfermedad —se recostó de nuevo en el elevado respaldo—, eso es un vicio.

—Pero...

—Y como todos los vicios, se cura a latigazos.

Rolf sintió que su piel ardía de vergüenza. Su padre, tembloroso, bajó la frente.

—¡Sí, señor capitán de corbeta!

—Ahora pasaremos a otro asunto.

—Pero... —hesitó Ferdinand con toses inútiles—, necesito trabajar, volver a la Compañía de Electricidad.

—¿Volver? —asomó los dientes amarillos; después golpeó la mesa—: ¡Eso está terminado! Ya he tenido bastante por haber recomendado a alguien como usted, que de súbito abandona las tareas y desaparece como por encanto, sin dejar ni una nota al gerente, ni a su familia, ni a su benefactor.

—Estoy arrepentido —más palidez, más transpiración—. Y voy a cambiar, señor capitán de corbeta.

—Esa Compañía de Electricidad ya no existe para usted —acercó una libreta de apuntes y escribió dos renglones; con la mirada más severa que al principio, añadió—: Venga la semana próxima y quizás pueda ubicarlo en otra parte. Quizás.

Ferdinand suspiró en forma intensa.

—¡Sí, señor capitán de corbeta! ¡Gracias, señor capitán de corbeta!

12

Rolf advirtió que en su corpulento y quebrado padre asomaban las lágrimas. Pero no eran de gratitud, sino de impotencia. Sintió desprecio por esa montaña de carne que durante años lo había aterrorizado y ahora resultaba ser papel mojado.

—Señor Keiper —dijo Botzen—, quisiera tener una conversación privada con su hijo.

—¡Por supuesto, señor capitán de corbeta! —introdujo el índice bajo el cuello de la camisa para aliviar su ahogo.

—Una conversación a solas.

—¿Desea que salga?... ¿que espere afuera?

—Sí.

Ferdinand se incorporó de inmediato, hizo el saludo militar y se alejó con paso zigzagueante. Dejó tras de sí un feo olor. Rolf lo conocía: su padre acababa de defecar en los pantalones. Sus esfínteres lo traicionaban cuando bebía en exceso y también cuando se consideraba vencido. El hombrón temible y cruel que pegaba a su madre y a sus hijos se convertía en un sucio bebé.

Quince días antes de esta entrevista Rolf había tenido que viajar en tren a la austral Bariloche. El capitán Julius Botzen había impartido una orden a su desdichada madre e, indirectamente, al mismo Rolf.

Ocurría que el borracho de Ferdinand Keiper había abandonado a su familia por segunda vez sin decir palabra. Tras meses de ausencia un desconocido, Salomón Eisenbach, telegrafió desde Bariloche informando que lo había recogido y solicitaba que fuesen a buscarlo.

El almanaque que colgaba en la vasta cocina del conventillo donde bebió café antes de dirigirse a la estación terminal le recordó que ya era el 11 de febrero de 1930. Don Segismundo, mientras sorbía ruidosamente de su tazón, trató de infundirle ánimo y le aseguró que Bariloche era bellísimo, que encontraría allí los panoramas disfrutados en su infancia, en las vecindades de la Selva Negra. Muchos inmigrantes austríacos, suizos y alemanes la habían elegido por su semejanza con la tierra natal. Pero durante el viaje la idílica descripción sonó a mentira en la cabeza de Rolf: no aparecieron bosques, ni lagos ni montañas. Al cabo de la segunda jornada se le acabaron las provisiones y buscó inútilmente la última miga en el fondo de su áspera bolsa.

La extensión de la pampa resultó primero increíble, luego aburrida. Era una planicie tan vasta como la mesa de un titán al que ningún ojo podía abarcar completamente, ni siquiera el de los pájaros. Durante horas se repetían las deshilachadas haciendas y algunos árboles plantados por el hombre. Cuando era previsible que las cosas mejorasen, se pusieron peor: el verde se tornó amarillento y luego gris. El hipnótico traqueteo de las ruedas lo llevaba a un desierto hostil.

Las ruedas de acero se detuvieron por fin en Neuquén y el muchacho bajó al andén soleado. Cargó sobre el hombro izquierdo las dos bolsas, una llena de pertenencias y la otra vacía de comida. El guardia de la estación le dijo que fuese a un galpón próximo. Desde allí partía hacia Bariloche un servicio irregular de automóviles. Un hombre de bigotes finos que hacía rodar una bola de tabaco entre los dientes gruñó el precio tras su desaseado mostrador. Rolf extrajo una moneda tras otra hasta completar la suma. Recibió a cambio un cartón perforado que debía presentar al conductor del automóvil.

—¿Cuándo llega?

Encogió los hombros, porque algunas preguntas en ciertos lugares no tienen sentido.

Salió a esperar. Miró hacia ambos extremos de la chata calle y se sentó sobre el cordón de la vereda.

Se le caían los párpados, pero no debía dormirse: no fuera a suceder que lo dejasen clavado en Neuquén. Al rato decidió caminar hasta una verdulería que exhibía cajones con manzanas; deslizó varias a su bolsa mientras el dueño atendía a un par de mujeres. Regresó al galpón y tres horas más tarde vio que un polvoriento automóvil se acercaba sin apuro.

Del vehículo salió un voluminoso conductor empuñando un plumero. Abrió las cuatro puertas y se aplicó a limpiarlo. Luego, con su herramienta colgada de la muñeca, se bamboleó hacia el mostrador pringoso tras el cual el fino bigote seguía moviendo la bola de tabaco de uno a otro carrillo. Destapó la cerveza que le acercaron y, entre sorbo y sorbo, echó vistazos a la planilla que registraba el número de pasajeros. Devolvió la botella vacía, lanzó un eructo y se fue a orinar.

Reapareció con la cara lavada y el cabello peinado y goteante sobre su rolliza nuca. Anunció que empezaba el viaje.

Rolf entregó su modesto equipaje e ingresó al automóvil, donde fue empujado hacia el asiento de atrás, en el medio. Cabían seis personas, pero viajaban ocho.

El chofer se desparramó ante el volante y comprimió a los que estaban a su lado. Apenas arrancaron, los pasajeros empezaron a saltar como si montasen un caballo salvaje. Rolf se agarró de los hombros vecinos mientras otros lo hacían del techo y las ventanas. Ni siquiera las tempestades del mar habían producido sacudidas tan violentas. La única mujer del pasaje, hundida entre la gente zangoloteada, gritó que iba a vomitar.

—El auto no se detiene por accidentes menores —criticó el gordo.

Entonces las agrias oleadas de su estómago se volcaron sobre varias rodillas. Siete pañuelos acudieron en auxilio de la mujer; después los hicieron flamear por las ventanillas para secarlos.

Cruzaron arroyos vacíos, ondularon a ciegas entre nubes de arenisca, esquivaron manadas de ovejas flacas, golpearon un ciervo que logró fugar pese a la renguera y se detuvieron cuatro veces para vomitar más cómodos o arreglarse la ropa que a todos se les había puesto al revés.

Cuando Rolf ya se resignaba a no llegar, emergieron las montañas nevadas, el lago azul y los bosques tupidos que le había anunciado don Segismundo. Adelantó su cara por entre los apretados cuerpos para ver mejor. Repentinamente acababa el desierto y comenzaba el Edén.

El auto zigzagueó hacia la pequeña población y penetró en sus calles de tierra. Bariloche se extendía sobre la costa de un retorcido lago que conservaba su nombre indio: Nahuel Huapi. Parecía una villa del Tirol.

Pero en el ánimo de Rolf la belleza del paisaje apenas tintineó unos minutos. En esa localidad debía cumplir el cometido que atormentaba la nuez de sus sentimientos. Salió del polvoriento automóvil como un gusano de la letrina y preguntó dónde quedaba la casa de Salomón Eisenbach.

Había dejado de ver a su padre a los tres años, cuando partió de Hamburgo en el Cap Trafalgar, poco antes del inicio de la Gran Guerra. Su tripulación fue apresada y encarcelada tras el hundimiento de la nave. Recién volvió a verlo cuando cumplió ocho años. El reencuentro ocurrió en Buenos Aires, al otro lado del planeta, en un escenario que no guardaba relación con sus recuerdos atados a la pequeña Freudenstadt. Su madre, congestionada por el llanto, le gritó que era su papá. "¿Mi papá?", tartamudeó el niño. "Sí, sí, tu papá". Rolf estaba aterrorizado.

—Es tu papá —insistió Gertrud apretada por la gente que llenaba el muelle de ese caluroso mediodía de 1919.

El pequeño miró hacia arriba, hacia la cabeza del gigante. Se esforzaba por identificar las facciones del desconocido que había dibujado su fantasía en Freudenstadt, cuando se preguntaba desesperado cómo era el buen marino que se había tragado la guerra. De tanto ver llorar a su madre, imaginó que debía haber sido un suboficial maravilloso.

—Es tu papá —repetía ella. Lo empujó hacia los brazos musculosos e impacientes que lo llamaban.

El niño estaba contraído de miedo. Tenía una inexplicable vergüenza. Ese hombre no era el que había soñado; ni siquiera se parecía a la foto marrón que quemó un incendio. Empezó a tiritar. Entonces el marino lo aferró por las costillas, lo levantó por encima de su cabeza y lanzó un rugido de jungla. Lo sacudió en el aire, dio una vuelta y, por último, lo estrechó contra su pecho. Rolf se puso a llorar y su padre lo miró decepcionado; hizo una mueca y lo abandonó sobre el empedrado caliente. Luego abrazó a Franz, su hijo mayor. Por último besó a la esposa.

Mientras caminaba hacia la vivienda de Salomón Eisenbach, el cerebro de Rolf reproducía el encuentro de una década atrás. Aquella vez había culminado una espantosa travesía del océano, con hambre, enfermedad y tempestades. Ahora, en Bariloche, culminaba otro tipo de travesía. En ambos casos el final consistía en dar con el mismo hombre que una y otra vez desaparecía del hogar. En diciembre de 1919, sobre el muelle de Buenos Aires, tuvo pavor y asombro; pero en febrero de 1930 tenía desencanto e ira. Entre esas dos fechas habían ocurrido demasiadas cosas horribles. Decididamente, su papá no se parecía a quien había imaginado en los bosques de la Selva Negra.

Escupió contra el tronco de un árbol. Le dolían los pies y el estómago. En unos minutos volvería a enfrentarse con quien pegaba a su propia familia cuando regresaba ebrio. Luego de uno de esos ataques Franz había decidido irse para siempre; la escena fue espantosa. Franz no hubiera permitido que su madre fuese a rogarle ayuda al capitán y tampoco hubiera consentido en venir a Bariloche. Pero Gertrud fue y el capitán ordenó:

—Que su hijo vaya a traerlo. De inmediato.

—Franz nos abandonó y Rolf es muy joven, no conoce el país.

El capitán adelantó su cabezota por sobre el escritorio que lo separaba de la mujer.

—¿Joven? Tiene diecinueve años. Y más vale que parta enseguida. ¿Cuánto tiempo quiere que su marido permanezca como huésped de unos judíos?

Tras permitirse un respiro Rolf prosiguió su ascenso hacia la casa de Salomón Eisenbach. El aire de la tarde intensificaba el perfil de las montañas y el múltiple verde de las coníferas. Agitado, se detuvo ante la calcárea verja. El jardín era breve, con una araucaria arrogante en un extremo y macizos de petunias junto al caminito central. Una cadena descendía de una pequeña campana de bronce. La acarició como si fuese un cuerpo vivo, una serpiente de anillos grises. Pensó que todavía estaba a tiempo de dar marcha atrás. Pero oyó los quejidos de su madre y sacudió la cadena.

En la puerta apareció una mujer de mediana edad secándose las manos sobre el delantal.

—Buenas tardes.

—Buenas tardes —respondió la señora con fuerte acento—. ¿Qué desea?

—¿Vive aquí el señor Salomón Eisenbach?

—Ahá.

—Soy Rolf, hijo de Ferdinand Keiper —añadió con el falsete que generaba su malestar—. Según el telegrama que recibimos, mi padre se encuentra aquí.

—¡Ah! —la mujer palideció y, tras un instante de duda, avanzó hacia la verja.

Rolf retrocedió instintivamente. Ella lo miró de arriba abajo, luego corrió el pasador de la portezuela y lo invitó a entrar con una forzada sonrisa. Tenía pómulos altos y ojos turquesa.

—¿Habla alemán?

—Sí.

—Entonces podemos usar la lengua materna —dijo en pulido *hochdeutsch* mientras lo instalaba en el living sin sacarle la inquisitiva mirada.

Rolf oteó hacia los costados, como si una fiera estuviese a punto de saltarle. El living se abría al comedor y tras una puerta entornada aparecía un segmento de cocina. La mujer preguntó si deseaba comer.

—Gracias, no es necesario que se moleste —dijo a pesar del hambre.

—Bien —ella se dirigió a la cocina—. Te serviré café y dulces. ¿Cómo te llamas?

—Rolf.

—Yo, Raquel.

Rolf escuchó el ruido de la vajilla, puertas de la alacena que se abrían y cerraban, frascos a los que desenroscaban sus tapas. Súbitamente apareció una ancha bandeja que planeó hacia sus pestañas y se instaló blandamente sobre una mesita ratona. En la panera de mimbre se amontonaban panecillos y sobre tres potes brillaban dulces de colores diversos. La vajilla culminaba en una elegante cafetera de porcelana.

No pudo esperar más y lanzó la inevitable, riesgosa pregunta.

—¿Está mi padre?

Raquel distribuyó el contenido de la bandeja sobre la mesita. Era evidente que se tomaba tiempo para contestar, que ocurría algo raro.

18

—Prueba nuestras mermeladas; después veremos a tu padre. Seguramente has tenido un viaje cansador.

—¿Podría pasar al baño?

—Seguro. Ahí, a la izquierda.

Se levantó con prudencia para no mover la mesita y estropear el suntuoso despliegue que esa mujer había instalado en un santiamén. Ingresó en el baño más limpio del mundo. Se miró al espejo y casi dio un grito de horror: el cabello le salía disparado en diversas direcciones, la barba naciente y desprolija impresionaba como tierra de los caminos y un punto de lagaña se adhería a la comisura del ojo izquierdo. Se enjabonó y enjuagó con agua fría, abundante, y se peinó con raya al medio.

Al regresar, la mujer no estaba. Se sentó con el mismo cuidado que había aplicado al levantarse y vertió el humeante café sobre la taza con guardas doradas. Bebió un sorbo, luego untó un panecillo con manteca y dulce. Su sabor y el hambre le produjeron tanto placer que se le acalambraron los maxilares. Se frotó la cara y en segundos engulló la panera.

Volvió la señora Eisenbach sin el delantal y tomó asiento frente a él. Rolf le miró las rodillas.

—¿Te sientes mejor?

Asintió con la boca llena.

—¿Quieres contarme algo de ti?, ¿de tu familia? —cruzó las piernas y asomó un fragmento de muslo. La mirada de Rolf se pegó a la voluptuosa blancura.

—No hay mucho... —pasó la mano sobre sus ojos para disimular la atracción. Al mismo tiempo lo irritaba que ella se empeñase en hacerle preguntas personales. Intentó resolver el asunto de manera esquiva.

—Supongo que mi padre les habrá, en fin... —dudó unos segundos y concluyó que podía decir algo que no comprometía a nadie—, les habrá contado...

—No mucho.

—Les habrá dicho que nacimos en Freudenstadt.

—Sí, mencionó Freudenstadt.

Con la cucharita recogió el dulce que había quedado adherido al borde de los tres potes. Cerró el entrecejo y miró nuevamente el muslo que debía ser tibio como el pan.

—¿Le ha pasado algo malo a mi padre?

Ella ajustó el rodete que su cabello formaba sobre la nuca y contestó enigmáticamente:

—Ya lo verás.

—Señora: hágame el favor —el malestar le salía por las orejas mientras miraba sus torneadas piernas.

Ella estiró el vestido y fue hasta el perchero que sostenía abrigos livianos y dos paraguas. Eligió una gabardina, "puede llover", abrió la puerta y lo invitó a salir.

—¿Adónde vamos?

—Al encuentro de tu padre. ¿No querías eso?

Lo ofendía el inexplicable misterio. Raquel aprovechó el camino para prepararlo.

—¿Sabes que tu padre, seguramente como consecuencia de la guerra, o de otras desventuras —elegía las palabras para no herir—, tiene adicción alcohólica?

¡Vaya noticia! Rolf asintió sin agregar comentarios porque no se le podía ocurrir algo inteligente en semejantes circunstancias.

—Salomón lo volvió a encontrar en el bar, cuando ya no podía defenderse. No iba a permitir que unos parroquianos lo maltratasen, ¿entiendes? Quiso ayudarlo.

—¿Que lo maltratasen? —se asombró: Ferdinand ebrio era un tornado que nadie podía detener.

—Estaba muy bebido, y sin dinero —prosiguió Raquel—. Insultaba. Y los parroquianos no quisieron ser tolerantes. Lo golpearon. En fin, lo echaron a la calle y pretendían continuar la paliza en la vereda.

—Papá es terrible cuando bebe. Le aumentan las fuerzas.

A Raquel se le curvó la boca.

—Un alcoholizado no aumenta sus fuerzas, hijo. Sólo aumenta su delirio. Y hace creer que tiene más fuerza.

Irrumpió el episodio en que su padre arrasaba media habitación e intercambiaba furiosos golpes con Franz hasta que éste, harto, optó por marcharse definitivamente.

—Salomón lo había visto en un par de ocasiones, cuan-

20

do estaba sobrio. Evocaron recuerdos de Alemania, la Alemania previa al desastre. Hablaron de Freudenstadt.

Rolf movió la cabeza. Freudenstadt, el pueblo de su infancia, y de la guerra y el terror.

—Mi marido consiguió rescatarlo de quienes seguían disparándole puñetazos, y lo trajo a casa —deglutió saliva.

—No sabe cuánto le agradezco —mintió, mientras pensaba "por fin le dieron su merecido".

—No resultó fácil. Estaba confuso; no se quedaba quieto. Inclusive se enojó con Salomón, que acababa de salvarle la vida.

Llegaron a un edificio de paredes lechosas.

—Es aquí.

Se trataba de una modesta Sala de Primeros Auxilios.

—Todavía no tenemos hospital —se disculpó; y lo miró de frente—. No lo internaron por lo ocurrido en el bar, sino después, en casa.

Caminaron por el pasillo con olor a desinfectante. También ella lo recorría por primera vez. Rolf la siguió con la mirada prendida al ondular de sus caderas; apretó los puños para contener sus ganas de tocarla. Siempre la angustia le excitaba el sexo.

Entraron en un cuarto azulejado y dividido por un biombo de tela. A ambos lados había una camilla con mástiles que sostenían botellas. En la camilla de la derecha, con los ojos hinchados y vendajes en la cara, yacía un hombre que evocaba grotescamente a quien había sido el corpulento y temible Ferdinand Keiper.

—Lo acabo de afeitar —susurró un enfermero mientras controlaba las gotas del suero fisiológico.

Impresionaba su deformación. Rolf retrocedió, con ganas de hallarse lejos de ese lugar. Pero en el minuto siguiente obtuvo una reparación. Así como en 1919, sobre el agitado muelle le habían dicho "éste es tu padre", ahora, en ese crepúsculo de 1930 Raquel Eisenbach, acercándose con repugnancia a la oreja del paciente, susurró "éste es su hijo". Era una presentación exactamente invertida. Rolf no iba a levantarlo por los aires, ni a rugir como un león, ni a estrecharlo sobre el pecho.

Raquel lo empujó maternalmente. Rolf se inclinó para que los ojos apenas entreabiertos, inflamados, lograsen reconocerlo. El paciente gruñó. Lo había reconocido.

En medio de una neta oposición de tendencias, la mano del hijo onduló hacia el velludo antebrazo del padre.

Raquel los dejó solos. En silencio pasaron los minutos. No eran amigos y no se tenían simpatía. Al cabo de un cuarto de hora o tal vez más, entre el ir y venir de miradas que se detenían fugazmente sobre la pared o el borde de la colcha, en el violento Ferdinand brotaron lágrimas. El diálogo, si lo hubo, fue entre los oscilantes brillos de las aguas saladas que se producen cuando la garganta se anuda de tal forma que impide la emisión de sonidos.

¿Cómo hacerle recorrer al estragado Ferdinand miles de kilómetros? Necesitaba un vehículo fantástico, algo que no existía. Mientras Rolf le contemplaba las bultuosidades de la cara y se mordía los dedos, decía "cómo nos has complicado la vida, viejo de mierda".

El doctor Mazza se quitó los binoculares de marco dorado que abrochaba sobre su corta nariz y los depositó sobre el escritorio. Levantó las renegridas cejas. Dijo que el paciente no los podía escuchar desde su oficina y, por consiguiente, hablarían a calzón quitado. Había que evitar malos entendidos. El tratamiento puesto en marcha se proponía conseguir algo simple y complicado a la vez. Curarle las heridas era lo simple; hasta la fisura del pómulo evolucionaría sin secuelas. Complicado era eliminarle la adicción alcohólica. ¿Por qué? Porque demandaba tiempo, perseverancia y coraje, tres condiciones que no abundaban en una simple Sala de Primeros Auxilios. A pesar de ello, y mientras le atendía las heridas, había empezado a aplicarle la riesgosa desintoxicación.

—¿Riesgosa? —se asombró Rolf.

El médico explicó que la desintoxicación incluía abstinencia; pero en los pacientes adictos esto desencadenaba un efecto grave que, en los casos extremos, configuraba el *delirium tremens*. Cuando se instalaba era casi imposible contener al enfermo, atacado por alucinaciones horribles, en las que veía millares de insectos voraces.

Mazza intentó esquivar semejante cuadro, resignándose a una desintoxicación más lenta. Como no disponía de remedios ni de personal idóneo, le suministraba sedantes y también pequeñas dosis de vino. Se conformaba con un resultado menos espectacular y también menos accidentado. Una técnica eficiente sólo podía intentarse en Buenos Aires.

Calzó los binoculares, untó la lapicera y se puso a escribir.

—Ordeno la reducción inmediata de sedantes —explicó mientras llenaba un recetario—. En cuarenta y ocho horas tu padre estará en condiciones de partir.

Rolf pensó que, alterado, podría arrojarse del tren en marcha, lo cual sería una solución satisfactoria y definitiva. Raquel preguntó si necesitaba algún cuidado especial, o tomar medicamentos.

—Aquí tiene la receta —arrancó la hoja del talonario—. Mañana redactaré un informe para los colegas de Buenos Aires —hizo una pausa y miró con dureza a Rolf—: en Buenos Aires deberá ir al hospital y proseguir lo que empezamos aquí; ¿de acuerdo?

Al salir advirtieron que se acababa el día. Había refrescado. Nubes anchas bebían la última sangre del sol.

—Supongo que no tienes previsto dónde dormir —dijo ella envolviéndose con la gabardina.

Rolf movió la cabeza.

—¿Me recomendaría algún cuarto barato?

—Sí —sonrió—: mi casa.

—Pero... usted es muy generosa. No, no debo aceptar —calculó que se ahorraría un buen dinero.

—Las pensiones de Bariloche no te brindarán algo mejor. Salomón instalará un catre, frazadas sobran.

—Gracias. No esperaba tanto. Ya hicieron mucho por mi padre —expresaba un reconocimiento inexistente.

—Todavía no conoces a Salomón. ¡Ah! —se tocó la cabeza como si recién lo hubiera recordado—: también te presentaré a nuestra sobrina.

Rolf apartó violentamente una rama seca con la punta del zapato; cómo le encantaría partir al instante y evitar contraer deudas con estos judíos.

—Se llama Edith —siguió Raquel—. También vive en Buenos Aires. Es hija del hermano de Salomón, Alexander, y sus padres la trajeron aprovechando las vacaciones. Ellos tuvieron que regresar, pero Edith se quedará otro poco. Le encanta este lugar.

Ascendieron la empinada calle cuando cerraba la noche. La vivienda estaba iluminada por dentro.

A Rolf le pareció que el living lucía distinto con luz artificial. Descubrió muchas plantas, seguramente las mismas de antes, pero su turbada mente no las había registrado. Abundaban los arreglos con flores silvestres en recipientes variados, incluso en botellas.

Por entre el conjunto cálido y fragante se aproximó quien debía ser Salomón Eisenbach.

—¿Todo en orden?

—Sí —dijo Raquel—. Éste es Rolf, hijo de Ferdinand Keiper.

Era evidente que de alguna forma ella le había hecho saber sobre la llegada del muchacho.

—En dos días partirán a Buenos Aires —agregó—; así lo determinó el doctor Mazza.

—Bien, bien. En dos días —reflexionó el hombre mientras enrulaba los extremos de sus anchos bigotes entrecanos—. ¿Y estará Ferdinand Keiper en condiciones de hacer un viaje tan largo?

—Parece que sí.

—Bien, bien —sonrió con alivio.

—Rolf dormirá en casa. Supongo que estarás de acuerdo —guiñó.

—Oh, sí —devolvió el guiño—. Humm... ¿Dónde te parece?

—En el cuarto del fondo. Está casi vacío de mercaderías.

—Claro, claro. Me parece perfecto. ¿Te agrada permanecer con nosotros, Rolf?

—Estoy muy agradecido —respondió forzado.

—Entonces acompáñame —se arremangó la camisa—.

Correremos los estantes y las vasijas para que tengas suficiente espacio; y me ayudarás a llevar el catre y las mantas.

—Lo haré yo solo, señor. No tiene por qué molestarse —protestó suponiendo que la mugre donde lo iba a instalar sería peor que la de su conventillo en Buenos Aires.

—Lo haremos juntos. Después tomarás el baño que te preparará Raquel, y disfrutaremos la cena. Por aquí.

Rolf se tensionó: lo mandaba a bañar porque creía que era un roñoso.

Edith se presentó bajo la forma de una desenvuelta adolescente. Sus ojos negros y grandes contrastaban con su tez clara; parecían reflectores. El anonadado Rolf, bajo su rocosa desconfianza, no pudo sostenerle la mirada. Tanto brillo no le dejó advertir las suaves pecas que se extendían por los pómulos. Apenas observó que sus cabellos eran lacios y rubios, atados a su nuca por un moño azul.

Menos mal que enseguida se sentaron a la mesa.

Raquel ingresó con una sopera coronada de vapor cuyo peso parecía vencerla. La depositó con triunfal sonrisa y hundió el cucharón en el espeso contenido; removió los trozos de verdura que se asomaban en la hirviente superficie, como si con ese gesto terminase de cocinarlos. Llenó los platos. Su marido levantó la panera y ofreció una rebanada a cada uno. Luego alzó su cubierto, dijo "guten Appetit" y empezó a comer. No hubo bendiciones y Rolf se sintió aliviado por no haber tenido que participar de una ceremonia extraña. Comieron en silencio.

La dueña de casa ofreció repetir. Rolf tenía hambre atrasada y aceptó con aparente resignación. Edith lo miró en el preciso instante en que sus recelosas pupilas se arriesgaron a caminar hasta las suyas. Le sonrió y el muchacho volvió a concentrarse en la cuchara.

El plato principal que Raquel trajo a continuación en una larga bandeja de porcelana consistía en rebanadas de carne roja con guarnición de papas, arvejas y zanahorias al horno. Cada uno tenía un alto vaso de cerveza que Salomón se encargaba de mantener lleno.

Apenas terminaron la comida Rolf quiso marcharse a dormir. Seguía dominado por el sinsabor; tanta riqueza y tanta sospechosa felicidad le retorcían los nervios.

Salomón lo levantó de un brazo y lo forzó a sentarse en el sofá del living mientras pedía a su sobrina que mostrase las pinturas que había realizado en Bariloche.

—No las he terminado aún —dijo mientras se dirigía a la cocina para ayudar a Raquel.

—¡Qué importa! Las veremos en borrador.

—No esta noche.

—Sabes que aprecio mucho tu trabajo y quiero asombrar a nuestro huésped —Salomón alzó la voz para ser escuchado a distancia.

Rolf alcanzó a ver que Edith se cubría la cara.

—No te pongas cargoso con Edith —reprochó Raquel mientras abría los grifos.

—Vamos, no te hagas rogar —insistió Salomón. Eligió una pipa y la llenó concentradamente. Tras furiosas chupadas para conseguir encenderla, se dirigió al desprevenido Rolf—: Dime: ¿no tienes curiosidad por las pinturas de Edith?

La pregunta lo sobresaltó; enderezó su espalda. ¿Qué podía decir? ¿Qué pretendía ahora de él? Contestó en forma automática que sí, por supuesto. Aunque lo único que deseaba era quedarse solo.

Salomón abrió los brazos:

—Ya ves, querida: tienes que ceder ante la demanda del público.

—Salomón... —protestó Raquel.

—Y para no ser menos —continuó el bienhumorado hombre mientras lanzaba hacia el cielo raso espirales de humo—, después Raquel tocará algunas piezas al piano —se dirigió a Rolf—: Es maravillosa, te aseguro que mi mujer es maravillosa. No lo sabías, ¿verdad?

—Tocaré el piano si dejas de presionar a Edith —chilló desde la cocina, entre el ruido de agua, platos y cubiertos.

—No la presiono. ¡Mira, mira! Aquí trae sus trabajos.

Edith reapareció cargando pinturas.

—Bien, bien —su tío fue a su encuentro con entusiasmo—. A ver, colócalos sobre el aparador. Da mejor la luz. Y podremos apreciarlas desde lejos. Contra este jarrón: es un auténtico Sèvres que le regalaron a mi madre en su casamiento; una reliquia, una verdadera reliquia familiar. Así. ¡Por favor! ¡Qué bien lucen junto a un Sèvres!

La ayudó a instalar tres cuadros, asegurándose de que el alto jarrón no corriera peligro.

Una pintura reproducía el lago Nahuel Huapi con las montañas verde-añil en un ángulo. A Rolf le asombró advertir que las montañas eran también caras disimuladas en la vegetación y la piedra, como monstruos escondidos.

Otro se inspiraba en el frente de la casa de sus tíos, visto desde la hondonada de la calle. Era fácil de reconocer por la calcárea verja y el jardín con la araucaria. Parecía un castillo fantástico sostenido por enormes nubes. Mirando mejor, se reconocía un rostro cuyas órbitas y nariz estaban formadas por las aberturas de la casa y su cabellera por las nubes.

El tercer cuadro mostraba el Centro Cívico de Bariloche en construcción. Se diferenciaba de las otras pinturas porque contenía gente de verdad.

—¿Qué me dices? —preguntó el orgulloso tío con los pulgares enganchados en la sisa del chaleco.

—Lindos. Y... extraños —tartamudeó, evitando mirar a Edith, que se había puesto cerca.

—¡Será una gran pintora! —sentenció abrazándola por los hombros.

—Todavía le falta —corrigió Raquel desde la cocina—. No te dejes infatuar por tu tío.

—Claro que no —asintió mientras recogía los cuadros.

—¿Por qué los sacas? —protestó Salomón—. Que nos acompañen durante el concierto. Raquel: deja los platos y alégranos los oídos.

Mientras la esperaban, Edith logró intercambiar algunas frases con Rolf y le contó que sus padres amaban la ópera y que su madre, llamada Cósima, cantaba muy bien. Raquel se sentó al piano. Levantó la bruñida tapa, enrolló la tela bordada que protegía el teclado y, mirando en torno, preguntó qué preferían.

—Algo de Beethoven —sentenció Salomón como si ordenase un menú—, un Rondó de Mozart y, de postre, te dejo elegir entre los Scherzos de Chopin.

—Todo un programa, ¿no? —miró pensativa el cielo raso y contraofertó—: Un Preludio de Bach y luego cantaremos *Du bist wie eine Blume*.

Probó los sonidos con breves escalas y después permaneció quieta, concentrada en las teclas. Brotaron los sonidos del sereno Preludio como perlas de un collar. La pianista entrecerraba los párpados e inclinaba levemente su cabeza hacia el hombro derecho, como si necesitara la actitud de los santos ante la proximidad de lo sagrado. El perfecto dibujo avanzó sin tropiezos hasta que súbitamente marcó su fin con la lentificación del último compás.

Aplausos. Rolf aplaudió también; por un instante olvidó que estaba entre enemigos.

—Gracias —la pianista giró medio círculo—. Y ahora cantaremos *Du bist wie eine Blume*.

El piano desgranó la introducción y luego Raquel, Salomón y Edith cantaron el *Lied* de Schubert inspirado en el —aún Rolf no lo sabía— famoso poema de Heinrich Heine. Era la primera vez que lo escuchaba; letra y música tenían tanta lógica en su desarrollo que enseguida Rolf pudo acoplarse al pequeño y entusiasta coro, siempre en un tono más bajo, para disimular la desafinación. La magia de aquel momento se produjo cuando pudo mirar a Edith a los ojos y sostener por primera vez su mirada; y sonreírle con los ojos y quizás también con los labios.

Esa noche Rolf despertó varias veces en el improvisado dormitorio. Recordó fragmentos del largo viaje, lo irritó que apareciera su madre llorando, siempre llorando, vio a su calamitoso padre con la cara vendada, se preguntó qué eran los monstruos que pintaba Edith. El colchón era bueno y las sábanas limpias, fragantes. Nunca había dormido con sábanas tan agradables. Le daba rabia que lo atendiesen de esta forma. Evocó los muslos de Raquel Eisenbach y estalló su deseo. Mascullando maldiciones empezó a frotarse la entrepierna.

EDITH

Febrero de 1930 tuvo un sabor agridulce para Edith. Sus padres la llevaron al sur, a casa de los cariñosos tíos, como en años anteriores. Alexander y Cósima permanecieron sólo una semana, pero Edith un mes.

Durante una cena compartida por los cinco, Salomón comentó que había estado bebiendo cerveza con su amigo Landmann cuando se acercó un hombre alto y barbudo que dijo: "Ustedes hablan con el acento de la Selva Negra". "También usted", rió Landmann. Y empezaron un ping pong de nombres para adivinar la procedencia de cada uno. Mezclaron ciudades con pequeños pueblos hasta que Salomón pronunció Freudenstadt. Entonces el barbudo levantó los ojos, como si se dirigiese a Dios, y exclamó emocionado, sílaba por sílaba, "¡Freu-den-stadt!"... Landmann lo invitó a sentarse y compartir la cerveza. Hablaron de la República de Weimar, que el desconocido insultó, y del Káiser, a quien elogió. Discutieron fuerte, pero luego se ocuparon de la buena gente que habita la Selva Negra y del sabor incomparable que tenía su dialecto. Hablaron del habla.

—Nunca destiné tanto tiempo a hablar sólo del habla.

—¿Y quién es ese extraño hombre? —preguntó Raquel.

—Se llama Ferdinand... —hesitó Salomón—, no recuerdo su apellido. Me pareció confundido, con la ropa demasiado gastada. Un tipo raro.

—¿A qué se dedica?

—No sé.

Tres días después Salomón volvió a referirse al enigmático Ferdinand. Contó que lo había reencontrado en la calle, llorando.

—Tal como lo oyen. Le susurré la amistosa contraseña: "Freudenstadt". El hombre levantó sus párpados enrojecidos y tardó en reconocerme. Pero a los dos segundos pegó

29

un grito, exagerado como un trueno, y descargó sus manazas sobre mis hombros. Siguió llorando.

A Salomón le costaba describir la temperatura de aquel episodio. No se atrevió a dejarlo solo porque estaba muy triste y lo invitó al Bar de Baviera. En esa oportunidad hablaron de la Alemania anterior a la guerra, de sus comidas, bebidas, juegos, coros, veranos con buena pesca en los ríos, frutas silvestres, colmenas y los sabrosos gansos que ni se conocen en la Argentina. Salomón recordaba ahora que se llamaba Ferdinand Keiper; eso es, Keiper.

Fue todo.

Partieron Cósima y Alexander, y dos días después se desencadenó la pesadilla.

Edith se encontraba ordenando su habitación cuando escuchó voces en el living. Reconoció la de su tío Salomón y al rato la de Raquel clamando "¡fuera, fuera de aquí!" Estalló un vidrio. Edith corrió hacia el living sin soltar el estropajo.

Quedó paralizada: su tía forcejeaba con un gigante barbudo mientras Salomón se afanaba en reducirlo. Los tres chillaban, transpirados y rojos, aunque del extraño no brotaban palabras sino bufidos. De repente empujó a la mujer, que cayó sobre el borde del sofá y la falda de su vestido le subió hasta la nariz. Salomón recurrió entonces a algo inimaginable: levantó una silla por el respaldo y hundió una de sus patas en las costillas del agresor. Lo hizo con tanta cólera que el golpe resultó serio: el barbudo lanzó un aullido prolongado y se tambaleó como un elefante herido. Se derrumbó sobre la alfombra mientras su manaza arrastraba una mesita llena de plantas.

—¡Lo mató!

Edith se llevó las manos a la cabeza.

Raquel, despeinada y con el vestido aún izado, se incorporó trabajosamente y puso las manos sobre su corazón, como para impedir que escapase del pecho. Su marido no sabía a quién dirigirse en medio de semejante caos. Abandonó la silla y se acercó a su adversario con la lengua afuera. Comprobó que estaba vivo y lo miraba con ojos feroces.

—Ahora quieto, ¿eh?... ¡Ahora basta, Ferdinand!

El hombrón yacía con macetas en torno; producía una mezcla de grotesco y pavura. Se levantó a duras penas apoyándose en los muebles. Su mirada apuntó hacia la puerta abierta de la cocina, en cuya mesada se alineaban botellas de vino. Derribó de otro empujón a Raquel para sacarla del medio y casi pisó su cabeza.

—¡Salomóóóóón!...

Entonces Salomón arrebató el estropajo que sostenía Edith y dio un golpe en la cara de Keiper. Fue como si lo hubiese partido con una cimitarra. El borracho giró con los ojos fuera de las órbitas; un hilo de sangre empezó a correr por su mejilla. Salomón ya había perdido completamente el dominio de sus actos y volvió a descargarle otro golpe en la nuca. Y otro más. El barbudo ya no se sostenía sobre las piernas, sino sobre los brazos. Su cabeza ensangrentada era un blanco fácil y recibió una paliza devastadora hasta que cayó como un títere degollado. Entonces pronunció la primera frase entendible:

—Está bien, hijo... está bien —y se desplomó sobre la alfombra.

—¡Corre a traer al doctor Mazza! —ordenó Salomón.

Ferdinand no perdió completamente el conocimiento pero, muy aturdido, seguía diciendo "hijo" con inexplicable resignación.

—Yo no soy su hijo, soy Salomón Eisenbach. ¿Me escucha usted?

Mazza irrumpió con un enfermero y lo ayudó a sentarse en el sofá sin atender a los ruegos de prudencia de la temblorosa Raquel. Ferdinand recuperó parte de su agresividad y descerrajó una grosería.

—Es inútil —suspiró Mazza—. Debemos internarlo.

Ferdinand entendió esa palabra, que en su cerebro produjo el efecto de una bomba.

—¡¿Internarme?! —trepidó como si hubiese escuchado su sentencia de muerte. Aferró al médico por la garganta—: *Nein! Nein!*

Mazza se liberó con ayuda del enfermero y pidió a Raquel un vaso de vino.

—¿Vino?

El médico insistió y al minuto ella le tendía de lejos, con miedo, el vaso lleno. Ferdinand lo recibió de manos de Mazza; lo rodeó con todos sus dedos, amorosamente, como si quisiera evitar que se lo arrancasen. Tragó un sorbo tan apurado que dos líneas de líquido chorrearon por las comisuras, se mezclaron con la sangre que manaba de su pómulo y le llegaron al cuello. Fue entonces cuando el médico intentó convencerlo de que se dejara administrar una inyección para el dolor de la cara. Keiper parpadeó, sin entender; cuando entendió algo, se negó. Entonces Mazza le ofreció un segundo vaso. Pudo arremangarlo y ponerle la ligadura con ayuda de Salomón y el enfermero. Pero en cuanto Ferdinand sintió el pinchazo amenazó con golpearlos. No obstante, la jeringa vació la mayor parte del contenido. Keiper empezó a serenarse y, con húmedos ronquidos, se fue rindiendo al sueño. Después lo cargaron en una camilla y lo trasladaron a la Sala de Primeros Auxilios.

Su evacuación trajo un alivio parcial. Raquel siguió atacada y reprochó a su marido por haberle traído semejante regalo.

Salomón se tironeaba las puntas de los bigotes con ganas de arrancárselos y reconocía una y otra vez haber cometido un error propio de idiotas, pero le había dado lástima ese hombre. Le había parecido un buen sujeto. Sí, se había equivocado. Ahora él se sentía no sólo estúpido, sino criminal por haberle hundido la silla en el tórax y deshecho la cara con un estropajo.

Respiró hondo en la Sala de Primeros Auxilios cuando el doctor Mazza, al día siguiente, le informó que no había perforación de tórax. Miró al derrotado Ferdinand tendido sobre la camilla, cubierto de vendajes y obnubilado por acción de la morfina.

—Algo escucha. Si insiste, conseguirá que hable.

Salomón se arrimó a la oreja y, pronunciando un claro alemán, consiguió obtener de los turbulentos sueños de Ferdinand los pocos datos que necesitaba para comunicarse con su familia. Supo que su esposa se llamaba Gertrud y que vivía en Buenos Aires, en un conventillo. Fue al correo y despachó el telegrama.

Se sentía tan culpable que concurría diariamente a la Sala para informarse sobre su evolución. Raquel se esmeró por frenar los reproches que le brotaban como la espuma a un perro rabioso.

No contestó la señora Gertrud, sino el capitán de corbeta Julius Botzen, Ataché Naval.

Perplejo, Salomón mostró el papel a su esposa. Comunicaba que un hijo de Ferdinand Keiper iría a recogerlo y solicitaba que le brindase al joven la mejor atención. Agradecía escuetamente en nombre de la comunidad alemana.

—¿Quién es este Julius Botzen para hablar en nombre de la comunidad alemana? —preguntó Edith.

Sus tíos habían palidecido: era quien había estado a cargo del penoso asunto del *Cap Trafalgar*.

—Eras pequeña, pero figuraba a la cabeza de las noticias.

—Recuerdo algo; se trataba de unos marineros rebeldes, ¿no?

Salomón estiró la punta derecha del bigote y le refrescó la historia. El *Cap Trafalgar* había partido de Hamburgo poco antes de la Guerra, sostuvo un desafortunado combate con una nave británica frente a una isla brasileña y el comandante decidió hundirlo. Cientos de marineros fueron rescatados en alta mar y trasladados a la neutral Buenos Aires para su internación en la isla Martín García. Eso no terminó ahí, sino que al segundo año de su larga internación se produjo un escándalo: los prisioneros, aburridos o desmoralizados, improvisaron un baile de máscaras en cuyo transcurso dos marineros agredieron a un oficial. No habría sido algo tan terrible. Pero Botzen, el Attaché Naval, intervino con extremo enojo, porque interpretó ese altercado como un motín contra el Káiser. No conforme con las sanciones disciplinarias corrientes, Botzen exigió que la Marina argentina castigase a los dos hombres con una medida ejemplar: encadenarlos y desterrarlos a la colonia penal de Tierra del Fuego. Salió en todos los diarios. Era increíble: el Attaché Naval alemán solicitaba castigos extraordinarios para sus propios marinos. "La disciplina primero", declaraba una y otra vez.

—Botzen no se desempeñó como representante de los prisioneros, sino como su verdugo —agregó Raquel.

—Los odiaba por haber sido derrotados en el mar, por haber hundido antes de lo necesario la nave y por brindar al mundo el grosero espectáculo de yacer ociosos en una isla argentina mientras el Káiser caía humillado.

—Eso no es todo —Raquel se había puesto furiosa—. Tras el Armisticio sugirió que los marinos fuesen repatriados en pequeños grupos y en naves separadas para evitar nuevos dolores de cabeza. Eso también salió en los diarios. Yo, como alemana, sentí vergüenza.

Los grandes ojos pardos de Edith permanecían muy abiertos.

—Pero la mayoría de los internados, contra los cálculos de Botzen, decidió permanecer en la Argentina.

—El severo capitán tuvo que comerse la lengua.

—¡Y él también se quedó! Continúa en Buenos Aires y usurpa el título de Attaché Naval —Salomón agitó el telegrama.

Raquel se apretó las sienes: empezaba su jaqueca.

—El telegrama no es cortés —dijo—: ¡ladra órdenes!

Salomón peinó con los dedos su ondulada cabellera; era un gesto de preocupación que también solía repetir su hermano Alexander.

—No quisiera tenerlo de enemigo.

—¿Enemigo? Nos aplastaría como cucarachas.

—Hubiera preferido que ni supiera de nuestra existencia.

—Debemos agradecérselo al "bueno" de Keiper.

Salomón, desolado, se dirigió sólo a Edith.

—El *Tageblatt* ha denunciado a Botzen varias veces: por operar simultáneamente como asesor del Ejército argentino, agente de la Compañía de Electricidad y funcionario de empresas y bancos alemanes. Además, Botzen mismo se jacta públicamente de sus vínculos con la Dirección de Inmigración, la Policía y el elenco artístico del Teatro Colón. Ha tendido puentes hacia todo sitio con algo de poder. Es un mago realmente peligroso.

—¿Entonces?

—Debemos tenerlo en cuenta —apuntó su índice hacia el telegrama—, aunque nos produzca náuseas.

Edith miraba a sus tíos mortificados y no descubría la forma de brindarles consuelo. Raquel fue a tomar una aspirina.

—*Um Gottes willen!* ¡En el embrollo que nos ha metido ese borracho!

Salomón hizo sonar las articulaciones de sus dedos.

—Es difícil encuadrar a Botzen; tampoco es el demonio —intentó aliviar a su mujer—. Por ejemplo, aunque infligió penurias a los marinos, más adelante se ocupó de conseguirles trabajo.

—¡También ayudó a ex *Freikorps* y pistoleros políticos! —replicó, enojada.

—Bueno, al finalizar la guerra no estaba claro quién era quién.

—Pero sabía quién era el capitán Vogel. Y lo ayudó. ¡Eso Julius Botzen sí lo sabía!

—¿Quién era el capitán Vogel? —preguntó Edith.

—¿Vogel? —su tía abrió los brazos—: fue uno de los asesinos de Rosa Luxemburgo. Vino a la Argentina, como tantos criminales.

—Con la excepción de algunos maleantes —insistía Salomón—, la mayoría de las personas a quienes benefició Botzen necesitaba trabajo y afecto, era gente arruinada por la guerra. Y él les consiguió casa, escuela, oficio. Por alguna razón la gente corre a pedirle ayuda. Lo acaba de hacer la mujer de Keiper.

—Y, sí —Raquel levantó el telegrama—. Todos los alemanes recurren a Botzen. Hace rato que hablamos sólo de él. ¿Te diste cuenta, Edith? —se apretó nuevamente las sienes doloridas.

—Somos realistas —suspiró Salomón.

Raquel miró interrogante el frasco de aspirinas y sacó dos más.

Por las tardes Salomón preparaba una tablita de fiambres, llenaba un vaso de cerveza y se sentaba a descansar en un rincón del living. Mientras cubría con una rodaja de pepino agrio la feta de jamón, comentó a su sobrina que había novedades.

—Raquel me dejó un mensaje: ha llegado el hijo de Ferdinand Keiper. Parece un buen muchacho —mordió su canapé—. Ahora están en la Sala de Primeros Auxilios. Me pregunta si conviene invitarlo a comer y dormir en casa.

—¡¿En casa?!

—Botzen pidió que le brindásemos la mejor atención.

—No me gusta la idea.

—¿Adónde lo mandaríamos? No debe tener dinero.

—Hospedarlo aquí es demasiado.

—Raquel lo insinúa. Ella tiene buen ojo, no es ingenua como yo.

—Es el hijo de un borracho que casi la mata.

Edith fue a su habitación y probó diferentes moños para el cabello. Eligió el azul porque hacía juego con su vestido celeste estampado con florcitas amarillas. La llegada de un joven, aunque despreciable, introducía excitación en los rutinarios días de Bariloche. Se miró al espejo y se dijo:

—Frená tus expectativas: seguro que es feo, sucio y maleducado.

Cuando bajó al living vio a un joven alto, flaco, de ojos azules y peinado con raya al medio. Le pareció hosco y triste a la vez.

A la mañana siguiente ensayó otros peinados frente al espejo mientras evocaba el romántico *Lied* de Schubert. Rolf era decididamente hermoso. ¿Cómo despertar su admiración? Quería que esos ojos esquivos la mirasen más, que sus reticentes labios le dijeran cosas. Arrojó el cabello hacia la izquierda e imaginó una escena idílica junto al lago.

A las siete y media entró en la cocina. Estaba segura de encontrarlo para el desayuno, pero sólo vio a Raquel. Como si ésta presintiese las peligrosas intenciones de su sobrina, esquivó la respuesta y murmuró que Salomón ya había bebido su café. Edith untó manteca en un panecillo decorado con semillas de amapola y pensó que tal vez Rolf había cometido alguna torpeza, como lógico hijo de su padre: ¿se habría marchado sin agradecer? Los obsesivos movimientos de su tía en torno a manteles y cubiertos le recordaron que a menudo se comportaba en forma contradictoria.

Luego fue a los ahumaderos donde se preparaba la carne de ciervo y exquisitas truchas que, prolijamente empaquetadas, Salomón mandaba a Chile por la ruta de los lagos. En un galpón se alineaban robustas pailas para cocinar fresas de la zona y producir dulces desconocidos en el resto de Chile y Argentina. En el depósito de frutas una mujer de aspecto indio las clasificaba pacientemente; Edith la saludó con simpatía porque siempre la convidaba a probar del mejor montículo.

Finalmente se dirigió al sitio que más la inquietaba: el depósito donde había dormido Rolf. La asustaba su atrevimiento, pero echó un vistazo al interior. Su cama estaba tendida y asomaba un bolso debajo de la colcha. "Aún sigue en Bariloche", concluyó, "posiblemente fue a visitar a su padre".

Arrancó el moño que le sujetaba el pelo y con una enérgica sacudida lo liberó por completo. Recogió la caja de pinturas, alzó el caballete y salió en busca de un paisaje inspirador.

Bajó a la calle que orillaba el lago rumbo al Centro Cívico, una obra monumental y que pretendía reproducir la arquitectura alpina en el sur argentino. Sobre una explanada habían dispuesto instalar la estatua ecuestre del general Julio Roca, quien había dirigido la famosa Campaña del Desierto que incorporó esta región a la soberanía argentina. Alrededor ya lucían sus toques finales varios edificios de piedra. El conjunto era imponente y revelaba la importancia que el país confería a la pequeña Bariloche.

Una mariposa revoloteó delante de sus zapatos. Sus acrobacias la orientaron por un sendero que zigzagueaba entre piedras, bolsas con cemento, largas barras de hierro y tirantes de madera. La mariposa no se alejaba demasiado y tuvo ganas de plantar el caballete para llenar la superficie de un cuadro con sus círculos en oro y carbón. El ondular de sus alas grandes le producía un plácido mareo. Al instante se escondió en la fronda de un árbol.

Al bajar la mirada vio la nuca de Rolf. Estaba sentado

sobre unas piedras en forma de cubo, listas para ser incorporadas a la construcción. Delante, una media docena de obreros martillaban las irregularidades de un muro.

Se le aceleraron los latidos. ¿Sorprenderlo? ¿Dejarlo adivinar que lo estaba buscando? Se acercó en puntillas y depositó suavemente los útiles. Rolf giró la cabeza.

—¡Edith!

—Creía que estabas en la Sala de Primeros Auxilios —dijo con una sonrisa cruzada por un ligero espasmo.

Él frunció las cejas, como si hubiese escuchado un reproche.

—Ahí estuve.

Ahora era Edith quien no podía mirarlo a los ojos. Su fantasía de acariciarle las manos resultaba imposible. Ni siquiera podía hablar en forma distendida. Miró dónde poner sus útiles, como si no estuviera segura de quedarse. Y le salió un comentario.

—Pinté el Centro Cívico desde aquel edificio. Pero la vista no es muy diferente de la que tengo desde aquí.

Rolf se paró de un salto e inclinó su cuerpo para verificar esas palabras. Su actitud pareció extraordinaria y Edith esperó su opinión trascendental. Finalmente Rolf concedió que sí, que no parecía ser un ángulo muy diferente.

Guardaron silencio otra vez, ambos de pie. Reapareció la mariposa, que ella intentó atrapar con la mano. Entonces Rolf preguntó:

—¿Vas a pintar de nuevo el Centro Cívico?

—No. Pero ¿crees que valdría la pena pintarlo otra vez?

Él encogió los hombros.

—¿No te gustó el cuadro que mostré anoche? —la voz de Edith dudaba.

El pelo de Rolf tocaba las nubes. Estaban a un metro de distancia, pero Edith le sintió el calor del cuerpo. El muchacho levantó una mano pacífica. Era una mano tan grande que producía sombra.

—Al contrario, me gustó mucho. Es el mejor de los tres cuadros.

—¿Sí? —la excitó el inesperado elogio—. ¿Por qué lo considerás mejor?

—Los otros, no sé, tenían algo.

Edith estaba encantada de que los recordase. Rolf, un tanto engrillado, buscaba palabras para expresarse. Con dificultad se refirió al dinamismo de la tercera pintura. Dijo que contenía "albañiles reales", "paredes de verdad", "buenas proporciones". Después calló por unos segundos, que parecieron eternos, y agregó que las figuras de ese cuadro estaban bien logradas porque eran de gente cierta, no de monstruos escondidos.

—¡Sabés sobre pintura! —sonrió Edith.

No, no sabía sobre pintura. Movió la cabeza para reforzar su negación. Volvió a sentarse sobre las rectangulares piedras. Ella lo imitó y se apretó las rodillas con ambos brazos. Los ojos de Rolf las recorrieron con la velocidad de un rebenque y volvieron a quedar fijos en el ambiguo horizonte. Se aceleraron nuevamente los latidos de Edith al captar el erotismo de esa mirada.

Procuraron seguir charlando, pero lo hicieron con largas interrupciones. Al cabo de media hora Rolf se mostró más blando y dijo que no tenía sensibilidad artística, no, pero le gustaba mirar cuadros, fotos, caras, "siempre y cuando reflejasen la verdad".

—¿Dónde estudiás? —preguntó ella.

Sonrió con las comisuras hacia abajo, como si el rencor le prohibiese manifestar alegría.

—Estudiaba. En tu colegio.

—¿En el Burmeister? ¡No te puedo creer! Nunca nos vimos.

—Soy dos años mayor, creo. Y ya no voy más. No nos alcanza el dinero —la última frase fue casi inaudible.

A partir de ese terreno común la conversación quebró compuertas. Edith mencionó a un docente y él a otro, ambos ridículos y odiables. ¡Qué bueno resultaba aliarse en la crítica! El sarcasmo llenó de sangre la cabeza de Rolf: unos profesores eran estúpidos, otros perversos, el de geografía un burro y el de historia un enano maloliente.

—¡Sí, sí, tal cual!

Tras haber despanzurrado a una docena de seres malignos Rolf se incorporó y, entusiasmado con la masacre consumada, le tendió la mano para ayudarla a pararse. Fue un instante mágico. Ella sintió la fuerza de sus dedos grandes y sus ojos se miraron por algo más de un segundo. Pero se desprendieron enseguida, asustados. Ella sugirió alejarse de ese lugar excesivamente ruidoso. Deseaba mostrarle paisajes más bellos, pero en el fondo deseaba encontrar un sitio donde pudiese brotar algo semejante a un romance de novela.

Sin siquiera rozarse el dorso de las manos recorrieron el borde del lago tranquilo y después se internaron en las calles de la aldeana Bariloche. Edith no se cansaba de admirar los deslumbrantes panoramas que emergían por doquier; y los describía con entusiasmo. Rolf la escuchaba en silencio, porque los halagos no le salían con tanta facilidad como las críticas.

Al mediodía retornaron. Ascendieron la loma cuya perspectiva le había inspirado el castillo que, para la mirada de Rolf, encubría los rasgos de un monstruo.

Apenas entraron, Salomón descerrajó una pregunta que pretendía ser urbana y cayó como una impertinencia.

—¿Sigue bien tu padre?

—Bien —respondió seco.

—¿Hablaste con el doctor Mazza?

—No vino.

—Qué raro —Salomón rastrilló su cabellera con los dedos—. Mazza concurre a diario.

Raquel sirvió la comida. También tocó el enojoso tema.

—Ayer nos aseguró que estaría en condiciones de viajar en cuarenta y ocho horas. Nada hacía suponer que eso pudiera cambiar.

Edith bajó los ojos: temía que Rolf comprendiera cuánto anhelaban verlo marcharse para siempre.

—Ocúpate de las bebidas, Salomón —prosiguió Raquel—; y alcánzame tu plato. ¿Reservaste los pasajes, Rolf?

Almorzaron frugalmente. Y más frugal fue la charla. Edith sintió vergüenza ajena.

Por la tarde volvieron a salir. Ella no llevó útiles de pintura, sino frutas y pan en un bolso amarillo. Tras un rodeo por el área céntrica descendieron a la orilla del lago y se ubicaron cerca de unos pescadores provistos de cañas rústicas. Miraron el paciente rodar de las olas. Edith volvió a elogiar tanta belleza, pero más le interesaba conseguir que Rolf hablase. No se le ocurrió mejor camino que estimular sus agresiones contra los docentes del colegio Burmeister. Rolf mordió el anzuelo y, poco a poco, empezó a sonreír con malicia; lo hacía por primera vez. Mencionó a otro par de profesores aberrantes y los decapitó. Luego maldijo las bajas calificaciones que injustamente le ponían en casi todas las materias. Y recordó, al pasar, la desesperación de su madre cuando le mostraba el condenado boletín. Entonces calló de golpe.

—¿Qué pasa, Rolf?

La involuntaria mención de su madre le atravesó la garganta. Se frotó las sienes con ambas manos. Edith estaba fascinada por lo grandes y fuertes que eran. Al cabo de un minuto decidió irrumpir en las cavidades de su corazón.

—¿Cómo es tu mamá?

Rolf no esperaba semejante pregunta, porque su madre era un recinto sagrado. Pestañeó y movió la cabeza. Arrancó un largo tallo de hierba y empezó a masticarlo. Sentimientos inconfesables recorrieron sus venas. Edith no sabía que jamás le habían formulado semejante pregunta.

—Hablame de tu mamá —insistió.

Introdujo el resto del tallo y lo convirtió en una bolita verde que masticó rabiosamente. Al rato la escupió.

—Mi mamá.

—Sí.

—¿Te interesa, acaso? —arrancó otro tallo y repitió el procedimiento. Necesitaba escupir, arrojar sus pensamientos lejos de sí. Volvió a frotarse las sienes y miró a Edith con curiosidad; ¿por qué le preguntaba algo tan íntimo y doloroso?

—Hablar de la madre no es tan íntimo ni doloroso —dijo Edith, leyendo en su frente.

Sin embargo, lo era. Su madre padecía envejecimiento precoz, había sufrido pruebas horribles. Bastaba verla un segundo para adivinar los incendios que habían devorado su vida.

41

Ella tendió los dedos hacia el hombro de Rolf, pero se detuvo antes de tocarlo. Por tercera vez él frotó sus sienes; lo hizo con rudeza. No cabía mostrar debilidades ante una desconocida.

—Jamás hablé de esto con nadie.

—Ni has empezado a hablar. Por otra parte, ¿qué tendría de malo?

—Malo...

—A menudo se vincula la palabra madre con sufrimiento.

—No me gusta compartir ciertas cosas. Ya dije bastante.

—Creo que no has dicho nada —sonrió Edith.

—¡Qué diablos! —murmuró.

—Es natural que no puedas, Rolf —midió sus palabras—. Recién nos conocemos. Yo me siento como... como una amiga tuya. Si te hace mal seguir con el tema...

Estaba descompuesto. Su tristeza y su rabia tenían sentido, no su turbación. La miró de nuevo y el contacto de los ojos no fue como ella había imaginado en sus románticas fantasías: no correspondían a un idilio, sino a un simple y desconfiado acercamiento de alguien perplejo.

Rolf le habló entonces a la hierba, de la que siguió arrancando tallos. Surgió un rompecabezas confuso. Edith se enteró de que Franz tenía cinco y él tres años cuando su padre debió partir en el *Cap Trafalgar* al comienzo de la guerra.

—¿El *Cap Trafalgar*?

—¡Esa abominable historia!

—Claro, claro. Así que tu familia —trataba de entender lo que estaba escuchando—, tu familia permaneció separada. Tu padre aquí y el resto allá.

—Durante toda la guerra. Y un poco más: hasta después del Armisticio —escupió otra bolita verde—. Porque en vez de retornar mi padre a casa, es decir a las ruinas que quedaban de la casa, decidió que nosotros viajásemos a Buenos Aires. Y sí. En Alemania perdimos todo, nos quitaron todo. Mamá enfrentó mil ofensas, y cuando intentaba defenderse perdía, perdía siempre. Franz y yo éramos dos chicos inservibles, te imaginás. Ella era una débil y pobre mujer. La guerra hacía que cualquier trámite fuese asqueroso.

42

Pasamos hambre. Y mamá lloraba... Lloraba siempre; ríos de lágrimas. Se escondía para seguir llorando. Fue horrible y horrible es una palabra que apenas dice una pizca de lo que vivimos.

Movió el maxilar, como si se le hubiese dislocado.

—A los pocos meses de comenzar la guerra perdimos un hermanito. Papá ya no estaba y mamá —calló un rato— ...mamá abortó. Fue de noche y no supimos a quién pedir ayuda, porque el cuarto se había transformado en una pileta de sangre. Franz y yo corríamos en torno a su cama, chapaleando sobre los coágulos. No sabíamos qué hacer —se secó la frente con el dorso de la mano.

Edith lo vio hermoso, con el rubio cabello desordenado. Quiso brindarle consuelo. Tuvo ganas de abrazarlo. Pero permaneció inmóvil mirando su perfil agudo, sus labios llenos de odio.

Horas después, de memoria, Edith esbozó su retrato a lápiz. No era un buen retrato: fallaba el contorno de la cara y la proporción de su frente, pero expresaba desolación. Edith estaba impresionada por el resultado de su borrador. Lo estudió de cerca y de lejos. Era y no era Rolf. A pesar de los evidentes defectos que tenía, decidió mostrárselo a su tía Raquel, quien levantó las cejas azoradas.

—¿No te gusta?

Ella movió la cabeza.

—Es Rolf, ¿verdad? No. Es decir... me asusta. Edith, no salgas más con él.

Edith encogió los hombros y guardó el retrato en una carpeta.

Lo que menos esperaba era que Raquel mencionase su borrador en el momento de la despedida. Lo hizo por la ansiedad que tironeaba su corazón; necesitaba ocultar sus ganas de que se marchase cuanto antes y lo hizo mal; no tuvo en cuenta que ciertos hechos, aparentemente fútiles, acribillan a un alma susceptible.

Rolf se puso rígido como una estaca.

—Me gustaría ver ese retrato —exclamó el despistado Salomón.

—No lo terminé todavía —replicó Edith, incómoda.

Rolf apoyó su mirada de acero sobre los ojos de Edith. Le reprochaba haber usado su rostro sin permiso. Demasiada gente ya había pasado por encima de él a ambos lados del mar.

Edith, por su lado, hubiera querido explicarle su buena voluntad y su aprecio, que ese retrato era un gesto de cariño, no de abuso. Pero las palabras no acudieron a la boca. Ahí estaban sus tíos, cordiales y recelosos, ahí estaba Rolf echando llamaradas. El retrato que había dibujado testimoniaba la impresión que le produjo su sufrimiento, no una mofa de su cara.

Salomón estrechó la mano del muchacho junto a la verja de calle. Rolf inclinó la cabeza ante Raquel, parada junto al macizo de petunias, y le miró por última vez las piernas. Dijo haber olvidado algo y regresó al living por un minuto. Reapareció con su bolso al hombro. Edith tuvo ganas de abrazarlo, pero él comenzó el descenso de la loma. Tuvo ganas de llorar, correrlo, apretar sus hombros y sacudirlo con fuerza, hasta que se le cayesen los prejuicios y la absurda desconfianza, y el odio, y su maldita susceptibilidad.

Pero Rolf marchó más rápido que la voluntad de Edith. En la Sala de Primeros Auxilios lo esperaba su padre con un frasco de medicamentos en el bolsillo, dispuesto a iniciar el regreso a Buenos Aires.

En el piso del living yacían desparramados los fragmentos del otrora hermoso jarrón de Sèvres.

ROLF

El capitán Botzen no le sacó los ojos de encima. Eran garfios marrón claro que lo sujetaban desde el cuero cabelludo. Rolf hacía esfuerzos por parecer tranquilo bajo tanta presión, le dolía el estómago pese a mantenerlo comprimido con ambas manos. No entendía las intenciones de este hombre. Se sentía pequeño e inerme, avergonzado por el olor fecal que había dejado su padre. Ferdinand había sido expulsado y él retenido. No había lógica en lo que estaba ocurriendo.

El capitán se acarició las abultadas cejas, expulsó la tormenta de su rostro y habló como si no hubiese ocurrido nada. Su tono era ahora calmo, propio de un abuelo tierno. Rolf estaba sobre el borde de la silla y agitaba su pierna derecha. Botzen evidenciaba una repentina y desconcertante paciencia; sin apuro avanzaba hacia un clima secreto. Aunque se refería a temas impersonales, producía un raro confort. Mencionó el peligro bolchevique y la inestable República de Weimar, temas que también prendían en el conventillo. El capitán los analizaba con altura.

Botzen no tuvo que hacer mucho esfuerzo para serenar al muchacho. Tras envolverlo con su voz cavernosa y su mirada dominante, consiguió que aflojara el ceño. El capitán era una hipnótica síntesis del Káiser y de Bismarck. El poder que emanaba desde su trono llegaba como caricia tibia.

Durante los silencios Rolf echaba ojeadas a los costados. Filtrada por una vaporosa cortina se derramaba la luz del exterior. Las paredes estaban forradas con maderas. Frente a él la mesa de caoba sostenía carpetas y, a un lado, ardía una lámpara de bronce con pantalla verde. Esto era un palacio como los que —según contaba don Segismundo— había construido Ludwig II en las montañas de Baviera; Botzen era el rey o el ministro del rey.

Aquietó su pierna y retiró las manos del estómago.

El capitán tenía sobrada astucia para ganar adeptos y, más aún, descubrirlos al instante. Desde que Rolf había adelantado su pie en el despacho captó que podía servirle. La humillación a Ferdinand conseguiría que una quebrada devoción filial se trasladase a otro tipo de devoción. Hacía mucho que los hijos de ese borracho se consideraban huérfanos.

Tras un tiempo inmensurable lo acompañó hasta la puerta, cortesía que hizo temblar las rodillas del joven. Botzen, como si no diese excesiva importancia al asunto, apoyó sus gruesos dedos sobre el picaporte y preguntó si aceptaría incorporarse a un grupo de hombres leales al Káiser, dispuestos a luchar por el retorno de la monarquía. La respuesta no pudo ser sino un firme "¡Sí, señor capitán de corbeta!"

Le estrechó la mano e hizo el saludo militar.

45

—De lo que hablamos aquí, ¡ni una palabra a nadie!

—*Jawohl!*, señor capitán de corbeta.

Caminó hacia la salida, tal como apuntaba el índice del secretario. Su padre, más torpe que antes, lo siguió como un perrito. No hablaron en la calle, ni en la casa, ni en los días siguientes.

A la semana Rolf fue convocado. Se presentó puntualmente y entró enseguida al despacho del capitán. Botzen se puso de pie y lo invitó a sentarse en unos sillones próximos a la ventana. Trajeron café. Botzen lo indujo a servirse primero y dijo que le preocupaba el curso de la política argentina.

—La oposición contra el presidente Yrigoyen va a salir de los carriles constitucionales. Me parece que no lo van a dejar terminar su mandato.

Rolf había escuchado lo mismo.

—¿Con quién hablas de política?

—Con don Segismundo, un viejito que trabaja de sereno.

Botzen hizo otras disimuladas preguntas y lo paseó amablemente por variados asuntos. Cuando el secretario sirvió el segundo café ya le formulaba preguntas sobre su vida familiar, aunque estaba enterado de lo esencial.

—¿Trabajas?

—Sí, como cadete de una verdulería.

También contó que era el sostén económico de su madre.

—Ella se arregla con monedas.

El capitán lo acompañó nuevamente a la puerta; habían charlado durante dos horas y lo invitó para el día siguiente al mediodía. Rolf estaba feliz y atónito.

—Quiero que vengas con tus mejores zapatos.

El secretario se abstuvo de levantar su índice y le sonrió por primera vez. Volvió a sonreírle al día siguiente y lo hizo pasar ante la frustración de quienes estaban esperando con anterioridad. Botzen le miró los gastados zapatos y descerrajó:

—Te invito a almorzar.

El secretario lo condujo a una pequeña habitación con

un diván forrado en tela color pastel. Abrió la puerta central del ropero y aparecieron trajes colgados como en una tienda. Eligió un ambo gris, una camisa blanca y una corbata a rayas. Acomodó el conjunto sobre un diván.

—Cámbiese —dijo—; esta ropa le quedará bien.

Rolf acarició la camisa perfumada con espliego. Se vistió en estado de quimera y le costó hacerse el nudo de la corbata. El secretario lo retornó al despacho de Botzen, quien hablaba por teléfono. Hizo señas para que se acercase, así lo examinaba sin dejar el tubo; al otro lado de la línea padecía un subalterno porque le impartía órdenes secas, ríspidas. Al colgar, su rostro volvió a la amabilidad del abuelo y expresó simplemente:

—¿Estamos listos?

Rolf experimentó entonces el gusto de acompañar a un grande. El secretario, apostado en la puerta, entregó a su jefe un sombrero de fieltro y el bastón de mango dorado mientras informaba que estaban aseguradas las reservas. Descendieron hasta la puerta de calle donde los esperaba un automóvil que brillaba como un espejo. El chofer abrió la puerta posterior e hizo una profunda reverencia. Una vez instalados Botzen ordenó: *"Zum Edelweiss"*.

El ingreso al restaurante implicó pasar por una cadena de saludos. Rolf seguía al capitán como un ciego al lazarillo. Mucha gente rotaba sus cabezas y se producían murmullos. Cuando llegaron a la mesa, Rolf entendió que los mozos se apresurasen a correr la silla del capitán, pero se sintió abochornado cuando hicieron lo mismo con él. La silla se deslizó tras sus piernas. Delante de él había platos ribeteados, cubiertos fulgurantes y copas de cristal. El mantel era blanquísimo y sobre el plato se elevaba una gigantesca flor. Botzen la levantó con dos dedos y, mediante una sacudida, la convirtió en una servilleta que aterrizó sobre su falda. Dos enormes libros de pocas hojas sobrevolaron con elegancia las manos de los comensales. Botzen abrió el menú y preguntó si deseaba carne o pescado.

—Eh... me da igual.

—Lo que quieras.

—Los dos, entonces.

47

Botzen sonrió y dirigiéndose al maître, averiguó sobre entradas, salsas y vinos. Luego Rolf se esforzó por imitar la forma en que empuñaba los cubiertos. Pese a su hambre crónica, masticó lento y a boca cerrada.

En la sobremesa le comunicó que había conseguido un nuevo trabajo para su padre.

—Gracias —se sintió obligado a pronunciar esa palabra, aunque poco le interesaba ya: su padre no tenía cura y seguiría vaciando sus bolsillos en las tabernas.

—Dile que venga a verme.

—Lo haré —enseguida se arrepintió de la promesa.

—Tengo una noticia más importante —vació el pocillo y lo depositó en el diminuto plato—. Empezarás a trabajar en una empresa de capitales alemanes. Tu capacidad no merece desperdiciarse en una verdulería. Ganarás el triple.

A Rolf se le redondearon los ojos.

Dos semanas más tarde Botzen lo recibió al anochecer. Le había anunciado que en esa oportunidad ocurriría uno de los actos más importantes de su vida: prestaría juramento de fidelidad al Káiser y al Reich. Rolf vestía la ropa del almuerzo.

Lo hizo sentar frente a su escritorio, como la primera vez. Como la primera vez, lo miró con fijeza; sus ojos marrón claro volvieron a parecer garfios que lo sujetaban desde el cuero cabelludo. Con voz ronca preguntó si continuaba decidido —hizo una pausa— a inmolar su vida por el Káiser y su Reich.

—¡Sí, señor capitán de corbeta!

Botzen mantuvo firmes sus pupilas: eran imanes que se tragaban el mundo.

—Pasaremos entonces a la jura.

Se incorporó y Rolf lo imitó al instante. Rodeó el escritorio y lo tomó del brazo. Los dedos del capitán hicieron presión. Lentamente lo condujo hacia la pared que enfrentaba a la ventana. Una lámpara de pie iluminaba un retrato del Káiser Guillermo II, más pequeño y nítido que el de la sala de espera. Se quedaron de pie, contemplándolo.

—Esta ceremonia es decisiva —dijo Botzen—. Sólo estamos nosotros y el Káiser, porque los pasos trascendentes no son un espectáculo, sino una metamorfosis del alma. Este Káiser ha sido el último en ocupar el trono de nuestro Reich. Fue derrocado por una revolución infame que desembocó en la patética República de Weimar. Representa a la monarquía que debemos restaurar. El Káiser, como institución, sigue vivo y fuerte en el alma de todo alemán bien nacido. Jurarás, pues, ante un retrato de gran carga emblemática, porque fue tomado cuando Guillermo ejercía sus plenipotencias. De tu juramento, Dios y yo seremos testigos. Es un juramento que te comprometerá de por vida, Rolf Keiper.

Apretó más su brazo, para que las palabras también se grabasen en sus músculos.

—Pregunto otra vez, pero ahora delante de este venerable retrato: ¿estás decidido a cumplir tan noble y sacrificado juramento?

—¡Sí, señor capitán de corbeta!

—Bien. Entonces adopta la posición de firmes y mira fijo a nuestro último Káiser. Levanta el brazo derecho. Repetirás conmigo cada una de las palabras que yo diga. ¿Listo?

Asintió.

—Juro por Dios nuestro Señor...

—Juro por Dios nuestro Señor...

—dedicar mi vida y mis afanes...

—dedicar mi vida y mis afanes...

—a la restauración del Reich y su monarquía...

—a la restauración del Reich y su monarquía...

—en nuestra Patria...

—en nuestra Patria...

—por todos los medios a mi alcance...

—por todos los medios a mi alcance...

—Si así no lo hiciere...

—Si así no lo hiciere...

—caigan sobre mí...

—caigan sobre mí...

—las condenas del Cielo y de la Tierra...

—las condenas del Cielo y de la Tierra...

El capitán giró lentamente hacia Rolf, abrió grandes los brazos y lo estrechó en un abrazo prolongado.

Luego Botzen se dirigió a un pequeño mueble; extrajo una botella de coñac y dos copas. Vertió el ambarino líquido, ofreció una copa a Rolf y levantó la suya.

—*Zum Wohl!*

—*Zum Wohl!*

Lo bebió de un golpe. Se enrojecieron levemente sus mejillas.

—Desde ahora ya no eres el mismo de antes: integras una sagrada legión.

—¡Sí, señor capitán de corbeta!

—Ve entonces a lo de mi secretario, que te dará las instrucciones iniciales.

En el pecho de Rolf se produjo una suelta de palomas.

Las clases de formación ideológica tuvieron lugar en horas de la noche. Los jóvenes del clandestino pelotón ingresaban al edificio de la avenida Santa Fe en forma dosificada. Debían subir la escalera de granito y anunciarse mediante la contraseña "quince lobos" y dos golpes suaves y cortos seguidos por uno más intenso.

Los muchachos se concentraban puntualmente en la antesala junto al flamígero secretario, quien a las nueve y treinta en punto los hacía ingresar en el despacho de Botzen.

Rolf quedó impresionado la primera noche. Contó quince sillas en hemiciclo frente al escritorio de caoba. La araña central refulgía a pleno; los espesos cortinados que durante el día estaban plegados contra los bordes se habían extendido como en los apagones de guerra. Habían desaparecido carpetas y expedientes, sólo ardía en un ángulo la lámpara de bronce con pantalla verde. En torno al retrato del Káiser ante el cual prestó juramento de fidelidad se había instalado una guirnalda de laureles frescos.

Los quince jóvenes se sentaron con miradas recelosas. El secretario supervisó la ubicación de cada uno y extendió una planilla; ordenó que se pusieran de pie y dijeran "presente" a medida que los nombrase. Rolf conoció de esta manera a sus catorce camaradas, todos de unos veinte años aproximadamente, el cabello bien cortado y camisas pardas. Después el secretario guardó la planilla en una carpeta, verificó que tenía prendidos los seis botones de su chaqueta azul a rayas finas y caminó hacia la puerta.

En unos minutos anunció con voz estentórea al capitán, quien ingresó marcialmente, vestido de uniforme naval oscuro.

Los jóvenes se incorporaron ruidosamente. Botzen hizo sonar los tacos, recorrió con sus ojos de tigre a la audiencia y luego tomó asiento en su alto sillón. El secretario hizo señas a un muchacho cuya silla se había corrido de la alineación perfecta.

La pierna derecha de Rolf empezó a moverse, pero advirtió a tiempo que el secretario estaba por apuntarla con su índice en bayoneta.

—Ustedes integran el pelotón de los Lobos. El lobo es un animal feroz. Serán feroces en la lucha por nuestra causa. Así lo han jurado.

Esperó a que este concepto se enterrase profundamente en el alma de cada discípulo y tendió sus manos hacia adelante como si quisiera tocar quince rostros a la vez.

—La tarea que cumplirán es maravillosa. Heroica. Quiero que la realicen a conciencia. Por eso informaré verdades que los harán hervir de entusiasmo.

Volvió a temblar la pierna de Rolf, pero la contuvo con ambas manos sobre la rodilla.

—Hay mucho para hacer dentro y fuera de nuestra comunidad alemana —dijo en la primera de sus clases y luego repitió en las sucesivas—. Para proceder con eficacia es imprescindible diferenciar la izquierda de la derecha como al Diablo de Dios. ¿Saben ustedes qué es la derecha y qué la izquierda en este país? —durante la pausa sus ojos penetrantes hicieron bajar quince miradas—. La izquierda en Argentina proviene del siglo XIX. Es el Diablo: muy activa y emprendedora. Fueron malos alemanes de esa horrible tendencia quienes en 1882 fundaron el primer Club Socialista con un nombre que les resultaba estimulante: *Vorwarts*. Da vergüenza contarlo, pero esos izquierdistas, gracias a sus mentiras, reclutaron la adhesión de republicanos y liberales que, desde su imbecilidad centrista, no advirtieron la tram-

51

pa. Fue una trampa mortal que se puso en evidencia en
1918. ¿Qué pasó en 1918, cuando terminó la guerra? Pasó
que los izquierdistas, como habría de esperarse, lideraron
tumultuosas asambleas populares para suscribir los bochor-
nosos Catorce Puntos que impuso el presidente de los Estados Unidos para lograr una paz "justa", que en vez de paz
justa era el hundimiento definitivo de nuestra querida Patria. ¡Los izquierdistas son traidores a la Patria! Y apoyaron
su humillación. Apoyaron los Catorce Puntos y el *Diktat* de
Versalles y todo lo que llevaba al sometimiento de Alemania.

Rolf había escuchado lo mismo en su casa, en el conventillo y en la voz de don Segismundo.

—Por ser destructores congénitos —prosiguió—, los izquierdistas se pronunciaron en favor del sistema republicano en Alemania y Austria —soltó una carcajada; Rolf nunca
lo había visto reír; sus dientes asomaron grandes y amarillos—. ¡Un sistema republicano! ¡Un sistema que los alemanes jamás practicamos ni podía devolvernos la gloria! Querían asesinar de un solo golpe al Káiser, al Reich y a la
Deutschtum.

Luego desembarcó en la situación argentina local.

—¡Esos asquerosos izquierdistas pretendieron tomar el
control de la DVA (*Deutscher Volksbund für Argentinien*),
que había fundado la ex Legación Alemana Imperial bajo
mi propia iniciativa! ¡Ardan en el infierno por cochinos! Y
además, mis queridos Lobos, consiguieron el apoyo, el lógico apoyo de... —Rolf advirtió que hacía una pausa antes de
precisar la denuncia—, ¡los judíos alemanes radicados aquí!

Infló su pecho y emitió una convicción irrefutable:

—Los judíos son a la vez izquierdistas, liberales, republicanos y pacifistas, además de pérfidos —extendió los cinco
dedos de la mano enérgicamente separados.

En la cabeza de Rolf aparecieron Raquel y Salomón
Eisenbach. Y también Edith, la traidora Edith.

—No he terminado la lista de enemigos conducidos por
el demonio bolchevique.

Acarició el abultado bigote mientras paseaba su mirada
filosa por el rostro de cada muchacho.

—Debo agregar —soltó el dato en forma lenta, como un acoplado que descarga pesados bultos— al influyente diario que se autoproclama independiente, pero es una mierda izquierdista, llamado *Argentinisches Tageblatt*, fundado por Juan Alemann y dirigido por su innoble hijo Ernesto, ambos Judas suizos que se escudan tras la ciudadanía argentina. ¡Merecen la hoguera, porque integran el campo de la derrota y la degeneración!

Esa primera clase terminó en forma exaltada, pero nadie se atrevió a mover un dedo ni a hacer comentarios: miraban al capitán-hechicero con ojos impregnados de fascinación. Permanecieron en sus sillas digiriendo las explosivas enseñanzas hasta que se retiró Botzen y su secretario ordenó evacuar el edificio.

En las clases sucesivas fueron atrapados por otras noticias, entre ellas los afanes de Botzen por unificar a los leales del querido Káiser, los llamados *Kaisertreuen*. También explicó que infundía coraje, desde su inmunidad y prestigio diplomático, a la asociación monárquica *Stahlhelm*. Ahora aumentaba su capacidad de acción mediante organizaciones llamadas *Landesgruppen*, una de las cuales era precisamente este clandestino pelotón de Lobos.

Hacia fines de abril confió a sus discípulos que contaba con el apoyo político del tenor Kirchoff, contratado en forma permanente por el Teatro Colón. Botzen preguntó si importaba que un célebre cantante adhiriese a la causa de la resurrección nacional. Su rostro apuntó a Rolf, y Rolf se inquietó. Botzen, sin embargo, pedía pero no esperaba respuesta; su secretario los había instruido para que permanecieran con la boca cosida: el único que sabía y merecía ser escuchado era el capitán.

—Importa mucho —contestó a su propia pregunta—, porque Kirchoff ha sido encargado de fundar en Buenos Aires una rama del DNVP, el *Deutsch-Nationale Volkspartei*, Partido Nacional del Pueblo Alemán.

Quince pares de ojos lo miraron intrigados.

—El DNVP —explicó en tono solemne— es la nueva esperanza.

A principios de junio, tras frotar la tormenta de sus ojos

reconoció que era mucho lo realizado. Pero insuficiente.

—Hay que llenarse de pasión, mucha pasión. Y de odio. ¿Tienen odio?

Rolf hubiera querido decirle que sí, porque en esas luminosas clases había tomado conciencia de las injusticias que se cometieron contra el pueblo alemán.

—El odio es un fuego sagrado. ¡Con él destruiremos a nuestros enemigos y calentaremos el gran corazón de la patria! —rugió—. ¡Que desborde nuestros pechos y cabezas!

Rolf pensó que su odio contra los maliciosos Eisenbach debía satisfacerse mejor que tirando al piso un jarrón de Sèvres. Era tiempo de tomarse un desquite más profundo. Esos judíos se habían burlado de él y de su padre con el disfraz de samaritanos. Edith, como premio a sus dolorosas confidencias, le había dibujado un retrato secreto. ¿Por qué? ¿Para qué? Para clavarle agujas, seguramente. ¿No dicen que los judíos inventaron la magia negra? Los *Landesgruppen* que organizaba el capitán pronto realizarían ataques relámpago, al estilo de la SA de Alemania. Entonces tendría la ocasión de darles su merecido. Pero ¿debía esperar tanto?

Botzen no ocultó a sus discípulos que era apreciado porque tenía mucho para ofrecer a los poderosos de la Argentina: desde asesores militares clandestinos hasta buenos negocios. Gracias a su influencia los *Landesgruppen* gozaban de vía libre para crecer y multiplicarse.

Rolf volvió a pensar en los Eisenbach. Desde febrero a junio había dejado pasar mucho tiempo. No debían permanecer impunes sus ofensas ni podía permitir que Edith siguiera clavándole agujas a su retrato. Le estalló una idea. Algo complicada, por cierto. Había concluido una trepidante clase y en su corazón galopaba el heroísmo. En pocos días la idea se perfeccionó. La vehemencia de Botzen era un combustible poderoso. Despertaba en medio de la noche y se excitaba con la idea convertida en proyecto. Por instantes reaparecían los muslos de Raquel y fantaseaba que conseguía encerrarla en el pequeño depósito donde había dormido. Le tapaba la boca con una mano y con la otra recorría su piel tibia. La imaginaba resistiéndose en forma

54

dudosa. Pronto Raquel manifestaba entusiasmo por la
hercúlea erección y la batalla terminaba con una masturba-
ción violenta y frustrante. Rolf mordía la almohada e insultaba a esa ramera que en el extremo culminante se esfumaba haciéndole burla. Su plan no debía demorarse y decidió
que al día siguiente buscaría a Edith a la salida del colegio.

Hacia fines de junio el secretario colgó un mapa de la
República Argentina que se extendía del techo al zócalo.
Botzen se frotó los párpados y preguntó:
—¿Cómo andan en geografía?
Silencio.
Se acercó a los expectantes Lobos. Quince muchachos
se encogieron ante el capitán, que caminó tan próximo que
pudieron olerle la gruesa tela del traje. Con el índice les rozó
las puntas de las narices, una por una, como si las quisiera
recoger. Luego fue hacia el mapa y lo apoyó sobre su lustro-
sa superficie.
—¡Miren!
El pelotón adelantó sus asentaderas hasta el borde de las
sillas. El dedo golpeteó sobre el mapa.
—En este gigantesco territorio argentino viven doscientos cincuenta mil germano-hablantes. ¿Qué les parece? ¿No
es mucho? Claro que sí. Desde el siglo pasado se han esta-
blecido en varias provincias formando colonias agrícolas.
Aquí, aquí, aquí, aquí —desplazaba el índice de arriba abajo y de izquierda a derecha—. En su mayoría son germano-
hablantes que provienen de la cuenca del Volga, de Ucrania,
no de nuestro querido Reich. ¿Tiene eso importancia? Sí, la
tiene: es la razón de su débil conciencia nacional; han estado y todavía están apartados del destino colectivo. ¿Qué
debemos hacer con ellos? Pues debemos despertarlos. Tienen nuestra sangre, integran nuestro pueblo. Pero —frotó
nuevamente sus párpados, y ese gesto pareció transmitir un
dolor tan grande que estremeció a los discípulos— están ale-
targados por la ignorancia.
Corrió su índice hacia los círculos negros.
—En las grandes ciudades —señaló Córdoba, Rosario,

Buenos Aires—, la conciencia nacional también flaquea entre quienes provienen del Reich propiamente dicho. Les voy a contar algo muy triste: durante la guerra muchas firmas argentinas que simpatizaban con Francia y Gran Bretaña despidieron a los empleados alemanes, y esos pobres desocupados, esos desocupados sin esperanza, comenzaron a ocultar su origen, a detestar su origen mal visto para conseguir un nuevo empleo. La desesperación los transformó en alemanes vergonzantes. ¿Imaginan cuánto deberemos luchar para recuperarlos? Pero lo más agobiante es que, escúchenme bien, es que... ¡firmas alemanas!, ¿debo repetir?, firmas alemanas cobardes también despidieron a sus empleados alemanes para contratar criollos o inmigrantes de otros países —sus ojos se humedecieron—. ¿Por qué? muy simple y muy asqueroso: para congraciarse con la opinión dominante, que estaba en contra de nuestro querido Reich.

Lo escuchaban con la boca abierta.

—Y no sólo esto —agregó—. De una manera disimulada esas mismas firmas, poderosas y traidoras, comerciaron con los enemigos del Reich. ¡Lo denuncio indignado! ¡Sobran las pruebas! —descargó tres puñetazos—. ¡Lo hicieron a costa de nuestros cadáveres y de nuestra derrota!

El aire se había electrizado.

Botzen retornó a su alto sillón. Cruzó y descruzó los brazos. Luego las piernas. Dio tiempo y silencio para que el pelotón metabolizara los horribles datos.

—Aquí no termina la tragedia —atusó el bigote, decidido a meter más brasas en los indignados jóvenes—. Mientras los bastardos amasaban dinero, nuestras colonias de germano-hablantes colapsaban; se fundieron cientos de agricultores y millares de compatriotas quedaron sin pan ni trabajo. Se convirtieron en *clochards*, como dicen los franceses, o en atorrantes y linyeras, como se dice con más propiedad en la Argentina.

Rolf unió cabos: también su padre quiso convertirse en *clochard*, viajar sobre los techos de los trenes, dormir en los caños. Siguió el modelo de otros alemanes perdidos y adoptó la miserable ruta de los vagabundos. Lo evocó sepultado por gasas y con cables de suero en las venas; quiso tenerle lástima. Pero enseguida lo ahogó el rencor: a las dos semanas de instalados en el mugriento conventillo le había pegado a Franz hasta sacarle sangre por la nariz y al mes, borracho, había querido violar a su propia mujer delante de los hijos.

Botzen lo sacó de su ensoñación.

—Para recuperar a millares de connacionales desalentados, debemos tener en cuenta el otro lado de la luna. Les pido que hagan un esfuerzo para comprenderme. Lo que voy a decirles es fundamental. No quiero que se confundan. He denunciado a firmas y empresarios alemanes traidores, cegados por la voracidad. Pero no estoy en contra de las empresas. ¡Ojo! —su índice bajó el párpado inferior derecho—, una cosa es criticar a los empresarios sin patriotismo y otra muy distinta es hablar como los bolcheviques.

Acomodó el nudo de su corbata.

—El poderío económico alemán debe crecer en todas partes, incluso en la Argentina. Pero al servicio de la monarquía y la resurrección nacional. Hace un rato les informé sobre la traición de varias firmas. Nuestro deber no consiste en destruir esas firmas, como desearían los izquierdistas, sino en impedir que repitan su traición. ¿Me han entendido?

Rolf entendió perfectamente.

—Saldremos de la miseria y de la impotencia cuando ese poderío económico se ponga al servicio incondicional de nuestra causa. Ya ocurre en la querida patria: grandes industriales, ligas agrarias, grupos *volkisch*, ligas de empleados de comercio, terratenientes, bancos y distinguidas figuras de la nobleza han decidido plegarse a la gran corriente nacional que encabeza el DNVP. Detrás de mi Partido, que es también el vuestro, marchará el DVP (*Deutsche Volkspartei*, Partido del Pueblo Alemán), que hereda a los nacional-liberales; el BVP (*Bayerische Volkspartei*, Partido Popular Bávaro), que arrastra a los católicos monárquicos de Baviera, y el NSDAP (*Nationalsozialistische Deutsche Arbeiterpartei*, Partido Nacionalsocialista de los Trabajadores de Alemania), que muchos llaman el Movimiento de Hitler. ¡A esta maravillosa e incontenible confluencia la quiero también para la Argentina!

Rolf supuso que el capitán se había conformado con ofrecer este panorama esclarecedor. Pero faltaban los detalles provistos de dinamita.

—¿Tienen una idea sobre cuánto suman las firmas alemanas radicadas en este país? ¿Saben cuánto significan empresas como, por ejemplo —las enumeró con los dedos—, Bemberg, Staudt, Bayer, Lahusen, Heimendahl, Bunge y Tornquist? Agreguen a esa montaña dos bancos fuertes como el Alemán Transatlántico y el Germánico de América del Sur. ¿Me van siguiendo? Comprenden que hablo de montos astronómicos? Ustedes son jóvenes e idealistas, pero deben tener en cuenta que el dinero mueve cordilleras. A esas firmas, mis queridos Lobos, hay que añadir las subsidiarias que vinieron aquí después de la guerra. ¿Saben cuántas son, aproximadamente? ¿No? Son muchas... Bien; lo voy a decir; escuchen y agárrense de las sillas: ¡noventa subsidiarias! Repito: ¡noventa! Entre ellas, presten atención —volvió a enumerar con los dedos—, Siemens, Thyssen Lametal, Krupp, Schering, AEG, Merck. ¿Qué les parece?

Bajo la piel de los jóvenes corría aceite hirviendo porque muchos nombres sonaban conocidos.

—Esa riqueza —insistió— debe fundirse en un haz organizado y compacto. Por las buenas o por las malas. Y ustedes, mis queridos Lobos, tendrán mucho trabajo en cuanto debamos obtenerlas por las malas.

El corazón de Rolf dio un brinco. Desde que había empezado su adoctrinamiento esperaba el prometido entrenamiento práctico. Tenía ganas de golpear, acuchillar y poner explosivos, como lo hacía con tanto éxito la SA.

—No es justo que algunos alemanes se hagan los distraídos, escondan la bolsa y vivan como en los tiempos dorados del Reich. No están a la altura de su deber. Tienen residencias fastuosas en San Isidro, Vicente López, Olivos, La Lucila, Martínez y Villa Devoto. Fundaron un Rowing Club exclusivo en el delta, un Club Hípico en Palermo y un suntuoso Club Germano en la avenida Córdoba. Llenan los transatlánticos en rumbosos viajes de placer. Y no sostienen a las instituciones que fortifican la *Deutschtum*. ¡Subleva que estos alemanes ricos no manifiesten orgullo por su sangre!

¡Subleva que entreguen la iniciativa a los comunistas, los judíos y los liberales!

Levantó los brazos hacia el techo, como si invocara a los dioses.

—Nuestra comunidad germano-hablante sufre desorganización y decadencia. Marcha a la deriva como la degenerada República de Weimar. ¡Y nos toca a nosotros, a los esclarecidos nacionalistas, enderezar el rumbo, desplazar a los dirigentes corruptos y tomar posesión de las instituciones comunitarias!

Tras expresiones tan encendidas, Rolf no sabía qué hacer para inhibir sus deseos de salir a guerrear inmediatamente. Botzen les tenía reservada una sorpresa.

—Deseo informarles que hasta ahora se han comportado de acuerdo a mis expectativas. Han sido puntuales, atentos y disciplinados. En consecuencia, viene el premio: pasado mañana comenzarán su entrenamiento paramilitar.

EDITH

El torrente de alumnos salía del colegio Burmeister y Edith enfiló hacia la parada del tranvía 16 que la dejaba a pocos metros de su casa. Se detuvo al reconocer el cabello de Rolf tras un plátano, en la vereda de enfrente. Pero se ocultaba como si jugase a las escondidas. Qué raro. Edith tuvo ganas de acercarse y sus piernas la alejaron. Una semana después se repitió la escena. Entonces no pudo frenar su impulso. Venía por ella, venía arrepentido.

Lo imaginó atormentado, hundiéndose en la corteza del árbol. Ella simuló querer alcanzar a una amiga, giró de golpe y lo miró a los ojos. Tal como lo había sospechado, hundía su espalda en el tronco.

—¡Rolf! —fingió sorpresa.

—Hola —un mechón se deslizó sobre su frente.

—Qué casualidad.

—Sí...

—Éste era también tu colegio —el mentón de Edith apuntó hacia el edificio.

—Claro.

—Qué bueno verte.

Levantó su mechón. A ella le resultaba conmovedor que un hombre de esas dimensiones se acobardase ante su mera presencia. Durante unos segundos estuvieron a corta distancia. En el cerebro de Rolf latían inconfesables intenciones que se transformaron en gotitas de sudor.

—Hoy tuve geografía con el Burro —comentó Edith.

—Ah —sonrió apenas y sus ojos azules la miraron por un instante con tanta ira que parecieron emitir un fogonazo—. Con el Burro, decís; con esa bestia.

—¡Es tan burro el Burro!

—Sí —Rolf enderezó el cinto que sujetaba su amplio pantalón gris—. Bueno, me voy.

¿Se iba? Entonces confirmaba que su extraño juego sólo tenía el propósito de encontrarla.

—Una compañera le hizo reconocer al Burro que había cometido un error —procuró extender el diálogo.

—¿En serio?

—Fue muy audaz. Pidió ir al frente y mostró sobre el mapa que él había estado hablando de las isotermas mientras se refería a las isobaras. ¿Te das cuenta? Nos tapamos la boca para no reír a los gritos. El Burro quiso hacerse el desentendido, como siempre, pero mi compañera insistió. Y le ganó.

—¿Se atrevió a tanto? Ese hombre es un mal tipo.

—Por supuesto que se atrevió. Y el Burro, dándose cuenta de que perdía, se dio un golpecito en la frente y dijo a la ventana: "Ah, sí, bueno, fue un lapsus, vamos a seguir con otro tema".

Un perro olisqueó la botamanga de Rolf, levantó su pata y lanzó un chorrito. Rolf se apartó enfurecido y de un puntapié lo hizo volar al centro de la calle. El cuzco lanzó ladridos agónicos mientras rodaba por el pavimento.

—¡Pobrecito! —exclamó ella.

—Bestia de porquería... —masculló al examinar el estado de sus pantalones.

—¿No te gustan los animales? —dudaba si acudir en auxilio del perro.

—Más o menos. Algunos. Sólo algunos —le hizo bien la

descarga de su tensión; enseguida pudo preguntarle con la naturalidad que había ensayado pero no le salía fácilmente—: ¿Hacia dónde vas?

—A casa, a la parada del tranvía.

—Yo también.

Edith pasó su bolso a la mano derecha.

—Vamos juntos, entonces.

Era lo que Rolf deseaba.

—No debías haberlo pateado, pobre animalito.

Caminaron con sus hombros a prudente distancia. Él evitaba mirarla para no denunciar sus intenciones, lo cual permitió que ella lo estudiase a gusto. Tal como lo había registrado en Bariloche, era alto y atractivo; tenía pronunciada la nuez de Adán y sus manos eran llamativamente grandes.

Se detuvieron en la parada.

—¿Viajás en el 16?

—A veces —contestó Rolf—. En realidad, sí.

Al aproximarse el vagón, él se corrió a un extremo y ella exclamó:

—¿No venís? Bueno, gracias por acompañarme. Ojalá nos veamos más seguido.

A Rolf se le ensancharon las comisuras de los labios mientras sus ojos se atrevían a subir hasta los de Edith y lanzaban otro fogonazo.

No transcurrió una semana y ella lo vio nuevamente junto al árbol. Pero ya no se escondía. Qué ridículo había estado la otra vez; a qué disparates lo forzaba su carácter retorcido, pensó. Rolf la saludó con un leve movimiento de los dedos. Ella cruzó hacia el plátano que le servía de escudo, y volvieron a caminar hasta la parada. Charlaron sobre otros risibles profesores porque era la mejor forma de comunicarse. Al despedirse se dieron la mano. Para el carácter de Rolf, era un progreso considerable, dedujo Edith.

En la tercera ocasión dijo que también él iba a viajar en el tranvía 16. Pese a los cuidados que desplegaba en esta lenta seducción, dijo más de lo imprescindible: inventó que su madre le había encargado una diligencia.

—Ah, pero, ¿no era que viajabas habitualmente en este tranvía?

—Dije a veces. Ahora voy por una diligencia.

Encontraron un asiento libre. Sus brazos se rozaban y, encendidos por la sensación, incursionaron en política debido a que otros pasajeros hablaban del gobierno. Rolf abrió las manos y coincidió en que no podía decirse otra cosa: todo estaba corrompido, los políticos eran ineptos y los ministros unos degenerados. En su opinión hacía falta un gobierno fuerte. Incluso reprodujo algunas frases maravillosas del capitán Botzen sobre la moral que debería existir en la administración pública. Suponía que ella se iba a impresionar. Pero Edith opuso suaves objeciones: le parecían justas las críticas, sólo algunas, no todo era descartable.

—Completamente descartable —él enfatizó y casi apoyó su mano sobre la de Edith—. El mejor ejemplo es Italia. Allí Mussolini barrió con los partidos de la inmoralidad y la decadencia.

—Mussolini no me resulta atractivo, francamente.

Rolf entendió que debía invertir rápido su estrategia: no hablar. Que lo hiciera ella. Si él comunicaba sus esclarecidas ideas nacionalistas, se daría cuenta de que estaba siguiendo un curso de adoctrinamiento y podría llegar a deducir que lo dictaba el capitán Botzen, el mismo que había enviado un telegrama a sus tíos. Rolf sólo buscaba enterarse sobre secretos de la familia Eisenbach y de la comunidad judía para hacerles daño. Esto era audaz y fantástico, difícil pero posible. Edith iba a funcionar como guía: su vanidad la llevaría a exhibir lo que él necesitaba. Tenía ventaja sobre sus camaradas porque ninguno había siquiera hablado con un judío. Rolf, en cambio, había comido y dormido en una de sus viviendas; y estaba en condiciones de sacar provecho haciéndose el amigo de esa brujita.

Descendieron juntos y él insistió en acompañarla hasta la puerta de su casa. Edith lo tomó como una gentileza, pero no lo invitó a entrar porque nunca lo había hecho hasta entonces sin el permiso de sus padres. Se despidieron con un apretón de manos fugaz. Rolf memorizó el sitio.

En los sucesivos encuentros el apretón se tornó más prolongado. El barrio se llamaba Constitución y la estación de trenes quedaba a quince cuadras de distancia. Faltaba saber dónde quedaba la óptica de su padre, cuántas agujas había clavado a su retrato y dónde lo guardaba, a qué sinagoga concurrían, qué funciones conspirativas desempeñaban su padre y su madre, cómo se organizaban las colectas comunitarias, dónde escondían el oro.

Cada semana reaparecía junto al plátano y saludaba con un leve movimiento de los dedos. Ambos estaban felices: Edith aún creía posible un idilio y Rolf acumulaba información.

Los temas políticos quedaron a cargo exclusivo de Edith. Rolf se limitaba a escuchar cínicamente y mentir coincidencias. Para ella Yrigoyen debía continuar en la presidencia de la Nación hasta las próximas elecciones, porque en una democracia sólo las elecciones determinaban los cambios de gobierno. Rolf apretaba los dientes para no refutar semejante estupidez. A Edith también le gustaba la República de Weimar.

—Pese a la tremenda inflación de posguerra, la situación en Alemania ha mejorado mucho. Desde 1925 se ha estabilizado la moneda, llegan capitales y se produjo un florecimiento cultural impresionante.

No era lo que Rolf quería saber. Tampoco le interesaban sus lecturas, sus estudios de plástica y las maravillosas óperas que escuchaba en el Teatro Colón. Había momentos en que lo asaltaban ganas de gritarle "basta, mujer idiota: contame sobre las reuniones del sanhedrín, dónde esconden los cofres de oro, en qué sitio planifican la próxima guerra".

Edith admiraba la voz de su madre, llamada Cósima como la hija de Franz Liszt. Y adoraba a su padre, que narraba deliciosas historias. Su padre era muy culto, decía. A Rolf no le gustaban esas delicias del hogar porque lo asaltaba una tormentosa envidia, pero aguardaba que ese tema desembocase en los datos secretos. Memorizó en qué fechas iban al Colón, cuáles eran los horarios de trabajo de su padre, qué comidas prefería Cósima, y hasta el nombre de algunas familias amigas.

Hacia fines de julio ella dijo que algunos domingos viajaban al Tigre.

—Hermoso lugar —se le escapó a Rolf.

—¿Lo conocés?

—Mmm... —apretó los labios, debía evitar que se enterase.

—Es maravilloso, ¿no es cierto?

—Sí, me han dicho. Yo, la verdad es... —le afligió suponer que ella se había dado cuenta de que allí había comenzado su entrenamiento paramilitar; urgía cambiar de tema—. ¿Te gusta el tango?

Edith lo miró extrañada.

—Más o menos; ¿por qué?

—Digo. No entiendo bien las letras.

—Ah, porque usan el lunfardo.

Se acababa el viaje y Rolf no conseguía penetrar en el codiciado laberinto. Era necesario variar la estrategia y atacar de modo frontal; a este ritmo ella sabría más de él que él de ella. El trabajo se volvía peligroso y con un par de deslices adicionales Rolf merecería que Botzen lo mandase fusilar.

—¿Sos... israelita?

Edith giró la cabeza para mirarle los furtivos ojos y capturar qué ocurría en su alma. Rolf temió haber echado a perder su paciente tarea.

—Judía, ibas a decir.

—No quería...

—¿No me querías ofender?

—Eso.

—Judía suena a insulto, ¿verdad?

—No sé.

—No me has hecho ninguna ofensa. No soy israelita, no soy judía.

—¿Cómo?

—¿Qué te ha hecho pensar así?

—Tu apellido, tus tíos.

—Mi apellido es estrictamente alemán.

—Tus tíos, tus padres.

—Yo soy católica —adelantó el mentón desafiante.

—¿Católica?

—También mamá.

—Pero...

—Papá no es católico. Te diré más: ignoro si es judío. Creo que ni él mismo lo sabe.

—Entonces es judío, como su hermano Salomón, como tu tía Raquel.

—Probablemente sea más judío que otra cosa. Pero él no lo dice. No ejerce como judío.

Rolf apretó los finos labios. ¿Cómo podía no ser algo que sí era? Típica respuesta judía, pensó; respuesta para confundir a la gente. Así ocultan sus secretos y pueden enfermar al mundo.

Cuando se despidieron, el apretón de manos fue breve y los ojos de Rolf produjeron un fogonazo más intenso que los anteriores.

A la semana volvió a presentarse. Sus ganas de capturar los enigmas de la diabólica raza eran tan fuertes que no podía resignarse al fracaso de su plan. Repitió cada uno de los pasos que habían formado la rutina de los anteriores encuentros, como si nada diferente se hubiese interpuesto: saludo vacilante, espera hasta que Edith se arrimase al árbol, caminata lenta hasta la parada del tranvía, viaje compartido, descenso a pocos metros de la casa. Rolf concentró su agresividad en los docentes que aún podían recibir más golpes. Pero Edith, ya cansada de tanta masacre, le preguntó sonriente, sin medir las consecuencias de sus palabras, cuáles eran las diligencias que semana tras semana realizaba para su madre en este barrio.

Rolf palideció. Se sintió atacado por sorpresa, desnudo: le había adivinado las intenciones, era una bruja.

—Si te molesta mi compañía, no tenés más que decirlo —su voz se había vuelto pedregosa, debía contraatacar.

Ella rió.

—¡Te enojás por una simple pregunta!

—No es una pregunta; pasa que me querés tomar el pelo —su rostro era cruzado por el viento; esta judía le había mentido siempre; y ahora lo estaba derrotando.

Se apartó unos centímetros, como si ella fuese una granada a punto de estallar. Pero Edith procuró quitar dramatismo a la incomprensible situación.

—Si no es una simple pregunta —continuaba sonriendo—, ¿qué otra cosa puede ser?

Rechinaron las muelas de Rolf.

Edith hubiera querido tomarlo por los brazos y acariciarle las furiosas mejillas; otra vez le daba pena, como en Bariloche. Pero también miedo.

—Sinceramente —dijo—, tu compañía me resulta grata, entretenida.

Sus ojos expresaron más disgusto.

—¿Me tomaste por bufón?

Edith olió la intensidad de su odio. Entonces apeló a un recurso desesperado. Dijo que en el Teatro Colón se presentarían dos cantantes alemanes de primer nivel y que serían acompañados por el tenor Kirchoff. Que le sugería asistir, le encantaría.

Kirchoff era una pieza clave de Botzen; esta brujita le había ganado en velocidad. Debía marcharse ya, de la misma forma que en Bariloche.

ROLF

La noche previa al comienzo de su entrenamiento paramilitar dio vueltas en su cama como un adolescente en vísperas del primer coito. Entre las expectativas de empuñar un máuser, blandir cuchillos, confeccionar bombas incendiarias y patear periodistas degenerados, resonaban frases vehementes del capitán y aparecían muslos de mujeres.

Se levantó antes del alba y se vistió en silencio. Sus padres dormían al lado, en el mismo cubículo, separados por un tabique de madera. Estaba condenado a escuchar los ronquidos de Ferdinand, los suspiros de su madre y las asquerosas cópulas que él intentaba ruidosamente cuando volvía borracho.

Se escabulló sin prender la luz y con los zapatos en la mano. En el fondo del conventillo funcionaba la cocina que compartían veintisiete familias. Uno de los braseros permanecía encendido en forma perpetua con una pava negra que cada habitante se encargaba de llenar porque decenas de personas, sin orden ni horario, salían y entraban. Se arrebujó en su chaqueta de lana gruesa mientras bebía café de una taza de loza. El frío brotaba de los irregulares mosaicos y de las paredes tiznadas.

Escuchó pasos cansados. Era don Segismundo con un diario en una mano y una linterna en la otra. Saludó con un movimiento de cabeza, dejó los objetos sobre la mesada de granito y abrió la alacena donde guardaba sus pertenencias; se sirvió una jarra de té. Venía de cumplir su noche de sereno en una curtiembre; tenía los ojos sanguinolentos y la espalda tan doblada que parecía a punto de caerse. Corrió un banquito de madera y se sentó frente a Rolf.

El joven necesitaba eliminar las hormigas del sueño y el anciano quitarse del alma otra noche vacía de su vacía existencia. Rolf untó pan duro con manteca casera: le habían anticipado que su primera jornada de entrenamiento requería buena alimentación. Don Segismundo mejoró su semblante tras la segunda jarra de té y preparó su cena de madrugada con fiambre, queso y media botella de vino barato.

Rolf lo miraba comer despacio a causa de su mala dentadura; de vez en cuando empujaba con los dedos pedazos de fiambre que permanecían fuera de la boca. Mientras masticaba dijo que allí cerca, en un comité de la Unión Cívica Radical, habían degollado a un par de hombres. La sangre de las víctimas se mezcló con el vino y las empanadas de un festejo. Era la eterna puja entre yrigoyenistas y antipersonalistas que arruinaba al país, todos la misma mierda.

—Se ha podrido la cosa, muchacho. Por eso me gusta Mussolini, y me gusta Hitler.

Rolf asintió, sin agregar palabra: todavía le costaba despegar los párpados. El viejo blandió un trozo de queso con la mano temblorosa.

—Vas a ver: ¡pasarán a cuchillo a estos políticos inservibles!

Rolf cargó su mochila y atravesó el corredor impregnado de olores ácidos. ¡Si don Segismundo supiera que en esa mochila pronto escondería el puñal justiciero y otras armas! Salió a la calle glacial y aún oscura. A cien metros estaba la parada del tranvía que lo llevaba a la estación Retiro.

Retiro era una bulliciosa catedral de hierro. Correntadas de madrugadores envueltos en capotes y bufandas se desplazaban por los andenes iluminados y febriles. Bajo la inmensa bóveda resonaban silbatos, chirriaban carros manuales llenos de equipajes y bufaban las locomotoras.

Rolf recordó las instrucciones: dirigirse a la tercera ventanilla de la boletería, unirse a los otros cinco camaradas del grupo y marchar hacia el vagón de segunda clase instalado en el andén número cuatro.

La locomotora trepidó sus ferrosas nervaduras, lanzó un potente chorro de vapor y se puso en marcha a las 7 y 20 en punto. Aclaraba sobre los tejados.

En media hora se aproximaron al Tigre. Ya se elevaba el indeciso sol y desde las ventanillas los neófitos combatientes pudieron apreciar las bellezas del lugar. El Tigre era un centro turístico que se extendía sobre uno de los deltas más vastos del mundo. Allí —había anticipado Botzen— desembocaban diariamente cincuenta mil millones de metros cúbicos de agua que recogían cientos de arroyos desplegados por una cuenca más grande que media Europa. Toneladas de arcilla, raíces, hojas, troncos y frutos navegaban por las corrientes finales hasta constituir el desmesurado Río de la Plata, tan grande como Bélgica y Holanda juntas. Familias adineradas competían en la edificación de quintas para el verano porque la vegetación reproducía el paraíso. Por la ventanilla se sucedían laureles, arrayanes, álamos, mirtos y sauces, en cuyas ramas altas pudieron ver el misterioso clavel del aire.

En la estación del Tigre, Rolf cargó su mochila y caminó junto a sus camaradas hacia el embarcadero. La fragancia húmeda le evocó los bosques de su infancia, en la Selva Negra. Después quedó absorto ante la infinita cantidad de ramas de sauce que lamían el canal; entre ellos se asomaba el rojo agresivo de los ceibos alineados junto a tapias rosadas. Tanta vibración anunciaba algo grandioso.

Vio al hombre que lo convertiría en un soldado de verdad. Hans Sehnberg era petiso, calvo y sin cuello, casi un monstruoso cubo. Los esperaba junto a los restantes miembros del pelotón. Vestía botas y campera negra.

Los saludó en alemán.

—Todos se conocen entre sí. Hace meses que el capitán los adoctrina. Ahora empieza mi parte.

En tono severo les ordenó que sólo hablasen alemán; pero en forma asordinada, como lo hacía él, porque a menudo estaban cerca las orejas enemigas. Levantó su brazo y enfiló hacia el amarradero. Indicó que subiesen a tres botes inestables, con charcos de agua en el fondo.

—¡Empuñen los remos!

Se internaron río arriba. Vieron numerosos embarcaderos privados.

—Uno de ésos es el Rowing Club alemán. Allí van los degenerados. Les prohíbo siquiera acercarse.

Hans Sehnberg, sentado junto a Rolf, marcaba el ritmo de los remos y señalaba la ruta. Ingresaron en un canal ancho, después se introdujeron por un brazo que giraba hacia la izquierda; al rato se trifurcaba y había que seguir por la derecha, luego otro brazo que volvía a trifurcarse y de nuevo hacia la derecha; finalmente aparecía una bifurcación y avanzaron hacia la izquierda, por un curso angosto. Sin una hoja de ruta se hubiesen extraviado. Las aguas eran espesas y Sehnberg comentó que abundaban el surubí, la boga y el sábalo.

—Lo digo para que tengan ganas de pescar. Pero también para que sepan que no los voy a dejar pescar. No venimos a perder el tiempo —sus ojos brillaron con malicia.

A Rolf no le molestaba la severidad del instructor. Estaba encantado con la llegada de ese día y encontrarse en este paraje secreto donde se convertiría en superhombre. Miraba el entorno mágico del delta, con el cual había soñado desde que Botzen anunció que en sus profundidades tendría lugar el entrenamiento paramilitar.

El impresionante entretejido de materia orgánica había formado la sucesión interminable de islas. Una extraordinaria feracidad producía árboles, plantas y flores que en algunos sitios equivalía a una jungla. Calandrias, tijeretas, cotorras, zorzales y cardenales jugaban en bandadas, tal como había descripto el capitán en sus clases para calentar el entusiasmo de sus pequeños Lobos. También les había contado que el presidente Sarmiento, con sus absurdas ocurrencias, había propuesto a fines del siglo pasado construir allí Argirópolis, la nueva capital de la Argentina; su proyecto había quedado archivado en el desván de las cosas que este país se permite desperdiciar generación tras generación sin cargos de conciencia. Botzen despreciaba a Sarmiento porque había sido un admirador de Lincoln y otros demócratas imbéciles, y se rió de Argirópolis porque en el loco proyecto había considerado innumerables asuntos, sin sospechar que una de sus ocultas islas iba a servir para el entrenamiento de un pelotón decidido a luchar por la muerte de la democracia y el renacimiento del Reich.

Amarraron en un estrecho muelle que disimulaban los juncos. Altos árboles ocultaban una extendida vivienda baja. Sehnberg quitó el cerrojo de la puerta principal y los invitó a recorrer los húmedos cuartos. Abrieron ventanas hasta que todos los resquicios se llenaron de luz. Por doquier aparecían roperos con medias, gorras, chaquetas, botas, pantalones de brin, cinturones y bastones sin mango.

—Estos bastones sin mango son la primera arma que les dejo ver por ahora —aclaró Sehnberg con una sonrisa de media boca e indicó dónde guardar las mochilas—. Agarren los cepillos, uno por cabeza. El entrenamiento empieza con el lustrado de las botas. Calzarán botas de media caña hasta que termine el día.

Rolf se dijo que estas bravuconadas no lo iban a asustar.

—Las ampollas de los pies son las primeras medallas de un buen soldado. No las revienten: se curan solas, con nuevas ampollas.

El instructor se quitó la campera de cuero y quedó vestido con una camisa negra de mangas largas. Empuñaba una fusta con la que daba rítmicos golpecitos a su pierna derecha.

A los diez minutos consideró suficiente el lustrado de las botas, ordenó que las calzaran y corriesen a formar en el patio trasero.

—Empezarán con el paso de ganso.

El patio era una pradera de medio kilómetro. Sehnberg explicó a los muchachos formados en hilera que no se trata-

70

ba de mover las piernas como señoritas, sino de hacerlo con máxima energía.

—Levanten la punta del pie hasta el pecho, sin doblar la rodilla, con decisión, y bájenlo con rudeza sobre el piso. Arriba-abajo, arriba-abajo. Así, ¿ven? Con fuerza. ¡Con muuuuucha fuerza! Empiecen: uno-dos, uno-dos.

La compañía empezó a marchar desorganizadamente.

—Con el alma, ¡carajo! —Sehnberg hizo silbar la fusta en el aire—. Arriba-abajo, arriba-abajo.

Marcharon durante diez minutos.

—¡Des-can-so!

Tenían las mejillas encendidas y las bocas exhaustas. Les ordenó formar de nuevo.

—¡Hagan mejor la línea, idiotas! —escupió—. Parecen perros cansados. ¡Dan vergüenza! Ahora marcharán el doble de tiempo, pero con el doble de fuerza. ¡Con ganas! Aquí van a caer rápido los inservibles. ¡Y los echaré a patadas!

Gustav Lustadt, de Villa Ballester, marchaba al lado de Rolf ese primer día. Era bajo y delgado, pero su cara denotaba mucho nerviosismo. Al promediar la segunda ronda sus piernas, que habían empezado con demasiado énfasis, ya no alcanzaban la altura necesaria y cometía imperdonables flexiones de rodillas. Respiraba como un fuelle.

—Más alto, ¡Gustav! ¡Más duro! —gritó Sehnberg.

Gustav hizo el esfuerzo. Resoplaba con cada paso y arrojaba hacia arriba el pie de una marioneta quebrada. Era inevitable que perdiese el equilibrio. Cayó sobre el hombro de Rolf sacándolo de la fila y rodó sobre el pasto.

—¡Arriba, Gustav! ¡Arriba he dicho! Y usted, Rolf, vuelva a su lugar.

Gustav se apoyó sobre las manos; el sudor le colgaba de las pestañas. No veía. Cuando estuvo cerca de la vertical volvió a caer.

—¡Arriba! —bramó Sehnberg e hizo silbar la fusta sobre la cabeza empapada.

El muchacho parecía al borde del desvanecimiento; sus ojos giraban confusos.

—¡Al-to! —ordenó a la compañía; luego se dirigió a Rolf—: traiga un balde con agua.

Rolf salió corriendo.

—Vuélquelo sobre la jeta de este imbécil.

Rolf dudó, pero la mirada flamígera del instructor inyectaba furia: el baldazo se derramó sobre el extenuado Gustav como un alud. Sehnberg admitió la brutalidad con su típica sonrisa de media boca y agregó unos golpecitos de fusta sobre los hombros mojados.

—¡De pie!

Gustav sacudió la cabeza chorreante en medio de toses. Volvió a apoyarse sobre las cuatro extremidades, como un perro. La tos se mezclaba con mocos. Su mirada estaba más confusa. Logró enderezarse y adoptó una inestable posición de firmes. El instructor eructó lava:

—¡Fuera! —su dedo marcó la vivienda—. ¡Fuera de aquí! Busque un hacha en el depósito y corte leña hasta que yo le diga basta. ¿Entendido?

—Sí... señor instructor.

Sehnberg giró hacia el resto de los discípulos y caminó lento junto a sus caras, como si necesitase aspirarles el aliento. Parecía más bajo y más ancho, un cajón lleno de brasas. Los muchachos no podían mirarlo de frente. Les llegaba al hombro y su pelo duro —de fiera enojada— les rozaba adrede la barbilla. Rolf nunca hubiera supuesto que un hombre tan comprimido generase tanto miedo.

Su voz rajó el aire:

—¡Sigue la marcha! ¡Prepararse! ¡Firmes! ¡Atentos! ¡Uno-dos, uno-dos, uno-dos!

Los hizo detener cuando vio que el apartado Gustav caía de bruces junto a la pila de leña.

—¡Más agua! —extendió el índice hacia Rolf—. Y después hágale tomar dos jarras de café cargado. Pelotón: ¡sigue el ejercicio de marcha!

Gustav se recuperó a medias. Bebió y vomitó. Rolf lo acomodó contra la pared de la leñera sin saber qué otra cosa debía proveerle. El instructor se acuclilló a su lado. Le tomó el pulso, le palmeó las mejillas y le regaló una breve, inusitada sonrisa.

—Ya pasará —dijo.

Ese gesto era increíble y conmovedor.

El paso de ganso prosiguió otro cuarto de hora. Tanto ejercicio les había hecho perder la capacidad de enterarse de si su cuerpo terminaba en dos piernas o en un aparato autónomo. Ya no era fatiga lo que expelían los pulmones, sino éter de lejanas galaxias. Las cabelleras estaban ensopadas; gruesos hilos de sudor resbalaban hasta las botas.

Hans Sehnberg levantó la fusta como si fuese un banderín y mandó cesar el ejercicio. La desconcentración no permitía, sin embargo, derrumbarse bajo un árbol ni zambullirse en las aguas del delta. Debían ir al baño, ordenadamente, lavarse, beber de a poco y sacarse las botas. Éstas habían sido fieles servidores de su primera marcha; había que tratarlas con respeto y volver a lustrarlas.

—Quieran a sus botas como un jinete a su caballo —sentenció.

Luego se ubicaron en la galería sobre rústicos bancos de madera e ingirieron hogazas de pan con fiambre y queso. Sehnberg fue uno más durante el almuerzo restaurador y, poco a poco, los alentó a conversar. Debían sentirse felices por la tarea realizada. Pronto les enseñaría a luchar con puños y también con bastones. Prometió que, si cumplían la práctica con esmero, les daría una sorpresa antes de finalizar la jornada.

Los quince reclutas, incluido el pálido Gustav, fueron distribuidos en parejas para ejercitarse en los movimientos de ataque y defensa. Primero con los puños y los pies. Luego con bastones. Nada de gestos inútiles: los músculos debían contraerse con el fin de golpear duro y escapar ileso.

Rolf no consiguió evitar que un golpe le pusiera colorada la oreja izquierda, pero hundió el puño en el estómago de su rival. La práctica fue rígida al principio. Sehnberg, al contrario de lo que había ocurrido durante la marcha, no quería domarlos, sino aumentarles la concentración; les recordaba que eran camaradas y no debían destruirse.

—Ya tendrán ocasión de destruir a los verdaderos enemigos.

Por último la anunciada sorpresa. Se paró delante de la formación con las piernas abiertas mientras su rítmica fusta golpeaba la bota.

73

—Les mostraré las armas de fuego —dijo solemnemente—. Podrán tocarlas, pero no las cargarán. Todavía no están en condiciones de usarlas. No se impacienten, en pocas semanas los dejaré tirar.

A Rolf se le agrandaron los ojos. El polígono quedaba cerca de ahí, detrás de unos sauces. Y gozó la visión de las armas que el instructor exhibía, con municiones y repuestos en abundancia. Nunca había visto tantas juntas. Acarició los fríos hierros y se delectó ante las variedades de revólver, pistola, máuser y rifle. En la isla habían acumulado un arsenal.

En agosto el entrenamiento ya se había convertido en rutina. El mes venía con lluvia y heladas. Rolf despertó en plena noche, bajo el retumbar de los truenos, y se prometió no faltar a la cita en el delta: su entrenamiento era sagrado.

Maldijo la borrasca del amanecer y llegó mojado a la estación Retiro. En la boletería aguardaron hasta las 7.15; sólo se habían reunido tres camaradas. Corrieron hacia el tren que partió, como de costumbre, a las 7.20 en punto. En el escarchado embarcadero los aguardaba el solitario Hans Sehnberg con una capota de goma que lo cubría de la cabeza a los pies. Esperaron unos minutos adicionales bajo el alero de un almacén hasta que llegaron dos más.

—Muchas deserciones —criticó mientras se ponía al frente del grupo, rumbo al muelle—. Somos seis. Usaremos un solo bote.

Repartió capotas iguales a la suya.

—Partiremos a pesar del mal tiempo. Supongo que ninguno es tan pendejo como para asustarse por una simple ventisca —carcajeó provocador—. Bien, adentro. ¡Y duro con los remos!

Se desencadenó otro aguacero. Los canales del delta se alzaron bajo las rachas huracanadas.

—¡Los buenos soldados no temen a la muerte! ¡No temen a nada! —rugió Sehnberg, excitado por el riesgo.

Con un par de baldes Rolf y Gustav tenían que dedicarse

a vaciar el fondo mientras los demás golpeaban rítmicamente los remos. Ya conocían la ruta de memoria, felizmente. Era lo único tranquilizador, porque extraviarse bajo ese temporal hubiera sido trágico. Sehnberg estaba contento de someterlos a esta prueba: hubiera querido decirles que él mismo había producido el temporal.

—En Europa los inviernos son peores —bramaba por entre los latigazos del agua.

Avanzaron bajo la lluvia incesante. Por último se abrieron camino entre los juncos que protegían el muelle de la isla, aseguraron firmemente el bote y corrieron hacia la casa. La pradera donde efectuaban las marchas se había convertido en un pantano. Sehnberg encendió la chimenea y ordenó que todos se quitasen la ropa y la pusieran a secar junto al fuego. Vistieron los equipos guardados en roperos y baúles.

—Haremos ejercicios de interior.

Primero la infaltable marcha a paso de ganso por una línea que recorría en círculo todos los cuartos —uno-dos, uno-dos, uno-dos—, los pies hasta la nariz y luego el golpe firme sobre el piso. Después trote con las rodillas altas —¡pegadas al pecho, imbéciles!—. Y por último flexiones profundas y saltos de rana. Transpiraron como si hubiesen marchado tres horas seguidas por la anegada pradera.

—El mal tiempo les ha traído suerte —dijo el instructor mientras los dejaba beber varias jarras de agua—. Aprovecharemos para que aprendan de una buena vez el boxeo y el uso de armas blancas.

Gustav hizo un guiño cómplice a Rolf.

Sehnberg sabía graduar el método. Primero mostró la forma de calar bayonetas desde distintas posiciones. Después cómo avanzar en formación estricta, con paso amenazante. Acto seguido les enseñó cómo atacar a la carrera, por asalto. Dos horas más tarde repartió cortos puñales y los familiarizó con su mango, punta y filo.

—Por hoy confórmense. Arrojarán puñales cuando no llueva y los árboles sirvan de blanco.

Después de reposar una hora anunció la clase de boxeo y lucha libre.

—Arremánguense las camisas y los pantalones. ¡A mover las patas y los puños!

Tal como lo habían hecho en ocasiones anteriores, se dividieron en parejas que ensayaron movimientos de brazos, caderas y piernas hasta conseguir suficiente flexibilidad. No debían apurarse durante la primera etapa, que era un juego de retrocesos y avances. Las parejas rotaban cada diez minutos para desarrollar nuevos reflejos. Sehnberg los estimulaba a calentar los músculos. Pero en esa tarde de lluvia se le cortó la paciencia, latigó su fusta contra la bota y aulló:

—¡Basta de hacerse las señoritas! ¡Al-to!

Entregó una tiza a Gustav:

—Marque en el piso los límites de un cuadrilátero grande. Márquelo con trazo grueso, visible.

Gustav recogió la tiza pero no supo dónde hacer el dibujo.

—Ahí mismo —se irritó Sehnberg—, en medio de la sala.

El resto se apartó. La atmósfera adquirió una tensión inesperada.

—Bien —prosiguió el instructor sin dejar de golpearse la bota—, ¿quiénes entran primero al cuadrilátero? —miró a los cinco Lobos, que súbitamente olieron el peligro.

Nadie respondió.

—El ganador de la primera ronda peleará con el siguiente. Vamos, ¿quiénes empiezan? —la fusta azotaba con ira la caña de su bota—. ¡Vamos, hato de señoritas!

Gustav dejó la tiza junto a la pared y se instaló en un ángulo del cuadrilátero. Sehnberg sonrió en forma siniestra y le ordenó que calzara los guantes. Rolf se asombró por la rápida y casi suicida decisión de Gustav. Estuvo a punto de ofrecerse a combatirlo, pero se le adelantaron otros dos. Sehnberg eligió al más alto:

—Otto.

Caminó en torno al cuadrilátero.

—Bien, se enfrentarán Otto y Gustav. Empezarán en cuanto haga sonar el silbato. Recuerden que ésta ya es una pelea de verdad, entre auténticos guerreros. No quiero amagos ni caricias. ¡Hay que pegar! ¿Entienden? ¡Pegar y pegar! El que

76

gane continuará; el que pierda, aunque esté herido, limpiará los baños hasta dejarlos más brillantes que el oro. ¿Está claro? ¡Atencióóón!... Príííiíiíiíií.

Otto le lanzó un directo a la nariz que Gustav esquivó. Otro al estómago que atajó con el antebrazo. Repitió los golpes con más velocidad, como si tuviera apuro por liquidar a su pequeño adversario. Pero Gustav poseía suficiente rapidez para evitar que los puñetazos llegaran a su cuerpo. Otto empezó a transpirar y resbaló. Gustav le aplicó un directo a la mejilla, pero no tan contundente como para voltearlo. El combate siguió durante varios minutos con las mismas características: Otto en ofensiva ansiosa y Gustav esquivando, contraída la cara y alertas los ojos.

—¡Vamos, Gustav! —chilló Sehnberg—. Esto no es un ballet. ¡Hay que pegar!

Sus palabras enardecieron más a Otto que al verdadero destinatario, porque sus puños se convirtieron en un ventilador. Frente a la baja cabeza de Gustav hizo girar sus guantes como una mancha roja, pero apenas logró rozarle la frente. Su contrincante le oponía agilidad. Otto dio muestras de cansancio. Incluso descuidó la guardia. Gustav le mandó otro directo a la mejilla, esta vez contundente, lo cual generó la inestabilidad de todo su cuerpo; se sacudió convulsivamente para expulsar los efectos del golpe. Pero fue otro desafortunado instante porque le llegó un nuevo directo, esta vez a la mandíbula. Y mientras se arqueaba hacia atrás, un tercer puñetazo, potente y hondo, penetró en su estómago. Otto cayó de costado.

Fueron a socorrerlo.

—¡Baldes de agua! —bramó Sehnberg, que aplicaba el mismo remedio a todos los males.

Miró a Rolf y con un movimiento de cabeza le ordenó ingresar al cuadrilátero de tiza. Gustav se recuperaba haciendo respiraciones profundas; Sehnberg le dijo:

—Bien ganado, Gustav. Veremos cómo te va con Rolf. Ambos recuerden: la pelea va en serio. ¡Hay que pegar! No acepto señoritas. Cuando toque el silbato, golpeen fiero. Como en la guerra. ¡A matar! ¡Atencióóón!... ¡Príííiíiíií!

Los rivales se aproximaron con prudencia. Rolf no iba a

repetir el error de su predecesor: Gustav era más hábil que lo esperado y aprovechaba la fatiga ajena. Se arrojaron algunos tiros que no dieron en el blanco. El petiso trató de enojarlo con roces a la oreja y amenazas al bajo vientre. Rolf hacía lo mismo. Al minuto Sehnberg los empezó a apedrear.

—¡Peguen, hijos de puta! ¡Muévanse! ¡Más acción! ¡Más golpes! ¡Asalten la cabeza!

Gustav estaba visiblemente cansado y no podía obedecer aunque quisiera. Rolf aumentó su ritmo, lanzó varios golpes a la cara y al pecho, pero sin conseguir una efectiva penetración. Llegó a su ceja y le hizo torcer la cabeza hacia atrás; entonces estuvo tentado de permitirse algo prohibido: darle una patada en los testículos. La pelea calentaba sus puños y le infundía una sensación novedosa. Quería golpear duro, derribar y destrozar ese bulto esquivo. La lucha le prendía llamaradas. Recordó a su hermano pegándole al padre. Sus músculos se inflaban hasta desgarrarle la piel, estaba a punto de gritar como una fiera.

La cara de Gustav quedó libre de protección y le lanzó un puñetazo mortal, con todo el cuerpo y todas las fuerzas. Su brazo se alargó hacia adelante como si fuese de goma; era capaz de llegar al otro lado de las paredes. Pero Gustav pudo arquearse con tanta suerte que Rolf pasó de largo como una ráfaga, cruzó el límite del cuadrilátero y fue a estrellarse contra el ropero del fondo.

—¡Fuera! —rugió Sehnberg a un Rolf congestionado de frustración—. ¡Así no llegará a nada, pedazo de inútil!

Calzó los guantes y desafió a Gustav.

—Se las verá conmigo, pequeño experto en huidas. Los soldados verdaderos no se hacen a un lado: atacan. ¿Me oye, mariconcito? ¡Atacan!

Se paró en un ángulo opuesto al del agotado recluta.

—Vamos: acérquese, anímese.

El agobiado Gustav se enjugó la transpiración con los antebrazos y dio un paso vacilante. El instructor empezó a provocarlo mediante saltitos en torno. El recluta se veía obligado a girar en forma permanente. A la sexta vuelta se sintió mareado, pero trató de no perderse ante los toques que le llovían de atrás. Le faltaba el aire y no lograba responder un solo tiro. Siguió esquivando puñetazos con decreciente agilidad. Sus camaradas rodearon el cuadrilátero con una premonición angustiada.

Sehnberg no pretendía enseñarle, sino castigarlo. Con tres directos al tórax le cerró los bronquios. Gustav se puso azul y se arqueó; iba a vomitar, estaba terminado. Pero Sehnberg no lo consideró suficiente. Llevó su codo hacia atrás para cobrar impulso y le descargó un cañonazo en medio de la cara.

Fue simultáneo el grito, la aparición de sangre y el susto que recorrió a los testigos.

El instructor se quitó tranquilamente los guantes y ordenó lo previsible:

—Tírenle un balde de agua.

Vómito y sangre ensuciaron el piso.

—Más agua —indicó mientras se sentaba a descansar sobre una silla. Después se levantó, contempló el cuerpo tembloroso de Gustav, le tomó el pulso y anunció:

—Voy a enderezarle la nariz.

La víctima, tendida sobre el piso, abrió grandes sus ojos enrojecidos. Sehnberg impartió instrucciones precisas: tres camaradas lo rodearon para ayudar y el cuarto vino con otros baldes llenos de agua y unos repasadores de cocina.

—Sosténgale los brazos y las piernas —prosiguió voceando órdenes con la misma impiedad que durante los ejercicios—. En cuanto a usted, Rolf —lo miró al centro de las órbitas—: sostendrá firme su cabeza. Con ambas manos, como si fuesen orejeras de hierro. ¿Está claro?

—Sí, señor instructor.

—Dolerá menos que el golpe, Gustav —mintió.

Se instaló a horcajadas sobre el cuerpo yacente y comprobó si estaba firmemente inmovilizado. Con suavidad abrazó la sangrante nariz quebrada entre sus dedos pulgar, índice y mayor de la mano derecha. Sobre ellos apoyó los dedos de la izquierda. Parecía medir la deformación e intentar una caricia sobre la piel. El procedimiento transcurría en forma inusualmente cariñosa. Gustav lo miraba con terror, pero no podía hablar ni moverse. De súbito Hans Sehnberg comprimió con fuerza ambas manos, movió hacia un lado la nariz hinchada, produjo un crujido espantoso y Gustav se desmayó.

—Bien —dijo mientras se levantaba—; la tendrá casi nueva cuando se le vaya la hinchazón. Ahora tírenle agua helada hasta que despierte.

Miedo, admiración y parálisis se trenzaron en el alma de los otros muchachos. Sehnberg encarnaba las deidades del Rhin, tan potentes como espantosas.

La sala donde yacía Gustav se convirtió en una pileta. El despertar del herido fue patético: temblaba de frío y dolor, tosía sangre y chorreaba flema. Cuando fue clara la recuperación de su conciencia lo llevaron cerca del hogar encendido, lo secaron y ayudaron a cambiarse de ropa. Un trapo tras otro le cubría la estropeada nariz.

Sehnberg decidió adelantar el regreso porque seguía el temporal. Gustav no remó, sino que fue autorizado a permanecer en la proa con un toallón sobre la cara. Otto, en cambio, tras haber limpiado los baños, remó junto a los demás.

Luego de amarrar en el embarcadero del Tigre, Hans Sehnberg los invitó por primera vez a una cantina.

—Hoy hemos trabajado duro.

Pidió vino caliente. Luego se encargó de añadirle canela y azúcar.

—*Prosit!*

Al salir, Gustav tuvo otra hemorragia nasal. Seguía lloviendo.

—Alguien debe acompañarlo —dictaminó.

No hubo respuesta. El agua caía estrepitosamente.

—¿Quién lo acompaña, pues? —su voz sonó más imperativa.

Miró a Rolf.

—Lo acompañaré —se ofreció antes de que la sugerencia se transformase en orden.

Rolf y Gustav se sentaron juntos en uno de los bancos del tren. Durante el trayecto no hablaron porque Gustav se sentía mal y a cada rato cambiaba los pliegues de la toalla con que se cubría la nariz. Bajaron en la estación más conveniente para Gustav. A pocos metros paraba el tranvía que lo dejaba en su casa.

—Sehnberg estuvo demasiado rudo —dijo Rolf, antes de despedirse.

Gustav le hundió los ojos.

—¿Rudo? ¡Es un hijo de puta!

—Así son los guerreros, así seremos nosotros —intentó consolarlo.

—No es un guerrero, es un canalla. Que les rompa la nariz a los judíos, no a sus alumnos.

—Pronto lo haremos. Para eso nos prepara.

—No era necesario que rompiese la mía. Tengo ganas de matarlo —estuvo a punto de llorar.

—Te pasaría lo mismo con cualquier instructor. Nos quiere fuertes, invencibles. Es un entrenamiento. Los golpes de la policía serán peores.

Llegaron a su casa y Gustav puso la mano sobre el picaporte.

—¿Qué le dirás a tu familia cuando te vean la nariz?

Esbozó una sonrisa triste.

—Me caí. Con esta lluvia cualquiera se cae, ¿no?

Tres semanas después Gustav ingresó como tromba en el conventillo de Rolf. Una extendida mancha le cubría la nariz y ambas órbitas. Pero en su espíritu soplaba una tormenta bélica. Sacó a Rolf de su cuarto. Hablaba como un poseso y lo arrastró por las calles que vitoreaban la revolución.

Atravesaron masas de manifestantes y se introdujeron en las exaltadas columnas. Era deleitoso ser arrastrado por una corriente cargada de fuerza sobrenatural.

Un grupo armado proponía degollar a Yrigoyen. Ni Gustav ni Rolf quisieron perderse la fiesta.

ALBERTO

Los últimos acontecimientos me han dejado aturdido y necesito ordenarlos. Escojo un cuaderno de 200 páginas y me pongo a escribir. Pero, ¿por dónde empiezo? Lamentablemente, se impone la referencia a un sujeto llamado Rolf Keiper. No merece tanta distinción en esta especie de Memoria.

Lo conocí en el escenario que condicionó futuras tragedias. ¿Qué podía unirme a semejante individuo? Nada. Yo vivía en sus antípodas, mi familia era un baluarte de la sociedad tradicional. Por supuesto que no había tenido la menor noticia de su existencia, y me habría importado tanto como la de otra hormiga en un cantero de la vereda. No obstante, por una de esas vueltas que se parecen a las iniciativas de la locura, coincidimos en una profanación cuya consecuencia nunca hubiera podido imaginar.

Por entonces la clarinada de mi apellido salía hasta por las orejas. Era una vanidad que sostenía sus últimas fortificaciones, porque ya sonaban anuncios del anochecer. A la gloria de los Lamas Lynch se le acortaban las patas, aunque lo negasen escrupulosamente. El miedo a la declinación reforzaba su fanatismo.

Yo había nacido en el año 1910, durante los festejos del primer Centenario de la Revolución de Mayo. Mi padre gastaba bromas sobre la coincidencia. Decía que pocas veces un nacimiento había sido celebrado con tantos desfiles, bailes, ferias, banquetes, juegos florales, competencias deportivas y agasajos a personalidades que venían de todo el mundo. Debía considerarme un producto de los dioses por recibir tantos halagos y porque la Argentina, entonces, era de veras la sede de los dioses. Personalidades europeas reconocieron haber sido encandiladas por una República que era a la vez inagotable fuente de exportaciones agropecuarias e incesante desarrollo cultural. Era la tierra de la leche y de la miel —como recitaban poemas y diarios, impúdicamente—. Era la geografía bendita cuyas pampas producían más ganado y cereal del que se necesitaba para alimentar a toda Europa. Por entonces daba lo mismo a un emigrante del Viejo Mundo dirigirse al puerto de Nueva York o al de Buenos Aires.

Me llevó muchos años tomar conciencia de que, junto con las riquezas, en mi país también abundaban las injusticias. Muchos de los que desembarcaron radiantes tuvieron que someterse a contratos leoninos, luchar contra plagas, desesperarse por la ausencia de recursos, aguantar el abuso de comisarios y la parcialidad de jueces. Yo tenía apenas nueve años cuando estalló en Buenos Aires el primer pogrom del que se tenía noticias en este subcontinente. Alguien acertó en llamarlo Semana Trágica, no sólo por sus crímenes, sino porque refutaba el generoso proyecto de la organización nacional y ponía en evidencia las pústulas que ocultaba la vieja clase dirigente a la que yo pertenecía. Quienes blasonaban de ser guardianes de la Constitución pusieron en marcha piquetes asesinos y vivaron el retroceso a la barbarie. Mi tío Ricardo Lamas Lynch participó en la paliza que los "niños bien" del Barrio Norte aplicaron a los sucios inmigrantes. Los agresores de esa Semana Trágica no fueron delincuentes comunes, sino personas educadas, ricas y muy cristianas. Una especie de versión austral del Ku Klux Klan. Hombres que en el salón fumaban tabaco importado, mechaban sus conversaciones con latinajos y se enorgullecían de poseer una visión universal. En casa nunca se condenó el hecho. Crecí ignorándolo, así como ignoré tantos episodios ominosos de nuestra compleja historia. En mi espíritu habían inculcado la convicción de que vivía en el mejor país del mundo, que pertenecía al mejor sector de mi país y que mi familia era lo más refinado de dicho sector.

Yo era el mayor de cuatro hijos. Me siguieron tres hermanas: María Eugenia, Mónica y María Elena. Mónica se me parecía en los rasgos faciales y en el carácter. Papá no lograba disimular cierta preferencia por el espíritu travieso de Mónica. Mamá, en cambio, se horrorizaba por sus actitudes reñidas con la buena y controlada educación de una señorita. Éramos católicos practicantes, aunque papá era agnóstico, pero lo disimulaba bastante bien. Mi madre no toleraba los aires laicos de algunos familiares que adherían al clima liberal que había imperado desde fines del siglo anterior. Por eso vigilaba fieramente a mis hermanas, en especial sus lecturas y sus relaciones. Yo, en cambio, gozaba de amplias prerrogativas por ser varón: no tenía que rendir cuentas de mis actividades, no se objetaba que saliese a divertirme con amigos rumbosos y hasta se celebraba con silencioso orgullo que sedujese chicas de los alrededores.

El aire machista y victoriano que imperaba en la vieja franja opulenta del país encubría el comienzo de su declinación. El poder político se le escapaba de las manos. Lo más fácil era echar la culpa de todo al presidente Hipólito Yrigoyen y su apertura a los sectores medios y bajos. Una creciente intolerancia imponía la ilusión de que se lograrían superar los problemas mediante una ruptura del sistema democrático: había que sacar del medio al Viejo y todo volvería a su carril. Esto implicaba poner en marcha el primer crimen institucional desde que regía la Constitución. Para lograrlo había que quebrar la renuencia de las Fuerzas Armadas, que preferían mantenerse subordinadas al poder civil y a la ley; no querían ensuciarse con un golpe de Estado. Esta tradición las diferenciaba de las Fuerzas Armadas de otros países latinoamericanos donde el orden constitucional era objeto de violaciones decididas por oficiales trasnochados y corruptos.

El golpe empezó a incubarse apenas Yrigoyen fue elegido para un nuevo período. Durante la primera mitad de 1930 crecieron los conciliábulos; y durante la segunda se expandió la fiebre.

En casa la ebullición quemaba. A medida que se aproximaba la fecha del golpe crecía el número de visitas. La ebullición también crecía en los bares, restaurantes, clubes, parroquias, universidades, comités e instituciones públicas.

El 5 de septiembre pisábamos la exacta víspera del acontecimiento. Papá recibió en su estudio al coronel Eduardo Suárez. Estuvieron encerrados media hora y después lo acompañó hasta la calle. Se saludaron efusivamente, pero el entrecejo le quedó ceñido. Cruzó los brazos a la espalda y caminó hacia mí. Movió la cabeza entristecido, puso su mano sobre mi hombro y susurró:

—Comienzan a perder el rumbo, Alberto.

Quedé pasmado.

—¿Qué ocurrió?

—Suárez dijo varias cosas, algunas muy preocupantes —me condujo a su estudio, donde un ancho cenicero de cristal emitía el olor de cigarrillos mal apagados, y cerró la puerta.

Extrajo de la vitrina disimulada entre los anaqueles una copita y se sirvió anís.

—Los oficiales están divididos —bebió unas gotas—. Era lo previsible. El jefe del Ejército no quiere sumar su apoyo y hasta se teme que adopte medidas en contra de los revolucionarios. Pero Uriburu no cede en su determinación. Y yo me pregunto si un general retirado como Uriburu conseguirá imponerse a los oficiales en actividad.

Caminó los seis metros del salón como una pantera en un pozo. Con la mano derecha sostenía el anís y con la izquierda acariciaba su barbita en punta, ya encanecida, que se había dejado crecer desde que Yrigoyen había asumido la segunda presidencia.

—Hay algo más grave todavía.

Se detuvo y escudriñó mis pupilas, mi frente, mi cabello. Suspiró.

—Dicen que esta revolución salvará al país. Dicen... —estaba nervioso, y no deseaba ocultarlo— que es una oportunidad extraordinaria. Barrerá con la modorra, la mediocridad y la incultura. ¡Qué bien! Pero —bebió más gotas— es tan fácil perder la brújula... Ya la están perdiendo.

—¿Qué me querés decir, papá?

—Que algunos militares encabezados por Uriburu terminarán por destituir a este mal gobierno, efectivamente, pero luego no sabrán qué hacer.

—¿Tan seguro estás?

—Son militares, no son políticos. Les creo cuando afirman que no desean quedarse con el poder.

—Eso es bueno.

—Para los militares. Pero, ¿quién gobernará? Uriburu simpatiza con el fascismo —se elevó en puntas de pies para alcanzar los estantes altos de la biblioteca; quería dar con cierto título—. Y esto no me gusta.

—¿Por qué? ¿Acaso elegirá a un fascista para que sea el Presidente? ¿Eso es lo que te preocupa?

—Sí, Alberto. Decididamente. Aunque ahora el fascismo esté de moda, le haga bien a Italia y seduzca a Francia, Es-

85

paña y Alemania, tengo mis serias prevenciones. ¿Y sabés por qué? Porque promete ser demasiado perfecto.

—Exige cambios estructurales —comenté sobre la base de mi poca información—. Tío Ricardo insiste en que para implantarlo en Argentina se debería reformar la Constitución y abolir los partidos políticos. ¿No sería lo más conveniente?

—¿Conveniente? Nos arrojaría al abismo; retrocederíamos a los tiempos de la tiranía de Rosas. Dejaríamos que el destino de la nación quedara en manos de un iluminado. ¿Y si el iluminado se enfermara de los ojos y de la cabeza?

—Para el fascismo los partidos políticos no sirven, papá: llevan a la degeneración, inevitablemente. Se lo escuché repetir tantas veces al tío. Para el fascismo lo importante es el gobierno de los mejores. "El fascismo apuesta a la calidad y la democracia a la cantidad".

—¿Y quién nos asegura que sean puestos en el gobierno los mejores? Tengo una razón demoledora para sentirme aterrorizado.

—Hay algo que sabés y todavía no me dijiste.

Caminó ida y vuelta por el salón.

—Efectivamente —mojó sus labios con otro sorbo—. El coronel Suárez vino a pedirme algo tremendo.

Se interrumpió.

—Te escucho.

—Vino a pedirme que hable con Ricardo para tantear su disposición a...

Volvió a callar. Sorbió más anís.

—¿A...?

—Aceptar la presidencia de la nación.

—¿Qué? ¿Los militares ofrecen a tío Ricardo la presidencia?

—Tal como lo acabás de oír. Suárez vino en representación del pequeño grupo de oficiales que respalda el golpe. Uriburu explora varios caminos y escucha propuestas porque es un hombre desinteresado: hará la revolución, pero no tomará el gobierno. Mi hermano, precisamente mi hermano, aparece como el preferido de un sector militar. ¡Qué te parece!

—Me dejás atónito.

—Yo lo estoy desde que me lo dijo —empezó a mover las butacas como si fuera importante darles una instalación geométricamente distinta—. Alberto: quisiera hacerte una confidencia que no debería salir de aquí.

Puso ambas manos sobre mis hombros.

—No se lo diría ni a tu madre —sus ojos tenían una confusa humedad—. Pero acá, en este sitio blindado, voy a compartirlo con vos —hizo otra pausa y dijo—: Ricardo como presidente nos llevaría directamente a la catástrofe. Es mi hermano, pero es un mal bicho.

—Hay cosas que yo no sé, papá.

—Mejor ni las sepas.

Apretó mis hombros con sus largos dedos como si quisiera transmitirme por contacto lo que no podía decir.

—¿Me acompañas?, necesito aire fresco.

Vació la copita, estiró las solapas de su chaqueta de tweed y salimos a la calle. Como siempre, vestía camisa de seda blanca y traje de sastrería fina; la gruesa cadena de oro de su reloj de bolsillo cruzaba la moderada comba de su chaleco. Su pelo negro contrastaba con el blanco de su barbita en punta. Le gustaba usar bastones de mangos diversos; tras la puerta cancel se alineaba su rica colección. Era abogado, pero nunca había ejercido: se ocupaba de administrar nuestros campos y casas de alquiler respaldándose en el conocido refrán de que "el ojo del amo engorda el ganado". Eso sí: su título daba lustre. Tanto, que junto con mi bautismo decidió que siguiese su misma carrera, cualesquiera fuesen mis habilidades; al terminar los estudios secundarios, antes de que pisara la universidad, nuestra servidumbre fue instruida para llamarme "doctor Alberto".

El nombre de mi padre era Emilio Lamas Lynch y el de mi madre Gimena Paredes Iraola. Quienes estaban familiarizados con los apellidos patricios olían que por ambas vertientes nací entre aristocráticas narices. El golpe de Estado que se venía, terminase bien o mal, comprometía el destino de muchas de esas narices.

La tarde naranja del 5 de septiembre de 1930 ofrecía una temperatura deliciosa. Vivíamos en Callao y Santa Fe.

Mi padre solía efectuar a pie el recorrido de doce cuadras hasta la rumorosa Florida. Esa calle hacía honor a la elegancia de sus negocios; parecía un largo salón de fiestas. Correntadas de peatones circulaban en forma incesante. Sobre las manzanas adyacentes se concentraban oficinas de empresas, bancos, reparticiones públicas, redacciones de periódicos, la Bolsa, clubes de categoría y hermosos bares. Florida se extendía desde la umbrosa plaza San Martín y sus adyacentes palacios franceses hasta la avenida de Mayo, casi otro país, dominado por nostalgias madrileñas. Papá la recorría de norte a sur antes de recalar en un café.

Mientras caminábamos, nuestras pupilas interrogaban a los peatones, como si ellos tuviesen más datos sobre lo que estaba a punto de estallar. Era evidente que no faltaban semanas, sino días, y nos hubiera angustiado saber que sólo horas. Nos afanábamos por capturar los retazos de conversación que llegaban del entorno. En varias ocasiones escuché las palabras "militares", "corrupción", "se viene el cambio", "chusma", "Peludo inservible", "esto no da para más".

Mi padre dirigió finalmente sus pasos hacia la confitería Richmond, donde habitualmente encontraba gente provista del último chisme. Aún tenía contraído el ceño.

Abrió la puerta vidriada y me hizo entrar.

Enseguida fuimos incorporados a una ronda de notables. Papá enganchó su refulgente bastón y desabotonó la chaqueta.

—¿Te enteraste, Emilio? —disparó Arturo Grimau antes de que nuestras asentaderas se apoyasen en los mullidos butacones ingleses—. Hubo balacera en Plaza de Mayo: tiraron contra una manifestación de estudiantes.

—No, no lo sabía. Y me cuesta entender: ¿decís que balearon a los estudiantes?

—Desde la azotea de la Casa Rosada. Estos lacayos de Yrigoyen son unos asesinos.

—Es muy grave. ¿Hay víctimas?

—Parece que sí. Heridos, seguro; muertos, no se sabe. La chusma saldrá a degollar, ¿qué duda podríamos tener? Está en su naturaleza.

—Pero, ¿qué hará el Ejército? ¿Y la Policía?

—A la revolución no la para nadie, Emilio, nadie. El Ejército y la Policía se unirán al cambio.

—La oficialidad no se acopla todavía —corrigió Agustín Unzué—. Y eso es peligroso. ¿Te imaginás una refriega entre los mismos militares?

Papá no disimuló su aprensión.

—Ya lo quisiera ver triunfante a Uriburu —dijo—. Triunfante, instalado, y con los mejores hombres, como promete.

—Así será. Antes de lo que sospechamos. Pero hay que aceptar que ciertas cosas, en especial las grandes, no se consiguen sin sacrificio. La chusma de Yrigoyen no aceptará su desplazamiento y buscará venganza. No cualquier venganza, claro, sino la salvaje, como le cuadra a su ignorancia, a sus instintos. Por eso yo reclamo bloquear preventivamente su pillaje enrolándonos en las legiones revolucionarias.

—Ojalá Uriburu ataque esta misma noche —terció Amadeo González—. He oído que Yrigoyen intentará implantar una dictadura para adelantarse a la revolución.

—¡Qué estás diciendo! ¡Ese hombre no implantará ni una margarita! —replicó Grimau—. Es un viejo acabado y ahora está con licencia. Es un buen momento para barrerlo junto con sus malditos seguidores.

—El vicepresidente se meará en los calzoncillos apenas escuche los cascos de la caballería —predijo Indalecio Álzaga.

—¡Lo esperará a Uriburu con la renuncia en la mano, ja, ja, ja! —completó Agustín Unzué.

Por la noche bramó el teléfono de casa. Dudo de que mi padre haya dormido tres horas.

A la mañana la mesa del desayuno presentaba alteraciones inéditas y los diarios estaban desparramados entre la vajilla. Mamá les había dicho a mis hermanas que no se les ocurriese salir a la calle; escribió una larga lista de provisiones que la cocinera y su asistente salieron a comprar precipitadamente en el primer almacén que estuviese abierto. Corría la especie de que el golpe sería resistido por las hordas leales al gobierno.

Tomás, el servidor más antiguo, se encargaba de introducir el torrente de visitas que llegaban a recabar noticias. Les recibía el sombrero y el bastón, que colgaba de un perchero gigante, y los conducía por el hall de mármol hasta el estudio de papá, aromatizado por el tabaco de Cuba que fumaba con avidez. Me crucé con personas que había visto en otras oportunidades: eran políticos, abogados y terratenientes que pergeñaban planes de acción. Hablaban exaltados, su decisión golpista era enérgica. Insistían en que de una vez por todas se debía componer un país en serio; incluso estaban dispuestos a sellar alianzas con el resto del abanico opositor, aunque algunos fuesen indigeribles socialistas.

Papá me hizo llamar para que estuviese enterado del terremoto. Varios hombres propusieron unirse con los radicales "antipersonalistas", aunque la sola palabra "radical" les producía tantas arcadas como los socialistas independientes.

También arribaron tíos y primos que no se metían en política, pero odiaban a Yrigoyen. El edificio se había transformado en una suerte de improvisado comité central en favor del movimiento rebelde, aunque el dueño de casa tuviera penosas dudas. Esto pareció corroborarse cuando se extendió una ancha exclamación que hizo vibrar las paredes. Me asomé al hall de mármol y descubrí la causa: tío Ricardo acababa de ingresar con paso majestuoso, como si ya hubiese sido proclamado presidente. Era obvio que no sólo a papá le habían adelantado semejante perspectiva. Ricardo saludó con parsimonia y tardó varios minutos en sacarse el sombrero que las manos de Tomás aguardaban reverentes. Mezquinó palabras ante el aluvión de saludos y preguntas. Era un actor que sabía cómo desempeñarse en cada oportunidad: en ese momento no debía pronunciar discursos, sino pasear su vigorosa estampa. La elevada cabeza cenicienta se elevó entonces más aún, y regaló breves inclinaciones a derecha e izquierda mientras se deslizaba con esplendor hacia el estudio lleno de humo donde conspiraban los hombres más importantes de la ciudad.

Calculó bien su tiempo porque cuando ingresó, la docena de personalidades que rodeaban a mi padre ya lo aguardaban de pie, sonriendo anhelantes. Dio la mano a cada uno, reteniéndola. Pero no dijo siquiera buenos días, como si debiera mantener oculto el timbre de sus cuerdas vocales durante el primer tramo de esta aparición. Se limitó a mirar en forma intensa. Después se sentó en el sillón central. Papá, visiblemente molesto, caminó hacia el escritorio a revolver papeles.

Ricardo, con un amplio y silencioso gesto, invitó a continuar la charla. Pero no lo pudieron hacer: su presencia era demasiado perturbadora. A los cuatro minutos abrió su reloj de bolsillo y murmuró que debía retirarse; fueron sus primeras y últimas asordinadas palabras. Dio a entender que iba a reunirse con el general Uriburu.

Cerca del mediodía mi casa desbordaba; seguían llegando nuevos grupos. Uno de ésos era encabezado por mis primos Enrique y Jacinto Saavedra Lamas, que lideraban a una media docena de entusiastas muchachos provistos de máuser. Su ingreso desató más exclamaciones cuando levantaron sus armas por encima de las cabezas. Apenas se acallaron los vítores solicitaron reunirse con "el doctor Ricardo Lamas Lynch". Cien voces contestaron que "el doctor" ya había partido.

Mi padre, alarmado por el barullo, emergió de su estudio con el afiebrado cortejo de notables a su espalda.

Enrique se adelantó con empaque castrense y saludó cuadrándose. Aunque vestía de civil, era un guerrero en actividad, no un sobrino del dueño de casa.

—Doctor Emilio Lamas Lynch —exclamó solemne para que lo escuchasen hasta en las lejanas dependencias de servicio—: vengo a informarle que partimos al encuentro de las tropas revolucionarias que han iniciado su marcha en Campo de Mayo. Nos presentaremos ante el general José Félix Uriburu. Pedimos su autorización para hacerlo en nombre de usted y del doctor Ricardo.

Mi padre miró las armas alzadas por sobre el mar de gente como si fuesen las lanzas de un malón. Miró la rubicundez adolescente de sus sobrinos; miró a sus contertulios y miró nuevamente las armas ansiosas. Se impuso un repentino silencio. Me corrí junto a él a fin de brindarle apoyo. Exteriorizaba tanto disgusto que crujía sus dientes y retorcía las manos. No sabía qué decir. Anhelaba el triunfo de la revolución porque despreciaba al viejo Yrigoyen, pero no aceptaba la violencia gratuita. Estos guerreros improvisados podían desencadenar crímenes: "ahora juegan a héroes, pero han conseguido eximirse del servicio militar mediante el soborno". Los protegía Ricardo, quien los había incorporado a sus agrupaciones nacionalistas paramilitares. Ni Jacinto ni Enrique tenían formación profesional. No obedecían a la sensatez sino a la exaltación.

La atribulada reserva de mi padre fue interrumpida por los hombres que lo rodeaban. Durante horas habían estado batallando con la lengua y ahora no pudieron resistir la tentación de identificarse con una juventud que proponía hacerlo a tiros.

—¡Tienen nuestro apoyo! —gritó Amadeo González.

Al instante rompieron más voces y vivas. Los máuser saltaron por el aire.

Papá se contrajo. El país rodaba hacia un sangriento disparate.

El centenar de personas que llenaban los cuartos delanteros de mi casa acompañó la salida de los bisoños héroes como si fuesen un equipo de fútbol. Los rugidos rebotaban.

La calle estaba convulsionada como nunca. Los pasajeros de los automóviles sacaban sus cabezas para vocear las últimas novedades:

—¡Diez comisarías se han entregado sin ofrecer resistencia!

—¡Las tropas avanzan!

—¡Al mediodía Uriburu ya estará recorriendo el centro de Buenos Aires!

—¡El gobierno ofrece negociar!

—¡Vienen todos los cadetes del Colegio Militar con sus uniformes de gala!

Enrique y Jacinto trotaron al encuentro del jefe de la revolución.

Mamá viró su ánimo ante la inminencia de la apoteosis: el miedo de la mañana se convirtió en una desacostumbrada alegría. Ordenó a las sirvientas que corriesen a comprar flores, armasen pequeños ramos y los pusieran sobre mesitas, en el balcón, para arrojarlos a las columnas del general.

Dos horas más tarde volvió Ricardo, pero con el rostro oscurecido. Esta vez se dignó a hablar.

—Hubo fusilamientos —dijo secamente.

—¿Cómo?

—Parte del Ejército no acepta plegarse. Ha empezado el derramamiento de sangre.

—Lo que temía... —papá se tapó la cara.

—Son las versiones que corren.

Pero en ese instante mis hermanas empezaron a vociferar desde el balcón:

—¡Llega el general Uriburu! ¡Llega el general!

Mi padre nos miró perplejo.

—Vamos —ordenó de súbito.

Trepamos al primer piso y nos arrojamos a la baranda. La calle se había atestado, así como los demás balcones de la espaciosa avenida Callao.

—¿Dónde están? —reclamó impaciente.

En la lejanía se elevaba un estrépito bravío. La gente amontonada en las veredas y sobre el pavimento enloquecía por abrirse paso y ver lo que aún no se podía ver. Por fin asomó un grupo compacto. Fue repentino, como una aparición sobrevolada de palomas, de pétalos, de objetos reverberantes. Estallaron gritos y el aire se pobló de sombreros y pañoletas. Corrían lágrimas, planeaban flores. Nunca había pasado algo igual.

—¡Viva Uriburu!

—¡Viva la revolución!

—¡Viva la patria!

En medio de una muchedumbre que se agitaba como abejas en un panal revuelto, avanzaba el bruñido automóvil negro en cuyos guardabarros se habían sentado jóvenes que saludaban con los brazos. Las voces ensordecían las calzadas, veredas, balcones, terrazas y zaguanes.

Sobre el sillón posterior del automóvil, con el uniforme reluciente de entorchados, puesta la gorra y los anteojos, sonriente el bigote de largas puntas, viajaba el general de los nuevos tiempos. Sus charreteras ya se habían cubierto con la lluvia de pétalos. La muchedumbre se desesperaba

93

por acercársele y darle la mano y vociferar su adhesión. Lo seguían los cadetes del Colegio Militar, algunos imberbes y otros con acné.

Papá movió la cabeza, desolado. Pero a mí se me contagió la fogosidad general. Salí de casa. Quería navegar en las aguas de ese océano embravecido. No tuve dificultades en alcanzar ondas profundas. La marea me empujó tras el desfile de los cadetes. Mis zapatos se enrevesaron con otros, pero en unos minutos dejé de sentir mis pies sobre la tierra, como si estuviese cosido a los cuerpos anónimos que me arrastraban. Eran cuerpos trepidantes como tambores. Me embargaba la emoción y empecé a gritar como nunca en mi vida. No pensaba claramente en Uriburu ni en Yrigoyen ni en las razones ni en las consecuencias de este acontecimiento: gritaba lo mismo que gritaban los otros. Lanzaba puñetazos al cielo, rítmica y triunfalmente; estaba irreconocible.

Nunca se habían aglomerado tantos sacos finos, chambergos, faldas bien recortadas, galeras, sombreritos de estilo, chalecos luminosos, polainas y bastones labrados para vivar a un nuevo gobierno. Entre las entusiastas frases se repetía de una y otra forma que por fin la chusma había sido expulsada y arrojada lejos, hacia los confines que jamás debió haber cruzado. Desde un parlante anunciaban que el vicepresidente acababa de renunciar y la multitud lanzó redoblados aullidos.

Llegamos a la Plaza de Mayo. Otros parlantes comunicaban que las Fuerzas Armadas habían decidido plegarse al movimiento. Más aullidos.

—¡La policía arresta a los políticos que provocaron la decadencia nacional! —la voz del parlante se metía hasta el fondo de los oídos.

Los comentarios repiqueteaban:

—¡La Argentina estuvo aletargada y ahora despierta con brío!

—¡Hacía falta terminar con setenta años de modorra!

Cerca de la Casa Rosada agitaban los máuser Enrique, Jacinto y su pintoresco pelotón. Transpirando entusiasmo, deseoso también de cargar un arma, me colé hasta ellos. Ya estaban aburridos de sólo gritar consignas y agitar las armas.

—¡Vamos a darles una paliza a los radicales! —propuso Enrique.

—¡Prendamos fuego a sus comités!

La iniciativa ardió rápido. El grupo empezó a rugir de nuevo. Jacinto y Enrique se abrieron camino entre las olas de gente. Nuestros estribillos giraron hacia impulsos viscerales. Queríamos la muerte.

Enrique, con espuma en la boca, ordenó:

—¡A la casa del Peludo!

La consigna rajó costuras.

—¡Reventaremos al Peludo!

—¡Muera Yrigoyen!

—¡Muera, carajo!

Fuimos a su vivienda en la calle Brasil. Como yo no disponía de máuser, interrumpía el trote junto a las obras en construcción para llenar mis bolsillos de piedras. Nadie estorbó nuestra marcha. Al contrario, las ráfagas de alborozado resentimiento aumentaban por las calles de Buenos Aires. El éxito militar abrió las compuertas de la depredación. Si unos cadetes inexpertos encabezados por un oficial retirado podían liquidar al gobierno constitucional, todo era posible. Muchos querían quemar barrios enteros.

Irrumpimos como una tromba en su casa ubicada en un barrio cuyo nombre, paradójicamente, era Constitución. Pero tarde: Yrigoyen ya había sido arrestado y se disponía su confinamiento en la isla Martín García. Qué frustración. Unos agitaban los máuser y otros los palos y las piedras. En lugar de destripar su vientre, lo hicimos con roperos, baúles, anaqueles y cajones. Había libros hasta en el cuarto de baño y en la mesa de la cocina. La sobriedad de esa casa aumentó la bronca: no era la casa de un poderoso, sino de un cualquiera. Su estrechez funcionó como acusación. Yrigoyen era la miseria y el mal, por lo tanto había que romper, ensuciar, partir y arrojar todo a la calle.

Por la ventana volaron libros, ropa, cuadros y vajilla. Hice fuerza para levantar también su cama de hierro. Junto a mí se instaló un tipo alto y rubio que sudaba complacido. Evidenciaba más fuerza y pudo alzarla solo; parecía un gigante de las fábulas nórdicas. Cargó el elástico, el colchón, los cabezales y el baldaquino, todo junto. Quebró el baldaquino contra el marco del ventanal y también quebró el marco. Ante el asombro de las fieras que lo rodeábamos, arrojó lejos, como si fuese una jabalina, el mejor símbolo de nuestra profanación. La cama se estrelló sobre la calzada y se abrió en pedazos; la muchedumbre saltó sobre sus restos con júbilo bestial.

Inesperadamente irrumpió una columna de hombres que aún amaba a Yrigoyen. Esto sí que no había asomado en el cálculo de nadie. Blandían cuchillos, zumbaron puteadas y empezaron los desesperados empujones. El festín se transformó en una batalla.

—¡Rajemos! —gritó Jacinto.

Salté por sobre objetos quebrados. Los "niños bien" que habíamos convertido en astillas las pertenencias del Villano palidecimos ante la irrupción de la chusma; chusma en serio, con armas caseras y rostros asesinos. Gané la calle y empecé a correr. Pero se avecinaba lo peor: caballos de la policía montada penetraron ruidosamente para cazar a los violadores del orden público; en el choque confundirían a los revolucionarios de Uriburu con los secuaces del ex presidente.

Mandé los restos de mi energía a los zapatos para salir del atolladero.

Rolf Keiper volvió a pegarse a mi hombro o yo al suyo. Necesitaba que me orientasen en ese barrio desconocido. Amagó entrar en un café, pero luego corrió al zaguán que había elegido su pequeño camarada con un hematoma alrededor de la nariz. No le satisfizo el escondite y le dio unos gritos en alemán. Su amigo prefirió quedarse, pero Rolf salió disparado: los cascos de la policía ya pegaban en la nuca. Perdí de vista a Enrique y Jacinto y decidí mantenerme junto al alemán. Aparentaba saber adónde dirigirse. Volamos diez, doce, quince cuadras. Creí que mis pulmones cesarían de respirar. De vez en cuando él me echaba una fastidiosa mirada: "a santo de qué mierda lo estaba siguiendo". Pero no gastó oxígeno en hablarme.

Doblamos en varias esquinas y finalmente golpeó una puerta. Apenas abrieron empujó, entramos y cerró tras de sí con llave y pasador. La mucama retrocedió aterrada. Rolf exhaló un nombre:

—Edith.

Apoyé mi espalda contra la pared y me sequé la frente con la manga de mi camisa.

En unos minutos apareció una muchacha de grandes ojos negros. El asombro la rodeaba de luz. Me enderecé, impresionado, y arreglé mi ropa empapada. Pero ella no reparó en mí, sino en la cabeza de Rolf, colorada y chorreante como un tomate recién sacado del agua.

Todavía me suena a travesura del azar. Una travesura increíble: en el mismo turbulento día conocí a Rolf Keiper y a Edith Eisenbach. Para colmo, él fue quien me llevó a la casa de ella.

Nos invitó a beber granadina helada. Mi compañero de fuga no se sintió obligado a contarle qué nos había ocurrido ni por qué irrumpimos con el aspecto de haber atravesado una ciénaga llena de caimanes. Yo estaba inhibido por su belleza y temí que cualquier cosa que dijese cayera mal.

Edith sólo contemplaba a Rolf que, por su parte, no le devolvía la mirada. Yo aprovechaba para recorrer encantado la redondez de sus pómulos, el acorazonado dibujo de sus labios, la esbelta longitud de su cuello, el amable arco de las cejas, el encuadre de pestañas largas a sus ojos marcadamente negros, la rubia cabellera sostenida por un moño azul en la nuca. Era una mujer diferente, aunque no sabía a qué atribuirlo; quizá me impresionó su infrecuente desenvoltura.

Cuando partimos dudé en tocarle la mano porque la mía estaba manchada de depredación y de sudor; pero ella tendió la suya y me estremeció su contacto.

Rolf tomó un sentido y yo el opuesto. Apenas balbuceamos un adiós. Rolf Keiper debía desaparecer para siempre; era lo que deseé entonces y, con más intensidad, después. Pero el deseo no siempre se impone a la realidad.

Por la noche hubo mucha gente en casa y reiterados brindis por el golpe de Estado. Papá reflejaba incertidumbre, y mamá, complacencia.

EDITH

Alexander regresó de su óptica cuando las inesperadas visitas ya se habían marchado. Los comercios habían decidido bajar sus cortinas para no sufrir el pillaje. Se ubicó en su sillón hamaca y, en tono mustio, recordó los incendios que habían barrido las ciudades de Alemania después de la guerra.

No era político, ni su negocio había sido asaltado, ni existían amenazas contra los inmigrantes. Cósima lo señaló con un tierno gesto de reprimenda.

—En muchas partes han volteado gobiernos. Desde la guerra, ¿cuántos suman ya? Han caído imperios, monarquías, sultanatos, presidentes, de todo. Ahora es moneda cotidiana, Alexander. Casi una moda.

Él movió la cabeza.

—Creo que en pocos días ni se hablará más del asunto —insistió la mujer—. Este Yrigoyen era un viejo caduco.

Cósima Richte, de cabellos rubios y ojos pardos, había nacido en Colonia, junto al Rhin. Su familia era católica practicante. Desde niña le enseñaron que en Renania hasta las papas y las uvas eran católicas apostólicas romanas. Fue educada por monjas y tuvo un deseo transitorio de convertirse en una de ellas; pero le duró pocos meses. En cambio caló hondo su fe en Cristo y en su Iglesia, fe que nunca disminuyó pese a las vicisitudes que zarandearon su existencia. Le gustaba el nombre Cósima, con el que fue bautizada; amaba la música lírica y asociaba este hecho al de tener el mismo nombre de la hija de Liszt, una mujer temperamental y transgresora. Con el tiempo, sin embargo, dejó de evocarla como su modelo porque Cósima se unió a Richard Wagner y ambos se manifestaron antisemitas. El odio no cabía en su corazón, menos aún el prejuicio antisemita, porque a los diecinueve años se permitió enamorarse de Alexander Eisenbach, un judío peculiar. Esto ocurrió unos meses luego de haber esquivado un intento de violación por parte de Alois, su querido primo seminarista, en quien había confiado hasta entonces, hasta la noche de Todos los Santos, cuando se quedó sola en la enorme casa. Alois cesó el ataque cuando ella le arrancó un trozo de mejilla con los dientes.

Cósima y Alexander se conocieron bruscamente en el centro de Colonia. La muchacha seguía viviendo en lo de sus tíos —que no se habían enterado del sangriento incidente— desde que había quedado huérfana de padre y madre cuatro años atrás, luego de un alud en las montañas.

Alexander estudiaba óptica en el Instituto Tecnológico y provenía de una pequeña población ubicada en el norte de la Selva Negra. Un mediodía primaveral descubrió a su futura mujer.

Los peatones se derramaban por la colmada Hochstrasse hacia el espacio que se abría frente a la catedral. Caminaban inocentemente hacia su encuentro. Cósima cargaba las compras en una alta bolsa que le tapaba la cara. Pese al inconveniente, vio a Alexander, así como Alexander la vio a ella. Y porque se vieron se imantaron, sus cerebros funcionaron al revés y terminaron en un choque que produjo un patético desparramo.

Alexander la aferró por los brazos e impidió que cayese de nariz. Cósima se dejó tomar y luego clavó sus uñas en la manga de Alexander. Tambalearon unos segundos, abrazados y atónitos. Alexander tartamudeó disculpas mientras conseguía enderezarla y ponerse él también en una digna semiverticalidad. Cósima lo miró fijo y en ese instante supo que esos ojos verdes pertenecían al hombre de su vida. No sólo se le esfumó la rabia, sino que registró la nariz corta y ancha sobre la que calzaba anteojos cómicamente ladeados por el choque.

Cósima sostuvo otra vez la bolsa mientras Alexander recogía los objetos. Enternecía su esmero por terminar cuanto antes la tarea mientras balbuceaba disculpas. Ella esbozó una sonrisa. Alexander se puso más torpe por la gentileza de la muchacha y repetía *Fraulein* de acá y *Fraulein* de allá para que entendiese su desconsuelo. Cósima, como respuesta, le ampliaba la turbadora sonrisa, a la que agregó un suave movimiento de hombros. Para ella estaba superado el accidente y sólo le importaba Alexander. Pero Alexander se confundía con la seductora amabilidad de Cósima. Siguió machacando excusas porque no le salía algo gracioso.

Con una temeridad que las monjas hubiesen castigado, Cósima lucubró en voz alta que lo conocía. ¿Que lo conocía? Sí, de algún lado, pero no recordaba bien de dónde. Alexander cesó de hablar y llevó la mano al pecho; de esa muchacha provenía algo terrible, mezcla de ángel y tentación. Y Cósima pensó cuán torpe se ponía un varón cuando la mujer tomaba iniciativas. Finalmente se dieron los nombres y Alexander, mareado, contó que estudiaba óptica para congraciarse con el chiste más estúpido de todos los tiempos: ¿para qué estudiaba óptica si no pudo ver a una chica que cargaba una bolsa más alta que su cabeza? El "ja ja" de ella fue una obra de estricta clemencia.

En Alexander aumentó el bochorno. Pero Cósima, fulgurante, le dijo que necesitaba anteojos y no sabía dónde comprarlos. En realidad Cósima no necesitaba anteojos y las monjas también la hubiesen castigado por esa mentira; pero Alexander picó y de inmediato se ofreció a darle los nombres de las mejores ópticas de la ciudad. Ella escuchó el listado, tan preciso como tedioso y, sin preocuparle el impulso que imprimía a la taquicardia de Alexander, le preguntó frontalmente si no le molestaría acompañarla a comprarlos, así le aconsejaba sobre marcas y precios.

En el encuentro siguiente ella no tuvo empacho en decirle que el oculista le había indicado esperar y ambos modificaron el zonzo itinerario de las ópticas por los románticos bordes del Rhin. Como ocurría con muchas parejas, los crepúsculos no sólo reflejaron los últimos rayos de sol sobre las viejas aguas, sino la impetuosa creciente del amor. Cósima y Alexander se dieron el primer beso cerca del puente, gracias a que un ave les revoloteó las cabelleras y los acercó de tal forma que ya no pudieron evitar el contacto.

—Ese pájaro eran tus dedos haciéndome círculos —la acusaba él cuando evocaban el episodio.

—Eran los tuyos, para confundirme —replicaba ella, riendo.

Al mes de frecuentes encuentros Alexander decidió comentarle que su hermano Salomón, casado con Raquel, había viajado a la Argentina.

—¿Adónde?

—La Argentina. Cómo te explico... ¿Te acuerdas del mapa americano? Bueno; América del Sur es como un triángulo con el vértice hacia abajo. Argentina, dentro de ese triángulo, forma otro más chico en la parte inferior.

—Casi sobre el Polo Sur.

—Casi. Su extremo sur llega al Polo, pero el norte cruza el trópico.

—¡Qué país!

—Salomón y Raquel están muy contentos.

Alexander se había enamorado y deseaba que su historia de amor continuase. Pero intuía que el proyecto de emigrar a la lejana Argentina no iba a ser bien visto. Debía presentarle el alocado plan de tal forma que no generase rechazo.

Le contó historias y le mostró cartas y removió anaqueles propios y ajenos para convencerla de que era un país mágico. En Argentina prevalecía lo joven y vital —insistía—. Sobraban la riqueza, las oportunidades, las perspectivas de ascenso social. Su hermano aumentaba las ganancias de año en año. Y él, Alexander, que terminaba sus estudios y agotaba sus ahorros, ¿qué futuro podía esperar en Alemania? En el mejor de los casos no pasaría de ser un empleado durante lustros, durante la vida entera.

—¿Y cuáles son tus pretensiones?

Alexander dudó en confesarlo. Pero finalmente dijo que era ambicioso. Aunque provenía de una familia pequeñoburguesa de Freudenstadt en la que predominaban los artesanos vitalicios, pretendía mucho más. Pretendía, por ejemplo, ser el propietario de un negocio, comprarse una casa grande con muebles de cedro y vajilla de plata, tener tiempo para leer, disponer de dinero para hacerle lindos regalos a su mujer.

Cósima le acarició las sienes; le encantaba esa ambición.

En Argentina había más libertad que en Colonia o Berlín. Uno podía entrar y salir del país cuantas veces quisiera, de modo, querida Cósima, que, si al cabo de un tiempo él decidía regresar, nada le impediría encontrarse nuevamente con ella junto al antiguo Rhin.

—¿Acaso piensas irte solo? —le tironeó cariñosamente el pelo.

Alexander sintió un vahído. En lugar de responderle insistió que en la Argentina el trigo crecía por oleadas, maduraban mejores viñedos que en el Mosela y abundaban frutas prediluvianas. Pero sobre todo, el ganado se reproducía como la hierba de los valles.

Cesó la perorata y la tomó en sus brazos. La miró con fiereza. Se le descosieron las arraigadas inhibiciones y exclamó:

—¡Quiero casarme contigo!

A ella se le humedecieron los ojos.

Alexander, en estado de trance, prosiguió:

—Nuestro viaje de bodas será la travesía del Atlántico. ¿Qué te parece?

Cósima estaba feliz.

—Lo tienes decidido, parece.

—No me has contestado aún.

Cósima lo abrazó fuerte:

—¿Qué te voy a contestar? Te adoro, te quiero desde que te vi. Acepto casarme contigo, acepto irme al fin del mundo. ¡Alexander, Alexander!

Después hablaron sobre lo que significaría balancearse durante semanas sobre la desmesura del océano. Cósima era valiente, amaba a su gracioso estudiante de óptica y no quería seguir dependiendo de sus tíos. El último escollo —debían considerarlo— era su fe católica. Dijo que solicitaría consejo al párroco. Alexander lo estimó justo.

Cósima expuso sin rodeos, como era su costumbre:

—Padre: estoy enamorada de Alexander Eisenbach. Es judío.

Reconoció que los modales caballerescos y tiernos de ese estudiante la habían cautivado desde la primera vez. Y no sólo los modales: su cara, sus ojos, sus manos. El párroco se sacó las pesadas gafas, restregó sus órbitas, se las calzó de nuevo y dijo que iba a proceder en forma cauta. No tenía claridad sobre el rumbo correcto. Con la misma sinceridad que ella le había hablado, él dijo que por el momento no alentaría ni prohibiría un romance que apuntaba al matrimonio mixto.

—¿Entonces?

—Regresa en una semana, hija.

Cósima descubrió que Alexander era un judío aguado: provenía de una familia alejada de su grey. A su hermano lo habían bautizado con el nombre de Salomón por insistencia de los abuelos. Pero el segundo hijo, que nació tras la muerte de los abuelos, recibió un nombre sin connotaciones bíblicas. En su hogar no se celebraban las festividades que marcaba la tradición, no respetaban el sábado ni sabían qué era la comida *kasher*. Nadie concurría a la sinagoga ni a centros comunitarios. No hablaban sobre la historia ni el destino de los judíos y jamás se interesaron por los pioneros delirantes que se afanaban en reconstruir un hogar nacional en Palestina. Es cierto que no practicaban otro culto. Tampoco negaban ser judíos; sólo que no encontraban elementos que inyectaran valor a su identidad.

En la tercera entrevista con el cura Cósima perdió la paciencia y lo arrinconó: necesitaba urgente su permiso para casarse con este judío aguado. Pero al párroco no le alcanzaba: "aguado no significaba bautizado". Se quitó las gafas y restregó sus órbitas, como siempre, volvió a ponerse las gafas y se paseó a lo largo de la sacristía con los brazos a la espalda murmurando fragmentos de derecho canónico.

Las protestas de Cósima rebotaron contra la dulce firmeza del sacerdote. Ella frenaba sus deseos de lanzar una palabrota y recibió la bendición.

Alexander escuchó tranquilo. El inconveniente podía haber sido una sorpresa para ella, no para él. Pensó un rato y dijo:

—Bueno, si no hay otro remedio, me convertiré.

—¿Así nomás? —reaccionó ella—. ¿Convertirte por resignación?

—¿Y por qué otra causa?

103

—¡La conversión no es un trámite administrativo!

—Pero así la presentan, querida. ¿Cuántos médicos y abogados han debido convertirse hasta hace pocas décadas para que la Universidad les concediera el diploma? ¿Crees que abrazaron a Cristo de corazón?

—Es como burlarse, entonces.

—No culpes a los conversos, sino a quienes los forzaron. En mi caso, te aseguro que no me produce violencia. Si debo bautizarme para tenerte de esposa, me bautizaré. No es una condena. Mis padres han fallecido y, de todas formas, no les hubiera importado mucho. Judíos más importantes que yo se han convertido por causas que van desde una genuina convicción hasta burdas imposiciones.

Alexander miraba el perfil irritado de su novia y le aumentaba el amor al ver cómo se enojaba con las exigencias de su propia fe. Hacía poco había terminado de leer una biografía de su poeta favorito, Heinrich Heine.

—Tengo que hablarte de Heine, Cósima, es una vida deslumbrante. También debió someterse a la conversión, y lo hizo para obtener un título de abogado que jamás le sirvió. Para Heine fue un trámite del que se burló hasta el final de su vida por su naturaleza interesada, carente de decoro. Después de recibir el agua bendita dijo: "Antes me despreciaban los cristianos; ahora, además de los cristianos, me despreciarán los judíos".

Cósima explotó en llanto.

Alexander le enjugó las lágrimas con su pañuelo y sugirió ir otra vez juntos a lo del cura.

El párroco los recibió de inmediato en su perfumada sacristía y se esmeró por brindarles comodidad.

Los enamorados hablaron sin rodeos. Describieron su amor, su angustia y sus planes para viajar al otro lado del mundo. El párroco escuchó sin pestañear, pero sus gafas subieron y bajaron cuando Alexander explicó su agnosticismo. Casi se le cayeron al piso cuando evocó una humorística frase de su amado Heine: "A un judío le resulta imposible aceptar que otro judío sea Dios". La referencia a Heine facilitó que derivaran hacia temas de filosofía, teología y literatura. Alexander estaba encantado con el tolerante párroco, pero éste finalmente dijo algo que lo sorprendió:

—Si usted fuese más judío, estaría más cerca de obtener la gracia.

Se levantó. Había llegado el momento de fijar el camino a seguir. Ante la pareja expectante sentenció:

—Autorizaría el matrimonio sin su conversión.

Los enamorados creyeron que temblaba la tierra.

—Lo autorizaría —dijo—, pero bajo una solemne promesa.

Cósima y Alexander se miraron.

—La promesa de que vuestros hijos serán bautizados y educados como manda la Iglesia.

Cósima interrogó a su novio con ojos despavoridos. Alexander no podía doblegarse ante algo que avasallaba sus derechos. Pero encogió los hombros y dijo "está bien". Entonces el párroco repitió el ritual de sacarse las gafas, restregarse las órbitas y calzarlas nuevamente, esta vez como expresión de alivio.

Los tres se apretaron largamente las manos y el sacerdote, conmovido, los bañó con una mirada muy bondadosa y paternal. Entonces la temperamental Cósima y el tierno Alexander formularon la promesa.

Meses después sonrieron a las nubes rojas que coronaban el Rhin: Alexander anunció que ya tenía los pasajes. Se cumpliría el deseo de realizar su viaje de bodas sobre las ondas del océano.

Cuando pisaron la cubierta del transatlántico informó a su esposa que había invertido casi todos sus ahorros en los tickets de primera clase: allí la nave se balanceaba menos y cada noche sería una fiesta.

En el ajetreado puerto de Buenos Aires los recibieron Salomón y Raquel, quienes agitaban el sombrero y un pañolón carmesí desde hacía una hora, cuando la gigantesca proa había ingresado al muelle. Se besaron, lloraron y finalmente escucharon una noticia desconcertante: Salomón y Raquel partían de la nerviosa Buenos Aires rumbo a "los paraísos del sur", donde tenían la oportunidad de adquirir un establecimiento muy rentable.

—¡Pero si vinimos aquí porque estaba tu hermano! —protestó Cósima apenas quedaron solos.

La profesión de óptico no le brindaría mejor futuro en "los paraísos del sur" que en la conservadora ciudad de Colonia, calculó Alexander. Pese al irremediable alejamiento de su hermano y su cuñada, decidió permanecer en la capital y probar suerte. Su título de óptico alemán fue bien recibido en Lutz Ferrando, una empresa con sucursales en todo el país. También empezó el aprendizaje del español. ¡Qué diferente sonaba a su lengua materna! Pero le servía el latín que había martirizado su adolescencia y pronto advirtió que la gente utilizaba innumerables palabras italianas. Esto fue una ventaja estupenda, porque la pareja amaba la ópera y memorizaba trozos de Verdi, Donizetti, Leoncavallo y Rossini.

En el año siguiente, 1913, nació Edith. La bautizaron en la iglesia de Santo Domingo. Fue también el año en que Alexander concretó su anhelo de abrir un modesto negocio propio. Aunque su racionalidad detestaba cualquier atisbo de superstición, solía repetir que su tierna hijita le había traído suerte.

El negocio creció rápido. En poco tiempo aumentó los empleados, los técnicos, la variedad de ofertas, la publicidad y las ganancias. Pronto no se sabría a quién le iba mejor, si a Salomón en "los paraísos del sur" o a Alexander en la bullanguera Buenos Aires.

La Guerra Mundial canceló las comunicaciones con sus familiares del Viejo Continente. A su término llegaron tardías cartas que informaron sobre el horror, las bajas militares y civiles, la devastación de campos y poblaciones. De haberse quedado junto al Rhin, quizás ninguno de ellos estaría vivo o entero.

Leyeron indignados las humillaciones que las potencias aplicaron al fenecido Reich. Desde que el mundo era mundo los derrotados jamás habían tenido razón.

Se alegraron cuando por fin se instaló la República de Weimar sobre bases democráticas y progresistas. Weimar había sido la pequeña y amada ciudad de Bach, Goethe y Schiller, símbolo de lo mejor que había producido el país.

Por otra parte, era la primera vez que en su larga historia Alemania se abría al sistema republicano. Depositaron grandes esperanzas en el flamante sistema, especialmente cuando una figura brillante como Walter Rathenau fue designado canciller.

Edith creció familiarizada con dos diarios que un canillita deslizaba bajo la puerta de su casa: *La Nación* en castellano y el *Argentinisches Tageblatt* en alemán. Al decir de sus padres, ambos eran inteligentes y serios. Ambos a menudo incorporaban colaboraciones de grandes escritores franceses, españoles, norteamericanos y alemanes. Alexander aseguraba que era una prensa digna de Hamburgo, Francfort o Berlín. Sentaba a su hijita sobre las rodillas y le leía los periódicos en ambos idiomas. Edith disfrutaba las noticias porque Alexander seleccionaba las más divertidas, que mechaba con comentarios. Pero a veces se abstraía en un denso artículo y Edith se adormecía en sus brazos mientras respiraba el perfume de su camisa o miraba el caracol de su oreja.

La casa funcionaba como cualquier hogar católico y alemán. Guardaban las fiestas, comían pescado los viernes, celebraban Navidad, Pascua y Corpus Christi, e iban a misa los domingos. Lo confesional era cumplido sólo por Cósima y Edith: Alexander no concurría a la iglesia, ni rezaba, ni hacía demostración alguna de fe, pero en el hogar acompañaba a sus mujeres con buen talante. Tampoco iba a la sinagoga ni a institución judía alguna, aunque se vinculó con varios judíos de origen alemán. Prefería asociarse a bibliotecas y organizaciones puramente culturales como museos y teatros.

En la noche del 6 de septiembre de 1930 recibieron una llamada telefónica de Bruno Weil. También estaba preocupado por el golpe de Uriburu y los invitaba a una reunión de amigos para analizar los acontecimientos.

—Me parece que han ganado los fascistas. Y no me gusta nada, nada —dijo Bruno.

Alexander se dirigió entonces a Cósima:

—¿Te das cuenta? No soy el único que huele la tempestad.

107

- *1 9 3 2* -

ALBERTO

Tras la expulsión de Yrigoyen la aristocracia volvió a sentirse dueña del país y su cultura. Los teatros y los salones recuperaron la fama de ser sitios donde acudía lo mejor de la sociedad. El ámbito más fastuoso era, desde luego, el Teatro Colón, que no envidiaba a la Ópera de París.

Teníamos un palco y a menudo mis padres llevaban a Mónica, que era buena pianista. Yo empecé a concurrir cuando ingresé en la Facultad de Derecho, más por obligación que por placer: un futuro abogado debía ser visto por los familiares de sus potenciales novias.

Durante el intervalo íbamos a la confitería. En su ruidosa atmósfera el público consumaba los contactos. Un camarero sensible a la propina se ocupaba de mantener reservada una mesita para mi padre.

Esa noche, mientras nos abríamos paso entre largos vestidos de satén golpeó mis ojos una cara que me había impresionado dos años atrás. Ella también se sorprendió.

—¿Edith? —murmuré temerario, desconfiando de mi memoria.

Su mirada emitió luz. Además, su cabellera rubia estaba maravillosamente peinada.

—¿Sí?

—Nos hemos visto... —vacilé.

—No lo tengo presente.

Le costaba identificarme. Sí, era ella, me dije. Sus párpados temblaron cuando empezó a recordar.

Me invadió tanta alegría que le tendí la mano y me dispuse a no perderla. Mis padres ya habían ocupado la discreta mesita y mamá contraía el ceño para adivinar con quién me estaba entreteniendo. Pregunté si le gustaba Rigoletto, si no había pifiado la orquesta en la Obertura, si venía seguido al Colón. Pregunté más de lo razonable, más de lo que nunca pregunté a una chica en un primer encuentro. Ella no tuvo espacio sino para responder con monosílabos.

Un hombre de ojos verdes y mediana estatura la llamó por su nombre.

—Voy, papá.

—Espero verla pronto —alcancé a decirle.

Sonrió.

Fui a sentarme con la música de sus escasas palabras. A mi madre le llamó la atención mi repentina felicidad pero, acostumbrada a contenerse, aguardó que nos sirvieran el té. Cuando llevó a su boca la taza con dibujos dorados, preguntó displicente:

—¿Quién es?

—¿Quién es quién? —mi arrobamiento quería impedir la obvia conexión.

—Esa señorita.

—¡Ah! —abrí las manos—. ¿Esa señorita? No sé, la verdad que no sé. La conocí hace poco.

Aguardó un minuto y mordió el borde de una masa.

—¿Dónde?

—¿Dónde qué? —descarté las cremosas y también escogí una masa seca.

—Dónde la conociste.

—Esperá que recuerde —miré la guarda griega del cielo raso mientras masticaba y busqué alguna frase que cerrara el tema. No iba a contarle que me había refugiado en el hall de su hogar mientras huía de una depredación que me causaba vergüenza.

—Si exceptuamos el Aria, *Rigoletto* es la peor ópera de Verdi —sentenció mi padre para cambiar de tema.

Lo miré agradecido. Quizás él imaginaba otra cosa, que Edith había sido una aventura. No le gustaba que mamá me sometiera a interrogatorios sobre asuntos estrictamente masculinos.

Mamá no hizo comentarios a la estupidez que acababa de cometer su marido y se resignó a quedarse sin mi respuesta. Por supuesto que a partir de esa noche ya no falté a las funciones del Colón. Y busqué ansioso a Edith en los intervalos.

A mi madre le inquietaba no conocer su filiación. El hecho de concurrir a la ópera reflejaba buen nivel socioeconómico, pero la nefasta década y media radical había permitido la entrada de inmigrantes y nuevos ricos. Aunque sus labios trataban de evitar manifestaciones duras, le resultaba inaceptable que una "extraña" enredase a su único hijo varón.

Al cabo de dos meses empecé a tutearla y Edith no se molestó. Los fragmentos de apuradas conversaciones nos permitieron enterarnos de nuestros gustos y algo de nuestras familias. Le conté que estudiaba Derecho, pero me gustaba la diplomacia —como a mi pariente famoso—, que papá era abogado y no ejercía, que ansiaba viajar a Europa como la mayoría de los argentinos. Ella me escuchaba con interés, pero más la divertía mi impaciencia.

En el descanso de *Madame Butterfly* —se habían cumplido cuatro meses de incómodo flirteo— me lancé al abismo y, sin prólogo ni perífrasis, la invité a la fiesta de cumpleaños que le harían a Mónica en casa. El súbito convite le produjo asombro.

—Será muy alegre —traté de quitarle importancia.

Movió los labios sin encontrar respuesta. Un leve rubor cruzó sus mejillas. Las convenciones de la época no toleraban semejante asalto; ella ni siquiera conocía a mi hermana, aunque la había adivinado en la confitería. Preguntó entonces a qué iglesia solía concurrir los domingos.

—¿Quién, yo? —fui el asombrado, ahora.

Me pregunté si cambiaba de tema o me hacía un reproche o me estaba dando la oportunidad de vernos en otro sitio. Tartamudeé:

—La iglesia del Socorro.

—Me gustaría conocerla.

—¿Conocerla? Pero ¡fantástico! —grité casi.

Pensé que me ofrecía un eslabón intermedio; qué hábil. Nos reuniríamos en el atrio, a la salida.

—¿Está bien el próximo domingo?

—Muy bien.

Cuando me senté a compartir el té con masas, no hubo preguntas por parte de mamá porque estaba pálida: se masajeaba la nuca para aflojar el dolor que le producía la misteriosa señorita de los intervalos. Papá, curiosamente, encontraba bella e interesante la obra de Puccini.

—Cuando la música es buena, lo reconozco —sentenció.

El domingo busqué a Edith por entre las cabezas de la feligresía sentada en la espaciosa nave de la iglesia del Socorro. Por fin la descubrí unas cinco filas atrás, junto a una mujer que debía ser su madre porque se le parecía en forma extraordinaria.

El oficiante era el carniseco padre Gregorio Ivancic, quien había elegido una Epístola para ilustrar las obligaciones que debíamos asumir ante el inminente Congreso Eucarístico Internacional que se celebraría por primera vez en Sudamérica.

—Llegarán príncipes de la Iglesia y, con ellos, caudalosas bendiciones. Tenemos que acrecentar nuestras virtudes.

Enhebró los versículos del apóstol con las tareas de los fieles. Su cabeza parecía una lámpara. Como remate de sus palabras impartió una recomendación:

—No seáis como los pérfidos judíos que sólo se interesan por el dinero y, con hipocresía, financian la degeneración de nuestras costumbres. Sed como los santos que miran al Señor y, por sobre todas las cosas, obedecen Su palabra.

Al término del oficio me apresuré por llegar al atrio. En cuanto apareció Edith, me encandilaron sus cabellos fosforescentes. Estaba más hermosa que nunca; los ojos parecían más grandes y el cuello alzado como una torre. Caminó a mi encuentro con una desenvoltura que me hizo temblar: no era el desenfado de las mujeres ordinarias ni la impostación de las que se mueven artificialmente. Unía gracia, soltura y fineza. Me dio la mano y presentó a su madre, que era joven y apuesta.

—Alberto Lamas Lynch —dije mis patricias señas con el apuro de quien necesita presentar su escudo de armas cuando la seguridad le falla.

—Cósima Eisenbach —respondió.

Cambiamos opiniones sobre el tiempo y luego nos referimos al Congreso Eucarístico Internacional.

—No me gustó el cura —protestó Edith.

—Vendrá monseñor Eugenio Pacelli en persona —comentó su madre, deseosa de quitar relieve a la inoportuna observación de su hija.

Yo ignoraba quién era ese monseñor. Y ella se dio cuenta.

—¿No oyó hablar de monseñor Eugenio Pacelli? Es el Secretario de Estado, la mano derecha del Papa.

—¡Ah!

—Fue Nuncio en Munich en los años más terribles, lo conocí personalmente. Habla muy bien el alemán, tanto como el italiano, además de otros idiomas. Es un hombre excepcional.

—Qué honor entonces —comenté—. Qué honor que venga a la Argentina.

Atravesamos la reja del atrio y salimos a la calle. Los feligreses se despedían tras el oficio con el alma aligerada. Pero la efervescencia que Edith desencadenó en mi pecho no me permitía dejar pasar esa ocasión sin obstinarme en los avances. De modo que volví al tema.

—Señora —retorcí los dedos—: en casa se festejará el cumpleaños de mi hermana Mónica. Concurrirán amigos y familiares. ¿Daría permiso a su hija para que nos acompañe?

Edith reprodujo su maravillosa sonrisa y permaneció callada. Su madre la miró.

—No lo tome a mal —dijo—, pero ella nunca fue a su casa. Me parece un poco...

—Claro, pero sería magnífica esta ocasión. ¿Por qué no la acompaña usted?

Se dirigió a su hija.

—¿Quieres ir?

Ella asintió con una caída de párpados.

—Está bien. Pero no necesito acompañarla: sabe cuidarse.

Cósima me tendió la mano.

112

—Muchas gracias, Alberto.

Esperé con más impaciencia que mi hermana la noche del cumpleaños.

A medida que llegaban los amigos y parientes yo hacía reiteradas escapadas a la puerta y recordaba al bueno de Tomás que una señorita rubia de grandes ojos negros tenía que venir en cualquier momento y él debía avisarme en el acto. Las salas de recepción estaban iluminadas a día y se colmaron de gente. Cuando por fin Tomás me hizo señas desde lejos, arrojé la copa por el aire y corrí. El corazón me latía en la garganta. Sus manos portaban un regalo envuelto en papel de seda. Mi turbación alteró las secuencias habituales: en vez de quitarle el abrigo y traer a mi hermana para que le diese la bienvenida, conduje a Edith con el abrigo puesto hasta el fondo del living donde Mónica charlaba con un grupo. Efectué las presentaciones y se saludaron con simpatía. Mónica abrió el paquete y se mostró encantada al acariciar la delicada pieza de porcelana.

En la hora previa, mientras la había estado esperando, bailé con Mirta Noemí Paz, a la que mamá elogiaba sin reservas. Mirta Noemí era bonita y pertenecía a una familia opulenta. Pero sus modales mostraban tanta afectación que parecía tarada. Quizás le enseñaron que determinada pose de brazos y hombros, así como una insufrible impostación de la voz la hacían más atractiva. No la soportaba por más de media hora, ni siquiera cuando se adhería a mi cuerpo bailando tangos. Al llegar Edith la olvidé por completo, lo cual no dejó de molestar a mi madre.

En algunos rincones conversaban y comían los adultos. Eran tiempos en los que se consideraba un deber concurrir a las fiestas de los hijos. Por suerte se retiraban hacia la medianoche. Yo estaba tan contento que conduje a Edith donde mis padres y la presenté. Luego fui a traer bebidas con el propósito de dejarla a solas con mamá: supuse que conquistaría su aprecio rápidamente. La veía tan hermosa que daba por seguro el resultado favorable.

Un fonógrafo alternaba con la radio y llenaba la casa de música danzante. En las habitaciones y en el hall giraban

113

las parejas. Luego de convidar a Edith con refrescos, la invité a bailar. Resultaba indiferente que se tratase de tangos, fox-trots, valses o milongas, porque quería dar vueltas con ella hasta llegar a otra galaxia.

Edith me ganaba en ritmo. Su cintura vibraba como una cuerda de violín. Dibujamos esferas lentas y otras incandescentes por una sala, luego pasamos a otra sala y otra más, sin interrupción y sin querer cambiar de pareja como urbanamente se hacía en los cumpleaños. Yo me había encerrado en la contemplación de su rostro.

Las miradas empezaron a seguirnos, en particular las de los atentos adultos.

El fox-trot nos invitó a brincar alegremente como si practicásemos gimnasia en ropa de fiesta. Pero el tango nos aproximó mediante sus torsiones inefables; el ritmo hondo —como decían los fanáticos— no sólo abrazaba cuerpos, sino almas. Sus marchas, contramarchas y giros imprevistos transmitían una clandestina fidelidad. A esto se agregaba el contacto de un pecho contra el otro hasta acompasar los latidos, mientras el roce de muslos insinuaba promesas. Yo rogaba que el final de cada tango fuera sucedido por otro, y otro, hasta el agotamiento.

Ella insinuó que nos detuviéramos. Entonces la conduje hacia el patio, donde el aire fresco nos devolvió el oxígeno. Luego le propuse saborear algunos canapés. Junto a la mesa llena de bandejas, primas y primos charlaban y reían. Pero en mis orejas seguía vibrando la música danzada y mis ojos no se apartaban de Edith.

Me había enamorado. Me había enamorado fuerte, como a los doce años de una vecinita, pero ahora con potencia duplicada y diferente. No me gustaba esa palabra porque sonaba a hechizado, a prisionero. "Enamorado" era una manifestación de lo cursi. Pero era lo que me sucedía. Y lo que me sucedía era maravilloso.

Edith estudiaba historia del arte y propuse mostrarle nuestros cuadros. Reconoció un Delacroix de la serie nordafricana. Quedó muda al identificar dos piezas de la escuela de Barbizon: una de Jean François Millet y otra de Jean-Baptiste Corot.

—¡No imaginaba que estas obras estuviesen en Buenos Aires!

—Papá las compró en París.

—Tu papá tiene un gusto exquisito.

—Diría que tiene un *marchand* exquisito. Hasta lo hizo quedarse con las obras completas de Chaucer impresas por William Morris, que era socialista. ¿Las querés ver?

—¿No lo espantan los socialistas?

Pasada la medianoche ofrecí llevarla de regreso en el Chevrolet de mi familia. Era la primera vez que concurría a mi casa y no debía abusar, aunque hubiera preferido que siguiésemos juntos hasta el alba.

El auto marchó lentamente, con el impúdico objetivo de alargar su compañía. Las calles de Buenos Aires estaban animadas por los incorregibles noctámbulos que fatigaban cafés, restaurantes, librerías y boites como si no existieran los relojes. Estacioné junto al cordón y troté alrededor del auto para abrirle la puerta. Con golosa caballerosidad aferré su mano suave y la ayudé a descender. No la pude soltar. Edith entendió el riesgo de mis apresurados avances, pero decidió no frustrarme. Caminamos los pocos metros que nos separaban del edificio. La fragancia de los follajes me envolvió y exaltó. Inhalé profundo. No me resignaba a que nos despidiéramos secamente, como en el Teatro Colón. Esta noche había sido mágica. En mis sienes latía el anhelo de besar sus mórbidos labios. No sabía cómo hacerlo para que no se imaginase algo distinto a lo que se había instalado en la base de mi alma. Edith era un sueño convertido en persona y yo la quería para mí, para siempre. Con amor ciego y extremista.

—Ha ocurrido demasiado rápido —confesé—. Incluso me suponía inmune. Pero, Edith, la verdad es... es...

Me interrumpí, miré hacia las negras copas de los árboles. Me sentía idiota, pero extendí los brazos y exclamé con la brusquedad del suicida:

—¡La verdad es que... es que te quiero!

Ella apoyó su espalda contra la puerta. Sus ojazos negros resplandecían; su boca se tensaba en interrogación.

115

—Creo que hace mucho —proseguí—. Creo que te quiero desde que te vi por primera vez. Desde que te vi ahí dentro, en esta casa, hace casi dos años, asombrada ante dos tipos desfigurados que apenas podían hablar.

Sonrió:

—Parecían dos pobres diablos. Y asustadísimos.

—Yo te miré como a una aparición milagrosa. No, en realidad te encontré. Eso: te encontré. Cuando uno siente lo que yo sentí en ese momento, no se trata del descubrimiento de algo inesperado, sino de algo que uno venía buscando y que produce desesperación.

—¿Desesperación?

—Sí, tal cual. Me parece la palabra adecuada. Ya estabas en mis sueños, Edith. Al encontrarte tuve una sensación de irrealidad. Por eso, cuando después, súbitamente, reapareciste en el Colón, se conectaron mis sueños con la vigilia y decidí no volver a perderte. La verdad, temo perderte. O no alcanzarte. Por eso te decía que desde la primera vez que te vi tras esta puerta, mi sentimiento carga desesperación. Te necesito ansiosamente, te quiero.

—Cómo exagerás...

—No exagero. Ahora, después de habértelo dicho, se me produce un alivio muy grande —mi voz era susurrante—. ¿Debo repetirlo, Edith? Te quiero, te quiero muchísimo.

—¿Siempre sos tan brusco?

Nuestros labios estaban muy cerca y terminaron uniéndose. Fue un beso tierno. El primero de infinitos besos.

—¿A qué hora salís de la Facultad? —preguntó papá unos meses después.

—A las cinco. ¿Por qué?

—Te esperaré a la salida e iremos a dar una vuelta.

¿Una vuelta juntos? Sospeché que no sería por la calle Florida ni por Avenida de Mayo. No pretendía que lo acompañase, sino decirme algo secreto.

Al descender la ancha escalinata lo vi parado con su canosa barbita en punta, el fino traje de tweed y la cadena de oro cruzándole el chaleco.

—Hola —miró el par de libros que yo sostenía contra mi pecho—. ¿Te molestaría caminar?

—No.

—Entonces vayamos al parque. Hay menos ruido. Contame cómo siguen tus estudios.

No era el tema que más le importaba, pero servía de lubricante. Pronto sería abogado y debería compartir el manejo del patrimonio familiar. Hizo algunas preguntas, porque varios profesores le eran conocidos aunque no ejerciese. Después nos deslizamos hacia otro tema que tampoco era el meollo: las consecuencias del golpe a dos años vista.

—Ya no podemos llamarlo revolución —murmuró con enojo—, sino fiasco. Fiasco catastrófico.

—Muchos siguen diciendo "revolución".

—Uriburu era un militar simple, ingenuo y cabeza dura, encandilado por el fascismo que no calza en nuestra tradición ni en nuestra mentalidad.

—¿No calza? Desde entonces los fascistas se han multiplicado. Uriburu, por otra parte, parecía altruista. Te acordás que llegaron a ofrecerle a tío Ricardo...

—Tan altruista como cualquiera antes de saborear el poder. Y de tu tío Ricardo no quiero hablar. Ojalá que no se meta en cosas que avergüencen nuevamente el honor de la familia.

—No sé por qué siempre tengo la sensación de que tío Ricardo oculta más de lo que muestra. Nunca lo puedo llegar a entender del todo.

—Ni entender ni conocer. ¡Y pensar que es mi hermano! ¡Qué hermano!

—Supongo que no me invitaste para hablar de él.

—No.

—Entonces, ¿qué es lo que necesitás decirme, papá?

Extrajo su reloj de bolsillo y movió la cabeza.

—Tenemos tiempo.

Caminamos por la grava del parque. Los tilos y jacarandaes trinaban con la multitud de pájaros que buscaban ramas donde pasar la noche. La fragancia del césped ascendía como invisible vapor. Papá señaló un banco.

Durante unos minutos permanecimos callados.

—Basta de política —propuso dándome unos golpecitos en la rodilla—. Quiero que hablemos de otra cosa.

Llegaba al molesto carozo.

—No es frecuente que los padres toquen ciertos asuntos con sus hijos. Por lo general, cada asunto se desarrolla entre gente de la misma edad. Ahora empiezan a decir que es mejor aumentar la comunicación entre las generaciones. Una nueva moda, supongo. No sé cuánto sabés de mí, quiero decir de mi vida íntima. Creo saber más de la tuya, por ser tu padre, aunque también lo dudo.

—No sé si quisiera enterarme de algunas cosas tuyas, papá.

—¿Por ejemplo?

—De lo que acabás de decir, de tu vida íntima. Es tuya, privada.

—¿Seguro?

—Bueno. La verdad... ¿querés que te diga la verdad?

—Sí.

—Estoy más bien temeroso.

—¿Por qué?

—Y... son cosas que uno no quiere saber de los padres. Es como enterarse, cuando chico, de cómo se engendran los bebés.

Soltó una carcajada breve, molesta.

—Y eso espanta. ¿No es así?

—Ya lo creo.

—Bien, por ahí va la cosa. Aunque nunca hablamos de sexo, ni de mujeres, ni de tu futuro matrimonio, entiendo que, al menos, conviene resolver ciertos equívocos.

—¿Equívocos?

—Nunca te ha faltado dinero para salir. Y si te falta, no tenés más que pedirlo. Sos discreto y cuidadoso; eso está bien. Tenés varias clases de amigos, y eso también es bueno. Me gusta que seas cortés y desenvuelto con las damas. Y que tus amigos más osados te lleven donde hay otras mujeres para que hagas lo que todo hombre debe hacer.

Me sentí incómodo. Pese a estar por recibirme de abogado, nunca mi padre había hablado conmigo sobre mujeres.

Su repentino desenfado provenía del nerviosismo que delataba su tono de voz.

—Quisiera saber, si no te fastidia decirlo, qué pensás de Mirta Noemí.

Estiré las piernas y los brazos, miré hacia la distancia que viraba al rojo crepúsculo. ¿Era eso? No supe si sentir alivio o preocupación.

—¿Mirta Noemí? Qué sé yo, papá. Es... es...

—Bonita.

—Sí.

—Bien educada, culta.

—Sí.

—De una familia impecable.

—Sí, sí.

—¿Entonces?

—No me ha picado el bichito del amor.

—¡Hablamos de un potencial matrimonio, Alberto! El amor es importante, claro, y con las virtudes que en ella abundan, vendrá seguro. No estarás esperando el flechazo de Cupido, como en las novelitas.

Giré la cabeza y lo miré a los ojos por primera vez en esa tarde. Mi padre se irguió: iba a producirse lo temido.

—Ya recibí el flechazo, papá.

—¡No existe! Es pura mitología. Confusión de adolescentes. Y ya superaste esa edad, Alberto —su nerviosismo se desenfrenaba.

—Existe. Te aseguro que existe.

—La alemanita, ¿no es cierto? —le tembló la canosa y bien recortada barba.

—Es argentina.

—Bueno, hija de alemanes.

—Te la presenté en el cumpleaños de Mónica.

—Efectivamente.

—¿No te pareció adorable?

—Estamos hablando como hombres. No me gustan los melindres.

—Ella me gusta mucho. La quiero, papá.

—Lo temía. ¿Y te escribís seguido con ella? ¿Cartas de amor? ¡Maldito sea el fuego del desperdicio!

—¿Me abrís la correspondencia?

—En casa no se hace eso. Pero Gimena vio el remitente. No de una carta, sino de varias. Y la preocupa tanto como a mí.

—¿Por qué? ¿Qué tiene de repudiable?

—¿Debo decirlo?

—¿Que sus padres son alemanes? ¿Que en lugar de haciendas trabajan un negocio de óptica? Ella no es menos refinada que Mirta Noemí. Y tiene encanto, papá. Tiene algo que no abunda, te aseguro.

—Veo que te has dejado enredar más de la cuenta.

—¿Enredar? Yo la he buscado.

—Deberás cortar con ella enseguida.

—No doy crédito a mis oídos, papá. ¿Por qué me pedís eso?

—¿Por qué? ¿Me preguntás por qué? ¿Sos idiota?

—Te pregunto por qué, papá.

Contrajo el ceño y me aferró ambos brazos. Acercó la cara y en tono despreciativo, casi sibilante, gruñó la respuesta:

—Porque es judía.

—¿Judía? Es católica, va a misa, se confiesa, comulga.

—Es judía.

—¿Cómo lo sabés? —me sobresaltó tamaña novedad.

—Ella misma se lo dijo a tu madre, en casa. Y hasta con orgullo: "Mi padre es judío".

—No entiendo.

—¿Te das cuenta? Lo venía ocultando. O simulaba ser católica. No es una buena relación para un hombre como vos, Alberto.

—Tengo que aclararlo... Tal vez su padre sea judío. Pero ella y su madre son católicas.

—Ridículo. Más que aclarar, debés abandonar esta aventura insensata —me miró con severidad—. Y te doy este consejo: andá más seguido a lo de madamas finas para que te ofrezcan hembras que sepan bajarte la calentura.

EDITH

Visitaban la óptica de Alexander Eisenbach cada tanto e insistían en incorporarlo al círculo judeo-alemán. Eran personas agradables y de buen nivel, con quienes podía hablar durante horas, pero Alexander terminaba diciéndoles que no se sentiría cómodo ni en una sinagoga ni en un centro sionista: le bastaba ir al Teatro Colón, almorzar de cuando en cuando en el Club Germano, concurrir al Rowing del Tigre o ser invitado a casa de amigos. Sus obstinados interlocutores no se daban por vencidos. En octubre de 1931 le habían transmitido alarmantes noticias.

—Unos cincuenta nazis uniformados atacaron en Berlín, en el día de Iom Kipur, a varios judíos. Pero una de las víctimas no era judía, sino el médico argentino Martín Urquijo, que fue golpeado a plena luz en medio de la Kurfürstendamm. Se imagina, Alexander, qué le espera a la pobre Alemania el día en que los nazis se apoderen del mando —descerrajó Bruno Weil mientras acariciaba las puntas de su bigote rubio.

—Eso es imposible.

—No sea tan categórico. Avanzan rápido. Por todas partes. Consiguen atemorizar y paralizar. Su política es el terror y ganan espacio cada día, cada hora. Hasta hace poco ni hubieran merecido una banca en el Parlamento y ahora ya son el segundo partido.

Alexander no compartía esa opinión.

—El presidente Hindenburg jamás entregará el poder al "payaso austríaco", como él mismo ha calificado a Hitler. Los nazis son bandas de delincuentes que la misma población sofocará. El pueblo se cansará de ellos; son brutos, ignorantes y extraños a nuestra cultura.

—Vea, Alexander, yo estuve en el cementerio alemán para la ceremonia por los caídos en la guerra. Le aseguro que por primera vez tuve miedo, ¿me escucha?, mucho miedo. Y eso que estamos en la Argentina. Imagine el panorama. Junto a las lápidas se habían alineado docenas de arrogantes *Landesgruppen*, docenas de hombres pertenecientes a la Asociación de Soldados y la *Stahlhelm*.

Trepidaban agresividad en virtual estado de exaltación bélica. De sólo verlos uno empezaba a temer. Desplegaron gallardetes con esvásticas y a cada rato, como autómatas, hacían el saludo nazi. ¿Me escucha? El saludo nazi: hasta gente que yo jamás hubiera supuesto proclive a semejante ideología. Nadie se atrevió a pedirles silencio ni objetarles el saludo. Nadie, mi querido Alexander. Y el capitán Rudolf Seyd, presentado como líder del Partido Nazi en Argentina, pronunció una arenga histérica que terminó con el grito *Deutschland erwache!* Todavía me hace doler la cabeza. Cientos de voces gritaron con más histeria todavía *Deutschland erwache!*

Alexander lo miró con indulgencia.

—Ese capitán Seyd es un lunático —replicó Alexander—. No se lo puede tomar en serio.

—¿Está seguro? Hace por lo menos diez años que Seyd vive en la Argentina gracias a turbios negocios; lo sabe todo el mundo. Es un holgazán relacionado con policías y algunos militares, se afilió al nazismo y consiguió que el diario partidario de Berlín lo nombrara su representante para la Argentina. ¡Nada menos que representante para toda la Argentina! En sus discursos ya ataca al presidente Hindenburg.

Alexander se llevó la mano al corazón: no podía ser verdad.

—Nadie se atreve con el mariscal Hindenburg.

—Los nazis se atreven —aseguró Weil—, por supuesto que se atreven. Los nazis se atreven a todo: ningún límite detiene su insolencia. Usted vive en una burbuja, Alexander, y se niega a reconocer lo que oye y lee. En julio hicieron un acto en la *Deutsche Vereinhaus* de la calle Moreno. Y bien, ¿se enteró de lo que pasó allí?

—Me enteré.

—¿Entonces?

—Insultan como borrachos. Pero no son más peligrosos que una pandilla de borrachos. El *Argentinisches Tageblatt* los ha ridiculizado. Sus discursos no convencen a quien tenga un dedo de frente.

—¡Insultaron a Hinbenburg! ¿Le parece poco? Recién me

dijo que no se atreverían con Hindenburg. ¡Y también insultaron al canciller Bruning, y a los ex cancilleres, y a la República! —se le hinchaban las venas del cuello.

Alexander no se conmocionó. Su tranquilidad irritaba a Bruno Weil, que siguió derramando argumentos.

—Los republicanos alemanes tuvimos que convocar a un acto de desagravio —le aproximó la cara abotargada hasta que rozó su mejilla con la punta del bigote—. Si los nazis sólo fuesen unos borrachos, si sus excesos no rompieran todos los límites, ¿para qué darles batalla con actos de desagravio, no?

—Error de los demócratas —Alexander apoyó sus manos sobre los hombros de Bruno Weil para bajarle la vehemencia y lo miró con dulzura—. Evitemos enloquecer, amigo. El bruto de Seyd también desafió a duelo a Ernesto Alemann —recordó—. ¿Y qué contestó Alemann? ¿Que sí? ¿Que aceptaba batirse con un individuo de tan baja estofa? De ningún modo: ignoró el desafío. Ésa es una política inteligente: ignorarlos.

—Alemann los desprecia, pero no los ignora. No se los debe ignorar porque crecen como la hierba mala. Quieren apoderarse de todas las instituciones de nuestra comunidad, así como se van apoderando de Alemania. Lo han prometido y lo están cumpliendo. Hacen reuniones en los barcos de bandera alemana, forman tropas de asalto, introducen propaganda por cualquier resquicio. ¿Quiere más datos, Alexander? Pues multiplican los *Landesgruppen* que siguen el modelo de la SA. ¿Más datos aún? Extorsionan a las empresas y reclutan a cientos de alemanes desocupados y resentidos. Los nazis engordan como las aves de rapiña. Y nos devorarán.

Alexander le miró las mejillas encendidas y el vibrátil bigote rubio. Weil desbordaba cólera. Quizás le impresionó más su aspecto que sus palabras, porque tendió a ceder un poco.

—¿Qué deberíamos hacer, entonces, Bruno? O dicho de otra forma: ¿hay algo que podríamos hacer frente a tanta irracionalidad?

—Sí, reunirnos, pensar juntos. Y actuar juntos. Para eso

vengo aquí: vengo a invitarlo apasionadamente. Usted debe acompañarnos.

—Pensar juntos es sólo un primer escalón... —objetó—. Un escalón chiquito.

—Un escalón. Lo ha definido bien.

Alexander se rascó la nuca. Weil era perseverante.

—¿Sólo debemos reunirnos los judíos?

—¡No, no y no! Usted se resiste a entender. Esto concierne a toda la gente civilizada. Pero los judíos somos el blanco preferido de los nazis y si no hacemos algo por nosotros mismos, los demás no se sentirán obligados a ayudarnos. Ni sabrán cómo hacerlo —ahora puso él la mano sobre el hombro de Alexander—. A ver si me explico bien: el nazismo es una amenaza contra Alemania, contra la democracia, contra los judíos y contra el planeta. Es una amenaza universal. Pero los judíos somos el chivo expiatorio que servirá a sus objetivos de confusión. Se lo digo en forma clara y rotunda: es hora de negarnos a ser nuevamente el chivo expiatorio. ¿Está claro?

Alexander Eisenbach le tendió su mano y aceptó concurrir al círculo judeo-alemán.

—Pero sin compromiso, ¿eh?

Edith y Alberto se encontraban con frecuencia. Pero como no les resultaba suficiente, recurrieron a las cartas de amor.

—Como los adolescentes.

—No importa. El amor es siempre adolescente.

En las hojas de papel desplegaron emociones que no salían con tanta resonancia en los encuentros personales. Incluso entusiasmaba recurrir a la biblioteca y copiar algunas citas de poetas místicos o románticos. Alberto recurría también a los modernistas, aunque goteasen miel; Edith, en cambio, se regocijaba con expresionistas alemanes que metaforizaban las pasiones hondas.

Ambos guardaban sus cartas en un cajón, ordenadas en forma cronológica y unidas con banda elástica. Una noche Alberto apareció demudado y dijo que su correspondencia había provocado la reacción de su madre.

—Leyó el remitente.

—Bueno. Supongo que hemos dado un paso adelante. Ahora sabe que lo nuestro tiene continuidad.

—Sí.

—¿Eso no te gusta, Alberto?

—Hay otra cosa. En algún momento le dijiste que tu padre es judío.

Edith alzó las cejas.

—Efectivamente. ¿Por qué?

—¿Cómo por qué? ¿Es acaso judío?

—Sí. Pero no entiendo tu asombro. Me alarma.

—Yo no lo sabía, nunca me dijiste.

—¿No? Creéme que no lo oculto.

—Lo ignoraba.

—Lo lamento. No habrá venido al caso decirlo. ¿Te molesta? ¿Sos antisemita?

Alberto transpiraba.

—¿Antisemita? Simplemente estoy confundido. Vos sos católica.

—Claro. Y también mamá.

—No entiendo.

—Pero papá es judío.

—Cómo funciona eso.

—Papá es un judío especial: no es religioso, no le interesa pertenecer a la comunidad judía, no aporta a las instituciones judías. Sólo le quedan algunos recuerdos de sus abuelos, que tampoco eran muy practicantes.

—Pero se considera judío.

—Alberto: ni él sabe con precisión qué significa considerarse judío.

—¿Y la raza?

—¿Qué raza?

—¡La raza judía!

—Cualquiera que estudie historia con seriedad y piense en forma lógica se da cuenta de que las conversiones en una y otra dirección, y las violaciones a granel, no dejaron nada puro de la raza original, si alguna vez eso existió.

—Pero...

125

—Últimamente... —Edith se interrumpió, arrepentida de sus propias palabras.

—¿Últimamente qué?

—Por la monstruosidad que crece en Alemania y por los nazis que ahora aparecieron en la Argentina, creo que papá se inclina hacia una postura diferente.

—¿Cuál?

—Reconocerse judío.

—Lo es.

—Pero no lo asumía.

—Debe ser penoso.

—Claro que sí.

—Quiero aclararte que no soy antisemita, que nunca entendí semejante sentimiento. No acepto que se construya una ideología sobre la base del odio —le acarició las manos—. Apenas he conocido unos cuantos judíos, y en forma ocasional, superficial. Atacarlos por la sola razón de su origen es ruin, propio de canallas.

—Me tranquiliza escucharte.

—En mi familia, sin embargo, y en nuestro círculo de relaciones, esa pestilencia abunda. No te lo voy a negar.

—El nacionalismo se alimenta del odio a los judíos y fragua fantasías sobre su poder destructivo.

—Así es, por desgracia. Sus argumentos son idiotas. ¡Pero, cómo prenden!

—En Alemania los judíos son menos del uno por ciento de toda la población. Y los nazis aseguran que dominarán al restante 99 por ciento. Lo que no aceptaría un imbécil lo están creyendo millones.

Alberto se quedó pensativo. Al rato, como si hubiese descubierto una maravilla, la aferró por los brazos, la besó y exclamó exultante:

—¡Un padre judío! ¡Eso te convierte en una persona más excepcional todavía!

—Lo que hace decir el amor —rió ella.

Hasta una hora antes del incidente Alexander había seguido afirmando que el nazismo no infectaría a los sectores alemanes cultivados. Lo comentó a Delfino Rodríguez, el más antiguo y lúcido de sus empleados, y salió para almorzar en el Club Germano de la calle Córdoba, adonde iba con cierta regularidad. Allí se reunían comerciantes, periodistas, músicos, médicos e ingenieros que desarrollaban animadas charlas en amplias mesas compartidas.

Ingresó con excelente humor, caminó por entre rostros amigos y eligió una silla vacía junto a Siegfrid Tonnis. Siegfrid era un oftalmólogo con quien había almorzado la última vez. No bien dijo buenos días, una voz descolgó lentamente, como plomo fundido, las increíbles palabras:

—No queremos judíos en esta mesa.

Alexander supuso haber alucinado la frase y miró en redondo. Pero un hombre le tenía pegados sus ojos fríos; su boca ancha y dura le hacía una mueca de desdén. Los otros bajaron los párpados.

—¿Escuchó? —repitió el desconocido.

Alexander Eisenbach sintió que el corazón le salía del pecho, y se resistió a absorber el insulto. Levantó la servilleta, la desplegó sobre su abdomen y abrió el menú.

—¿Escuchó? ¿O los judíos también son sordos?

Nadie intervino. Nadie se animó a intervenir. Alexander se aclaró la garganta para que no lo traicionara la voz y con la serenidad que le restaba dijo:

—Si no le gustan los judíos, usted puede elegir otro sitio.

—¡Fuera, judío roñoso! —murmuró a través de los dientes.

Alexander tocó el brazo del doctor Tonnis. Se conocían desde hacía muchos años, incluso le enviaba pacientes a la óptica para que confeccionara sus anteojos. Pero Siegfrid Tonnis se hizo el distraído y miró con súbito interés al camarero que servía dos mesas más adelante. Las otras personas tampoco hablaron.

—¡Fuera! —gruñó el nazi.

Alexander volvió a recorrer los rostros de quienes se negaban a apoyarlo, dobló lentamente la servilleta y la depositó sobre el plato vacío. Se levantó y con esforzada dignidad caminó unos metros. Lo llamaron de otra mesa. Se sentó, trató de fingir calma, pero la comida le quedó atragantada. No pudo recordar con quiénes almorzó finalmente. Jamás retornó al Club.

El segundo mazazo ocurrió en la misma semana, como si hubiese urgencia por quebrarle la moral. Edith y Cósima fueron las aterradas testigos. Habían quedado en pasar por el negocio a media tarde para ir juntos a elegir el automóvil que finalmente Alexander había decidido comprar.

Lo encontraron desfigurado, con el pelo sobre la frente, polemizando con tres hombres mientras Delfino Rodríguez y los demás empleados se acurrucaban en el fondo, sobrecogidos.

—¡Es su contribución a la patria! —chillaba un petiso en alemán mientras golpeaba el mostrador.

—¡Usted no pretende una contribución, sino un despojo! —contestaba Alexander con espuma en los labios.

—¡Qué sucede, por Dios! —irrumpió Cósima y corrió a protegerlo del ataque.

—Quieren llevarse una docena de prismáticos. ¡Son ladrones!

—¿Los quieren gratis?

—No, señora —dijo su cómplice mientras escupía en el suelo—. No es gratis: es la contribución que su marido le debe a la patria.

—¿Y usted representa a la patria? ¿Quién es usted? —Cósima cubrió el cuerpo de Alexander.

—Él —dijo señalando al petiso— es un *Ortsgruppenleiter* y líder de varios *Landesgruppen*. Representa a la patria.

—No lo conozco —desafió Cósima.

—Ni me interesa conocerlo —agregó Alexander, molesto porque su mujer le tapaba la visión—. No me interesa la política, ni los *Landesgruppen*, ni sus dirigentes —corrió bruscamente a Cósima y se puso delante.

—¡No te interesa porque sos un cerdo judío! —el líder, parado en puntas de pie, le acercó el puño a la nariz.

—¡Salgan inmediatamente! —rugió Alexander.

—¡Todavía no nació el cerdo judío que me diga lo que debo hacer! —replicó el morrudo jefe, que no le sacaba el puño de la cara.

128

—¡Váyanse! —imploró Cósima mientras abrazaba a su marido.

—Hans —preguntó el más joven, de boca ladeada—, ¿procedemos?

Reflexionó un instante, alzó el conjunto de prismáticos que habían aparentado querer comprar y los introdujo ruidosamente en un bolso de cuero.

—¡Qué hace! —rugió Alexander intentando manotear el bolso.

El jefe quedó con un prismático en la mano, lo examinó con rara curiosidad y, en un movimiento tan vigoroso como inesperado, lo arrojó contra la vitrina. Estallaron cristales y se quebró un estante. El conjunto de anteojos, varios monóculos con varilla de nácar e impertinentes dorados se desmoronó en estrepitosa cascada.

—¡Salvajes! ¡Bestias! —chilló Alexander, que forzaba por liberarse del abrazo que le oponía su mujer.

También corrió Edith a frenarlo. Entre los tres nazis lo podían descuartizar. Mientras tanto Delfino Rodríguez y sus compañeros seguían en un rincón y movían los dedos implorando calma.

El petiso sonó hacia dentro su nariz, reunió flema en la garganta y lanzó un esputo a la enrojecida cara de Alexander.

—Esto es sólo el comienzo.

Alexander, con los párpados adheridos por el salivazo que le resbalaba desde la frente, no lograba soltarse de Cósima. Estaba bañado en sudor, a punto de llorar y con locos deseos de convertir en papilla a esos bandidos.

—¡La pagarán, bestias! ¡La pagarán!

Los nazis salieron riendo. Aún tuvieron la insolencia de quedarse parados un minuto frente a las vidrieras de la óptica.

Alexander consiguió desprenderse de su esposa, pero ella lo siguió de cerca, acariciándole el brazo. Lo acompañó hasta el baño, donde ingresó a higienizarse. Se miró al espejo y no pudo creer que era el mismo. Los empleados, ahítos de vergüenza y desconcierto buscaron escobas y se aplicaron a recoger los cristales desparramados por los extremos del salón.

—Vamos a salir de todas formas —dijo Alexander al retornar con la toalla sobre el cuello; sus ojos estaban enrojecidos y su mente nublada.

—Vaya nomás, señor —apoyó Rodríguez—. Yo me ocuparé de comprar otro estante. Hoy mismo repondremos todo.

Cósima lo miró con desconfianza, pero se abstuvo de hacer comentarios. Alexander entregó la toalla y fueron al café de la esquina. Se imponían unos minutos de respiro. Ninguno habló del incidente. Como animales lastimados, optaron por ahorrar energías. En sus cabezas seguía rugiendo la ominosa escena, pero sus labios se concentraron en el cálido té. Al rato, en los maxilares de Alexander viborearon algunos músculos como finas corrientes eléctricas; Cósima y Edith sabían que esa reacción seguía al dolor intenso, que expresaba una terrible tormenta. Alexander se negó a probar las ricas masas; era evidente que sólo tenía ganas de llorar.

Una media hora más tarde sacó el reloj de bolsillo.

—¿Todavía quieren ver autos?

—No sé —titubeó Cósima.

—Estamos a tiempo. Era el programa que nos habíamos hecho.

—Creo que nos ayudará —opinó Edith.

Llegaron a la ancha puerta de la concesionaria. Un vendedor se les aproximó mientras arreglaba su corbata roja con lunares añil. Alexander explicó que prefería un robusto Ford a bigotes. "Robusto y barato", completó el hombre mientras los conducía hacia un conjunto de vehículos espejeantes. Abrió las puertas, los invitó a sentarse adelante y atrás, mostró la dureza de los guardabarros mediante severos golpes y la estabilidad de los estribos sobre los cuales saltó. Exigió que Alexander tomara el volante y jugase con el freno y los pedales. No satisfecho con su demostración, rogó que aceptaran dar una vuelta con el modelo que tenía estacionado en la calle. Antes de que surgiesen protestas, los Eisenbach entraron en el coche con fragancia a cuero nuevo y dieron una vuelta por el barrio. La estridente corbata del vendedor salió por la ventanilla y flameó triunfal. Al regreso Alexander confesó que, por su calidad de comerciante, no debía cerrar una operación en forma precipitada. Pero aseguró que regresaría. El vendedor preguntó a Cósima qué unidad le gustaba más y juró reservarla.

En la semana siguiente al ofensivo robo sobrevino el golpe de gracia. Alexander concurrió temprano a su óptica y desde la esquina lo asaltó una visión horrible. Ambas cortinas metálicas estaban cubiertas por una gigantesca inscripción. Miró la repetida palabra pintada a cal, una palabra que en Alemania ya sonaba a grito de masacre: *Jud!*

ROLF

En el segundo semestre de 1932 se multiplicaron las reuniones en los barcos mercantes de la Hamburg-Süd y Hapag-Lloyd que hacían escala en Buenos Aires. Ya no se trataba de reuniones esporádicas, sino de centros permanentes de agitación, disimulados por el blindaje de las naves y el hecho de ocurrir sobre las neutrales aguas del Río de la Plata, casi fuera de la ciudad.

Hacia allí confluían cientos de artesanos desocupados, profesionales sin éxito, comerciantes quebrados, agricultores resentidos. Los oficiales y suboficiales inyectaban odio a la República de Weimar, los comunistas, los judíos y la plutocracia internacional. Se bebía cerveza, se cantaban ruidosas melodías populares y se daba rienda suelta a las maldiciones. Cada tanto alguien se ponía de pie, estiraba el brazo y rugía *Heil Hitler* y *Sieg Heil!* Los buques de aparente inocencia traían a este alejado segmento del globo adoctrinamiento y pasión. Miles de ejemplares de *Mein Kampf* empezaron a circular por Buenos Aires.

Por indicación de Botzen los Lobos concurrían también a esas reuniones. Debían congregarse en la octava grúa de la dársena cuando caía la noche. La consigna era llegar en forma separada —como a las clases del capitán— y mantenerse alertas ante cualquier seguimiento. Junto a la grúa esperaba Hans Sehnberg, quien se ponía a la cabeza de los muchachos y avanzaba hacia la montaña amarrada junto al espigón. Ante los guardias pronunciaba la contraseña. Después hacía un amplio movimiento con su derecha: "Pasen".

La mano de Sehnberg palmeó la espalda de Rolf, quien captó al instante su significado: no era expresión de cariño, sino el anuncio de una distinción. Rolf pensó que sería encargado de repartir *Mein Kampf* o enviado al interior del país para organizar nuevos *Landesgruppen*.

Una multitud llenaba de humareda el salón principal. Varios marineros circulaban con jarras de cerveza. Sehnberg recibió una y, como siempre, indicó a sus discípulos que lo imitaran.

Las conversaciones hacían referencia a los crecientes despidos; despidos en compañías de transporte, construcción, petróleo e incluso comercio. Los hombres ventilaban sus cuitas a los gritos; cada pocas frases escupían puteadas. Delante de Rolf un individuo flaco, de nuca negra y camisa rota aseguraba que no iba a perder tiempo mendigando socorro en la Sociedad Alemana de Ayuda. Alguien próximo lo escuchó.

—Queremos una reivindicación definitiva.

—¡Y las malditas cabezas de los culpables!

El oficial Von Krone trepó al estrado con una jarra de cerveza en la mano izquierda, extendió su brazo derecho y voceó *Heil Hitler!* Tras la sonora réplica de la multitud, empezó a derramar insultos a los judíos y los comunistas. Esto era lo habitual. Pero Von Krone ululaba como si le estuviesen mordiendo los testículos. En medio minuto consiguió encender a la muchedumbre más de lo común. Algunos asistentes se pusieron de pie, frenéticos de cólera e interrumpieron sus palabras con insistentes *Heil Hitler* y *Sieg Heil*. El orador escupía saliva y cerveza. Su violenta oratoria le produjo eructos. Contento por el júbilo desencadenado, dedicó sus eructos a los judíos.

—¡Y también los pedos! —rugió la platea.

Resonaron aplausos y silbidos. El rubicundo Von Krone, tironeado por otro oficial, accedió a descender.

El siguiente orador lucía más sobrio, no llevaba consigo la jarra y se dedicó a prodigar felicitaciones a los alemanes de la Argentina por haber creado los *Landesgruppen*.

—Los *Landesgruppen* —prosiguió— garantizan la consecución de nuestros objetivos. Cada uno de sus miembros está subordinado a una cadena de mandos, cuya perfección y eficacia nos anticipa la maravilla a punto de concretarse: ¡un solo Partido, un solo Pueblo, un solo *Führer*!

—*Heil Hitler! Sieg Heil!*

—¡Ustedes deben multiplicar los *Landesgruppen*! —exhortó con las venas fuera de la piel—. Son organizaciones implacables!

Descendió acompañado por más aplausos y silbidos e invitó al tercer orador, quien se dirigió a "los amados integrantes de nuestro pueblo" que aún permanecían alejados de las organizaciones nazis.

—Me refiero a los que no concurren aquí, a los que ignoran que vivimos días trascendentales. Debemos afiliarlos para que actúen junto a nosotros, para que se incorporen a nuestras columnas de la victoria. ¡La victoria llega al galope! ¡Tenemos un orden perfecto en el Partido e impondremos este orden perfecto a toda Alemania y luego a todo el mundo!

Rolf sabía que la creación de *Landesgruppen* seguía a un buen ritmo y que, además, se fundaban *Ortsgruppen* para comunidades pequeñas. Botzen dijo que se proponía lograr el control de toda la comunidad alemana y también el control de cada alemán. Mediante esas organizaciones podría conseguir que cada uno vigilase al vecino, incluso mediante la delación. La delación que efectúa un nazi para señalar el menor desvío es igual a la tarea de un noble médico —enseñó el capitán en su última clase, tras comunicar que había decidido cambiar su afiliación al DNVP por el NSDAP (nacionalsocialista)—. "La delación en boca de un nazi es virtud"; "ser nazi es virtud".

Tras esta enfática arenga el primer orador, más temulento aún, volvió a trepar al estrado y se dispuso a hacer otra vez uso de la palabra. Nunca había ocurrido que un mismo orador lo hiciera dos veces en la misma sesión. Cundió la sorpresa, pero un sector del público recibió a Von Krone festivamente y reclamó más eructos y flatulencias para los enemigos de Alemania.

—¡Caguemos a los cerdos judíos!

Un rumor atravesó las primeras filas, donde estaba el

comandante. Von Krone apenas se sostenía y espantó las manos que le tironeaban mangas y pantalones para hacerlo bajar. Sonrió a la muchedumbre y giró medio cuerpo para mostrar sus nalgas.

—*Achtung! Achtung!*

Su voz pedregosa consiguió sobresalir por sobre el caótico rebumbio y volvió a escupir agravios "a los gusanos de la patria". La gente bramaba, exigía pedos y soltaba carcajadas. Estimulado por su éxito, puteó como en un burdel. Durante varios minutos su boca se convirtió en una interminable cloaca de maldiciones. Pero de pronto, tras evitar caerse sobre las primeras filas, modificó el tono de voz y anunció que había empezado la guerra.

Se expandió el silencio. Entonces Von Krone detuvo de golpe su discurso, quizás asustado por lo que acababa de decir. Eructó, se sonó la roja nariz y agregó con un dejo de melancolía que había empezado la guerra en la Argentina, pero que era una guerra inmunda "porque la inmundicia predomina entre ustedes por causa de los malos alemanes que andan mezclados por ahí...".

Perplejidad. Murmullos. Calló por varios segundos mientras su cuerpo oscilaba. ¿Qué lo obligaba a interrumpirse? Von Krone recorrió a la gente con mirada inestable. Sehnberg, a un metro de Rolf, se secaba el cuello.

—Es la tercera vez que vengo a la Argentina —dijo—. La Argentina es un gran país, lleno de alemanes. Pero los alemanes se han dividido por intereses egoístas y por el comunismo de mierda. Cuando hablo con un alemán de la Argentina no puedo saber si es un nazi sincero o un enemigo. Ustedes... —recorrió con el índice a la muchedumbre—, ¿qué son?

Dos oficiales hicieron bocina con sus manos y le ordenaron que bajase. Pero fue inútil: Von Krone quería seguir. Pasmo y expectativa se mezclaban en ese ámbito que era, en última instancia, un ámbito militar. La noche se volvía absurda.

—Hay riñas para conseguir el poder local —prosiguió, y la mirada de Sehnberg ya tenía aspecto desesperado—. Voltearon a un montón de dirigentes. ¡No quiero más diri-

134

gentes estúpidos! ¿Me oyen? ¡Déjenme hablar, carajo! —espantó a quienes lo tironeaban—. El capitán Rudolf Seyd fue desplazado por Eckard Neumann, quien a su vez cayó bajo el empuje de Rudolf Gerndt, que era socio de Seyd. Tres nombres, tres héroes, tres bajas: Seyd, Neumann, Gerndt... Gerndt, poderoso editor del *Deutsche La Plata Zeitung*, entró en indecente pelea con mi amigo Willi Kohn. Kohn es un genio. ¿Saben cómo empezó? Empezó como vendedor de discos y fonógrafos, y fue cabeza del *Landesgruppe* de Chile. ¡Saquen las sucias manos!... Kohn es un genio porque además lo conocen en Berlín y allí forjó grandes, grandes lazos. ¡No me toquen las mangas! ¡Estoy diciendo cosas importantes! Y también rindo mi homenaje al capitán Botzen, gran capitán de escritorio, gran intrigante. Magnífico y terrible. Pero su habilidad tampoco acabó en victoria: Botzen no puede destruir a sus rivales —eructó—. ¡La Argentina es un gallinero!

Ya no eran dos, sino cinco los oficiales que lo rodeaban para hacerlo callar. Pero el goce de ventilar secretos le dio fuerza para que sus zapatos se atornillasen a la tarima. La multitud se dividía. "¡Que siga!" Otros: "¡Que se meta el pico en el culo!"

—Gottfried Brandt, el querido Gottfried, fue designado apoderado del Partido Nazi gracias a la reciente bendición del capitán Botzen, el potente Botzen, el majestuoso Botzen. Pero no duró. Fíjense qué cosa: no duró... —abrió los brazos con pena—. Fue expulsado de repente y... y... ¡Déjenme hablar, mierda!... Botzen habrá querido asesinar a quienes ignoraron su voluntad. ¡Asesinarlos! ¡Sí, asesinarlos por idiotas! Porque es gravísimo. ¡Ya voy a terminar! Este desorden interno pone en riesgo la tarea de los *informantes*... ¡Suelten mis mangas! Voy a decir quiénes son los informantes; ¿no estamos entre amigos? ¿Saben quiénes son los *informantes*? ¡Fuera de mis hombros, fuera! ¡Estoy hablando!... ¡Fuera!

En el estrado forcejeaban los oficiales mientras Von Krone insistía en continuar su vómito.

—Escuchen bien: los *informantes* son militares alemanes. Son militares alemanes que el capitán Botzen trae clandestinamente desde hace diez años, violando los acuerdos de Versalles. ¡Es fantástico! ¡Es un héroe! *Heil Botzen! Heil Hitler!* Gran patriota y gran hijo de puta este Botzen. *Heil Botzen!* Se cagó en Versalles antes que muchos. ¡No he terminado todavía! ¡Corren peligro los informantes! ¡No me interrumpan!... ¡Maldita sea!

Lo bajaron a los golpes.

El comandante saltó al estrado.

—¡Soy el comandante! *Heil Hitler! Sieg Heil!* —trató de controlar el desorden—. En cuanto nuestro Führer tome las riendas del poder se acabarán los problemas. Presten atención. El balance en la Argentina es altamente positivo. Tal como escuchan: ¡positivo! Desde éste y otros barcos se brinda asistencia ideológica y desde los *Landesgruppen* se multiplica la acción concreta. Nuestra propaganda circula por doquier. Nuestro Partido domina media comunidad. *Heil Hitler!*

—*Heil Hitler!*

—Los nazis locales —prosiguió con el máximo volumen de su voz— han fundado nuevas asociaciones deportivas y hasta escuelas donde se exhibe el retrato del Führer. Muchos empresarios aportan a la causa. ¡Muchos más de los que se imaginan! Y ustedes ejercerán presión para que los restantes también aporten. ¡Incluso los cerdos judíos! ¡Les arrancaremos el sucio dinero! ¡Se lo arrancaremos de verdad! ¡Para la patria y para ustedes, sus gloriosos hijos!

La multitud chillaba de pie, lista para correr a saquear.

—*Heil Hitler! Sieg Heil!*

Rolf agitó los puños y voceó injurias a los comunistas, los judíos y los traidores. También quería golpear de una buena vez al enemigo.

Hans Sehnberg le hizo señas para que se acercara. Rolf hundió sus codos en los riñones ajenos y se puso al lado del compacto instructor, quien tuvo que gritarle para ser oído.

—¡A la salida debo transmitirte algo!

Rolf sabía que era un premio.

En el fuliginoso muelle le explicó adónde debía ir con otros dos Lobos pasados dos días a las diez en punto. Y lo más importante: para qué. Los ojos de Rolf se iluminaron.

Urgía obtener dinero, mucho dinero, y también ropa, víveres, calzado, herramientas, vehículos e instrumental. Y no privarse de quitárselo a los judíos, como había dicho el comandante.

Sehnberg marcó el objetivo, que ya venía cumpliendo con otros ayudantes en distintas partes de la ciudad. Rolf y los tres camaradas también premiados lo escucharon con el alma en la cornisa. Debían proceder con la astucia del felino y la crueldad de la hiena. Les llegaba el momento de aplicar lo aprendido en la isla.

—Quiero hablar con el dueño —se adelantó Sehnberg al propietario; le habló con suficiente desprecio para que su interlocutor sintiera hielo en la espalda.

—Yo soy el dueño. ¿Qué se le ofrece?

—¿Así que usted es Samuel Neustein? —Hans Sehnberg frunció la nariz como si olfateara mal olor—. Necesito una caja con instrumental quirúrgico de primeros auxilios. Una caja completa.

Neustein retrocedió ante la contenida agresividad del energúmeno. Formuló preguntas de rutina para ganar tiempo.

—¿Desea una caja con hilos de sutura, desinfectantes y anestésicos?

—Sí. Pero eso no alcanza. Dije instrumental: pinzas, bisturí, tijeras, cizallas, sierras. Instrumental de acero inoxidable de primera calidad. ¿Hablé claro?

Neustein lo miró con preocupación.

—¿Es usted médico?

—No. Soy un comprador de instrumental. Y usted vende, ¿no es así?

Llamó al empleado más próximo y dijo:

—Atienda al señor.

—¡Neustein! —Hans se levantó en puntas de pie y le acercó la cara con una sardónica mueca—. Quiero ser atendido por el dueño. Se lo previne de entrada.

—Será bien atendido igual.

—Quiero al dueño —crujió los maxilares.

—No comprendo la razón. No estoy obligado a atender a cada uno.

—A mí, sí.

—¿Por qué? —la voz se le quebraba.

—Ya lo sabrá. Primero muéstreme los instrumentos. Ah, importante: que sean de lo mejor.

Neustein inspiró hondo, murmuró algo entre dientes y ordenó que depositasen sobre el mostrador vidriado tres cajas de diferentes dimensiones.

Sehnberg examinó su contenido como si fuese un experto e invitó a Rolf para que tomara en sus manos una pinza y un par de tijeras.

—¿Te gustan?

Rolf simuló displicencia, giró los instrumentos entre sus fuertes dedos, los miró como si entendiera e imitó a su jefe en la expresión de asco.

—Más o menos.

—Dice que más o menos —se dirigió socarronamente a Neustein—. ¿Tiene algo mejor que esta lata?

—Es lo mejor. ¿Quiere saber el precio?

—No.

El hombre levantó la cabeza y se acomodó los anteojos.

—¿Quiere o no quiere comprar los instrumentos? —su malestar lo tentó a jugarse en forma suicida.

—Los quiero llevar, simplemente —susurró Sehnberg—. Los quiero como una donación al Partido Nazi, señor-Samuel-Neustein.

Neustein tragó saliva.

—No soy nazi. Y no hago donaciones a su partido —brotaron gotas en sus mejillas.

—Los traidores a la patria se niegan. Los traidores... —agregó en desafiante susurro. Su índice avanzó lento hacia el pecho del comerciante, pero antes de tocarlo remontó altura y lo aplicó en forma de agravio sobre su frente transpirada. Neustein se liberó de un manotazo.

—No acepto injurias. Váyase —retrocedió otro paso y su rostro se tornó tan blanco que parecía a punto de desmayarse. Alcanzó a barbotear una orden al empleado que observaba la increíble escena—: Recoja y guarde las cajas.

Sehnberg hizo el movimiento convenido y las cajas desaparecieron rápidamente en las bolsas de sus discípulos.

—¡Ladrones! ¡Llamaré a la policía! —la voz de Neustein se había agudizado hasta parecer el trino de un pájaro.

—Ni lo intentes, cerdo judío —se levantó en puntas de pie y volvió a ponerle el índice sobre la frente. Lo empujó hacia atrás.

—¿Quién lo manda a usted? ¿Quién es su jefe?

—¿Mi jefe? ¡Ja, ja, ja! ¿Quién puede ser? Adolf Hitler, asqueroso *Jud*. Y aquí, la comunidad alemana.

—Lo d... denunciaré. Lo haré san... sancionar por la comunidad alemana.

—¡Ja, ja, ja! ¿Un judío hará sancionar a un alemán?

—Soy alemán. Y a... a...lemán honesto. No como usted.

—¿Un *Jud* se califica honesto? Vaya, vaya a denunciarme. Vaya a hacerme expulsar de nuestra comunidad. ¡Ja, ja, ja! Vamos, camaradas. Aunque es mercadería manchada por las manos de esta basura, creo que servirá.

A Rolf le asombró la parálisis que se impuso en el salón. Hubiera deseado repartir golpes y trizar vitrinas, pero nadie se movía, nadie soltaba una palabra. Eran abominables: no facilitaban la tarea. Salió a la calle con frustración, como si sólo hubieran efectuado una compra normal.

Sehnberg no paraba de reírse.

—¡Los judíos son infrahumanos, de verdad! Todavía creen que cuentan con el apoyo de otros alemanes. Les pasa sobre todo a cerdos judíos como Neustein, cerdos con dinero. Y como para ellos lo principal es el dinero, suponen que por su inmundo dinero se los seguirá respetando. ¡Son tan imbéciles!

Los invitó a beber. Correspondía celebrar el operativo.

—No todas nuestras acciones serán como ésta —advirtió—. Por eso es mejor que les sobre entrenamiento. Cualquier día deberemos enfrentar enemigos bravos, en peleas de verdad, peleas peligrosas.

Pidió una segunda jarra, se secó los labios con el dorso de la mano y agregó, sin darle importancia:

—¡Ah! ¿Se acuerdan de la última reunión en el buque? Lamentable, ¿no? Los bocones como esa bestia de Von

Krone deberían meterse la lengua en el culo. Es un traidor, ¿no les parece? Bueno, ya obtuvo su merecido: apareció ahorcado en su camarote.

ALBERTO

Las expectativas de mi tío por acceder a la presidencia de la Nación acabaron en un fiasco. Uriburu no entregó el bastón de mando como había prometido, pero debió cancelar su avanzado proyecto fascista y llamar a elecciones por exigencias del sector democrático del Ejército. A partir de esa concesión empezó a declinar su estrella. Mediante el fraude ganó la fórmula Agustín P. Justo-Julio A. Roca (h), fórmula que pretendía al mismo tiempo la continuación y la superación del golpe de Estado. Uriburu murió en París y Justo se empeñó en hacer obras y ganar popularidad.

Mi tío se había convertido al nacionalismo católico desde hacía diez años, lo cual no lo privaba de contar entre íntimos groseros chistes de curas y monjas; en público exageraba su pietismo. La doblez le salía perfecta. Pero tanto en público como en privado denostaba contra el liberalismo que había prevalecido en nuestra familia desde generaciones. No tenía escrúpulos en reconocerse un cruzado de la Edad Media. Coherente con esta posición, fue uno de los primeros en inscribirse en los Cursos de Cultura Católica que habían empezado a dictarse desde 1922; allí encontró abundantes argumentos contra la peste socialista y la corrupción liberal. Lo embelesaron algunos maestros belicosos.

—Nuestra causa busca pelea —decía.

También asistía a los Ateneos católicos, donde tuvo la oportunidad de lucir sus cualidades oratorias. Para completar su panoplia de guerrero de la Cruz, concurrió frecuentemente a los retiros espirituales que se efectuaban en la Casa de Ejercicios.

Aparecía en casi todos los eventos con María Julia, su dócil esposa. No faltaba a la misa de los domingos en la Iglesia del Socorro; pero cuando se producían oficios solemnes, entonces iba a la Catedral. Su alta figura captaba la atención de mujeres y hombres devotos. Cada quincena reunía en su casa a intelectuales nacionalistas de diversas corrientes, pero se abstenía de señalar cuál consideraba la mejor para contar eventualmente con el apoyo del conjunto. La Legión Cívica, creada durante el régimen de Uriburu, era su fortaleza, pero no la única.

El motor de su conducta no era religioso, sino político. No le interesaban las cuentas del Cielo, sino las de la Tierra. No rogaba por la bienaventuranza de los desposeídos, sino por su apoyo electoral. Sus simpatías estaban volcadas hacia los poseedores, "porque de ellos vendrán los recursos que permitan conquistar el poder".

Nunca salía sin su nacarado cuello duro y la ancha corbata de seda fijada con un alfiler de oro. De su ojal pendía la cadena de un monóculo que sólo usaba cuando quería inhibir a su interlocutor examinándolo a través, como si fuese la mira de un rifle. Caminaba con paso lento aunque estuviese apurado. Una tarde, criticando mi tendencia a la rapidez, dijo: "Alberto, los grandes hombres somos dueños del tiempo". Lo miré con aire zumbón, pero no se sintió criticado y tuvo la deferencia de explicarme que los reyes y los papas caminan a paso de tortuga para informar a la plebe que ya tienen todo lo que el vulgo desea.

Su único defecto eran los hombros estrechos y caídos, que su sastre tenía instrucciones de disimular. Había empezado a encanecer, pero se peinaba con raya al costado y suficiente gomina para que brillase en forma juvenil. Sabía cómo aumentar la reverencia de los hombres mediante estudiados gestos, mirada concentrada, oportunas intervenciones y calculadas ausencias.

Su apostura sólo se aflojaba en la intimidad, ante su hermano y algunos sobrinos, "gente estúpida que nunca votará por mí".

Su mujer había sido bella y caprichosa en la juventud. Afirman que Ricardo la amó desde un principio porque ella había aceptado acompañarlo en sus extravagancias de entonces, entre las cuales figuraban salidas con amigos que podían durar una noche o una semana. Era hija del abogado que condujo el horrible juicio que Ricardo había efectuado a papá y a mi abuelo con motivo de la herencia. Pese a no haberse educado con institutrices ni haber nadado en la abundancia, ella empezó a comportarse como si hubiera nacido en cuna de oro. Se levantaba tarde y recibía en el lecho una espléndida bandeja de desayuno mientras ordenaba con bostezos detalles de su toilette. Durante años se entretuvo haciéndose desplegar telas relucientes sobre la alfombra para confeccionarse nuevos vestidos de seda, tafetán, guipiur, terciopelo y encajes. Luego estudiaba su agenda, concurría a misa y visitaba organizaciones caritativas. Pero tras una década de esterilidad conyugal las muestras de cariño de Ricardo se espaciaron hasta convertirse en una excepción. Perdió interés en el desayuno, las telas caras, las visitas sociales y el gobierno de su servidumbre. La progresiva oscuridad de su ropa acompañó a una progresiva oscuridad de sus párpados. La María Julia que había conocido en mi infancia se convirtió en una figura gris. La tristeza de su mujer no suscitó pena en mi tío, sino bronca.

—Además de estéril —confesó una noche a papá—, se ha convertido en un espectro. Por su culpa debo ir a coger en los quilombos.

Papá dudaba de que fuese a los quilombos; no había pistas de tal trayecto. En cambio sospechaba otra cosa. Ambos hermanos no eran una exacta réplica de Caín y Abel, pero se les parecían bastante. Su desencuentro se remontaba, quizás, a un oscuro episodio sucedido en la estancia El Fortín, cuando eran chicos. Las cosas nunca pudieron ser debidamente esclarecidas porque sus protagonistas fueron los principales interesados en mantener el secreto. La gravedad del asunto residía en la muerte de un peoncito, ocurrida en presencia de Ricardo y uno de sus mejores amigos llamado Jonathan Mc Millan. Parece que la familia Mc Millan se sintió desbordada por las consecuencias que podía generar el hecho, cuyas características iban más allá de un manejable accidente. Decidieron emigrar a los Estados Unidos.

Mis abuelos cargaron con el ominoso paquete y gastaron dinero, influencias, tiempo y rabia para salvar a Ricardo de la cárcel. Ricardo no pareció demasiado afectado ni agradecido. Siguió cultivando amistades equívocas sin importarle las críticas que recibía en su casa. A los diecinueve años se inscribió en la Facultad de Derecho por orden de la familia, pero jamás rindió una materia. Mi padre, tres años menor, lo superó enseguida. Cuando mi padre se recibió, tío Ricardo imprimió tarjetas de visita que decían "Doctor" Ricardo Lamas Lynch.

—Es una impostura —se indignó mi abuelo.

—Tampoco Emilio va a ejercer. Sólo importa cómo te llamen —encogió los estrechos hombros.

Mis abuelos convinieron en compensar a su hijo Emilio por los enormes desembolsos que les había ocasionado la disoluta vida de Ricardo. Ambos recibirían herencia, pero de una forma equitativa. Esta decisión, incluso comunicada de manera frontal a sus hijos, no fue instrumentada hasta muchos años después, cuando mi abuelo estaba viudo y casi agónico. Llamó a un escribano y dictó el testamento según había dispuesto hacía tiempo. Su voluntad era beneficiar a Emilio con la máxima porción que la ley permitía, convencido de que ni aun así equilibraba lo que había consumido su irresponsable hermano.

Ricardo consultó con varios estudios jurídicos y un buen día se descolgó con un juicio que dejó sin habla a la familia. Aducía "arterioesclerosis cerebro-espinal" de su progenitor y, debido a tamaña insania, impugnaba el testamento. Mi abuelo, aturdido por el golpe, ya no pudo descender del lecho, lo cual agravó la causa. Ricardo exigió desvergonzadas pericias psiquiátricas sin importarle el agravio que significaban para el impotente anciano. El juicio trascendió los muros de los tribunales y se convirtió en la comidilla de Buenos Aires.

El pleito fue ganado en primera instancia por Ricardo y luego esta sentencia fue confirmada por la Cámara Federal. Mi abuelo había fallecido agobiado de bochorno, la herencia se dividió en partes iguales, la estancia El Fortín pasó a manos de mi tío y papá tuvo que hacerse cargo de las costas. Prometió no volver a dirigirle la palabra.

Pero no pudo mantener ese castigo más de tres años. Cuando nació mi hermana menor, Ricardo y su mujer irrumpieron en casa con un regalo más grande que ellos mismos. A partir de entonces, lentamente, reconstituyeron el víncu- lo. Ricardo necesitaba mostrar que contaba con el amor de su familia y a papá no le era cómodo resistir sus fraternales reclamos. Se visitaban de vez en vez, en especial cuando ocurrían acontecimientos con mucho público; entonces di- simulaban el recíproco desdén. Al fin de cuentas compar- tían un ilustre apellido y muchas amistades. Pero tenían ca- racteres tan distintos que no podían evitar los choques, máxi- me cuando empezó a crecer su divergencia política. Él le decía a papá "liberal inconsciente" y papá lo llamaba "mo- narca de opereta".

Cada tanto se encerraban a discutir o, dicho con propie- dad, a lanzarse dentelladas. No se prestaban ayuda sino cuando había un problema grave. En los últimos años Ri- cardo aparecía con proyectos que a papá le sacaban ron- chas.

Esa mañana volvieron a reñir en casa.

—Ahora ya sabés dónde está el enemigo. No cabe hacer- se el otario. Tus ideales son más inútiles que un cadáver y tus pensamientos están más podridos que la concha de una puta vieja. ¿Fui claro? ¡Abrí los ojos, Emilio!

—¡Ah... tus discursos!, ¡tus discursos!

—El demoliberalismo internacional nos quiere hacer polvo.

—Te marean las nomenclaturas: internacional, demoli- beralismo. Suenan a monstruos. Y vos sacás tu espada.

—¡No te hagás el pelotudo! Gran Bretaña y los Estados Unidos aparentan competir entre ellos, pero sólo aparen- tan. ¡Se pusieron de acuerdo en hacernos polvo! Quieren pagar monedas por nuestras exportaciones. Cada vez me- nos. A vos y a mí. Son peores que los cuatreros.

Espié por la puerta y vi que mi padre frotaba sus dedos en la manga de su hermano.

—Pero te gustan los casimires ingleses. Tienen calidad, ¿eh?

Ricardo enrojeció.

—¡Cómo mi hermano puede ser tan imbécil! ¿No te das cuenta de que nos están cogiendo? ¡Deberemos malgastar toda la cosecha de trigo y cebada para pagarles el maldito servicio de la deuda externa! ¡La cosecha íntegra! ¡También la mía y la tuya, huevón!

Siguió un breve silencio que fue interrumpido por la voz aparentemente calma de papá.

—Tenemos a Carlos en el gobierno. Ha sido la mejor designación del presidente Justo. Carlos está demostrando ser un brillante ministro de Relaciones Exteriores. No nos va a fallar. Es más inteligente que yo y calcula mejor que vos. El problema es difícil. Hagamos lo que él propone y no cometamos locuras.

—¿Locuras? —golpeó su palma sobre la mesa— Veamos: ¿a qué llamás locura?

—¿Querés que te lo diga por décima vez? Llamo locura, suicidio, a estropear nuestras alianzas con los compradores tradicionales. Llamo locura a llevarle el apunte al fanatismo de tu Legión Cívica, que recalientan tus amigos fascistas de *La Fronda* y de *La Nueva República*, todos ellos unos risibles plagiarios de Charles Maurrás y de la Action Française —descerrajó sin respirar.

—Son patriotas.

—Son unas bestias. Hasta el Papa los ha condenado.

—El Papa mira con buenos ojos a estos defensores de la tradición. ¡No mientas, carajo!

—¡Condenó tu modelo y condenó a la fanática Action Française. ¿O ya no te acordás?

—No me acuerdo de tus boludas ficciones.

—La condenó en 1926. Tengo bien grabada la fecha porque me dije: ¡al fin el Vaticano se pronuncia contra los sembradores del odio!

—¿En 1926? —simuló hacer memoria.

—El tuyo es un nacionalismo que se proclama católico, pero carece de sensibilidad cristiana. Es un nacionalismo que daría vergüenza a quienes nos llevaron a la prosperidad, a Sarmiento, a Mitre, al viejo Roca.

—¡Unos ateos hijos de puta!

—Tu nacionalismo causa horror.

—¡Pará, Emilio! ¡Pará! Estás más desubicado que un burro ciego. Claro que mi nacionalismo causa horror. Pero, ¿a quiénes? Mi nacionalismo, para que no te confundas —le apuntó con el índice—, rescata lo mejor de la Argentina. ¡Lo mejor! Rescata la fuente hispánica y el espíritu católico. Rescata la tierra y la sangre, la espada y la cruz. Enterate, porque andás en las tinieblas y despreciás el oro de nuestro tiempo.

—El oro...

—Por supuesto, el oro. El oro de nuestro tiempo es el nacionalismo francés que enseña el culto a la patria; es Benito Mussolini y José Antonio Primo de Rivera que muestran dónde brilla el porvenir. Y muestran cómo llegar hasta él.

—Y no muestran cómo llevan al desastre.

—Qué desatre. Vos seguís atado como un perro al viejo collar. Todavía creés en nuestras "consolidadas alianzas". ¡Qué porvenir nos espera con tu anacronismo, hermano, qué porvenir!

—Gracias a esas alianzas llegamos hasta aquí.

—Hasta aquí. Pero no dan para más. Sólo hasta aquí. Mirá, nuestras famosas alianzas no fueron hechas con España ni con otros países latinos, sino con los protestantes. Y los protestantes...

—Son el demonio. ¿Eso ibas a decir?

—No, pedazo de zoquete: son peor. El demonio al menos nos busca, nos quiere. En cambio los protestantes nos desprecian.

—¡Qué argumento, por Dios!

—Mientras satisfacemos su materialismo asqueroso proveyéndoles materia prima, los protestantes nos tratan en forma aceptable. Pero no tienen vergüenza. Ni gratitud. ¿Te he dicho que nos tratan en forma aceptable? Fui generoso. Nos *trataron* así. En el tiempo pasado. Ocurrió hasta ayer, hasta hace un rato nomás. ¡Se acabó el romance! ¡Se cagan en vos, en mí y en todos los latinos y católicos del mundo!

—Ellos no confunden negocios con otros temas.

—¿Negocios? ¿Tan simple es la cosa? El planeta se ha dividido, aunque te niegues a reconocerlo. Y debemos identificarnos con las ideas que defienden el sitio donde nos puso el Señor. Somos católicos, latinos y queremos el orden de la Edad Media.

—¡Me crispás los nervios! Vos, Ricardo, no luchás por el Señor, ni por el país, ni por sus tradiciones.

—¡Y vos no luchás ni por tu sucio culo!

Papá calló y Ricardo optó por hacer lo mismo. Pero el primero estaba harto y el segundo utilizaba la pausa para lanzar su ataque a fondo.

—Tu querida Gran Bretaña —dijo— nos acaba de asesinar risueñamente en la Conferencia de Ottawa: "Sólo dará trato preferencial a las naciones de la comunidad británica". Como la Argentina no la integra, reducirá sus compras. Se acabó el idilio con la confiable metrópoli. Nosotros, sus "antiguos y fieles aliados", deberemos comernos la bosta en silencio. Lo sabés, lo sabemos, pero nadie parece molestarse, al menos en público. No entiendo por qué no defendés tus intereses.

—No está todo dicho.

—¿No? ¿Y para qué ha viajado a Londres nuestro vicepresidente? —seguía en tono bajo, forzadamente dulce—. ¿Fue a exigir reciprocidad, acaso? ¿Fue a pedir que anulen la decisión de Ottawa? No, Emilio: fue como un puto regalado a bajarse los pantalones. Pedirá de rodillas que nos consideren miembros de su comunidad, una vil colonia si les gusta, pero que no nos abandonen. Para eso fue. Me lo dijo Carlos Saavedra Lamas, nuestro pariente Carlos, nuestro "brillante ministro de Relaciones Exteriores". Para eso viajó el vicepresidente a Londres.

Papá se incorporó. Desde el borde de la puerta vi que recogía unos libros de la mesita cercana sólo para cambiarlos de lugar. Le resultaba agotador discutir con Ricardo.

—No me convencen tus odios ni tus ganas de pegar a medio mundo. Vos querés la confrontación, querés la guerra. Guerra fuera y también dentro de la Argentina.

—Menos mal que tu hijo no piensa igual que vos.

Coincidentemente mi padre alzó la mirada y me vio junto a la puerta. Necesitaba auxilio, aunque fuese para cambiar de tema y conseguir que Ricardo se marchase.

—¡Pasá, Alberto!

147

—¡Sobrino! —exclamó al verme—. ¡Qué alegría! Llegás en un buen momento. Caés justo.

Se levantó del sillón de cuero y caminó hacia mí. Papá comprimió sus puños.

—Estábamos hablando de los grandes problemas universales y de nuestra sociedad. Pero disentimos, como de costumbre. No importa. Yo busco una mente fresca y vibrante, un joven lúcido.

Levantó la diestra para impartirme su bendición, como si fuera un obispo. Parecía el alto árbol cuya copa me cubría. Su voz optó ahora por el timbre embriagador de sus alocuciones públicas.

—Te conozco desde que naciste. Podría ser tu padre. Y aunque lo tienes ahí, en carne y hueso, mirándonos con inexplicable preocupación, yo te aseguro que te quiero como a un verdadero hijo. ¿Lo sabés, verdad?

Papá sacudió la cabeza, indignado. Yo sonreí; los ademanes que edulcoraban las palabras de mi tío, por teatrales que fuesen, no tenían parangón.

—Pertenecés a una generación nueva con la que un adulto como yo está fogosamente identificado. Pero Emilio, y lo digo en su cara, sufre de miopía. Y esa miopía puede llegar a convertirse en pecado si no trata de corregirla —su diestra abrazó mis hombros—. Pero no es de tu padre que he venido a hablar. He venido para hablar con vos.

Miré a papá, que se rascaba furioso la puntiaguda barbita. Ricardo pasó el índice bajo su alto cuello almidonado, enderezó el dorado alfiler de corbata y agregó en forma solemne:

—Sé que tus estudios marchan bien y estás a punto de recibirte. Pero eso no alcanza. No integrás ninguna organización política y, si la mayoría de los jóvenes no militasen en una organización al servicio de la patria, nos comerían los buitres. Por lo tanto, querido Alberto, hablaré sin rodeos: he venido para ofrecerte ingresar en la Legión Cívica.

—¡No lo hará! —saltó mi padre—. ¡Es una banda fascista y crapulosa! Alberto no se unirá con delincuentes.

—No insultés. Son patriotas; miles de patriotas. Tenemos instructores militares profesionales y volveremos a marchar

148

con las Fuerzas Armadas de la Nación en el próximo desfile.

—¡Adónde va nuestro pobre país! —se llevó las manos a la cabeza.

—¿Qué te produce tanto asombro, tanta indignación? ¿Qué hacés vos por la patria? —le espetó.

Después tornó a mirarme y decidió usar otra estrategia.

—Te vendré a buscar en otro momento, cuando no tengamos que sufrir las interferencias de un irresponsable. Ya no sos un niño.

—No lo permitiré —bramó papá.

—Alberto no es un niño —insistió Ricardo mientras marchaba hacia el perchero del hall. Recogió su sombrero gris y el bastón con mango de nácar. Hizo una irónica reverencia y salió exagerando su majestad.

Mi padre abrió los brazos, impotente.

—¡No tiene cura!

—No te preocupes, papá: yo tampoco simpatizo con la Legión Cívica.

Mi tío volvió cuatro días después. No le ganarían en tenacidad.

El golpe de Uriburu había aumentado el autoritarismo, la cerrazón mental y la insolencia de gente como Ricardo. Copiaban la creciente xenófoba y populista de Italia, Francia, Portugal y Alemania. Se mofaban del orden constitucional y repetían expresiones del poeta Leopoldo Lugones sobre "la hora de la espada" o "entre los latinos prima el mando sobre la deliberación". En otras palabras, la fuerza sobre la lógica, la acción sobre el pensamiento.

El nacionalismo católico coincidía con los fascistas: la mala administración y la decadencia moral eran provocadas por los partidos políticos; en consecuencia, había que reemplazarlos por la representación corporativa, como en la Edad Media.

Ricardo y varios cómplices infiltraron las aulas del Colegio Militar: "la espada y la cruz siempre deben estar unidas". Aparecieron otras organizaciones que seguían el modelo de la Legión Cívica: Acción Nacionalista Argentina,

Legión de Mayo, Milicia Cívica Nacionalista, Comisión Popular Argentina contra el Comunismo, Guardia Argentina, Agrupación de una Nueva Argentina. Rivalizaban por ganar la atención pública y reclutaban miembros entre las familias del Barrio Norte.

Ricardo empezó a publicar sus notas. El periódico nacionalista más fogoso se llamaba *Crisol* y había nacido en 1932. Lo fundó el cura Alberto Molas Terán y lo dirigió Enrique Osés, que no ocultaba su identificación con el nazismo. Antes y después de *Crisol* aparecieron otras publicaciones chabacanas y panfletarias. Pero donde el nombre de Ricardo Lamas Lynch no pudo aparecer, fue en la revista *Criterio*. Le devolvieron el manuscrito para que hiciera algunas mejoras y lo interpretó como un insulto; juró no volver a mandarles una palabra aunque se lo implorasen de rodillas.

Cuando vino a buscarme lo detuve con ambas manos.

—Un momento, tío, por favor.

—Qué te pasa.

—Le agradezco su interés y su afecto; pero le debo una aclaración.

—Me la darás mientras marchamos.

—Tal vez ni deberíamos salir.

—¿Por qué?¿Temés que tu padre se enoje? ¿Necesitás su permiso? Ya sos un hombre. No te llevo a ningún antro de perdición.

—No pienso como usted supone. No estoy de acuerdo con el corporativismo, ni con los grupos paramilitares.

—No vine para discutir ideologías.

—Pero viene por una ideología. Debe saber que prefiero la democracia, con todos sus defectos.

—¿A papá mono lo querés despabilar? ¿A tu tío Ricardo? Te falta tomar mucha sopa, querido —guiñó—. Preparé otra ruta que ni te imaginás. Siempre al servicio de la patria, por supuesto.

—¿No vamos a la Legión Cívica?

—Acabás de confirmarme que no te gusta. Sé que no sos como Enrique y Jacinto, que tienen sangre de cruzados.

—Lo único que tienen cruzados son los cables de la cabeza. No son mi modelo.

—Ya lo sé. Pero los acompañaste durante la revolución —le dio un suave tirón a mi oreja—. ¡Pillín! Bien que te gustaron los máuser.

—No me siento orgulloso por ese desempeño.

—¿No? ¿Y qué pretendías? ¿Estar a la cabeza de los cadetes, hombro a hombro con el general Uriburu?

—Al contrario: ni haber salido de casa.

—Bah, bah. Pero, ¿sabés? No me sorprende lo que decís. Podrían ser palabras de Emilio. Qué lástima —me miró en forma tierna—. Debés advertir que tu padre, lamentablemente, ha quedado atrás, en el siglo XIX. Y te tiene convencido sobre la vigencia de anacronismos.

—El otro día usted dijo que yo no coincidía con papá, sino con usted...

—Lo dije, pero en otro sentido. Tu padre no quiere actuar, ni siquiera para defender su pensamiento, parece un inválido. En cambio vos tenés juventud. Capacidad de lucha, como yo. Y podés y debés servir a la patria. Para eso vengo a buscarte. Tu puesto no es incompatible con tus ideas agónicas.

—No lo entiendo.

—Ya lo entenderás. Ahora vamos, por favor, que se nos hace tarde —extrajo su reloj del chaleco, le levantó la tapa de oro y remató—: nos quedan veinte minutos.

—Veinte minutos para qué —dije mientras recogía mi saco.

—Tomaremos un coche.

En el trayecto, sentados hombro a hombro, percibí su aroma a colonia. Resplandecía su cuello de nácar y su alfiler de oro fijaba una ancha corbata azul con pintas rojas. Lamentó que aún no entendieran su ideología de "lucha y futuro".

—Te llevo hacia la confluencia de tres factores: el Ejército cristianizado, la Iglesia militarizada y un Estado que los abraza. ¿No es maravilloso? Marchamos hacia el primer peldaño de Utopía. Esto no gusta a los liberales como Emilio, ni a los masones, los ateos, los comunistas o los imbéciles.

—¿Así que pertenezco al sector de los imbéciles?

—No estaría mal. Por lo menos no sos comunista, ni ateo,

ni masón. Hasta ahora. Parece que tampoco liberal. ¡Excelente!

—¿Liberal? Bueno, creo que todavía me gustan los liberales.

—La verdad, en este momento no me aflige demasiado.

—Y me gusta que funcione el Congreso.

—Lo dejaremos funcionar por un tiempo.

—Y que la prensa hable sin mordazas.

—¡Qué idealista! En fin, tampoco me aflige. Pero servirás igual a la patria porque sos inteligente y, sobre todo, porque sos mi sobrino.

—¿Pero cómo serviré a sus ideas, entonces?

—Mis ideas sólo apuntan a un objetivo superior: el bien de la patria. Sos joven y fuerte, sos el hijo que no tengo, y me encanta hacerte subir.

—¿Subir adónde?

—¡Llegamos! Dejame pagar y caminemos a buen paso.

Descendimos frente al palacio de Relaciones Exteriores.

—Entremos —apuró—. ¿Qué esperás?

—¿Aquí?

—Por supuesto. Tengo arreglada una entrevista con el ministro, "nuestro querido Carlos", como dice tu padre. Vas a ingresar en la diplomacia por la puerta ancha, Alberto. Ya fuiste aceptado.

—Usted...

—Soy un hombre de acción. Lo estás comprobando.

—Pero ni siquiera me... me preguntó —sorpresa y alegría enredaban mi lengua.

—Vamos, vamos, que si para algo están de más los rodeos, es para las cosas buenas. ¿Ves?, ya nos estaban aguardando. Y con alfombra roja.

EDITH

Edith disfrutaba las ironías del *Argentinisches Tageblatt*. Decía que Goebbels era "el mentiroso del Reich", Streicher "el pornógrafo del Reich", Goering "el drogadicto del Reich" y Adolf Hitler "el divino pintor de brocha gorda". Por esa razón dirigentes locales pensaron seriamente en destruir el *Tageblatt* y algunos periodistas sufrieron agresiones callejeras.

Durante el almuerzo Edith mostró a su padre una crónica que sintetizaba los primeros dos meses de gobierno nazi.

—Tenés que leerla. Me parece increíble.

—Esta noche, precisamente, tendremos una reunión en casa.

—¿Qué reunión? —preguntó Cósima.

—Iba a contarles. Sugerí a Bruno Weil que vinieran porque nunca los invité y yo estuve muchas veces en lo de ellos.

—¿Los judíos alemanes? —Cósima se sentó a la mesa.

—Sí.

—¿Ya han constituido la Hilfsverein?

—En eso estamos. Tal vez la fundemos esta noche, aquí.

Cósima comprimió los labios.

—Los nazis no se han civilizado un ápice con la toma del poder —prosiguió Alexander—. Las esperanzas ingenuas de tanta gente, incluso las mías, han acabado en el ridículo. ¿No ves? —señaló la crónica marcada por Edith—. Aumentan la grosería segundo a segundo. Nadie los puede frenar, ya. El presidente Hindenburg paga caro haberlo designado canciller —extendió la servilleta sobre las rodillas—. Más que presidente es su prisionero. Lo peor es que ahora no caben dudas de que ese histérico criminal llevará a la práctica cada uno de sus delirios. Cada uno, Cósima.

—No pensabas así. No eras tan... tan categórico.

—Es cierto. Estoy muy preocupado. Muy indignado. Las locas propuestas de *Mein Kampf* transformarán a Alemania en un infierno, y tal vez sus llamas no se limiten a Alemania. ¿Qué pasa cuando se une gente del manicomio con gente de la cárcel y toman por asalto una ciudad?

—El panorama es confuso —opinó Edith.

—El incendio del *Reichstag*, por ejemplo. Era confuso para los que no queríamos ver; durante días preferí tragarme la versión oficial. Pero ahora resulta clarísimo: Hitler aprovechó el incendio para echarle la culpa a la oposición y hacer una redada masiva de políticos y de judíos. En el futuro ni buscará excusas: perseguirá y confiscará sin límites.

Cósima se mantuvo callada. Pero no era un silencio complaciente.

—Su odio es insaciable, y exige alguna respuesta —continuó Alexander—. Habrá una creciente presión sobre los judíos de Alemania. Y extenderá la presión a otros países.

—Alex —dijo por fin Cósima tocándose los labios con la servilleta—: entiendo tu malestar. Pero voy a sorprenderte con un consejo: no te metas. Ni te reúnas seguido con ese Weil y su grupo.

Alexander abrió los ojos.

—¿Cómo? No entiendo. Siempre respetaste mi condición judía. Y hasta me aconsejaste que fuera a instituciones judías. Era yo el remiso.

—No he cambiado. Sólo que ahora soy más prudente. Después de lo que hicieron en la óptica, debemos ser más cuidadosos.

—¿Qué es ser más cuidadosos?

—Cómo explicarte —bebió un sorbo de agua—... Me duelen las injusticias que otra vez sufren los judíos. No sólo porque eres judío.

—¿Entonces?

—Entonces... Ya te agredieron los nazis. Fue muy duro para todos. Te han incluido en sus listas. No debes ofrecerles en bandeja la excusa de otro ataque.

—Inventan las excusas. Son delincuentes.

—Por eso mismo es mejor que se olviden de nosotros. No debes levantar tu perfil. No te compares con Bruno Weil, que fue y es un judío pleno. Tu caso es distinto. Hasta hace poco mantuviste una sabia equidistancia; ¿por qué cambiar?, ¿por qué ir más lejos de lo prudente? Tu judaísmo es apenas una noticia del pasado. Nunca te sentiste judío.

—Ahora lo estoy empezando a sentir.

—Es el efecto de la tormenta, Alex. Has recibido feos golpes y tienes una reacción lógica, pero no adecuada. ¿Acaso porque te dijeron judío debes aceptar que lo eres realmente? ¿Y si te hubieran dicho negro?

—Pero, Cósima...

—Quiero que los nazis te olviden. Y reunir dirigentes judíos en casa equivale a mojarles la oreja.

—¡Si fuera tan simple! ¿Piensas en serio que me respetarán por el hecho de mantenerme apartado?

—No somos una familia judía; no tienen por qué asociarnos con los judíos. Tu hija y yo somos católicas practicantes. Alexander —adelantó su cabeza—, ¿recuerdas cuántas veces te has mofado de los *Ostjuden*? Has dicho que son atrasados y fanáticos. También has dicho que los judíos, en su conjunto, no son tan meritorios, ni tan santos. ¿Entonces, querido? Yo he debido frenar tu desprecio hacia los *Ostjuden* y también hacia los judíos occidentales, porque no me gusta que maltrates tu propio origen. Pero esto es diferente.

—Te contradices.

—No, porque tu repentino judaísmo es artificial. Es producto de lo que te han hecho, no de convicciones profundas. Jamás pisaste una sinagoga.

—Los nazis no diferencian entre los *Ostjuden* atrasados y los judíos alemanes brillantes, entre quienes van o dejan de ir a la sinagoga. La agresión que me regalaron es apenas el comienzo, Cósima. ¿Debo aceptar que hagan lo que quieran o debo unirme a quienes opondrán resistencia? Los judíos somos un sector del género humano y, en calidad de humanos, tenemos los mismos derechos que los demás. Mi obligación es luchar por esos derechos.

—¿Con qué armas? ¡Es una declamación infantil! ¿Dónde está tu lógica? Querido mío: cuando menos conviene ser judío es cuando decides transformarte en uno de ellos. Adhieres a la causa perdida —cruzó los cubiertos e intentó cubrir con las manos sus primeras lágrimas—. No me interpretes mal, por favor. Acepto que brindes apoyo a Weil mediante contribuciones, que pongas obstáculos al avance nazi en la Argentina, que trates de obtener visas para los refugiados. Pero lo que no debes hacer, Alexander, es convertirte en un activista judío. Porque no eres tan judío.

—Nunca supe qué era, Cósima. La brutalidad nazi, paradójicamente, ha iluminado mi alma y ahora siento un inexplicable orgullo por mi origen, del que me burlé siempre. Veo el sufrimiento de tantas generaciones y lo tomo como una herencia formidable, una dignidad sin paralelo. Dignidad que los nazis y los demás antisemitas, canallas y mediocres, envidian.

—¿Envidian? —Cósima extrajo el pañuelito de su manga—. Decir que me dejas atónita es poco. Nunca imaginé que con los años pasaría esto —se le quebró la voz—. En Colonia aceptaste convertirte.

—Ya no interesa la conversión, Cósima. Para los nazis, aunque abrazara la cruz, seguiré siendo judío. Cerraron toda escapatoria y expresan en forma directa lo que quieren: nuestra desaparición total. Y si los dejamos hacer, lo conseguirán pronto. Para ellos nuestra hija, aunque sincera católica —miró a Edith—, también es judía. ¿No te das cuenta? Han inventado el argumento de la raza. Son expertos en la confección de excusas grandes, chicas o idiotas. Da lo mismo. Con ellas hacen su propaganda, enardecen multitudes, encarcelan y torturan a los políticos, discriminan y matan judíos. Me atacaron y volverán a atacarme, me muestre o no como judío.

Cósima se tapó el rostro y desenfrenó su llanto.

—Querida mía —se levantó y fue a abrazarla—: nos acechan monstruos, monstruos de verdad. Pero no son invencibles. Debemos unirnos para hacerles frente.

—¡No me has dicho con qué armas, por Dios!

—Con nuestros cuerpos, aunque sea para disminuir nuestra angustia. Pero debemos unirnos. El aislamiento favorece al mal.

Cósima no se consolaba.

—¿Con nuestros cuerpos? ¿Qué pretendes: transformarte en mártir? Dios mío. Esta ideología es como la peste, enloquece a todos.

—Sí, como la peste —apoyó Alexander—, como las que asolaron la Edad Media. Y debemos combatirla. Cada uno desde donde pueda. Yo lo haré desde las organizaciones judías.

Cósima levantó sus ojos congestionados.

—Te desconozco. Hablas como otra persona. Yo sólo te digo esto: no me afecta que te sientas judío y quieras ayudar a las víctimas del nazismo; pero no te involucres. Edith y yo somos católicas, la Iglesia nos protegerá.

—Lamento hacerte sufrir, Cósima. Lo lamento de veras, pero no estoy de acuerdo. Me parece magnífico que la Iglesia haga su parte, aunque hasta ahora no parece demasiado escandalizada con Hitler. Yo haré lo que manda mi conciencia.

—Y mi conciencia manda no apoyarte en semejante desvío —replicó brusca—. Sin rodeos, Alex: no quiero que en nuestra casa sesionen organizaciones judías.

—Cósima, ¡qué organizaciones! ¿Qué estás diciendo?

—Acepté casarme con alguien que no es católico —estalló en sollozos—, y ahora recibo el castigo que merecía.

—Por favor.

Alexander, con los ojos húmedos también, intentó abrazarla de nuevo, pero esta vez ella lo rechazó. Entonces Edith corrió hacia su padre.

—Hija, hija... —suspiró.

—Ambos tienen su parte de razón —dijo Edith—. Yo también estoy muy preocupada —rodeó los hombros de Cósima y Alexander. Los besó en las mejillas y luego levantó el periódico—. ¿No deberíamos tener el ánimo del *Argentinisches Tageblatt*? Fíjense, es como nosotros: argentino y alemán, democrático, honesto y hasta con sentido del humor. Ahora papá se siente judío. Y bien, yo lo entiendo: es algo profun-

157

do, algo que permanecía aletargado. ¿Qué tiene de reprochable? Por otro lado, también es comprensible que mamá sienta un terremoto: ¿qué diablos hace una organización judía en su casa católica?

—No es tan simple, hija —hipaba Cósima—. Creo, además, que algo así no debe ser ocultado a mi confesor.

—¿Ocultado a tu confesor? Esto es política, autodefensa. No hay pecados —protestó Alexander.

—Le contaré que en mi casa, en mi propia casa, se reúnen líderes de organizaciones judías.

—Absurdo. No cabe hablar de líderes ni de organizaciones. Cualquiera pensaría que se reúne el Estado Mayor de un ejército. Sólo queremos fundar una organización de ayuda. ¿Dónde está el pecado?

—Y diré que yo los recibo. Y los atiendo. Y me preguntará si también recibo masones y comunistas.

—¡No te castigues, querida! Has dejado de pensar con lógica. Esos malditos nazis te han trastornado más que a mí. Siempre fuiste valiente, ahora pareces una ovejita en manos del carnicero.

—Perdoname, mamá, pero yo también te desconozco —criticó Edith—. No se trata de gente anticatólica —le enjugó las lágrimas—. Te propongo algo, para que no violentes tu conciencia: yo me ocuparé de atender a las visitas.

—¿Crees que me niego a atender a personas judías?

—Por supuesto que no. Pero te complica atenderlas en esta oportunidad.

—Se trata de organizaciones judías. O de la organización que pretenden fundar aquí, en nuestra casa. Es distinto. ¿Me comprendes, hija?

Alexander salió del comedor. Edith lo alcanzó en el pasillo.

—En serio que te acompañaré y ayudaré —dijo.

—Gracias. Pero no es necesario. Me las arreglaré solo.

—Vamos —guiñó Edith—. Claro que te arreglarías. Pero yo no te voy a dejar solo.

Alexander levantó la cabeza, entre agradecido y perplejo. Por su mente había pasado algo terrible, algo tan terrible como el hecho de que los nazis iban a lograr algo peor que

destruirle el negocio o aislarlo de la comunidad: que lo abandonase su propia familia.

Empezaron a sesionar puntualmente. Bruno Weil enroló
las puntas de sus largos bigotes y asumió la coordinación.
Con voz tranquila, casi profesoral, brindó un informe que
erizaba los pelos. Su rostro se mantuvo hierático, pero su
boca lanzó metralla. Las noticias que llegaban de Berlín,
Munich y Hamburgo sonaban inverosímiles. La persecución
de los adversarios ya no recurría a disimulo: Hitler cancela-
ba al galope la pluralidad política, encarcelaba y torturaba
a figuras de la oposición, cualquiera fuese su rango. Inclusive llegaban noticias sobre el establecimiento de campos de
concentración donde la SS vomitaba sadismo. Ya nadie se
atrevía a criticar en público.

Samuel Neustein, que se había negado a concurrir hasta
las vísperas, rechazó las noticias porque no reflejaban la verdad. La cultura alemana era incompatible con semejante
salvajismo. Estiró las solapas de su chaqueta y evocó, para
tranquilizar a los presentes, al nuevo embajador en Buenos
Aires, Heinrich von Kaufmann, un diplomático de carrera
que acababa de reunir en una comida a lo más distinguido
de la comunidad alemana. Neustein, pese a ser judío, figuró
entre los invitados.

—Ya ven: no hay discriminación.

—¿Y qué dijo? —preguntó Alexander.

—Que las variadas tendencias que agitaban al país podían ahora, gracias al firme control de Hitler, dejar por un
tiempo sus estériles conflictos y reconstruir el hogar nacional. Dijo "estériles conflictos" y "reconstruir el hogar nacional". No se trata, entonces, de una guerra interna como algunos la pintan, sino de acabar con las peleas que desga-
rraron la República de Weimar. Es lo mejor que se puede
desear.

—¿Lo mejor? —el ingeniero Elías Weintraub soltó su ironía—. Cuando arribó este embajador Kaufmann fue a esperarlo en el puerto la Comisión Popular Argentina Contra
el Comunismo, que es un grupo paramilitar fascista. Hubo

159

tiroteos contra quienes silbaron; hirieron a varios antinazis.
No podemos ser tan ciegos, Neustein: el actual gobierno de
Alemania es la encarnación de la violencia y sólo lo elogian
los violentos.

—La violencia es universal.

—La violencia en Alemania supera todas las marcas conocidas —replicó Bruno Weil con menos calma que al principio—. Los nazis están decididos a sembrar la destrucción;
los excitan la destrucción y el dolor ajeno. ¿A usted no lo
han atacado?

Samuel Neustein bajó la cabeza.

—Algunas firmas alemanas de Buenos Aires han comenzado a despedir funcionarios judíos —prosiguió Weil con
temblor en su rubio bigote—, tal como se hace en Berlín, en
Leipzig, en Bremen. No son ineficientes, no son deshones-
tos: son judíos. Ése es el crimen. Y, cuando los echan, casi
siempre dicen: "¿Qué podemos hacer? Usted es judío"; algo
así como "usted tiene la peste bubónica".

—Me resulta difícil creer que sea verdad —porfiaba
Neustein con los ojos puestos en la cadena que cruzaba su
chaleco.

—¿Conoce a Leopoldo Lewin?

—Sí, desde luego, el gerente del Banco Alemán Transatlántico. No me dirá que...

—Sí le digo: acaba de ser expulsado. Por judío, simplemente.

Neustein calló.

—Debemos encarar de una vez por todas la creación de
una Hilfsverein —Weil puso de golpe el tema sobre la mesa;
la iniciativa hinchaba su portafolios desde hacía meses—.
Lo voy a decir clarito: para unos es fácil y urgente, para
otros imposible y riesgoso. Debemos redactar estatutos, efectuar un empadronamiento y recaudar dinero para nuestros
hermanos de Alemania. Seremos atacados por los nazis y
mal vistos por las autoridades argentinas. Pero es nuestro
deber moral.

—¡No podemos seguir masturbándonos con reuniones
estériles! —apoyó Elías Weintraub, quien de inmediato pidió
disculpas por el exabrupto a Edith, sentada en un rincón.

160

—Gracias, Edith.

—Estoy contenta por haberte acompañado, por apoyarte en esta lucha.

—Y yo feliz.

—Me parece que ha sido una noche decisiva.

—Decisiva, es cierto; una magnífica noche. Hasta el cabeza dura de Neustein ha entendido. La Hilfsverein ya es una realidad y funcionará bien.

—Claro que sí.

Las vidrieras de Samuel Neustein fueron rotas a pedradas y en su base de mármol escribieron tres veces "cerdo judío". Cósima, al enterarse, lloró como si otra vez hubiesen agredido la óptica de Alexander. En su alma se había instalado una intolerable premonición.

—Estoy asustada —confesó a Edith—. No soy la misma.

Concurría con mayor frecuencia a la iglesia. Su confesor le escuchaba la angustia e indicaba ciertas penitencias. Edith estuvo tentada de preguntarle qué decía el confesor.

Alexander, para disminuirle el miedo, quitaba importancia a sus tareas en la flamante Hilfsverein. Hasta evitaba mencionarlas. Pero se involucraba en la lucha de manera creciente. El brote institucional alumbrado trabajosamente aquella noche se convirtió en una entidad dinámica y convocante. En pocas semanas articuló su programa de acción con las demás instituciones judías, extendió contactos hacia la mayoría de los judíos alemanes y empezó a recaudar fondos. Los dirigentes nazis se disgustaron por esta enojosa novedad: no esperaban que los judíos alemanes se uniesen con los *Ostjuden*. "Al fin de cuentas son la misma basura".

Pero no todo era borrasca y tensión. El otoño brindaba sus encantos: cielo azul, follajes coloridos y atmósfera apacible. Alexander propuso que su familia disfrutase un domingo en el Rowing Club del Tigre y Edith invitó a Alberto. El Rowing contaba con hermosas instalaciones y solía llenarse de alemanes divertidos. Es cierto que Alexander, tras las últimas experiencias, había empezado a moverse con mayor cautela y pensaba dos veces antes de elegir un compañero de deporte o la silla del restaurante. Pero el Rowing aparecía como un sitio donde predominaba la gente más culta. No obstante, supo de varios judíos que renunciaron a la institución y planeaban fundar un club náutico propio. De todas formas, los vínculos sociales habían perdido la espontaneidad de otra época. Algunos socios, molestos por la absurda segregación, hacían ruidosas demostraciones de afecto por los judíos que quedaban. Hacia el final de esa tarde, por ejemplo, la familia Breumann los invitó a tomar el té en la parte más iluminada de la confitería. No sólo se sintieron felices con los Eisenbach, sino con Alberto, cuyo apellido era una infrecuente credencial.

Alberto a menudo rodeaba el hombro de Edith. Mediante amables ironías reiteraba que se sentía cómodo ante sus padres; incluso sabía algo de alemán y, cuando le criticaban la desordenada construcción de las frases, amenazaba con volver a recitar la *Oda a la Alegría*.

—¡Hasta Schiller pide que no lo hagas más! —su novia le tapaba la boca.

Cerraron la jornada con un paseo por los jardines que daban al río. Los follajes se poblaban de pájaros y una brisa amable anunciaba el fresco de la noche. La naturaleza parecía respirar tranquila. Edith y Alberto caminaban tomados de la mano y charlaban en voz baja. Cuando el sol se sumergió en las aguas, fueron a recoger los bolsos y los depositaron en el baúl del auto. Alberto abrió las dos puertas de la derecha e invitó a que Cósima se ubicara en el asiento delantero y Edith en el posterior.

Alexander arrancó y dejó ronronear el motor durante dos minutos, como le habían instruido; zigzagueó por el camino de grava rodeado de canteros floridos y salió del Club, en cuyo portón saludaba un obeso guardián. El camino era estrecho y, como Alexander no se tenía confianza en el volante, anduvo a paso de hombre. Pero luego tomó una calle de la costa y aumentó la velocidad. Encendió las luces bajas y enfiló hacia el embarcadero, desde donde torcería hacia la ruta principal. El flamante Ford ya se desplazaba rápido mientras Cósima narraba las ocurrencias de la señora Breumann.

De súbito los neumáticos chirriaron y el vehículo paró. Todos se fueron hacia adelante.

—¡Alex! —gritó Cósima.

Con el pie hundido en el freno y las manos crispadas sobre el volante, Alexander miraba fijo hacia un grupo de hombres que amarraban un bote a escasos metros de distancia. Las mandíbulas apretadas no le dejaban hablar. Sus ojos verdes salían de las órbitas.

Al instante Edith pegó un respingo también, porque vio a Rolf Keiper. Y lo reconoció Alberto, quien apretó el brazo de su novia, como si ella aún no se hubiera dado cuanta. Estaban estupefactos. Alberto no sospechaba que la sorpresa de Edith era mayor porque, además, había identificado a Hans; de inmediato asoció a Hans con Rolf: eran amigos o, más seguro, cómplices.

Alexander, pegado su tórax al volante y el pie siempre hundido sobre el pedal de freno, sentía en su cara el salivazo final de ese delincuente, y las risotadas de su pandilla, y el saqueo impune, y su intolerable impotencia. Un clavo le atravesó las sienes. La sangre subió a sus mejillas. Entonces una sacudida recorrió su cuerpo y pareció irradiarse al auto. Cósima, que también reconoció a Hans, intuyó lo peor.

—Vámonos, querido. Arranca de una vez. Salgamos de aquí.

Los dientes de Alexander rechinaban; su ofuscación vaticinaba el mal final. Movió el picaporte de la puerta.

—¿Estás loco? —chilló ella—. No bajes.

—¡Papá! —Edith le sujetó los hombros desde atrás.

Alexander puso la primera con ruido; encendió las luces altas y arrancó en forma decidida. Pero no tenía el propósito de alejarse; demasiada indignación le enturbiaba la mente. Enfiló hacia la orilla, hacia el grupo que rodeaba a Hans Sehnberg y amarraba botes.

—¡Qué haces! —criticó su mujer.

En su imaginación Alexander ya trituraba a ese criminal lombrosiano. Le apuntó directamente a la espalda. Con un certero empujón le quebraría la columna y, a guisa de regalo final, lo empujaría a las sucias aguas del delta.

—¡Alexander! —Cósima forzó con ambas manos el volante.

Alberto también se arrojó sobre el demudado Alexander.

—¡Déjenme!

Las ruedas bramaron sobre el empedrado. El guardabarros delantero rozó al grupo con suficiente velocidad para que estallaran exclamaciones de sobresalto. Varios jóvenes con pesadas sogas en las manos brincaron para salvarse del atropello.

—¡Eh! ¡Bruto! ¡Fijate por dónde andás!

El instructor creyó que un neumático le había pasado por encima del pie. Rolf estuvo a punto de contraatacar cuando reconoció a Edith. También a Alberto. Sus ojos pelotearon de una cara a la otra mientras el auto se alejaba veloz.

Alexander apretaba el acelerador a fondo. Ahora su cólera lo alejaba del muelle. El fuego por atacarlos se trocó en fuego por no verlos nunca más. Desde la ventanilla trasera Edith y Alberto pudieron comprobar que Rolf era el único que seguía inmóvil, con la mirada fija en ellos; una soga colgaba de su mano.

Turbada aún, explicó a Alberto que ahí, además de Rolf, estaba el jefe de la pandilla que había atacado el negocio.

—Ese petiso acaudillaba a otros tres —agregó Cósima.

—Los canallas me engañaron al principio —recordó Alexander sin que se hubiera serenado el viboreo de sus mandíbulas—. Mintieron que venían a comprar largavistas.

—Ya han cometido varios ataques como ése —explicó Alberto—. Piden hasta lo que no les hace falta. Son grupos que imitan a las SA. En la Cancillería tenemos informes sobre su práctica. Buscan elementos que puedan ser útiles en futuras acciones y, de paso, aplican el terror.

—Pero estamos en la Argentina —protestó Cósima.

—Lo hacen en todas partes. El terror le dio el triunfo a Hitler por dos razones. Una, impuso la sensación de que su poder era más grande que el del mismo Estado y sedujo a millares de mediocres y marginales. Dos, generó la idea de que, confiándole el gobierno, él mismo se ocuparía de frenar lo que había desatado. Esto último fue un disparate: ahora ejerce el terror desde arriba, con más ensañamiento

166

que nunca. Y lo propicia en cualquier otro país donde haya comunidades alemanas.

Edith le acarició la mano.

—En la Argentina procuran reeditar la misma historia —agregó—, es decir, ataques por sorpresa. Procuran domar a esta "Alemania chica", como llaman a los germano-hablantes de aquí.

—¿Y qué opina nuestro gobierno? —Alexander formuló la pregunta con enojo y malicia, mirándolo a través del espejito retrovisor.

—No soy el gobierno. Pero me parece que desea mantenerse neutral. Predomina la idea de tomar este asunto como una rencilla entre alemanes. Por ahora los nazis sólo atacan objetivos alemanes.

—Objetivos judíos —corrigió Edith.

—Casi siempre judíos alemanes, es verdad —asintió Alberto rodeando sus hombros—. Pero raramente cruzan el límite. Fijate que incluso evitan asociarse con los nacionalistas argentinos, aunque tienen la misma ideología.

—No entiendo por qué.

—Para que no prohíban sus actividades. Les conviene aparentar que sus asuntos no inciden en la vida argentina. Pero terminarán aliándose abiertamente. Conozco a muchos nacionalistas católicos que se babean por Hitler —hizo una dubitativa pausa—. Algunos forman parte de mi familia.

—Esto es muy feo y muy triste, Alberto —comentó Alexander.

—Lo es. En mi familia hay miembros de la Legión Cívica.

Alexander trató de captar la expresión de su hija por el espejo retrovisor.

—La Legión Cívica se parece a los nazis. Pero no es la única organización que se les parece. Hay quienes, sin pertenecer a esas organizaciones, también los admiran. Lo peor es otra cosa, se me ocurre.

—¿Peor? —se asombró Cósima.

—Sí. Los arribistas. He conocido a varios últimamente. A ellos se les ha confiado una importante misión. Usted debería conocerla, Alexander.

—No sé a qué te refieres.

167

—Son empresarios que evitan manifestarse como nazis, pero responden a las presiones de Berlín. Hablo de gente significativa.

—¿Y cuál es su misión?

—Romper el boicot que los profesionales y empresarios judíos aplicarán a las firmas nazis.

—Sé lo del boicot y comprometí mi apoyo. Será uno de los primeros éxitos de nuestra flamante Hilfsverein. Pero no suponía que ya les empezase a preocupar a los nazis —sus ojos brillaron—. Dicen que los judíos somos inferiores.

—Claro que les preocupa, porque el boicot también será apoyado por una considerable franja no judía, independiente.

—Es cierto. Pero, me hablaste de arribistas.

—Es duro expresarlo: me refiero a los mismos judíos.

—Confieso que me resulta difícil seguirte, Alberto —protestó Alexander.

—Mire: la Embajada ha encargado a varios alemanes, tanto judíos como no judíos, que seduzcan y mimen a cuantos judíos alemanes puedan a fin de que no adhieran al boicot. Su argumento reside en demostrar que fue concebido y planificado por gente bruta e imprudente. A esa gente ustedes la llaman con desdén, según creo, *Ostjuden*.

—Con desprecio —acentuó Cósima.

—Sí; algo tan lamentable como la existencia de nacionalistas en tu familia, Alberto.

—¡Nos van emparentando las cosas feas! —sonrió.

Cósima esbozó una mueca, pero su rabia no nacía de lo que acababa de oír, sino de lo que había acontecido en el embarcadero, de la reacción de Alexander, de su creciente temor.

—Yo me pregunto —dijo Alexander sin advertir el disgusto que aumentaba a su lado— cómo harán para convencernos de que los nazis no quieren nuestra ruina.

—Supongo que por ahora se conformarán con mantenerlos alejados de los *Ostjuden*, que son los más numerosos y activos. Dividir para imperar. Un colega me dijo que la Cámara Germana de Comercio ha convocado a importantes empresarios judíos para rogarles que no se plieguen al boicot.

—Yo recibí esa invitación y no fui.

—Porque me escuchaste —susurró Cósima entre dientes—. Si siempre me escucharas...

—Fue bastante gente —comentó Alberto.

—Más razón tienen entonces los que exigen profundizar la unión con los *Ostjuden*; unirnos para enfrentar una maquinaria tan cínica —dijo Alexander.

—¡Basta! —explotó Cósima y hundió su cara en el pañuelo.

La situación se tornó muy incómoda. Alberto miró a Edith en busca de auxilio. Alexander apretó sus dedos sobre el volante y movió apenado la cabeza. El callado sollozo sacudía el cuerpo de Cósima.

—¿Qué ocurre? —preguntó Alberto a la oreja de Edith.

—Está asustada. Teme que nos ocurra algo grave. No quiere que papá se involucre.

Llegaron a Buenos Aires. Por las calles circulaban los peatones que no se resignaban a dar por finalizado el domingo. Alberto miró a su novia con comprensión: "También mi madre tiene reacciones inexplicables".

Cósima lloró un rato, se serenó, sonó su nariz y luego abrió el bolso, del que extrajo la polvera. Alexander se abstuvo de hablar el resto del camino. Ofreció dejar primero a Alberto en su casa. Antes de arribar estiró su mano con dudas, pero anhelante, hacia la mejilla de su adorada mujer; la caricia no tuvo buena recepción.

El 28 de marzo se llevó a cabo el Día Mundial de Ayuno en protesta por las persecuciones que el régimen nazi había puesto en ejecución apenas tomó el poder. Una enfervorizada masa de judíos, bautistas, anglicanos y otras denominaciones expresó su repudio. La Iglesia Católica, en cambio, prefirió mantenerse al margen por potentes razones: no era clara la definición de Hitler respecto de sus prerrogativas en Alemania y, además, en el país se vivía un renacimiento de la fe bajo la protección del au-

169

toritarismo. A Edith le dolió esa egoísta indiferencia.

—No es indiferencia —observó Alberto—. La Santa Sede tiene más talento diplomático que todo el resto de los países juntos. Actuará a su debido tiempo.

Por la noche tuvo lugar el acto multitudinario en el Luna Park. El embajador Von Kaufmann desplegó ímprobas gestiones ante las autoridades nacionales y municipales para conseguir que lo prohibiesen. La policía adujo no entender las objeciones del embajador, pero impartió instrucciones poco claras. Esto permitió el ingreso de provocadores nazis y una aguerrida columna de la Legión Cívica. Se infiltraron entre el público y tomaron posición.

Los oradores volcaron denuncias concretas: en Alemania se llevaba adelante el exterminio de la oposición, se maltrataba a los políticos y se había puesto en marcha acciones antisemitas de un descaro sin precedentes en los tiempos modernos.

Los nazis y los legionarios empezaron a interrumpir los discursos con agravios a "la corrupción judía" y "la inmoralidad protestante". Sordos rumores de asombro se extendieron entre los asistentes porque ignoraban la envergadura del sabotaje. Pero a medida que aumentaban las interferencias el público empezó a chistar, exigir silencio e identificar a los provocadores. Desde el estrado se les pidió que abandonasen el local. Pero ésta fue la señal que esperaban para iniciar la agresión física contra la concurrencia, empujando a hombres y mujeres de sus asientos. El indignado clamor ascendió rápidamente y los legionarios extrajeron sus cachiporras. Los nazis hicieron lo propio y el caos permitió que una columna avanzara hacia el estrado para apoderarse de los altavoces.

La policía de a caballo y de a pie mantuvo sus efectivos a distancia de quienes portaban insignias nazis o el emblema de la Legión Cívica. Sólo cuando el tumulto amenazó volverse incontrolable un oficial ordenó el uso de gases lacrimógenos. La gente, despavorida, se atropelló en los pasillos. Afuera prosiguió la batahola entre adictos y enemigos del Reich hasta que los cascos policiales decidieron restablecer el orden.

Como consecuencia de este agravio, la Cámara Israelita de Comercio e Industria decretó el comienzo del boicot contra productos y firmas nazis. Se fundó el Comité Contra las Persecuciones Antisemitas en Alemania y a renglón seguido quedó públicamente legitimada la Hilfsverein deutschsprechender Juden como la institución líder de los judíos alemanes.

En pocos meses la Hilfsverein recaudó una suma sin precedentes para propaganda y ayuda a los refugiados.

Con ese dato en la cabeza, a la salida del cine Alberto propuso a Edith que se sentaran en un restaurante. Ingresaron en uno tranquilo de la calle Rodríguez Peña. El maître los llevó a una mesa junto a un acuario donde los peces de colores dibujaban laberintos. Edith cerró la tapa del menú y prefirió escuchar las recomendaciones del maître. Eligió trucha asada con almendras y una delicada guarnición de verduras. Alberto optó por crêpes de queso y hongos. Ordenó vino blanco helado de la cosecha 1921. Luego la acarició con sus dulces ojos marrones.

—Edith, navegamos por aguas revueltas. Mi madre dispara sin cesar contra nuestro noviazgo, que jamás nombra de esa manera, por supuesto. Mónica es la única que me apoya, y su apoyo le cuesta ciertos inconvenientes; ya no sólo es la rebelde, sino la "peligrosa". Papá ha cedido un poco, aunque no se anima a ir más lejos. Incluso llegó a suspirar: "¡Si se enterase Ricardo!", mi tío Ricardo, como si fuese una vergüenza familiar, ¿te das cuenta?

Extrajo de la panera una galletita salada y la untó con manteca. Mordió un extremo y agregó:

—En muchas cosas papá es la antípoda de mi tío, pero en esto se frunce, como si tuviera miedo de que él le reprochase "¿ves adónde está llevando el liberalismo a tu familia?"

Masticó el resto de la galletita y tomó una mano de Edith.

—No les alcanza con saber que estás bautizada y sos católica: las ideas veterinarias de diferencia racial que ahora se han puesto de moda son más antiguas que el mismo nazismo. Mamá, en voz baja para que no escuchen los vecinos pero yo sí, te llama "la judía". Esto me duele especialmente por papá, que no simpatiza para nada con los nazis.

Edith lo imitó con otra galletita.

—No me transmitís algo nuevo. Es estúpido y cruel, pero es el desafío que debemos afrontar. Por otra parte, querido, tampoco en mi casa las cosas van bien. Mis padres... te habrás dado cuenta el otro día, en el auto.

—Sí.

Probó el vino.

—¡Exquisito!

Les llenaron las copas.

—¡Por nosotros!

—¡Por nuestro amor!

Alberto apoyó su copa junto al platito del pan y la hizo girar lentamente.

—Confieso que miraba con envidia a tus padres —suspiró—. Admiraba su vínculo tan fuerte, su trato igualitario, su evidente amistad. Parecían muy aliados, muy compañeros. Los míos no son así. Hay una forma que llaman respeto, pero que en realidad es distancia. Distancia y soledad. No se dicen todo, ni lo comparten por supuesto. Supongo que se debe a la herencia de hábitos victorianos. Duermen juntos, pero no están juntos. Para encontrarse arman una cita. Los tuyos, en cambio, parecían unidos en todo.

—En todo. Mucho amor y comprensión y amistad. Pero últimamente...

—¿La Hilfsverein? ¿Es eso?

—Creo que sí. Mamá tiene miedo, premoniciones. Ha cambiado. Además del impacto que le produjo el incidente en la óptica, alguien le ha metido en la cabeza que papá, por el hecho de tener esposa e hija católicas, sería respetado por los nazis mientras no participara activamente en organizaciones judías. Si lo hiciera sería atacado para escarmiento general.

El mozo sirvió la trucha para Edith y los crêpes para Alberto.

—Mamá fue siempre valiente y osada. Incluso más que

papá —mordió el primer bocado—. Sospecho de su confesor.

—¿Qué?

—Mamá se resiste a hablar del asunto, pero tengo indicios de que su confesor es antisemita. No digo que busque provocar una separación matrimonial, pero sí hacerla sufrir por haberse casado con un judío.

—¡No lo puedo creer!

—Hay que creer eso y cosas peores.

—¡Demasiado perverso! Cuánta gente confundida, Dios mío.

Edith se llevó a la boca el segundo bocado y se echó hacia atrás. Mientras masticaba, sus ojos estudiaron los rasgos de Alberto. Eran finos y serenos. Su tez mate armonizaba con los cabellos oscuros; respondía a la herencia española, no a la victoriana. Mientras comía, él se concentraba en el bordado del mantel.

—¿En qué pensás ahora?

—En lo que me da vueltas desde hace unos días.

—¿Está escrito sobre el mantel?

Sonrió, terminó su crêpe y bebió otro poco de vino.

—Ojalá estuviera escrito. ¿No te parece que es una guarda muy bonita? Casi un arabesco. Pero yo no sé leer guardas. ¿Vos?

Edith le acarició la uña que se apoyaba sobre el delicado dibujo.

—Trataré de adivinar. Creo que nos hace una pregunta.

—Ah, ¿sí? ¿Cuál?

—Si no somos nosotros los equivocados.

—¿Equivocados?

—Equivocados; vos, por alzarte contra la voluntad de tus padres, y yo, por inclinarme a favor de papá.

Alberto levantó el mentón, asombrado.

—No, querida. Tu padre hace lo que corresponde; su compromiso con la Hilfsverein demuestra que es un hombre digno. En cuanto a mi familia, se opone en forma absurda a un amor profundo y definitivo. Nada es más sano que nuestro amor y yo lucharé por él hasta las últimas consecuencias.

Le tomó la mano y la llevó hasta sus labios. Besó los largos y hermosos dedos.

—Te quiero mucho, Edith. Mucho.

—Lo sé.

El mozo pidió permiso para retirar los platos. Luego ofreció la lista de postres.

—Pera con licor de menta.

—Flan con dulce de leche.

La vela se había consumido hasta la mitad. Alberto acarició los pétalos albirrosas que circundaban la base del portavela con ganas de desprender algunos.

—Me ronda una idea que puede parecer alocada —dijo—. Tiene que ver con tu padre. Quiero decirla.

—Soy toda oídos.

Se acercó a ella.

—Escuchame: deseo que vos y yo, juntos, colaboremos con la Hilfsverein. Que apoyemos a Alexander.

—Alberto... ¡Sos increíble!

—Necesito hacerlo.

—Pero... pero ¿cómo vas a complicarte con una organización judía?

—Colaborar. No digas complicarme.

—Complicarte, claro que sí. Papá ni lo ha pedido. Además, aumentaría la oposición de los tuyos.

—Ni lo sabrán.

—Es peligroso. Alberto...

—No más peligroso que para cualquier judío.

—No sos judío.

—La Hilfsverein es una organización humanitaria, no religiosa.

—Algo me dice que no debo aceptar.

—Quiero razones; buenas razones.

—Tu carrera. Tu status diplomático. No será bien visto que tomes partido en contra de otro país, aunque sea un país gobernado por delincuentes. ¿Sabés eso? Por supuesto que lo sabés.

—No es contra otro país: es contra el crimen.

Edith emitió un largo suspiro, que terminó en sonrisa.

—Yo te adoro, mi querido. ¿Qué te puedo decir? No sé.

174

Estoy perpleja. ¿Y qué clase de apoyo imaginás darle a la Hilfsverein?

—Tu padre comentó que van a publicar un folleto sobre las persecuciones en Alemania. Sería importante, esclarecedor. Deberías incorporarte al equipo que redacte el folleto y yo te conseguiré información de otras fuentes. Muy directas y confidenciales.

—Otras fuentes.

—Sí, de la Cancillería.

—¿Vas a robarle información?

—No hace falta que uses la palabra robar. Es información, simplemente.

—¡No! —apartó la pera bañada en menta.

—¿La rechazás?

—Rechazo tu propuesta.

—Mi amor: la Hilfsverein también necesita permisos de inmigración para miles de refugiados y yo tengo contactos para aceitar los trámites.

—Mirá, se me puso la piel de gallina. Alberto, no creo lo que estoy oyendo.

—¿Por qué?

—Es demasiado.

—¡Qué va a ser! Te amo, tu padre me conmueve y es inmoral permanecer indiferentes.

—También te amo.

—Yo a vos.

—¿Hasta dónde nos llevará nuestro amor? Alberto: tu idea es alocada —le apretó las manos—. Muy alocada. Ponés en riesgo tu carrera. No. No lo voy a aceptar.

—¿Otra vez? —Alberto se levantó, rodeó la pequeña mesa, tomó la cara de Edith y le besó los ojos.

ROLF

Ferdinand ingresó en el despacho de Julius Botzen previendo la catástrofe. El capitán ni siquiera lo invitó a sentarse. Desde su alto sillón dijo:

—Usted no tiene remedio. Por lo tanto, ni se le ocurra volver a Bayer: está despedido. Definitivamente.

Habló en tono rencoroso, como quien hace fuego por venganza. Ferdinand llevó su mano al pecho: el disparo le había dado en el corazón. Se puso de pie y cuadró con la poca firmeza que le permitían sus nervios estragados. El capitán movió con desprecio su índice hacia la puerta:

—Váyase.

—¡Sí, señor capitán de corbeta!

Con las monedas que le restaban descendió a los cafetines del Bajo. Necesitaba otro poco de aturdimiento para que también este episodio se borrase. Ingirió cerveza y grapa en forma alternativa y voraz. Bebió más de lo que podía pagar con sus bolsillos dados vuelta y acabó tendido en la vereda. Un policía lo arrastró a su casa en medio de la noche.

La dormida Gertrud lo sentó en su cama y empezó a quitarle los zapatos con delicadeza, para no provocar su furia. Mientras lo asistían, Ferdinand barboteaba maldiciones.

Rolf se despertó de golpe, con un martillazo en el cráneo. La retahíla de insultos atravesaba el grasiento biombo, se tapó las orejas con la colcha y puso encima la almohada. Pero siguió escuchando palabrotas. Su madre susurraba "es muy tarde", "nos echarán de aquí".

De pronto ella gritó. Rolf se sentó con los ojos espantados. En el biombo se proyectaron sombras de mal agüero.

—¡No, Ferdinand!

Lo erizó la escena que venía. Irrumpió en el espacio de sus padres. Lo quebró algo atroz y conocido. Estaba en su casa de Buenos Aires y, al mismo tiempo, en un refugio de Freudenstadt. Se le doblaron las rodillas y tuvo que apoyarse en la descascarada pared. La acidez de los eructos le llegaba hasta el centro de la cabeza. Se frotó el cuello para arrancar la mano áspera del soldado que pretendía estrangularlo mientras violaban a su madre. Ferdinand hundía la punta de un cuchillo en la garganta de su esposa mientras con la mano izquierda le levantaba el camisón.

La aparición del hijo avergonzó a Gertrud.

—¡Puta! —gruñó el hombre—. ¡Puta! Te voy a clavar el hierro que merecés.

—Basta, papá —imploró Rolf mientras le aferraba la muñeca.

—¡Fuera! —su padre le aplicó un rodillazo en los genitales.

Rolf retrocedió hasta el biombo.

—¡Debes acostarte y descansar! —sollozaba Gertrud.

—Yo te voy a clavar como te gusta, puta de mierda.

—¡Dejá el cuchillo! —ordenó Rolf con las manos en los testículos.

Sonaron golpes en las paredes; los vecinos se encolerizaban. Ferdinand no entendía las quejas de afuera, ni los ruegos de su mujer, ni la desesperación de su hijo. Apenas eran alfileres excitantes.

—Merecés que te violen. ¡Puta! —sus labios estaban sucios de vómito—. ¡Yo te la voy a dar duro!

El cuchillo había abierto la piel de Gertrud cerca de la oreja y apareció un hilo de sangre.

—¡Papá! —Rolf estaba decidido a saltarle encima.

—Vení vos también. Ayudame —propuso confundido mientras rasgaba el camisón de Gertrud.

Ella hacía maniobras inútiles para desprenderse del abrazo vil. Tampoco se atrevía a forcejear demasiado para que el cuchillo no le atravesara la garganta. Giraban en el cubículo como si bailasen una danza de morbo y muerte.

Rolf trepidaba. Su padre era igual a los soldados que lo habían sumergido en el más hondo pavor de su vida, era idéntico a la bestia que le oprimió el cuello con sus manazas, igual a los otros tres soldados que esperaban turno con lascivia mientras azuzaban al que se sacudía en el piso sobre el cuerpo de la mujer. La escena adquiría tanta actualidad que Rolf volvió a frotarse el cuello. Le subía una rabia descomunal. Alzó la jofaina y se la arrojó a la cabeza. La jofaina se partió en fragmentos y el agua chorreó por los hombros de su padre. Pero éste, como había ocurrido con Franz aquella vez, no se arredró. Empujó a Gertrud contra la mesa y embistió a su hijo con el arma en ristre. Rolf pudo esquivarlo a tiempo y Ferdinand dio de narices contra la pared.

Enseguida volvió a levantar el arma y entonces Rolf acudió al procedimiento de Franz: tomó la escoba por sus barbas y le aplicó un sonoro golpe en la cabeza. El hombre trastabilló, pero ni soltó el cuchillo ni dejó de barbotear maldiciones. Ferdinand era idéntico al primer soldado que se abalanzó sobre su madre y después intentó estrangularlo. También al segundo, y al tercero, y al cuarto. Estaban todos ahí, fundidos en su repugnante humanidad. Entonces repitió el golpe con la escoba y Ferdinand se dobló; las bestias heridas acaban por doblarse.

Pero no soltó el cuchillo. Apoyándose sobre el borde de la cama recuperó el equilibrio y se lanzó nuevamente contra la mujer anegada en mocos. Un tercer golpe le impidió llegar a destino. El cuarto, por fin, lo derrumbó. Ahora faltaba que balbuceara lo que aquella noche, ante la ira de Franz: "está bien hijo, está bien...". Vomitó de nuevo y se durmió sobre las baldosas.

Gertrud cubrió con un vestido su camisón hecho jirones. Temblaba. Rolf le desinfectó el corte del cuello, guardó el cuchillo en el cajón de los cubiertos y fue a prepararle un té en la cocina. Don Segismundo acababa de llegar de su trabajo en la curtiembre y le dio una palmadita de solidaridad.

Rolf se puso a limpiar los hediondos fermentos. Gertrud, tambaleándose, procuró quitarle el trapo de piso y luego levantar a su esposo. Pero había quedado muy débil y Rolf la obligó a quedarse quieta en el desgarrado sillón. Trajo un balde y lavó la cara de su padre, deformada por los golpes de escoba. Con gran esfuerzo trasladó la tonelada de carne y alcohol hasta la cama. Su mujer no se atrevió a acostarse. Rolf le acarició los desordenados cabellos grises:

—Disponés de mi cama. Yo ya me voy a trabajar.

—¡Cómo nos castiga Dios, hijito, cómo nos castiga!

Hans Sehnberg informó que estaba por arribar al país una delegación política del Reich. Botzen sospechaba que grupos de izquierda intentarían malograr su recibimiento y pidió al *Landesgruppe* que se ocupara de impedirlo.

Escogió a ocho miembros para que lo acompañasen al puerto. Entre ellos, Rolf.

—¡No vamos a permitirles ningún agravio a esos podridos!

Pero agravios era exactamente lo que Rolf necesitaba. Los escobazos que había propinado a su padre reclamaban más golpes, muchos más. Descuartizar comunistas y judíos. El odio brincaba en su pecho como ratas en agua hirviente. Paradójicamente, tuvo la prudencia de comunicar que no llevaría armas. Hans, sorprendido, alzó las cejas; luego se acercó y le acarició el brazo. Era la primera vez que lo hacía. Rolf sintió sorpresa y cierta incomodidad. La caricia era suave, casi femenina.

—Me gusta tu bronca —Sehnberg miró la seria y hermosa cara de Rolf—. Me parece bien que calcules tu autodominio.

Retrocedió un paso y retomó su enérgico tono:

—Pero que no te fallen los puños.

Rolf movió los dedos hambrientos.

—No me van a fallar.

La delegación nazi fue recibida por representantes de la comunidad alemana y por organizaciones criollas que simpatizaban con el nacionalsocialismo. Los ocho Lobos de Sehnberg se movieron entre el público que aplaudía para detectar a los provocadores, quienes no tardaron en aparecer en un rincón del muelle con pancartas ofensivas. Aunque era un grupo que no aspiraba a impedir la recepción, Sehnberg hizo la señal convenida para lanzarse contra ellos y obligarlos a guardar los carteles.

Rolf corrió hacia los enemigos y pegó directo en la nariz de un comunista. Sonaron silbatos y gritos, pero él no se iba a detener para escuchar. Penetró en el interior de la detestable agrupación repartiendo puñetazos y patadas. Los golpes que le devolvieron sobre la cabeza, los hombros y la espalda redoblaron su furia. Quería desgarrar cuerpos y, si era preciso, nadar en la espesa sangre. Oyó disparos y sintió que un líquido dulzón resbalaba por su mandíbula. Algo pesado comenzaba a doblarle la espalda.

Se inclinó más aún y dio fuerte contra los genitales que sospechaba alrededor mientras las puntas de sus botas quebraban piernas y rodillas. Un vagón se había trepado a sus hombros. Ya no conseguía enderezarse; el granizo no le dejaba ver dónde estaba. Continuó repartiendo coces. Finalmente lo hundieron y le saltaron encima.

Los balazos de Otto y Gustav abrieron un corredor de auxilio, lo levantaron por ambos brazos y lo sacaron corriendo.

Ni se dio cuenta de que lo introdujeron en una camioneta; seguía convulso y movía inútilmente sus puños. Le sujetaron brazos y piernas.

—¡Basta, Rolf!

Volaron antes de que los interceptase la policía. Al rato, mientras le aplicaban curaciones, Hans lo contempló pensativo.

—Estabas hecho un loco.

Los labios hinchados y sanguinolentos le impidieron responder. Pero captó que se trataba de un reconocimiento a su coraje.

Dos semanas más tarde seguía con rastros de las heridas. Hans avisó que habría nuevas acciones.

—Debemos apropiarnos de las instituciones alemanas que todavía siguen en manos de izquierdistas y demócratas. En el curso del próximo mes irrumpiremos en cuatro de ellas.

Los Lobos se sentaron frente a él y escucharon con exaltación.

—Les meteremos miedo, hasta que dejen de lado sus reticencias y acaten las directivas del capitán.

—¡Muy bien!

—Procederemos con firmeza. Infundiremos terror, pero dejaremos abierta la puerta para que recapaciten. Yo los entrené también en la sutileza. Ustedes forman un grupo de elite.

—Me ofrezco a participar —sugirió Otto.

—Yo haré la lista.

Se produjo un galvanizante silencio.

—Por ahora, siempre la integrará Rolf. Y diré por qué —recorrió las caras de su pelotón mientras acariciaba su cabellera en cepillo—: ha demostrado saber medir el uso de su fuerza.

—¡Pero si se metió como un idiota entre los comunistas! —Otto no lograba contener la envidia.

—Ni siquiera llevaba armas —añadió Gustav.

Sehnberg reclamó silencio.

—Tenía conciencia de que los provocadores le iban a causar mucha bronca y de que iba a reaccionar como una fiera. Por eso me pidió autorización para concurrir desarmado. Si hubiera tenido un revólver, a estas horas ya estaría en la cárcel. Y el capitán Botzen nos hubiera arrancado los huevos.

Se quedaron mudos, pero no estaban conformes. Rolf era presentado como un modelo.

Gustav carraspeó:

—¡Los cerdos izquierdistas se niegan a bajar la cabeza! Van a resistir.

—Pienso lo mismo —agregó Otto—. En serio, Hans, quiero romperles la jeta a varios de ellos. También pido autorización para ir sin armas.

Hans esbozó una mueca.

—¡Qué acomodaticio! Está bien: lo tendré en cuenta.

Una masiva concentración nazi en el Teatro Colón puso en evidencia su creciente poder de convocatoria. Llenaron la platea, los palcos y las galerías altas. Participaron más de tres mil personas en un despliegue inédito. Había delegaciones de escuelas, iglesias, centros culturales, instituciones deportivas, *Landesgruppen*, cámaras de comercio, clubes y asociaciones de ayuda social. Era una fiesta.

Hans Sehnberg no ocultaba su regocijo y mantenía concentrados a los miembros de su pelotón en la tertulia, desde donde podía vigilar a los concurrentes.

Las luces ardían a pleno y centenares de voces cantaron el bien aprendido *Horst-Wessel Lied* mientras se izaban las banderas imperiales y los ojos eran inundados por la restallante profusión de esvásticas. Los mentones se alzaban cuando se ponían de pie, sonaban los tacos y el brazo derecho se tensaba hacia adelante.

Los oradores incrementaron el fanatismo repiqueteando

halagos a Hitler por la acelerada restauración de la esperanza y el orgullo del pueblo alemán. Algunos párrafos recibían el apoyo de aullantes *Heil Hitler!* y *Deutsche erwache!* Entre los dirigentes se destacaba Martin Arndt, presidente de la *Volksbund*, quien levantó la temperatura al insistir en que no se debe olvidar que "somos alemanes". Y ordenó: "mantengámonos juntos" en la defensa del idioma, la cultura, las escuelas, las iglesias y las instituciones alemanas. La gente aplaudía rabiosamente. Pero Hans Sehnberg y algunos de sus discípulos percibieron una horrible pifiada cuando Arndt agregó que "el Partido Nazi es sólo un partido".

—Es sólo un partido y nosotros somos todo un pueblo —insistió—, *das deutsche Volk!*

Julius Botzen, en la primera fila, pareció satisfecho, pero Hans Sehnberg no pensaba igual. Cruzaron sus miradas a la distancia, escindidos. Las aguas empezaban a dividirse. Sehnberg captó que Arndt había cometido un error imperdonable, porque era nazi de la primera hora, fanático de Ernst Roehm y su implacable SA. Botzen, a diferencia de Sehnberg, era un aristócrata que soñaba con el viejo Reich y el brillo de los *Stahlhelm*. Sehnberg estaba dentro del nazismo hacía rato, Botzen recién llegaba.

Rolf permaneció concentrado en la platea para descubrir a los provocadores. Deseaba reconocer a Edith Eisenbach en medio de esa multitud; desde que reapareció en el embarcadero del Tigre volvió a descompaginar su alma.

Quince días después el deslenguado Martin Arndt fue eliminado de la *Volksbund* sin previo aviso. Debía agradecer que no le habían roto los huesos.

Rolf volvió a tener insomnio. Entonces apelaba a los libros que repartió Botzen: *Mein Kampf*, de Adolf Hitler, y *El mito del siglo XX*, de Alfred Rosenberg. Prendía el velador y levantaba su almohada. Los volúmenes eran pesados, particularmente de noche. Los renglones ondulaban y algunas letras cambiaban de sitio. Trataba de memorizar algunos conceptos de Rosenberg: "Las ideas judías de pecado original, de piedad o de salvación jamás habrían sido incorporadas por una raza noble, fuerte y pura como la nuestra. Estas ideas son sólo el resultado de una mala conciencia, de una raza corrupta y de una sangre llena de impurezas". Se aproximaba el gran tiempo "en que primará la cosmovisión racista del mundo" mediante la "unidad del ser alemán".

Mordió el borde de su almohada y se esforzó por retener otras agitadas líneas. La letra era demasiado chica para sus cansados ojos y cambió por el otro libro.

Mein Kampf aseguraba que las mujeres y los varones judíos son parásitos. Forman un pueblo "que nunca quiso trabajar, y si no hubiese sido por la laboriosidad de otros, se ahogaría en medio de la suciedad y la basura".

—Es verdad. Edith es eso, suciedad y basura.

Los judíos eran también lascivos e inmorales —continuaba Hitler—: "El judío aguarda durante horas, con una alegría satánica, a la inocente niña aria que va a deshonrar con su sangre". Los judíos debieron ser exterminados durante la Primera Guerra Mundial como si fuesen bichos, porque sólo traen decadencia y estrago. "Si en el comienzo de la conflagración o durante su transcurso se hubiese sometido a un gas venenoso doce o quince mil de estos judíos que pudren a nuestro pueblo, entonces el sacrificio no hubiese sido en vano. Al contrario: eliminando doce mil canallas, quizás se hubiese salvado la vida de un millón de valiosos y honrados alemanes".

Lo mejor sería matar a Edith, pensó; es una alimaña, como demuestra Hitler. A medida que barruntaba el plan sus dedos se deslizaban hacia el bajo vientre. Era una judía perversa que seguro seguía clavando alfileres a su retrato e invocando al demonio para que su padre continuara emborrachándose.

Arrojaba los libros al piso, apagaba la luz y recordaba que había pasado frente a su casa más de una vez con la expectativa de verla, escupirle a sus ojos pardos y exigirle la devolución del retrato.

Siguió frotándose; el calor lo hacía transpirar. Un deleitoso fuego crecía en su entrepierna. A Edith le frotaría de la misma forma la garganta, pero luego la empezaría a estrangular sin compasión. Sus fuertes dedos se convertirían en una argolla implacable. Escucharía sus últimos quejidos, cada vez más ahogados e impotentes. Percibiría la agitación de su cuerpo, de sus tetas, de sus muslos. La cara con ojos salidos se pondría fea, como merecía. Fea, roja e hinchada. Azul. Los dedos de Rolf apretarían tanto que crujirían los cartílagos y los huesos y por fin le quebraría la tráquea. Rabia y goce incrementaban tanto sus ganas que estaba llegando a límites insoportables. La eyaculación brotó dolorosa.

Fatigado, se dormía por fin. Pero ella continuaba mortificando sus sueños.

ALBERTO

Me empezó a gustar el trabajo en el Ministerio de Relaciones Exteriores cuando puse atención en las informaciones que llegaban desde Berlín. Copiaba para la Hilfsverein las que se referían a la persecución, discriminación y maltrato de quienes no adherían al régimen, así como a los que consideraban judíos. Digo "consideraban" porque ya no se tenía en cuenta la religión, ni los vínculos comunitarios, ni la ideología. Para los nazis eran un "cáncer" que no sólo merecía la segregación, sino el agravio.

Las noticias revelaban de forma rotunda que bandas criminales habían tomado el poder y se dedicaban a pulverizar el Derecho. Mis lazos familiares con el ministro Carlos Saavedra Lamas facilitaban mis movimientos y la lectura de cables recién descifrados; ocultaba las copias en el doble fondo de mi portafolios. El universo de la diplomacia era fascinante y retorcido.

El embajador alemán Heinrich Ritter von Kaufmann, por ejemplo, presentó a Saavedra Lamas una queja a poco de su arribo. A su entender, el *Argentinisches Tageblatt* incurría en deformaciones respecto del incendio del *Reichstag* porque endilgaba la culpa por el deplorable hecho a la víctima, que era precisamente su digno gobierno.

—Esto daña las cordiales relaciones entre ambos países

—agregó en el más amable de los tonos tras repetir los conceptos de la carta.

Nuestro canciller miró cómo estiraba la raya del pantalón antes de cruzar las piernas y también decidió aparentar inquietud. Lamentó el disgusto que producía semejante tipo de artículos y lo acompañó hasta la puerta de su despacho. Pero en cuanto Von Kaufmann desapareció, Saavedra Lamas hizo una mueca de rabia y pidió a Fermín Hernández López, flaco y severo director de Europa central, que le presentara un informe.

—Es un refinado hipócrita —sentenció Hernández López—. Antes de verlo a usted, señor ministro, ha enviado un mensaje a Berlín diciendo que el *Argentinisches Tageblatt* no es de temer: por el contrario, rinde un buen servicio al Nuevo Orden, ya que sus exabruptos unen a los indignados germano-hablantes.

Pero en realidad Von Kaufmann también mintió a Berlín para tener tranquilas sus espaldas y, al mismo tiempo, impulsaba un boicot de las grandes empresas alemanas locales contra ese "pasquín" que "corrompe la decencia comunitaria".

El *Tageblatt*, pese a la amenaza de boicot y varios ataques perpetrados por malhechores nazis, no modificó su línea. El embajador, entonces, inició juicio penal contra el diario; pero comunicó a Berlín que lo hacía sólo para escarmiento de otras publicaciones críticas; "debemos desalentar a los enemigos". Los responsables del diario no cedieron y fueron castigados con otros cuatro juicios que le inició la Embajada. Von Kaufmann, entusiasmado por la repercusión de su agresividad, decidió iniciar también un juicio contra el diario *Crítica*, amparándose en el artículo 219 que sanciona los daños a las relaciones con un gobierno extranjero. Ante el vendaval, el Ministerio de Relaciones Exteriores resolvió dar un paso al costado.

Una mañana fui sorprendido por la más inesperada de las noticias. Un colega del cuarto vecino me tendió el tembloroso ejemplar del *Tageblatt*. Apelé a mis parciales conocimientos del idioma para comprender el texto que marcaba su dedo impaciente. Decía que, después de aprobarse en Berlín las leyes raciales, el embajador Heinrich Ritter von Kaufmann, pese a sus caudalosos méritos, sería relevado por antecedentes judíos.

—¿¿Qué?!

Estupefacto, devolví el periódico y corrí hacia el director del área. ¿Era verdad? ¿Era posible? Ya en la antesala de Fermín Hernández López me encontré con un revuelo de susurros: nadie comprendía cómo un lejano pariente judío muerto podía incidir en tan brillante carrera. Pero pronto se cumplió el increíble anuncio. Sólo que, junto a la destitución, se le ordenaba a Von Kaufmann permanecer en su puesto hasta la llegada del reemplazante. El combativo Von Kaufmann no volvió a mostrarse en público.

La despótica barrida del embajador aumentó el caos dentro de la comunidad germano-hablante, que enseguida fue aprovechado por los nazis. Difundieron que nadie quedaría a salvo si no se sometía al Partido. Era un mensaje idéntico a los de "protección" que usaba la mafia. No se aceptaban medias tintas. Escuelas, parroquias, clubes, instituciones de beneficencia, centros culturales y demás organizaciones de la comunidad fueron bombardeados por una propaganda aluvional. En el ministerio sabíamos de esa propaganda, y sabíamos que llegaba en grandes cajones provistos de inmunidad diplomática en los barcos mercantes de las líneas Hamburg-Süd y Hapag-Lloyd. Pero circularon instrucciones de no mover un dedo.

Yo aparentaba neutralidad para que no me cerrasen la información que copiaba para Edith. Una noticia que publicó el periódico socialista *La Vanguardia*, sin embargo, me forzó a jugarme. Esa publicación no ingresaba en los despachos oficiales porque era considerada "veneno" y "bacilo".

Su primera página documentaba un hecho escandaloso: cien miembros de las SA habían sido embarcados en Hamburgo para una estadía de dos meses en la Argentina. Su propósito era entrenar grupos armados locales, efectuar ruidosos actos y herir a los sectores que se oponían al Führer. Llevé el periódico a mi pariente, quien me recibió de pie, junto a la ventana. Ya conocía su despacho recubierto de madera, con elegante mobiliario francés, lleno de libros y olor a tabaco de pipa.

—Buenos días, Alberto.

—Buenos días, señor ministro.

Se acercó a su mesa al tiempo que me indicaba una silla de respaldo recto. Tenía el cansancio pintado en sus mejillas; era evidente que la jornada había empezado con dificultades.

—Bien, ¿qué deseabas mostrarme?

Puse *La Vanguardia* en sus manos.

—¿Desde cuándo lees esta basura? —se irritó.

—También en la basura se pueden encontrar objetos valiosos —sonreí incómodo; con mi uña le mostré la noticia.

La leyó en menos de un minuto, llamó a su secretario y me despidió. Cuando estuve cerca de la puerta, dijo:

—Gracias, Alberto. Gracias.

Supe que ordenó a nuestra Embajada en Berlín que investigase el hecho e informara de inmediato. Antes de que la Embajada tuviese tiempo de contestar, el número siguiente de *La Vanguardia* corrigió su propio artículo asegurando que no se trataba de cien, sino de doscientos hombres; tampoco eran SA, sino SS uniformados. Las SS, cuerpo de elite personal del Führer, ya eran tristemente célebres por su crueldad; entre otras funciones, se les había otorgado el manejo exclusivo de los campos de concentración.

Nuestra Embajada en Berlín respondió con un mensaje cifrado; confirmaba los últimos datos de *La Vanguardia*. Saavedra Lamas fue entonces a reunirse con el ministro del Interior. La Confederación General del Trabajo y las asociaciones estudiantiles, enteradas de la insolencia nazi, propusieron efectuar actos de repudio, incluida una concentración en el puerto a fin de impedir el desembarco de los provocadores.

Edith trabajaba en el folleto que le había encargado la Hilfsverein. Recogía denuncias de varias fuentes y las compaginaba. Los datos que le traía del Ministerio aumentaban su admiración por mi destreza. No sabía cómo agradecerme.

—Queriéndome —susurré mientras le llenaba la cara de besos.

—Te quiero mucho —contestaba.

—Más aún, necesito muchos más besos.

La tensión también crecía en casa. Mamá optó por acosarme en forma abierta y también reprochaba a papá por tolerar "los enredos con esa judía".

—¿Perdiste la cabeza, Alberto? —decían sus ojeras, su palidez—. ¿No sabés que tus hijos serán judíos? El mundo ya no los aguanta. Por favor —tornaba hacia papá cuando la vencía mi silencio—, abrile los ojos, porque arruinará tu apellido. No le importa que compromete el futuro de sus hermanas, que nos convertirá en leprosos. Hasta una sirvienta es una criatura de Dios. Pero traer a casa una judía... ¡Cielo santo! Hacé algo Emilio: hablale, explicale, exigile.

Papá encendía su pipa con dolorosa tensión. No se avenía a discutir en público los sentimientos de nadie cercano, por reñidos que estuviesen con los propios. Y su calidad de varón lo bloqueaba, sobre todo en un tema así.

—Estamos conversando, no te preocupes.

—Pronto seremos la comidilla de Buenos Aires. Mientras ustedes conversan al ritmo de las tortugas, Mirta Noemí recibirá otra propuesta de matrimonio.

—¡No me gusta Mirta Noemí! —quebré mi silencio.

—¿No te gusta porque es una buena chica? ¿Porque es católica?

—Disculpame, mamá, no quiero polemizar, y lamento que mi corazón te produzca tanto disgusto.

—Tu corazón...

Salí. Detrás de mí vino papá.

—Aguardá.

—No quiero seguir discutiendo.

—Daremos una vuelta.

Fruncí la boca. Eso de "dar una vuelta" significaba revolver el mismo guiso en otra cacerola. ¿Qué podía agregar a lo ya dicho y reiterado? Su oposición sonaba menos brutal que la de mamá, pero igual de firme. Me había dicho que el odio hacia los judíos, a su criterio, era injusto y malsano; que él no los odiaba. Pero tampoco le complacía que su único hijo varón se casara con una de ellas. Buenos Aires estaba llena de muchachas valiosas para que me empecinase de esa forma. "No vivís en un desierto", repetía.

Esa tarde, sin embargo —por cansancio o estrategia—, no se refirió a Edith. Habíamos empezado a coincidir en el repudio a ciertas venalidades argentinas: el fraude llamado descaradamente "patriótico", el arbitrario arresto de dirigentes opositores y, sobre todo, la intromisión de la jerarquía eclesiástica en asuntos de Estado. Las ideas liberales latían en su sangre desde la juventud y no se apagaban con los nuevos vientos. Eran ideas que siempre irritaron a mamá porque "beneficiaban a los masones" y porque complicaban los vínculos de nuestra familia.

—Está muy enfermo Yrigoyen —comentó apenas salimos a la vereda.

—Sí, lo escuché esta mañana en mi oficina.

—Es una vergüenza el maltrato que aplican al Viejo.

—Menos mal que lo dejaron regresar a Buenos Aires.

—Sí, ¿pero dónde vive? No en su casa: la saquearon, está inhabitable, abandonada.

Sentí un pellizco en la boca del estómago.

—El gobierno le alquiló un primer piso en la calle Sarmiento al 900 —prosiguió—. Para humillarlo otra vez, porque no tiene fuerzas para subir escaleras.

—Necesito confesarte algo terrible, papá —le apreté el brazo y lo miré a los ojos.

—No hace falta, hijo, ya lo sé —tragó saliva—. En aquella jornada de triunfo y tragedia, cuando el país enloqueció, vos también enloqueciste.

—Pero yo fui a su casa, yo...

—Lo sé. Te dije que lo sé.

—¿Mis primos?

—Tus primos, sí. Me lo contaron. Gozaron la profanación. Pero ni Jacinto ni Enrique están arrepentidos.

—A mí me quema la conciencia.

—También a mí.

—Pero vos no hiciste nada, papá.

189

—Eso. No hice nada. Sólo mirar y parlotear. Sólo preocuparme.

—Yrigoyen era un hombre sobrio, un verdadero demócrata. Un patriarca. Ahora me duele la forma en que lo derrocaron, ¿sabés?, la forma. Y la forma en que lo arrestaron, encerraron y hoy lo calumnian.

—Hay muchos arrepentidos, claro que sí. Por eso el gobierno debe apelar al fraude, y esto es una desgracia. Pero no te equivoques: yo no defiendo la gestión de Yrigoyen —aclaró—. Lo rodeaban demasiados imbéciles. Tantos como los que ahora pululan en este gobierno conservador. Pero su destitución fue un crimen, de eso estoy convencido.

—"La hora de la espada" —recordé la desafortunada expresión de Leopoldo Lugones.

A papá no le gustaba cómo procedían los conservadores, a los que siempre había apoyado, ni le gustaba el creciente afán por unir Iglesia y Estado. Su liberalismo era consecuente. En un tramo de la caminata me detuvo con una pregunta:

—¿Sabés quién fue el primer hombre que propició la separación tajante de la Iglesia y el Estado, la que ahora se considera una maléfica invención de izquierdistas y masones?

Evoqué personajes ingleses, franceses y norteamericanos.

—El primero de todos —insistió.

—No estoy seguro, no sé.

Lanzó una breve carcajada:

—Muy fácil. Jesús, hijo, el mismo Jesús: "Dad al César lo que es del César y a Dios lo que es de Dios".

Tuve ganas de aplaudirlo.

—¿Te das cuenta? Quienes se invisten como sus ministros e intérpretes, lo traicionan. Predican lo contrario.

Aproveché para descargar el peso que me agobiaba desde que empezó la guerra contra Edith porque era hija de un judío:

—También predican el odio en vez del amor.

—Bueno... ahí, no es tan evidente —percibió adónde apuntaba.

190

—Respecto de los judíos, quiero decir.

Bajó la cabeza. Y no respondió. Esa tarde no quería hablar del problema que dividía a nuestra familia.

Un año atrás habían permitido que el ex presidente retornara de su cárcel en la isla Martín García, pero a la semana lo acusaron de propiciar atentados con explosivos y, ante el estupor de mucha gente, lo arrestaron de nuevo. En abril de 1933, frente al rápido deterioro de su salud que certificaron tres médicos militares, le permitieron regresar otra vez a Buenos Aires. Corrió la versión de que Yrigoyen, harto de humillaciones, proyectaba radicarse en el Brasil. En realidad se trasladó a la cercana Montevideo, donde lo rodearon de un inesperado cariño. Todos los días se congregaba frente a su modesto hotel una muchedumbre fervorosa. Los uruguayos le brindaron la admiración que estaba prohibida en la Argentina.

Volvió a Buenos Aires por el fallecimiento de su hermana, la última que le quedaba. Abatido, se encerró en ese lúgubre primer piso de la calle Sarmiento. Poco después contrajo neumonía. A fines de junio ya no podía abandonar su cama.

La agonía de Yrigoyen desencadenó el renacimiento de su prestigio. La prensa volvió a ocuparse de él y un creciente número de personas estableció una guardia de honor frente a su puerta. Lo visitaban personalidades de la política, la ciencia y la cultura cuando ya ni podía conversar. El severo y flaco embajador Fermín Hernández López, con quien me veía a menudo para sacarle noticias que luego transmitía a Edith, relató que por curiosidad entró en "la cueva del Peludo": la escalera, el pasillo y las angostas salitas adyacentes estaban repletas de gente atribulada. Vio cuando el ex presidente Marcelo T. de Alvear, seguido por la plana mayor del radicalismo, fue a rendirle homenaje.

—La gente debe morir para ser tenida en cuenta —comentó con rabia; posiblemente se refería a sí mismo.

Edith me rodeó el cuello.

—Vamos a verlo. Te acompañaré.

—¿Ir a verlo? Ni loco. No podría acercarme.

—Debemos hacerlo, querido. Es una deuda que te pesa desde hace años.

Tenía razón; mi culpa exigía algún gesto, aunque fuese un simple peregrinaje. Su agonía turbaba en especial a quienes habían sido rápidos en el juicio y generosos en la condena. Mi padre criticaba la mezquindad de la nueva clase dirigente.

Edith se arrebujó en el tapado de astracán y, con las manos enguantadas, me ofreció un echarpe de lana. Bajamos del auto a tres cuadras de distancia porque la multitud se extendía como una mancha de petróleo en medio de la noche. Pese a la cantidad de personas, oprimía su silencio. La ciudad estaba helada y avanzamos con sigilo para no quebrar esa inverosímil, caprichosa santidad laica. Desde lejos se distinguía el amontonamiento que hacía núcleo frente a su casa.

Sentí presión en mis oídos. Comprimí el brazo de Edith, que me miró preocupada. Las narices soltaban vapor y mis suelas se pegoteaban al empedrado oscuro. El aleteo de la muerte sobre la cabeza de un grande generaba pavor.

Llegamos hasta la puerta de calle. Mujeres y hombres subían y bajaban del estrecho edificio. Edith entrelazó sus dedos a los míos e iniciamos la ascensión. Cruzamos figuras que estrujaban pañuelos y sufrimiento. En la atiborrada salita intermedia adiviné cuál era el dormitorio principal. Un médico, con el estetoscopio colgado de la nuca, salió de la caldeada alcoba; en su lugar ingresó un sacerdote. Pensé que se turnaban la ciencia y la fe para cumplir ritos, ya que ninguna lograba revertir el proceso fatal. Y lo hacían con aparato, a fin de disimular su ineficacia. Reconocí a monseñor De Andrea, cuyos ojos lloraban; era el prelado que Yrigoyen había procurado designar arzobispo de Buenos Aires por sus obras de bien público, pero el resto de la jerarquía eclesiástica no lo permitió.

No pudimos ver al ex presidente. Tampoco hicimos esfuerzos para acercarnos. Hubiera sido una violación de su intimidad. Mi mente, a escasos metros, le pidió perdón.

Después nos costó salir de la casa porque minuto a minuto ingresaba más gente, siempre en silencio, contrita, respetuosa.

Permanecimos en la calle, abrigados por millares de otros cuerpos que temblaban en la ruda noche. Vi a los escritores Ricardo Rojas y Arturo Capdevila, ambos de creciente fama. Entonces necesité hablar. Hablar en voz alta.

—No entiendo por qué me afecta tanto, Edith.

—Creo que se terminan los líderes nobles.

La larga calle Sarmiento era como la nave de una iglesia a oscuras. Abrazados y tiesos, nos quedamos largo rato frente al pobre edificio. El cabello de Edith emitía un aroma embriagante. Lo besé hasta que algunas hebras se enredaron en mis labios. Entonces descubrí el contorno del embajador Fermín Hernández López que, aparentemente, no reparó en mi presencia. Corrí mi boca hasta la oreja de Edith y sugerí que nos fuésemos.

—¿Alberto?

Giré. Tío Ricardo llevó su mano al ala del sombrero mientras contemplaba fijamente a Edith.

—¿Me presentás a la señorita?

Quedé atónito. ¿Qué hacía en este sitio? Su irrupción parecía insolente.

—Por supuesto: Edith Eisenbach.

—Mucho gusto. Soy el doctor Ricardo Lamas Lynch, tío de Alberto —le tendió la mano.

Edith respondió al saludo con una leve sonrisa.

—Es usted como la imaginaba —agregó mi tío.

Ella contrajo su frente.

—¿Me imaginaba?

—¿No es acaso la novia de mi sobrino?

Mi asombro fue más intenso que el de Edith. Jamás sospeché semejante frontalidad, y menos que la aceptase como mi novia. Era una palabra tabú en mi familia.

—El frío me hará mal, así que me despido —cortó el encuentro en forma tan abrupta como lo había iniciado—. Ha sido un gusto conocerla.

Palmeó mi hombro:

—Chau, Alberto.

Y desapareció.

No supe qué decir. ¿Había sido víctima de una alucinación?

—Mi tío no vino por piedad. No. Es imposible —farfullé.

—No entiendo nada —protestó Edith—. ¿No decías que es un furibundo católico nacionalista?

—Tenía calado el sombrero hasta los ojos, para que no lo reconocieran. Estaría espiando para futuras movidas políticas. No da puntada sin hilo.

—No le tenés simpatía.

—¿Se nota?

—Fue, sin embargo, quien te hizo ingresar en la Cancillería.

—¡Es tan intrigante! Vaya uno a saber qué móvil lo impulsaba.

—Pero se comportó en forma correcta.

—Enigmática, diría. Nuestra historia familiar tiene mucho enredo.

A la mañana siguiente, lunes 3 de julio, corrió la noticia. Había salido del dormitorio el médico de guardia, quien se dirigió al ex presidente Alvear.

—¿Qué hora es?

—Las siete y veintiuno.

—Bien, a esa hora se ha extinguido la vida de nuestro jefe —se le trabó la voz—, de nuestro jefe y aún presidente constitucional de la Nación.

Quienes lo escucharon empezaron a abrazarse. Explotaron llantos contenidos y varios no pudieron resistir el impulso de penetrar en la caldeada alcoba para besar las manos del cadáver. Un temblor recorrió a decenas de personas amontonadas en el departamento. Un hombre giró el picaporte y salió al gélido balcón para hablar a la muchedumbre.

—Ciudadanos, ¡descúbranse!

Millares quedaron petrificados y un silencio macizo, más doloroso y solemne que el de la noche, se extendió como una inmensa tortuga.

—Ha muerto el más grande defensor de la democracia en América.

Unos labios carraspearon el primer verso, luego cien, en-

194

seguida mil gargantas arremolinaron las estrofas del Himno Nacional.

Trepidó el país. En todas las provincias y ciudades se formaron delegaciones para concurrir al sepelio, que se iba a convertir en un colosal acto de reparación. La multitud crecía de minuto en minuto. El forcejeo por llegar a la cámara mortuoria era incontenible. La decisión oficial de rendirle homenaje de ex presidente enardeció a quienes insistían en que Yrigoyen era aún el presidente constitucional. Entre los cánticos y gritos que tremolaban por las calles adquirió fuerza la demanda de levantar la capilla ardiente en Plaza de Mayo, frente a la casa de gobierno.

—¡A la plaza! ¡A la plaza!

El velatorio se postergó hasta el jueves 6 para esperar los trenes abarrotados. El presidente Justo se sintió abrumado por la fuerza que despertaba el muerto y no sólo ordenó honras, sino que suspendió los discursos que debían pronunciarse en una reunión militar. Por la noche treinta mil antorchas recorrieron las calles.

A medida que pasaban las horas aumentaba la ebullición. Nunca se había concentrado tanta gente para un entierro. Los granaderos a caballo tenían órdenes de escoltar el ataúd, pero ni siquiera pudieron acercarse. El coche fúnebre quedó abandonado cuando decenas de hombres extrajeron el féretro para llevarlo a pulso. La caja perdió peso y comenzó a navegar de mano en mano como un bajel sobre el océano. Recorrió de esa forma largas calles mientras resonaban estribillos y sollozos. Los balcones observaban el hervor de doscientas mil personas. La marejada era cada vez más impresionante y las ondas que predominaron en el primer kilómetro de recorrido se transformaron en una tempestad que determinó la caída del cajón en tres ocasiones.

Hubo heridos. La muchedumbre tardó cuatro horas en llegar a la cercana necrópolis.

En la Cancillería se recibieron mensajes de condolencias de muchos gobiernos, incluso de Italia y Alemania.

—Hipócritas —comentó Edith.

La Hilfsverein publicó una nota que ella redactó íntegramente. Su texto era claro y rotundo: la democracia necesitaba figuras de relieve; el panorama local e internacional se había vuelto tenebroso.

La abracé conmovido. Acaricié su recta espalda y le rogué que tuviera fortaleza. Ignoro por qué dije fortaleza. No soy supersticioso. Pero Edith la necesitaría pronto, en efecto, mucho más de lo que hubiera imaginado.

ROLF

El año 1933 finalizó con el arribo del nuevo embajador alemán Edmund von Thermann y su esposa, la baronesa Vilma. Reemplazaba a Heinrich von Kaufmann, quien debió enfrentar en Berlín la culpa por lejanas gotas de sangre judía.

Hans Sehnberg volvió a concentrar en el puerto a sus Lobos para prevenir ataques. Estaba contento con la llegada de este embajador porque venía a poner patas arriba el país.

—Tuvo misiones en Bruselas, Madrid, París, Danzig y Washington —informó—. Está afiliado al Partido y lo proclama; es también un SS, un conspicuo SS.

En el muelle se agolparon muchas delegaciones alemanas. El trabajo proselitista condimentado con terror generaba rápidos beneficios. Había representaciones de escuelas, clubes, iglesias y bancos. Por lo menos la mitad de la comunidad ya había caído bajo un férreo control nazi.

El embajador Von Thermann adelantó su pomposa estampa sobre la barandilla del transatlántico. Lo escoltaban su esposa vestida de rosa y el comandante de la nave en uniforme blanco. Desde el muelle empezaron los vítores. Saludó con la mano y descendió de cubierta. Ingresó en el puente que unía el barco con tierra y se detuvo a mitad de camino. Representaba sus cincuenta años, era robusto, de mejillas tersas, frente muy alta y anteojos redondos y dorados. Vestía un liviano traje beige, acorde con la temperatura estival. Desde el puente tenía una visión dominante sobre la multitud: era casi el balcón de Mussolini en Piazza Venezia. Se irguió militarmente, sacó pecho y transmitió a viva voz el saludo personal de Adolf Hitler. Su mensaje erizó la piel de Rolf y sus camaradas. Acto seguido entonaron *Deutschland über alles* y el *Horst-Wessel Lied.*

Cuando el diplomático puso pie sobre el empedrado del muelle, la excitación empujó a quienes ardían por verlo de cerca. Sehnberg ordenó cerrar un anillo de protección en torno de él, de su esposa y los funcionarios que le daban la bienvenida. Rolf se enlazó a sus compañeros y estuvo muy cerca del matrimonio, que se dirigió al vehículo oficial.

Antes de que transcurrieran veinticuatro horas Rolf fue convocado nuevamente. Hans confirmó que las actividades iban a desarrollarse de modo acelerado porque Von Thermann no quería perder un minuto. Faltaban pocos días para que terminase diciembre y había ordenado una cantidad impresionante de actividades. Entre ellas figuraba su personal y comprometedora asistencia a la terminación de las clases en la Escuela Goethe, donde no se limitaría a un papel protocolar: exigía que se llenasen las paredes con retratos de Hitler y flamearan las esvásticas en aulas, pasillos y salones.

Rolf nunca había visitado la Escuela Goethe.

—Ahora tendrás la oportunidad de hacerlo —Hans lo miró de modo inquietante; y volvió a acariciarle el brazo con delicadeza.

Irrumpir en la Goethe era un premio inesperado a sus antiguos padecimientos. Mientras se dirigía a ella pensó que su vida había empezado a cambiar por completo. De niño pobre y maltratado se había convertido en un soldado distinguido. Ahora le ofrecían la oportunidad para el desquite. Imaginaba a los arrogantes maestros miopes y las severas maestras gordas encogiéndose ante su presencia. Veía sus rostros congestionados, a punto de llorar. Si alguno opusiera resistencia a desplegar esvásticas, lo arrastraría de la oreja, como habían hecho con él tantas veces.

Los quince Lobos se presentaron como fuerza de ocupación. A cara de perro supervisaron que todo estuviese listo para la visita de Von Thermann. Ningún docente se animó a formular una pregunta, siquiera. El rostro de Hitler colgaba en decenas de paredes y centenares de esvásticas negras dominaban aulas, salones y pasillos.

—¡Esto es maravilloso! —exclamó Gustav.

Así como nadie se atrevió a contradecir la arrolladora voluntad del embajador, todos los funcionarios del Ministerio de Educación se hicieron los distraídos.

Tras convulsionar la Escuela con una irrefutable adhesión al nazismo, el embajador quiso celebrar en el distinguido barrio de Vicente López la *Sonnenwendfeier*, o fiesta del solsticio que los alemanes —gracias a Hitler— recuperaban de los antiguos ritos germanos. Von Thermann impartió instrucciones severísimas que se irradiaron como chorros de aceite hirviendo.

—*Schnell! Schnell!*

Las antiguas tradiciones eran la savia del Nuevo Orden y debían festejarse con unción. Pero el *Tageblatt*, apelando a su habitual ironía, acusó a ese acontecimiento de rito pagano, completamente ajeno a la cultura alemana moderna. El embajador y sus corifeos decidieron ignorar las críticas y seguir adelante: la ceremonia fue grandiosa. Rolf quedó deslumbrado. Von Thermann apareció con su incandescente uniforme de *SS-Sturmführer*. Era la primera vez que en la Argentina un jefe de misión diplomática se atrevía a usarlo en público. Sehnberg guiñó a Rolf y Rolf a Otto. Exultaban felicidad. La SS era una muestra del nuevo poder.

Mientras el embajador recorría Buenos Aires de acto en acto, la seductora baronesa ponía en marcha recepciones edulcoradas con obsequios. En pocos días logró trabar conocimiento con los resortes fundamentales de la comunidad local y establecer lazos con personalidades del gobierno y las Fuerzas Armadas.

En enero de 1934 Rolf fue designado para acompañar al embajador en otros dos actos donde podía ser molestado por grupos antinazis. Se trataba de una gran distinción adicional, a la que no fue ajena la influencia del capitán Botzen.

Los sectores alemanes democráticos habían entrado en crisis. Entristecidos por la pérdida de todos los establecimientos escolares, fundaron el Colegio Pestalozzi, abiertamente opuesto al Tercer Reich. Fue una medida desesperada. Entre sus dirigentes figuraba Ernesto Alemann, del *Argentinisches Tageblatt*. Rolf y sus camaradas no pudieron contener un alarido cuando Sehnberg les informó que había llegado la hora de darles una ejemplar paliza.

Los padres, el cuerpo docente y los sostenedores económicos del flamante colegio se reunían semanalmente para intercambiar informes e ideas. No sospecharon que los Lobos caerían por sorpresa. Rompieron los cristales de dos ventanas, forzaron la puerta de calle y penetraron como un tropel de caballos. Se colaron por entre las filas de butacas vivando a Hitler y empujando cabezas. Quien hacía uso de la palabra imploró: "¡Alto! ¡Alto! ¡Estamos dispuestos a escucharlos!" Pero no había qué escuchar: el operativo no incluía explicación ni negociación alguna, sino un vapuleo salvaje.

Varios hombres se pusieron de pie y rechazaron a quienes empujaban. Pero no estaban en condiciones de repelerlos. Voces femeninas histéricas reclamaban que se marchasen los intrusos y en los intrusos esas voces estimularon la saña. Sehnberg llegó al escritorio que presidía la sesión y barrió los papeles ordenados junto a una lámpara. La lámpara también cayó y sobre ella el botellón con agua.

Rolf sudaba, lo enardecía el miedo ajeno. El terror que varias veces había cubierto sus órbitas ahora estaba en los demás. Era maravilloso. Por fin su venganza. Sus brazos empellaban, abofeteaban y se hundían en los vientres.

La resistencia se tornó cómica. Los padres y docentes optaron por correr a la calle. Algunos se cubrían la boca ensangrentada, otros tenían tajos en el cuero cabelludo y había quienes escapaban sobre un solo pie.

Al día siguiente la crónica del *Tageblatt* goteó rabia y angustia.

—¡Conviene seguir dándoles duro! —celebró Hans y les comunicó la próxima tarea.

Estaría a cargo únicamente de dos muchachos: Otto y Rolf.

—¿Listos para escuchar?

Se movieron inquietos.

—Arrojarán una bomba incendiaria contra las oficinas del roñoso *Tageblatt*. No vamos a permitir que siga calumniando al Führer. Como sus oficinas están en el centro comercial de Buenos Aires, pueden caer en manos de la policía. Pero si ocurriese algo así, yo mismo les masticaré las pelotas.

Estudiaron los desplazamientos de la policía y el camino de los redactores antes y después del trabajo. Luego cargaron el paquete, lo instalaron junto a la puerta principal y encendieron la mecha.

Ernesto Alemann zapateó furia y vomitó llamaradas contra la delincuencia nazi, pero no consiguió resultados concretos.

—¡Seguiremos adelante! —Hans Sehnberg levantó su triunfal jarra de cerveza—. ¡Más chillan, más los castigaremos! ¡Son pura mierda!

—¿Qué viene ahora? —Rolf se secó la espuma con el dorso de la mano; estaba impaciente.

—Ya no basta el edificio del *Tageblatt* —dijo el instructor—. Daremos su merecido a los mismos periodistas.

—¡Los ahogaremos en su propia sangre! —Gustav golpeó los puños.

—Paso a paso, escalonadamente —frenó Sehnberg—. No tendrán que matar todavía. Empezaremos llenándolos de moretones.

—¿Cuándo?

—Pasado mañana.

El operativo estuvo a cargo de dos tercios del pelotón. También fue incluido Rolf, pero marginado Otto por haber sufrido un esguince. La consigna ordenaba atacarlos a la salida del trabajo, pero en una zona carente de policías. Cada uno se ocuparía de un solo hombre y se esfumaría de inmediato.

A Rolf le tocó un idiota que ni siquiera opuso resistencia. Pálido y quebradizo, retrocedió hasta el muro, donde clavó sus uñas. Cuando Rolf volvió a pegarle, ni siquiera amagó salir corriendo. Era viejo, lamentable.

—Soy un simple trabajador —lloraba—. Tengo una familia que mantener.

201

—¡Hay que recordarlo antes de insultar a nuestro Führer! ¡Hijo de puta! ¡Insecto! —Rolf hundía sus puños en el frágil cuerpo como si fuese una almohada.

El infeliz llevaba sus manos a los sitios donde recibía los golpes y dejaba sin protección su rostro bañado en lágrimas. Antes de caer al suelo Rolf le aplicó un directo a la órbita para que exhibiese durante días el hematoma de advertencia. El hombre cayó, orinado, y se encogió como un feto sobre la vereda.

—¡Buen trabajo! Ahora Alemann deberá escribir solito sus infamias —celebró Hans.

Bebió un largo sorbo.

—La Legión Cívica prometió ocuparse de los radicales y socialistas: destruirá varias imprentas y quemará su literatura judeo-bolchevique.

Vació el fondo de la jarra y los miró con ojos chispeantes.

—La cosa va bien. Ahora nos corresponde atacar las "guaridas del demonio".

—¡Las sinagogas! —gritó Rolf.

—Exacto.

—¿Cuándo, cuándo? —a Gustav se le pararon los pelos.

Sehnberg hizo un gesto de calma.

—Tenemos botas de siete leguas; avanzamos muy rápido. Pero somos idealistas, forjadores del futuro; no bandidos, como nos calumnian por ahí.

—¡Eso!

—Empezaremos con bombas incendiarias.

—¿Sólo bombas incendiarias?

—Esa raza cobarde no necesita más. ¿Es poco? Sí, es poco. Pero se trata del principio, no lo olviden.

Desplegó el mapa de Buenos Aires y puso un maní sobre cada objetivo. Estaban en diversos barrios. Cuando la lámina estuvo señalizada por doce maníes, sacó su libreta de tapas negras y anotó a quiénes designaba para cada acción. Rolf se preguntó a qué sinagoga iría el padre de Edith.

Gustav y Otto coincidieron en el barrio de Flores, Barracas y Paternal. Rolf, en cambio, tuvo la suerte de ser designado para atacar sinagogas del barrio de Once, donde se concentraba un buen número de judíos.

—Ojo —advirtió Hans—: las bombas deben causar daños, pero no personales... todavía. Les aseguro que ya vendrá el momento.

El uso de explosivos se tornó rutina. La práctica en el Tigre los había convertido en expertos para su confección, instalación y fuga.

Durante el mes de julio Rolf pudo hacer cenizas las dos puertas de un templo de la calle Lavalle sin lastimar a nadie y sin que le hubieran visto un pelo. La experiencia resultó inolvidable. Los feligreses se pusieron a gritar, buscaron desorganizadamente baldes con agua y arena, colchas, trapos, ponchos y hasta mantos rituales para extinguir las llamas.

Rolf pretendió gozar mejor su trabajo y, en lugar de huir, trepó las escaleras de un conventillo, corrió por los techos y se encaramó sobre la cúpula de la misma sinagoga alborotada. Le ardían las mejillas. Su posición era incómoda, pero sus ojos podían observar a través de una ranura el espectáculo de pavor. Cómo despreciaba a esos infrahumanos: no lograban ordenarse ni siquiera ante el peligro, disparaban como cucarachas en direcciones absurdas, repetían movimientos, sacaban a los chicos en lugar de aplicarse a la raíz del fuego, incluso se esmeraban en proteger el fondo, donde guardaban sus libros, en vez de la parte de adelante, donde había estallado la bomba. Gente inútil, parásita, tal como la describían Hitler y Rosenberg. Lástima que no aparecían Edith ni su padre.

Hizo estallar otros cuatro artefactos. Aunque los fieles ya tomaban precauciones, no pudieron contra la creciente astucia de los agresores. Sus compañeros tampoco quedaron atrás. En las reuniones animadas con cerveza y risotadas aportaron anécdotas sobre la conducta de esa raza grotesca. Unos describían a los viejos con barbas sucias, otros a las mujeres con pañoletas manchadas, niños raquíticos y ciegos, hombres de piernas deformadas y, lo peor, unos rituales tan estúpidos que no se podía creer.

Julius Botzen los felicitó. Veintiún atentados a lo largo de cuatro semanas sin que ninguno hubiera sido detenido era una proeza digna de encomio.

—Pero ya nos resulta demasiado fácil —dijo Kurt, el más fornido de los Lobos.

Sehnberg se reclinó en la silla. Su compacta estructura pareció más compacta aún. Acarició el cepillo de su cabeza.

—Debo repetirles que no se apuren. Les prometí un año fecundo, y lo tienen fecundo. Desde enero las acciones aumentaron en frecuencia y riesgo. Hasta ahora las cosas salieron perfectas. Así continuarán. Les prometo que antes de finalizar 1934 podrán sentirse héroes.

Sehnberg tensó la mueca:

—Se sentirán héroes, en serio.

—¡Degollaremos judíos! —Otto quiso adivinar.

—Comenzaremos por el Teatro Cómico. Luego, sí, vendrá el plato fuerte.

Abrieron sus orejas para recibir las órdenes más excitantes de su vida. Hans extendió el arrugado mapa y colocó un maní sobre una gruesa línea. Era la populosa avenida Corrientes.

El capitán Botzen había comenzado a espaciar sus lecciones, porque de un tiempo a esta parte sus actividades políticas se habían multiplicado en todos los frentes. Debía atender sus relaciones con personajes, grupos e instituciones argentinos, la sórdida lucha por el poder en la comunidad germano-hablante y el rápido acomodamiento de fuerzas en el Reich. Sabía que se podía caer de la cumbre al foso en un instante.

A principios de agosto contaba con suficientes razones para realizar una súbita maniobra. Le urgía hacerlo pronto y bien, de lo contrario se arruinarían preciados proyectos. Convocó a los Lobos. De noche, como siempre.

Rolf trepó la escalera de granito y en la puerta del segundo piso llamó según establecía la consigna. Se encontró con algunos camaradas y el flaco secretario cuyo aspecto de fósforo generaba menos tensión. La fotografía del desfile en

Unter den Linden que le había impresionado la primera vez pareció más oscura.

Entraron en el despacho y pronto Julius Botzen avanzó con su familiar paso. Vestía uniforme militar. Los recorrió con su mirada de tigre y tomó asiento en el sillón de cuero.

Levantó su índice y lo orientó lentamente, como si fuera el periscopio de un submarino, hacia el retrato del Káiser circundado por una guirnalda de laureles. Luego corrió el índice hacia otro retrato, instalado a un metro de distancia. Era una reciente fotografía de Hitler.

—He ahí nuestro Káiser y he ahí nuestro Führer. El Káiser es nuestro emblema, pero el Führer nos llevará a la victoria. Sobre esto necesito informarles con claridad; es muy importante. Hasta hace poco los partidos nacionalistas y conservadores, los terratenientes y los campesinos, la clase media y los trabajadores ignoraban que la mejor fuerza se concentraría en las manos de Adolf Hitler. Yo mismo pertenecía al DNVP. Pero a partir de 1930 el DNVP, la gran industria, la Liga Agraria y los Stahlhelm, comprendieron lo nuevo y arrollador que era Hitler.

Peinó con los dedos sus abultadas cejas blancas.

—Ahora debo transmitirles en corta síntesis lo que acaba de pasar. Sólo así comprenderán la sorpresa que les tengo reservada.

Consideraba que sus discípulos eran leales pero ingenuos, apasionados pero ignorantes. Debía estimular su admiración por Hitler sin que renunciaran al anhelo por el viejo Reich, con monarquía y nobleza. ¿Cómo explicarles que debían ser nazis, pero había algo superior al nazismo que se llamaba *das deutsche Volk*? Al estúpido Martin Arndt le había costado la cabeza haberlo proclamado en público. Estas cosas no se dicen en forma directa.

—Atiéndanme: ya les expliqué que la *Sturmabteilung* o SA es la sección de asalto que llevó adelante gran cantidad de acciones para que Hitler consiguiera el poder. Su jefe era Ernst Roehm, quien estuvo junto al Führer desde el comienzo y lo siguió durante casi todos sus años de lucha, excepto un período, en el que se ausentó a Bolivia. Desde su regreso, Roehm alcanzó las más altas posiciones, llegó a jefe del estado mayor y se envalentonó. ¿Qué quiero decir? Quiero decir que pretendió transformar su SA en el ejército nacionalsocialista que reemplazara al Ejército de la Nación. Decía que la *Reichswehr* era una "roca gris" que debía ahogarse en "el torrente pardo de la SA". Por supuesto que el Ejército pensaba a la inversa. A partir del año pasado se produjo un enorme crecimiento de la SA mediante la absorción de pequeñoburgueses, campesinos, obreros y hasta ex comunistas. A principios de este año Roehm contaba con más de un millón y medio de hombres, muchos de los cuales eran lúmpenes. También aquí, en la Argentina, Roehm tiene sus simpatizantes.

Los Lobos se miraron interrogativos, porque se refería a Hans. Hans simpatizaba con Roehm y la SA, lo había dicho cien veces.

—Ernst Roehm nunca se liberó de las ideas izquierdistas que contaminaron su juventud. La brutal conducta de su gente ha preocupado a la gran industria y, sobre todo, a los militares. Roehm despertó sospechas en la Policía Política y en el Servicio de Seguridad. El mismo Führer encargó investigar qué incubaba. Es así que en junio de este año, mis queridos Lobos, hace apenas unos meses, algunos creyeron que se terminaba el régimen hitleriano por obra de este Roehm, quien lanzaría la llamada "segunda revolución".

Hizo una pausa para corroborar que entendían sus palabras.

—Roehm estaba aliviándose el reumatismo en Bad Wiessee cuando recibió una llamada de Aldolf Hitler; esto ocurrió el pasado 28 de junio. Pedía verlo en compañía de los principales dirigentes de la SA. Roehm se alegró y prometió esperarlo con su plana mayor. Fusta en mano, Hitler irrumpió de noche en Bad Wiessee y entró en el dormitorio de Roehm: "Ernst, estás detenido". Los pelotones de ejecución, comandados por Sepp Dietrich, se pusieron en acción de inmediato. Durante las horas siguientes docenas de miembros de la SA fueron pasados por las armas. La matanza se extendió a Berlín y otras ciudades hasta descabezar definitivamente esa peligrosa organización. Roehm no fue abatido enseguida, pero estaba condenado. Mientras el Führer tomaba té en el jardín de la Cancillería, Theodor Eicke fue a verlo en su celda; le entregó un revólver y un ejemplar del *Volkischer Beobachter* en el que se hablaba de su vida depravada y de su homosexualidad. Roehm se negó a suicidarse. Entonces Eicke lo ultimó de un disparo. Eicke es el comandante del campo de concentración de Dachau.

Observó el suspenso que recorría a sus discípulos.

—También dicen que Hitler anduvo con mucha agitación durante diez días. En realidad, había consolidado su poder.

Levantó su índice, como al principio, y lo dirigió hacia la reciente fotografía.

—Es nuestro Führer. El Führer, el Partido, el Estado, el Ejército y la Nación son ahora uno. Ya no caben las fracciones. Quienes siguen aferrados a tendencias con olor bolchevique deben alejarse.

Hizo otra de sus electrizantes pausas.

—Ahora viene la sorpresa. Hans Sehnberg, por su adhesión a Roehm, ha dejado de ser vuestro instructor.

Los Lobos cruzaron sus miradas. No entendieron.

—Después del 30 de junio, en lugar de celebrar la victoria del Führer, criticó la matanza. Dijo que era "la noche de los cuchillos largos". Su presencia nos compromete y no le he permitido que venga siquiera a despedirse. Integra el campo enemigo.

Se levantó, enredó sus dedos a la espalda y dio una vuelta al escritorio.

—¡Rolf Keiper! Póngase de pie.

Obedeció al instante.

—Todos han cumplido con éxito varias tareas difíciles. Entiendo que ya no requieren un instructor ni un hombre de afuera, sino un buen coordinador. He decidido quién cumplirá ese papel.

A Rolf se le tensaron las rodillas y una ola de fuego le subió a la cabeza.

—Seguirán entrenándose en la isla, como de costumbre. Allí Rolf les informará sobre las futuras acciones. Ahora Rolf se queda, los demás pueden retirarse.

El secretario supervisó la partida de la perpleja concurrencia. El capitán fue al baño. Minutos más tarde le pidió a Rolf que se acercara y lo tomó del codo.

—¡Felicitaciones!

Tragó saliva, dijo gracias.

Después analizaron la capacidad operativa del pelotón, la conveniencia de hacer un inventario en el Tigre y los proyectos que Hans había anunciado.

—¿Sabes? —dijo Botzen—. Los muchachos te responderán si actúas como su jefe. Deseo que te sientas su jefe.

—¡Gracias, señor capitán de corbeta!

El Teatro Cómico, de quinientas plateas, había cometido el agravio de poner en escena *Las razas*, de Ferdinand Bruckner. Éste era un dramaturgo que había huido de Alemania y su pieza goteaba ponzoña contra la doctrina racista oficial. El embajador Von Thermann se quejó ante el embajador Fermín Hernández López por la caricatura que hacía del Führer y varios dirigentes del Reich.

—Intenta estropear nuestras buenas relaciones.

No consiguió que Hernández López presionara en su favor ni que el gobierno prohibiera la obra, por lo cual solicitó una audiencia al canciller.

Saavedra Lamas lo escuchó con paciencia y prometió dirigirse al censor de la Municipalidad de Buenos Aires para que eliminara los pasajes irritantes.

—¿No la puede hacer prohibir, lisa y llanamente?

—No, no puedo.

A Von Thermann le pareció insuficiente pero, con su experiencia, decidió aparentar conformidad: no hubiera convenido tensar demasiado las cuerdas. Aguardó que el censor hiciera lo suyo, quien habría tenido que tachar casi dos tercios del libreto. Ante tamaño desafío, el censor optó por guardar la pluma. La obra fue montada sin cortes.

Von Thermann, desesperado, apeló a Botzen.

—Esa pieza debe bajar de cartel.

El capitán asintió, aunque el trabajo exigía alto profesionalismo. Había que bajarla de cartel, por supuesto, pero en forma oblicua, con acciones encubiertas.

—Lo dejo en sus manos —se despidió el embajador.

—De esto ya hablé con Sehnberg —transmitió Botzen a Rolf—. Nuestro objetivo no consiste en violentar a las autoridades argentinas ni a los administradores del teatro. Procuraremos crear la sensación de que el público repudia la obra.

Rolf explicó a sus camaradas la estrategia y recordó que ninguno debía ser atrapado. Antes de aceptar un arresto policial o un interrogatorio, debían convertirse en humo. De lo contrario él mismo, con un hacha, les partiría los ojos.

Distribuyó las localidades que había comprado un agente de la Embajada. A la primera ridiculización del Reich empezarían con la silbatina. A la segunda añadirían los gritos. A la tercera continuarían con la silbatina y los gritos, pero se pondrían de pie, agitarían los puños y golpearían sobre los hombros de quienes exigiesen compostura. Si los actores continuaban en el escenario, vivarían a Hitler y amenazarían prender fuego a la sala.

Rolf vistió traje y corbata y avanzó por la mullida alfombra. Incluso entregó la propina sugerida por Botzen. Antes de que se apagaran las luces pudo verificar que el resto del pelotón se había ubicado en los puntos establecidos.

Aguardaron la primera insolencia y Rolf pegó un silbido perforante como una bala. Al instante sonaron otros catorce silbidos. El actor siguió y estallaron gritos. Se produjo un abismo entre la platea y el escenario: en una parte el caos y en la otra los esfuerzos por seguir con el guión. Los Lobos zapatearon hasta que ingresó la policía. El espectáculo prosiguió con desajustes.

En la segunda noche pasó lo mismo, pero los actores desaparecieron a los dos minutos de comenzada la silbatina. Cuando ingresaron los agentes uniformados, gran parte de los espectadores se desesperaba por alcanzar la calle. La tercera noche no se llenó ni la mitad de la platea y la actuación pareció trabada por un desconcertante nerviosismo. Los Lobos desencadenaron la rutinaria tempestad para ahuyentar a los más lentos.

En una semana la obra de Ferdinand Bruckner se convirtió en un fracaso. Y la bajaron de cartel.

—¡Misión cumplida! —informó Rolf al capitán.

—Ahora pueden atacar la sinagoga central de Buenos Aires —lo autorizó como premio.

De inmediato Rolf convocó a sus camaradas y los miró con la penetración de una sonda. Saboreaba el rol de jefe.

Al concluir la jornada de entrenamiento los estimuló a conversar sobre el incomparable placer del operativo inminente. Esta vez les darían duro a los malditos.

—Es un edificio lujoso, la sinagoga esa.

—¿Cuándo atacaremos?

Rolf desperezó una maliciosa mueca.

—En el Día del Perdón. El capitán sugirió la idea. No sé si saben que los judíos celebran un Día del Perdón porque en el fondo reconocen cuánto dañan al mundo. Bueno; les daremos una flor de paliza. Tienen autorización para meterse hasta el fondo de la sinagoga. ¿Captan qué significa? Significa penetrarlos hasta donde guardan los sucios pergaminos de su Torá, que es lo que más quieren. Entonces los sacarán del Arca, los arrojarán al piso y los podrán pisotear, ensuciar y romper.

Otto miró a Gustav, que sonreía de oreja a oreja.

—Pero no les prendan fuego —aclaró—: eso provocaría la intervención de los bomberos.

—Será difícil contener tanta euforia.

—Podrán arrancarle la barba al rabino e hincharle la jeta a cuantos quieran. También manosear a las mujeres.

—Fantástico —celebró Kurt.

—Los judíos empiezan y terminan sus festividades al anochecer. Este año empezarán su jornada de ayuno el martes 18 de septiembre y finalizarán el miércoles. Atacaremos el miércoles al atardecer por dos razones: primero, se reúne más gente a esa hora y, segundo, el ayuno los habrá debilitado.

Regresaron de la isla. En el trayecto no volvieron a tocar el asunto. Rolf se despidió de los pocos Lobos que siempre viajaban con él hasta Retiro y decidió no ir directamente a la pensión. Hacía cuatro meses que se había instalado en ella, sobre la calle Alsina, gracias al buen sueldo que ganaba en Siemens. El capitán le había sugerido la mudanza porque ya Rolf no quería ver a su padre deteriorado ni a su resignada madre. En la pensión tenía comida y un dormitorio compartido con dos hombres.

Caminó hasta el restaurante de la estación, que atraía con sus arañas de bronce, grandes espejos de marco dorado y mesitas rodeadas por butacones de cuero. Se sentó junto al ventanal que daba al andén. Ordenó un bife a caballo con papas fritas.

Recordó la conversación de la tarde. El asalto a la sinagoga mayor de Buenos Aires, donde concurrían muchos judíos alemanes, era un signo de que en la Argentina había comenzado la lucha en serio. Botzen lo había expresado de esa forma. ¿Qué se habría hecho de Hans Sehnberg?, pensó de súbito. El capitán dio a entender que "podía incurrir en traición". ¿Qué había querido decir? La traición no se perdonaba; entre los nazis no existía la indulgencia.

El mozo le arrimó un plato suculento. Los huevos parecían margaritas gigantes sobre el bife jugoso. Cortó un pedazo de pan y lo hundió en la yema. Masticó lento para que no se le acalambrasen las mandíbulas. El capitán —siguió pensando— no habría deslizado una acusación tan grave si no tuviese una razón de peso. Hans conocía infinidad de secretos: con sólo denunciar las actividades en la isla, dar el nombre de los Lobos o reconocer su comandancia en decenas de atentados podría colocar en serios aprietos al capitán, a muchos dirigentes comunitarios y a la misma Embajada.

Pagó y caminó hacia su pensión. Abrió la puerta cancel, cruzó el comedor ya vacío y se dirigió a su dormitorio. Los compañeros de cuarto dormían. Encendió el velador de su mesita de noche y se cambió. El vecino manoteó la perilla de la luz y Rolf le aplastó los dedos.

—¡Voy a leer!

Su vecino graznó una puteada y giró el cuerpo. Rolf se acostó y abrió las cenagosas páginas de *Mein Kampf*. De su texto brotaba calor azufrado. Insistía en su propósito de castigar sin escrúpulos a la raza maldita. Leyó que ella había

211

provocado los sufrimientos del pueblo alemán desde tiempos inmemoriales. Lo grave consistía en que últimamente los judíos pretendían integrarse a la *deutsche Kultur* para corromperla. Su sangre —decía un párrafo— contiene la peste espiritual y moral. Son viciosos, crueles. Ensucian a cualquier persona por mero contacto. Y se han decidido a enlodar con el semen de sus varones y la fétida vagina de sus mujeres a la raza aria. Por eso los nobles arios deben alzarse en bien del mundo y detenerlos.

Rolf detestaba a los judíos desde pequeño. Su aversión adquirió fundamento teórico en las clases de Botzen y las alusiones de Sehnberg. Desde el mero nombre esa gente le sonaba a cosa maligna. "Los judíos", en plural, ya significaban el cáncer del mundo. Los pocos judíos que Rolf había conocido habían reforzado esa opinión. Salomón Eisenbach y su puta Raquel habían ayudado a Ferdinand de la misma forma que él, ahora, los hubiese ayudado a ellos: con asco. Y su sobrina, la hipócrita de Edith, había acabado por confirmarle cuán falsos son. ¡Cuánto le gustaría sorprenderla en la sinagoga y escupirle maldiciones! ¿Tan sólo escupirle? —se corregía mientras sus dedos reptaban hacia el bajo vientre—: ¡sacudirla, abofetearla, pellizcarle el culo!

Merecía golpes infinitos. A medida que aumentaba su denuedo le sobrevenía la erección. Cerró el libro y apagó la luz. Ya no alcanzaba con enrojecerle las mejillas y patearle el vientre, sino que deseaba morderle los pezones, arañarle los muslos y penetrarla por cualquier sitio. En la cama dio vueltas rociado por el combustible de escenas grandiosas. Edith rodaba entre sus brazos y sus piernas embadurnada en saliva y rogando clemencia. Rolf la despedazaba a gusto, cada vez más famélico y despiadado hasta que se le disparaba la eyaculación. Después se examinaba preocupado las manos ensangrentadas por las escoriaciones que él mismo se causaba en la ferocidad de la lidia.

El miércoles 19 cepilló su traje. Los Lobos debían estar bien vestidos para eludir sospechas. En el bolsillo interior cargó su cachiporra y una navaja, a la que probó el filo con la uña del pulgar. En Siemens tenía permiso para dejar el trabajo con cinco horas de anticipación dos veces por semana. Tomó el tranvía que llevaba al apacible parque Lezama, donde se reuniría con sus conmilitones. Merendaron queso y fiambre. Luego se distribuyeron bajo la sombra de los árboles y Rolf, agotado por turbulentas noches, se durmió profundamente durante unos minutos.

A las seis y media de la tarde los quince miembros del pelotón merodearon las calles adyacentes a la sinagoga. Mucha gente se concentraba en la vereda de la calle Libertad, ante la alta puerta labrada.

Gustav, Otto, Kurt y cinco Lobos adicionales miraron el reloj y se introdujeron blandamente en el edificio. El templo estaba atiborrado. La consigna establecía aguardar hasta que el rabino tocase un primitivo cuerno de carnero dando fin a la ceremonia. La alegría debía trocarse en pavor. Empujarían con ímpetu los bancos llenos hasta ponerlos encima de las nucas. La consternación permitiría moverse con rapidez e impedir que la masa los rodease. Cuatro Lobos subirían a las galerías superiores donde rezaban las mujeres, también darían vuelta sus bancos para hacerlas caer al piso y arrojarían desde lo alto volantes con esvásticas. Tres camaradas —Gustav delante— correrían hacia el Tabernáculo donde se guardaban los rollos de la Torá. Los arrancarían con decisión y los arrojarían como proyectiles a las cabezas de quienes osaran ofrecer resistencia.

Rolf instruyó a los camaradas apostados en la vereda para empujar hacia adentro cuando la muchedumbre procurase huir: el cierre en pinzas taponaría su escape y aumentaría el pánico.

El plan empezó sin inconvenientes. El *schofar* emitió su bronco sonido y en el fondo de la sinagoga estalló una descarga de artillería. Las asombradas paredes trepidaron y hasta empezaron a balancearse las arañas del techo.

Rolf, en la calle, percibió una onda semejante a una explosión de dinamita. Antes de que se abriese un espacio en la muchedumbre amontonada junto a la puerta, corrió con su grupo a imponer el bloqueo. Algunos hombres rodaron sobre la vereda y los pies de Rolf treparon sobre las costillas de los caídos.

—¡Adentro, adentro! —rugía y confundía.

Mientras tanto, en el interior se arremolinaba la desesperación.

—¡Dejen salir, dejen salir!

El caos favorecía a los nazis. Los empujones iban y venían en sentidos opuestos mientras las mujeres y los viejos se desplomaban como paquetes de un buque en la tempestad. Se agarraban de las ropas vecinas, pero igual se iban al suelo, donde recibían pisotones.

Alguien empezó a gritar "¡nazis!" y el terror se disparó al paroxismo. "¡Profanación!", "¡Destruyen la Torá!". De súbito exclamaron "¡Rolf!".

A Rolf se le salían las venas del cuello, empeñado en no permitir el escape de los feligreses. Cumplía las directivas que él mismo había ordenado. Enrojecido y sudoroso miró desconcertado a derecha e izquierda.

—¡Rolf!

Era Edith, Edith en persona. Increíble. Bajó los brazos, paralizado como en el embarcadero, cuando la había descubierto dentro del automóvil que pretendía atropellarlo. Tenía el pelo revuelto y trataba de alzar a una mujer. En la mente de Rolf estallaron pensamientos terribles, comprobaba que era judía, que le había mentido sin escrúpulos.

Un cachiporrazo pegó en el hombro del individuo canoso que secundaba a Edith en su tarea.

—¡Papá! —lo abrazó.

La mujer que había tratado de levantar cayó de cabeza.

Gustav se abalanzó como una cuña entre Edith y su padre, a quien aplicó un rodillazo en los testículos. Hizo saltar los botones de la blusa de Edith y le introdujo ambas manos en el escote.

—¡Suélteme!

Alexander Eisenbach, doblado por el dolor, rebotaba sobre otros cuerpos. Gustav prosiguió el morboso masaje mientras repartía patadas a diestra y siniestra y era arañado por Edith. La escena turbó a Rolf. El goce de su camarada le incendió las cuencas y se arrojó sobre él. Con ellos cayeron por lo menos diez personas.

Gustav se levantó unos metros más allá y siguió repartiendo cachiporrazos. Rolf atrapó el brazo de Edith como una garra a la presa y la arrancó brutalmente.

—¡Ay!... ¡No! —gritó mientras la distanciaba de su padre tendido.

La remolcó por entre la gente hecho una furia.

—¡Soltame!... ¡Soltame te digo!

La tironeaba con tanta fuerza que podía luxarle el hombro. Ella clavaba los zapatos y se prendía de los árboles. La obligó a cruzar la calle. Por el clamor que conmovía a toda la manzana podía colegirse que los agresores estaban consiguiendo su propósito. Edith apeló a un último recurso: se dejó caer pesadamente. Pero Rolf la arrastró y el vestido dejó jirones sobre el pavimento.

—¡Basta! ¡Basta!... ¡Quiero volver!

Alzó su cuerpo y el contacto le detuvo la respiración. Ella martilló los desesperados puños contra su nuca y espalda. Corrió con la muchacha sobre el hombro. Sin aliento, abrió la puerta de un auto y desclavó al hombre sentado al volante. Metió a Edith y se ubicó a su lado. Prendió las luces altas y arrancó.

—¡Estás loco! ¡Dejame bajar!

—Te estoy salvando.

—Papá está herido, debo volver.

Apretó el acelerador a fondo. Edith tenía la garganta seca, ya ni podía llorar. Al cabo de unos minutos aflojó su nuca sobre el respaldo del asiento y se apoyó contra la puerta, lo más distante posible de su raptor. El auto zigzagueaba.

—No vayas a abrir la puerta —la previno con ojos sanguinarios—. Te matarás.

—Regresemos. Por favor.

Rolf comprimía el volante con rabia. En las curvas los neumáticos chirriaban. Al cabo de unos minutos llegaron al parque Lezama que de noche parecía una loma de carbón. Dio una vuelta para asegurarse de que no había policías y estacionó en el tramo más negro. Apagó las luces.

—Regresemos, te lo imploro —murmuró disfónica.

Rolf miró la sombra que tenía a su lado. No verle los ojos pardos ni el cabello luminoso lo liberaba de extraños frenos. Tenía para sí la carne de una judía. La misma que lo quemaba durante las noches y a la que ahora podría gozar sin testigos. Hizo lo que antes jamás se había animado: le acercó la mano y tocó los sedosos cabellos, que se apartaron con terror. Luego fue hacia las sienes, las mojadas mejillas, el cuello agitado.

Edith tanteó la manija y quiso abrir. Entonces Rolf estalló como una bomba: le enganchó la nuca con ambas manos y le aproximó la cara.

—¡Ni sueñes con escaparte de mí ahora!

—Rolf... —gemía espantada—. No entiendo qué ocurre. Te pido que seas bueno.

La súplica desenfrenó su deseo. Le apretó los labios con los suyos y ella se contrajo más. Entonces los mordió y luego intentó abrírselos con la lengua. Su tacto le informaba sobre el temblor que la recorría de pies a cabeza.

Edith abrió la puerta y se arrojó a la calle. Rolf alcanzó a tomarla por los cabellos y la reintrodujo violentamente. Le dio una bofetada que sonó a petardo. Luego la montó: clavó sus rodillas en el vientre y babeó sus mejillas. Se acomodó en el estrecho espacio que había entre el volante y la palanca de cambios, la tendió sobre el asiento y le alzó la falda; su mano llegó a la mitad del muslo. Luego empezó a forzar la separación de sus rodillas. Edith se resistía y lloraba. Pero en Rolf se desencadenaron las ganas de infinitas noches. Le tironeó el pelo hasta hacerla gritar, para que cediera. Frustrado, le pellizcó los pezones a través del corpiño. Ya la tenía acostada sobre el asiento y pudo, finalmente, hacerle bajar una pierna. Avanzó la mano hasta el pubis, enganchó con su índice el borde de la bombacha y tironeó hacia un lado. Edith ya no encontraba forma de oposición. Los dedos salvajes le empezaron a frotar la vulva. Ella viró hacia los lados para liberarse, pero el escorpión la mordía en varios sitios a la vez.

Rolf le hundió un codo en el abdomen, como había hecho el primer soldado a su madre. Aunque chillara, esa maniobra la mantendría inmovilizada mientras procedía a desabrocharse la bragueta. Saltó su miembro. La ansiedad de penetrarla le nacía de las cavernas viscerales; estaba a punto de lograrlo. Sólo faltaba levantarle algo más las rodillas para que su prominencia llegase a destino. Rolf tiritaba ante la inminencia de la culminación. La marea lo ahogaba, era incontenible. Los genitales de ella estaban ahí, abiertos con sus uñas. Los gritos y las estériles sacudidas de defensa sólo anunciaban la victoria. Se curvó en la antesala de un deleite incomparable y penetró despiadadamente el cuerpo de la mujer. Al instante eyaculó mares. La rabia y el placer le produjeron la sensación de una caída al abismo.

Después, agitado y mudo, yació largo rato sobre la mujer violada.

Entonces ocurrió lo insólito. Por su nuca se desplazó una mariposa. Levemente, una mariposa. ¿Por dónde habría ingresado? Rozaba sus cabellos, aleteaba, volvía a tocarlo con prudencia. Por fin se apoyó. No era precisamente una caricia, pero tampoco una agresión. Luego Edith corrió su mano hasta los ojos y las mejillas calientes de Rolf, para separarlo.

Se apartó con brusquedad. Y cada uno quedó sentado en su asiento respectivo. Edith estalló en un convulsivo llanto. Él se arregló la ropa. Después la miró con curiosidad, como si recién la descubriese.

Puso la primera y arrancó. Enfiló lento hacia la casa de Edith. Le demostraría que los arios son corteses.

Frenó a media cuadra de la conocida puerta, lejos del farol callejero. Ella ya no necesitaba huir y permaneció quieta. Eran enemigos que no sabían cómo seguir la lucha. En sus cerebros rodaban pensamientos oscuros.

—Yo no merecía esto —murmuró Edith.

Él inspiró hondo. No tenía ganas de hablar.

Al rato, cuando ella bajó y caminó dolorida con el vestido desgarrado, él se preguntó si esa judía podría llegar a quererlo.

ALBERTO

Entre las cobijas del sueño reconocí la voz de papá.

—Qué ocurre...

—Te llaman por teléfono.

—¿Cómo?

—Dicen que es urgente.

—Gracias —encendí el velador, tropecé con una silla y zigzagueé hasta el aparato cuyo auricular colgaba en la sala intermedia.

—¿Hola?

—¿Doctor Alberto Lamas Lynch? —habló una quebrada voz femenina—. Disculpe. Soy amiga de la familia Eisenbach. Debo transmitirle una noticia... espantosa.

—¿Qué? Dígame.

—El padre de Edith, Alexander Eisenbach, usted lo conoce.

—Sí, ¿qué ocurre?

—Ha muerto. Es decir, fue asesinado. Al anochecer, cuando salía de la sinagoga.

—¿Cómo dice?

—Lo están velando en su casa.

—¡Dios mío!

—Es atroz.

—¿Cómo... cómo está Edith?

—Se imagina.

—Voy para allí ahora mismo —me fijé en el reloj: tres y cinco.

Vestí lo primero que encontré, alcé las llaves del auto y manejé velozmente por las huecas calles de Buenos Aires. Tuve que estacionar lejos porque los vehículos llenaban ambos lados de la cuadra.

Me asaltaron los llantos apenas traspuse el zaguán. Hombres y mujeres se aglomeraban en los cuartos que rodeaban el salón del velatorio. La atmósfera hogareña que había sufrido una tenebrosa metamorfosis. Encontré a Edith sentada junto a su madre en un sofá. Cuando estuve a sólo dos pasos sintió mi presencia, elevó sus ojos y saltó a mis brazos. Me apretó desesperada.

—¡Oh, Alberto, Alberto!

Temblaban sus hombros, pesaba su cabeza. Alrededor, viéndola desintegrarse sobre mi pecho, la gente hacía gestos de impotencia.

Le acaricié la cabellera, le sequé las mejillas y la volví a sentar. Me ubiqué a su lado. En el mismo sillón estaba también su madre, que se había cubierto con un chal negro. Al rato se me adormeció una pierna y me levanté por unos minutos. Di unos pasos en el laberinto de gente. Mis orejas se afanaron por capturar los nerviosos cuchicheos. Se me erizó la piel y sólo deseaba que Edith, aletargándose sobre el hombro de su madre, no se enterase.

—Lo hundieron a cachiporrazos.

—Irrumpieron en la sinagoga al final del servicio; eran como cincuenta.

—Destruyeron una Torá.

—Yo vi a tres nazis pegándole.

Regresé junto a Edith, quien, descompuesta y agotada, cambió el hombro de su madre por el mío. Cada tanto la recorrían sobresaltos. Yo le murmuraba frases cariñosas y le acariciaba la cabeza.

A la madrugada empezaron los preparativos del entierro. Entró y salió muchísima gente. Alrededor de las diez hubo responsos en la arcaica lengua hebrea y nuevas salvas de llanto. Cósima sufrió un desvanecimiento, pero al recuperarse insistió en acompañar a su marido.

Un anciano de ancha barba indicó los pasos siguientes; incluso escogió a quienes debían portar el ataúd hasta la calle. En el momento en que Alexander Eisenbach fue llevado fuera de su hogar se reanudaron los sollozos. El tránsito quedó bloqueado.

Sostuve a Edith, que se caía de debilidad e indignación. Caminamos tras el ataúd hasta que sus amigos de la *Hilfsverein*, que lo llevaban a pulso, decidieron instalarlo en la carroza fúnebre.

Antes de subir al auto que encabezaba la caravana, una mano se apoyó sobre mi nuca. Giré y no pude dar crédito a mis ojos.

—¡Papá!

Tenía contraída la frente, producto también de rabia y pena. Miró a Edith. Luego, decididamente, le tomó ambas muñecas. Los ojos de ella eran un mar tempestuoso y los de él un lago que empezaba a desbordar. Ella no pudo contener otro ataque de llanto y a él le tembló la boca. Entonces la abrazó. Fue un abrazo prolongado y paternal que me anudó la garganta. Sentí que algo reventaba mis pulmones, mi tráquea, mi cabeza. Enseguida se quebraron mis diques y comencé a emitir estampidos roncos, desagradables. También abracé a papá. Los tres sacudimos nuestros hombros pegados.

Seguía abierta la puerta del automóvil que la empresa fúnebre destinaba a los parientes. Ayudé a Edith y a su madre a instalarse. No me correspondía acompañarlas, pero Edith tironeó de mi brazo y rogó que me sentara al lado de ella. Cósima, estrujando el pañuelo, asintió con un mustio movimiento de cabeza.

En el trayecto Cósima repitió varias veces:

—Yo lo presentía.

Leandro García O'Leary, un embajador de carrera, alto y calvo, asumió el área de Europa central en reemplazo de Fermín Hernández López, y me llevó consigo. Esta situación facilitaría mi acceso a las noticias del Tercer Reich. O'Leary había ganado la confianza del canciller en asuntos que no sólo se referían a política exterior, sino a las intrigas que fermentaban bajo las alfombras del Palacio San Martín.

—Necesito que lea la solicitud que ha llegado de nuestro embajador en Berlín —dijo tendiéndome la carta—. El doctor Saavedra Lamas quiere un asesoramiento preciso. Como se trata de algo sutil, escriba un borrador. Estoy poniendo a prueba sus dotes de abogado y diplomático joven; espero que se luzca.

Leí de un golpe y mis ojos expresaron asombro.

—Llévela —ordenó; su cabeza reverberaba a la luz de la lámpara— y tráigame su propuesta hoy mismo. Le concedo una hora. El ministro tiene apuro. Y yo también.

Se trataba de un mensaje que Eduardo Labougle, nuestro embajador en Alemania, había enviado al ministro informándole que un ciudadano argentino residente en Berlín se había quejado ante nuestra representación de ser molestado en sus actividades civiles y comerciales por pertenecer a la "raza judía". Esto se agravaba por el trato que recibía su hija en el colegio como consecuencia de las leyes antisemitas. "Por otra parte —añadía Labougle— es el caso frecuente de numerosos ciudadanos argentinos judíos". "De acuerdo al Tratado de Amistad, Comercio y Navegación argentino-alemán de septiembre de 1857, los ciudadanos argentinos gozan en Alemania de iguales derechos y garantías que los ciudadanos alemanes —esto a título de reciprocidad— y además (según el artículo 13) no serán inquietados, molestados ni incomodados de manera alguna con motivo de su religión". Labougle pedía instrucciones sobre éste y otros casos similares que seguramente se presentarían en el futuro.

Busqué el texto completo del Tratado de Amistad y me senté frente a mi máquina de escribir. Redacté el borrador solicitado, teniendo en cuenta sólo a medias los pasos de minué que dominan el estilo diplomático. Propuse ofrecer asistencia a los perseguidos y elevar una enérgica protesta al gobierno del Reich —como lo hacía a cada rato el embajador Von Thermann en Buenos Aires—. Lo releí y sólo corregí errores de tipeo.

Mi jefe estaba en reunión; su displicente mano indicó que dejase la hoja sobre el escritorio. Al día siguiente Leandro García O'Leary dijo en tono glacial:

—Se ganó un aplazo. Me ha decepcionado, doctor.

Tragué saliva.

—Escribí según mis convicciones. Me gustaría saber...

—Vaya incorporando este dato —adelantó su cabezota brillante y abrió los ojos para devorar los míos—: en relaciones internacionales no se procede según convicciones, sino intereses. Y la defensa de los intereses se realiza midiendo fuerzas. Aquí, en este ministerio, no se perdona el idealismo ni la ingenuidad.

Rechiné los maxilares.

—Su borrador me sirvió para escribir otro, exactamente

221

al revés, que puse a disposición de nuestro asesor letrado; usted lo conoce.

—¿Ricardo Bunge?

—Así es. ¿Sabe qué me dijo al terminar de leerlo?

—Que le parecía bien, seguramente —respondí apretando los puños.

—No —reprodujo su mueca hemifacial—. Dijo que le parecía perfecto.

Yo seguí de pie frente a su amplio escritorio de bordes dorados, inhibido por la rabia. Me dije "el ejercicio diplomático exige autocontrol, especialmente cuando uno se enfrenta con un jefe cínico".

—Al embajador Eduardo Labougle —pontificó— hay que recordarle que no debe solicitar instrucciones sobre el futuro, sino sobre cada caso en particular. Y le cuento ahora qué más propuse, joven doctor Alberto Lamas Lynch, para que lo tenga en cuenta. Le propuse buscar soluciones satisfactorias a los problemas de los ciudadanos argentinos sobre la base de lo reglamentado por las instancias locales y sin interferir en la legislación interna de Alemania —parecía haber terminado, pero alzó los ojos—. En el caso concreto a que se refiere Labougle, no aclara en qué consisten las molestias comerciales y civiles de ese individuo, ni las de su hija en el colegio. Por lo tanto, su informe es incompleto y tendencioso. Labougle encabeza una de nuestras representaciones más importantes y acaba de mostrar que su profesionalismo adolece de fallas graves.

—¿Y cuáles serían las "soluciones satisfactorias" que usted le propone?

O'Leary se reclinó en la confortable butaca.

—Le propuse y recordé... que la protección diplomática de nuestra Embajada en Berlín deberá limitarse a permitir que ese ciudadano argentino recupere su libertad, en caso de haberla perdido. Labougle no debe invocar el Tratado de Amistad, Comercio y Navegación para conseguir excepciones a las leyes antisemitas de Alemania. Por si Labougle no lo sabía, y otros diplomáticos argentinos tampoco, entre los que me permito incluirlo a usted, esas leyes antisemitas no nos conciernen.

—Lo felicito por su claridad —fue imposible detener mi lengua.

Sonrió enigmáticamente.

—Puede retirarse.

Edith y su madre concurrieron diariamente a la iglesia de San Roque. Allí oficiaban sacerdotes que hablaban alemán y las dos se confesaban en esa lengua. Era el templo más concurrido de la comunidad croata de Buenos Aires que, por sus largos vínculos con el antiguo imperio austro-húngaro, atraía feligreses nacidos en toda Europa central.

Cósima pidió celebrar una misa en memoria de Alexander Eisenbach. Mi padre se enteró y vino conmigo; el asesinato había calado en su corazón mucho más de lo que manifestaban sus palabras. Viéndolo en la iglesia, me parecía irreal que el atildado Emilio Lamas Lynch, con barbita en punta y bastón labrado, rezara junto a la doliente Cósima Richte de Eisenbach en el homenaje a su fallecido esposo judío. Me pregunté si también se habría enterado mamá, porque en casa se había impuesto un pacto de silencio en torno a esos terribles episodios.

El confesor de Cósima era nada menos que el padre Antonio Ferlic. Tenía un aspecto distinto al que me había imaginado. Edith le atribuía la oposición de Cósima a la participación de Alexander en organizaciones judías. Aparentaba cuarenta y cinco años y su rostro lucía sereno y dulce, con leve sonrojo de mejillas. Una verruga grande como una lenteja le marcaba el centro de la frente y se movía con sus gesticulaciones. Ferlic dominaba varias lenguas: alemán, croata, italiano y español, este último con acento catalán porque había pasado un lustro en Barcelona. Cuando fui con Edith y Cósima a ese templo y lo vi, me pregunté azorado si era cierto que este hombre agradable fuese antisemita. No lo pude saber porque nunca tocamos el tema.

Al término de la misa Antonio Ferlic nos alcanzó en el atrio.

—Por favor, Edith, quisiera hablar con usted.

¿Su madre y yo quedábamos excluidos?

—No. Vengan también —levantó cordialmente las manos—. Cósima y Alberto, por favor. Acompáñenme.

Nos introdujo en la fresca sacristía. El aroma a incienso y vestimentas sacerdotales producía hipnosis. Nos invitó a ubicarnos en torno a una mesa de nogal.

—¿Café? —propuso mientras distribuía pocillos sin esperar respuesta—. Quisiera que no se molestasen si voy directamente al grano —instaló la humeante cafetera sobre un apoyaplatos de bronce, alisó los pliegues de la sotana y se sentó también—. ¿Saben que el martes 2 de octubre, dentro de tan sólo diez días, se inaugura la Muestra de Arte Sacro retrospectivo? Edith lo sabe, claro que sí.

Edith asintió. Estaba pálida y ojerosa, marcadamente deteriorada. Peor que su madre.

—Esa Muestra significará el comienzo del esperado Congreso Eucarístico Internacional —dijo solemne—. Confiamos que tendrá mucho éxito. Fíjense: ya comprometió su asistencia el presidente de la República. Es la primera vez que se hacen estas cosas en la Argentina.

Vertió café en los cuatro pocillos; su perfume se expandió hasta el cielo raso. Empujó el azucarero hasta la mano de Cósima.

—Sírvase, hija, por favor... Prosigo. Les contaba del Congreso y la Muestra de Arte previa. Es muy importante. Me refiero a la Muestra. ¿Quién no lo sabe? ¿Y quién no lo sabe mejor que usted, querida Edith?

Edith bajó la cabeza y sorbió su café.

—Usted ha estado trabajando en su organización desde hace por lo menos un año. ¿Estaba enterado, Alberto?

Pensé: también es el tiempo que colabora con la *Hilfsverein*.

—Y ha prestado un servicio incomparable. ¡Oh, sí, no incurra en falsa modestia, Edith! Todos reconocemos su cultura en arte, su buen gusto, su dedicación.

Miré su piel anémica, sus órbitas moradas.

—La tragedia que ha sobrevenido, que nos enluta a todos, no debería privar a esta Muestra de su colaboración final, querida hija mía.

Unió sus palmas en forma implorante.

Sorbimos el café mientras Ferlic movía la verruga de su frente como un asteroide desconsolado.

—Entiendo el dolor que produce la muerte de una persona amada, muy amada. Cualquier sacerdote comparte casi a diario este tipo de sufrimiento. La ausencia definitiva de un ser amado agobia, quita el aire. Pero nuestra alma saca de un lugar misterioso la energía que ayuda a sobrellevar esa pérdida y, con el tiempo, se consigue superarla. En fin, superarla un poco... —vació su pocillo y lo depositó con nerviosa lentitud—. Si vuelve a colaborar con nosotros en las etapas finales de la Muestra, le aseguro que encontrará consuelo, Edith. No es justo ni cristiano despreciar el consuelo.

Abrigué la mano de ella: estaba fría. Me pareció que se iba a levantar, salir y dar un portazo.

—Hablar es fácil —reprochó.

—Hijita —prosiguió el cura—: no me interprete torcido. Quiero ayudarla. Que alguien sea llamado por el Señor no significa que los otros debamos suicidarnos. Hay que alimentar la entereza de nuestro espíritu. ¿Más café?

No hubo respuesta y Ferlic volvió al tema.

—Por eso le imploro que nos siga ayudando. Le imploro —volvió a unir sus palmas—. Por usted y nuestra Santa Iglesia. Su trabajo será una bendición.

Las mujeres empezaron a sollozar.

—El Congreso Eucarístico será inolvidable —Antonio Ferlic pasó su índice por el interior de la golilla para darse espacio—. En este país impera la ausencia de fervor religioso. Verán cómo esta multitudinaria manifestación de fe producirá un sacudón profundo. Demasiados años de agnosticismo, liberalismo y positivismo han convertido a la Argentina en un desierto espiritual.

Entregué a Edith mi pañuelo porque el suyo ya goteaba. Ferlic hacía esfuerzos por disimular su ansiedad.

—¿Otra taza de café? —se levantaba y sentaba—. ¿Cósima? ¿Edith? ¿Alberto? ¿No está bueno? Arribarán grandes personalidades. Vendrá el Secretario de Estado de la Santa Sede en persona. Nada menos. Usted lo conoció, Cósima.

La mujer sonó de nuevo su nariz y movió la cabeza afirmativamente.

—Cuéntenos, Cósima, cuéntenos —instaló cuatro vasos y los llenó con agua; tendió uno a la mujer.

Ella se aclaró la voz.

—Sí, es cierto.

—Cuéntenos.

—Monseñor Eugenio Pacelli era el Nuncio papal en Munich. Tuvo un desempeño, ¿cómo diría?, dramático, sí, dramático y terrible cuando se produjo el levantamiento comunista de 1919. Lo atacaron. Dicen que fue espantoso, pero no abandonó su lugar y enfrentó a las bandas con firmeza.

—Usted lo conoció personalmente —insistió Ferlic.

—Cuando visitó Colonia, donde yo vivía —introdujo el pañuelo mojado en su cartera y extrajo otro más pequeño—, asistí con mi familia a una misa que concelebró en la catedral. Era un prelado joven, pero ya se lo consideraba poderoso. Decían que iba a llegar muy alto.

—¡Altísimo! —exclamó el cura—. Y ahora viene a Buenos Aires; qué me dicen. Y con el título de Legado Papal. Usted lo podrá ver nuevamente, querida Cósima.

Ella volvió a sonarse.

—¡Por supuesto! —siguió el sacerdote—. Dicen que irradia las virtudes de los hombres santos, que su sola presencia convierte los corazones —bajó la voz—, que llegará a Papa.

Antonio Ferlic alzó la cafetera, volvió a llenar los pocillos y se dirigió a mí:

—Veamos, Alberto: ¿qué opinan en la Cancillería?

Me tomó por sorpresa. Aunque parecía una pregunta inocente, la enfermedad de la discreción que ataca a los que nos metemos en diplomacia frenó mi respuesta.

—¿Qué opinan sobre qué? —me escuché decir como si fuera lo primero que llegaba a mis oídos.

—De todo: del Congreso Eucarístico, de las numerosas personalidades que arribarán al mismo tiempo, de la repercusión internacional que ya comienza.

—Y... Se ha multiplicado el trabajo.

—¡Lógicamente! —se exaltó ante mi contestación evasiva—. Por supuesto. Cómo no va a multiplicarse. En el término de dos o tres días llegarán el primado de España, el arzobispo de París, el patriarca de Lisboa, el primado de Polonia. Nunca ocurrió algo parecido en todo el continente. Y con ellos vendrán obispos y arzobispos de México, de los Estados Unidos, de América Central y de casi todos los países de Europa.

Rodeó la mesa y se detuvo de golpe.

—No sé dónde se alojará tanta gente —y se respondió a sí mismo—: Menos mal que funcionan varias comisiones encargadas de semejante tarea. Vendrán en aluvión. Fíjense que no mencionamos los peregrinos que entrarán por tierra: los de Chile, Bolivia, Paraguay. Y las columnas del interior. ¡Ay, Dios mío! Será maravilloso. Una multitud hirviendo religiosidad.

Dio otra vuelta; estaba francamente excitado. Mareaba.

—Querida Edith, le imploro que vuelva a las tareas de la Muestra. Necesitamos su colaboración. Por favor —nuevamente juntó las manos en plegaria.

Los ojos de Cósima, tiznados de sufrimiento, miraron a su hija. Parecían decirle "aceptá". Edith giró hacia mi cara, pero yo no podía darle un buen consejo: percibía su dolor profundo, su corazón quebrado. La veía muy mal.

—Creo que te ayudará —mentí.

Antonio Ferlic murmuró una bendición. Hasta la verruga de su frente se ensanchó de felicidad. Tendí mis dedos hasta los fríos de Edith y los abrigué nuevamente.

Esa tarde Edith fue al salón donde se presentaría la Muestra y, tras recorrer sus desordenados rincones, se sumergió en los detalles de su montaje, publicidad y folletería. Algunas jornadas permaneció por más de doce horas entre los objetos que se iban a exhibir.

La fui a visitar casi todos los días, pero no pudo atenderme: la desbordaban infinidad de tareas que aún no se habían cumplido pese a la inminencia de la inauguración. Ni siquiera pudo explicarme personalmente dónde instalaban las piezas más relevantes. Se limitó a pedir que los guardianes me dejasen circular por los salones atestados de cajas, pedestales, cuadros e imágenes que eran objeto de limpieza, pulido y clasificación. Las pupilas de Edith tenían un brillo preocupante en el fondo de sus tristes ojeras. Comencé a temer por su salud.

Trabajaba con una energía multiplicada por el sufrimiento. Ante las imágenes y los símbolos de la piedad, sus fuerzas manifestaban una ira profunda. No podía asumir la ausencia de su padre, no podía pensar por más de un segundo que lo habían asesinado porque una oleada de sangre le oscurecía la cabeza. Sus ágiles dedos ordenaban crucifijos, custodias, rosarios, túnicas, pinturas, estatuas, báculos y tiaras, mientras en los espacios submarinos del alma bramaban las furias.

Tal como estaba previsto, la publicitada Muestra marcó el inicio de una serie de actos que iban a tener muchas consecuencias. El presidente de la República cumplió su promesa y asistió con edecanes, ministros, el cuerpo diplomático vestido de gala y una significativa porción de la alta sociedad.

—¡Vas a ver cómo pactan el cielo y la tierra! —gruñó papá luego de aceptar a regañadientes el pedido de mi madre para que la acompañase.

Tío Ricardo emergió majestuoso en los salones de la Muestra, enlazado al brazo de su desleída María Julia. Pasó junto a nosotros y saludó a Edith con una prolongada reverencia. Luego se deslizó hasta el presidente y le estrechó la mano en forma ostensiblemente amistosa. Comentó con voz potente, para que su opinión llegase a monseñor Copello, que nuestro país acababa de doblar una esquina de la historia.

Edith vestía riguroso luto, igual que su madre: no sólo respondía a las costumbres, sino a la necesidad de exteriorizarlo: su padre judío acababa de ser asesinado por unos fanáticos en esta tierra de presunta paz y convivencia.

Antonio Ferlic se aproximó para felicitarla y murmurar una bendición. La Muestra de Arte Sacro era un acontecimiento sin precedentes: por primera vez se destacaba el valor de un tesoro acumulado en centenares de iglesias desde

el tiempo colonial, tesoro sobre el que pocas personas tenían conciencia.

No le solté la mano a Edith, que seguía débil y, por momentos, trémula. El público recorría los incesantes salones
atiborrados de las joyas que había producido la inspiración
de franciscanos, dominicos, mercedarios, jesuitas, indios y
mestizos. Recorrimos una y otra vez las vitrinas llenas de
platería destellante, pesados ropajes sacerdotales con bor-
dados de oro y piedras preciosas, esculturas de santos y vír-
genes, trípticos de madera labrada, pinturas dramáticas,
objetos de culto, trozos de antiguos altares, ángeles lamina-
dos. Los carteles explicativos sobre cronologías, lugares,
autores y significados aparecían adosados a cada pieza. Edith
olvidaba por minutos su dolor y me regalaba sus conocimientos sobre un primitivo crucifijo o una imagen asom-
brosa.

La llevé a su casa, más preocupado que nunca. El duelo
cursaba por sus venas como una ponzoña. De a ratos me
miraba fijo y supuse que me quería confiar un terrible secreto.

—¿Qué te ocurre, querida mía? —pregunté acariciándole el mentón.

Por sus mejillas resbalaban los cordones acuosos.

—¿Me vas a perdonar?

—¿Perdonar? —repliqué atónito—. ¿Perdonar qué cosa?

Movía la cabeza.

—No, nada, nada —me besaba—. Gracias por ser tan
bueno con nosotras, Alberto.

—Yo te amo, Edith.

Su rostro tenía signos de enfermedad.

—Quiero pedirte algo, mi amor —dije—: que te examine
un médico.

Su breve sonrisa era la más escéptica que vi jamás.

—¿Un médico? ¿Para qué?

—Para que yo me quede tranquilo.

Abrí el diario sobre la mesa del desayuno y vi en primera
plana que monseñor Copello (el novel arzobispo de Buenos

229

Aires que pudo, merced a felinas maniobras, desplazar otras candidaturas interesantes como la del siempre relegado Miguel De Andrea) empezaba a inaugurar iglesias y parroquias que había mandado construir con dinero de los fieles y de sus propios generosos bolsillos.

El mes empezaba con energía inusual. También leí que Copello había logrado una fuerte asistencia del gobierno y de la feligresía para la apertura de la nueva sede de los Cursos de Cultura Católica. No era todo: cuatro nuevos arzobispos de provincias prestaron juramento simultáneamente, lo cual confería especial resonancia al nuevo clima que se impulsaba para millones de personas dentro y fuera de la Capital Federal.

—Empezó la nueva cruzada, Alberto. Esta vez el Santo Sepulcro se llama nacionalismo católico, o catolicismo fascista, como prefieras —refunfuñó papá.

Enarqué una ceja: ¿era para tanto?

Desde hacía semanas los diarios y revistas dedicaban espacio y números especiales al Congreso Eucarístico. *La Nación*, por ejemplo, publicaba extensas notas del novelista Eduardo Mallea, quien había sido enviado a Roma para acompañar a monseñor Eugenio Pacelli en el transatlántico *Comte Grande*.

Los prelados holandeses venían en el lujoso *Flandria*. El cardenal Hlond, primado de Polonia, telegrafió desde el mar —un cable íntegramente reproducido por *La Prensa*— que "esta vez me hallo ante un hecho nuevo, que es precisamente el extraordinario entusiasmo con el que se corre al Congreso de Buenos Aires. Viajamos en el gentil *Oceanía* polacos, austríacos, checoslovacos, italianos, yugoslavos, españoles y húngaros". Los enormes *Southern Prince* y *Southern Cross* recogían pasajeros desde California a Punta Arenas y el *Malolo* traía peregrinos de Nueva York. Varios trenes cargaban las delegaciones de Chile y Uruguay. Evidentemente, las expectativas del padre Ferlic sobre el fantástico aluvión que confluiría en Buenos Aires no estaban equivocadas.

Los organizadores no dejaron espacios vacíos: la manifestación religiosa debía calar por doquier. En el Teatro Colón se puso en escena la ópera *Cecilia*, de subido tono piadoso, dirigida por su autor, que había venido expresamente de Italia, monseñor Licino Recife. En las escuelas se ensayaron himnos y estribillos alusivos, pese a contrariar la tradición laica que imperaba desde el siglo pasado. Cientos de casas instalaron en su frente, sobre la puerta principal, el escudo triangular del Congreso Eucarístico con los colores argentinos y vaticanos; eran un símbolo heráldico que permanecería durante generaciones.

Finalmente, impulsado por presiones e intereses, el gobierno produjo el osado giro que lo convertía en una instancia más papista que el papa: decretó asueto desde el miércoles al sábado para que toda la ciudadanía pudiese concurrir a las actividades del magno acontecimiento. El Estado se aliaba (¿subordinaba?) a la Iglesia. Mi padre arrojó el diario lejos, apartó la taza del desayuno y salió a la calle.

—¡Esto es demasiado!

Las franjas seculares quedaron sin aliento. Yo me sentí dividido entre la ira de papá y la beatería de mamá. Mónica parecía menos dubitativa, porque susurraba condenas al exceso de fe. No era posible el equilibrio. Algo análogo percibí entre Edith y su madre. Cósima se persignaba con más frecuencia que nunca, como un exorcista frente a la perpetua amenaza del demonio.

Edith solía mostrar enojo con Dios y a menudo le preguntaba: "¿Dónde te ocultás cuando tus hijos te necesitan?"

—Mónica dice que le irrita el exceso de fe —dije a Edith—. ¿Acaso puede existir un exceso de fe? Es como decir un exceso de amor, un exceso de vida.

Ella tardó en responderme, pero concluyó que se refería seguramente a otra cosa.

—¿Sabés qué me pasa, Alberto? Estoy enojada con Dios.

El 9 de octubre de 1934, por primera vez en la historia del cristianismo, un Legado Papal hollaba el extremo sur del continente americano. Las aguas achocolatadas del mar dulce se encresparon a partir de las vísperas: sobre sus olas habían navegado conquistadores, hidalgos, evangelizadores, héroes, invasores, inmigrantes y turistas, pero nunca un Legado Papal. Toda la prensa registró que en la madrugada habían partido seis barcos hacia la boca del ancho río para brindarle una escolta de honor. Millares de fieles habían dormido bajo las estrellas en los muelles de Dársena Norte y algunos temerarios se habían lanzado en botes hacia el Oriente, para ser los primeros en avistar los mástiles del *Comte Grande*.

Su ingreso fue solemne. El transatlántico era un animal espléndido cuya proa se alzaba como una cordillera. La majestad de su aproximación aceleraba los corazones. Periodistas y poetas rivalizaron en la exaltación del momento.

Una banda militar rompió los aires con música estridente. Sombreros y pañolones empezaron a agitarse. La gente empujaba hacia el peligroso borde del espigón. Cuando por fin la nave amarró su costado de plata, los altavoces anunciaron que Su Eminencia el Legado Papal saludaría desde el puente. El efecto se tradujo en renovados empujones. La masa era mercurio en ebullición.

Su estudiada demora tensaba y dolía. Entre anuncios, músicas y estribillos se hicieron las cuatro de la tarde. Nueve desmayos registró *La Prensa* entre quienes no sacaban los ojos del punto en que debía instalarse la magnífica estampa de Eugenio Pacelli. Pero la esperada figura no se dejaba ver aún, sino otros sacerdotes cuyas sotanas flameaban en la brisa primaveral: dominicos albinegros, jesuitas oscuros y franciscanos grises y marrones se apoyaron en la baranda para gozar el espectáculo de la fervorosa recepción.

Por fin se produjo un movimiento en el puente y la llamarada esbelta del Legado encandiló a Buenos Aires. Era una antorcha en sus rojas túnicas de cardenal. La multitud hipnotizada cayó de rodillas. Era Pedro, era Pablo.

El presidente de la República en uniforme de gala lo aguardó junto a una carroza abierta para hacer el primer recorrido por la ciudad. Se iba a cumplir el pronóstico de opositores y agnósticos: Agustín P. Justo trataría de sacar el máximo provecho político de este acontecimiento religioso y la Iglesia haría lo mismo en sentido contrario. El César daría a Dios y Dios al César, con una interpretación bastante distorsionada de lo que Jesús había ordenado en el núcleo de su Pasión, como decía mi padre. Lo cierto es que el refinado monseñor Pacelli pisó tierra, saludó al presidente y subió a la carroza de oro y azabache. Exageró su porte aristocrático ante las miradas extasiadas y repartió ademanes que parecían caricias.

El presidente sonreía satisfecho por cosechar más adhesiones de las que nunca hubiera soñado.

El triunfal paseo incluyó la avenida Callao y mi madre le arrojó flores, como había hecho con Uriburu.

La carroza escoltada por granaderos a caballo se detuvo en la avenida Alvear, en la residencia de la marquesa pontificia Adela María Harilaos de Olmos, viuda agraciada, millonaria y piadosa, que acondicionó vestíbulo, salones, dormitorios y parque para recibir con brillo inusual al ilustre huésped. Los periodistas se las arreglaron para infiltrarse por entre las cortinas de terciopelo y los biombos importados de China; pudieron enterarse —y difundir— de que las habitaciones destinadas a Eugenio Pacelli daban al jardín del fondo y que se habían mandado confeccionar sábanas de hilo con el escudo del cardenal, así como gruesos toallones de color blanquioro. Al día siguiente, empero, corrió de boca en boca la noticia de que el piadoso Secretario de Estado no logró soportar la catarata de lujo y durmió en el piso.

—¡Es un santo! —exclamó mi madre.

—Un hipócrita —replicó Mónica en voz baja.

Papá añadió algo entre dientes.

Tanto había crecido la efervescencia que no dejaba lugar para atender otros sucesos del mundo. En la Cancillería, por ejemplo, O'Leary nos retó por demorar el estudio de un cable sobre el enfrentamiento de la Iglesia Católica de Baviera con el gobierno alemán, enfrentamiento que concluyó con la expulsión del obispo Messer de Munich, acusado de ser un manifiesto enemigo del nacionalsocialismo.

—Está muy bien el Congreso Eucarístico, pero deben seguir trabajando, manga de beatos.

Llevó la noticia al ministro Saavedra Lamas, quien no tardó en expedirse:

—¡Basta de complicaciones marginales! De este asunto

ni siquiera nos daremos por enterados ante las ilustres visitas. Tenemos a un Legado Papal y no quiero escuchar nada de Hitler hasta que termine el Congreso.

O'Leary bajó la cabeza y no volvió a tocar el asunto. Por consiguiente, el embajador Edmund von Thermann y su elegante baronesa Vilma pudieron asistir orondos a incontables ceremonias, como si el nazismo no estuviese castigando a la Iglesia y torturando curas en sus flamantes campos de concentración. Las aristocráticas reverencias se repetían una y otra vez ante clérigos, frailes, monseñores y obispos. Sembraban la convicción de que el Tercer Reich era un aliado del cristianismo. Por otro lado, así lo creían a pies juntillas los nacionalistas locales, cuya fe había encontrado en el delirio nazi un poderoso alimento.

A la salida del Tedéum el embajador Von Thermann estrechó la mano de mi tío y mi tío, advirtiendo mi presencia junto a colegas de la Cancillería, me llamó. Hizo las presentaciones con despliegue de floripondios. Tendí mi diestra y por primera vez toqué la piel de un SS; me asombró no encontrarla ni fría ni dominadora. Me dio un apretón medido y cordial, extrañamente común.

Comenté a Edith que la Argentina marchaba hacia una indigna neutralidad frente a los criminales nazis; en mi bolsillo guardaba la decodificación sobre las persecuciones que habían empezado contra los católicos. Ella me miró con sus profundas ojeras y sintió tanta náusea que le sobrevino un acceso de vómito. La ayudé incluso a lavarse la cara.

—¿Estás mejor?

No lo estaba.

—¿Querés recostarte?

Negó con la cabeza.

—Necesito que Dios me ayude, Alberto. Pero Dios calla, prefiere jugar a las escondidas.

—No blasfemes. Estoy seguro de que Él te protege de alguna forma.

—¿Protege? —empezó a llorar.

—¿No querés ir a las ceremonias del Congreso?

—Voy a ir, aunque estoy enojada.

234

—Si estás enojada con alguien, aceptás su existencia.

—¡Claro que creo en la existencia de Dios! ¡Pero me subleva su crueldad!

—No soy teólogo. Se me ocurre que quizá no le agrada gerenciar el mundo, y que eso lo ha delegado a sus criaturas. Él no puede ser cruel, sólo que nos otorgó la libertad. Y somos nosotros...

—Interesante. Pero sus criaturas gerenciamos peor. Ha delegado en gente salvaje. Cometió un error, Alberto.

—Tu sufrimiento te da derechos, querida. Se me ocurre que Dios no se enoja ni con tus blasfemias.

—No temo su ira: ya me castigó bastante.

En casa, durante la cena, informé que no iría con mi familia a los actos del Congreso Eucarístico.

—¿Qué te pasa? —reaccionó mamá—. ¿Te volviste masón?

—Voy a ir con Edith y su madre.

—Ah...

—Debo acompañarlas. Hace apenas un mes que las abatió la tragedia.

—¿Por qué vos? ¿No tienen familia?

—Muy poca.

—Bueno —dijo entonces mamá en tono agridulce—, tendrán amigos. No deberías sentirte tan obligado porque no sos su pariente... por ahora, y Dios no lo... —se le cortó la respiración.

—¡¿Qué significa entonces todo el Evangelio —hundí mis uñas sobre el mantel— si en estas circunstancias abandonase a un par de mujeres brutalmente dolidas?! Mamá: tu conducta no es de cristianos.

—¡Qué discurso! —se burló María Eugenia.

—Hijo —papá miró con inquietud a mi madre y apoyó su mano sobre la mía—. No sería de cristiano ni tampoco de hombre abandonarlas. Gimena: debés comprender.

A mamá se le llenaron los ojos de rabia.

El soberbio Monumento de los Españoles, a la entrada del parque Palermo, fue enfundado por una cruz colosal.

Cuatro altares adosados a la cruz miraban hacia las avenidas.

Enlacé mis brazos a los de Edith y Cósima y avanzamos lentamente por entre la gente que pululaba como en un hormiguero. Desde que las había ido a buscar esa mañana, percibí el consuelo que les transmitía mi presencia. Por momentos lloriqueaban, por momentos parecían disfrutar del clima arrebatado.

Edith seguía nauseosa. Le dije con tierno enojo que si no iba al médico, me encargaría de llevarla por la fuerza.

—Es la única violencia que puedo hacerte —sonreí.

—¡Lo superaré! —replicaba molesta.

Su madre comenzó a hilvanar una frase que interrumpió asustada. Estuvo por preguntar algo que ni quería imaginarse. Tuve la incómoda sensación de que se refería a nuestras relaciones íntimas pues, sin llegar a decirlo, había asociado vómito con embarazo. Pero era absurdo: jamás me había acostado con Edith. Su iracundia por la forma en que habían matado a Alexander justificaba ese y otros síntomas peores. Una prima de Mirta Noemí, por ejemplo, había muerto de pura pena tras el asesinato de su hermano menor por un gaucho loco.

Nos instalamos a cien metros del altar que daba a la Avenida del Libertador. La ceremonia de apertura comenzó con la lectura de un mensaje y una bula del Papa Pío XI. Causó un impacto inolvidable: desde Roma se pensaba en la remota Buenos Aires y la extensa Argentina; los textos hacían referencia a rasgos y virtudes del pueblo y el país. Luego se pronunciaron tres discursos que intensificaron la unción. El locutor reiteraba la promesa de que esa misma mañana se escucharía al Legado Papal en persona.

Cuando por fin llegó el minuto culminante, se detuvieron los latidos y varios fieles cayeron de rodillas. Tras un largo y compacto silencio sonó una voz pausada, llena y segura que hablaba sin papeles y en castellano perfecto. Monseñor Eugenio Pacelli, desde su esplendoroso palco, derramó frases breves y bien moduladas; eran gemas tiernas, elegantes. Se dirigió a cada individuo en forma separada, casi susurrándole al oído para penetrarle el corazón.

Después concelebró la misa.

A la mañana siguiente el clima superó lo vivido. Más de cien mil niños en ropas blancas hicieron una colectiva genuflexión durante una hora formando una gigantesca cruz horizontal en medio de un millón de personas. Edith no me soltaba la mano: el luto y los estímulos de la fe la zarandeaban de un lado al otro. Quizás entraba por instantes en el misterio de Quien da bienes y males, felicidad y tragedia, sin explicar ni advertir.

El Legado emergió radiante sobre el altar y recorrió a la masa fervorosa con la diestra en alto. Trazó cruces de bendición desencadenando una epilepsia de persignaciones, gestos y plegarias.

Por la noche Buenos Aires se iluminó con más de cien mil antorchas que desfilaron por las calles del centro. Era una demostración de fuerza religiosa sin precedentes. Los hombres caían de rodillas en medio de la calle ante el primer sacerdote que encontraban. Y los sacerdotes, con el deseo de mantener cierta solemnidad, se corrían hasta una columna, o buscaban la frescura de un zaguán o el umbral de un negocio donde escuchar y absolver. Yo mismo fui tentado por la insólita oferta y me confesé sobre la vereda, junto a un farol.

Como panes y peces se multiplicaban palabras, persignaciones, absoluciones, penitencias y consejos. Las avenidas siguieron pobladas hasta el amanecer. Muchos madrugaron en los cafés y los balcones para mirar a los caminantes que iban de una iglesia a otra. La prensa calificó esa agitada noche, noche mística.

Los peregrinos que vinieron de Alemania se concentraron en la iglesia de Guadalupe, pero Edith y su madre prefirieron volver una y otra vez a la de San Roque, aunque el padre Antonio Ferlic había desaparecido en el mar de feligreses para cumplir con sus tareas pastorales.

El último día del Congreso fue anunciado como Triunfo Eucarístico Mundial. Los diarios le dedicaron su primera página. Eugenio Pacelli iba a oficiar la misa en el altar-monumento. Para esta oportunidad se había fabricado un millón de hostias.

Anuncié a Edith y Cósima que las pasaría a buscar temprano; era la única forma de conseguir un buen lugar. La aglomeración, tal como se podía prever, fue mayor que en los días anteriores. Los acomodadores se reconocieron desbordados.

Pudimos encontrar asientos a cuarenta metros del altar. Un coro de niños con casulla roja y sobrepelliz blanca entonaba música. El Legado pronunció una homilía brillante. Era lo esperado. Pero lo inesperado se produjo al anunciar los altavoces que se escucharía al mismo Papa en una transmisión directa desde Roma. Si alguien jamás había sufrido una descarga en su cuerpo, esa vez la sintió en plenitud. Los técnicos habían logrado la inédita conexión y por la perpleja atmósfera de Buenos Aires se expandió la voz del Pontífice.

Apreté las manos de Edith y las de su madre.

A la tarde se concentró más gente todavía. El Legado recorrió en solemne carroza los vericuetos que le abrían los fieles, seguido por un cortejo deslumbrante: cuatro purpurados, decenas de arzobispos, doscientos obispos y miles de curas y seminaristas. Sobre sus hombros llovían las flores. Onduló por entre la multitud, avanzando poco a poco hacia el altar-monumento. Allí lo esperaba el presidente de la República con su entorchado uniforme. Tras los saludos de estilo, el jefe de Estado pronunció una oración.

Luego Pacelli volvió a convertirse en el centro de todas las almas. Bendijo al hervidero de gente con una mano que parecía alargarse hacia lo lejos, hasta abarcar la última irregularidad del horizonte. Pronunció su discurso de despedida con mayor calidez aún que las veces anteriores. Era obvio que estaba satisfecho: había conseguido imponer una renovación del apostolado. Y sabía mejor que muchos sobre los tiempos difíciles que se avecinaban.

Edith cayó en mis brazos.

—¡Ay, Alberto! ¡Cuánto te necesito!

Le acaricié la cabeza afiebrada.

—¡Cuánto te necesito! No te imaginás...

EDITH

La suma era intolerable: violación y asesinato. ¿Con quién compartir semejante carga? Oprimía la ausencia de Alexander; su cara noble de ojos verdes sólo miraba desde los retratos. Cósima y Edith lloraban a escondidas, para no potenciarse el dolor. A veces adivinaban sus pensamientos y se abrazaban.

Pronto la injusticia entró en desmesura.

Edith interpretaba sus náuseas como visceral rechazo a lo que había sucedido con su padre y con ella, eran signos de su furia. Pronto descubrió otra cosa: la violación tenía una monstruosa consecuencia. Espantada, sospechó el averno. Quiso matarse. Bañada en lágrimas, blandió su puño a Dios.

—¡No podés hacerme esto! ¡Es demasiado!

No tenía derecho a castigarla de esa forma. Ya era suficiente con la sola violación y el crimen. Un mes y medio más tarde las náuseas se acompañaron de vértigo y en dos ocasiones fue a dar contra la pared.

—Jesús —rezaba durante la noche—: llevame con papá...

Alberto exigía consultar al médico y Edith aún rogaba: "Jesús: que sea hepatitis, que sea cáncer".

—Debe ser tu hígado —insistía Alberto—. No entiendo por qué te resistís a una consulta.

Si para ella era una maldición el presunto hijo que crecía en su vientre, ¿qué sería para Alberto? Empezó el derrumbe.

Necesitaba pensar su desgracia con otra persona. Sí, ¿pero con quién? No existía una sola en su horizonte afectivo que la pudiera sostener. Tampoco le brindaría una solución. Para estos casos no existe solución, sino vergüenza, ruina o muerte. Varias calles de Buenos Aires tienen declive y los tranvías aprovechan para aumentar su velocidad; bastaría pararse sobre las vías y en un instante acabaría su desgracia. Dios estaría conforme: ¿qué otro castigo podía armonizar con los que ya le había aplicado?

La preñez era evidente: no volvió a menstruar, crecía la cintura y aumentaba la pigmentación de los pezones. ¿Cuánto tiempo más resistiría consultar a un médico? Ni siquiera se animaba a descargar su pena en el confesionario porque le darían consuelos infantiles.

Una mañana despertó con el pelo mojado y quiso salir corriendo hacia lo de un rabino: quizás la religión de su papá ofrecía remedios diferentes. Pero no conocía rabinos; era católica y le dirían que fuese a lo de un cura. Subió a un tranvía con rumbo desconocido. Enfundada en su ropa de luto se sentó junto a la ventanilla. El duro banco de madera le pareció amistoso. Tiritaba el vagón como su alma. Las imágenes de las calles corrieron como las páginas de un libro. Se asombró de que la gente tuviera apuro. Se acarició el bajo vientre aún plano, ansiosa por cerciorarse de la nueva vida que habría eclosionado. Se trataba de un niño inocente, hijo suyo y nieto del asesinado Alexander Eisenbach. Pero era un bebé que no quería, porque el canalla de Rolf no merecía llamarse padre: era un monstruo bello y maligno como Lucifer. Y volvió a llorar, ahogadamente.

Al cabo de un tiempo impreciso se apeó en un barrio espectral. Caminó por calles de tierra, esquivó un grupo de chicos que jugaban a la pelota y le pareció que uno de ellos, con pelo rubio y ojos claros, muy provocador, se parecería a su hijo. Entonces se alejó presurosa, pero sin dejar de mirarlo: estaba sucio y maldecía.

Ingresó en una pequeña iglesia. La sobriedad de sus muros encalados derramaba silencio. Había pocas imágenes, tan opacas como el techo liso. Sobre el altar brillaban la Virgen y el Niño con colores artificiales. Unas pocas mujeres cubiertas con mantillas rezaban entre los bancos. Permaneció arrodillada y se esforzó en concentrarse.

Al rato vio dos confesionarios y decidió acercarse al más próximo. Se arrodilló.

Al escuchar la voz del cura no pudo contener su llanto. Pero tenía que hablar; apretó sus ojos hinchados, se sonó la nariz y dijo estar pronta. El cura pareció conmovido y esto dio fuerzas a Edith: "es un buen sacerdote, me va a comprender". Entre las lágrimas que rodaban por sus mejillas y el hipo que cortaba sus frases, manifestó su rabia contra el destino (le salió la palabra "destino" en lugar de "Dios").

Dijo que había sufrido una injusticia espantosa. Habían matado a golpes a su padre, lo habían matado porque sí, porque era judío.

El sacerdote carraspeó y preguntó incómodo:

—¿Has dicho "judío"?

—Sí.

—Pero, tú...

—Soy católica.

—¿Me aseguras que eres católica?

—Sí, como mamá.

—¿Bautizada?

—Por supuesto.

La observación resultó lamentable. Fue un tajo que cortó la confianza de Edith. Si lo había asustado el judaísmo de su padre, cuánto más lo alteraría la historia de su violación. ¿Qué ayuda podía brindar alguien atado por prejuicios? Sólo prescribiría el consabido consuelo de rezar y rezar. Ella había sido violada por una bestia, en su vientre no había un simple hijo, sino un hijo del Mal. Y ese Mal le envenaba la sangre. Tenía que matar el Mal o matarse a sí misma.

Quiso levantarse, pero escuchó que le preguntaba si tenía novio.

—Sí.

—¿Cómo se llevan?

—Bien. Muy bien. Se las arregla para visitarme seguido. Desde que murió papá me trae flores todos los días. Me adora.

—¿Tienen relaciones sexuales?

Ella sintió una estocada y se aferró del confesionario para no perder el equilibrio. ¿Qué responderle? Ese cura imbécil no merecía otro segundo de tolerancia. ¿Cómo decirle que todavía no, pero estaba en sus planes? ¿Cómo confiarle que Alberto, en la pasión de las caricias, susurraba que anhelaba poseerla, pero se contenía porque ella le decía que aún no, tal vez más adelante? ¿Cómo explicarle que también lo deseaba y que, últimamente, lo deseaba con más fuerza, como si necesitara reparar el agravio de la violación con abrazos íntimos de pura y auténtica entrega?

—¿Te has acostado con él? —reformuló la pregunta.

Este sacerdote la condenaría como si ya hubiera pecado. Y si contaba la violación, la condenaría como si fuese culpable. Y si contaba otras cosas, diría sin rodeos que era un delito la ayuda de Alberto a la resistencia antinazi; se escandalizaría al enterarse de que venía con los bolsillos llenos de cables terribles sobre lo que sucedía en Alemania. Este cura anacrónico hasta podría romper el secreto de confesión si le decía que ella trabajaba simultáneamente para Caritas como católica y para la *Hilfsverein* como hija de un judío. Se sintió desolada y rabiosa.

La confesión terminó mal para Edith, pero redonda para el párroco, que sentenció una leve penitencia y otorgó la absolución.

Edith caminó indecisa; en lugar de ir hacia la puerta volvió sobre sus pasos y se sentó. Necesitaba comunicarse de una buena vez con Dios y la Virgen. Rezó con silenciosa intensidad. La imagen de La Virgen y el Niño la miraba dulcemente. Repasó la noche de la doble tragedia y preguntó una y otra vez qué camino seguir. Sólo se le ocurría el aborto o el suicidio. ¿Había un tercer camino? ¿Un cuarto? Gimena, por otro lado, no parecía dispuesta a consentir el matrimonio pese a los esfuerzos de Alberto. Con el producto de una violación en su útero las perspectivas marchaban hacia un definitivo ocaso.

—¡Jesús! ¡Jesús! Estoy segura: si Gimena llega a enterarse de mi embarazo, y que ni siquiera pertenece a Alberto, afirmará que soy una ramera.

Entonces escuchó una voz. Las imágenes seguían mirándola fijo. Le estaban proponiendo una conducta tramposa. No podía creer que algo así resonara en sus circunvoluciones porque estaba dentro de una iglesia y frente al Santísimo Sacramento. Los ojos se le llenaron de lágrimas; la Virgen y el Niño se nublaron también, como si retrocedieran hacia misteriosas profundidades. La propuesta era riesgosa, pero expandía en su cuerpo un alivio maravilloso. Brotaba una esperanza. Rezó de nuevo con unción, las manos enlazadas y la frente pegada a las manos.

ALBERTO

El recepcionista levantó sus anteojos hasta sus cabellos grises y se puso rápidamente de pie al escuchar mi nombre.

—Su señor tío lo espera en la salita —anunció con entusiasmo—. Tendré el honor de acompañarlo —hizo señas a un colega para que ocupara su puesto tras el mostrador fileteado en bronce—. Por aquí.

Era el Club de los plutócratas. Ricardo solía concurrir desde media mañana para disfrutar un baño turco, en el que purificaba piel y cerebro mientras alternaba con personajes útiles a sus objetivos. Después se relajaba con un masaje y leía los diarios. El almuerzo con admiradores en algún restaurante y la siesta reparadora en su casa o en otra, secreta, lo tenían ocupado hasta la tarde.

El recepcionista golpeó con delicadeza una puerta llovida por visillos de encaje.

—¿Quién es?

—Ha llegado su señor sobrino, señor doctor Lamas Lynch.

—Que aguarde un minuto.

Se abrió la ancha puerta y el espacio se llenó con su corpulencia. Alcancé a echar una ojeada: la salita era un simple y blindado locutorio con un teléfono instalado sobre una pequeña mesa de caoba, sobre la cual se erguía un vaso lleno de lápices y yacía un anotador.

—Vamos al salón de té —dijo tras mirar en su reloj de bolsillo—. Hice una reserva en el ángulo más silencioso para charlar cómodos. Vamos a decidir algo importante mientras saboreamos los magníficos escones que sirven a las cinco en punto.

El corazón me empezó a saltar. Intuía que había escogido el marco del Club para dejarme sin aliento.

No bien se sentó ordenó al mozo que sirviera y se arregló el alfiler sobre la luminosa corbata. El monóculo estaba guardado en el bolsillo superior y prendido al ojal de la solapa con una fina cadena de oro. Apoyó los brazos sobre la mesa y disparó a quemarropa:

—Decime, Alberto: ¿te volviste loco?

243

Parpadeé. Mis omóplatos empujaron el respaldo como si su golpe me hubiera lanzado contra las cuerdas.

—¿Te volviste loco? —insistió.

Moví la mandíbula sin atinar a preguntarle la causa de semejante agresión.

—No necesito explicarte mi desencanto, Alberto.

Bajé la mirada.

—Supongo que habrás meditado sobre las consecuencias, las largas y múltiples consecuencias que afectarán tu carrera, tu vida familiar y tus amistades —interrumpió al llegar el mozo con una reluciente vajilla, y aguardó hasta que terminó de instalarla—. Si meditaste, y tomaste nota de las consecuencias inevitables y, a pesar de todo, querés avanzar hacia tu definitiva ruina, entonces te volviste realmente loco. Loco sin remedio.

Bebí agua para humedecer mi garganta, tosí, bebí de nuevo.

—Medité, por supuesto —corrí la copa hasta el centro de la mesa, como si quisiera establecer un equilibrio con mi avasallador pariente—. Y llegué a una sola conclusión: jamás me perdonaría ceder ante el prejuicio.

—¡Qué prejuicio ni prejuicio! —adelantó su cabeza—. Lo que tenés es miedo, miedo a cortar con esa judía, a decirle de frente, como un varón, esto no va más.

—La amo. ¿Entiende esa palabra?

—¿Me querés tomar el pelo? Si algo amás en ella, es una caricatura del amor: no se puede amar algo que a uno lo degrada. El deslumbramiento que produce cualquier chinita que levantás por ahí se apaga con el uso y el disfrute, no con el matrimonio. Y aquí no se trata siquiera de una chinita, sino de algo que llena de horror. ¡Cómo se te ocurre, Alberto, que los Lamas Lynch incorporemos una judía!

—Es católica. Tal vez más católica que muchos de nuestra familia.

—¿Católica? ¡Pero de raza judía! Lo decisivo es su raza.

—Su madre es aria y también católica.

—¡Bah! Por lo menos es media judía; ¿o no? ¿Acaso dirías que una manzana es buena porque sólo una mitad tiene gusanos?

—Eso de clasificar a la humanidad en razas es la verdadera locura, tío, no mi decisión de casarme con ella.

—Millones de cerebros piensan ahora en la raza. Los alemanes, uno de los pueblos más cultos de la Tierra, luchan por su pureza de sangre. Ignorarlo es propio de boludos. Estoy profundamente decepcionado de vos, Alberto.

—Hoy desprecian a los judíos y mañana despreciarán a los eslavos, y a los árabes. No nos salvaremos los latinos: es una coartada miserable de los nazis, que son unos acomplejados de mierda, para erigirse en los únicos bellos y dignos.

—¿No te das cuenta de hacia dónde va el mundo? Por favor: mierda son los ciegos. No seas ciego. Primo de Rivera, Mussolini, Hitler señalan el camino.

—¡Y qué camino! Pavimentado de odio y mediocridad. Estimulan el fervor de las hordas. Terminarán barriendo la civilización.

—Mirá, Alberto: desde que salís con esa judía no sólo te has vuelto más estúpido, sino más insolente. Imagino dónde acabarás. Pero ni yo ni nadie de tu familia te brindará socorro.

En una bandeja llegaron los perfumados escones. Cuando el mozo acabó de servirnos el té, la ira de Ricardo pretendió estrujarme.

—La semana próxima —amenazó—, a esta misma hora, te espero aquí, en este rincón, para que brindemos por tu valiente ruptura. Una semana sobra para liberarte.

—Tío, nunca fui tratado de esta forma. No lo acepto.

—Nunca habías llegado al borde del abismo.

La despedida fue seca y oprimente. Dijo adiós y retornó a la salita del teléfono confidencial. Caminé hacia la calle, vacilante. El empleado de la recepción me saludó con indiferente sonrisa.

Mientras aguardábamos la llegada de monseñor Pacelli en el último acto del Congreso Eucarístico comuniqué a Edith que celebraríamos en casa el cumpleaños de María Elena.

—Los cumpleaños de tus hermanas son trascendentes

245

—dijo con ironía—. En el de Mónica me declaraste tu amor.

—¿Vendrás al de María Elena?

—En tu casa no soy bien vista.

Detuve la marcha y giré con disgusto.

—Vendrás lo mismo.

—No. Claro que no.

Mamá había regalado a María Elena un fonógrafo con veinte discos de fox-trots, charlestons y tangos. Incluso decidió que sus hijas retomaran las lecciones de baile con Jacques Lambert: debían estar en condiciones para destacarse en la sociedad porteña de los nuevos tiempos. Lambert era divertido y enérgico. Vestía levita con solapas de terciopelo fucsia y se bañaba en perfumes. No daba abasto con las damas de la alta sociedad; su repertorio empezaba en el minué y terminaba en los ritmos norteamericanos. Hablaba con fuerte acento francés, lo cual le confería una pátina de distinción.

Las llegadas del maestro Lambert producían revoltijo. La servidumbre enrollaba alfombras y corría muebles, mientras mis hermanas reían por cualquier estupidez. Mamá se resignaba a tolerar los avances modernistas ante el peligro de que el diablo volviese a meter la cola. Sus hijas debían encontrar novios decentes y casarse rápido. Los bailes en casa podían ser bien controlados.

Mónica era la única que la irritaba.

—No entiendo tu rechazo a Edith —le decía.

—Sos una mocosa para entender. Quiero salvarle la vida al inconsciente de Alberto.

—Te arrepentirás.

—¡Callate! Ya imagino qué nos espera de vos. Cualquier día te aparecerás con un judío, un protestante o un masón.

El cumpleaños de María Elena fue concurrido y alegre. Edith no vino, por supuesto, pero mandó un regalo con la expectativa de que fuese arrojado a la basura. Pero María Elena le mandó una cariñosa esquela de agradecimiento. ¿Empezaba a quebrarse el frente del rechazo?

Fue una sorpresa enterarme de que mi vínculo con Edith había llegado al Ministerio de Relaciones Exteriores. A un lado de mi mesa habían depositado las carpetas que debía examinar durante la mañana. Cuando levanté la segunda, apareció una esvástica; de su gancho inferior bajaba una cuerda, de la que pendía una mujer. Quien había fraguado esta infamia no era buen dibujante, pero se las había ingeniado para que su mensaje fuera transparente. Por si resultaba poco claro, una flecha apuntaba hacia la figura colgante con la palabra "Edith".

Hice un bollo y lo amasé dentro de mi mano varios minutos. Maldije a los cobardes que no tenían mejor cosa que hacer. No arrojé el bollo en el cesto: lo deslicé a mi bolsillo y mascullé que esto no podía quedar impune.

Fui a solicitar que me adelantasen el café de media mañana. Pero ni el café ni las advertencias sobre urgente despacho que etiquetaban algunos expedientes me permitieron concentrarme. Tenía ganas de decir que estaba enfermo y necesitaba irme. Quizá me espiaba el autor del dibujo y gozaba mi desestabilización. Abrí otra carpeta.

Las horas rodaron con desesperante lentitud.

Esa noche, encerrado en mi cuarto, desplegué el arrugado papel sobre el escritorio donde apilaba libros y recortes. Acomodé la lámpara para examinarlo con buena luz. Por la irregularidad de los trazos colegía que se trataba de alguien con mal pulso o que dibujó a las apuradas, lo cual indicaba que no disponía de suficiente privacidad, no pertenecía a las jerarquías superiores. Pero, ¿podía estar seguro de ello? Las letras de EDITH, todas mayúsculas, eran también irregulares. Tal vez simuló temblor para encubrir sus rasgos caligráficos, o trabajó con la mano izquierda.

Golpearon.

—Soy yo —susurró mi padre.

Guardé la hoja.

—Adelante.

Apareció envuelto en su larga bata de seda oscura.

—¿Trabajando? —arrimó una silla.

—Ordenando la información.

Acarició su canosa barbita en punta. La reluciente bata

emitía perfume a tabaco. Sus ojos recorrieron los lomos de los libros apilados sobre la mesa y el tintero de bronce con una efigie de Sarmiento. Apoyó su mano sobre mi hombro.

—Alberto —hizo una pausa—: ciertos tragos deben pasar rápido, como los remedios de mal sabor.

Corrí innecesariamente la pila de libros, como si debiera ofrecerle más espacio a sus palabras.

—Gimena sufre, tus hermanas se alborotan y Ricardo me tiene cansado.

—Papá —suspiré—: te ruego que seas frontal. Si alguien está cansado, soy yo. Imagino a qué te referís.

Estiró el cuello del piyama.

—Gimena sigue insistiendo con Mirta Noemí.

—Obstinada, mi vieja.

—Ya lo creo. Me preocupa que siga alimentando las esperanzas de esa chica; y la de sus padres. Puede llevarnos a un feo desenlace.

—Mirta Noemí es un asunto acabado, papá. No me mueve un pelo.

—Vuelvo a preguntarte: ¿estás seguro?

—Papá...

—Bueno, está bien.

Sonrió y su sonrisa cambió la atmósfera.

—Confieso que Edith me gusta. Y que me está avergonzando nuestra oposición.

—¡Por fin! —le apreté el brazo—. Tendrías que hablar con mamá, entonces. Hablarle mucho y claro.

—Inútil. Pertenecemos a una generación en la que el marido y su mujer no saben cómo decirse algunas cosas. En eso el mundo está cambiando rápido; nosotros ya tenemos demasiada rigidez.

Cerró los párpados. Sentí gratitud por su confidencia. Estimulaba una especie de amistad inesperada. Me asaltó el deseo de retribuir su confianza y abrí el cajón; extraje el dibujo, que alisé sobre la mesa y puse en sus manos.

Pegó un respingo. Hurgó en sus bolsillos los anteojos. Se los calzó sin dejar de mirar la arrugada hoja.

—¡Qué hijos de puta!

—Ya ves: no sólo se opone mi familia. Esta hoja apareció entre las carpetas de mi escritorio.

—¿Sospechás de alguien?

—No.

—¡Qué perversos! —movió la cabeza.

—¿Qué debería hacer?

—Supongo que nada. Cuidarte más, tal vez. ¿Pero cuidarte de qué? ¿No abandonarás a Edith, no?

—Por supuesto que no.

—¿Estás decidido a casarte con ella?

—Vaya pregunta.

—¿Estás decidido?

—Claro que sí.

—Entonces: ¡casate!

Mis labios se entreabrieron.

—Casate —repitió—. Fijá la fecha y da por concluido el asunto. Con el tiempo Edith será aceptada por Gimena.

Tío Ricardo llamó para recordarme la cita.

—En el Club, a las cinco.

—No vale la pena —dije—. ¿Qué podríamos agregar?

—Tengo algo importante que agregar. No escapés a tus obligaciones, Alberto.

—¿Verme con usted es también una obligación?

—¡Y un placer! —rió.

El recepcionista levantó sus anteojos hasta el cabello gris, dibujó su falsa sonrisa y me condujo a la salita desde donde mi tío se comunicaba con relaciones secretas. Luego nos sentamos en su rincón favorito.

—¡No olvide los escones de las cinco! —advirtió al mozo.

Lo miré desconfiado: seguro que iba a descargar su fusilería desde el primer minuto, como la otra vez. Pero no fue así.

—¿Hace mucho que la conocés?

—¿A Edith?

—No me dirás que hay otras —guiñó.

—No hay otras.

—Bien.

—Sí, la conozco desde hace años.

—¿Sabés? Estuve reflexionando sobre el asunto.

—Las razas.

—No exactamente. ¿Te referís a la fracasada pieza de Ferdinand Bruckner?

—No. A sus convicciones, tío.

—Mis convicciones están bien, gracias a Dios.

Fruncí el entrecejo.

—Estuve reflexionando sobre tu amor con esa muchacha.

Mi inquietud viró hacia la sorpresa: su tonalidad no era condenatoria esta vez. Al menos por el momento.

—Para un buen cristiano importa el amor.

—Así nos enseñan...

—¿Pensás distinto?

—Pienso que a menudo se declama el amor y se practica el odio.

—¡Bah, bah! Somos de carne y hueso, somos pecadores. Lo esencial es el amor.

—¿Entonces?

—Amás a esa muchacha.

—Edith.

—Edith. Bonito nombre. La vi aquella noche, cuando estiró la pata el Peludo, ¿te acordás? Pese a las sombras, advertí que era realmente hermosa. ¡Y bueno! Ella te ama, ¿no es así? Entonces me dije: ante la realidad no debemos ser como la piedra.

Yo estaba desconcertado.

—No creo en lo que dice. No parece el mismo de la semana pasada.

—Lo soy. Ocurre que te cuesta entender la compleja profundidad de mi pensamiento. Anhelo que el nacionalismo católico se expanda por doquier, no sólo por la felicidad de nuestra nación y de la Iglesia, sino del mundo. De ahí mi rechazo a los judíos, los masones, los liberales, los bolcheviques y cuanta abominación ensucia a la verdadera humanidad. Pero tu chica es católica, me aseguraste.

—Sí, lo es.

—Entonces no hay problema.

—Pero usted habló de raza, que era medio judía, que los gusanos de media manzana y cosas así.

—Confío en que sabrás cortar la mitad enferma y quedarte con la sana.

—¿Confía usted?

—Mirá, Alberto. Para el Señor no hay imposibles. Si están bendecidos por el amor, debo inclinarme y decir amén. He llegado a esa conclusión.

—Gracias. No esperaba su apoyo. Ojalá que influya sobre el ánimo de mamá.

—Y sobre Emilio.

Mordí el sabroso escón.

—En realidad, papá...

Le brillaron las pupilas.

—Debe estar fuera de sí —rió levemente y también mordió el suyo.

—No.

—¿Cómo que no? —escupió miguitas; rápidamente apoyó la servilleta en sus labios.

—En este asunto piensa igual que usted.

Se extendió una nube sobre su cara.

—No entiendo.

—Apoya mi casamiento con Edith.

—¿Que te apoya?...

Su mano se abalanzó sobre la bandeja de escones y eligió otro, que mordió con rabia. Miró a la mesa vecina mientras sus mandíbulas trabajaban. Sorbió el té y dejó de hablar. Yo estaba más asombrado que antes. Luego repitió su conocido monólogo sobre el demoliberalismo. A los quince minutos me despidió con inusual cortesía, pero su sonrisa denotaba frustración.

Cuatro días más tarde mamá pellizcó mis brazos.

—Ricardo estuvo en casa y dijo que te casarás con esa judía. Que es un hecho irreversible.

—Mamá, por favor. Ya te dije que no es judía.

—¡Nos acusa!

—¿Tío Ricardo? ¿De qué?

—De irresponsables, de anticristianos.

—¿Por oponerte a mi boda?

Su llanto se detuvo en seco.

—¡Por aceptarla, estúpido!

Edith, pese a su deterioro físico, se empeñaba en concurrir algunos días por semana a Caritas y, a la vez, armar notas para el Boletín de la *Hilfsverein*. Yo seguía copiando para ella los cables que llegaban a la Cancillería.

Una tarde, mientras revisábamos papeles sobre la mesa de su cuarto, sentí una oleada de erotismo. Su rubia cabellera emitía luz y sus ojazos tiernos se posaron en los míos. Envolví sus manos frías, que empezaron a transmitirme un conocido temblor. Luego deslicé mis dedos hacia sus hombros, su cuello terso y sus mejillas calientes. Comprimí su cara con infinito cariño y acerqué mis labios. El beso fue rápido, apenas una insinuación. Pero enseguida se produjo otro. Y otro. Cada vez más largo y más sentido.

Empezamos a olvidar pudor y penas. Los besos adquirían libertad, osadía. Los labios expresaban anhelo y también voracidad. Se succionaban febriles, sedientos. Mi lengua rozó sus dientes, luego la suya entró en mi boca.

Sentí que levitaba. Nuestros veinte dedos se buscaron ansiosos. Ella acariciaba mi garganta, mis hombros, mi esternón. Yo acariciaba su nuca, su espalda y, con reticencia, los costados de su abdomen.

Entre gemidos de placer borboteamos palabras. No registraba su significado, sino su galope. Tampoco registré la forma en que ella fue perdiendo la blusa y yo la camisa. Sólo recuerdo que sentí la proximidad de una revelación. Por fin conocería a mi amada en plenitud. Los conflictos por nuestra boda habían introducido en mi cabeza el afán de poseerla cuanto antes. No sólo por deseo, sino para terminar de convencerme de que la quería de verdad. Tras el coito muchos hombres se decepcionan. Yo necesitaba la prueba de que eso no me ocurriría jamás. Era la secreta refutación que opondría a mis últimas dudas.

Edith se resistía porque así lo exigían las costumbres: una joven decente debía llegar virgen al matrimonio. Las costumbres eran severas, afirmadas por un consenso que sólo impugnaban pocas excepciones. El mérito consistía en abstenerse.

Ella ofreció la debida resistencia y yo, mareado por la ruta que se abría a mis caricias, dejé de pensar en los cuidados. Pasión y sufrimiento, curiosidad y locura me impulsaron a avanzar hacia su cama, junto a la pared.

Por instantes Edith parecía recuperar los sentidos y se crispaba. Sus movimientos de oposición despabilaban mis frenos; entonces se lentificaban las caricias y se endulzaban mis besos, los que durante años fueron tan amorosos como entonces, pero castos. Edith, abrumada por un dolor tan grande que ya le había quebrado la salud, parecía haber tomado la decisión de permitirse lo prohibido. Quizás era una forma de desquitarse de Dios.

Logré desvestirla mientras seguía pintándola de besos. No recuerdo cómo me abrí paso entre sus piernas. Escuché un grito ahogado; sus dedos se prendieron a mi nuca. Mordió levemente mi hombro y yo noté que un maremoto me cubría de pies a cabeza. Se multiplicó al infinito mi ansia por fundirme en ella.

Agitados, yacimos el uno sobre el otro sin atrevernos a decir palabra. Escuchamos cómo nos latía el corazón. Y reanudamos los besos, ahora breves y agradecidos. Se oían algunos ruidos de la calle, pero en la casa, por suerte, no había testigos que amenazaran nuestra intimidad.

Por fin erguí mi tronco y la miré. Edith lloraba en silencio y le hablaba a la Virgen y el Niño.

—¡Mi amor! ¿Estás arrepentida?

Levantó el pelo de mi frente y negó con la cabeza.

—Me tengo que levantar —dijo—. Debo estar sangrando.

Me aparté y Edith corrió a lavarse. Me incorporé también, preocupado por las sábanas. Felizmente no se habían manchado.

Nos vestimos y retornamos a la mesa, donde aguardaban los papeles de Caritas y de la *Hilfsverein*. Nuestras sillas se juntaron y permanecimos abrazados hasta la noche. La sentía mi mujer, mi incuestionable mujer.

De cuando en cuando rodaban lágrimas por sus mejillas. Se las limpiaba a besos.

—Me parece que nado en el mar —dije.

—Tonto. Dejame secarlas.

—¿No estás feliz? —levanté su mentón delicado.

—Mucho, querido. Mucho.

En casa seguían divididas las posiciones, aunque mi madre empezaba a ceder. De esto tuvimos la prueba tras un accidente que puso el mundo patas arriba. Me cuesta narrarlo.

El traspié empezó cuando, pensando que aún faltaba un último recurso, mamá urdió la peligrosa trama. Quiso reunirnos durante un fin de semana en nuestra estancia para celebrar las buenas ventas de ganado. Parecía una iniciativa inocente, pero también invitaba a Edith y a Mirta Noemí.

—¡¿Cómo?! —se sobresaltaron mis hermanas.

—Edith no debe haber visto una estancia en su vida —explicó fastidiada—. Ni debe saber cómo funciona.

—Pero Mirta Noemí...

—Es tiempo de que el testarudo de Alberto las vea juntas. Y compare. Dios le abrirá los ojos.

—¡Es ridículo, Gimena! —papá tartamudeaba perplejidad—. Es arriesgado.

—¿Por qué?

—No quiero enemistarme con los Paz. Su hija no es una mercancía.

—Los Paz valorarán mi esfuerzo. Mirta Noemí es adorable y siempre la pasa bien con nosotros.

—Pero Alberto atenderá a Edith. Estoy seguro de que Mirta Noemí se sentirá mal, muy mal.

—No tenés idea de cuánto resiste una mujer. Mirta Noemí lo quiere a Alberto y hará lo posible para arrancárselo a ésa...

—¡Gimena, por favor!

La estancia era el emblema de nuestro poderío de clase, la fuente de nuestra declinante fortuna y el catecismo de nuestra mentalidad. Era la base común de familias patricias como los Paz y los Lamas Lynch, no de una parvenue como Edith Eisenbach. Ahí estaba la cifra. En ese sitio se luciría Mirta Noemí, nunca una judía alemana de clase media.

Mónica me imploró que no llevase a Edith, porque sería humillada.

ROLF

El capitán finalizó la clase antes de lo habitual. Revisó el contenido de su billetera y fue hacia la puerta que su secretario abrió apurado. Tropezó en el umbral.

—*Scheisse!*

Se derrumbó contra la pared.

El secretario y los Lobos se precipitaron hacia Botzen para sostenerlo.

—Es un esguince... —dijo con fastidio mientras se masajeaba—. Váyanse, ya pasará.

Los discípulos desfilaron compungidos.

—Rolf: tú quédate —ordenó.

Se apoyó en su hombro y en el del secretario para llegar al escritorio. Tenía la frente pálida. Se dejó caer en el alto sillón. Redactó una carta, sacó algo de su billetera y los introdujo en un sobre amarillo. Escribió la dirección y lo pegó.

—Irás rápido a este domicilio y preguntarás por el doctor Ricardo Lamas Lynch. Le entregarás el sobre en mano, únicamente en mano. Me aguarda en este preciso momento. Contarás que no puedo ir personalmente porque me torcí el pie. Esperarás su respuesta. Que te la dé por escrito, también en sobre cerrado. Me la traerás aquí.

—¿No prefiere descansar en su casa? —murmuró el secretario.

—Esperaré aquí. En marcha, Rolf.

Rolf leyó la dirección y guardó el sobre en el bolsillo interno de su chaqueta. Salió presuroso.

Llegó a una casa imponente. Accionó el llamador de bronce que reproducía la zarpa de un león.

—Traigo un mensaje para el doctor Lamas Lynch —comunicó al desconfiado portero.

255

El hombre tendió la palma.

—Debo entregárselo en persona.

—Está en reunión. Yo lo haré —movió impaciente los cinco dedos.

—No. Tengo órdenes estrictas.

—¿De quién?

—Del capitán de corbeta Julius Botzen.

—Un momento —cerró con brusquedad.

Aguardó con las manos en los bolsillos. Algunos noctámbulos recorrían la vereda. Pasaron dos automóviles y un simón. Escuchó pasos y el portero entornó la hoja.

—Entre.

Lo siguió por el breve zaguán, cruzó la vidriada puerta cancel y llegó a un hall redondo con una mesa de mármol también redonda, sobre la que se alzaba un helecho. Luego pasó a un salón oscuro, apenas iluminado por lámparas bajas y misteriosas. Se levantó un caballero de lustroso peinado a la gomina, que se puso el monóculo en la órbita izquierda y lo examinó de arriba abajo.

—Traigo un mensaje para el doctor Ricardo Lamas Lynch.

—Soy yo.

Rolf advirtió a un cura sentado en una butaca; su cabeza parecía flotar en la penumbra. Introdujo la mano en el interior de su chaqueta, pero hesitó.

—Es el padre Ivancic —dijo Ricardo—: puede obrar con confianza.

Le tendió el sobre.

—Gracias —Ricardo leyó el anverso y reverso y calculó su contenido. Lo depositó sobre el escritorio.

—El capitán Botzen ruega que lo disculpe. No ha podido venir porque se torció un tobillo.

—¿Ah, sí? ¡Cuánto lo siento! Ojalá se recupere enseguida: es un prusiano de ley. Transmítale mis buenos augurios.

Rolf sentía que los penetrantes ojos de ese hombre lo desnudaban.

—Pidió que le llevase su respuesta por escrito.

—Mañana se la enviaré.

—La espera ahora. Por mi intermedio.

—¡Qué pesados se ponen a veces mis queridos alemanes! —guiñó al padre Ivancic y volvió a clavar su mirada sobre el cuerpo de Rolf—. ¿También usted es alemán?

—Sí, doctor.

—Bella raza. Bueno —lo tomó del brazo y lo condujo hacia el hall—. Sentate aquí. ¿No te molesta que te tutee, verdad? Finalizo mi reunión con el padre y escribiré mi respuesta. ¿De acuerdo?

El portero le ofreció bebidas. Eligió un vaso de cerveza, que bebió mientras contemplaba el robusto helecho. Sobre las paredes había retratos y símbolos fáciles de identificar: un crucifijo de madera labrada, una fotografía del Papa, un cuadro con el escudo nacional argentino sobre una banda de seda que decía Legión Cívica y una reproducción del general San Martín. No tuvo que esperar mucho porque reapareció Lamas Lynch antes de que terminara su cerveza. Acompañó al sacerdote hasta la calle y luego dijo:

—Adelante, amigo mío —lo reintrodujo en la oscura habitación.

No lo invitó a sentarse. En cambio él se acomodó ante su escritorio, abrió el sobre con un cortapapeles de obsidiana y espió su contenido. Extrajo la carta y el cheque; los leyó y volvió a guardar. Por su cara se extendió una sonrisa.

—¿Sabés? Cada vez me gustan más los alemanes. Son mejores que los mejores caballos. Cuando entienden, cumplen.

Rolf no lograba descifrar a este curioso hombre que parecía soberbio y regalaba inusuales elogios. Lamas Lynch aproximó la lámpara y se puso a escribir la respuesta. De cuando en cuando levantaba los párpados para mirar al mensajero. Estampó su rúbrica, dobló el papel y lo deslizó en un sobre blanco.

Rolf lo puso en el interior de su chaqueta y amagó partir. Pero Ricardo lo detuvo.

—Me interesás —apretó sus dedos en torno al brazo.

Lo obligó a sentarse en el sofá. Lamas Lynch se ubicó a su lado y le palmeó la rodilla.

—¿Cuántos años tenés?

Rolf sintió ganas de huir; este hombre buscaba algo desconocido o inmanejable. Se le secó la boca a pesar de haber ingerido medio vaso de cerveza. Atinó a excusarse:

—Me espera el capitán Botzen en su despacho. Debo volver enseguida.

—No te alteres, por favor. Ya vas a volver a lo de nuestro ilustre capitán prusiano. Pero no me privés de charlar un poco. No es frecuente hallar en la Argentina un Adonis.

Rolf se inquietó más.

—Fijate: en Buenos Aires sobran los negros de mierda. Aunque, debo reconocerlo, yo soy morocho y algunos negros tienen buenas proporciones. ¿Te desagradan los morochos?

—No sé, señor, digo doctor. Hay razas y razas.

—¡Por supuesto! Lo único que puedo asegurarte... ¿Cómo te llamás?

—Rolf Keiper.

—Rolf. Hermoso nombre. Breve, sonoro. Decía, mi querido Rolf, que lo único que puedo asegurarte es que soy morocho, algo encanecido ahora, pero no judío.

Hesitó en mirarlo ante semejante información, tan obvia como insustancial en ese momento, y forzó una sonrisa. Ricardo transformó la suya en fuerte carcajada.

—Botzen detesta a los judíos, todos los alemanes los detestan. ¡Y yo también, ja, ja, ja! Pero hay judíos rubios, ¿sabías? Los he visto en su *ghetto*. Ninguno, sin embargo, alcanza la hermosura de un germano. Mirá: tu porte, tu tórax, tu cintura, tus proporciones son perfectas. Tus ojos azules parecen el verano eterno. ¡La pucha que sos lindo!

Una trenza de sudor le descendió por la columna. Bajaba hacia la línea interglútea como un alarmante anuncio. Esta conversación no tenía sentido y se puso de pie. Lamas Lynch también se incorporó y volvió a comprimir el brazo de Rolf como si evaluara su musculatura. Llamó al portero para que lo acompañase hasta la calle y se despidió con un prolongado apretón de manos. No le brindaba la misma atención que al padre Ivancic porque se quedó en el despacho y esto tranquilizó a Rolf sólo a medias.

Botzen lo esperaba con el pantalón arremangado y el pie sumergido en una palangana de agua caliente espolvoreada con sal gruesa. Una nube de vapor brotaba del recipiente. El secretario permanecía en ridícula posición de firmes.

Botzen leyó la carta.

—Buen trabajo. Le caíste bien al doctor. Te espera el próximo jueves para que lo acompañes a su estancia.

—¿Yo?

—Gran privilegio, Rolf. Este hombre es mi puente de oro con varios círculos del poder; conviene que lo sepas.

Extrajo el pie chorreante y se miró el tobillo. Estaba hinchado y cianótico. Volvió a hundirlo en el agua.

—Creo que el esguince ha sido providencial: por su culpa no fui, pero eso ha permitido que él te conozca. Será muy útil, de veras.

La expresión de Rolf no manifestaba acuerdo.

—No te preocupes. Ya sabía que le gustan los jóvenes, pero eso es todo. Se limita a preguntar y manosear.

Rolf seguía petrificado.

—Es un caudillo nacionalista. Un macho, como dicen aquí —aparecieron sus grandes dientes amarillos—. Sólo debes mantenerte calmo y hacerte el distraído.

—Pero...

Botzen volvió a mirar su afectado tobillo y ordenó a su secretario que los dejase solos.

—¿Pero qué, Rolf?

—Ese hombre es, ¿cómo decirle?

El capitán movió el agua con su pie hinchado. Se atusó el boscoso bigote.

—Hay muchos hombres raros. Pero algunos sirven como dioses y Ricardo Lamas Lynch es uno de ellos. Lo único que me interesa es el triunfo de nuestra causa. Nos está ayudando desde hace rato.

—¡Es un invertido, capitán!

—Más o menos.

—No existe el más o menos, disculpeme disentir.

Movió las cejas y levantó más su pantalón.

—Dicen que tiene varias amantes, que usa un domicilio secreto para sus siestas y algunas noches. También ofrece coristas a sus amigos, sabrosas coristas que contribuyen a mejorar las negociaciones complejas.

—No entiendo.

—Parece que cuando joven, hace muchos años, participó de un incidente oscuro en el que murió un peoncito de su estancia. Dicen que fue una riña sodomítica, porque un amigo de él tuvo que emigrar a los Estados Unidos y los padres de Ricardo debieron gastar mucho dinero para impedir que terminase en la cárcel. Después, hasta lo quisieron desheredar por eso, pero se defendió judicialmente con mucha agresividad, y ganó.

—Entonces no me equivoqué. Es un degenerado. Cómo voy a reaccionar cuando...

—Síguele la corriente. ¿Qué puede pasar? Eres demasiado fuerte —le guiñó.

Rolf seguía contraído.

—Siéntate —ordenó el capitán.

Acercó una de las sillas. Botzen arrojó otro puñado de sal al recipiente y removió el agua. Trató de encontrar una posición más confortable para sus asentaderas en el gigantesco sillón y hundió su mirada en las órbitas de Rolf como si deseara penetrar al centro del cráneo.

—Mira: te he designado jefe del pelotón. Tu responsabilidad no es sólo física, sino ideológica.

Rolf parpadeó.

—Nuestra causa progresa con el nazismo, aunque aún el nazismo no manifiesta interés por el retorno de la monarquía. Hitler está consiguiendo triunfos que parecían imposibles. Me disgustan los oportunistas que lo rodean y trepan, pero es un mal menor. Por ahora sigo firme con el nazismo. Ésa debe ser tu posición.

—Lo es.

Hizo señas para que le alcanzase la toalla que su secretario había dejado doblada en el extremo de la mesa. Se secó gemebundo.

—Eres como un hijo para mí —no lo miraba—. Pero te he designado por tus cualidades, no por mi afecto.

Rolf empezó a agitar la pierna.

—Los principales negocios entre el Reich y la Argentina pasan por mis manos. Los grandes negocios incluyen *informantes*, armas, propaganda, acciones dentro y fuera de la comunidad, acercamiento a los nacionalistas locales. Lamas

Lynch es una pieza central. Facilita los contactos y los buenos arreglos. Cobra por sus servicios, por supuesto; y cobra fuerte.

Se le abultó la cara mientras intentaba ponerse la media.

—Últimamente ha comenzado a portarse de un modo extraño —desenrolló la media hasta cerca de la rodilla—. No sólo exige más, sino que se ha vuelto intolerante con los plazos. Por eso tuve apuro en mandarle el dinero.

—Mal bicho.

—No diría tanto, pero sus insinuaciones me desconciertan por otra razón: alguien le pasa información reservada, alguien nos está traicionando y puede llevar a una hecatombe.

Su índice apuntó hacia el calzador que su secretario había dejado junto a la toalla. Trató de que su pie cupiera en el zapato.

—Te ha invitado a su estancia... Maldito esguince... Es una oportunidad excelente, Rolf. Ni que yo lo hubiese planeado. Allí concurren sus amigotes, varios militares seguramente. Quien le pasa información debe ser un militar. Descubrirás al canalla.

—¡Qué voy a hacer en una estancia y entre esa gente!

—Lo mismo que ellos. Pero con un agregado más interesante —le acercó la cabezota—: ¡espiar!

EDITH

La invitación a pasar un día en la estancia Los Cardos le produjo una erupción de ambivalencia.

—Es un redondo disparate —reconoció Alberto—. Mamá supone que yo terminaré convencido de que no encajás entre nosotros.

—¿Pensás lo mismo?

—¿Me creés idiota?

—Tu madre no es idiota.

—Es obstinada.

—Francamente, no estoy para este tipo de pruebas. Ade-

261

más, no me interesa la candidata de tu madre. Creo que hemos consolidado nuestra relación —sus ojos negros, rodeados de las ojeras que no la abandonaban desde la muerte de Alexander lo miraron con intensidad.

Alberto la besó y abrazó.

—Te adoro. Más que nunca.

—Me disgusta este torneo; carezco de fuerzas.

—No cambiará mis sentimientos. Tampoco me gusta que vayas en estas condiciones.

—Tu madre comenzó a aceptarme.

—¿Cómo? ¿De dónde sacás esa conclusión?

—Tu madre me invita a la estancia, me deja penetrar en el santuario. Tal vez ella misma no se ha dado cuenta de que levanta una barrera.

—¡Las ocurrencias que afloran en tu cabecita! —volvió a besarla.

—Iré, aunque a disgusto —hundió sus cabellos en el pecho de Alberto.

—Yo te cuidaré como la más valiosa gema del mundo.

Y volvieron a extraviarse en la sensualidad de sus cuerpos. Besos, saliva, gemidos y semen les hicieron olvidar las horas.

Cuando Alberto fue a buscarla el domingo, un tenue rosicler se insinuaba sobre los tejados de la ciudad. Edith envolvió su cuello con una chalina. La atmósfera era fragante, pero en su corazón latía el mal augurio.

—Mi familia partió ayer —contó Alberto—; les gusta dormir en el campo.

Viajaron hacia el oeste. A medida que se alejaban de la ciudad se expandía la luz. El rocío había esmerilado las praderas. Ordenadas bandadas corrían hacia las escasas nubes.

Alberto describió la estancia que su padre había comprado tras el conflictivo reparto de la herencia. Enumeró las habitaciones del casco, su moblaje, vitrinas con marfiles y porcelanas, tapices rústicos, alfombras de cuero vacuno y profusión de espadas históricas. Después le explicó la utilidad de los potreros, las cualidades del stud y la abundancia de ganado. También mencionó los nombres de peones y mujeres que servían desde hacía años con sagrada lealtad.

Ella simuló escuchar cada detalle, pero a menudo sus pensamientos volaban en otra dirección: el secreto de su embarazo le mordía las entrañas.

Ingresaron en un corredor de álamos. En el fondo se divisaba la casona. Se detuvieron en una explanada sobre cuyo centro se erguía la sombrilla enorme de un ombú. Dos peones se arrimaron presurosos para ayudarlos a descargar el equipaje.

La casona era baja, sólida, pintada de rosa y blanco. Tenía una galería en torno a cuyas columnas se enredaban madreselvas en flor. Las ventanas estaban protegidas por rejas.

Edith siguió a Alberto rumbo a la entrada. El sol mañanero ya cubría las baldosas de la galería y nacaraba trozos de muebles en el interior. Pudo distinguir el aparador alto y las rústicas alfombras de cuero.

Emilio, Mónica y María Elena se adelantaron para darles la bienvenida y los invitaron a ubicarse en los sillones que daban a la chimenea apagada. Luego aparecieron Gimena y María Eugenia. Alberto las miró con ganas de controlarles la lengua, pero sus saludos fueron impecablemente cordiales.

Por último se hizo presente Mirta Noemí Paz con vistoso equipo: botas con espuelas, breeches, cinturón y chaleco; de su muñeca colgaba la fusta. Excepto su madre y Edith, todas las mujeres vestían pantalones de montar.

Una sirvienta gorda, en delantal blanco con puntillas ofreció un mate de plata.

—Para la señorita Edith —ordenó Gimena.

—Aquí empezamos a matear de madrugada —notificó Emilio—. Después viene el desayuno.

—¿Has tomado mate alguna vez? —preguntó Gimena en tono dulce, pero equivalente a la pregunta de un profesor malicioso.

—Por supuesto —dijo mientras recibía el mate de plata—. Y me gusta amargo.

Mientras se desarrollaba la ronda del mate, las miradas de los presentes cruzaban de una a otra dirección. Había

comenzado una carrera entre dos mujeres que se empeña-
ban por parecer distendidas.

—¿Sabés cabalgar? —preguntó Gimena.

—Yo...

—Tenemos muchos caballos y podemos facilitarte el que
te venga mejor. Sería lindo que los jóvenes den una vuelta
antes del desayuno. Perdoname, no escuché tu respuesta.

—Cabalgué algo. En Bariloche.

—¡Ah, qué bien! —aplaudió suavemente—. Entonces vas
a poder montar a Flecha; es un alazán bellísimo, de crin y
cola blancas. Un sueño. ¿Te parece, Emilio?

—Es inestable. Quizá le convenga el tobiano.

—¿Ese matungo?

—No exageres, Gimena.

—Para un bebé, apenas se mueve. No ofendas a nuestra
invitada. Dice que ya ha cabalgado.

—Dejémoslo para más adelante —interfirió Alberto—;
tenemos todo el día. Además, no se vino con ropas de
montar.

—¡Estamos en una estancia! —Gimena le miró la falda
urbana, los zapatos de gamuza, la fina pero inadecuada blusa
de seda con cuello de organdí—. Y en una estancia hay
animales, campo. Para divertirse y gozarla hay que mezclar-
se con ellos.

—Podemos hacer muchas cosas sin cabalgar —sugirió
Emilio.

—Pero una vueltita antes del desayuno... —insistió
Gimena—. No los vas a privar. Mirta Noemí ama cabalgar.
¡Qué buenas botas, Mirta Noemí! Creo que no son las mis-
mas de la última vez.

—¡Claro que sí! Las usé para montar a Flecha, precisamente.

—¿Te atrevés al alazán? —preguntó Emilio a Edith.

—Voy a probar.

—Sugiero que elijas otro —intervino Mirta Noemí con
falsa generosidad—. A menudo se encabrita.

Gimena pidió a la mucama que transmitiese una orden a
los peones. Mónica ofreció prestarle ropa a Edith, quien,
tras un segundo de indecisión, fue tras sus pasos. Regresó

264

vestida con breeches, pero no lucía como una amazona. En cambio Mirta Noemí no sólo usaba un conjunto impecable, sino que sabía cómo moverse dentro de él: le sacaba varios puntos de ventaja.

El mate siguió su minuciosa ronda hasta que se produjo un movimiento en el patio. Salieron a la galería alfombrada de sol. Tres peones avanzaban con seis corceles, la rienda baja y elegantes aperos. Alberto susurró a Edith:

—No montés a Flecha. Es redomón.

—¿Qué significa?

—Poco domado.

—No lo exigiré.

—Elegí el zaino.

—¿No montaron otros a Flecha? ¿No lo montó Mirta Noemí?

—Por favor —susurró enojado—. No te pongas a competir.

—¿Debo retroceder de entrada, nomás?

Mirta Noemí se adelantó al alazán, tomó las riendas que le presentaba el peón, introdujo la punta de su bota en el estribo y de un salto quedó esbeltamente sentada sobre el nervioso animal. Edith fue ayudada para instalarse sobre el tobiano, mientras Alberto y sus hermanas montaban las demás cabalgaduras. Rodearon el casco y salieron a campo abierto. Mirta Noemí se puso a la cabeza; su espléndido corcel tenía un trote parejo y elegante. El resto la siguió y Alberto se mantuvo cerca de Edith.

Se introdujeron en un extenso pastizal. La densa vegetación ondulaba bajo el soplo de la brisa como si la peinara un gigante. A lo lejos se erguían oscuros bosquecillos de álamos. Mirta Noemí pasó del trote al galope. El horizonte se había limpiado de nubes y el rosa de la madrugada pasó a un celeste acerado. Flecha ganaba distancia: el infinito de esa pampa lo hacía resoplar de gusto. Corrieron junto a las alambradas de un extenso potrero y apenas aminoraron la velocidad para saludar los ojos quietos de las vacas. Después volaron hacia una aguada que las últimas lluvias habían convertido en un bello estanque sobre el que aparecieron nenúfares. Otros potreros alimentaban un punteado incontable de ganado vacuno y caballar. Hacia un costado, con viviendas de los peones asignados a esa tarea, se había construido una extensa piara donde —explicó Alberto— experimentaban con cerdos para diversificar la producción ante la caída de los precios internacionales. Edith miró hacia atrás y el casco de la estancia se había reducido a un promontorio que engullía el mar de cebada.

Regresaron alternando trote y galope. El cuero del tobiano brillaba sudor, pero Flecha resoplaba ansias como si no hubiera salido del corral. Gimena y Emilio los esperaron con la mesa del desayuno lista. Era evidente que la cabalgata les había desatado el apetito y festejaron el café con leche, pan casero recién horneado, manteca del lugar, quesos variados y dulce de membrillo.

Luego fueron a caminar por los alrededores del casco. Detrás de unos arbustos emergía una columna de humo con sabroso aroma a carne asada. Un hombre atendía paciente las crucetas con costillares puestos en torno de un montículo de brasas.

—¿Quieren jugar al truco? —invitó Gimena.

—¡Querida! —Emilio abrió los brazos—. No te conocía el vicio.

—Prefiero el bridge, pero en el campo se juega al truco.

—Y a la escoba —agregó Mónica.

—¿Sabés jugar? —Gimena preguntó sonoramente a Edith.

Negó con la cabeza.

—¿La escoba? ¿El chinchón?

—El bridge, como usted.

—¡Ah! Qué bueno. Pero mis hijas saben el truco. No es para señoritas, claro, pero no debe faltar en una estancia. Es un juego nuestro.

Depositó las cartas sobre la mesa. Mirta Noemí las barajó. Se sentaron las tres hermanas y Alberto no supo qué hacer.

—Sentate con ellas, hijo. Edith me ayudará a preparar la picada que serviré antes del almuerzo.

La llevó a la cocina, donde la gorda sirvienta preparaba ensaladas. Gimena instaló sobre la mesada fiambres, quesos, aceitunas y galletitas. Edith volvió a sentirse incómoda. La madre de Alberto no le sacaba los ojos de encima y estaba alerta a las modulaciones de su voz. Hacía lo posible para parecer amable, pero era una amabilidad impostada que sólo quería poner de manifiesto cuán torpe y extraña era Edith para su familia.

Edith dejó el cuchillo sobre la mesada y se excusó para ir al baño. Apenas tuvo tiempo de cerrar la puerta y se dobló en un ataque de náuseas.

—Parece que falta más de una hora para que esté listo el asado —se quejó Emilio—; han empezado demasiado tarde.

—Podrían disfrutar otra cabalgata —propuso Gimena.

Juntaron las cartas de truco. Mirta Noemí les había dado una paliza.

—¿Ahora te atrevés al alazán? —preguntó Gimena.

—Por supuesto —contestó Edith.

Mónica le dirigió una mirada a su hermano:

—No es prudente.

—¿Por qué no? Vi cómo montaba al tobiano y lo hizo perfectamente bien —insistió la madre.

Alberto la tomó del brazo.

—Querida, escuchame: no lo hagas.

—Estás exagerando.

—Entonces te ruego que mantengas las riendas cortas y los talones muy apretados. No lo azuces, que marche a su gusto.

—Así lo haré.

—Si se encabrita, tirá fuerte de las riendas. Sin compasión.

—Estás asustado, Alberto.

—Vení, que te ayudo a montar.

—Lo haré sola.

Los seis caballos tenían diferencia de altura y color. Eran una estampa junto a la sombrilla del ombú. Edith asió las riendas de Flecha y admiró sus ojos, que brillaban como dos tizones entre las blancas crines. Le susurró palabras dulces, como le habían enseñado en Bariloche. Flecha mostró sus grandes dientes sujetados por el freno. Ella enganchó su pie en el estribo y saltó a la montura. Flecha se mantuvo quieto. Parecía un buen signo.

Gimena contemplaba desde la galería. Hasta ese momento Mirta Noemí revelaba franca superioridad en todo, pero tal vez necesitaría otro encuentro de este tipo para abrirle los ojos a Alberto. Cuánto se acelerarían las cosas si Edith se cayese del caballo, por ejemplo. O dijera que no le gustaba el asado con cuero. O no entendiese el juego del pato que realizarían a la tarde. O expresase llanamente su disgusto por la vida rural.

De súbito Flecha disparó hacia el túnel de álamos. Fue tan repentina la explosión que todos quedaron paralizados por la sorpresa. Edith acortó las riendas y hundió sus talones con furia. El animal, no obstante, ganaba terreno delante de la nube de polvo que levantaban sus cascos.

Los jinetes y los peones volaron tras el desbocado alazán. A Gimena se le fue la sangre. Corrió hacia el ombú retorciéndose las manos. Un poncho de hielo la envolvió como si fuese un sudario. Dos veces en su vida había sentido algo así: cuando murieron su madre y su hermana menor. Había llegado el Ángel de la Muerte. Pegó un grito de horror. Se tapó la cara con las manos y tiritó de la cabeza a los pies como si su guadaña la hubiera empezado a desollar.

La vocinglería retumbaba en su cabeza. Pensó que ella lo había convocado, que ella había llamado al Ángel de la Muerte. Entreabrió los dedos que apretaban su cara fría y le pareció distinguir su guadaña entre las extendidas ramas del ombú. Los cascos de Flecha galopaban en su garganta y no dejaban pasar el aire. El ombú daba vueltas. Trozos de confesiones, plegarias y homilías granizaban sobre sus hombros; y la doblaron.

De pronto la nube de polvo regresaba. Era una esfera multilobulada que crecía en el fondo del camino, empujada por incontables jinetes. En el entrevero pudo distinguir a Edith, que brincaba sobre el enloquecido alazán como un tallo frágil. Volaban las cinchas, bastos y caronas en su torno. Tenía el pelo suelto y saltaba tan alto que parecía trepada a los hombros de los otros jinetes. Era increíble que no la hubiera derribado aún. Seguía tironeando de las riendas y golpeando con sus talones en la sudada panza. Los peones escupían talerazos a las ancas y la cabeza del animal.

Gimena pensó que Edith no caía por milagro. Debía entonces ayudar a la Providencia y espantar la guadaña. Corrió hacia el ovillo de patas y herraduras para frenar con sus desnudas manos al asesino alazán. No calculó que podía ser pisoteada por los cascos ciegos y se metió entre la gente, los gritos y las bestias. Gimena no tenía rebenque, ni lazo, ni botas. Sus dedos apuntando hacia adelante parecían los de los mártires que rogaban clemencia a los bárbaros mientras en sus pechos penetraban las lanzas.

—¡Mamá! —chillaron—. ¡Fuera de aquí! ¡Te pisarán!

Edith fue despedida como un muñeco, golpeó contra el hombro de un peón y aterrizó en el pasto.

El espumante Flecha sacudió su estructura mediante una convulsión final. Liberado de la carga, dejó que lo sujetasen.

Entre los vahos de eucaliptus que perfumaban la habitación, escuchó su nombre. Era la voz de una mujer, pero no la de su madre.

—Edith... Gracias a Dios, ya abre los ojos.

Gimena no se había apartado de su lado desde que el animal la había arrojado al suelo. Atacada por un asfixiante sentimiento de culpa, había caído de rodillas junto al cuerpo inerte y lloró sin poder articular palabra en tanto los peones alejaban los caballos. Emilio ordenó que corriesen en busca de un médico. En el corazón de Gimena latía un ruego desesperado a la Virgen. No se animaba a mirar los ojos de su hijo. Aproximó la mano temblorosa hacia las mejillas blancas de Edith cuando fuertes brazos la alzaron. Se resistió y consiguió mantenerse junto a la muchacha hasta que llegó una camilla donde la instalaron, suavemente. Le tomó entonces la mano fría y la acompañó hasta el living. Allí comenzaron los remedios caseros con paños de agua embebida en colonia, gotas de limonada sobre los labios inmóviles y una bolsa de hielo en la frente. El médico de un pueblo vecino le tomó el pulso, la tensión arterial, examinó pupilas, comprobó la tensión de nuca, palpó el cráneo, revisó el tronco y las extremidades y diagnosticó conmoción cerebral.

Alberto, blanco como el mármol, se derrumbó sobre una silla. Gimena pellizcaba frenéticamente su rosario y Mirta Noemí fue a cambiarse las ropas de equitación. Una ambulancia la trasladó a la Capital Federal mientras Alberto y su familia la siguieron con el auto.

Los párpados pesaban. El techo ondulaba en torno a una araña.

—Me duele...

Una gasa mojada le refrescó los labios.

—Me duele el hombro, la cabeza.

—Edith... —la voz se acompañó de una caricia.

Buscó con la mirada. Fragmentos de color pastel fueron armando un rostro. Le costaba darse cuenta: era la madre de Alberto con un mechón de cabellos pegados por las lágrimas.

Otros dedos le tocaron la frente: giró el cuello entumecido y divisó a su mamá, también llorosa. Resultaba difícil entender que no soñaba en esa desconocida habitación. Al pie de la cama distinguió a María Elena, María Eugenia y Mónica. La miraban con alegría. Qué absurdo. ¿Por qué era el centro de esa atención?

Se abrió la puerta.

—El doctor Galíndez —murmuró Cósima.

Edith se asombró por el repentino movimiento. Una puntada le atravesó la clavícula. El desconocido vestía guardapolvo blanco y, sin hablarle aún, rodeó su muñeca. Mirándola con afecto, dijo:

—Tranquila, tienes el brazo enyesado; ya hemos reducido la fractura.

—¿Fractura?

—Has sufrido un traumatismo de cráneo y lesiones en otras partes. Tu evolución es buena. No te inquietes.

—...

—Perdiste el conocimiento; lo acabas de recuperar. Las radiografías no revelan daños que preocupen.

270

—Me duele el hombro.

—Y otras partes. Ya te están suministrando analgésicos. Lo más importante es que has recuperado la conciencia y no hay lesión cerebral. Ahora, si me permites, voy a revisarte.

Con un gesto despidió a las visitas.

—Alberto —pidió Edith.

—¿Quién es Alberto?

—Su novio —respondió la enfermera.

—Ah, sí; ya regresará —dijo el médico—. Parece que te adora, estaba muy preocupado.

Arrimó el tensiómetro al brazo de la paciente. El manguito se infló mientras oscilaba la columna de mercurio.

—Bien —liberó el brazo y pidió una bandeja con instrumentos.

La enfermera desabrochó el liviano camisolín de la paciente y retrocedió unos pasos. Galíndez la estudió en forma sistemática y, como final, le pellizcó paternalmente una mejilla.

—Tu evolución me deja tranquilo. Pronto irás a casa.

—Gracias, doctor. También me duele aquí —señaló el hemitronco derecho.

—Es un problema menor. Tendrás dolores en forma decreciente por unos días. También hematomas en varias partes. Se esfumarán completamente.

En el pasillo las mujeres rodearon al facultativo y bebieron sus tacañas palabras.

Media hora después volvió Alberto con un ramo de rosas. Aunque ya le habían dado las buenas noticias, miró en los húmedos ojos de su novia y sintió que él también regresaba a la vida.

—Dicen que pronto te darán de alta —le besó las manos—. Yo quiero escucharlo de la boca del médico.

—Estuvo aquí y nos aseguró —dijo Cósima.

—Entonces que lo diga de nuevo —volvió a besarla—. Edith querida... ¡qué suerte!

Fue hacia el consultorio y Galíndez accedió a recibirlo.

—Dicúlpeme la molestia. Hemos estado muy angustiados.

—Siéntese —invitó—. Nos conocemos.

Alberto se ubicó en una silla que enfrentaba el escritorio.

—Es verdad; usted atendió a varios familiares míos.

—En efecto. ¿Cómo está su papá?

—Alterado, después del accidente. Se imagina.

—Imagino. Me contaron cómo fue. Puedo decirle ahora que su novia... es su novia, ¿verdad?, ha tenido suerte. Su diagnóstico era de temer: fluctuaba entre conmoción y contusión cerebral. La diferencia reside en la existencia de daño orgánico. Ha recuperado la conciencia y no hay signos preocupantes. La fractura del brazo está reducida, creo que evolucionará bien.

Golpearon la puerta y apareció la enfermera, demudada.

—¡Se desmayó!... No le encuentro el pulso.

Galíndez se puso de pie con tanta precipitación que hizo caer su butaca contra la vitrina que espejeaba detrás. Disparó por los corredores seguido por Alberto. Se arrojó sobre la paciente y palpó sus carótidas.

—¡Pronto: una transfusión! ¡Pronto! ¡Corriendo!

Aparecieron otras enfermeras.

—Salgan —ordenó a los familiares.

Alberto se resistió a desalojar la habitación y el médico le clavó sus uñas en el brazo:

—¡Por favor, déjeme trabajar tranquilo!

Al destaparla quedó a la vista una enorme mancha de sangre en torno a su pelvis. Galíndez frunció el ceño.

—La trasladamos al quirófano. Traigan una camilla volando. Usted —indicó a otra enfermera— llévese las sábanas ensangrentadas, pero que no se den cuenta los parientes; no quiero pánico. Nadie abrirá la boca.

Mientras la llevaban al quirófano, Galíndez dijo a la familia:

—Quédense en la sala de espera.

—¿Qué ocurrió? —gritó Mónica.

—Se produjo una caída tensional y trataremos de revertirla.

—¿Por qué, doctor? ¿Qué pasó? —imploró Cósima—. Nos dijo que iba bien.

—La revisaremos mejor. Ha perdido sangre.

—Pero estaba bien.

—No esperábamos esto, francamente.

Desapareció con la camilla tras una puerta que sólo podía trasponer el personal del sanatorio.

A los cuarenta minutos mandó a informar que la paciente se estaba recuperando. A los setenta una enfermera preguntó por Alberto Lamas Lynch.

—Por favor, acompáñeme.

El corazón le saltaba. Se dejó conducir y apareció en el consultorio del médico. Lo esperaba masajeándose las órbitas.

—Sea franco, doctor. Estoy dispuesto a saber la verdad.

—Para eso estamos aquí. Los dos, a solas.

—¿Es grave?

—Ya ha recuperado el pulso y la conciencia. Hubo una gran hemorragia. Podía haber sido la ruptura de un órgano interno. Suele ocurrir en estos accidentes.

Alberto retorcía sus dedos.

—Pero fue una hemorragia de matriz.

—¿Cómo dice?

—El accidente produjo un aborto.

Alberto palideció.

—Estaba embarazada. ¿No lo sabía?

—No —se secó la frente.

—Tuve que hacer lo único que cabe en estos casos: un raspaje. Ella está bien.

Alberto no sabía qué decir. Lo rodeaba un espacio negro. Al rato se le ocurrió una afligida pregunta:

—¿Podrá tener hijos en el futuro?

Galíndez se inclinó sobre el respaldo de su butaca y midió la respuesta.

—Entiendo que sí. No hubo daño genital. Fue un aborto espontáneo; es decir, provocado por la caída, por el accidente.

—¿No es seguro?

—En medicina no existe lo seguro. Poco antes le había dicho que estaba en condiciones de alta.

—Dios mío. Pobre Edith.

—Quise hablar primero a solas con usted.

—Me doy cuenta, gracias. Es terrible. Dios mío.

—Supongo que nadie sabía lo del embarazo; ustedes son sólo novios.

—Ni siquiera lo sabía Edith. No habrá tenido tiempo de darse cuenta.

Galíndez volvió a frotar sus órbitas.

—Tendré que dar una explicación al resto de la familia.

—Sería la ruina de mi novia —se le trabaron las palabras, apretó sus puños—. ¡Era lo único que faltaba!

—Quisiera ayudarlos.

—No le pido que mienta, doctor, pero... —tenía la lengua seca—, por favor, no diga que estuvo embarazada.

—Han visto que la trajimos al quirófano. Algo grave sucedía.

—Limítese a informar que controló una hemorragia. Con inyecciones, con transfusiones, qué sé yo. Pero no mencione el raspaje; nadie le va a preguntar semejante cosa.

Galíndez inspiró hondo.

—No sería mentir, doctor —Alberto le tendió ambas manos.

—Si me apuran, diré que fue una hemorragia intestinal. Si me apuran.

Pidió acompañarlo cuando transmitiese a Edith, en secreto, la penosa noticia. Se quedó junto a la puerta mientras el médico la examinaba. Le informó que ahora sí estaba en condiciones de alta. El yeso no constituía un problema y se lo removería antes de lo esperado; no existía amenaza de otra hemorragia. Después guardó silencio por un largo minuto mientras clavaba sus pupilas en las tristes ojeras de la paciente. Le comprimió la muñeca, como si quisiera tomarle de nuevo el pulso, y dijo que tal vez no se había enterado de que había estado embarazada, y que tuvo que someterla a un raspaje de útero.

Edith abrió grandes los párpados. Asomaron lágrimas gruesas mientras buscaba a Alberto, quien enseguida le tendió su mano. Galíndez se levantó para dejarle lugar. Alberto le susurró palabras de consuelo mientras ella rodaba por un laberinto lúgubre: Dios o el azar la tironeaban por un camino incomprensible. Se preguntó si debía sentir alivio o vergüenza. Y apretó su frente sobre el pecho de su amado para no tener que mirarle la cara.

—Podrás tener hijos en el futuro —murmuró Alberto con amor y ese amor la conmovía hasta los huesos—. Te hicieron el raspaje para detener la hemorragia, mi dulce. Eso es todo. No hay daño, ningún daño. Estás bien.

—Querido...

—Fue un accidente que pudo haber terminado en tragedia, pero terminó bien.

—Es horrible.

—Se convertirá en simple anécdota, ya verás.

—¿Te parece?

—Claro que sí.

—¿Me seguís amando? —se le cortó la voz.

—Muchísimo.

—Soy mala, Alberto.

—¡Qué estás diciendo! Sos un ángel. Y yo te amo.

El médico se acercó.

—De esto sólo estamos enterados nosotros tres.

—Sí —confirmó Alberto—. No quiero que mi familia sospeche que estuviste embarazada.

—Hasta luego —Galíndez enfiló hacia la puerta—. Hipócrates me perdone.

Alberto se levantó y le estrechó la mano.

—Hipócrates lo felicita.

ROLF

El tren lo dejaba a pocas leguas de El Fortín. En la pequeña estación lo esperaba un peón llamado Anastasio que vestía alpargatas y chiripá. Saludaba llevándose dos dedos al ala del sombrero, le cargaba el bolso de brin y guiaba el sulky. Siempre era el mismo peón y el mismo sulky negro con festones. Salían de las manzanas que conformaban el pueblito y trotaban por un camino de tierra. El peón usaba bigote fino y llevaba al cuello un pañuelo azul. Rolf le hacía preguntas sobre El Fortín y sobre el doctor Lamas Lynch, pero el hombre era tan parco que parecía ausente.

En la primera visita Ricardo Lamas Lynch lo recibió vestido de gaucho, con botas provistas de espuelas, bombachas ceñidas con chiripá, una rastra cubierta de monedas, chaleco abierto y facón plateado. Ordenó al peón que le hiciera conocer los potreros. La visión de la estancia que pudo tener entonces Rolf fue sólo parcial, pero suficiente para quedar anonadado. El campo abierto, salpicado por miles de vacas le produjo una sensación desconocida. Luego lo excitó la doma de potros. En un rodeo asegurado con estacas y alambrados un peón tras otro montaban animales convulsos. Los rabiosos corcoveos impedían que permanecieran largo rato sobre la precaria montura. Los animales resoplaban, pateaban y corrían atrayendo curiosos.

Los huéspedes disponían de habitaciones individuales. En su pensión de la calle Alsina jamás las sábanas olieron a lavanda ni eran planchadas con almidón. Además había una toalla para las manos y otra para el cuerpo, artículos de tocador, bata y pantuflas; en su vida había usado bata y pantuflas.

En su tercera visita apareció el padre Gregorio Ivancic y muchas personas que se la pasaron hablando de política. Rolf aguzó el oído, como era su deber, y registró referencias a Hitler, el nacionalsocialismo y los amigos de la comunidad germana. No pudo saber quiénes eran esos amigos, pero sí enterarse de que los invitados de ese día eran miembros de organizaciones nacionalistas.

Ivancic parecía más cadavérico que cuando lo había visto por primera vez aquella noche en la oficina de Lamas Lynch. Luego de una ronda de mate con tortas fritas se dispuso a celebrar misa en la capilla de la estancia. A la salida del oficio Rolf reconoció una fusta.

Pronto lo supo. Hans Sehnberg era el instructor que Lamas Lynch había contratado para quienes deseaban un entrenamiento parecido al de la SA. No se sorprendió de encontrarse con Rolf.

—¡Qué gusto verte!

En un instante Rolf ató cabos: podría informar a Botzen sobre el horrible descubrimiento. "Botzen querrá asesinar a este increíble Hans", pensó.

Como en las otras ocasiones, hubo cabalgatas, doma y asado. En la sobremesa del almuerzo se agregaron payadores; templaron sus guitarras y se dejaron arrastrar por un diálogo chispeante.

A su término se dividieron las opciones: algunos prefirieron ensayar en el polígono y otros jugar al truco. Los jóvenes siguieron a Sehnberg al interior de la casa, donde recibieron explicaciones sobre el programa del día. Después fueron a practicar en un descampado.

Rolf eligió el polígono, donde erró varios tiros. La rabia por su hallazgo le tensaba el pulso. Cerca, Ricardo Lamas Lynch pegaba con excelente puntería. Al cabo de un par de horas decidieron regresar. Ricardo se puso al lado de Rolf y, por momentos, le apoyaba el brazo en el hombro, amistosamente. Rolf se esforzó por averiguar sus relaciones con Hans. Pudo enterarse de que el estanciero lo conocía desde hacía más de un año y se veían con frecuencia.

—Es muy divertido.

Trató de entender el significado oculto de esa palabra porque de Hans no podía decirse que fuera divertido. Le gustaba la cerveza y a menudo terminaba borracho como su padre, pero, igual que él, jamás producía gracia.

Por la noche regresaron los payadores. Circularon bandejas con empanadas y fiambres surtidos mientras se escanciaban las damajuanas. Luego se sentaron a comer en la galería. Sirvieron locro y puchero español hasta el hartazgo; algunos elegían la comida criolla y otros la hispánica, pero Rolf no se privó de devorar ambas. Limpió los platos y la repetición de los platos hasta que sintió su abdomen en la garganta. Los postres incluyeron pastelitos con dulce de membrillo y fruta. Luego té, café y más vino. Cuando llegaron los licores a Rolf le costó ponerse de pie. Lo hizo con torpeza, fue al baño y regresó. La última copa de coñac le produjo una vivificante llamarada.

Tuvo pesadillas y despertó en medio de la noche con ganas de vomitar. Abrió la ventana, hizo inspiraciones profundas y se masajeó. Luego dio vueltas en la cama hasta que se durmió. Pero volvió a despertar, más nauseoso aún y con la boca seca. Retornó a la ventana: el silencio era compacto. Las sombras de los árboles se recortaban en el estrellado cielo. Dejó la ventana abierta y se cubrió con una manta tejida.

Oyó pasos asordinados, clandestinos. Crujieron apenas las maderas. Los pasos se acercaron a su puerta y Rolf tensó los músculos. Pero no se detuvieron, no venían a buscarlo: siguieron rumbo a la primera habitación, la más grande, la del doctor. Luego oyó el movimiento de un picaporte y el levísimo chirrido de las bisagras. Permaneció quieto como una escultura mientras estiraba su oreja.

Volvieron los malestares. Eructó. Quizás debía vomitar, como hacía su padre. La noche pampera se había puesto fría. Salió al pasillo y caminó con prudencia, imitando al que se había dirigido al cuarto de Lamas Lynch. Vio una lista de luz debajo de la puerta: no se había equivocado. Encendió la lámpara del baño y se miró al espejo fileteado de bronces: estaba untuoso y caótico. Se lavó la cara, el cuello, y se echó aire con la toalla. No le entusiasmaba provocarse el vómito tocando el fondo del paladar. Orinó y regresó al pasillo. La lista de luz que se asomaba debajo de la puerta de Lamas Lynch era menos intensa. Rolf se sostuvo de la pared al percibir risas ahogadas. Esperó una palabra reveladora, pero en vano.

Se acostó y se adormiló. El vómito que debió haberse provocado con los dedos emergía de sus profundidades. Despertó empapado de transpiración. Corrió a volcar buena parte de la cena. Le martillaba la frente. Otra oleada le cortó el aliento; fue intensa y lo liberó de los últimos restos de comida. Se lavó de nuevo. Hizo buches, bebió agua.

Al salir, su espalda se adhirió al muro penumbroso cuando vio a Hans Sehnberg: emergía en calzoncillos del cuarto de Lamas Lynch. También el energúmeno se sobresaltó, pero no pudo retroceder. Percibió su mueca, primero de sorpresa, luego de picardía. Caminó por el largo corredor y sus hombros se encogían de cuando en cuando.

EDITH

Acordaron la fecha de casamiento. Raquel y Salomón decidieron venir más seguido a Buenos Aires con el propósito de ayudar a Cósima en los preparativos de la boda.

Compraron casi todo el ajuar en Harrods. No sólo ropa, sino mantelería, sábanas, toallas, vajilla. Tía Raquel insistía en que Edith no apurase las decisiones y que estuviera dispuesta a volver cuantas veces se le antojase para corregir los pedidos. Los vendedores tenían mucha paciencia con las novias porque realizaban operaciones importantes: aceptaban cambios de preferencias, desplantes, caprichos y hasta deshacían paquetes con moño apenas lo reclamaban. Un camioncito verde llevaba y traía las cajas a domicilio.

La ceremonia tendría lugar en la iglesia del Socorro. Allí concurrían los Lamas Lynch y sus relaciones; era casi una prolongación del hogar, una capilla privada. Ante su altar incandescente contraía enlace lo más granado de Barrio Norte. Pero en esa iglesia oficiaba el padre Gregorio Ivancic, quien había empezado a destacarse por sus fogosos sermones que no parecían salir de sus mejillas chupadas, sino de un brasero. Abordaba temas políticos y familiares que hacían temblar a los pecadores. Su severidad lo había convertido en el confesor preferido de las esposas de hombres poderosos: necesitaban una firme contención ante el libertinaje de sus maridos.

Ivancic no ocultaba su desdén por los enemigos del Señor. No se salvaban los ateos, ni los masones, ni los comunistas, ni los liberales, ni los protestantes de cualquier denominación, ni los socialistas, ni los tibios. Eran un nido de víboras que amenazaban el talón de la Iglesia. De quienes jamás se olvidaba era de los pérfidos judíos que "asesinaron al Señor" y "niegan al Señor". A Gimena se le cerraba el pecho cada vez que Ivancic ingresaba en las tétricas referencias a "esa raza".

Durante año y medio ella y el cura habían hablado, urdido planes y realizado acciones para liberar a Alberto del hechizo. Gimena confesaba y rezaba. Finalmente concluyó que había pasado incontables horas junto a Dios, la Virgen y los santos, y había recibido una íntima y terrible revelación. Ella había detestado a Edith sin conocerla; pero en la estancia Los Cardos sintió que se diluían sus resistencias. Le tuvo pena por su ropa de ciudad, y por querer humillarla a traición. Edith era dulce e indiscutiblemente bonita. Cuando el alazán la arrastró hacia el campo abierto, quiso morir. Luego, en el sanatorio, conoció a su madre, que sostenía un rosario y vestía luto. Eran católicas, tanto como ella misma. Su oposición no tenía demasiado fundamento.

Entonces volcó su incertidumbre en el confesionario. Gregorio Ivancic dijo que era una pésima resignación. Insistió en que un Lamas Lynch perjudicaba su apellido al unirse con una apátrida. Pero Gimena no tenía fuerzas para reanudar la lucha; el matrimonio era inevitable. Ivancic impartió algunas penitencias y decidió proseguir la conversación fuera del confesionario.

La recibió en su sacristía, la miró a los ojos y opinó que, si de todas formas se realizaría el casamiento, la novia no debía ser acompañada al altar por un hombre que no perteneciera a la fe católica. Gimena se retorció los dedos y comprendió que tenía razón. Ivancic explicó lo obvio: delante de la multitud que llenaría las naves, Salomón Eisenbach ofrecería el enojoso espectáculo de no rezar ni persignarse. Pero ella, cabizbaja, le recordó que ése era el único hombre que quedaba de la exigua familia.

—Que la acompañe un pariente del novio —y para que no lo creyese desprovisto de buena voluntad, agregó en tono amable—: ¿Qué ocurre a menudo con las huérfanas?

Gimena parpadeó.

—En este caso se trata justamente de una huérfana. El lugar de su padre puede ser ocupado por otra persona. ¡Y qué mejor, más jerarquizado, que un Lamas Lynch, o un Saavedra Lamas, o un Lynch Iraola!

Ella movió la cabeza.

—Me parece violento, padre —unió las manos en oración—. No quiero volver al pasado. Usted sabe cuánto dolor tuve y sigo teniendo. Acepto a Edith porque no hay más remedio, pero hubiera preferido a... ¡Dios mío! Usted sabe.

—Reflexione —y añadió en voz secreta—: Que la lleve al altar el doctor Ricardo Lamas Lynch.

—Sí, pero él...

—Será bueno para la novia, para Alberto y para toda la familia. Quedará en claro que esta muchacha es incorporada a los Lamas Lynch y no al revés.

—Es que Emilio no se lleva bien con su hermano.

—En estas circunstancias se deben olvidar los conflictos menores. Háblelo.

Gimena habló con Emilio, pero el resultado fue un desastre. Emilio reaccionó como una fiera.

—¿Otra ofensa contra Edith? ¿Otra más? ¿Así le daremos nuestra bienvenida?

Gimena cayó sobre una butaca y murmuró el Padrenuestro. Evocó el accidente en Los Cardos y se dijo "no es posible que el padre Ivancic esté equivocado. ¿A quién escuchar, por Dios?"

—Ya no sé qué hacer, Emilio. Quiero el bien de Alberto, de todos. Acepto el casamiento, renuncio a Mirta Noemí. Qué más.

—Convencer a ese párroco cabeza dura de que no es de cristianos su propuesta.

—Es muy terco: no aceptará de ninguna forma al tío de Edith.

—Tampoco yo aceptaré a Ricardo como padrino. Mi padre se revolcaría en su tumba.

—¿Entonces?

—¡Entonces, no! Edith será la esposa de Alberto y será nuestra hija. Por lo tanto, actuaré como un caballero; hablaré con quien corresponde.

—No entiendo.

—Sólo hay un hombre en su familia, uno solo, que la representa lealmente: su tío. Le diré la verdad, aunque le caiga encima como un carro de bosta.

—Por favor, no menciones al padre Ivancic.

—¿Por qué no? Deberá saberlo.

—Es mi confesor, le debo mucho.

Salomón Eisenbach palpó su pipa vacía en el bolsillo de la chaqueta, retorció las largas puntas de sus bigotes y golpeó la aldaba de bronce. Tomás le recibió el sombrero y lo guió por encerados mosaicos hasta el estudio. Emilio lo invitó a sentarse en el sofá de cuero negro. Ordenó café.

—¿O prefiere una bebida? —preguntó arrepentido.

—Está bien el café.

Primero tocaron un asunto fácil: Bariloche y la pampa húmeda. Dos regiones distantes y maravillosas, para colmo tan desconectadas. Emilio mencionó su actividad agropecuaria y Salomón su producción de dulces y trucha ahumada.

—Es casi un pecado —reconoció Emilio—, pero nunca fui al sur. La más austral de mis excursiones sólo llegó hasta Bahía Blanca.

—Pues queda formalmente invitado. Tenemos una casa modesta y confortable.

—Gracias —suspiró—. En cambio la mía es suntuosa, ¿no le parece?

—Ya lo creo.

282

—Se me ocurre que demasiado. Refleja un optimismo poco realista. Nuestro país, dentro de poco, no será el mismo.

—¿Por qué tan escéptico?

—Porque el mundo cambia. Ha cambiado, ya. Y contra estos cambios surgen tendencias regresivas en todas partes.

—El fascismo...

—El fascismo en Italia, el nazismo en Alemania, el nacionalismo católico en Francia y en Argentina, la impunidad en todas partes. ¡Vaya uno a saber qué sigue!

—Son costosas frenadas al progreso, pero el progreso continúa.

—Me gusta esa reflexión: "costosas frenadas". ¿Cuánto significa el costo?

—Soy optimista por naturaleza. Creo que tarde o temprano, el mundo volverá al equilibrio.

—Pero ahora marchamos hacia el desequilibrio.

Ingresó una bandeja con pocillos de café fileteados en oro, una jarra con agua, copas redondas y una botella de coñac. Tomás la depositó sobre una mesita. Emilio revolvió el azúcar de su pocillo y propuso entrar en materia. Salomón se atragantó levemente.

—Ofrezco brindar la recepción del casamiento en esta casa; ¿le parece bien? Daré utilidad a tanto espacio. Caben más de doscientas personas distribuidas en cuatro salones. Además, disponemos de un amplio jardín donde también habrá mesas.

—No puedo sino agradecerle su generosidad.

—Nada que agradecer. Es el casamiento de mi único hijo.

Depositó el pocillo y exhibió la botella de coñac. Salomón asintió; el líquido fluyó hacia las copas. Emilio ofreció una a su huésped y abrigó la suya con ambas manos. Tenía que abordar el tema crítico: en la iglesia del Socorro habían puesto un obstáculo idiota —"también abunda la idiotez"— porque el párroco —"un individuo severo y antipático"— se resiste a que la novia sea acompañada por alguien ajeno al catolicismo.

—No me sorprende.

—A mí sí. Y me cayó muy mal. Pero... en fin. Yendo al

punto: ¿estaría usted de acuerdo en que otra persona oficie de padrino? Dejaríamos la elección a su cargo.

Salomón miró los relieves del cielo raso beige.

—Lo lamento, pero no. Yo acompañaré a mi sobrina. Hace un año y medio que asesinaron a su padre.

—Estoy de acuerdo —bebió unas gotas—. Sólo quería escucharlo de su boca.

Salomón también bebió.

—Gracias. ¡Ah, qué rico es este coñac!

—Aclarado este punto, mi paso siguiente será discutirlo directamente con el obispo. Espero poder tomarme un desquite con este Torquemada de nuestro tiempo: doblegaré su imbecilidad.

—¿Confía en que el obispo cambiará de parecer?

—No, pero es más sutil. Lo conozco.

—Mire, aunque autorice que yo sea el padrino de la novia, no quiero el casamiento en esa iglesia.

Emilio acarició la punta de su barba.

—¿Por qué? Es la iglesia del Socorro, allí vamos...

—Por dignidad, simplemente —lo interrumpió—. Los judíos, pese a tantas humillaciones y calumnias, pese a bajar la cabeza durante siglos, conservamos porciones de dignidad que, a veces, como en este caso, se ponen de manifiesto. Extraño, ¿no?

—Diría lógico. No me resulta difícil entenderlo. ¿Qué me propone, entonces?

—Otro templo. No faltan en Buenos Aires.

Emilio lanzó una breve risita:

—Claro que no. Pero se repetirá el problema.

—En la iglesia de San Roque, por ejemplo, donde concurren muchos alemanes, han brindado apoyo espiritual a mi cuñada y celebraron misa por mi hermano. Supongo que no tendrán el coraje de formular objeciones.

Emilio quedó pensativo.

—No estoy seguro. De todas formas, sorprenderá y dolerá que el casamiento no se celebre en el Socorro. Y bueno, ¡que se jodan por porfiados!

Cósima se enteró por Salomón y no perdió tiempo. Fue a la sacristía y exigió a la nerviosa verruga del padre Antonio Ferlic que la ayudase. La Iglesia debía tener una respuesta para este dilema, así como la tuvo en Colonia, cuando se unió a Alexander. La verruga se paralizó y trató de ver claro. No era sencillo para quien no fuera experto en derecho canónigo. Ferlic garabateó círculos y luego apoyó los codos sobre la mesa.

—Cósima: ofrezco algo.

—Qué.

—Casarlos aquí.

Ella se paró.

—¡Es lo que esperaba! Con Salomón de padrino, ¿eh?

—Por supuesto. Edith no merece menos.

—Salomón no se persignará.

—Lo sé.

—La gente se dará cuenta.

—Permanecerá de pie durante la ceremonia, repetuosamente. Y no se le borrará la sonrisa durante todo el tiempo.

—¡Padre Antonio! —Cósima se inclinó para besarle la mano.

—¡No es para tanto! —también se incorporó—. Pero ahora necesito hacerle una pregunta a usted. ¿Estarán de acuerdo los Lamas Lynch? San Roque es una iglesia modesta.

Cósima contempló las paredes de la sacristía.

—La prefiero al boato del Socorro.

Esa misma tarde Alberto y Emilio fueron notificados y dieron su conformidad. Pero Emilio no se privó de denunciar ante el obispo al fanático de Gregorio Ivancic. Su enojo se remontaba a los desaforados ataques contra liberales y masones que escupía desde el púlpito.

—No olvide —recordó el obispo mientras acomodaba sobre su pecho una pesada cruz dorada— que los judíos niegan al Señor. Aunque San Pablo, es verdad, nos aconsejó tener paciencia: algún día vendrán hacia nosotros.

—Vendrán un poco maltrechos, monseñor.

—¡Suya y no nuestra es la responsabilidad!

En la casa de Alberto se desató una actividad furiosa; parecía el Teatro Colón en vísperas de un estreno. Circulaban operarios, ingresaban paquetes, volaban trapos, cepillos, baldes y esponjas. Manos expertas limpiaban los marfiles de las vitrinas, el mármol de los pedestales, la madera de las balaustradas y el bronce de los picaportes. Se planchaban y restauraban los manteles de encaje. La vajilla era contada por mucamas minuciosas que la redistribuían en otras cajas para su próxima instalación en las mesas. Se abrillantaron los floreros de plata y lavaron los de vidrio, porcelana y cristal. Se revisaron con hilo grueso y aguja firme los bordes de las alfombras en busca de ocultos desgarros mientras ojos inquisidores identificaban las manchas ocultas entre los dibujos. Fueron descolgados los cortinados de terciopelo, brocato y voile.

Los jardineros resembraron el césped, arreglaron los macizos de flores, enderezaron los rieles por donde trepaban las madreselvas y recortaron las puntas de los arbustos como si fuesen peluqueros. Dos pintores se ocuparon de blanquear la glorieta del patio. En torno al vasto jardín ahora lucían mejor los abetos, los alisos y los robles.

Gimena decidió enrollar la alfombra otomana del salón de recepción para que luciera el mármol de Paonazetto cuya nívea superficie era surcada por un delicado tejido de venas rosas; había sido traído de Italia en grandes bloques por el padre de Emilio cuando decidió construir esta casa. En cambio le dio pena remover las demás alfombras —ya revisadas, limpias— que almohadillaban cientos de metros cuadrados. Decidió que en la salita de estar forrada por la roja madera de Eslavonia se exhibiesen los regalos.

Lástima que Alberto no se casaba con Mirta Noemí. Parpadeó ante los tapices que colgaban sobre muros color crema; no había que tocarlos, apenas quitarles el polvo. Y se miró en un alto espejo veneciano: la impresionó su tez envejecida. No era la madre feliz a punto de celebrar el casamiento de su único hijo varón, sino el producto de una larga pena. Levantó el mechón encanecido que tendía a cubrirle un párpado, observó las arrugas que rodeaban los ojos y midió la piel que colgaba de su cuello. Se tuvo lástima.

Tragó saliva y procuró recuperar su juventud estirándose el cutis. Sabía que era inútil y pecaminoso. Enderezó la espalda, crispó los puños y gritó a la mucama que trasponía el umbral:

—¡Manipule con más cuidado: son obras de arte!

El aturdimiento de los preparativos no disipó la inquietud.

El día de la boda Edith se levantó temprano, arrasada por pesadillas. No aceptó más desayuno que un vaso de agua y una taza de café.

Llegaron a su casa la maquilladora, la manicurista, la modista y dos expertas en tocados. Ninguna aceptó empezar su tarea si antes no se sometía a un relajante baño de sales que le quitase "el natural nerviosismo de las novias".

—Sólo veinte minutos —la consoló Raquel.

Luego fue sentada ante un espejo y empezaron a zumbar peines, tijeras, alicates, pinzas y ruleros como abejas en torno al panal. Mientras avanzaban en su trabajo, le derramaron chorros de conversación para mantenerla distraída. A menudo le recomendaron que no se impacientara, total "trabajamos nosotras". Pero ni los esfuerzos de Edith por permanecer inmóvil ni el afán de ellas por hacer una tarea excepcional consiguieron imponer la calma.

Un tema recurrente fue el de los regalos. Edith levantaba los hombros y las embellecedoras, entonces, revelaban cuán eficientes resultaban los correos secretos: sabían que Gimena había decidido presentar los regalos en la salita de madera roja y que la aldaba no cesaba de percutir con la llegada de nuevos paquetes; ya lucían juegos de porcelana, cubiertos de plata y de vermeil, cuadros al óleo, jarrones chinos, sábanas de seda, encajes belgas, candelabros de bronce y de cristal, mantelería bordada, finos artículos de escritorio, lámparas decoradas, floreros de Murano y arañas de Bohemia.

Cósima entraba y salía. No dejaba de ser increíble que después de perder a Alexander, su hija se casara con un hombre como Alberto. Algo le susurraba que era demasiado, quizás una coartada de Lucifer. En su mente seguía firme su condición de inmigrante y la impotencia que la abrumaba cuando empezaron las hostilidades antisemitas. Mónica, haciendo gala de buena percepción, había registrado las turbaciones de Cósima y empezó a visitarla en las últimas semanas. Pero ni siquiera Edith había advertido que en su madre había comenzado algo grave.

Cuando llegó la hora de partir hacia la iglesia, la modista fue atacada por el pánico. Alucinó que se aflojaban cinco costuras de la cola y estaban por caer los botones de las mangas. Recorrió minuciosamente las zonas de riesgo con la aguja en ristre mientras empezaba a lagrimear. A medida que probaba y reforzaba las costuras lanzaba suspiros de catástrofe. Luego se derrumbó sobre una silla y pidió té de tilo: aún debía acompañar a la novia hasta la iglesia y luego a la recepción. Verificó en los bolsillos de su delantal las almohadillas con agujas y los carreteles de hilo y dijo "ya estoy bien, vamos". No estaba bien.

En el coche la esperaba su tío Salomón, apuesto como un noble prusiano.

—¡Qué elegancia! —exclamó Edith al verlo por primera vez con traje de etiqueta.

—¡Qué reina!

La iglesia de San Roque lucía como una fogata. Arañas y candelabros emitían un resplandor jubiloso. Mientras el órgano hacía sonar la marcha nupcial, Edith recorrió la nave apoyada en el brazo de Salomón. A los lados se extendían guirnaldas con hiedras, rosas y lirios. La cascada musical imponía sonrisas en los rostros más duros. Entre los bancos, de pie, se agolpaban los familiares y amigos, deseosos de contemplar a la novia y su albo estuche. Algunas mujeres comentaban el vaporoso encaje, la mantilla bordada en los conventos de Brujas, los guantes de raso y el bouquet de azahares. María Eugenia admiró la prudencia del maquillaje, María Elena rogaba atrapar el ramo de azahares durante la fiesta y Mónica guiñó con picardía.

Edith comprimió el brazo de su tío: por un instante creyó que la acompañaba su padre.

Enfrente esperaban Antonio Ferlic con su vestimenta ritual, los padres de Alberto, Cósima y los azules ojos de

Raquel. Alberto recibió a Edith, cesó la música y se arrodillaron en el reclinatorio cubierto de raso blanco. Salomón permaneció de pie, la mirada fija en el sacerdote, como si esperase alguna indicación. Pero no hubo tal, sino el desarrollo de una ceremonia sencilla. Ferlic se expresó con inspirado sentido poético, que incluso sorprendió a quienes lo escuchaban con frecuencia. Se refirió a los bienes que prodiga el amor y describió los caracteres de Alberto y Edith con pinceladas tiernas.

La unión quedó consagrada. Alberto acercó sus labios a Edith. El beso, presenciado por la multitud, cargaba una novedosa intensidad.

Cósima debió sostenerse en el brazo de Salomón; era la segunda vez que perdía el equilibrio. Gimena empezó a llorar y Emilio, emocionado, le rodeó los hombros. Ambas mujeres estaban alteradas por causas que no se relacionaban con la ceremonia. Gimena había visto el rostro enojado de Mirta Noemí y Cósima sufría los primeros trastornos de su cáncer cerebral.

La música volvió a expandirse y toda la feligresía se puso de pie. Edith se enlazó a su flamante marido y caminaron por el corredor de guirnaldas hacia el atrio. De diestra y siniestra les arrojaron pétalos y susurros cómplices. Afuera resonaron palmadas, besos y buenos augurios. Por entre los hombres de etiqueta y las damas con vestidos largos circularon niñas envueltas en gasas blancas, celestes, rosas y verdes.

La alegría se multiplicó en la residencia, a la que Alberto y Edith llegaron tras un rodeo en coche. Circulaban las bandejas con canapés mientras una orquesta desgranaba suaves melodías. Con la reaparición de los novios se reanudaron las muestras de cariño. Junto a la mesa central aguardaban Gimena y Emilio, Cósima, Raquel y Salomón. Un militar en uniforme de gala tendió su mano a Alberto.

—Gracias —respondió y, dirigiéndose a Edith—: Te presento al coronel Ernesto Suárez.

El coronel hizo una reverencia y la saludó en alemán. Edith, perpleja, respondió en el mismo idioma.

—Lo habla usted muy bien.

—Amo esa lengua —sonrió Suárez—: es viril y ordenada. Perfecta para militares.

—También para enamorados —terció Alberto en español.

—¡Ah! —exclamó Suárez en alemán—. Usted entiende lo que hemos dicho.

—Sí —respondió ahora Alberto en alemán—, concentrándome sobre cada palabra. Lo estoy estudiando.

—Muy bien. Su flamante esposa lo ayudará. Es la lengua del futuro, ¿sabe? En las escuelas ya deberían abandonarse el inglés y el francés.

—Muy tajante, coronel.

—Realista; tan sólo realista. Alemania será en breve la mayor potencia de Europa y del mundo —los miró alternativamente—. ¿Me equivoco?

Edith miró a Alberto, también desconcertado.

—Permiso —decidió ella, y caminó hacia la mesa principal.

—¿Quién es este nazi? —le preguntó después al oído.

Alberto desplegó la servilleta sobre su regazo:

—Amigo de la familia, uno de los impulsores del golpe de 1930.

—Amigo...

—Ya te previne —siguió en voz baja mientras retribuía sonrisas a los que saludaban desde otras mesas—. Y no sólo amigos, también tenemos parientes nazis.

—Ya sé. Lo que no sé todavía es cómo me toleran.

—Tal cual: "te toleran". Ahora te has casado conmigo, sos una Lamas Lynch.

—De raza judía.

—Creo que viven este asunto de una forma muy enredada. ¿No advertiste que el coronel Suárez estaba encantado de que le hablases en alemán? De repente olvidó tu mitad judía y estaba feliz de saludar a una integrante de... ¿cómo dijo? "la mayor potencia de Europa y el mundo".

Una legión de mozos se abrió camino entre las mesas y, haciendo malabares, sirvió la comida.

Antes de los postres la pareja recorrió salas y jardín para sacarse fotos junto a los invitados. Ricardo se había mudado junto al ministro Saavedra Lamas. Con ellos estaba el embajador Leandro García O'Leary. Los fogonazos de magnesio iluminaron los rostros de los recién casados junto a las sonrisas del ministro, el embajador y sus respectivas esposas. Ricardo no quedó conforme y ordenó otra toma: su figura debía aparecer entre el ministro y la novia. Las risitas que provocó el flash se continuaron con chistes sobre el matrimonio.

—Debo recalcar el mérito de mi sobrino —Ricardo sacó pecho—: su valentía marca un récord.

Lo miraron intrigados. Ricardo entrecerró pícaramente los ojos y, tras concederse unos segundos, agregó:

—Se han mencionado muchas valentías frente al yugo del matrimonio —extendió los dedos a medida que citaba—: perder la libertad, reducir las horas destinadas a los amigos, asumir responsabilidades nuevas, incrementar la paciencia del oído, y etcétera. Pero mi querido Alberto nos ha mostrado una valentía adicional.

Volvió a callarse y aumentó la expectativa de los comensales. Edith presintió que estaba por lanzar una idea desagradable. Advirtió algo más triste aún: Ricardo se había arrepentido, ya no buscaba el suspenso, sino la forma de salir airoso. Se había trabado; en sus mejillas se abultaban el alcohol y pensamientos contradictorios.

—Mi sobrino Alberto nos regala el espectáculo de San Jorge en lucha contra el dragón. Sólo lleno de coraje se ha unido a esta dama —hesitó un segundo—, pese a la diferencia racial.

Dicho esto, palideció bruscamente al percibir el susto de su audiencia. Pero no se ahogaría en un vaso de agua; carraspeó y añadió:

—Hay que ser valiente, les aseguro, para hacerle un corte de manga a una concepción que se está imponiendo en el planeta y, pese a todo, decidirse como en las grandes novelas, por el amor.

Alberto y Edith contrajeron el ceño. El ministro Saavedra Lamas, el embajador O'Leary y sus esposas no se decidían entre sonreír o expresar algo que eliminase la tensión. Ricardo, insatisfecho con el resultado de sus palabras, se conformaría con cualquier recurso más o menos potable para resolver su extravío. Había regalado una mezcla de chiste y reflexión, después de todo, y había apagado la mecha antes de que la reflexión explotase. Entonces, para que reinara el buen clima, propuso un sonoro y vacuo brindis "por el coraje de Alberto y la belleza de Edith".

Se levantaron las copas y Edith tuvo ganas de arrojar el champán a su asquerosa cabellera engominada. Se sintió peor cuando vio que Leandro García O'Leary sonreía con retardo, como si las expresiones de esos incómodos minutos le hubiesen sugerido algo perverso.

ROLF

Dobló en calle Alsina y cruzó a la vereda opuesta, donde estaba su pensión. El breve zaguán ya contenía los olores típicos del anochecer, mezcla de creolina y cebolla. En el comedor aún vacío, apoyado contra los vidrios que daban al patio, lo esperaba Hans Sehnberg.

Rolf casi retrocedió ante la sorpresa. Hans vestía ropas de calle, pero al instante adoptó la postura del instructor, con el mentón desafiante y un pulgar enganchado al cinto; sólo le faltaba la fusta. Ese cubo compacto, de cabeza hundida en los hombros y mirada feroz, irradiaba poder. Le dio bronca acobardarse ante ese poder. Sehnberg lo miró de arriba abajo, como solía hacerlo en la isla. Poco a poco el resplandor de sus ojos se tornó cordial, sonrió con la mitad de la cara y se acercó a Rolf. Con el brazo izquierdo le descargó una palmada en el hombro al tiempo que estiraba su mano derecha. El saludo entre ambos fue asimétrico: Hans dichoso y Rolf confundido.

—¿No me invita con una jarra de cerveza?

Rolf le señaló una mesita apartada y dijo:

—No lo sorprendió encontrarme en la estancia.

—La verdad que no.

Enrolló el borde del mantel de hule mientras pensaba. Llegaron las jarras desbordando espuma y, con cuidado, trató de sacarle información.

Hans no tuvo inconvenientes en contarle que había sido contratado como instructor de organizaciones católico-nacionalistas.

—Tienen curiosidad por el "método prusiano", admiran a la SA.

—¿Hace mucho?

—Los entreno desde que decidí poner fin a mi dependencia de Botzen.

—¿Quién le puso fin?

—Yo.

—¿Y cómo se contactó con Lamas Lynch?

—Nos conocemos desde hace rato.

—¿Hace?

—Rato. ¿Para qué necesita las fechas?

—Nada. Se enteró de que usted quedó libre.

—Sí, se enteró.

—Usted le dijo.

—Por supuesto. Si no, cómo.

—Claro —bebió media jarra.

La conversación no arrojó datos importantes. Hans respondía de tal forma que lo grueso quedaba oculto, no era un imbécil. Rolf intentó estimular su confidencia contándole sus hazañas en el Teatro Cómico y la sinagoga central. Hans, por su parte, le contó sobre los jóvenes criollos que entrenaba en El Fortín. Cuando se despidieron, dijo sin rodeos:

—Lo vine a buscar porque lo extrañaba.

Rolf sintió esta muestra de afecto como un golpe al hígado. ¿Qué pretendía?

Analizó con Botzen el inesperado giro de los acontecimientos. El capitán se frotó las cejas y dijo exactamente lo que necesitaba escuchar:

—Estuvo bien. Paso a paso es la consigna. Ahora debe encarar un trabajo más repulsivo que visitar la estancia del doctor: hacerse amigo de Hans, devolverle la visita y salir con él. Terminará por largar el rollo.

—Lo detesto.

—Yo más.

Rolf era consciente de su ineptitud para el espionaje. Lucubraba demasiado y se embrollaba. Cuando hacía el

balance, quedaba insatisfecho. Había fracasado su espionaje sobre la conspiración judía y fracasaban sus averiguacio-
nes sobre la venta de información reservada. De Hans sólo
sabía que era cruel y cínico, que le gustaba beber y solía
terminar borracho. Que se proclamaba nazi de la primera
hora y atribuía la Noche de los Cuchillos Largos a los
arribistas ineficientes.

Más adelante, en las conversaciones que mantuvo con él
en la calle y en su casa de Balvanera, se enteró de que estaba más contento con Lamas Lynch de lo que había estado
con Botzen. Llegó a confesarle cosas más íntimas aún: que
tuvo una novia a los dieciséis años, pero que debió abando-
narla por puta. Desde entonces cogía con "carne fresca".
Rolf creyó que se refería a jovencitas, pero después entendió que eran niños, sobre todo varones. No dijo cómo los
conseguía.

En su casa, bien entrada la noche y con tanta cerveza
que le brotaba en forma de lágrimas, Sehnberg se deschavó
contra Botzen. Botellas vacías sobre la mesa y el suelo sin
barrer reverberaban a la luz de una lámpara baja. Dijo que
era un viejo frustrado, un aristócrata decadente y un militar
de pacotilla. En el fondo de su alma Botzen despreciaba a
Hitler por plebeyo. Escupió a la pared como si lo hiciera a
los bismarckianos bigotes y le gritó inútil y desleal.

Fue en busca de más cerveza. Rolf también había bebido
mucho y yacía en el angosto sofá. Oyó el desparramo de
vidrios y se incorporó con esfuerzo. Hans rompía botellas
contra los muebles, enojado por el agotamiento de su provisión. Rolf lo abrazó para detenerlo.

—¡Basta, Hans!

Sudado y maloliente, dejó caer el brazo y aflojó sus dedos: el cogote de la botella rota llegó al piso y estalló. Antes
de que Rolf lo soltara, Hans lo abrazó también y estiró la
cabeza hacia arriba, hacia su boca. Alcanzó a besarlo en la
garganta. Rolf lo separó.

—¿Qué... le pasa? —protestó Hans, bamboleándose.

Rolf fue hacia la puerta.

—¿No somos... amigos? —siguió Hans—. ¡No se vaya,
carajo!

La orden resonó como en la isla; paralizaba. Rolf apretó el picaporte, pero no abrió. Le dolía la cabeza.

La pesada mano de Hans se abrochó sobre su hombro y lo obligó a retroceder hasta una silla.

—¡Si no queda cerveza, tomaremos grapa!

Zigzagueó hasta la alacena y extrajo una botella. Llenó dos copitas hasta el borde. Le tendió una a Rolf; le temblaba el pulso y derramó unas gotas.

—No se preocupe. Tengo dos botellas más.

Vació la copita de un golpe y el lenguetazo de fuego pareció mejorarle las fuerzas.

—Me gustan sus manos, Rolf, amigo mío. Son las más grandes que he visto nunca. Y, además, es alto, muy alto. Lo que a mí me falta. Por eso también lo quiero a Lamas Lynch: es alto —lamió el borde de la copita—. Yo lo quiero hace mucho... supongo que se ha dado cuenta.

—Me di cuenta aquel día —contestó resentido.

—¿Qué día?

—Cuando me obligó a caminar en cuatro patas, en la isla.

Los ojos de Hans giraron en sus órbitas y de repente lanzó una carcajada tan fuerte que casi derribó su silla. Se apretó el abdomen.

—¡Síííí!... ¡Fue tan gracioso! ¡Ja, ja, ja! ¡Y le di fustazos en el culo!

Rolf mordió sus labios, la puta madre que lo parió. Ese energúmeno gozaba hasta el recuerdo de su humillación.

—¡Así les hago a los pendejos! ¡Ja, ja! ¡Se ríen conmigo, jugamos al caballito..., ja, ja, ja! ¡Pero en vez de pegarles con la fusta les meto el dedo! ¡Ja, ja, ja! ¡Les encanta! —vació otra copita—. Pero después lloran... Cuando... ¿me entiende? Cuando se la meto bien metida. ¿No es fantástico?

Rolf miró las lúgubres sombras que producía la lámpara. Sintió molestias en el recto y pensó que debía irse antes de que la situación ingresara en un clima ingobernable.

—A Lamas Lynch le divierten estas historias. Se ríííee... ¿Nunca probó carne fresca? Le gustaba a Roehm. Dicen que siempre le tenían listos platos muy sabrosos, especial-

mente en los últimos años. ¿Se imagina? Unos r
chanchitos judíos. ¡Ja, ja, ja!

Hizo girar entre sus dedos otra copita desbordante, la ▮
con ternura y la tragó de un sorbo.

—Lo amo de verdad —farfulló—. También lo aprecia
mas Lynch. ¿Sabe cómo lo llama? "El teutón." ¡Ja, ja!

Hans vaciló hacia él; sus ojos brillaban con codicia.

Rolf se corrió hacia atrás, pero la cabezota de Han
pegó a su nariz.

—Soy su amigo... Yo lo quiero.

Lo besó en la boca.

Rolf le dio un empellón que hizo caer la lámpara y
vocó un choque de botellas vacías.

—¡Idiota! —gruñó Hans y fue a la cocina—. Va a ve

El aire olía a pólvora. Rolf se secó la frente y endere:
lámpara. Caminó hacia la puerta de calle. Quería d
parecer.

—¡Alto! —rugió Hans.

La respiración del instructor soplaba en su oído. Se
vuelta y lo vio en posición desafiante, un enorme cuc
de punta en una mano y la fusta en la otra. Apretó el ▮
porte y lo giró, pero debió saltar hacia un lado porqu
arma silbó junto a su mejilla y se clavó en la puerta. ▮
tomó de nuevo el cuchillo y se puso de espaldas a la sa

—Tranquilo... —Rolf tendió las palmas en signo de ▮

—¡Qué tranquilo ni qué mierda! ¡En cuatro patas, ca

Una palangana con agua se derramó sobre la cabe
de Rolf y Hans aplastó la fusta a un centímetro de la o▮

—¡En cuatro patas he dicho!

—¡Aaaaay!

La fusta pegó en sus rodillas con tanta fuerza que p
ció haberlas atravesado. Cayó al piso y Hans montó su
palda; le tironeó el pelo mojado.

—¡En marcha, animal! ¡Caminando!

El acero le acariciaba la boca y pronto le cortaría u▮
bio. Le liberó la cabellera, pero fue despedido hacia ade
te por un fustazo en las nalgas. Cayó estirado y Hans,
las piernas separadas, le siguió apuntando al centro d▮
ojos.

—¡Arriba, mal amigo!

Se masajeó las doloridas rodillas, tenía despegado el cuero cabelludo y brotaba fuego de sus nalgas. La fusta silbó otra vez en el aire y de inmediato rodeó sus costillas como un cable de alta tensión.

—¡Aaaay!

—¡Arriba he dicho!

Se puso de pie por segmentos, le costaba enderezar los muslos sobre las rodillas lastimadas.

—Ahora se va a desvestir.

—...

—¿No entiende alemán? ¡Desvestir!

Otro fustazo en las costillas.

—¡Aaaay!

—Sólo le ordeno... amistosamente... que se desvista, ¡carajo! —la fusta relampagueó junto a su cara.

Rolf llevó sus manos al cinto y lo desabrochó. Frente a él, la mirada llameante, Hans sostenía sus armas con determinación implacable. Esta lucha lo había excitado tanto que hasta se le hinchó la bragueta.

Advertido, en la mente de Rolf se produjo un agujero negro. De súbito dejó de ver y temer. Sus dedos frenaron el movimiento en la hebilla del cinto y sus rodillas olvidaron el dolor. En una fracción de segundo atrapó las muñecas de Hans y las llevó hacia arriba y atrás con inusual energía. Lo obligó a girar y lo trabó. La maniobra salió perfecta porque Hans, ante el desgarro inminente, soltó sus armas. Pero Rolf no escuchó la caída de la fusta y del puñal, porque no le importaban. Su ciego propósito era vengarse a mano limpia. Sus músculos treparon a la espalda del instructor para también obligarlo a ponerse en cuatro patas. La oposición duró menos de un minuto porque ahora el sorprendido era él y Rolf se había transformado en un poseso.

Hans recuperó el puñal de un manotazo y mandó una estocada al hombro de Rolf. Rolf ignoró la puntada y le atrapó la mano, que mordió como un tigre hambriento. Se produjo a la vez el aullido de Hans y la sonora caída del arma. Entonces Rolf cerró sus dedos en torno al corto cuello del instructor y le apretó la tráquea con todas sus fuerzas. La compacta víctima entró en convulsiones para liberarse de las pinzas. Movió su cuerpo como un potro en la doma, pero Rolf no se despegó de su garganta. Y no la soltó ni después de escuchar que se quebraba. Siguió apretando más, siempre más, con sus grandes dedos. El cuello de Hans ya no parecía tan ancho ni tan duro.

Al rato yacía de cara al piso y Rolf, aún ausente, continuaba oprimiéndolo.

Exhausto, se desplomó en el sofá. Miró el cuerpo quieto y con el pie lo dio vuelta. Hans tenía los ojos fuera de las órbitas, con la lengua negra entre los dientes. Sintió entonces, por primera vez, el dolor de su hombro.

Necesitaba una cerveza. Tardó en recordar que se habían acabado y sólo quedaban botellas de grapa. Se sirvió una copita y luego otra. Inclinado hacia adelante, le hizo preguntas al muerto. Le asombró verlo tranquilo, muy tranquilo, como un estanque.

Fue al baño y bebió del grifo. El agua fresca corría por su mejilla. Después se quitó la estragada camisa y se lavó. Este asesinato debía parecer un suicidio. Regresó a la habitación donde la lámpara baja continuaba prodigando su siniestra iluminación. Miró por la ventana y sólo distinguió el farol callejero. Eran las tres y media. A esa hora no había testigos.

Rascó sus cabellos mojados y levantó el puñal; tenía manchas de sangre, la poca sangre que le extrajo a su hombro. Fue a la cocina, lo lavó, lo secó y lo guardó entre los cubiertos. En un rincón había una cesta llena de frutas y un plato con media docena de huevos. Eligió una manzana y la mordió. Mientras comía levantó la fusta, que depositó en el ropero sobre una pila de ropa doblada. Ordenó las botellas vacías junto a la alacena y lavó los vasos. Descubrió dos botellas de grapa sin abrir y las instaló sobre la mesa, para no olvidarse. Buscó la escoba, barrió los restos de vidrio esparcidos hasta abajo del sofá, y los arrojó en el cubo de la basura. Lo miró disconforme y tiró encima los seis huevos, que enchastraron adecuadamente los vidrios.

Lo secundario estaba hecho. Faltaba lo principal. Se acercó al cadáver, que había producido un charco de orina en

298

derredor. Miró hacia el techo y calculó que era posible. Le quitó el cinto y se lo ajustó alrededor de la destrozada garganta. Después fue en busca de una escalera. No la encontró. Se dio cuenta entonces de que le bastaba una silla. Izó el cuerpo que resultó menos pesado de lo que aparentaba. Sudó como si hubiese vuelto a beber litros; le dolieron las rodillas, el hombro, las costillas y las nalgas. Jadeó como un proboscidio, pero no aflojó en su tarea. Por fin el cuerpo de Hans pendía del grueso tirante que atravesaba el cielo raso; lo empujó con el índice y se balanceó. Tenía la lengua afuera y los pantalones mojados como sucede con los que perecen en la horca. Pero no le gustó que mantuviese los ojos diabólicamente abiertos: no armonizaba con la voluntad del suicidio. Rolf estiró los dedos y le bajó los párpados.

—Ojalá te vayas al infierno —murmuró entre dientes.

Recogió las botellas de grapa y cerró la puerta silenciosamente.

A la tarde el secretario de Botzen telefoneó a Siemens y dijo a Rolf que el capitán necesitaba verlo de inmediato. Rolf, en cuyo rostro persistía el desarreglo de la noche, adujo sentirse mal y pidió permiso para ver al médico. Voló hacia la avenida Santa Fe. Mientras subía la escalera de granito barruntó que tanta urgencia debía estar relacionada con la muerte de Hans. Botzen había dicho que odiaba al ex instructor, más desde que se había hecho evidente su felonía. No lamentará su muerte, no. Pero tampoco querrá cargar con las consecuencias: si se llegaba a sospechar que uno de sus protegidos lo había asesinado, se desprendería del protegido. Era el jefe que no asumía culpas, y menos las ajenas.

Tuvo que aguardar unos minutos en la antesala y miró por centésima vez el desfile en Unter den Linden. Cuando ingresó en el despacho, Botzen revisaba papeles.

—Buenas tardes, señor capitán de corbeta —recordó la primera entrevista, cuando vino con su padre rescatado de Bariloche.

—Avanza —ordenó sin mirarlo.

Rolf sintió tensión. El legendario capitán había sido durísimo con su padre aquella vez.

—Siéntate.

Cerró la carpeta, se atusó el bigote y se inclinó sobre el sillón. Le hundió la mirada.

—Ha muerto Sehnberg.

Rolf mordió sus labios.

—¿Ha muerto? —no pudo evitar el falsete.

—En apariencia fue suicidio. Lo encontraron colgado de un tirante, en su casa de Balvanera.

—Ah.

—¿Sabías?

—Qué.

—Esto.

—No entiendo.

—Rolf: un subcomisario amigo me transmitió este dato confidencial: su tráquea estaba quebrada por debajo de la huella del cinto que lo estranguló. Además, existen excoriaciones de uñas.

—¿Entonces no fue suicidio?

—Sehnberg no tenía motivos para suicidarse. Lo sabes mejor que yo, porque lo estuviste frecuentando.

—Claro. Y descubrí que vendía información reservada.

—En efecto.

Hizo silencio. Sus pausas siempre generaban electricidad. Luego adelantó su cabeza y formuló un extraño pedido:

—A ver, muéstrame tus manos.

Rolf se inquietó. Las puso sobre las mesa; advirtió que no tenía bien recortadas las uñas.

—Son manos grandes y fuertes, ¿verdad? —emitió una leve y sardónica risita.

Bajó las manos.

—Si lo mataste, has cumplido una tarea patriótica, como el comandante Eicke al disparar sobre el cráneo de Ernst Roehm.

—¿Por qué supone eso?

—Mira: la investigación puede avanzar o demorarse, según los intereses en juego. Pero, por más que se demore, no será difícil dar con el autor de esa muerte. Hay huellas digitales en abundancia, especialmente sobre el cinto.

A Rolf se le fue la sangre de la cara.

—Por lo tanto, más vale que te sinceres. El único que puede ayudarte en este embrollo soy yo.

Bajó la cabeza y, tras unos segundos de reparo, empezó a contarle la repulsiva noche. El capitán lo escuchó sin decir palabra. Le impresionó la fría conducta de la última parte, y hasta quiso sonreír cuando escuchó sobre su esmero en disimular los vidrios rotos de la basura mediante una cobertura de huevos.

—Pero quedaron tus huellas digitales. Tu situación es problemática.

—Yo...

—No quiero que termines en la cárcel.

—Habrá alguna forma de defenderme.

—Terminarás en la cárcel, Rolf —el capitán estiró sus manos por encima del escritorio como si intentara abrazarlo—. ¿No lo puedes entender?

Retornó el silencio. Botzen volvió a reclinarse mientras Rolf movía nerviosamente la pierna derecha.

—Hay un camino —dijo al rato—, sólo uno.

Detuvo la pierna.

—En cuatro días parte hacia Hamburgo un barco de la Hapag-Lloyd. Cuatro días alcanzan para tener listos tus papeles de viaje. No te preocupes por Siemens y tus camaradas: yo les daré una explicación admirable. Conviene que vayas a despedirte de tu madre, pero sin dramatizar la cosa: dile solamente que partes en una misión de estudio. En realidad te ausentarás por muchos años, hasta que aquí olviden la muerte de Sehnberg.

A Rolf se le cayó la mandíbula.

LIBRO DOS

1938 - 1939

ALBERTO

Desembarcamos en Bremen y desde allí seguimos a Berlín en el tren rápido. Alcanzamos a desayunar los ricos panecillos alemanes en su vagón-comedor antes de bajar al estrepitoso andén. Nos reconoció un funcionario argentino de mejillas abultadas, el secretario de Embajada Víctor French, un escalón por debajo del que me habían conferido a mí. Levantaba un diario para que no lo perdiésemos de vista. Tras expresarnos la bienvenida en el castellano que habíamos empezado a extrañar durante la travesía oceánica, nos condujo a un automóvil. Según yo había pedido, fuimos alojados en el Hotel Kempinski, cuya fama era difundida por agencias de viaje, novelas y filmes. Edith sugirió pasar cómodos las duras semanas iniciales y elegir con tiempo nuestro domicilio permanente en la capital. No teníamos claro si era preferible vivir cerca de mi oficina o en los parquizados alrededores del Wannsee.

Mientras los conserjes enfundados en rojo y azul trasladaban nuestro equipaje, French nos invitó a beber una copa en el lobby. Por una ventana descomunal se veían los árboles con brotes de primavera; en la calle barrían la última nieve.

—El embajador Labougle le ofrece dos días libres para que se vaya ambientando. En esta carpeta dispone de la información inicial.

—Muchas gracias.

—También dispone de mí: con gusto los acompañaré a dar unas vueltas. Berlín se ha convertido en una ciudad inmensa —su sonrisa le llenó la cara de arrugas.

Me había enterado en Buenos Aires de que French tenía

cincuenta años y reclamaba ser sacado de Berlín. Hacía una década que lo mantenían en este destino porque conocía todos los ratones de la burocracia alemana. A los actuales dueños del poder los había empezado a frecuentar cuando eran unos provocadores de incierto futuro.

—Es usted muy amable —agradeció Edith—. Sólo conozco Berlín por referencias.

—¿Les parece bien que vuelva en una o dos horas?

—Dos horas.

Estrechó nuestras manos y salió a paso lento por los fastuosos salones.

Nos condujeron a la habitación. Era una suite decorada en estilo Luis XV. Recibí nuestro equipaje, di una propina y me senté sobre la cama.

—Parece un sueño, ¿no?

Ella abrió una valija y empezó a colgar la ropa.

—Una pesadilla.

Suspiré.

—¿No has visto a los SS? —agregó irritada—. ¡Unos esbirros!... Con esos uniformes de luto, con esas botas que taconean por cualquier estupidez, con la calavera en las gorras. Hemos llegado a la más honda caverna del infierno.

La tomé por los brazos, acaricié su piel tersa y miré sus grandes ojos restallantes de indignación. La abracé. Ella dejó al principio que sus manos colgasen, pero después me devolvió el abrazo.

—Ah, querido, querido. ¡Qué represalia más sutil!

—Pero vos quisiste acompañarme.

—Soy tu esposa, ¿no?

—Podía haberme negado a venir, rechazar este destino.

—Ya lo discutimos. Te hubieran mandado a un país insignificante.

—Si las cosas salen bien, pediré retornar de inmediato; ya te lo dije.

—Te saldrán bien. Pero no soy optimista en cuanto al retorno —se desprendió y volvió a su tarea—: el cínico de O'Leary se opondrá. Al fin de cuentas, fue quien decidió tu venida.

—O mi tío. Ya no sé quién de los dos hizo más fuerza.

—Tu tío por intereses, O'Leary por maligno. O'Leary no te quiere; soñaba con hacerte daño; mi mitad judía se le atravesó en la garganta.

—Cumplida mi misión, estará justificado mi retorno. Te aseguro que más me preocupan las recomendaciones que vos traés para los católicos disidentes. Te confieso que durante el viaje quise arrojarlas al mar.

—Es lo único que me ayudará a no morirme de angustia. Mi padre me contempla desde algún lado.

—Has estado enojada con Dios.

—Y sigo enojada. Lo haré por mi padre, no por Dios.

—Suena a blasfemia. No lo repitas.

—¡Qué me importa! Reina el absurdo en las narices de Dios.

—¡Shhh! —la abracé de nuevo y susurré a la oreja—. Las paredes oyen.

Fui a darme un baño. Me dije: "Alberto, superá la irritación si querés un mínimo éxito en el primer destino diplomático de tu vida".

El secretario Víctor French nos esperaba leyendo el oficialista *Volkischer Beobachter*.

—Hay que estar informados —lo dobló.

Nos hizo pasar ante los refulgentes guardianes y se adelantó para abrir las puertas del auto. Emitía fragancia a colonia. Sus gestos tenían una controlada afectación.

—He decidido venir sin chofer, así conversamos tranquilos —dijo luego de arrancar—. Aquí las delaciones son una virtud. Supongo que querrán hacer preguntas sin espías en las sombras.

—Empezamos bien —sonreí amargamente—. Con este prólogo ya contestó a varias.

Lanzó una carcajada breve.

—Alemania ha cambiado muchísimo. La situación económica era insostenible, ¿quién no lo sabía? El necio *Diktat* de Versalles estranguló a la República de Weimar e incrementó el odio popular. Yo ya tenía un año de residencia en Berlín cuando se estableció el gobierno autoritario de Von Pappen ante el fracaso de los partidos moderados. ¡Ufa, no se imaginan qué momentos! Von Pappen quiso obtener las soluciones desde arriba, con las clases superiores. Repetía que "el pueblo alemán necesita ser dirigido: es su idiosincrasia". Sonaba a elogio. Pero la situación continuó empeorando y los nazis aprovecharon para redoblar su agresividad. Cayó Von Pappen y subió el General Von Schleicher, quien intentó una alianza social-militar. Lo conocí personalmente y adiviné su fin. El Parlamento ya era presidido por Goering, un nazi de la primera hora, un íntimo de Hitler. Las legiones de desocupados, enardecidas por los nazis, exigían soluciones milagrosas.

Giró en una esquina y aprovechó la detención de la marcha para mirarnos.

—¿Qué hacían las potencias extranjeras mientras tanto, ah? La tormenta amenazaba desintegrar el país. Con el embajador Labougle nos reuníamos para contar las horas que faltaban para que sucediese lo peor. Y sucedió. El mariscal Hindenburg tenía más de ochenta años cuando enfrentó la amarga decisión de entregar el poder a Hitler, aunque significara el abismo.

—Cobarde —masculló Edith.

Víctor French movió la cabeza.

—No sería tan drástico, señora. Había que estar aquí.

—Claudicó, French, claudicó —insistió Edith, furiosa.

—Reconozcamos que procuró algunas garantías...

—Tan frágiles como ramitas secas. ¿De qué sirvieron Von Pappen como vicecanciller y algunos ministros conservadores? Esas garantías fueron una ilusión.

—Parece que está enterada. Sí, duraron muy poco.

—¿Se da cuenta?

Anunció que acabábamos de ingresar en la elegante avenida Unter den Linden.

—Las botas y los uniformes le han quitado elegancia.

—Sin embargo —corrigió French—, hay cosas que mejoraron. Y mucho. En serio.

—¿Mejoraron?

—Hubo un vuelco espectacular en el campo económico, social, administrativo, espiritual y político. Un vuelco impresionante. Es otro país. Cosas feas y cosas buenas. Miren la prosperidad que lucen las calles, aunque desagraden las botas y los uniformes. Hace poco hasta Unter den Linden era desolación y miseria. Observe que la gente viste bien, algunos pasean y otros van y vienen de sus trabajos. El desempleo se ha evaporado por arte de magia.

—¡Qué magia! ¿No es el rearme? La propaganda nazi confunde al más pintado.

—Exageran con la propaganda, es cierto. Pero debemos reconocer que los nazis entraron con un empuje demoledor. Alemania estaba dividida, sin rumbo. Ahora asusta al planeta. No parece real.

—A qué precio, mi estimado French. A qué precio.

—Es tan difícil una evaluación equilibrada.

—Reconozca que los nazis tienen hambre de poder, son insaciables.

—En eso coincido.

—Y las ventajas que usted admira son transitorias. El fin del desempleo y el fervor patriótico se basan en el fanatismo y la segregación. ¿Cómo se puede construir sobre tamañas plagas?

—También coincido en eso. Pero los nazis han cambiado el humor del pueblo, han impuesto la certeza de que Alemania renace, que le sobran energías.

—Han enloquecido al pueblo.

—En gran parte —Víctor French movió nuevamente la cabeza—. Pero si queremos ser ecuánimes, reconozcamos que obtuvieron lo que nadie antes. ¡Y con qué rapidez! ¡Con cuánta decisión! Fíjese que Hitler, en su primer año de gobierno, después de perseguir y encarcelar a los diputados socialdemócratas y comunistas, tomó medidas hasta contra sus propios aliados...

—¿Y ése es un mérito?

—Una forma inédita de la política. De ahora en más, la política en el mundo no será la misma.

—Brillante contribución a la miseria del hombre —dije yo.

—Pero una contribución al fin. Hitler ha demostrado que en los tiempos modernos se puede violar cualquier regla. Convirtió a Hindenburg en su virtual prisionero, arrancó poderes extraordinarios al Congreso y suspendió las garantías constitucionales en materia de libertad individual, de prensa, de reunión, de propiedad, de secreto postal y telefónico, de lo que se les ocurra.

—*Heil Hitler!* —se burló Edith.

Ingresamos en la Wilhelmstrasse. Víctor French apuntó su mentón hacia un imponente edificio.

—Es el Ministerio de Relaciones Exteriores.

—Pronto lo visitaré.

—Así es —arregló su espejo retrovisor y miró a Edith—. Quisiera evitar un malentendido, señora: yo no soy nazi.

—Menos mal.

—Pero la democracia no podía con este país: Alemania era una ruina. Ahora, con locos y criminales, una potencia. Ya en los primeros cinco meses de gobierno los nazis pusieron la nación patas arriba. Después, piedra libre: rearme, imposición del partido único, leyes racistas, ocupación de Renania, reclamos sobre Austria, sobre los Sudetes, sobre Danzig.

—Sólo falta divinizar al Führer.

—Está en camino. De ahí los crecientes roces con algunos pastores y con la Iglesia.

—Explíqueme esto —pidió Edith.

ROLF

La mañana de otoño imprimió vehemencia en sus recién afeitadas mejillas. Vestía guerrera, pantalón verde grisáceo y brillantes botas de cuero. Unos ciento cincuenta metros separaban los dormitorios del edificio central. La breve caminata le permitió inhalar el aroma de los robles bávaros, cuyos follajes enrojecían con el cambio de temperatura. Restregó sus párpados para hacerlos entrar en completa vigilia y pasó sus dedos por lo que quedaba de la rubia cabellera; se la habían cortado prolijamente, como cuadraba a un aspirante a *Untersturmführer*.

La institución pertenecía a las *Schutzstaffeln* (Escuadrones de Defensa), popularmente conocidas como SS. Ambas letras se escribían en caracteres rúnicos por varios motivos: actualizaban el pasado glorioso, se diferenciaban de otras siglas en gótico o latín y, además, tenían la forma quebrada de los rayos.

—¡Cómo rayos caeremos sobre nuestros enemigos! —repetía el *Obersturmführer* Edward von Lehrhold.

El Instituto de Enseñanza Ideológica había sido fundado por Heinrich Himmler y se llamaba Dachau por la vecina aldea de ese nombre. A tan sólo quince kilómetros se hallaba Munich, lo cual facilitaba las comunicaciones y permitía que docentes y discípulos se concedieran horas de esparcimiento. Muy cerca se erigían las grises murallas de un establecimiento completamente distinto, también llamado Dachau y también administrado por la SS: el campo de concentración donde se encerraba a los antisociales del Nuevo Orden. Las víctimas aprendían a someterse y los oficiales a castigar. Rolf alternaba la teoría en el Instituto con prácticas en el campo. Su aprendizaje había sido vertiginoso.

Había llegado a Alemania a fines de 1935 como *voluntario*. Cientos de voluntarios retornaban a la patria con los pasajes ofrecidos por las embajadas de ultramar. Traía recomendaciones del capitán Botzen y del embajador Edmund von Thermann. En la estación ferroviaria de Berlín recordó las instrucciones:

—No te presentarás en la *Wehrmacht*, sino en la SS. Amo a la *Wehrmacht*, naturalmente, pero el poder se ha desplazado a la SS. Yo te necesito donde está el poder.

También le dijo Botzen:

—Me escribirás, pero conviene que nadie se entere de nuestro contacto. No olvides que el enemigo acecha.

Botzen despacharía pronto también a otros jóvenes. Quería formar en el Reich una plataforma que sirviera a sus objetivos. Esa plataforma no eran únicamente los jóvenes: contaba ya con una red de amigos y admiradores entre los *junkers*, nacionalistas bávaros, y los disueltos DNVP, DVP y *Stahlhelm*. La lucha por el poder no había terminado.

Botzen hubiera preferido que el Nuevo Orden se afirmase sobre las viejas tradiciones; en muchos aspectos era así, pero en otros quedaban relegadas brutalmente. Los conservadores eran reemplazados por desconocidos.

—Algún día también mejoraremos esto.

Le relató que Hitler, cuando aún pataleaba en el l[
había decidido confiar a Heinrich Himmler la direcciór
prema de sus "fanáticos más fieles": su necesaria y an
"guardia personal", la SS, "donde deberás incorpora[
Hitler quería un bloque de hombres temerarios a su ex[
vo servicio. No se trataba de una fuerza convencional,
de una fuerza capaz de romper cualquier barrera, salta
dos los muros y reventar el más sagrado de los objetiv
él lo mandaba.

El escuálido Himmler era nieto de un comandant[
Gendarmería y había sido educado con severidad. A [
de 1919 integró la Unión de Artamanes, donde gozó c[
disciplina, los duelos y los ataques a judíos, liberales y
cialistas. En una asociación de ex combatientes cono[
Ernst Roehm, se afilió al Partido Nazi y en 1923 acom[
a Hitler en el *putsch*. Hitler advirtió que tenía tres cua[
des de oro: eficacia organizativa, crueldad en las accior
estaba más convencido que él sobre la guerra de las ra[

Himmler organizó entonces a los "fanáticos más fi[
en forma selectiva. En diez años reunió 300 hombres[
hicieron sentir su agresividad en asaltos callejeros, au[
menos numerosos y espectaculares que los cometidos
la SA de Roehm. En 1930 decidió ampliar sus fuerzas[
bía que quebrar muchas piernas para impulsar el alic[
ascenso de Hitler. Por un lado multiplicó las tropas y, p[
otro, los ataques. No pudo contener la risa cuando le i[
maron que el presidente Hindenburg había tenido qu[
costarse, mareado, cuando supo que la "guardia perso[
del "payaso austríaco" ya alcanzaba los 52.000 efectiv[

La SS era una prolongación del propio Hitler. Algu[
remontaban sus antecedentes a los *Haschischi* de Pers
la *Bektaschi* de Anatolia. Hitler la comparó con los je[
tas, una tropa extraordinaria, devota y fiel hasta la m[
te. Incluso identificó a Heinrich Himmler con Ignaci[
Loyola. Jesuitas y SS compartían un excluyente ideal [
esquivaban el sacrificio. Ambos vestían de negro. La [
más meritoria aún, reconocía abiertamente su fascina[
por la muerte. Por eso exhibía la vibrante proclama e[

312

tín —cantada por la Unión de Artamanes—: *Perinde ac cadaver.*

Tal como le había anticipado el capitán, en los exámenes de ingreso jugaría un papel decisivo su apariencia. Los científicos de la nueva Alemania valoraban lo evidente. Rolf tenía el cabello rubio y los ojos azules, medía un metro ochenta, y sus orejas, pómulos y nariz correspondían a los cartabones arios. Cruzó bien esa prueba. Luego tuvo que probar la pureza racial. Si bien no había escuchado de parientes judíos, apenas tenía noticias de sus parientes.

Demoró la entrega de la documentación y contempló la cara del oficial que leyó rápidamente las hojas; éste las pasó a otro que se concentró en una segunda lectura, más detenida. El tercero alternó el análisis de los papeles con vistazos al cuerpo del candidato.

Botzen conocía esos trámites. En las ajetreadas jornadas que corrieron desde el estrangulamiento de Sehnberg y la partida de Buenos Aires, volcó paciencia y esmero en la confección de documentos falsos. Como no había forma de conseguir que la deteriorada memoria de Ferdinand y el perpetuo susto de Gertrud aportaran datos sobre los nombres de sus respectivos abuelos, ni referencias a tíos y menos de un solo bisabuelo, el capitán dibujó un árbol genealógico en base al apellido de ambos. Su experiencia e imaginación le permitieron remontar varias generaciones, hasta los tiempos napoleónicos.

Rolf contempló extasiado la pluma de Botzen: parecía la varita de un mago que hacía brotar de las ramas personajes y profesiones que jamás se habían mencionado en su hogar. Ahora se enteraba de un pasado fascinante: ahí surgía un orfebre, al lado un músico y un poco más allá un guerrero; también había campesinos, desde luego. Botzen testimonió que, de acuerdo a la documentación disponible, en ningún tramo del frondoso árbol genealógico se había producido la infección semítica. Rolf estaba encantado de haber descubierto a su parentela, grande y variada.

—¿Y si piden una verificación?

—Los papeles llevan mi firma —lo tranquilizó el capitán—; es suficiente.

No hubo objeciones. La firma de Botzen estaba acompañada por un sello con su rango de Attaché Naval; una carta del embajador SS Edmund von Thermann elogiaba los servicios del capitán.

A continuación Rolf fue sometido a un agotador entrenamiento físico. Era una ceremonia iniciática que duraba semanas. A los jefes les importaba averiguar si resistiría el esfuerzo prolongado, así como su disposición a continuarlo hasta el sacrificio final. Pero Rolf no era un improvisado. El orgullo recorrió su piel cuando un oficial le informó solemnemente que había sido incorporado a la maravillosa orden. Resonaron por el salón violentos taconazos y el estentóreo *Heil Hitler! Sieg Heil!*

Entonces lo condujeron a una sala desbordante de banderas y pronunció el juramento de obediencia y fidelidad al Führer con el tronco recto y la diestra tirante hacia el cuadrado bigote de una gran fotografía.

Durante 1936 y 1937 fue asignado a diversos trabajos que incluían oficina y calle, largas vigilancias y raudos operativos. Lo llevaron a Leipzig, Bremen y Marburgo; participó de formaciones y nuevos ejercicios. También recorrió ciudades más pequeñas. A principios de 1938 pernoctó dos noches en Wiesbaden, cerca de Freudenstadt.

Viajaba en tren, camión o autos militares según las distancias. El mayor placer se lo otorgaba la motocicleta, que por lo general tenía un acoplado lateral para el acompañante. Recorría veloz las calles mientras los temerosos vehículos le abrían paso.

Por último fue asignado al Instituto de Enseñanza Ideológica de Dachau: pisaba el umbral de la plenitud.

—La fortaleza de un SS reside en el absoluto sometimiento al Führer —insistían los profesores.

El adoctrinamiento llegaba a las honduras del alma. Rolf aprendía las lecciones, pero se destacaba por otras virtudes. Sus jefes advirtieron, por ejemplo, que era frío en la violencia: lo había demostrado mientras realizaban la inspección de un edificio para cazar a un agitador. El Dobermann que

314

corría delante levantó de súbito el hocico, miró la mano armada del suboficial que sostenía la correa de cuero con adornos metálicos y le clavó los colmillos en la muñeca. El suboficial largó el revólver y cayó al suelo; con gritos y puntapiés intentó liberarse del brutal mordisco. Sus compañeros lo rodearon indecisos; no se atrevían a disparar. Entonces Rolf cerró con sus manos el cogote del animal y comprimió sus dedos como un torniquete. Parecía más loco que el perro. Los dientes del Dobermann seguían prendidos a la muñeca sangrante, pero su cuerpo se movió confundido. Soltó a su víctima y quiso dar cuenta de Rolf. Lo empujó contra la pared, pero sin conseguir desprenderlo de su cuello. El Dobermann chorreaba saliva sanguinolenta. Entonces sonó un disparo y el animal aflojó sus patas traseras. Otro y se sacudió agonizante.

El *Obersturmführer* Edward von Lehrhold lo seleccionó para visitar un establecimiento de Munich. También escogió para esa oportunidad a otros cuatro inminentes oficiales. Vistieron los negros uniformes y se distribuyeron en dos vehículos. El *Obersturmführer* no les dio una explicación: se había limitado a decirles que ampliarían sus conocimientos sobre la purificación del Tercer Reich. No olvidarían esa experiencia. Lehrhold no tenía más de cuarenta años, pero cuando se tensionaba le aparecía un tic en el hombro derecho acompañado por una sacudida en la pierna opuesta. Esa mañana se le había incrementado el tic.

Recorrieron los campos de Baviera e ingresaron en la ciudad bulliciosa. Se desplazaron por sus avenidas y volaron hacia el este. Un cuarto de hora más tarde frenaron ante un hospital.

Dos hombres corrieron a recibirlos. Sus piernas se enredaban en los largos delantales blancos mientras gritaban *Heil Hitler!* desde las escalinatas. Se cuadraron frente al pelotón que descendió de los automóviles. Rolf ya se estaba acostumbrando a que lo saludasen con obsecuencia. Uno de los médicos pronunció una bienvenida en el tono más viril que permitían sus cuerdas vocales.

—Los invito cordialmente a pasar. *Herr Direktor* los está esperando.

Subieron diez escalones, cruzaron puertas vidriadas y caminaron hasta el anfiteatro. Un suboficial de la SS hacía guardia de honor con la clásica postura de pies saparados y pulgares enganchados al cinto. La sala era pequeña, con un pizarrón al frente y bancos de madera en hemiciclo. Von Lehrhold ordenó que el grupo se sentase en la primera fila.

—*Herr Doktor* Koerner está viniendo —excusó uno de los médicos, a quien le resbalaban gotas desde las patillas.

El director avanzó ruidosamente con el brazo levantado.

—*Heil Hitler!*

—*Heil Hitler!*

Desplazó de izquierda a derecha su brazo en alto y luego subió ágilmente a la tarima. Giró hacia el pizarrón como si hubiera alucinado que tuviese alguna inscripción desafortunada, pero estaba limpio y una tenue sonrisa se extendió por su rostro. Tenía la frente ancha, coronada de un corto cabello gris que resplandecía bajo las luces. Se aflojó el cuello de la camisa con su índice y alisó las solapas de su guardapolvo. Manifestó placer por esta visita. Rolf se preguntó qué podía enseñarles en un sitio como ése: ¿primeros auxilios tal vez?

El director empezó con el valor de este hospital para los elevados objetivos del Führer. Lo honraba que esta clase especial y secreta hubiera sido programada por la misma SS, y para distinguidos miembros de la SS; era la tercera del mes y esperaba nuevos grupos en los próximos días. Se aclaró la garganta y declamó algunos dogmas de fe nazis. Eran fórmulas rituales, pero incansables. Luego se explayó sobre la noble tarea del establecimiento.

Veamos de qué se trata, se impacientó Rolf.

Koerner dijo que recibían exclusivamente a niños con perturbaciones neurológicas, psíquicas, dermatológicas y hemáticas, así como a sus madres. ¿Por qué? Porque eran peligrosos para la comunidad: sus padecimientos tenían un carácter hereditario. La revolución nazi no se limitaba a brindar inútil asistencia a estos infelices —como propugnaba la medicina judeo-capitalista-bolchevique—, sino a producir soluciones permanentes. La grandiosa meta era limpiar el país y el mundo de esas taras.

Pero agregó algo desconcertante. En lugar de exterminarlos, les daban la oportunidad de convertirse en héroes.

Rolf se movió en su butaca, excitado por la curiosidad.

El médico se explayó sobre el concepto de limpieza y luego sobre el de raza.

—La limpieza es una virtud de los arios. Basta observar la pulcritud de nuestros hogares, el orden de nuestras oficinas, la claridad de nuestro pensamiento. Está a la vista —su rostro adquirió una científica severidad—. Las demás razas, tanto la negra como la latina, la eslava, la mogólica y, en grado supremo la semítica, viven en un estercolero. Cualquiera puede certificar que son promiscuos, holgazanes y tienen mal olor.

En cuanto al concepto de raza, Koerner dijo que los descubrimientos de los últimos años revelaban en forma indiscutible una ancestral guerra de razas porque la raza formaba una unidad que trascendía al individuo. Por eso no se debían escatimar esfuerzos en mejorar la única que poseía inequívocos rasgos de superioridad. También estaba a la vista que la raza aria era la más bella, inteligente y virtuosa.

Entonces unió limpieza con raza.

—Debemos mantenernos limpios de razas ajenas y también limpiarnos en forma incansable de los estigmas inyectados por contaminación. Nos enseña el Führer que "Todo animal se acopla solamente con un congénere de la misma especie. Jamás encontraremos un zorro que se comporte con filosofía frente a un ganso o que un gato sienta inclinación por los ratones". Los humanos han cometido la transgresión de la que se mantiene alejado el universo de la zoología. Y tenemos a la vista las consecuencias: taras, carencias, deformaciones, disfunciones. Esto debe ser resuelto. Un portador de las repugnantes patologías no tiene derecho a transmitirnos su morbo.

Rolf se preguntó cómo resolvía tamaño problema convirtiendo a esa resaca en héroes. Koerner volvió a pasar el índice por su almidonado cuello y aseguró que ya se había empezado la grandiosa tarea. La degenerada sensibilidad judeo-bolchevique llamaba "asesinato" a un imprescindible

317

esfuerzo por liberar a la humanidad de enfermedades hereditarias (ah, entonces se trataba de matarlos, nomás).

—Asesinato es lo que realiza esa sensibilidad —se defendió Koerner— porque legitima la perpetuación de patologías abominables. El nacionalsocialismo, en cambio, aspira a una meta superior. No mata: limpia. No enferma: cura. No derrama lágrimas cómplices: impone la salud. ¿Cómo? Haciendo que los enfermos mueran activamente. Ellos piden el sacrificio y, de ese modo, contribuyen heroicamente al perfeccionamiento de la raza. ¿Alguna vez se hizo algo más impresionante?

Abrió sus manos en cruz.

—¡Son muertes bellas! Las últimas palabras de cada pequeño héroe exaltan y agradecen al Führer. Equivalen al martirio de los santos.

Koerner destinó la última parte de su exposición a comunicar datos administrativos sobre los recursos que se destinaban a este esfuerzo nacional sin precedentes, incluyendo los costos de ataúdes y entierros. Cerró su exposición con énfasis y los invitó a hacer una recorrida.

En la puerta seguía haciendo guardia el mismo suboficial, quien respondió entusiasta a los taconeos y el rugiente saludo. Pasaron por el borde de la sección quirúrgica, sin entrar.

—La veremos después.

Un reloj de pared marcó el mediodía. Ingresaron en otra ala y desde el marfileño corredor empezaron a escuchar un extraño rebumbio. El ayudante abrió una puerta y entraron en el segundo corredor, también marfileño pero más breve, donde el rebumbio subió de volumen. El ayudante abrió la última puerta.

Apareció una sala demasiado grande para lo que se estilaba en un hospital. La iluminación se derramaba desde ventanales asegurados con barrotes negros. El ruido ensordecía. Unos doscientos adolescentes almorzaban ante largos tablones de madera, sin mantel. Delante de cada uno se veía un sucio plato de latón. Vestían anchos piyamas azules con manchas de comida. Entre ellos circulaban musculosos enfermeros con palmetas en la mano. Rolf vio cómo uno de ellos pegaba en la nuca a un muchacho que intentaba levantarse.

Koerner, parado en el umbral, tendió su brazo y aulló *Heil Hitler!* con tanta bravura que se le deformó la voz. Pero la asamblea alcanzó a escucharlo: se produjo un instante de silencio y le devolvieron el saludo con chirriantes disonancias.

Los enfermeros se pusieron rígidos y chistaban a diestra y siniestra para imponer silencio. No era fácil porque el conjunto reunía enfermos con movimientos anormales, otros con perturbaciones psíquicas y otros completamente inadaptables a la disciplina. Era un aquelarre de seres cuyo común denominador fue sintetizado por Koerner en la clase: escoria humana.

En Von Lehrhold se aceleró el tic del hombro. Ingresó tras el director, seguido por los cinco suboficiales. El médico se internó entre los largos tablones. Olor a vómito, excrementos y comida impregnaba el aire. Koerner sorprendía por el afecto que deparaba a las criaturas. Von Lehrhold miró a sus discípulos; uno de ellos se tapó la nariz con un pañuelo y Rolf pensó que estaba exagerando, que no llegaría lejos en su carrera militar.

Pero todos se aliviaron al terminar la recorrida. El *Obersturmführer* caminó por el desinfectado corredor dando sacudidas a su pie izquierdo.

—¿No es una colección increíble? —preguntó Koerner, orgulloso.

—¡Horrorosa! —replicó Von Lehrhold.

—Somos generosos. Tenemos la generosidad de los grandes. A cada uno se los excita con el heroísmo que van a protagonizar. Y a los que sufren retardos profundos se les enseña, por lo menos, a exclamar *Heil Hitler!*

Koerner solicitó al *Obersturmführer* que le concediera un aparte y le susurró una pregunta al oído. Edward von Lehrhold señaló a Rolf Keiper sin hesitar.

El médico pasó el índice por su estrecho cuello.

—Sígame —pidió a Rolf.

El *Obersturmführer* expresó su acuerdo con un leve movimiento. Ambos se separaron del grupo y caminaron hacia el fondo de otro largo pasillo. Rolf se inquietó ante la incógnita que acababa de surgir. Koerner avanzaba con rapidez, fastidiado por la pérdida de tiempo que imponían las distancias. Bruscamente se detuvo y Rolf casi chocó contra su espalda. Antes de abrir la puerta, le advirtió:

—Es un caso elocuente. Pase conmigo; limítese a observar.

El centro de la habitación en penumbras estaba ocupado por una cama donde yacía un niño macilento. A los lados, sobre sillas de metal, dormitaban sus padres, que se incorporaron de golpe.

—Heil Hitler! —exclamó Koerner.

—Heil Hitler!

Se acercó al niño, cuyo rostro evidenciaba una enfermedad grave; sus mejillas ardían. Buscó la manecita izquierda entre las sábanas y el niño se la tendió como una ofrenda. Koerner le tomó el pulso. Pero el niño también levantó la otra, débil y oscilante; apuntó al cielo raso con desesperada energía y de su garganta brotó un grito desafinado, torpe:

—Heil Hitler!

Rolf se estremeció ante la escena. Nunca había visto una combinación tan ríspida de dolor y entereza. La joven madre retorcía un pañuelo con sus dedos. El padre se mantenía en posición de firmes. Cuando el médico lo tocó con su mirada, espetó sin vueltas:

—Mi hijo quiere morir por Hitler, doctor. Por eso lo trajimos aquí.

—Así me han informado. Y así será.

—Le estuve haciendo recordar la ceremonia en la que los niños juran morir por nuestro Führer. Si va a morir, que lo haga valientemente.

—¡Quiero morir... por Hitler! —confirmó el niño con voz entrecortada; sus cabellos húmedos estaban pegoteados sobre la frente.

Su madre trataba de contener el llanto.

—Es sólo neumonía, doctor; la semana pasada estaba rozagante... Le ordenaron concurrir a la marcha, aunque ya tenía fiebre.

—Serás un héroe —sentenció Koerner sin escucharla—. Tendrás la gloria.

La madre se acercó al médico, le tomó el brazo y preguntó, suplicante:

—¿No existe alguna esperanza? Es tan pequeño. Tal vez podría curarse. ¿No tendríamos que esperar?

—Ninguna esperanza —replicó—. Morirá. Es una neumonía irreversible.

—Entonces no perdamos tiempo, señor director —manifestó el padre con los ojos muy abiertos.

La madre apretó el pañuelo contra sus órbitas y empezó a sacudirse. El padre la miró con desdén.

Koerner y Rolf salieron al pasillo. El médico tenía la cara iluminada.

—¿Capta usted —dijo emocionado— la inmensa energía que circula por el bravo pueblo alemán? ¿Imagina algo parecido entre los negros, o los latinos, o los judíos? Esas razas son cobardes. En cambio el niño ario y su buen padre ario, pese al dolor, revelan una integridad propia de los dioses. El padre es un abnegado dirigente del Partido en una aldea cercana; fue aspirante a oficial de la SS, como usted ahora. Sabía lo que hacemos en este hospital. Cuando enfermó su hijito tras la marcha de las Juventudes Hitlerianas, le advirtieron que era una neumonía grave; entonces solicitó que lo internasen aquí, para que no muriera en vano.

—Morirá de todas formas.

—Pero lo hará como un héroe. Sin el nacionalsocialismo esas muertes eran tristes, desoladas. ¡En cambio ahora!

—¿Cuánto le resta de vida?

—Días. Pero lo sacrificaremos hoy mismo, antes de que la fiebre lo consuma. Aprovecharemos para probar la eficacia de un nuevo veneno: nada merece desperdiciarse en estos años de esplendor.

Se reunieron con Von Lehrhold y los restantes camaradas. El doctor Koerner susurró su informe al *Obersturmführer* y los acompañó hasta los automóviles. Se despidieron con resonantes saludos. En el viaje conversaron animadamente sobre la lección aprendida y el coraje del Nuevo Orden.

Esa noche el *Obersturmführer* marcó un número telefónico y comunicó a su superior en Berlín el nombre que le había solicitado. Luego redactó un informe y lo despachó por correo directo. Rolf ignoraba la misión que acababan de asignarle.

ALBERTO

Tropecé con el borde de la alfombra al ingresar en el despacho del embajador Eduardo Labougle, quien tuvo la cortesía de acercarse presto y tomarme del brazo para evitar mi caída.

—No es nada, gracias —me sentí ridículo: vaya forma de empezar mi desempeño en el exterior.

Labougle le quitó importancia.

—El borde está levantado desde hace días; ya pedí que lo corrigiesen. No es usted el primero en quedar enganchado —se dirigió a su secretario que lo miraba con ojos de vaca:— Hoy mismo, ¿me entiende? Hoy mismo arreglan ese maldito borde o cambian la alfombra entera. Déjeme solo con Lamas Lynch.

El embajador era un hombre de mediana estatura y normal complexión. Tenía piel mate y frente alta; su cabello corto, a la moda, era marrón oscuro y recién mostraba un incipiente gris en las sienes. Calzaba anteojos de fino marco que de cuando en cuando necesitaba reacomodar sobre su nariz. Nos sentamos frente a frente.

—Espero que pronto sepa dónde instalarse definitivamente. El Kempinski le costará una fortuna. Víctor French podría ayudarlo en la búsqueda, conoce varias inmobiliarias.

—Ya me ofreció su colaboración.

Labougle hizo un gesto de agrado y empezó a formular preguntas sobre Buenos Aires y el ministerio. Mientras hablábamos se fue disipando la tensión del principio. Eduardo Labougle había llegado a Berlín en 1932 y presenció de cerca los dramáticos pasos que condujeron a la instalación del Tercer Reich; había conversado en más de una oportunidad con Adolf Hitler a solas y también con varios de sus poderosos íntimos. Aunque a menudo pedía instrucciones a

322

Buenos Aires, yo me había convencido de que lo hacía por mera formalidad: en sus cables insinuaba la respuesta. No olvido la ocasión en que García O'Leary pidió que le redactase un borrador sobre cómo debía proceder Labougle con un ciudadano argentino y su hija, molestados por ser judíos. A mi jefe no le gustó mi indignada propuesta, pero ahora me habría encantado saber qué opinión hubiese emitido el mismo Labougle. Con el tiempo aprendí que O'Leary y Labougle coincidían: en diplomacia no rigen los ideales.

En esa primera conversación no pude disimular mis prevenciones contra el régimen. Captó mi malestar y dijo:

—No estamos aquí para cambiar a los alemanes. Téngalo en cuenta. Le aconsejo que utilice su tiempo libre para conocer las riquezas de la ciudad. Esmérese por hallarse a gusto.

—Lo intentaré.

—¿Sabe, Alberto, que yo estuve haciendo gestiones para que usted viniese a esta embajada? —confesó de súbito.

Abrí grandes los ojos.

—No, no lo sabía.

—Pero fue años atrás.

—¿Por qué?

—Muy simple. Tuve noticias de sus cualidades.

—Hay muchos mejores que yo, señor.

—Puede ser. Existía una razón adicional —abrió la cigarrera de plata que resplandecía sobre el escritorio y me la ofreció.

—Gracias —tendí mi encendedor como reciprocidad.

—Bien —lanzó una bocanada de humo—. Espero entonces que su vida en Berlín resulte agradable.

—Estaba por decirme algo...

—Ah, sí, la razón adicional —me miró a través de la azulada voluta—. Me sentía un poco abandonado; los problemas de Alemania no resultaban comprensibles en Buenos Aires. Pensé que un pariente del ministro Saavedra Lamas me facilitaría el trabajo.

—Le agradezco su franqueza.

—Cuando su pariente dejó de ser ministro se acordaron de mi vieja solicitud. Así somos los argentinos, ¿verdad? Presiento que usted funcionará bien en esta difícil embajada; además, viene con una misión concreta.

—Me halagan sus palabras, señor.

—Pues disfrute este halago.

Mi vínculo con Labougle fue cordial desde el primer día. Creo que me ayudó a sosegar la angustia que generaba el Reich. En varias ocasiones me pidió que lo acompañase en sus gestiones. De esa forma pronto conocí el palacio de la Wilhelmstrasse número 76 y tuve acceso a personajes famosos.

En los trayectos y las esperas me transmitió algunas de las impresiones que jalonaron su trabajo. Me contó, por ejemplo, su primer encuentro con Adolf Hitler el 8 de febrero de 1933, a una semana de asumir la Cancillería. Ocurrió en el gran banquete que el mariscal Von Hindenburg ofrecía anualmente al cuerpo diplomático. Los embajadores tuvieron por fin la oportunidad de mirar los ojos en llamas del Führer. Pero a Labougle le produjo una impresión desconcertante.

—En vez de un personaje terrorífico —contó—, me hallé ante un hombre pequeño y vergonzoso que seguía con llamativa inseguridad al anciano presidente. Parecía un desafortunado doble. Peinaba su lacia cabellera en forma desprolija aún, como en las agitadas asambleas callejeras. Por primera vez vestía frac y estaba visiblemente incómodo en esa ropa. Las mangas eran muy largas y sus dedos jugaban nerviosamente con los puños de la camisa; resultaba evidente que sus pulgares no disponían del grueso y habitual cinto negro donde los enganchaba mientras escupía maldiciones. Tuve ganas de preguntar —Labougle bajó aun más la voz, como si tuviésemos un espía sobre la nuca— "¿dónde está Hitler? ¿Por qué nos mandaron tan patético imitador?".

—Inverosímil.

—Nos pusimos en fila para presentar saludos. Von Hindenbug era un patriarca y estrechaba la mano con firmeza; elaboraba frases gentiles para las mujeres. Hitler, en cambio, tendía una mano fugitiva, apenas balbuceaba palabras huecas y evitaba los ojos.

Esa frustración fue reparada unos meses después por el

doctor Otto Wagner, quien invitó al matrimonio Labougle a comer en su residencia de Grünewald. Acudiría Hitler en persona, con quien podría conversar larga y confortablemente.

—¿Se imagina mi excitación? —dijo Labougle.

A los quince días de mi arribo el embajador me invitó a un encuentro con altos empresarios en las afueras de Berlín.

—Conviene que establezca contactos enseguida, si quiere llevar a buen puerto su misión. Concurrirán los tiburones de la gran industria y gente del Ministerio de Economía. ¿Le molestaría conducir mi automóvil? Uno de mis choferes partió hacia Hamburgo y el otro está con fiebre.

—Será un placer.

—Y le resultará útil.

Se sentó a mi lado y desplegó un mapa.

—Usted maneja y yo oriento.

Al cruzar la Puerta de Brandeburgo le solicité que me contara aquella cena con el Führer.

—Cierto. Le dije que fue en lo de Otto Wagner —miró hacia los vacíos asientos de atrás para cerciorarse de que no había intrusos—. Yo venía cultivando la amistad de Wagner desde mi llegada porque, según me sopló French, treparía rápido. No fueron errados los pronósticos: Hitler lo designó asesor del Ministerio de Economía apenas tomó el poder. Un diplomático debe vincularse con gente en ascenso, no lo olvide. Otto Wagner me dio pie de entrada al confesar su interés por el cuarto millón de germano-hablantes que viven en la Argentina. Sabía de ellos más que yo.

Torció el mapa a fin de que la izquierda del papel correspondiera a la izquierda del paisaje.

—Esa noche fueron invitados pocos comensales, entre ellos el príncipe Augusto Guillermo, único miembro de la dinastía Hohenzollern que se había afiliado al Partido con la esperanza de acceder al trono. Esperábamos en la residencia la llegada de Hitler cuando de repente se produjo un revuelo y nos pusimos de pie; una ráfaga helada penetró en el salón. Bruckner, el secretario del Führer taconeó el umbral, tendió la derecha y gritó: "*Heil Hitler!*" Un coro de voces devolvió el saludo, yo entre ellos, naturalmente. Bruckner se corrió a un lado en posición de firmes, e ingresó lentamente, mirando a lo lejos, perdido casi, el hombre que más intrigaba al mundo. Vestía uniforme aunque era de noche y la reunión tenía carácter informal. Carecía de imponencia, pero en poco tiempo había aprendido a actuar como un jefe cálido, donde más vale la seducción que el espanto. Permaneció junto a la puerta como alguien que no gusta invadir, él, que invadía e invadiría todo cuanto se le pusiera delante. La simulación es parte de la política, ¿no?

Doblé en la avenida.

—Muy bien. ¿Por dónde iba? El bigote y el cabello ya estaban mejor recortados. Pero sus ojos seguían impenetrables; desde la distancia recorrieron a las figuras que lo miraban de pie. Parecían ojos de cuervo, cubiertos por una fina película gris. El doctor Wagner corrió a su lado, lo saludó con una inclinación profunda y lo guió hacia cada uno de los invitados. Cuando llegó mi turno esbozó una leve sonrisa y tanto sus opacos ojos como su semblante parecieron adquirir una diabólica ternura.

Interrumpió el relato.

—¡Frene! A la derecha en la próxima esquina.

Una motocicleta con acoplado nos pasó; era de la SS. Disminuí la velocidad.

—Durante la cena pude verificar que Hitler comía frugalmente y sólo bebía agua. Me extrañó tanto ascetismo. Ante mi pregunta confesó que no probaba vino desde hacía diez años. Fue lo único que pude extraer esa noche. Frustrante, ¿no? La conversación, mantenida en tono bajo, no consiguió abordar temas interesantes: resbalaba de un asunto trivial a otro, con referencias simples y superficiales. Pero sucedió lo imprevisto.

Movió el mapa y recorrió con el índice la ruta deseada.

—En la bifurcación tendremos que doblar a la izquierda y en la primera calle otra vez a la izquierda. Estemos atentos. Bueno, le decía que ocurrió lo imprevisto. Antes de finalizar la comida avisaron al príncipe que tenía una llamada telefónica. Regresó con la excitación ardiendo en sus mejillas. "¡Están quemando libros judíos frente a la Biblioteca Nacional!". Hitler lo miró con indiferencia y sorbió otro poco de agua. El príncipe Augusto Guillermo se sintió avergonzado por el énfasis que puso en la noticia y volvió a sentarse. La conversación giró hacia la buena música, como si la ominosa fogata encendida en Unter den Linden fuese un intrascendente juego de niños. El príncipe vació su copa y trató de reconectarse con la insípida charla.

Ingresamos en la campiña.

—La ruta ya no presenta dificultades. Seguiremos un buen rato hasta una aldea. ¿Continúo?

—Por favor.

—El príncipe no podía serenarse: la quema de libros era un espectáculo imperdible. Hitler lo miró como si fuese la pared. Esa indiferencia me produjo un impacto imborrable.

—¿Y qué decían los demás comensales? ¿Qué decía el doctor Wagner?

—Nos acomodamos al frío de Hitler, pero yo no pude seguir comiendo. El príncipe no aguantó más y solicitó permiso para retirarse: necesitaba concurrir a "ese magnífico espectáculo". Hitler pareció querer decirle váyase de una vez. Volvió a beber agua mientras el representante de la antigua dinastía le reiteraba su subordinación.

Dobló el mapa y lo guardó en el bolsillo de la puerta.

—Cuando terminamos la comida, el Führer eligió sentarse en un sillón y desenrolló un aburrido monólogo sobre ciudades de Alemania y Austria, lleno de reflexiones vulgares. Le gustaba escucharse. Si no hubiera sido testigo de su sobriedad, habría jurado que era el murmullo de un borracho. El secretario Bruckner, habituado a esas divagaciones, no hizo sino beber una jarra de cerveza tras otra y apretarse la mandíbula para ocultar los bostezos. Pasada la medianoche, Hitler se retiró entre taconazos y saludos explosivos.

—Ignoró la quema que asombró al mundo.

—Así es. Tuve el increíble privilegio de estar a su lado mientras los nazis bailaban alrededor de la fogata. Era el 10 de marzo de 1933, una fecha que no se olvida.

—También la recuerdo. En Buenos Aires se efectuaron actos de repudio.

—No habían transcurrido tres meses de gobierno y los nazis verificaron que había crecido su impunidad. Después supe que, con rugidos salvajes, arrojaron al fuego obras de científicos y artistas que admiraba el planeta. Compartieron ese destino Baruj Spinoza y Stefan Zweig, Moses Mendelssohn y Abraham Zacutto, Paul Ehrlich, Sigmund Freud, Jacob Wassermann, León Hebreo, Emil Ludwig, Albert Einstein, Heinrich Heine, Martin Buber, Lion Feutschwanger y tantos otros. Freud dijo en Viena, con increíble humor, que no era tan terrible: ahora quemaban sus obras, pero en la Edad Media lo hubieran quemado a él.

—¡Qué ingenuidad!

—¿Por qué?

—Quien quema libros termina quemando autores.

—Es lúgubre, amigo.

Permanecimos en silencio. Luego pregunté:

—¿Estará el doctor Wagner en la reunión? ¿Sigue en el Ministerio de Economía?

—¡Pobre Wagner! Nunca volví a su casa de Grünewald porque su suerte sufrió un vuelco desfavorable tras la purga del año siguiente, cuando Hitler liquidó a la cúpula de la SA. Ni se le ocurra mencionarlo.

Ingresamos en la aldea.

—Al fondo, junto a ese roble se abre un camino hacia la derecha. Un kilómetro más y llegaremos a la residencia de los Thyssen. Cerremos el tema que nos entretuvo y asumamos el papel de buenos diplomáticos; ¿de acuerdo?

—De acuerdo. Yo empezaré mi misión.

—Lentamente, Alberto. Un buen profesional no se precipita. Intercambie tarjetas, cuente algunos chistes, hágase recordar un poco. Luego vendrá lo esencial.

ROLF

El *Obersturmführer* Von Lehrhold lo llamó a su despacho para informarle que había sido elegido para entrevistarse en Berlín con el ministro de Educación Bernhardt Rust.

—Sí, señor *Obersturmführer* —se cuadró Rolf.

¿Significaba un salto en su carrera? No sabía que Edward von Lehrhold desde Dachau y su superior desde Berlín, incentivados por referencias de Julius Botzen, se habían puesto de acuerdo.

Ya era un flamante oficial *Untersturmführer*. En la revista que celebró tal acontecimiento le entregaron el puñal que, como SS, debía llevar siempre consigo. Recibió el mango labrado como si fuese un objeto celestial; en la hoja estaba grabada una consigna que relampagueó ante sus ojos y le hizo reflexionar sobre cuánto había aprendido desde que lo habían incorporado al lejano pelotón de Lobos. Unas horas antes le habían tatuado el grupo sanguíneo en la axila izquierda; los toques de la aguja habían producido la sensación de una metamorfosis. Enhiesto, como correspondía en los sucesos inmortales, recibió el definitivo uniforme negro con el emblema de la calavera y las tibias cruzadas. Le habían explicado que remitían a los antiguos símbolos de obediencia al jefe, una obediencia que llegaba hasta la tumba y más allá. Calzó la alta gorra y se paró ante el espejo. Un SS era amigo, heraldo y ejecutor de la muerte.

Von Lehrhold le tendió un libro de tapas duras.

—Estúdielo.

Lo tomó con ambas manos; cegaba. Tenía un largo título en letras doradas: *Erziehung und Unterricht - Amtliche Ausgabe des Reichs und Preuszischen Ministeriums für Wissenschaft, Erziehung und Volksbildung* (Educación e Instrucción - Publicación oficial del Reich y del Ministerio Prusiano de Ciencia, Educación y Cultura Popular). Sintió un leve desagrado; no le gustaba leer libros, menos mamotretos de esta enjundia. Lehrhold tenía fijos sus ojos en él y Rolf no quiso decepcionarlo. Abrió en las primeras páginas y advirtió que el ministro firmaba la Introducción.

—Será importante que conozca las ideas de Rust antes de verlo.

Cerró el volumen, taconeó y marchó hacia la puerta.

La brisa se filtraba por el follaje de los abedules. Entró en su pieza, se quitó las botas y el uniforme, alzó una manzana de una cesta de mimbre y encendió el velador. Antes de recostarse a leer amontonó los almohadones de plumas contra el respaldo de la cama.

El *Lehrer* (maestro) —escribía Rust— no debía ser tratado como tal, sino como un *Erzieher* (educador, instructor). Su tarea consistía en imponer una disciplina de hierro, impartir órdenes y afirmar ideales. Lo esencial no era una educación indeterminada, sino una educación para la lucha. Quedaban prohibidas las enseñanzas que generaban discusión o ambigüedades.

El nuevo sistema no aceptaba ninguna clase de débiles —continuaba—. Aquellos que revelasen defectos corporales o incapacidad, debían ser expelidos.

—Hasta aquí va bien —pensó Rolf—. Me gusta.

La división entre chicas y varones debía ser tajante —proseguía el ministro—. Los sexos no tienen nada en común; su misión vital diverge: los varones serán soldados y las niñas madres. La educación compartida era un síntoma de degeneración. Por lo tanto, han de diferir las materias de unos y otras. Para los varones severa educación física y algo de matemáticas, lengua, biología e historia. Para las mujeres también algo de educación física, pero más higiene y economía. Se admitirían otras materias en la medida que apoyaran el ideal nacionalsocialista.

—Tiene coherencia —se entusiasmó Rolf al llegar al párrafo siguiente.

Los educadores debían permitir que los alumnos faltasen a clase si participaban en desfiles u otras manifestaciones nazis. El sistema educativo no tenía una misión autónoma, sino apoyar la revolución nazi; debía poner todas sus energías para ese fin. No importaba que las clases de historia salteasen capítulos o períodos, si vinculaban sus contenidos con el presente de gloria logrado por el Führer. La consigna era que la biología volviese una y otra vez sobre los fundamentos del racismo. Que la geografía mostrase el mapa de un Reich que se expandía sin cesar.

Mordió la manzana.

Las democracias basaban su docencia en la perfección de la cultura. Este error, monstruoso de verdad, era agravado por otro: la ilusión de que la cultura podía proveer a la nación de estabilidad. Falso. La estabilidad y la perfección sólo se obtienen mediante los hechos que lleva a cabo la gran personalidad que guía al pueblo. Así de simple.

Mojó el índice y dio vuelta la hoja. En la página diez Bernhardt Rust sintetizaba su pensamiento con párrafos memorables.

No interesaba la libertad ni el vuelo de la mente. La educación era sólo un entrenamiento para consagrarse al Poder. Y el Poder significaba apoyar con todos los medios y hasta el fin una devoción universal por el Führer.

La escuela debía seguir al Partido —insistía más adelante; Rolf golpeó de nuevo los almohadones para que lo ayudasen a estar mejor sentado—: sólo cuando las escuelas seguían los dictados del Partido, encontraban su lugar.

No se debía permitir el surgimiento de intelectuales que escinden y confunden. Ninguna inteligencia debía ser superior entre auténticos alemanes, porque todas estaban sometidas a la gran conciencia del Estado común. El Estado nacionalsocialista era más importante que el individuo y todo individuo debía estar preparado para sacrificarse por el Estado.

Llegó a la página dieciséis. Arrojó a un cesto el cabo de la manzana.

El ministro recomendaba dureza física y espiritual con los estudiantes. Si era necesario, aplicar la coerción y el castigo. Se trabajaba al servicio de inmimentes guerras. No estaba permitido perder el tiempo.

Rolf estuvo tentado de subrayar varios renglones, pero no se atrevió a ensuciar la bella edición.

Jamás un docente discutirá con los estudiantes —seguía Rust—, porque esta práctica deteriora la disciplina. Las clases tenían el propósito de inculcar una ideología desprovista de dudas. Nada de dudas, nada de ambigüedades, insistió.

El educador simbolizaba al Führer —concluía—, referencia universal y perpetua.

Rolf cerró el volumen y los ojos. Repasó tan categóricas ideas. Apoyó sus manos bajo la nuca y pensó que el nazismo era una religión que impulsaba a morir contentos. Morir por el Führer.

Evocó al niño con neumonía. Mucha gente contraía esa enfermedad y acababa en forma inútil. En cambio, ¡qué distinto era hacerlo para la gloria!

Guardó el manual.

Bernhardt Rust recibió a los jóvenes oficiales SS. No era atlético ni proporcionado: alto, de caderas anchas y carne fofa. No respondía al ideal. Tal vez por eso no aparecía en los noticiosos. Su gruesa mano se alzó pesada para saludar, como si le faltaran fuerzas al brazo: ni llegó a la altura del hombro. Luego se dejó caer en un sillón de altísimo respaldo. Sus pulmones resoplaron como un fuelle. La grasa le desbordaba el cuello. Parecía triste.

Rolf no podía creer que esa deforme cabeza hubiera redactado el manual. Pero si ocupaba ese puesto era porque se trataba del hombre más brillante en materia educativa. ¿Acaso importaba su cutis con pozos de viruela si rendía servicios al Führer? Su fino bigote se estremecía con un tic que expresaba asco.

—Siéntense.

El ministro acarició su raleada cabellera y miró los objetos del escritorio como si buscase algo. Sus párpados eran gruesos e inquietos. Parecía nervioso, tenía dificultad en concentrarse.

Los intrigados SS lo contemplaron con el anhelo de descubrir al hombre excepcional. Esa piel seguro que recubría una mente ágil y una voluntad de hierro.

Rust carraspeó suave e insistentemente hasta que pudo lanzar un proyectil contra la escupidera de loza que tenía a su lado.

De entrada dijo que no era suficiente eliminar judíos para el triunfo de la raza superior. Había que atender todos los eslabones. Por eso el ministerio a su cargo apoyaba las residencias para mujeres arias embarazadas, tuviesen o no maridos, con el propósito de enseñarles el amor al Führer y conseguir que transmitieran al bebé, antes del nacimiento, su lealtad. En esas residencias las futuras madres entonaban tiernas melodías del libro *Unser Liederbuch (Nuestras canciones)*, especialmente la que dice *Sieg, Sieg, /marchamos hacia el frente /con armas, /con tiendas, /con yelmos /y lanzas; para matar al enemigo!*

—El secreto de nuestro poder... —se detuvo porque necesitaba arrancarse otro esputo que finalmente estrelló sobre el borde del recipiente— consiste en el origen. El origen es la raza. En consecuencia, debemos pulirla desde antes del nacimiento y hasta el final de la vida. Nuestros resultados no tienen precedentes.

Miró las luces de la araña, melancólicamente, y pareció cambiar de tema.

—La democracia es un invento de los judíos. Hace perder la cabeza y el tiempo; no genera un liderazgo de verdad; privilegia a los defectuosos. Por eso está condenada al exterminio.

Apoyó sus manazas sobre el borde de la mesa y se incorporó resoplando. Levantó apenas el soporífero brazo.

—*Heil Hitler!*

Parecía increíble pero la entrevista había concluido. Los jóvenes oficiales se pararon automáticamente, respondieron *Heil Hitler!* y salieron en fila. Un soldado los condujo por un ancho corredor marmolado hasta un aula. Otro alto funcionario les detalló las tareas que el señor ministro había decidido confiarles.

Se acomodó los anteojos y leyó la lista de establecimientos modelo que deberían visitar regularmente para verificar si se cumplían las consignas establecidas en el manual. Y también les adelantó que comandarían algunos operativos para el entrenamiento de los alumnos.

—No olviden la consigna: "Educación para la acción". Los niños y los jóvenes necesitan acrecentar a la vez el odio y el coraje. Deben entusiasmarse con la guerra.

A Rolf le asignaron perpetrar un ataque a The American Colony School, de Platanen Alleé 18, en la parte oeste de Berlín. La acción sería realizada por los alumnos de la Volksschule que funcionaba en la vereda de enfrente.

Se encasquetaron las gorras sobre cuya visera relucían

los huesos de la muerte y salieron del palacio. Se acomodaron en tres vehículos que encendieron sus motores al verlos aparecer. Rolf miró las calles llenas de uniformados: el Reich caminaba hacia el heroico estallido de la guerra, aunque la población prefería suponer que no estallaría jamás.

Doblaron en una calle arbolada. De pronto, al divisar una bombonería Rolf pidió al chofer que se detuviera.

—Merecemos un regalo.

Detrás de su vehículo frenaron los otros. No vio un cartel que decía "Sólo para judíos". Los bisoños guardias apostados junto a la puerta, y cuya misión consistía en impedir el ingreso de clientes arios, creyeron que les venían a efectuar una inspección; taconearon y aullaron *Heil Hitler!* Rolf se sintió abochornado al toparse con el aviso. Entonces simuló controlar la tarea de los guardias y miró hacia el interior de la espejante vidriera. Distinguió la espalda de una mujer.

—Es judía —justificó el guardia.

Fue asaltado por la inexplicable urgencia de verle el rostro. Pero ella hablaba con la anciana vendedora y no giraba. En los vehículos ronroneaba impaciente el motor; sus camaradas lo estaban mirando.

EDITH

Alberto le avisó desde su oficina que esa noche debían cenar en la residencia del embajador.

—Me parece que a último momento le ha fallado una pareja.

—Y serviremos de relleno.

—Algo así.

—¿Sabés quiénes son los otros invitados?

—Sólo el más importante: nada menos que el SS *Brigadeführer* Erich von Ruschardt.

—¿Un pez gordo, eh?

—Tal cual.

—Estaré regresando de San Agustín alrededor de las cin-

334

co, de modo que podré descansar antes de la cena. Estos peces gordos me tensionan demasiado.

—Deberíamos estar lúcidos y relajados siempre, querida. No olvides cuál es mi maldita profesión. A propósito, ¿podrías comprar una caja de bombones al regresar de San Agustín?

—Por supuesto. Creo haber visto una bombonería en el camino.

—Te mando un beso. Te quiero mucho.

—Igual.

El Centro Católico San Agustín quedaba en la calle Oranienburg, a unas quince cuadras del departamento que había alquilado Alberto con el asesoramiento de Víctor French. Casi siempre Edith cubría el trayecto a pie.

Recogió la cartera y avisó a Brunilda que salía por unas horas. Atravesó el breve jardín y abrió la chirriante verja de acero. Contempló la vasta hilera de sicomoros cubiertos de hojas nuevas. Dobló en la esquina, junto a The American Colony School. Allí tenían lugar buenos eventos culturales: dos días después habría un concierto y en quince días una conferencia a cargo del director del Metropolitan Museum de New York.

San Agustín era el Centro que Edith había empezado a frecuentar antes de abandonar el hotel Kempinski. El padre Antonio Ferlic, cuando se había enterado del destino diplomático que le habían impuesto a Alberto, revisó la información que tenía sobre instituciones de Berlín, la invitó a la sacristía de San Roque y puso sobre la mesa, ya provista de café y masitas secas, una carta.

—Te recomiendo San Agustín. Allí concurren personalidades piadosas e ilustres.

—No me alcanza con una carta —dijo Edith.

El sacerdote reflexionó.

—Es cierto: mereces más. Todavía no te agradecimos suficiente por tu ayuda en la Muestra de Arte Sacro. Es una buena ocasión para reparar negligencias. Conseguiré otras cartas de recomendación. Hablaré con el obispo.

A las cuarenta y ocho horas de su arribo a Berlín, Edith solicitó una entrevista al canónigo Bernhardt Lichtenberg, directivo del Centro Católico a quien iban dirigidas las cartas. El texto de Antonio Ferlic había sido redactado en alemán y el del obispo en castellano, con una traducción adosada. Lichtenberg abrochó los anteojos en la base de su fina nariz y leyó con atención.

—Usted es experta en historia del arte.

—Le dediqué años de estudio.

—Y desempeñó un papel relevante en la Muestra del Congreso Eucarístico.

—Colaboré. Pero junto a una docena de profesionales.

—Bien —dejó los papeles sobre su estrecho escritorio—. Usted habla un alemán impecable.

—Gracias. Mis padres nacieron en este país.

—¿Ya se ambientó al Nuevo Orden? —se desabrochó los anteojos y los depositó sobre las cartas.

—Imposible.

Lichtenberg sonrió; enseguida cruzó sus labios con el índice.

—No lo diga. Ni siquiera aquí.

—Coincidimos, entonces. El padre Ferlic no me mandó a la dirección equivocada.

—A Ferlic lo conocí en Barcelona, es un individuo noble, pero —su sonrisa se amplió— vivía preocupado por la gran verruga de su frente. ¿Todavía le preocupa?

—Creo que sí.

—En el seminario le hacíamos bromas. Decíamos que era un budista infiltrado, que la verruga era su tercer ojo. ¡Pobre Antonio!... Bien, usted desea colaborar.

—Para eso he venido.

—Veamos. Su campo es el arte. Y es esposa de un consejero de Embajada. Entonces podría organizar algunas exposiciones. ¿Le gustaría?

—Claro. Traería, por ejemplo, obras de pintores argentinos y latinoamericanos de vanguardia, como Petorutti y...

—No, no. Nada de vanguardia. Mi estimada Edith, ¡estamos en el Tercer Reich! Eso pertenece al arte degenerado. Pensemos en otra cosa.

—Tiene razón, qué disparate. ¿Arte sacro, entonces?

—Resulta más viable. Pero, ¿cuál sugiere?

—El colonial latinoamericano. Me parece que aquí no lo conocen. Abundan hermosos trabajos en madera, cobre, hierro, plata.

—Fue realizado por los indios.

—Indios y mestizos la mayor parte, sí. Por eso su originalidad, su espiritualidad fuerte y novedosa.

—Tampoco va.

—¿Por qué?

—Indios: raza inferior. Mestizos: raza mezclada, casi peor aún.

—Se cierran todos los caminos.

Volvió a cruzar su índice y murmuró:

—En eso consiste el Tercer Reich: una prisión del alma, una poda de la imaginación. A muchos les gusta.

Guardó las cartas dentro de un cajón y deslizó sus anteojos en el bolsillo de la sotana. Se puso de pie.

—Venga, la llevaré a recorrer nuestras modestas instalaciones. Primero tome contacto con nuestra gente, concurra a las actividades culturales y religiosas en curso y seguramente se nos ocurrirá a qué podrá dedicarse con mayor énfasis. Me siento contento de recibirla en San Agustín y le diré un secreto: haremos cuanto esté a nuestro alcance para que esta ciudad le resulte habitable.

—También le diré un secreto: Berlín está peor de lo que imaginaba.

Tres horas después conocía a unas quince personas del Centro. Desde entonces había concurrido a sus actividades, en las que se sucedían exposiciones, tertulias musicales, breves retiros y conferencias sobre historia, filosofía, filología y avances en ciencias exactas.

Recordó que a la noche tenía cena en lo del embajador Labougle. Procuró no saltearse la bombonería que había visto en el camino. Dos guardias la frenaron.

—¿Es usted judía?

Los miró asustada. Eran jóvenes, altos y torpes. Uno apuntó hacia la frase "Sólo para judíos". Ningún ario podía comprar en un comercio judío por la ley que Hitler había sancionado en abril de 1933, pero una callada rebelión determinaba que algunos alemanes se empeñasen en transgredirla. Edith había visto otras leyendas injuriosas: "Todos los judíos son delincuentes", "¡Fuera los judíos!", "Aquí vende un cerdo judío".

Edith pensó: "¿y si les digo que soy judía?". Esa confesión equivalía a quitarse todos los derechos, invitar a que la tratasen como a una cucaracha. Los miró desafiante.

—Soy judía.

Se sorprendieron. Mascullaron "cerda" y la dejaron pasar.

Pidió a la anciana vendedora que envolviese la caja en papel de regalo. La mujer se excusó entristecida.

—No tengo papel bueno, no me lo quieren vender.

—¿Pero los bombones son ricos? —necesitaba infundir coraje a su agitado corazón; Alberto no la aplaudiría por lo que estaba haciendo.

—¡Riquísimos! Ya verá.

—Envuélvalos con lo que tenga.

Buscó en los estantes un trozo laminado; también le quedaba un moño de tela, que adhirió a la cara superior.

—Muchas gracias.

—Dios la bendiga.

Alzó la caja. Afuera los guardias saludaban con los brazos en alto a tres vehículos que se alejaban rápidamente. Edith les contempló por una fracción de segundo el aspecto infantil y temible. Se alejó en sentido contrario a los vehículos. Al cabo de unos metros advirtió que estaba caminando muy rápido. Evocaba a la viejecita, obligada a soportar a dos fanáticos junto a la puerta de su bombonería y apretó la caja llena de bombones judíos. Sonrió con malicia porque esa noche se los haría comer a un SS.

Alberto se puso traje azul y Edith un vestido largo de color ciruela; rodeó sus hombros con una chalina de seda nacarada.

—Me soplaron el nombre de los demás invitados —dijo Alberto en el coche mientras envolvía tiernamente la mano de Edith—. Además del *Brigadeführer* Erich von Ruschardt, estarán los embajadores de Holanda e Italia con sus esposas.

—Eso me gusta. Ojalá que el italiano y el holandés crucen espadas.

—Tengo curiosidad por ver cómo procederá Labougle en situaciones como éstas.

—Pondrá cara de nada.

—Ah, no mencioné al doctor Rudolf Stopler.

—¿Quién?

—Un especialista en temas raciales, dicen que es uno de los redactores de las leyes de Nuremberg.

—Te la estuviste guardando. ¡Ese pez es más gordo que Ruschardt!

—Tal vez escuchemos cosas tremendas.

Ella separó su mano, irritada.

—Por favor Edith, recordá que debemos comportarnos igual que los proctólogos: nada de asco, nada de fruncir la nariz.

—¡Excelente comparación! No se me hubiera ocurrido. Pero, digo ahora, ¿por qué tu embajador nos invita a semejante mierda?

—Es su trabajo. El sucio trabajo. También el mío. ¡Qué podemos hacer!

El auto frenó junto a dos grandes faroles. Sobre la breve escalinata se elevaba el señorial edificio. Un mayordomo abrió la puerta y otro les recibió el sombrero y la chalina. Sobre el espejo del *dressoir* Alberto comprobó cuán hermosa estaba Edith. El primer mayordomo los condujo al salón.

Labougle se acercó a recibirlos. Presentó al embajador de Holanda y su mujer. Enseguida ingresaron el representante de Italia, su esposa y el doctor Stopler, un sujeto de rasgos inolvidables: pequeña nariz, gruesos anteojos, abundante papada y el hombro derecho más elevado.

Mientras aguardaban la llegada del *Brigadeführer* Von Ruschardt, el embajador Van Passen, de Holanda, evocó su último viaje al sur de Italia y el impacto que habían vuelto a producirle las ruinas de Pompeya. Aldo Mazzini se entusiasmó con las referencias a su país y comparó los tesoros antiguos que había evocado su colega con los que existen en otras regiones australes de la península, especialmente en Sicilia.

—No olvide que fuimos parte de la Grecia Magna; es decir, los grandes personajes del tiempo clásico fueron italianos. Pitágoras y Arquímedes nos pertenecen —sacó pecho mientras recibía una copa de champán.

—Yo no quería llegar a tanto, señor Arquímedes Mazzini —ironizó Van Passen—. Disculpe... ja, ja. Me refería sólo a las valiosas ruinas en medio de la belleza natural.

—¿Pero qué son las ruinas? Son el documento, la prueba. ¿Prueba de qué? De nuestro origen ario y helénico. La cultura romana fue la culminación de la genial cultura grecoaria —insistió Mazzini mirando al bultuoso doctor Stopler, para dejar sentado de entrada que adhería a los ideales racistas.

—¡Tal cual! —lo apoyó de inmediato el experto, tras aclararse la garganta con un golpe de tos que casi le expulsó los anteojos—. La gran civilización helénica, incluida la Grecia Magna por supuesto, fue una apoteosis de la raza en estado puro.

—A propósito —lo interpeló Van Passen—. Ya que hablamos del tema y usted es un experto: ¿de dónde proviene la palabra "ario"?

—¿Usted bromea? —se puso en guardia.

—De ningún modo.

—Cualquiera lo sabe —frotó su corta nariz—. Es como preguntar sobre la redondez de la Tierra. Los arios son la raza germano-nórdica, la mejor raza producida por la evolución.

—Me refería sólo a la palabra "ario".

—Esa palabra es muy antigua y proviene del sánscrito. Fue rescatada en el siglo XIX por un francés, el conde Joseph Arthur de Gobineau, quien tuvo el talento de reconocer en los arios a la raza ideal. Y fue más lejos aún al desenmascarar lo opuesto: los semitas, es decir los judíos.

Todos miraban a Stopler, cuyos anteojos en culo de botella parecían reflectores.

Desasosegado, Alberto pensó si las extravagancias de la teoría racial que bullían en ese hombre tan feo compensaban su resentimiento por las malas formas que le habían tocado en suerte. El racismo era maravilloso para los infelices.

340

—Pero Gobineau —Van Passen entrecerró los párpados como alguien que porta un rifle y hace puntería— trasladó arbitrariamente lo lingüístico a lo racial.

—No lo entiendo —al experto se le agitó la papada.

—Muy sencillo, doctor. En el siglo XIX se separaron dos orígenes lingüísticos troncales: el ario y el semita. Orígenes de lengua. Gobineau, sin interesarse por las pruebas científicas, transfirió el asunto a las razas. Y, a partir de esa loca ocurrencia, empezó la moda de dividir a la humanidad como se hace con las vacas y los perros.

Edith miró a su esposo con brillo en las pupilas. Stopler, en cambio, levantó su deformado hombro derecho y giró la copa en el aire, con ganas de arrojarla al insolente embajador.

—¡El nazismo ha desarrollado la parte científica que faltaba! —gruñó—. Con todas las evidencias existentes, dudar ahora de la lucha mortal que se desarrolla entre razas incompatibles, y dudar de la clara superioridad de los arios a los que usted mismo pertenece, es como negar que la Tierra gira alrededor del Sol. Nuestro Führer, con su ojo sobrenatural, viene predicando desde 1920 que los judíos son el cáncer de Alemania y del mundo. ¿Puede usted mostrarme una sola persona más inteligente y visionaria que nuestro Führer? ¿Se anima a refutar sus palabras? Objetivamente, le digo.

Van Passen se movió en su asiento, pero cerró los labios. Recordó que estaba en funciones.

—¡Las frases de nuestro Führer son siempre una admirable síntesis! —continuó el experto tras mojar sus labios con champán—. Fue a partir de esa frase condenatoria que asumimos el daño que nos infligen los judíos.

La mujer de Van Passen recogió de la bandeja un canapé y preguntó con falsa indiferencia:

—¿Podría mencionar esos terribles daños?

Rudolf Stopler rió y su redonda papada vibró sobre el moño negro que colgaba de su cuello almidonado.

—¡Infinitos, señora, infinitos! Me resulta gracioso enumerarlos, porque los conoce el más distraído de los analfabetos. Usted quizás es demasiado bondadosa, o ingenua, discúlpeme, o está sujeta a conceptos que nos impusieron los mismos judíos. Ellos se esfuerzan por parecer útiles y beneficiosos. ¿Pero quién no sabe que desde la antigüedad, desde Moisés, esa raza viene dañando a los otros pueblos? Como holandesa habrá leído la Biblia; ¿debo ser yo quien le recuerde lo que hicieron al hermoso Egipto de los faraones? ¡Lo llenaron de plagas! Y desde entonces llenan de plagas al resto del mundo. La economía, el arte, la prensa, las universidades, la industria, el foro, el cine, todo ha sido infiltrado por su sucia sangre. La lista de daños cometidos es más larga que una guía telefónica —acercó sus anteojos a la esposa del embajador—. ¿Me comprende?

La mujer limpió sus dedos con una servilletita de hilo, miró hacia los violentos anteojos y, tras un instante de duda, respondió:

—No.

Edith tuvo ganas de aplaudir. Alberto acarició la mano de su mujer para recordarle el pacto de continencia.

—¡Envenenan la humanidad! —prosiguió Stopler—. Es tan obvio que resulta difícil explicarlo. Es la dificultad de lo simple y transparente. Sobran los ejemplos, piense en su país, en cualquier país: los judíos ocupan los lugares clave, dominan y pervierten. Son minorías en número, pero siempre poderosas. Un microbio es más pequeño que el cuerpo de un hombre; sin embargo, un microbio desorganiza y aniquila al gran cuerpo. No lo comprende quien se obstina en no comprender.

La holandesa movió su fina mandíbula y estuvo a punto de rebatirle, pero su marido la interrumpió tocándole el codo. Alberto guiñó a Edith: "¿viste? No somos el único matrimonio en que el marido debe poner freno al ímpetu de la mujer."

—La malignidad de los judíos ya pertenece a lo obvio —el experto abrió sus manos ante el exceso de evidencia—. Lo que ahora nos preocupa es su erradicación, cómo llevar a cabo una completa *Entflechtung*. Fíjense: durante milenios, con su asquerosa lascivia, han embarazado a mujeres arias para corromperlas. También han adoptado las costumbres, idiomas y hasta nombres de los países huéspedes. En muchos casos resulta difícil reconocer a un judío porque se han especializado en el disfraz y la mentira.

—¿Se podría tomar por judío a un ario puro? —preguntó Labougle con una frialdad que me produjo asombro, como si estuviera conversando sobre la producción de papas.

—Sí, desde luego, y resultaría lamentable —contestó Stopler—. Por eso exigimos reconocer la condición judía de los padres y de los abuelos. El Partido ha creado una Oficina para la investigación de los antecedentes familiares de los que se postulan a cargos en la administración pública. Eso no es todo: apenas se formó, la Gestapo confeccionó un archivo de todas las instituciones judías, para que no tengan escapatoria; cada sinagoga, centro cultural o artístico, asociación deportiva y club fueron prolijamente registrados. Los nazis supimos desde el comienzo a qué debíamos darle prioridad. Dos años más tarde, ese trabajo se completó con la nómina de cada judío residente en Alemania. La red que tendimos es portentosa. Pero no alcanza: muchos cerdos todavía consiguen mantener oculta su condición porque sus padres o sus abuelos han cambiado el nombre o se han convertido al cristianismo.

Edith pensó que esa bestia estaba emponzoñada de resentimiento y envidia. También de miedo, el miedo generado por su propia locura: odiaba espectros que llamaba judíos.

—Algunos —continuó verborrágico— ya empezamos a "oler" la raza judía. El doctor Hans Günther, galardonado en 1935 con el Premio Nacionalsocialista por sus contribuciones a los fundamentos científicos de las leyes raciales, ha demostrado —levantó la cabeza y se tocó la corta nariz— que los judíos emiten una sutil fetidez, el *hedor semiticus*.

Los gruesos anteojos barrieron la cara de Edith y ella sintió que la había tocado la ventosa de un pulpo. Se estremeció: este fanático la había reconocido.

Stopler lanzó otro golpe de tos como si hubiera quebrado una roca bronquial.

—Entonces ya tienen la situación bajo control absoluto —exclamó Aldo Mazzini.

—A eso aspiramos. Pero aún falta. La sangre judía puede venir mezclada con gente aria que ignora su pasado.

—Para no perderme, doctor —lo interrumpió la señora Van Passen mientras a su esposo se le ponían blancas las mejillas—: ¿quiere usted decir que a iguales cantidades de sangre judía y sangre aria gana la judía?

Se galvanizó el salón.

—¡Buena pregunta! —concedió el experto para alivio de los demás—. Si alguien tiene dos abuelos arios y dos judíos, es medio judío. Si tiene tres arios y uno solo judío, es cuarto judío. Pero basta un cuarto para transmitir la plaga.

—¿Y cómo sabe que los abuelos fueron judíos si el apellido no lo informa o se trata de gente bautizada?

—Fácil. Antes el mundo era más religioso. En tiempos de nuestros abuelos casi nadie dejaba de practicar un culto. Los individuos que dos o tres generaciones atrás practicaban la religión judía, eran judíos —tendió la copa vacía para que el mayordomo le vertiera más champán.

—Pero quien ahora ya no practica la religión judía —se explayó la señora—, o se ha convertido, o incluso sus padres ya se habían convertido y, como si fuera poco, ni siquiera le interesa el destino de la comunidad judía, ¿por qué va a ser considerado judío?

—¡Ah, las mujeres se resisten a entender! —forzó una risita—. Por su sangre, señora.

—Pero al abuelo lo identifican por la religión, no por su sangre. ¿Hay análisis de sangre que certifiquen la diferencia?

—¿Cree usted por ventura, estimada señora —su tono se puso agresivo— que nuestro brillante cuerpo doctrinario posee errores? ¿A eso apunta su pregunta? Vea: un ario que nunca se mezcló con judíos sigue siendo ario, pero un ario que se mezcló, no. El que se mezcló ha incorporado el gusano, la bacteria o el demonio, como quiera decir.

—Perdóneme, doctor —insistió la mujer llevándose otro canapé a los labios para simular tranquilidad, mientras su marido le hacía disimulados gestos para que callase—. Me parece que confunde dos categorías.

—¿Que yo confundo?

—La categoría biológica y la cultural, doctor. A lo simplemente cultural lo ha transformado en biológico, lo mismo que hizo Gobineau en el siglo pasado. Una cosa no tiene relación con la otra. Es una confusión trágica.

—Nosotros combatimos el nivel biológico, señora. Somos científicos. No hay confusión alguna.

—Sin embargo, identifican a los abuelos por la religión, y eso es cultural.

—¿Y cómo quiere que los identifiquemos? —Rudolf Stopler se puso de pie. El hombro derecho era de veras más alto y se acompañaba de una inclinación compensadora de la cabeza.

—Reconozca entonces que existe una grosera falla en el encadenamiento lógico —agregó la mujer—. Usted habla de raza, sangre y biología. Pero cuando le conviene deja a un lado la biología y hace derivar la raza de algo tan ajeno a ella como es la fe.

El embajador de Holanda, desbordado, miró hacia el techo.

—¿Acaso muchos arios no se convirtieron al judaísmo? —agregó ella—. ¿Serían judíos de sangre aria?... ¿Cómo lo resuelve?

—¡Mentiras judías!

—El doctor Stopler —comentó Mazzini a su esposa para cambiar el explosivo curso de la conversación—, ha ayudado al Führer en las famosas leyes raciales.

—¡No, no! —el experto movió las manos—. Son rumores distorsionantes, ¡no lo repita! —se sonó la nariz en el pañuelo—. Esas leyes fueron concebidas por el Führer, sólo por él.

—Pretendía reconocer sus méritos...

Sonaron fuertes golpes en la puerta seguidos por la chicharra del timbre; los mayordomos dispararon y se expandió una galvanizante onda: acababa de ingresar el *Brigadeführer*. Retumbaron los taconeos y vítores.

El robusto uniformado entregó su capa y la alta gorra con la calavera.

—Les presento al SS *Brigadeführer* Erich von Ruschardt —dijo Labougle en novedoso tono marcial.

El oficial, con la delicadeza de un felino se dirigió a cada uno de los presentes; estrechó la mano de los hombres y besó la de las damas con una leve inclinación. Cuando a Edith le tocó recibir el suave roce, sus ojos se tocaron. Los del oficial eran grises, penetrantes, rodeados por pestañas tan rubias que apenas se diferenciaban del cutis. Apretó los dedos de Edith con los suyos helados; el aliento que depositó sobre el dorso de su mano también era frío.

Labougle lo invitó a recibir una copa de champán.

—Hablábamos sobre un tema apasionante —terció Stopler con ancha sonrisa.

El *Brigadeführer* alzó una ceja.

—La cuestión racial —completó feliz.

El *Brigadeführer* sorbió media copa, cruzó las piernas enfundadas en rutilantes botas y, mirándolo con socarronería, murmuró algo tan cavernoso que nadie lo pudo entender.

—¿Decía, señor *Brigadeführer*? —preguntó Stopler sin disimulo de obsecuencia.

El robusto hombre le clavó los ojos grises y soltó una frase inesperada.

—Que los científicos andan atrasados.

—¿Perdón, señor *Brigadeführer*? —tembló el experto.

—Atrasados —repitió tranquilamente, como si sentenciara la muerte de una garrapata.

Los presentes se contemplaron atónitos. El clima se había transfigurado.

—El Führer —explicó Von Ruschardt en tono monocorde— ha pedido con insistencia que se investigue la sangre de los judíos para identificar los rasgos específicos de su raza. Y bien, ya estamos a fines de 1938 y todavía no entregaron los resultados. Por eso digo y acuso —bebió un sorbo— que los científicos andan atrasados.

—Es lo que yo decía —sonrió la esposa del embajador Van Passen—. ¿Cuáles son las diferencias demostrables de sangre?

—Yo... yo no soy médico ni... ni soy químico —se excusó Stopler.

—Pero sí un experto en temas raciales.

—Desde el punto de vista histórico, antropológico, socio-
lógico, señor *Brigadeführer*.

—¿No biológico? —le asestó un directo a la mandíbula
la esposa de Van Passen.

El *Brigadeführer* sonrió por la inesperada complicidad de
la mujer.

—Por supuesto que biológico también, señora, también
—las gotitas de su frente viborearon hacia la papada.

—Mientras no dispongamos de un análisis de sangre que
evidencie la existencia de elementos típicamente judíos
—agregó el oficial en implacable tono—, seguirá la confusión.

—Pero las leyes de Nuremberg, señor *Brigadeführer*...
—suplicó Stopler.

—¿Conocen los señores embajadores y sus dignas esposas el papel que usted desempeñó en Nuremberg?

Las miradas cayeron como lanzas sobre su rostro empapado.

—Yo aclaré que fueron la exclusiva iniciativa, la genial
iniciativa del Führer —desolado, pidió ayuda a la perpleja
audiencia—: ¿No es cierto, señores? ¿No es cierto?

—Vamos, Stopler —el oficial le miraba con disgusto la
asimetría de los hombros—, no exagere su modestia. Cuén-
teles a estos amigos la verdad.

—Siempre dije la verdad, señor *Brigadeführer*.

—Pero no siempre muy sobrio... —su sonrisa helaba la
sangre—. ¿Cuánto champán ha bebido ya? —miró a
Labougle.

Labougle parpadeó. El oficial, con abierto desdén, había
encerrado en su puño no sólo a Stopler, sino a todos los
presentes, incluidos los experimentados embajadores de Holanda e Italia.

El jaqueado experto se secó la cara. Vino en su auxilio la
invitación de pasar al comedor.

Al lado de Edith se sentó Aldo Mazzini, quien, pese a ser
el representante del Duce, no había perdido los rasgos alegres de un genuino peninsular. Desplegaron las perfumadas
servilletas y hablaron sobre la enorme colonia italiana que
se había instalado en la Argentina. Pero ni el cambio de

lugar ni el cambio de conversación quitaron al *Brigadeführer* su deseo de seguir humillando a Stopler.

—Cuéntenos su papel en la redacción de las leyes de Nuremberg.

El experto bajó los ojos. Sus labios se movieron sin emitir palabras hasta que por fin se le oyó murmurar, resignado:

—Haré lo que el señor *Brigadeführer* me pida.

—Lo escucho —levantó el cuchillo, hizo resplandecer su hoja bajo la luz de la araña y volvió a depositarlo; se respaldó en la silla como si fuese a tomar un examen.

Stopler debía secarse de nuevo la transpiración que formaba un collar en torno a la papada; tenía los hombros más desbalanceados que antes.

—El 13 de septiembre de 1935 a la noche —dijo—, en plena efervescencia del Congreso partidario de Nuremberg, recibí la orden de instalarme en una habitación, al fondo de una estación de policía. Al rato me informaron que el Führer había decidido transformar la clausura del Congreso en una apoteosis —tragó saliva—. Faltaba poco y necesitaba un cuerpo acabado de leyes raciales.

—Recuerde que el Führer —lo interrumpió con cavernosa voz— estaba harto de esperar que los científicos trajesen las pruebas hematológicas. Por eso tuvo que recurrir a ustedes, expertos de segunda, digamos.

—Sí, señor *Brigadeführer*.

—Dígalo, entonces.

—El Führer estaba cansado de esperar que los científicos trajesen las pruebas hematológicas.

—Por eso recurrió a ustedes.

—Por eso recurrió a nosotros.

—Continúe.

Stopler tosió.

—¡Cúbrase con el pañuelo! —reprochó el oficial.

—Sí, señor *Brigadeführer* —el hombre apretó su pañuelo arrugado contra la boca decidido a asfixiarse—. Entonces recurrió a nosotros..., como usted dice bien, señor *Brigadeführer*. Trajeron con urgencia tres expertos raciales más de Berlín. Formamos un equipo... —iba a tragarse el pañuelo.

348

—Siga —ordenó el oficial.

—¿Debo... contar el resto? —ahogó otro golpe de tos mordiendo la tela.

—¡Rudolf Stopler! —acercó su cara a los anteojos que oscilaban sobre la mojada nariz—. ¿Ahora quiere pasar por discreto? Ya ha contado esos episodios en otras ocasiones. Y yo nunca los escuché directamente de sus locuaces labios. No me voy a perder esta oportunidad.

Dos mayordomos rodearon la mesa con bandejas humeantes. Por unos minutos se produjo una tregua. Pero en cuanto cada uno probó un bocado, Von Ruschardt volvió a la carga.

—Siga.

—¡Ejem! Nos trajeron litros de café; bandejas con masas...

—¡No interesa su comida! Aquí tenemos un manjar y usted me habla de masas. ¡Vaya a lo importante, hombre!

—Sí, señor *Brigadeführer*... Nos entregaron lapiceras y tinta, resmas de papel, los libros de referencia, discursos del Führer. No debíamos improvisar, sino producir algo muy científico, fundado.

—Bien —comió sin sacarle los ojos de encima.

—Pasamos dos noches sin dormir. Dos noches enteras. Confeccionamos borradores que iban a las oficinas del Führer y volvían con observaciones y críticas.

—Bien —aprobó Von Ruschardt— "con observaciones y críticas". Es decir, el trabajo no lo hacían solos, como por ahí insinuó muchas veces.

—Yo...

—Que se pasaban la noche sin dormir como los genios en vísperas del milagro. ¿No dijo eso en otras oportunidades? ¡En realidad les funcionaba muy mal el cerebro!

El experto se secó la cara con la servilleta; estaba desesperado. La esposa de Labougle miró a su marido en forma interrogativa.

—Continúe.

Los comensales se atragantaban: no habían sido preparados para presenciar una tortura.

349

—Por fin pudimos terminar —Stopler inspiró hondo— un proyecto que le pareció bueno al Führer.

—Ah.

—Se titulaba como después lo dio a conocer el mismo Führer y lo difundió la prensa.

—Dígalo.

—"Ley para la protección de la sangre y el honor alemanes".

—¿Aportaba algo nuevo?

Stopler volvió a enjugarse el sudor.

—¿Nuevo?

Los tenedores quedaron suspendidos en el aire.

—Creo que no, señor *Brigadeführer*. Eran las mismas ideas geniales que nuestro Führer venía predicando desde el comienzo de su gloriosa carrera.

—Entonces, ¿para qué el trabajo que hicieron?

—Me parece... que el último borrador, el que se aprobó y difundió, formulaba las ideas del Führer de manera más precisa, mejor.

—¿Mejor?

Stopler se espantó por el desliz que acababa de cometer. Iba a desmayarse.

—Disculpe, disculpe. Quise decir... —intentó mejorar la desafortunada expresión, pero estaba mortalmente perdido, no sabía adónde lo quería llevar el oficial.

—"Quienquiera cuyos abuelos maternos o paternos hayan pertenecido a la comunidad religiosa judía es automáticamente un judío" —recitó Von Ruschardt—. Eso expresan las leyes raciales en síntesis, ¿no?

—Sí, señor *Brigadeführer*.

—¿Y dónde está lo mejor? ¿Cuál ha sido su aporte?

Stopler se encogía como un gusano.

—Dígalo. En otras oportunidades usted pasó horas contando que había trabajado bajo la inspiración divina, que los expertos formaban un equipo sin precedentes, que usted como ninguno aportó a la gloria del Reich y usted —paró en seco y mantuvo una terrorífica pausa antes de hundirle el puñal— usted ha dicho que fue quien escribió el libreto de nuestro Führer.

350

—¡Yo no dije eso! —estalló como si le hubiesen arrojado bosta a los ojos.

—¿No lo dijo? —la sorna del oficial se transformó en carcajada.

—No, nunca.

—Y bien, queridos amigos —se dirigió al conjunto de la mesa—. Acaban de advertir cuán escasa es la ayuda que recibe nuestro Führer de quienes a menudo se proclaman sus eruditos apoyos. Acaban de escuchar cuán pobre fue su contribución. Huelgan los comentarios. Mi objetivo, señoras y señores, fue hacerles comprender que, pese a las calumnias que se levantan, somos serios. Somos serios pese a mediocres como éste.

Durante el resto de la cena Labougle hizo esfuerzos para que la conversación rodase por temas distentidos: las frutillas silvestres, los bosques de Sajonia, la temporada de ópera, el museo de Dresden y el amor hacia las papas que los alemanes compartían con un pueblo tan diferente como los polacos.

Tras el *apfelstrudel* con crema, Von Ruschardt se puso de pie. Stopler también, pero sosteniéndose del borde de la mesa; había perdido la estabilidad, los colores y la voz.

—Lo invito a compartir nuestro café —dijo la esposa de Labougle tendiendo su mano hacia el living, donde ya se habían instalado las bandejas.

—Agradecido, señora, pero tengo un par de obligaciones que aún me esperan en la oficina.

Volvió a saludar con cínica delicadeza. A Stopler ni siquiera le dio la mano: salteó su desmadejada humanidad como si ya no existiese. Probablemente —fue la angustiante sensación— pronto también desaparecería de Berlín, de Alemania, o del mundo.

Edith penetró en una zona de alto riesgo el día que conoció a Margarete Sommer.

Bernhardt Lichtenberg había concluido una conferencia sobre *Los pensamientos* de Pascal. Llevaba dos horas y media de charla, se despidió abruptamente y fue a su pequeña oficina; pero rogó que Edith lo acompañase.

—Le voy a presentar a una persona cautivante.

Bebió un tazón de café y le explicó de quién se trataba. Edith ya había escuchado su nombre y la admiración que suscitaba entre los católicos disidentes. Hacía tiempo que la pellizcaba la curiosidad por una dama a la vez piadosa y combativa.

—Vamos —la condujo hacia la mujer que colgaba un afiche en el anunciador, no lejos de la entrada principal.

—Disculpe, pero desearía que conozca a Edith Eisenbach de Lamas Lynch.

Las mujeres se miraron.

—Tiene un apellido largo, como el de muchas latinoamericanas —agregó el canónigo—. Es argentina, esposa del consejero de su Embajada.

Margarete tendió su mano, almohadilló las mejillas y disimuló su efervescencia tras escuchar la palabra "Embajada". Agradeció la gentileza del canónigo y terminó de fijar los bordes de la lámina. Luego preguntó si disponía de unos minutos.

—Sí.

—Tomemos algo en el barcito.

Margarete Sommer acababa de regresar de un viaje por varias ciudades. No tenía aspecto de ángel, como había anticipado Lichtenberg, sino de alemana común. Frisaba los cuarenta y cinco años y usaba el cabello corto y suelto. Su mirada azul parecía neutra, casi fría; pero al sonreír exteriorizaba mucha dulzura.

No perdía tiempo. Mientras aguardaban ser atendidas apoyó el codo sobre el mantel a cuadritos albirrojos y el costado de su nuca sobre la mano. Era la forma de disimular el empuje de su personalidad. Y empezó a interrogarla sobre cómo la estaba pasando en Berlín. Hubiera sido una simple formalidad en otros; para ella se trataba de una pista.

—¿Te fascina el Reich? —preguntó desembozada con malicia.

Demoró la respuesta, tal como Alberto recomendaba, "porque los espías de la Gestapo se meten bajo la alfombra", y como le aconsejado el canónigo en su primera entrevista: "mejor no lo diga; ni siquiera aquí". Pero Margarete transmitía confianza y Edith necesitaba liberarse de su opresión.

—Me produce asco.

Margarete aguardó que la joven que servía el té se alejase, añadió un chorrito de leche y lo revolvió pensativamente.

—Deberíamos vernos más seguido; tenemos valores en común.

Sugirió que concurriese a Caritas, donde ella y también Lichtenberg trabajaban.

Le contó que se había doctorado de Asistente Social en la Universidad de Berlín y enseguida había sido convocada por el obispo Konrad Preysing para las tareas de ayuda que desplegaba la Iglesia alemana desde los duros tiempos de la inflación y el desempleo.

—Después de la Gran Guerra parecía que la noche había descendido para siempre sobre este sufrido país. Pero estábamos saliendo, Edith. La verdad es que la tan denostada República de Weimar progresaba hacia la solución de nuestros problemas. Por doquier florecía la creatividad, la inteligencia, la grandeza del espíritu. Nos hicieron trampas la impaciencia, la falta de raíces democráticas. Por un lado presionaba una izquierda fanática y por el otro una banda de criminales.

Edith estuvo tentada de cruzar sus labios con el índice, como había hecho el canónigo, pero se limitó a mirar en derredor para verificar si las palabras de Margarete no habían desencadenado una tormenta.

—Esta banda —continuó— hizo propicia la angustia de la gente y desató el viento de una extraordinaria ilusión. Su fuerza es el odio —bebió, depositó la taza sobre el platito ribeteado y se llevó una mano a la frente—. El odio es una energía inagotable; proviene del infierno y nos llevará al infierno.

Edith miró otra vez a las mesitas vecinas. En una pared sonreía el retrato de Pío XI.

—Es la primera vez que escucho expresarse de ese modo a una alemana en Berlín.

—¿Opinas distinto?

—No. Me ha impresionado tu... temeridad.

—Pero la temeridad no es virtud, es pecado.

—En la Argentina también fuimos traicionados por la impaciencia, también perdimos el camino de la sensatez y aplaudimos el quiebre de la legalidad.

—Cada vez hay menos gente que opina como nosotras, sólo que esa poca gente no se atreve a hablar: teme los campos de concentración.

—En la Argentina no llegamos a tanto.

—Dios no lo permita. ¡Ah, Edith —temblaron sus labios—, esos campos de concentración! ¡Qué invento!... Ya los han probado varios sacerdotes por haber pronunciado sermones críticos. A los nazis nada los inhibe: ésta es la sencilla clave de su triunfo. No imaginas cuánta ventaja tiene el desenfreno y la insensibilidad en este mundo dado vuelta. Los nazis han conseguido que el miedo cierre la boca de todo el país.

—Pero algunas críticas se filtran: me refiero a las protestas que se formulan en la intimidad del hogar, o en este barcito. Las embajadas transmiten en lenguaje cifrado más de una atrocidad; ¿cómo se enteran las embajadas?

—Simple: cada vez se sabe menos, pero las atrocidades son más. Edith —acercó su cara de heroína bíblica—: la gente ha sido doblegada por el terror y, para sobrevivir, prefiere creer al gobierno y su aparato de propaganda; la propaganda presenta las menores críticas como embustes de los traidores y de la campaña antialemana.

—¡¿Campaña antialemana?! Pero si se denuncian hechos evidentes. Cualquiera puede corroborar que son ciertos.

—La propaganda es una nueva droga. Con ella te convencen de que lo negro es blanco y lo blanco es negro. Empiezas a desconfiar hasta de tu propia percepción.

—¿Y cómo reacciona la Iglesia ante semejantes distorsiones?

Sobre el rostro de Margarete descendió una nube negra.

—¿No lo sabes acaso? Reacciona en forma desarticulada. Es muy triste. En 1931, dos años antes de que Hitler se adueñara del país, los obispos previnieron a la feligresía de que el racismo era una doctrina opuesta a las enseñanzas católicas. Pero después se llamaron a silencio. Mantienen una postura ambigua y temerosa. La llaman prudente, pero yo prefiero llamarla de otra forma —calló; a los pocos segundos lo dijo—: indigna.

—¿Y tu obispo, el obispo Konrad Preysing?

—Lamento decepcionarte, porque él es sólo una excepción. Lo amo por su inteligencia y su coraje. Pero es una excepción.

—La Santa Sede se ha pronunciado con fuerza. El Papa escribió la carta *Mit brennender Sorge*.

—Es verdad, Pío XI —miró el retrato— mandó esa carta notable, que fue leída en muchas iglesias. Pero fue leída con pudor, casi en secreto. No fue lanzada a los cuatro vientos como un repudio franco. El gobierno había firmado un Concordato con Roma según el modelo de Letrán, que en apariencia beneficiaba a las dos partes. Pero ahora sólo sirve para mantener amordazada a nuestra jerarquía. Los nazis, con su prepotencia, le ganaron a la diplomacia vaticana. Parece increíble, porque las negociaciones parecieron excelentes para la Iglesia: estuvieron a cargo, nada menos, que del Secretario de Estado del Vaticano en persona.

—Monseñor Eugenio Pacelli.

—Así es.

—Lo vi en Buenos Aires, en el Congreso Eucarístico.

—Era un hombre muy inteligente y hábil, la mano derecha del Papa.

—Pero no te convence el Concordato.

—No —mordió una masita—. Además, no es sólo el Concordato. Me roe un malestar, Edith. Aunque a veces me pregunto qué autoridad tengo para cuestionar a la jerarquía eclesiástica.

—¿Qué es lo que te roe?

—Me subleva que la Iglesia alemana no se haya constituido en la fuerza moral que necesita mi país para detener su alegre marcha hacia la ruina. La inmensa mayoría, millones y millones de católicos no lo advierten y están felices. La clerecía, en cambio, ve lo que pasa, lo sabe muy bien, en el fondo condena a los nazis; pero calla. La Iglesia no es ingenua y no baila de alegría. Pero, te repito, hay millones de católicos que sí, porque no ven más allá de sus narices. Ya habrás oído sobre las grandes realizaciones de Hitler: suspendió el pago de las onerosas reparaciones de guerra, recuperó el Sarre, desafió con éxito al mundo y organizó un nuevo y poderoso ejército sin que las grandes potencias digan mu, creó la prohibida Fuerza Aérea, restableció la soberanía sobre Renania, construyó autopistas, premia a quienes humillan y saquean a judíos, promete ampliar nuestras fronteras con su tesis del espacio vital, ya devoró a Austria y pronto hará lo mismo con Checoslovaquia, organiza desfiles más grandiosos que los de los césares de Roma, eliminó la desocupación. ¡Estamos en el paraíso!

—Una maravilla.

—Una maravilla. Hemos pactado con el demonio. No te olvides de que la historia del doctor Fausto es una historia alemana. Mefistófeles es alemán. Ahora disfrutamos la primera parte, la fiesta.

—Me da rabia, Margarete.

—Los obispos se niegan a presentarse como una oposición. Incluso se niegan a difundir la prédica de algunos valientes párrocos. Como ha ocurrido siempre en la larga historia de la Iglesia, son los curas más jóvenes, los que están en contacto directo con los fieles, los que mejor honran el Evangelio. ¡Y bueno! ¿Acaso los discípulos de Jesús no fueron jóvenes y algunos muy jóvenes? Monseñor Preysing me contó sobre un sermón que provocó risas cuando el cura preguntó seriamente a los feligreses: "¿Por qué el pueblo venera tanto a la Virgen María?... ¿Será porque no tiene una sola gota de sangre aria?" Ese párroco fue internado en el campo de Dachau al día siguiente, por loco y por subversivo.

—No me digas que los obispos no se ocuparon de rescatarlo.

—Supongo que sí. Pero con los nazis resulta difícil; hay que ver con cuánto cinismo se lavan las manos. Por otra parte, ya te dije que los obispos quieren evitar la confrontación. El cardenal Clemens von Galen, por ejemplo, criticó el libro racista de Alfred Rosenberg en 1934; ¿pero qué ocurrió después? Después se retrajo, se llamó a silencio. El cardenal Michael Faulhaber enfatizó la vigencia del Viejo Testamento junto al Nuevo para que se recuerde la importancia de los judíos en el plan de Dios, pero luego, igual que Clemens, calló también; incluso se niega a pronunciarse en contra de las leyes raciales.

—¿Cómo pueden dormir tranquilos?

—Lo mismo me pregunto yo. Mientras varios integrantes del bajo clero revelan coraje, el alto clero sostiene que hay que armarse de paciencia. Los párrocos gritan y los obispos cierran la boca. Fíjate que a poco de asumir Hitler aparecieron artículos en boletines parroquiales contra el odio. Y no en los artículos: en los sermones se criticó la violencia de los nazis y sus calumnias. Un volante repartido por un grupo de parroquias proclamaba "La salvación no viene de los arios sino, como Cristo dice, de los judíos".

—Extraordinario.

—Hay más, y debería saberse. El semanario *Ketteler Wacht* fue confiscado en 1935 por contener artículos contra las diferencias raciales. Era 1935, cuando ya el régimen estaba consolidado. En Duisburg pasó algo distinto y casi fantástico. Te cuento: el párroco de esa localidad criticó a Hermann Muckermann, un científico nazi que inventaba crímenes judíos. Por esas críticas las Juventudes Hitlerianas invadieron el templo e interrumpieron el servicio religioso. Pero ahí ocurrió lo inesperado: la multitud, en vez de someterse, empezó a entonar una canción. Se me pone la piel de gallina al contarlo... ¡La multitud cristiana entonó una canción judía! Lo hizo con tanto fervor que los intrusos se limitaron a vocear sus consignas y retirarse frustrados.

—Impresionante, Margarete.

—De veras, ¿no? Puedo recordar unos pocos ejemplos más.

—Son los ejemplos que salvan el nombre de la Iglesia y de muchos alemanes.

—Pero son la excepción, no nos engañemos.

Al despedirse, Margarete le reiteró que fuese a trabajar a Caritas.

—Aunque es muy peligroso.

357

—Lo haré.

—Brindarás más ayuda de la que te puedes imaginar.

—Dios lo quiera.

ROLF

Fue a la Volksschule de la Platanen Alleé, como le habían indicado. Al frente, efectivamente, funcionaba The American Colony School. Eran establecimientos antagónicos. El primero alemán, el segundo extranjero; el primero nazi, el segundo democrático; el primero *judenfrei*, el segundo contaminado. La calle equivalía a una trinchera.

El uniforme de Rolf esfumaba los obstáculos. Ingresaba en la Volksschule cuando deseaba. Su amedrentante taconeo recorría aulas y patio. Decenas de ojos lo miraban con admiración y prudencia. Cuando entraba en una clase, todos se ponían de pie.

Esa mañana el docente palideció y, con esfuerzo, trató de proseguir su enseñanza de las matemáticas. Suponía que venían a evaluarlo por una delación. Pero Rolf se aburrió enseguida y anotó el nombre del maestro en su libreta. Se puso de pie y al instante fue imitado.

—*Heil Hitler!*

—*Heil Hitler!*

Sus tacos resonaron como golpes de timbal. Fue a la rectoría, donde el doctor Durchheim le reiteró su presta colaboración para lo que quisiera.

—Ninguna ayuda —replicó—. Vengo a tomar su café. Estoy empeñado en una evaluación objetiva.

—A sus órdenes —insistió Durchheim en posición de firmes—. Puede retornar a mi despacho cuantas veces desee.

—Ya me lo ha dicho.

Luego tuvo el placer de darle la espalda y enfilar hacia otro punto del edificio escolar. Nunca hubiera imaginado en Buenos Aires, cuando sufría a las bestias del Burmeister, que llegaría a poder mortificar a los docentes de un establecimiento en Berlín. Debía cumplir los dos objetivos que había pedido el ministerio: controlar si se obedecían las pautas educativas y organizar un ataque contra los alumnos del American School.

¿Qué enseñaban en biología, por ejemplo? Irrumpió en el aula, todos se pararon y Rolf fue a sentarse en el fondo. El maestro era un hombre de cabellos blancos, aunque no viejo. Parecía amable. Sin elevar demasiado la voz repetía: "Nosotros los nazis somos los mejores y prevaleceremos".

Explicó que en la naturaleza se libraba una lucha perpetua entre los débiles y los poderosos.

—Ustedes deben liberarse de los sentimentalismos que ha inculcado la cultura judía —dijo—. Son falsos. Los débiles caen y caerán para gloria de los fuertes. Así es el mundo.

Ordenó a un niño del primer banco, no mayor de diez años, que leyese un poema sobre la eterna lucha entre el débil y el fuerte.

—Verán que no cabe la mínima discusión.

El niño pasó al frente, tomó con ambas manos las hojas que le tendió el maestro, enderezó su columna en posición de firmes y, con esmero, realizó la lectura. Sus compañeros escucharon modosos.

El poema, rimado, empezaba con el tranquilo vuelo de una mosca que, de súbito, caía sobre una víctima diminuta, casi invisible. La víctima imploraba por su vida, ya que no representaba peligro alguno para la mosca. Era débil e insignificante; con palabras conmovedoras pedía que le tuviese lástima y no la destruyera. "De ningún modo —rechazó la mosca—, porque yo soy grande y tú pequeña".

El poema proseguía con el eslabón siguiente: una araña atrapaba a la mosca en su tela y después la devoraba llena de felicidad. Pero un gorrión, a su turno, picoteaba y se comía a la araña, sordo a su vez a los ruegos de quien tejía tan bellas telas y se había comido a la mosca. Al rato un gavilán mataba y engullía al gorrión, en cuyo intestino se disolvía la araña.

El niño se aclaró las cuerdas vocales y prosiguió con su lectura. Sus labios se movieron secos al describir que un zorro audaz y veloz cazaba al hermoso gavilán. Pero después un perro mordía con furia al zorro y lo liquidaba. La secuencia era implacable, porque acto seguido un lobo mataba al perro. Y finalmente un cazador daba muerte al lobo de un certero tiro en la cabeza.

—Bien —dijo el maestro a sus impresionados alumnos—. Como pueden darse cuenta, el fuerte nunca perdona al débil. ¿Cómo empieza el poema? —esperó una respuesta, pero los niños no se atrevían a equivocarse—. Empieza con la imploración de la víctima: "por favor, déjame ir, soy tan pequeña e indefensa". A ver, Johann, lee el comienzo otra vez.

El niño levantó los papeles y repitió el verso. Sus compañeros se animaron a sonreír ante la desesperación de la víctima.

—Es así, las víctimas son despreciables. Ruegan en forma indigna: "por favor, déjame ir" —ridiculizó en falsete.

Los niños soltaron risas.

—Pero, ¿qué responde el ganador? Lee de nuevo esa parte, Johann.

—"No, porque yo soy grande y tú eres pequeña".

El maestro miró los rostros de sus alumnos:

—Esta lucha es natural. La vida no podría existir sin ella. Por eso nuestro Führer quiere que sus niños sean grandes y fuertes, para que lleguen a ser agresores victoriosos y no víctimas. La vida y la naturaleza respetan sólo a los grandes y fuertes. Alemania es y será cada vez más grande y más fuerte para liquidar a sus enemigos.

Rolf se despidió con un sonoro *Heil Hitler!* Fue a un aula donde se dictaba geografía. El docente hacía exactamente lo que el ministro Rust ordenaba en su Manual: pese a tratarse de una disciplina aparentemente distante de la ideología, con su bigote y peinado iguales a los de Adolf Hitler (pero más rubios) instaló la pureza racial en medio de los mapas.

—Pocas naciones pueden enorgullecerse de tener una raza pura. Observen los países de Europa —con su puntero recorrió el continente—. Checoslovaquia, que había pertenecido al imperio germánico, es ahora una triste mezcla de eslavos, galitzianos y judíos. Polonia ni siquiera tiene una raza dominante. Y para qué hablar de Francia, Rusia, Inglaterra, España. Pero más grave aún es la situación de un país que se cree potencia pero exhibe una mezcolanza vil. ¿Conocen su nombre?

El docente los estimuló.

—Digan.

—¡América!

—Exacto: América. ¿Qué son los norteamericanos?

Silencio.

—Les explicaré. Durante centurias vagaron por Europa delincuentes de toda laya. Cuando no tuvieron lugar donde esconderse, treparon a los barcos y navegaron hacia allí. Sus descendientes degenerados construyeron ciudades donde impera el crimen. En América, desde el comienzo, se mezclaron las razas y, en consecuencia, la sangre está sucia. Las mujeres dan a luz monstruos que sólo practican la inmoralidad. La inmoralidad los hizo ricos. Pero ahora se les acabó la fiesta: al amparo de la sangre impura, los judíos se apoderaron de todos sus bienes. Ahora sufren la incertidumbre, la crueldad y el pánico que imponen los judíos.

Se acarició el cuadrado bigote para dar tiempo a la metabolización de sus enseñanzas.

—Alumnos: en América abusan de las minorías que viven entre ellos, las únicas que merecen algún respeto por su pureza de sangre, aunque sean de una evidente inferioridad: los indios y los negros. En América nadie vive seguro, como aquí: hay huelgas todas las semanas y prosperan los gángsters.

Hizo una pausa.

—¿Saben quién es el presidente de América? —ante el respetuoso silencio los estimuló con un firme "Digan".

—Roosevelt —contestó un brazo en medio del aula.

—Así se hace llamar. Pero, ¿cuál es su verdadero nombre, el verdadero?

Silencio.

—Su verdadero nombre... —pausa prolongada—... es Rosenfeld, no Roosevelt. ¿Qué les dice esto?

—¡Que es judío!

Sonó la campana y los alumnos salieron. Rolf se aproximó al docente, quien taconeó sonoramente y pronunció el *Heil Hitler!* reglamentario. Un mechón de cabello lacio resbaló hacia su ceja.

—Los alumnos han seguido con atención sus enseñanzas —comentó Rolf.

El docente agradeció con una inclinación de cabeza.

—Aplico con entusiasmo las indicaciones del ministro Rust —dijo como si lo hubiera leído en la frente del *Untersturmführer*.

—*Heil Hitler!* —no se privó de darle la espalda.

Había llegado el momento del operativo práctico.

Rolf frotó sus manos con frenesí.

A la una en punto los chicos de la Volksschule esperaron con piedras en los bolsillos a los alumnos de la American School. La agresión fue iniciada con un acto aparentemente accidental: el aire fue cruzado por un grito y la multitud de estudiantes amontonados a ambos lados de la trinchera se galvanizó. Los alemanes sonrieron expectantes y los norteamericanos se miraron sorprendidos, perplejos. Un niño de la American School se tapaba un ojo ensangrentado y corría de regreso al portalón.

El asombro fue completo al alinearse los agresores en forma de una centuria romana dispuesta al ataque. Vestían su atuendo inconfundible: zapatos negros, pesadas medias también negras, pantalones cortos negros y camisas marrones decoradas con esvásticas rojas sobre fondo blanco. Empezaron a aullar.

—¡Cerdos judíos!

—¡Judíos americanos!

—¡Extranjeros!

Volaron piedras. Los norteamericanos se acuclillaron; algunos buscaron proyectiles entre las baldosas; la lucha iba a ser desigual. Treinta zapatos negros bajaron a la calzada y avanzaron en orden, al ritmo de una marcha. Gritaban y arrojaban más piedras, ordenadamente. El cielo se rayó con líneas que terminaban en las cabezas de los norteamericanos.

—¡Judíos! ¡Judíos!...

Gregor Ziemer, director de la American School apareció

con el pelo revuelto junto al portalón y ordenó el inmediato reingreso de sus alumnos.

—¡Pronto! ¡Corriendo!

Apenas recuperó al último niño dio vuelta nerviosamente todas las cerraduras y ajustó los pasadores. Los nazis no cesaban de arrojar proyectiles en medio de una vocinglería atroz, ahora contra los muros y ventanas. Los bárbaros estaban decididos a derribar la fortaleza aunque su agresión se prolongara durante días.

—¡Cobardes! ¡Inferiores!

Ziemer telefoneó al rector de la Volksschule. Cuando sonó el aparato, Rolf Keiper estaba junto a Durchheim y saboreaba un café. Miraba por el borde de la cortina el desarrollo de la épica acción; había dispuesto mantenerse oculto para que los niños se considerasen los únicos protagonistas.

—Nos conocemos, doctor —empezó Ziemer, con un sobrehumano esfuerzo para aquietar su temblor y su ira—. Hemos conversado. Somos vecinos —le faltaba aire.

—*Heil Hitler!*

—*Heil... Hitler* —condescendió en voz baja—. Debo informarle que sus alumnos han empezado una pedrea contra los nuestros. Desde aquí escucho los golpes contra el portalón. Le ruego que detenga este injustificado ataque.

—Sí, es verdad —respondió—. También escucho.

—Entonces haga cesar la agresión. No la merecemos.

—Señor Ziemer: desde hace tiempo se acusa a su escuela de albergar judíos. Tamaño delito no se desmintió. ¿Es o no verdad que tiene alumnos judíos?

—Ah...

—Por lo tanto, es obvio que surja un gran malestar entre los buenos alemanes. Nuestros niños son patriotas, señor Ziemer.

—La nuestra no es una escuela judía.

—Pero recibe alumnos judíos.

—Los que fueron expulsados de las escuelas alemanas —Ziemer se arrepintió en el acto de su audacia—. Son chicos que están a punto de emigrar, como desean las autoridades del Reich. Si lo mira con benevolencia, señor rector, estamos colaborando para sacarlos del país.

—Eso está bien. Pero comprenda que no puedo controlar a mis alumnos una vez que han salido del establecimiento. Y tampoco puedo contradecir nuestras enseñanzas patrióticas. Los judíos son la desgracia de nuestra nación; los chicos saben esto y sufren. No puedo quitarles la oportunidad de esmerarse por nuestra salud colectiva.

Rolf dejó caer el visillo, se sentó en una butaca, cruzó las piernas enfundadas en sus brillantes botas y hojeó una revista. Era evidente que el americano se retorcía en la impotencia.

Las pedradas, puntapiés y golpes de puño no consiguieron abrir el grueso portalón. Los nazis vaciaron sus bolsillos, agotaron sus cuerdas vocales y, poco a poco, iniciaron el regreso. Formaron con siniestro automatismo y cantaron desafinadamente:

Amamos a nuestro Führer,
honramos a nuestro Führer,
seguimos a nuestro Führer,
hasta ser hombres cabales.
Creemos en nuestro Führer,
vivimos por nuestro Führer,
morimos por nuestro Führer,
hasta convertirnos en héroes!

Rolf abandonó la revista y salió del despacho sin saludar al rector. Le producía un coruscante placer dejarlo incómodo.

Esa noche redactaría tres informes optimistas: uno detallado y frontal para el ministerio, otro para el *Obersturmführer* Edward von Lehrhold de Dachau, y un tercero para el capitán de corbeta August Botzen, en Buenos Aires.

A Botzen le impresionó mucho más el informe de la semana siguiente.

Dos alumnos de la Volksschule, enviados por el rector Durchheim, se habían presentado en la austera oficina de Rolf. Rolf contempló la mezcla de miedo y resolución que asomaba entre sus pecas. Eran hermanos. El mayor dijo que venían a cumplir con su deber, de un solo y monótono tirón, como si recitase un verso en lengua extraña.

—Hablen.

Se pusieron firmes. Con voz aflautada el más grande disparó:

—Denuncio que nuestro padre critica la política racial y el militarismo de nuestro querido Führer.

—Explícame mejor.

—Critica las enseñanzas de la Volksschule.

El chico se sentía raro ante los borrascosos ojos azules de Rolf, pero ya no podía retroceder. Su hermano lo miraba sobrecogido.

—¿Qué más?

—Nada más.

—Es una delación, una delación que tendrá consecuencias.

—Cumplimos con nuestro deber —respondió con menos seguridad.

Se sentían perdidos ante la frialdad del *Untersturmführer*, quien abrió una carpeta y tomó nota de los nombres, domicilio de la familia y trabajo del padre. Se puso de pie y los felicitó por su patriotismo. Los chicos salieron sin mirar hacia atrás.

Esa noche el padre delatado no regresó a la casa. Rolf se encargó de interrogarlo personalmente tras el ablandamiento cumplido por sus ayudantes. Encendió la lámpara que dio de lleno en los ojos morados del hombre y comenzó a formularle preguntas con la paciencia de quien está tranquilo y, al mismo tiempo, dispuesto a provocar un sufrimiento largo.

El hombre no era intelectual, ni judío, ni político, sino subgerente de una empresa mediana, con buenos conocimientos de electricidad. Los puñetazos que habían llenado de hematomas su cuerpo ya lo habían averiguado. ¿Por qué se oponía a las grandiosas tareas del Führer? Contestó que no se oponía, sino que lo admiraba, que había un error.

El oficial hizo una seña y uno de los ayudantes le torció la cabeza de otro golpe. Empezó a gotear sangre.

—Pónganle una toalla, no quiero que me ensucie el piso.

Recordó a Gustav, cuando Hans Sehnberg le quebró la nariz; al regresar del Tigre había asegurado que el instructor era un hijo de puta y en poco tiempo demostró que tenía razón.

—¿Te gusta la cerveza?

El prisionero parpadeó bajo la incandescencia de la lámpara y no creyó haber escuchado bien; ¿acaso le iban a ofrecer una cerveza? Asintió con un corto movimiento.

—¿Y el vino?

Asintió de nuevo. Debía ser un borracho como Ferdinand, pensó Rolf y repitió la seña. Otro puñetazo le desarticuló la mandíbula.

—¿Por qué calumnias al Reich?

El hombre negó con la cabeza. Rolf indicó que le dieran agua para beber y luego le mojaran la nuca.

—No... calumnio. Yo soy un... un simple trabajador —se defendía ahogadamente.

—¿Qué es lo que no te gusta de nuestra política? Si dices la verdad, te dejaré ir.

—Yo dije la verdad, la pura verdad.

—Si vuelves a mentir, mis ayudantes te cortarán la lengua.

—No...

—¡Quiero escuchar dos críticas concretas! —abrió la cigarrera y extrajo un rubio—. No te hagas el idiota. Dos críticas concretas al Führer y te dejo ir.

Le secaron la sangre de los labios con ternura de enfermería y le dieron más agua. El ojo izquierdo estaba demasiado hinchado para abrirse; este individuo se parecía decididamente a su padre, tal como lo había encontrado en Bariloche.

—Dos críticas —repitió mientras golpeaba la punta del rubio contra la superficie de su cigarrera.

—Yo supongo... tal vez mal. Supongo que... que... que nuestro Führer... es decir, nuestro gran Führer es asediado por...

Rolf se puso el cigarrillo en la boca y levantó la cabeza, aguardando la condena que ese infeliz dictaría en contra de

366

sí mismo. Pero el hombre calló, encogido por el pánico.

—Ahora dirás lo que estaba en la punta de tu lengua. O la cortaremos. No me gusta jugar.

El hombre se orinó en los pantalones.

—¡Qué hace! ¡Me ensuciará el piso! ¡Asqueroso!

—*Heil... Hitler* —al borde del colapso trataba de encontrar una escapatoria—. Creo que lo asedian los oportunistas...

A Rolf se le cayó el cigarrillo. Un ayudante se precipitó a levantarlo. Rolf evocó al capitán: es lo que decía siempre, "los oportunistas".

—Llévenselo.

—¿No le arrancamos la segunda crítica?

Rolf los miró ausente. Al rato dictó la sentencia:

—Un mes en el campo de Sachsenhausen. Por ahora con su lengua intacta.

Los ayudantes estaban confundidos, pero en silencio levantaron al deshecho electricista y lo arrastraron a su celda.

Rolf chupó una larga bocanada y, mientras dejaba salir lentamente el humo, recordó que siempre le había parecido imposible que en la estructura jerárquica del Reich se infiltrasen los gusanos. Pero era la reiterada convicción del capitán. Le escribió sobre el tema reconociendo por primera vez que, quizá, no todo funcionase de maravillas. Pululaban los oportunistas. Los ubicuos oportunistas.

ALBERTO

Supuse que Edith me llevaba a la sede de Caritas, donde había comenzado a trabajar con la doctora Margarete Sommer en programas de ayuda a los católicos indigentes. Pero entramos en otro edificio, gris y adusto, al lado de cuya puerta reverberaba una placa de bronce con los emblemas del Vaticano. Decía *Sociedad San Rafael.*

Era una institución conocida. En los últimos años se había transformado en un baluarte comandado en forma casi despótica por la misma Margarete Sommer. Había ampliado sus acciones para dedicarse a los emigrantes y perseguidos del Reich. Los ayudaba a encontrar un destino en el mapa del mundo hostil, proveía pasajes, pasaportes, retaceadas visas e incluso dinero. La Sociedad adquirió desmusurada importancia: para los emigrantes era una tabla de salvación, para los nazis un caldero opuesto al régimen.

Los gobiernos extranjeros ordenaron prudencia a sus cónsules ante las demandas de San Rafael: podían infiltrarse individuos indeseables por las rendijas de la caridad.

—¿Por qué me trajiste aquí? —reproché a Edith.

—¡Bienvenido, señor Consejero! —irrumpió Margarete Sommer sobre el umbral con la mano tendida.

Edith se sintió incómoda: reconocía haber procedido en forma desleal; yo no lo merecía.

—Supongo que conoce nuestra institución —dijo mientras nos conducía imperiosamente hacia dentro.

Edith caminaba asustada.

—Nunca vine —repliqué enojado.

—¿Pero sabía de nuestra existencia, no? Y de nuestra misión. Todos los diplomáticos la conocen. Especialmente ahora —arrimó unas sillas—. Por favor, tomen asiento.

Pero ella no se sentó: fue hasta un rincón del cuarto donde se acumulaban piezas de vajilla y preparó una bandeja con café. Mientras controlaba la ebullición del agua hizo algunas bromas sobre la Argentina y después desenrolló un vasto conocimiento sobre nuestros paisajes y costumbres. Su monólogo duró cinco minutos y le alcanzó para elogiar la tristeza del tango y la cadena de teatros rococó erigidos desde el Río de la Plata hasta los Andes.

—Sabe más de mi país que nosotros del suyo —tuve la obligación de hacerle un cumplido.

—La Argentina es apreciada. Pero yo no la conozco, ¿sabe? Me gustaría visitar su pampa. Y su Patagonia. Visitar las ruinas indígenas del norte.

—Será un placer recibirla.

—¿De veras? Gracias. Es usted un perfecto diplomático.

Alcé la ceja.

—Estoy encadenada a mi trabajo, por ahora.

—Para visitar Argentina necesita ausentarse por dos meses.

—Buen cálculo. No puedo. Este trabajo esclaviza. Y es insalubre.

—Pero le gusta.

—Me apasiona —distribuyó el café—. No obstante, debo reconocer que es insalubre. Y le garantizo que no uso cualquier palabra.

—Necesito una precisión —miré fijo a Edith—. ¿Vos también trabajás en esta Sociedad?

—En Caritas y... sí, también aquí —respondió cabizbaja.

—No me lo habías dicho.

—Te hubieses fastidiado.

—¿Y ahora?, ¿qué hago aquí?

—¡Yo pedí que lo trajese! —irrumpió Margarete—. Mejor dicho, le rogué y hasta exigí que lo trajese, doctor. Su enojo debería apuntar a mi persona, no a Edith. Le aclaro que me llevó más de un mes convencerla y lograr que me ayudase a instalarlo por fin donde está, junto a este escritorio por donde han pasado decenas de infelices. Quería que viniese a tomar conmigo este café recalentado, así puedo comenzar pidiéndole disculpas por algo de poca importancia. Pronto deberé pedírselas por cosas graves.

La miré sobresaltado; esta mujer de corto pelo rubio y ojos azules era peor que una carga de caballería. Llevé la humeante taza a mis labios.

—¿No pregunta por qué demonios quería traerlo?

Edith me tomó la mano con la suya, muy fría.

—Y bien —dije—, se lo pregunto.

—Aquí no hacemos política.

—No opinan lo mismo en la Gestapo —repliqué.

—Tampoco asistimos a judíos de fe judía —agregó sin escucharme—. Nos dedicamos a poner en práctica nuestra obligación de asistir en forma concreta a las víctimas católicas de este régimen. Entre ellas, por cierto, judíos convertidos a nuestra fe.

—Ayudar a los judíos es delito en Alemania.

—Son católicos. Para la Iglesia son católicos.

—Las leyes raciales no están de acuerdo.

369

—A nuestra fe no le interesa la raza.

—Digamos, doctora Sommer, que no necesito lecciones —me violenté.

—Perdone mi énfasis y le ruego que disminuya el suyo. Sólo quería ser clara respecto de la posición que tenemos algunos católicos alemanes.

—Algunos...

—Sí, en efecto. Me avergüenza que seamos pocos. Últimamente somos menos todavía. El terror embrutece. Y bueno, sí, somos pocos. Pero le aseguro que aguerridos.

—Ya veo. Gracias por el café.

—¿Otra taza?

—No —dije poniéndome de pie—. Ha sido un gusto conocerla. Me voy.

—Le imploro que se quede unos minutos más.

Edith seguía sentada, más tensa que yo.

—Prefiero irme ya —tendí mi mano para saludarla—. Ya mismo, antes de que me pida lo que tiene en la punta de su lengua.

Edith se llevó las manos a la cara, confundida entre deberes opuestos.

—Suficiente, Margarete —intentó protegerme, pero su voz sonó ambigua—. Estoy arrepentida por haberlo traído. No tenemos derecho. No tengo derecho.

—Cálmate, amiga mía —replicó Margarete.

—Si necesita visas, erró la persona —le advertí con brusquedad, resuelto a cortar por lo sano.

—¿Cómo adivinó?

—A usted le consta que mi función es la de consejero, no la de cónsul.

Su cara adquirió una inesperada dulzura.

—Necesito visas, en efecto.

—Razón suficiente para que nuestra reunión haya llegado a su fin.

—Le ruego que vuelva a sentarse, Alberto. No me tenga miedo, no sea descortés.

Vacilé, estaba rabioso. Edith seguía sentada.

—No erré la persona. Por algo usted está aquí.

—Me voy —fui hacia la puerta.

Rodeó su mesa, apretó mi brazo y ordenó:

—Venga.

Nos llevó a otra habitación descascarada donde tres mujeres y dos hombres escribían a máquina mientras un tercero accionaba el mimeógrafo. Atravesamos un pasillo estrecho cuyas paredes estaban cubiertas por estantes llenos de paquetes con ropa. Luego cruzamos un par de cuartos en los que muchas personas cosían, escribían y clasificaban bultos. Vi a dos monjas y un cura con sotana.

—¿Los miró bien? Casi todos son judíos convertidos, incluso las monjas y el cura —aclaró Margarete en voz alta, con cierto orgullo, mientras caminaba delante—. ¿Sabe cuántos judíos se han convertido en Berlín desde comienzos de siglo? Unos 40.000.

Se detuvo ante una puerta y llamó con los nudillos. Desde el otro lado abrieron con cautela. Se asomaron seis pares de ojos.

—Quiero presentarles a unos buenos amigos —les anunció Margarete con dulzura mientras ingresaba.

Besó a dos niñas de unos ocho años de edad. Su madre se arreglaba nerviosamente los cabellos desordenados.

—Este señor —puso su mano sobre mi hombro mientras se dirigía a las niñas— conseguirá lo que necesitamos para que regrese papi y puedan hacer luego un lindo viaje.

Edith comprimió mi brazo para transmitirme su solidaridad pero, sobre todo, para frenar mi airada reacción.

La madre desorbitaba sus ojos brillantes. Se arrodilló.

—¡No!... —rechacé espantado.

Margarete la abrazó.

—No es necesario, querida —la apretó contra su pecho por un largo rato—. No hace falta. Sólo quería que lo conocieran. Los hermanos debemos conocernos, como en los tiempos de las catacumbas. Dios está con nosotros.

Edith también besó a las niñas, cuyo miedo inicial se había trocado en una mirada llena de curiosidad. Me sentí violado y ridículo. Pero, sin tener conciencia de lo que hacía, estiré mis dedos hacia las cabecitas tiernas, acaricié los bucles, las mejillas tersas y luego busqué en el fondo de sus pupilas inocentes la historia que explicase su desgracia.

Regresamos a la oficina de Margarete. Yo cargaba un adoquín en el alma.

—¿Ahora aceptarán otro café? —invitó.

—Acepto otro café —dije—, porque lo necesito. Su trabajo es realmente insalubre.

—Gracias por reconocerlo. Beba un poco y respóndame: ¿conseguirá las visas que necesito?

—No soy el cónsul, doctora. Hable usted con él.

—Puede llamarme Margarete.

—Margarete.

—Le cuento que ya lo hice.

—Bien.

—¿Bien? Fracasé, por supuesto.

—Entonces elija otro país, otro cónsul.

—¿Debo acudir a golpes bajos con usted? ¿Contarle las pesadillas que hacen gritar a esas pobres criaturas durante la noche? ¿Explicarle el destino que les espera?

—¿Y eso qué tiene que ver? Yo no puedo hacer nada. Las visas no corresponden a mi jurisdicción.

—La Gestapo invadió el hogar de esta pobre gente en medio de la noche. Proceden así para encontrar a las víctimas en el lecho y paralizarlas de sorpresa. Las chicas vieron cómo le rompieron los dientes a su padre; y también vieron cómo lo tiraban de los pelos escaleras abajo en medio de sus aullidos y los aullidos de la madre.

—No siga, por favor.

—Son católicos, pero para los nazis ese hombre, Bruno Federn, tiene un imperdonable crimen: sus padres fueron judíos conversos, es decir judíos. ¿Por qué le tocó a él y no a otro?

—No sé.

—¿Escuchó hablar de Albert Hartl? Había sido cura, pero desde el año pasado es *Obersturmbannführer*. Dirige el subdepartamento de iglesias. Blasona de haber reclutado no menos de doscientos informantes entre curas y pastores.

—¿Sacerdotes "informantes"?

—Delatores, bah.

—¡Mi Dios!

—Bruno Federn organizó en su parroquia de Brandenburg

372

una debilísima campaña en favor de la paz. No atacaba al régimen: sólo elogiaba la paz, tal como enseñan los Evangelios. Pero en la nueva Alemania ser pacifista es un truco de los judíos. Alguien informó a Hartl sobre las actividades de Federn y Hartl ordenó su arresto.

—Bueno, nos vamos —me incorporé.

—Edith sabe cómo llegó Bruno Federn a la calle porque se lo he contado —prosiguió Margarete sin prestar atención a mi ansiedad—. Y yo me enteré por el testimonio de su esposa y de un vecino que miraba espantado tras las cortinas.

—No hace falta que lo describa.

—Tenía la boca sangrante y rotos los anteojos. No parecía suficiente: en la vereda lo derribaron al piso y comenzaron a patearle la cabeza. ¿Sabe por qué a los nazis les gusta patear la cabeza? Porque tanto la Gestapo como las SS tienen especial inquina contra la gente que piensa.

—No diga más. Ya escuché suficiente. Por favor.

—Lo metieron en una camioneta y se lo llevaron. ¿Sabe adónde?

Volví a sentarme.

—Supongo que a la policía —suspiré fatigado.

—Supone mal. Porque en la policía, incluso en la actual policía, existe una celda con techo y calefacción, existe la posibilidad de establecer contactos, de apelar a los pocos recursos que aún quedan en este infierno. Pero no, mi estimado Alberto. Lo llevaron a un campo de concentración. ¿Sabe qué es eso? Ni Dante lo pudo imaginar. Allí gobiernan las SS. No hay otra ley que la de sus caprichos.

—Ya me informaron sobre esos lugares.

—¿Le informaron? ¿Le contaron qué hacen con los prisioneros?

—Sí —los datos que manejaba sobre tan siniestro tema eran filtraciones de los cables; volver a tratar el asunto multiplicaba mi deseo de alejarme cuanto antes de Alemania.

—¿Quiénes le contaron? ¿Sus colegas de la Embajada? Una cosa es lo que cuentan los diplomáticos con sus enfermas prevenciones. Estoy segura de que es poco y, además, aguado. Los que salen de los campos de concentración prefieren callar y olvidarse. Nuestra información es todavía escasa. Pero ya sabemos algo. Se lo voy a decir.

—Demos por terminada esta reunión, Margarete.

—Antes de hundir a alguien en los barracones —continuó—, lo muelen a golpes durante el viaje. Los esbirros pegan sin lástima, sin importarles que pierda un ojo o se le quiebre un brazo. Su objetivo consiste en arrancarle las defensas y convencerlo de que ha perdido todo, de que no puede apelar a nada. Absolutamente a nada. Los prisioneros salen del vehículo mareados, impotentes, desprovistos de esperanza. Ya no son personas, sino paquetes. Al ingresar en el campo le quitan lo que lleva encima, no tanto por su valor material como por hacerle sufrir el despojo. Lo desnudan hasta de la ropa interior y lo vejan para que pierda el último resto de dignidad.

Edith palidecía. Temí que se desmayara.

—No es todo.

Yo hacía girar nerviosamente mis pulgares.

—Sea varón o mujer, le rasuran la cabeza, lo obligan a ducharse con agua helada en medio de la nieve. Lo privan de alimentos. A estos desechos humanos los SS los obligan a trabajar diecisiete a dieciocho horas por día. Y prohíben que conversen entre ellos. Quien comete un mínimo acto de rebeldía, es azotado. ¿Me escuchó? Azotado, como se azota a las bestias. Algunos políticos judíos fueron asesinados a golpes de bastón delante de su respectivo grupo para que sirviese de escarmiento.

—No sigas, Margarete, por favor —intercedió Edith; estaba ronca.

—Debemos saberlo aunque duela, querida amiga. Deben saberlo los diplomáticos para que el mundo se entere y reaccione. ¡Que salga de su aberrante indiferencia! ¿Imagina usted estar ahí, en los campos, mirando cómo tratan a los prisioneros? Las víctimas se retuercen bajo la lluvia de palos. Escuche sus aullidos, y mire cómo los verdugos se excitan y redoblan los golpes. Los golpes doblegan las espaldas y las rodillas hasta que pierden el conocimiento. Algunos mueren vomitando sangre.

Edith temblaba. Le rodeé los hombros.

—Bruno Federn aún no ha muerto, aunque ya fue molido a palos; tiene fisuras de hueso en ambas piernas. Nos ha llegado la información de que lo dejarían salir de Sachsehausen si él y su familia muestran una visa para emigrar de Alemania inmediatamente. De vez en cuando los SS quieren demostrar cortesía avisándole a un obispo y ese obispo nos pasó la tarea.

—¿Quién intervino?

—Ya tenemos el dinero para comprar los pasajes —Margarete no respondió a mi pregunta y continuó machacando lo suyo—. Pero faltan las malditas visas. He recorrido diecinueve consulados sin éxito. Diecinueve. Asocian su pasado socialdemócrata con el comunismo y su internación en Sachsehausen con hábitos antisociales. ¿Qué le parece?

—Le repito: no soy cónsul, no tengo atribuciones.

—Su atildado e hipócrita cónsul es antisemita —Margarete Sommer levantó la voz por primera vez; sus ojos azules habían enrojecido—. Si Federn fuese un ponebombas o un asaltante de bancos o un violador de menores, pero ario, ya le hubiese concedido la visa para radicarse en Buenos Aires.

—No soy yo quien nombra a los cónsules.

—Pero tiene el deber moral de lavar tanta abominación.

—¿Cómo?

—Recurriendo a su jefe.

—¿Y decirle que hay antisemitas entre los funcionarios de la Embajada? ¿Cree que lo voy a sobresaltar? Abundan en todas las embajadas de Occidente.

Margarte acomodó los papeles de su escritorio para darse un minuto de reflexión. Puso a un costado la vacía taza de café, se paró y caminó hacia la puerta. La seguimos. Miré por primera vez los cuadros y afiches que colgaban de las paredes: fotos de emigrantes en la borda de un buque, una imagen de la Virgen y el Niño, un retrato de León XIII. Nos tendió la mano.

—A usted le sobra imaginación para conseguir cuatro visas para la familia Federn. Cuatro. Tan sólo cuatro —sostuvo mi diestra en la suya, que era cálida e inconmovible.

El embajador Labougle me recibió tenso. Regresaba de una visita al palacio de Relaciones Exteriores, adonde había concurrido para acelerar tres acuerdos.

—Esto es terrible —agitó unos papeles—. Terriblemente cierto —los puso en mis manos—. Léalos. Necesito su opinión y la de otros funcionarios.

—¿Puede adelantarme su preocupación?

—El 18 de junio se efectuó una reunión de la Gestapo con jefes de todo el Reich. Entre las resoluciones adoptadas, que usted encontrará en esos papeles, figura reunir pruebas sobre actividades ilegales de la Iglesia Católica. ¿Se da cuenta? ¡Se acabó el romance! Impartieron órdenes de vigilar al alto y bajo clero. Ordenaron informar sobre cualquier manifestación hostil hacia el gobierno, la Gestapo, la SS, la política de expansión territorial o el racismo.

—Lo venían haciendo, pero me suena más grave ahora.

—Lo es, Alberto. Estamos frente a un progreso acelerado de la tempestad. Hay otras cosas: ordenaron espiar los festivales católicos, aunque tengan fines inocentes como recaudar fondos para obras de caridad. Tampoco termina ahí: exigieron reclutar el triple de delatores de las mismas órdenes religiosas para investigarlas por dentro, una por una. Decidieron averiguar vida y milagros de todas las organizaciones que pertenecen al laicado. No se salva nadie: ni los grupos juveniles, ni las instituciones culturales ni el movimiento ecuménico.

—¡Una declaración de guerra!

—Casi. Pero todavía no. Dicen que por el momento se conforman con depurar a la Iglesia de judíos conversos, izquierdistas y otros opositores.

—Yo tenía la impresión de que la Iglesia quería parecer complaciente.

—Hay una pequeña parte que no. Y este régimen no acepta matices. Basta que un cura se mande un sermoncito ambiguo para que los nazis monten en cólera. Por eso también decidieron la estricta vigilancia de los sermones, hecho sin precedentes. Ah, me olvidaba: ordenaron registrar los movimientos financieros de cada parroquia. Como si fuese poco, también ordenaron instalar espías permanentes en las facultades teológicas de Tübingen, Friburgo y Heidelberg.

—Estoy alelado. ¿Qué podré decirle tras leer estas hojas?

—Lea con la cabeza fría. Y escriba sin idealismos —levantó el teléfono y pidió a su secretaria que lo comunicase con su mujer.

Una extraña asociación me llevó al otro lado del océano: Leandro García O'Leary había exigido con igual urgencia un proyecto de carta, pero ya había decidido la respuesta: deseaba mi texto para conocerme mejor, no para contrastar sus certezas; después usó mi carta para secarse la calva y pontificar que un buen diplomático no debía encadenarse a los idealismos ni a la ingenuidad.

Al llegar a la puerta Labougle me hizo señas para que regresara a su lado, todavía no lo habían conectado con su mujer. En voz baja preguntó:

—A propósito: ¿su esposa sigue trabajando en Caritas?

Asentí. ¿Qué diría si le informaba que también ayudaba a Margarete Sommer en el hervidero de San Rafael y necesitaba cuatro visas para los pobres Federn?

—Dígale que ande con mucha cautela. O, dígale mejor, que no vaya más a Caritas ni a otra organización católica. No me mire con esos ojos. Fíjese cómo evolucionan las cosas en este país.

Antes de salir volvió a llamarme.

—Alberto: usted me entiende, ¿no?

—Supongo que sí.

—Me refiero a su esposa... La cuestión racial. Es muy delicado. Sumaría dos delitos: apoyar a católicos sospechosos y tener la sangre... ¿Me entiende o no?

—Lo entiendo —apreté los dientes.

Encajé los papeles bajo mi axila y enfilé hacia mi oficina mirando la alfombra.

Un campechano saludo quebró mis cavilaciones. Sin verlo identifiqué su voz aflautada. Víctor French se dirigía al sitio del cual yo me alejaba: seguramente lo había convocado el embajador para darle una copia del mismo informe.

A los quince minutos Víctor se acercó a mi escritorio.

—¿Está libre? Necesito hablarle.

377

—Siéntese.

—Esta mañana, antes de que usted llegara, acompañé al embajador al ministerio. Las negociaciones marchan bien —acarició sus abultadas mejillas—. Creo que los acuerdos que usted trabaja para la exportación de carnes se aceitarán con este paso previo.

—Excelente noticia; algunos ganaderos se pondrán contentos.

—¿No se lo dijo el embajador?

—No.

—Estaba impresionado por este otro asunto, ¿verdad? —mostró los papeles.

—Feo asunto.

—¿Es todo lo que se le ocurre? Son noticias que asombraron a Labougle, y a usted. Pero no a mí —sonrió y lo cubrieron decenas de arrugas—. Labougle, pese a sus años y su experiencia, todavía supone que aquí funciona cierta flexibilidad. Se equivoca. Hace demasiado tiempo que los objetivos son de hierro —maniobró el nudo de su corbata, que se había deslizado hacia la izquierda—. ¿Le digo un secreto a voces? ¡Estoy harto, harto de Alemania y los nazis! Todas las noches sueño con París o Londres, pero le aseguro que me conformaría con cualquier destino, aunque sea de mierda, con tal de rajar. Esta cloaca me está matando.

—Usted ya merece otro destino.

—¡Lo requete-merezco! Pero no acceden los canallas de Buenos Aires: dicen que conozco el último intersticio de la burocracia nazi, que soy demasiado útil. ¡Me elogian para cagarme! La verdad es que en nuestra Cancillería hay tres hijos de puta que me odian y bloquean —sus ojos se enrojecieron de rabia.

Extrajo un pañuelo cuyo intenso perfume llegó hasta mí. Se secó los párpados y sonó.

—Perdóneme.

—No se preocupe.

—He cultivado relaciones con tipejos y jerarcas de la SS. Con propósito profesional, es claro. Me revienta vivir en esta Alemania, pero debo trabajar para no enloquecer. O divertirme un poco. Le he proporcionado algunos buenos contactos al embajador. Y me jodo yo mismo, porque en sus informes dice que le soy muy útil y mis enemigos de la Cancillería aprovechan para mantenerme atornillado. En fin. Los SS son la perfección de la basura humana, quiero decir lo más hediondo de la basura.

—No es difícil darse cuenta.

—Pero uno de ellos se ha vuelto, cómo explicarle, bastante amigo —guiñó—. Usted me entiende.

—La verdad, no.

—Vamos, Alberto. Fiestas, quiero decir —estiró sus mangas cuyos puños lucían gemelos dorados.

Me miró durante largos segundos. Cada segundo que pasaba se puso peor. En su semblante brotó el arrepentimiento.

—¿Fiestas? —pregunté.

Siguió mirándome. Sus ojos ya no estaban calmos y pretendieron hipnotizarme. Víctor French quería borrar la comprometedora palabra que en mal momento se le había escapado.

—No hace falta que me explique nada —apoyé mi mano sobre el escritorio como lo hubiera hecho sobre su hombro—. Tranquilícese. Aunque no me resulta claro, lo que dijo queda entre nosotros.

—Así espero.

—Tenga mi seguridad.

—Por las dudas, sepa que yo conozco algo que lo comprometería a usted. Entonces, favor contra favor —estaba visiblemente enojado consigo mismo; hay intimidades que no deben mostrarse jamás.

—No me amenace. Es ridículo. No me interesa siquiera comentar esta charla.

—Con nadie. Ni siquiera con su mujer.

—De acuerdo. Ahora relájese. Y dígame qué necesitaba. ¿O sólo vino a pasar un rato?

Guardó su pañuelo y volvió a acariciar sus mejillas.

—Su mujer trabaja en la Sociedad San Rafael —gatilló el revólver.

Mi corazón dio un brinco, pero logré mantener mi rostro quieto.

379

—Los que andan por San Rafael se dedican a obtener visas —agregó—. De donde sea. Y como sea.

—No es ilegal.

—¿Qué es legal y qué es ilegal en este régimen? Las visas son consideradas por los nazis una inmerecida ventaja de los opositores. Usted lo sabe.

—¿Y?

—Ni una palabra de lo que yo dije, entonces.

—Créame, Víctor. Ni siquiera entendí qué me ha revelado. No llego a captar la importancia de sus fiestas —y añadí con cinismo—: ni los riesgos de mi mujer.

Cruzó las piernas, alisó las solapas de su chaqueta y volvió a verificar la tersura de su cara.

—¿No le enseñaron que en diplomacia está prohibida la ingenuidad?

—¿También usted, Víctor? —lancé una forzada risita.

—Y bueno.

—Usted venía por otra cosa.

—Sí. Por estos papeles. Debemos comunicarle a Labougle nuestra impresión.

—¿Y quiere consultarme, acaso?

—No. Completarle la información a usted, para que no sea yo solo quien ponga el dedo en la llaga. Esa reunión del 18 de junio que hizo la Gestapo fue una simple consecuencia de los trabajos efectuados con anterioridad por la SD, que dividió la oposición de algunos sectores católicos en dos categorías. Una es la de curas y obispos que se mandan alguna que otra declaración irritante; son muy pocos, aunque considerados de extrema peligrosidad para el Reich. La segunda categoría se refiere a los sermones y las cartas pastorales que exigen obedecer las leyes de Dios por sobre todas las cosas, practicar la fraternidad y proveer enseñanza religiosa a los niños y jóvenes. Esta segunda categoría, que para cualquiera es la más inocente, fue considerada por la SD no menos peligrosa que la primera: el Nuevo Orden nunca será una realidad mientras millones de católicos mantengan su lealtad a ideas que no armonizan con el nazismo.

—¿Entonces?

—Entonces hay malestar en el régimen: todavía no se ha

380

logrado abolir esa anacrónica y molesta competencia que se llama Cristo, Biblia y "todos los hombres son hermanos". El mito del Führer, para crecer más de prisa, necesita el silencio de los cristianos.

—Es la locura, Víctor.

—A la inversa: es lo más cierto que escuché en la última década. Mito contra mito: o Dios o el Führer. El Führer es el nuevo Cristo, más poderoso, más inteligente y más querible.

—Un delirio.

—¡Qué novedad! Todas las ideas nazis son parte del delirio. Por lo tanto, Alberto, espero que su informe no sea una elemental jeremiada, sino que incluya lo que acabo de informarle. En nuestra podrida Cancillería deben saber que el timón de Alemania cayó en manos de tipos escapados del manicomio. El mundo deberá hacer algo antes de que sea demasiado tarde.

—¿Qué puede hacer el mundo?

—No quiero aparecer como el único apocalíptico.

—Somos diplomáticos de un país amigo, y no súbditos del Reich —dije—. Por lo tanto escribiré que debemos informar a Buenos Aires con crudeza sobre los crímenes que se perpetran a diario mediante leyes, vigilancias, persecuciones y, ¡no hablemos de los campos de concentración! Debemos denunciar lo que pasa.

—Así me gusta. ¿Qué más diría? —Víctor se tocó el nudo de la corbata para asegurarse de que permanecía en el centro del cuello; los colores habían regresado a sus mejillas.

Me cruzó un pensamiento, pero no me atreví a expresarlo. Apoyó sus dedos sobre el borde de la mesa y trató de animarme:

—Vamos, señor consejero: dígame en qué está pensando.

—Que Argentina liberalice su política inmigratoria.

—Hmmm...

—¿No le parece? Debemos insistir en que es urgente, humanitario, moral. Nuestro país debería recibir a millares de refugiados. Aquí impera el terror.

Aprobó cada una de mis palabras.

—Pero no usaría el vocablo "terror" —levantó sus manos—. Hay que cuidar el estilo y mostrar prudencia. Con el resto estoy de acuerdo, señor consejero de Embajada. Yo escribiré lo mismo. Dos cartas con el mismo tenor surtirán más efecto. Ojalá que tengamos suerte y Labougle se convenza. Sinceramente, pensaba que usted no se animaría a expresarlo de manera tan frontal.

—¿Por qué? ¿Acaso temo a los nazis? Bueno, digamos que sí.

—¿Quién no? Los nazis paralizan, mi estimado.

Bajé la cabeza y Víctor lo interpretó como un signo de desaliento.

—Usted está realmente comprometido, Alberto. Su esposa se ha metido hasta las orejas en una organización mal vista.

Abrí la boca, con estupor.

—Bueno, me voy a escribir el informe —estiró su índice hacia mi nariz—. Jamás mencione lo de las fiestas, ¿de acuerdo?

—De acuerdo.

—Ah, lo autorizo a compartir un secreto con su mujer: en una semana tendrá las cuatro visas para Bruno Federn y familia.

Me aplastaron los cascotes de un volquete. Lo miré despatarrado y en silencio.

—No pregunte ahora —se alejó rápido—. Es un tema peligroso.

ROLF

El *Brigadeführer* Erich von Ruschardt abrió la tapa de cartón y leyó con rapidez hasta detenerse en dos comunicados.

En abril del año anterior Rolf Keiper había estado de guardia frente al Ayuntamiento de Marburgo. Se había prohibido el acceso a la plaza central porque en veinticuatro horas habría una visita de Himmler. Un individuo atravesó el portón con paso de danza. Keiper gritó la orden de alto pero el hombre cambió el ritmo e hizo una morisqueta. Keiper abrazó el rifle por su caño y le aplicó un culatazo en la sien. El psicótico se tambaleó sangrando y buscó la salida; un segundo golpe lo derribó. En el piso recibió un enérgico puntapié. El camarada de guardia corrió a detener su furia y dijo que no hacía falta pegarle más, que era un loco. Keiper contestó que era evidente; por eso convenía matarlo con un tiro de gracia.

El segundo comunicado informaba que Keiper había participado de un desfile en la aldea bávara de Murnau am Staffelsee. A ambos lados de la calle principal se aglomeraban los campesinos, artesanos y comerciantes. Un hombre de labio leporino se mofaba en forma ostensible y no levantaba el brazo cuando vivaban a Hitler. Terminado el espectáculo algunos suboficiales se dirigieron a la cervecería. Keiper reconoció al desagradable opositor, que en ese momento se empeñaba en seducir a una campesina gorda bajo un gigantesco letrero. Keiper se adelantó en línea recta hacia los deformes labios. La asustada mujer se apartó y Keiper interpeló al hombre. Perplejo, negó con la cabeza. Rolf soltó una falsa risita que, de inmediato, produjo una aliviada réplica. Keiper apoyó sus palmas sobre los agitados hombros del bávaro, lo cual fue entendido como una complicidad; su boca abierta dejó al desnudo el paladar partido. De súbito quedó blanco: el suboficial le había aplicado un feroz rodillazo en los genitales. Se curvó, lo cual fue aprovechado por Keiper para ponerlo en cuatro patas y montar sus riñones. Con prodigioso virtuosismo le trabó la nuca e hizo girar la cabeza hacia atrás y a un lado. Antes de que pudiesen intervenir, sus camaradas escucharon el mortal crujido. Dejó caer el cuerpo, estiró las mangas de su uniforme e ingresó a la cervecería. Sus compañeros lo palmearon, excitados por la proeza, pero Keiper permaneció ausente durante media hora. Cuando salieron, ya habían retirado el cadáver y no se volvió a tocar el asunto.

Ruschardt untó su pluma y redactó un breve mensaje. Era el 10 de marzo de 1938. Pensó que el capitán Botzen y varios monárquicos se sentirían felices.

Dos días más tarde Rolf fue entrevistado por dos oficiales

que mandó el general Sepp Dietrich, jefe de la guardia personal del Führer.

Eberhardt Lust, de fino bigote rubio, y Rudolf Schleier, de ojos tan claros que parecían de algodón, le entregaron una orden que lo dejó atónito. Era el más inesperado de los premios. En menos de un minuto les comunicó estar listo.

Lo llevaron en un coche militar hasta una residencia del siglo XVIII donde había vivido Otto von Bismarck y ahora lo hacía el Führer. Frenaron ante una ronda de grandes Mercedes negros que esperaban la salida de varios ministros.

Se percibía el clima de tensión. Los choferes, parados junto a sus respectivas unidades, fumaban sin quitar los ojos del engalanado ujier que controlaba el acceso. Rolf fue conducido a través de una primera barrera, luego una segunda y se detuvieron en la tercera, a veinte metros del marmolado edificio.

De súbito los choferes arrojaron los cigarrillos al pavimento húmedo y los aplastaron con el pie. Se instalaron frente al volante y encendieron el motor. Diez soldados aparecieron desde el umbroso jardín lateral y marcharon para rendir honores. En la puerta central emergió un grupo de oficiales entorchados. Los automóviles avanzaron hacia la ancha escalinata, lentamente, como perezosos animales. El ujier abría la puerta trasera de cada vehículo con una reverente inclinación.

Rolf reconoció al general Ludwig Beck, Jefe del Estado Mayor del Ejército, cuya fotografía aparecía a menudo desde que había empezado la crisis austríaca. Estaba pálido y no contestaba a las gesticulaciones de sus nerviosos acompañantes.

La fila de automóviles recogió de uno en uno a los oficiales y ministros que venían de celebrar una trascendente reunión. Un nuevo grupo de soldados avanzó ruidosamente por el lado opuesto y formó con las armas al hombro. Sólo quedaban tres automóviles. Cinco motocicletas irrumpieron desde la calle, dieron una vuelta por el patio y se ubicaron delante de los relucientes vehículos. Rolf no sacaba los ojos del rectángulo negro de donde emergería el Führer en persona.

Una voz ordenó presentar armas y el ujier descendió rápidamente hasta el Mercedes central.

Aparecieron cuatro oficiales de la SS; dos se dirigieron al primero y dos al tercer automóvil. Luego emergió Adolf Hitler.

Rolf lo quiso devorar con los ojos. Tenía el cabello lacio y oscuro, los labios finos y una mirada glacial. Descendió la alfombrada escalinata prestando atención a cada peldaño. Se detuvo junto al ujier, que se doblaba hasta casi tocar las rodillas con su frente. Echó un vistazo en derredor y se ubicó en el asiento delantero, junto al chofer. El edecán se sentó detrás; otro oficial palpó su cartuchera y se sentó junto al edecán. Las motocicletas hicieron bramar los motores y la corta caravana se alejó majestuosamente.

Eberhardt Lust dijo a Rolf, apretándole el brazo:

—Bien, ya lo has visto. Ahora comenzarás a formar parte de su guardia personal.

Con Lust de un lado y Schleier del otro, fue introducido en la residencia por la puerta posterior.

En la correspondencia con su bienhechor de la Argentina trató de comunicar las pluviales experiencias recientes. Sus cartas no sólo satisfacían la curiosidad del capitán, sino que ordenaban sus increíbles pasos. Botzen, a su vez, era lacónico en las respuestas pero informaba lo importante, sobre todo que a su sufrida madre le hacía llegar dinero. Respecto de las investigaciones en torno a la muerte de Hans, no había novedades; por ahora no era aconsejable su regreso. A Rolf tampoco le interesaba.

No le interesaba en absoluto. Su incorporación a la guardia personal del Führer lo había catapultado hacia la gloria. Ahora caminaba por el cielo.

Como bisoño integrante del cuerpo de elite que garantizaba la seguridad de Hitler, era también vigilado; cada guardián observaba a los otros porque la traición podía canalizarse por la vía menos esperada. También debía perfeccionar su entrenamiento y someterse a sacrificios durante las veinticuatro horas del día. Sin molestarse, Rolf aceptaba relevos inexplicables o bruscos cambios de agenda. Botzen lo felicitó y, enigmáticamente, añadió que le estaba llegando el momento decisivo.

La residencia que Hitler tenía en Berlín había sido objeto de radicales transformaciones. Rolf la pudo recorrer en forma segmentaria, según sus tareas. Era un laberíntico templo que no se dejaba conocer en forma total. Cuando penetraba en una nueva estancia lo sorprendía el tamaño, el color y el amoblamiento. Pisaba las mullidas alfombras que también pisaban las suelas del grande hombre y sentía emoción. Miraba las sillas y los sofás donde le indicaron que él solía acomodarse. Le explicaron que, con ayuda de los arquitectos Troost, Siedler y Speer, el arreglo interior había sido cambiado por completo; el fantasma de Bismarck no tendría ganas de volver. Un ruinoso salón de recepciones y un antiguo gabinete de trabajo, por ejemplo, se convirtieron en un cine; quedó espacio para la salita de música. Añadieron un ala para el salón de invierno y un comedor rodeado de columnas en mármol rojo para los banquetes oficiales. También se construyó un vestíbulo para recibir a las familias amigas. Toda la planta adquirió grandiosidad, con imponentes cuadros de la mitología grecorromana y esculturas desafiantes.

En el primer piso se alineaban los aposentos privados. Durante la ausencia del Führer Rolf fue conducido por Eberhardt Lust, quien tenía memorizado cada detalle. Había un primoroso estar neoclásico, una biblioteca llena de colecciones con lomos dorados, un dormitorio con baldaquino y un baño azulejado y con grifería del Ruhr. Sobre la espesa alfombra central del baño Hitler hacía ejercicios de bíceps y deltoides antes de los desfiles para mantener estirado durante horas su brazo derecho. Mareaba conocer tanta intimidad.

Un pasillo comunicaba con la habitación de huéspedes donde —se decía— a veces dormía Eva Braun. Una puerta separaba el sector de los ayudas de cámara, al que se le había adosado una oficina para resolver cualquier apuro. Rolf caminó prudentemente por el corredor que desembocaba en el espacio destinado a los secretarios de Hitler que trabajaban bajo lámparas de gran potencia. Tres escalones más abajo vio a los adjuntos de los secretarios y al jefe del servicio de prensa. Desde este lugar, pero también desde el opuesto, se accedía al gran despacho del general Sepp Dietrich, comandante de la guardia personal.

Rolf se cuadró ante su superior, cuya mirada lo atravesó el primer día de la frente a la nuca. Tras los taconeos y el *Heil Hitler!* de rutina, le explicó sus tareas, detalladamente. Dietrich era un hombre de mediana estatura cuya papada no guardaba proporción con la armonía de su cuerpo; tenía voz rugosa y cortante. Controlaba todos los movimientos de la residencia y estaba enterado del comportamiento de cada guardián.

Hitler había ordenado derribar las viejas encinas y hayas que había amado Bismarck y había instalado un vasto terraplén de césped, un estanque y una fuente. Le gustaba pasearse por allí; era su único deporte. Durante uno de esos paseos Rolf lo pudo contemplar por primera vez a sus anchas, gracias a que vigilaba el acceso al jardín y el Führer lo rozó al pasar a su lado; hasta olió el agua de colonia con que mojaba su cutis luego de afeitarse. Caminaba con Goebbels, que pretendía convencerlo de algo difícil porque movía incesantemente las manos. El Führer lo miraba de sesgo, detenía sus pasos, luego continuaba a buen ritmo en torno al estanque; de vez en cuando enganchaba sus pulgares en el grueso cinturón.

Después Rolf fue encargado de cuidar sus espaldas en pasillos y salas, en las recepciones y el salón de invierno donde gustaba tomar el té.

Hacia el final del primer mes de servicio el general Dietrich lo incluyó en las comitivas a Dresden, Lübeck y Hamburgo. Esto era fantástico. Mientras tenía a Hitler delante de sus ojos, Rolf no sólo dejaba de parpadear, sino que levantaba las orejas. Lo escuchó conversar tranquilo con sus ayudantes y se estremeció con sus gritos. El Führer se le comenzó a presentar bajo hipnotizantes formas opuestas.

En Lübeck se arrojó al lecho del confortable hotel, encendió el velador y se puso a releer el ajado volumen de *Mein Kampf* que siempre llevaba consigo. Necesitaba reconectarse con el ahora cercano titán que había logrado la resurrección de Alemania y mantenía en suspenso a las potencias de Europa. De los renglones brotaban frases conocidas y rotundas, frases cargadas de pólvora. Allí estaba la voluntad de un superhombre. Pero dejó de leer porque lo atraparon otras frases: las de Botzen. No eran claras como las de Hitler, pero sí inquietantes. Junto a la satisfacción por su meteórica carrera, manifestaba ambivalencias. Era un punto que lo incomodaba porque Botzen escondía algo. En la última carta había dicho que se acercaba el momento culminante. ¿Qué momento? ¿Qué es lo que realmente pretendía decir? En Lübeck durmió poco.

Hitler tenía la costumbre de prolongar las tertulias hasta que sus acompañantes no podían contener los bostezos. Su desajuste de horarios producía chirridos en la administración; por las mañanas aparecían funcionarios dormidos y malhumorados y a la hora del almuerzo empezaban locas corridas porque el Führer recién despertaba.

Durante un descanso Eberhardt Lust le explicó que el hábito de acostarse tarde y no quedarse quieto le venía al Führer de sus "años de lucha" en el llano. Terminó su jarra de café, se secó el fino bigote y agregó que por eso también necesitaba viajar de un lado al otro. Paraba en hoteles cuando recorría el país y su guardia debía efectuar revisiones minuciosas antes y después de su estancia. Gracias a ello, en el segundo mes de servicio Rolf conoció el *Deutscher Hof* de Nuremberg y el famoso *Elephant* de Weimar; en el tercer mes el *Drei Mohren* de Augsburgo; en el cuarto el *Eisenhut* de Rotenburgo y el confortable albergue cristiano de Stuttgart. También le gustaba detenerse en mesones de campo; las consideraba "peregrinaciones" equivalentes a las que habían efectuado los legendarios emperadores alemanes.

Para alivio de los subalternos, se concedía pausas en Munich y Berchtesgaden.

En junio, por su impecable desempeño, Rolf obtuvo otra recompensa: fue eximido de las cansadoras guardias. El general Dietrich le ordenó viajar como custodio armado en el vehículo que seguía al Führer. El grande hombre prefería sentarse junto al chofer. Desde su automóvil Rolf observaba cómo sus servidores, ubicados en el asiento posterior, le alcanzaban los objetos que reclamaba minuto a minuto.

En sus recorridas por el Reich lo acompañaba una caravana impresionante: la policía, coches con sus ayudas de campo, el automóvil con su médico de servicio; luego se encolumnaba el jefe de la cancillería del Partido, los adjuntos de Goering, Himmler y otros funcionarios de alto nivel; cerraban la fila equipos con radiofonía y automóviles con secretarios. Si el viaje era largo se añadía un camión de abastecimiento.

En julio pasaron tres semanas en Munich, la ciudad que el Führer más amaba. Hacia el mediodía un mayordomo ingresaba en el custodiado dormitorio con el desayuno y una bandeja llena de diarios y despachos urgentes. Hacia la una Rolf lo acompañaba de cerca al estudio de sus arquitectos favoritos, donde gozaba los proyectos de grandes obras; allí jugaba con planos y maquetas de su faraónico porvenir. Siempre llevaba consigo al joven Albert Speer, a quien acababa de designar arquitecto para las fabulosas construcciones partidarias de Nuremberg.

Cerca de las tres de la tarde almorzaba en el jardín íntimo de la *Osteria Bavaria*, donde Rolf efectuaba una previa inspección. Allí lo había escuchado burlarse de Goering porque era "un devorador de cadáveres", incapaz de obviar la carne. Después realizaba visitas oficiales y se detenía en su domicilio de la Prinzregentstrasse para recobrar el aliento. Luego seguía al *Carlton Teestuben*, a la Briennerstrasse o la Casa de la Cultura Alemana, donde permanecía monologando durante horas.

Por la noche necesitaba cambiar otra vez de escenario y de interlocutores: la Casa de los Artistas en la Lembachplatz, la sede del Partido en Munich, la famosa Casa Parda y el casino del Führerbau. A menudo también se dirigía al café Heck y, cuando ansiaba respirar mejor, se alejaba hasta el Tegernsee.

Cualquiera fuese el sitio donde se hallase, Hitler recibía despachos y noticias. Sus colaboradores iban y venían con órdenes que el jefe formulaba de viva voz, de manera brusca, a veces con desdén. No levantaba el tono sino cuando tardaban en comprenderlo. En una oportunidad se hizo evidente su impotencia ante Himmler; entonces empezó a gritar a su inocente ayuda de campo y levantó el puño con ganas de pegarle. Rolf llevó automáticamente su mano al revólver.

Nunca leía los papeles que le aproximaban, sino que pedía una síntesis; tampoco demoraba sus dictados. Jamás se sentaba ante su escritorio. Las órdenes eran verbales y sus interlocutores debían transcribirlas y, a menudo, interpretarlas.

Hitler se tornaba introspectivo en Berlín. Al contrario de lo que sucedía durante sus permanencias en Munich, nunca iba a los cafés ni restaurantes. Salía para visitas oficiales, únicamente. Si quería ver empresarios o artistas, los invitaba a su residencia. Para eso utilizaba el gran comedor, compuesto por una mesa redonda con diesiséis sillas tapizadas en rojo. Encima del aparador diseñado por él mismo lucía una enorme pintura de Kaulbach sobre la diosa Aurora y su multitudinario cortejo.

Un asiduo concurrente era Joseph Goebbels, virtuoso ministro de la Propaganda, quien gustaba del sobrio menú y llenaba los tensos silencios que se producían cuando Hitler interrumpía su monólogo. Goebbels se burlaba de los ausentes; reía solo y contagiaba al Führer su risa seca, temible.

Después de la cena pasaban a la sala de cine para ver dos películas. Luego caminaban hasta el salón de fumar, donde Hitler se sentaba junto a la chimenea en su sillón favorito. Se servía té, champán y a veces chocolates. La conversación giraba en torno a las películas o alguna trivialidad. Rolf disfrutó más cine que en el resto de su vida, bebió champán y volvió a inspirar el aroma a colonia del admirado cutis.

En septiembre el Führer debía entrevistarse con el primer ministro de Gran Bretaña en Bad Godesberg, sobre las márgenes del Rhin. La cuestión checoslovaca parecía estallar.

En el Dreesen Hotel flameaban con protocolar respeto la bandera con la esvástica y la British Union Jack. Rolf aguardaba la aparición del Führer. Cuando lo vio con su habitual

uniforme y rodeado de colaboradores, advirtió por primera
vez que era decididamente menudo, algo blando, y caminaba con pasos cortos, casi femeninos. Este descubrimiento lo
irritó. Palpó sus armas y lo siguió de cerca rumbo al muelle,
donde inspeccionaría su yate personal. Con firmeza contuvo la legión de periodistas que ansiaba pegarse a su cuadrado bigote, en particular extranjeros que habían sido desta-
cados para reportar el encuentro cumbre. Alguien susurró
una frase que lo dejó frío.

—¡Mírale el hombro!

Cada pocos pasos el Führer sacudía su hombro derecho,
¡como Von Lehrhold! Expresaba nerviosismo: el gran hombre se sentía turbado. También arrojaba hacia adelante el
pie izquierdo. Rolf le miró los ojos grises y pudo ver que lo
rodeaban manchas negras de un mal dormir; tenía la piel
seca, pronunciadas las arrugas del cuello y demasiado oscuro el flequillo. Sus adversarios decían algo inverosímil: que
en su ascendencia rondaba la sombra de un judío.

Al regresar, Hitler hizo una mueca junto a Eberhardt Lust
y Rolf advirtió que su compañero se ponía desusadamente
pálido.

Junto a las legendarias aguas del Rhin, Rolf soñó con
águilas y césares y despertó empapado. No recordaba otros
detalles del sueño ni entendía el motivo de su angustia, pero
se le ocurrió que probablemente estaba vinculado con su
deber de cuidar al Führer. En la antigua Roma los asesinos
de los emperadores eran quienes más cerca estaban de ellos;
primero acuchillaron a Julio César y luego siguieron con
Calígula, Nerón y tantos otros. Dietrich había advertido sin
rodeos que la conspiración latía en el aparato del Reich.

EDITH

Margarete le había avisado que el obispo Preysing las esperaba a la mañana siguiente. A medianoche Edith fue
despertada por gritos en la calle, casi al pie de su ventana.
Una granizada de golpes acabó por ahogar los gritos de las
víctimas.

Se sentó en el lecho, los ojos fijos en el inmóvil cortinado. Esperaba que se proyectasen las formas de los esbirros. Acababan de castigar brutalmente a un hombre y una mujer.

Desde que hubieron llegado, Edith y Alberto habían aprendido que bajo el terror era ridículo llamar a la policía, peligroso asomarse y suicida intervenir. El silencio que siguió a la masacre era más doloroso que los quejidos. Alberto también se sentó y la abrazó.

Al rato oyeron la irrupción de un vehículo. Creyeron que asaltarían la casa. Se estrecharon aun más, como si de esa forma pudiesen ahuyentar el peligro. Escucharon taconeos y saludos hitlerianos. Luego el vehículo se alejó raudo.

No pudieron hablar. Sin prender el velador Alberto fue a llenar dos vasos con agua. Bebieron y se volvieron a abrazar. Les costó dormirse.

A la madrugada estallaron los aullidos de Brunilda. Edith corrió en camisón y la encontró en el living, doblada sobre el brazo del sofá. Vomitaba.

—¿Qué ocurre?

—En la vereda... Un viejo. ¡Ay!... ¡Ahhhh! —la quebró otra arcada.

La condujo al baño y la ayudó a higienizarse. Tiritaba. Alberto, mientras, se había asomado a la calle. Entre el remolino de sus cabellos sin peinar, los efectos de la mala noche y el olor del vómito observó el cuerpo tendido en la vereda.

—No te acerques —advirtió a su mujer—. No te acerques a la ventana.

—¿Por qué?

—Un anciano asesinado, con el cráneo partido... Hay sangre y pedazos de cerebro.

—¡Dios!

Brunilda asintió con enérgicos movimientos de cabeza:

—Lo mataron anoche; yo escuché —sollozaba—. También gritaba una mujer, estoy segura de que era una chica joven, pero a ella se la llevaron. Nunca vi una cabeza abierta... ¡Ahhhh! —repitió la arcada.

—Es raro que no hayan limpiado los rastros del crimen

392

—comentó Edith; necesitaba decir unas palabras, aunque fuesen necias.

—No es raro —replicó Alberto—. El asesinato de judíos resulta aleccionador.

Edith le hizo señas para recordarle que no estaban solos, que semejantes manifestaciones podrían costarles la vida. Pero Alberto, desencajado, transgredía sus propias recomendaciones: Brunilda no era nazi.

—Quieren que se conozcan sus hazañas.

Brunilda lo miró con espanto; en realidad, no lo entendía.

—Posiblemente el cadáver permanezca tendido por varias horas. Así se procedía en la Edad Media con las ejecuciones ejemplarizadoras.

—Alberto —Edith lo arrastró hacia el dormitorio para que la mucama no escuchase; cuando cerró la puerta, dijo—: Me recuerda el asesinato de papá —apretó los puños contra sus mejillas.

—Debemos irnos, Edith. Irnos cuanto antes. El perverso de García O'Leary o el fascista de mi tío decidieron castigar mi casamiento. Inventaron esta misión para zamparme en el horno. Creyeron que por tu mitad judía no te animarías a venir y que yo no tendría bolas para rechazar el ascenso, que esta misión nos separaría. Tuvieron razón: no tuve bolas para rechazar el ascenso, pero se equivocaron con vos, Edith.

Trepidaba rabia.

—No aguanto más. Saltearé jerarquías; no son jerarquías ecuánimes, son perversas. Fijate en el pobre Víctor French: también lo han convertido en prisionero.

—¿Qué harás?

—Recurriré a papá. Lo que no me atreví a hacer antes, lo haré ahora. Que llegue al ministro, al presidente. Que me den otro destino; cualquiera, aunque tenga una jerarquía menor.

—Sí, debemos irnos. No podré llegar ni al año de permanencia. Pero, si no queda otro recurso... —se interrumpió.

—¿Qué, entonces? —Alberto trató de ayudarla a pronun-

393

ciar la temida frase; tal vez propondría volver sola a Buenos Aires.

—Si no queda otro recurso —dijo ella—, habría que pensar en suspender tu carrera diplomática... Digo suspender, no renunciar.

Alberto había pensado lo mismo.

No pudieron desayunar. Él partió hacia la Embajada y ella hacia el domicilio de Margarete.

—Estoy lista —dijo Margarete al verla.

Caminaron hacia el tranvía. Un grupo de SS las cruzó en un vehículo militar y Edith perdió las ganas de contarle el episodio que aún la tenía descompuesta. Por la ventanilla miró los edificios en cuyos frentes colgaban largos paños rojos con la esvástica negra. Cada día aumentaban las banderas y oriflamas, como si tuvieran la intención de no dejar casa, pared, columna, vidriera o persona que no perteneciera al nazismo.

Descendieron en la undécima parada. Era la primera vez que Edith concurría a la residencia de un obispo. Margarete la tironeó de la manga y doblaron la esquina para evitar la puerta principal.

Las recibió un monje dominico de hábito negro y crema, quien las condujo por pasillos estucados hasta un salón cubierto por grandes cuadros al óleo. En el centro, sobre una mesa, lucía una reproducción de *La Piedad* de Miguel Ángel. Las invitó a sentarse en los bancos laterales.

No alcanzaron a apoyar la espalda cuando se abrió otra puerta y el monje hizo señas para que ingresaran. La amplia habitación parecía compuesta por marfil y oro, con muebles de estilo francés y abundante luz natural que entraba por dos ventanales. El obispo se adelantó. Margarete dobló una rodilla y besó el rubí de su mano. Luego presentó a Edith, quien también se inclinó. Monseñor Konrad Preysing despidió al dominico.

—Bienvenida, hija —sonrió a Edith y sus ojos verdes, rodeados por oscuras arrugas, se posaron largamente sobre los suyos, como si tratase de adivinar qué pensamientos la angustiaban.

Margarete dejó la cartera en el piso e instaló su portafolios sobre la mesa. Se comportaba con evidente familiaridad. Extrajo su contenido: folletos, hojas con dibujos, listas y apuntes. Mirándola, Edith se preguntó si no había sido una locura andar por las calles con semejante material: cualquier SS pudo haber tenido la ocurrencia de averiguar qué llevaba.

—No te aflijas —percibió su susto—: nadie entendería mis papeles.

Monseñor Preysing se aprestó a escuchar. Y Margarete habló sin interrupciones durante diez minutos. Con voz pausada reconstruyó el informe de tres personas que acababan de salir de un campo de concentración. Luego refirió sus penosas andanzas por consulados de países latinoamericanos y europeos. Terminó con un largo suspiro.

—Es más fácil que un camello pase por el ojo de una aguja a que un cónsul brinde de buena gana una visa. El mundo no se ha vuelto nazi pero, por Dios, ¡cómo imita a los nazis!

El obispo empezó a caminar con los brazos a la espalda. Era un hombre delgado, de estatura media, aparentemente frágil. Su frente se extendía hasta la mitad del cráneo.

—Ave María, llena eres de gracia... —susurró.

—Nunca imaginé tanta insensibilidad internacional —agregó Margarete.

Preysing se detuvo frente a las mujeres, pero se dirigió exclusivamente a Edith.

—Más grave que los pecados que ahora comete el mundo al desinteresarse por el destino de tantos infelices, es el permiso que otorga a los nazis para que lleven adelante sus planes. Al comportarse como lo hace, el mundo ya no es neutral, sino cómplice. Y más grave aún es el precedente que establece para futuros avances del Mal —se alejó unos pasos y retornó con más rabia—. ¿Soy claro? El mundo está saboreando otro fruto prohibido: humillar al semejante sin esperar sanciones. ¡Es la más grande abominación! De ahora en adelante, con el precedente que establecen los nazis y aprueba el mundo, nadie se escandalizará porque se ofenda o aplaste a multitudes, se les arranquen los derechos y no se les brinde ayuda.

—Monseñor —dijo Margarete—, en la Conferencia de Evián...

—¡Conferencia vergonzosa! —la interrumpió; sus ojos verdes relampaguearon—. ¿Qué decidieron allí? ¡Nada! Se reunieron delegados de treinta y dos naciones por iniciativa de los Estados Unidos, no de una institución cualquiera. Treinta y dos naciones. Hitler había engullido Austria sin el mínimo pudor, los emigrantes aullaban pidiendo visas. ¿Qué decidieron? —volvió a mirar a Edith, lisonjeada e incómoda a la vez—. ¡Nada y nada! Estados Unidos aclaró desde el vamos que no modificaría sus restricciones inmigratorias. Gran Bretaña puso en claro que no disminuiría su prohibición para el ingreso de judíos en Palestina. Era como decir: "Criticamos a los nazis, pero dejamos que hagan su voluntad". Esa repugnante Conferencia, Edith, Margarete... esa vergonzosa Conferencia nos ha dejado peor que antes. Mucho peor. Quedamos desamparados ante la soberbia del Mal. Ahora los nazis pueden comerse media Europa, o toda Europa.

—A mi marido le prometieron cuatro visas, pero exigen dinero. Se lo transmití a Margarete —murmuró Edith.

—¿Dinero? —sus órbitas lanzaban rayos—. ¡Por supuesto! Los pasaportes y las visas son el mejor negocio de estas alimañas. Y hay que pagar. Dinero por Derecho. La expulsión de judíos, sean o no bautizados, permite hacer fortunas rápidas. El Estado les confisca todo mientras los cónsules cobran disparates por las visas. Por el otro lado, funcionarios nazis que se jactan de la nueva moral, exprimen a judíos y cónsules mediante la extorsión. Es excitante para el patriotismo. Es su nuevo evangelio —se sentó y volvió a pararse; se le habían enrojecido las mejillas—. Fíjense que un jefe de la Gestapo quitó los pasaportes de una familia y, tras someterla a una horrible angustia, se los devolvió a cambio de las últimas monedas que les quedaban en los zapatos.

—Llevamos gastada una buena suma con estos corruptos —se quejó Margarete.

—Tiene mi bendición para seguir haciéndolo. Es el mejor gasto.

—Pero no me alcanza. Vea las facturas.

El obispo se desplomó sobre un pequeño sofá.

—¿Se siente bien, monseñor? —preguntó Edith.

El hombre tanteó un botón oculto bajo la mesita. Apareció el monje dominico.

—Tráiganos café y una jarra con agua, por favor —luego miró a Edith con afecto—. Estoy bien, hija, pero indignado. No freno mi furia aunque produzca taquicardia; no considero pecado a la indignación, menos en estas circunstancias. Diría que es una virtud de la que carece la mayoría de mis hermanos alemanes.

—Reconozco que, desde que llegué a este país —comentó Edith—, paso de asombro en asombro. Lo que sabía era apenas una crónica endulzada. Pero también he tenido algunas gratificaciones, como ver de cerca a un obispo tan cristiano como usted.

—¡Me indigna esta orgía del odio! Claro que sí. De todas formas, gracias por el halago, hija. Además de arrojarme facturas pesadas como rocas —guiñó—, Margarete me habló de usted; yo le pedí que la trajera. Sé que usted es judía por su padre y sé que es católica por la fe. Ahora veo que no se arredra ante un obispo. Los alemanes todavía se encogen ante un obispo, por lo menos la primera vez —sonrió.

—No he hablado con obispos: sólo los he escuchado, y de lejos.

—Créame que desearía ser más escuchado aún; pero acabaría mal. La Iglesia pasa por un momento horrible. Si será horrible que no se atreve a defender valores esenciales. Las manifestaciones públicas contra este neopaganismo son muy escasas.

—¿Por qué tanto silencio, monseñor? ¿Por qué esa renuncia al deber pastoral, humano? Sé que es peligroso...

—Porque los obispos, en esta tempestad, apuestan a la supervivencia. Mera supervivencia. Aseguran que esa supervivencia ya es suficiente, ya es una pared al absolutismo, una refutación a la homogeneidad que reclaman los nazis.

No estoy de acuerdo, pero ellos sostienen que primero hay que preservar a la Iglesia, aunque en condiciones vergonzosas, y luego pensar en el resto.

—¿Eso es moral?

Monseñor Preysing apretó sus manos en oración.

—Temo que no. Y le informo por lo bajo que algunos teólogos piensan lo mismo.

—El otro día el canónigo Lichtenberg orilló el tema —comentó Margarete.

—A Lichtenberg, que es un santo varón, hay que recordarle que se cuide; es muy osado. Y yo, hijas mías, no tengo más remedio que obedecer a la mayoría episcopal. La mayoría ha decidido no enfrentarse con el régimen para, de esta forma, no darle excusas para las represalias. Nos limitamos a las acciones poco llamativas.

—Y escasas.

—Sí, lamentablemente, pero útiles. Por ejemplo, vigorizar la enseñanza religiosa donde sea. Por ejemplo, ayudar a los judíos bautizados.

—Y no bautizados también —intervino Margarete.

—Muy en secreto. Y casi nada, digamos la verdad —el obispo abrió los brazos con impotencia—. Debemos reconocer que no nos atrevemos. Pese a que algo muy fuerte nos obliga hacia ellos, porque nosotros hemos sembrado el antisemitismo durante más de mil años. Nuestra prédica fue maligna y fértil: inculcamos un antisemitismo religioso que se ha metido hasta la base del alma. ¿Qué cristiano arriesgaría sus bienes o su vida por un judío? El judío, según nuestra prédica, es pérfido y abominable. Por eso resulta menos difícil ayudar a los conversos porque, con su bautismo, han abandonado la condición maldita.

—No para los nazis —dijo Margarete.

—No para los nazis —aceptó el hombre—. Los nazis tienen el espantoso mérito de haber sincerado la cosa. ¿Sabe a qué me refiero, Edith? A que dicen sin eufemismos, de manera brutal, lo que indirectamente proponía nuestra prédica: hacerlos desaparecer. Nosotros mediante el bautismo y las expulsiones, los nazis mediante el terror. Ahora los quieren borrar de Alemania. Yo estoy seguro, sin embargo, de que pronto los querrán borrar del mundo.

Margarete emitió un largo suspiro.

—De ahí que me parezca bien salvar conversos: al menos es un paso inicial de resistencia. Reiteramos un mensaje: para nosotros los católicos la discriminación racial se opone a la fe.

—No lo entienden —protestó Edith.

—Cierto. Hay hermanos ignorantes o crueles o egoístas que hasta se niegan a compartir la comunión con los judíos bautizados; ¿puede imaginarse un despropósito más grande?

Edith movió la cabeza.

—Sí, hay otro más grande —el obispo dirigió su mirada al cielo raso—: algunos católicos me han venido a ver para que les anule el matrimonio porque descubrieron que su cónyuge tenía un antepasado judío. ¿Qué le parece?

—¿Y los cordones en las iglesias? —agregó Margarete.

—Los cordones. Cuéntale, hija —la animó Preysing.

—He tenido que lidiar en varias iglesias con católicos que parecían alumnos de Lucifer, Edith: querían dividir las naves con un cordón para evitar su contacto con fieles de origen judío.

El dominico depositó una bandeja de plata con el café, la jarra de agua, vasos y pequeñas servilletas blancas.

—Ahora rezo por los católicos que desobedecen al Reich —el prelado llenó los vasos y bebió del suyo—. En nuestras circunstancias también la desobediencia ha dejado de ser un pecado para convertirse en virtud. Algunos católicos ya la ejercen debidamente. Son pocos, pero actúan como santos; espero que no se conviertan en mártires.

Levantó su café.

—Me conmovió un capellán del ejército. Fue llevado ante la corte marcial por decir a los soldados que el culto de la raza, de la sangre y de la tierra es burdo materialismo. Fuerte, ¿no? ¿Qué pasó entonces? Lo previsible: lo condenaron a prisión y lo expulsaron del cargo. Luego un cura de mi diócesis fue arrestado por criticar a la Justicia: "la Justicia que no condena los ataques contra los judíos, que son tan humanos como los demás hijos de Dios, no es Justicia".

Cuando lo dejaron salir vino compungido, seguro de que lo reprendería. No lo reprendí ni felicité. Se imagina que no puedo estimular su falta de prudencia. Pero —sonrió con malicia— debe de haberme entrado una basurita en el ojo y él lo interpretó como un guiño. Fue un guiño, en realidad. Y se sintió estimulado, naturalmente. En el primer sermón que pronunció ante su feligresía dijo, sin rodeos, que no existen diferentes cristianismos para las diferentes razas; y dijo más: que si los teóricos del Partido no estaban de acuerdo, que leyesen más seguido la Biblia. Consecuencia número uno: a este bravo sacerdote le dieron tres meses de prisión con trabajos forzados en el campo de Sachsenhausen. Moví cielo y tierra, como puede imaginar, pero no conseguí recuperarlo ni un día antes de cumplida la condena. Consecuencia número dos: no volverá a decir lo que dijo —se le humedecieron los ojos—. El campo de concentración lo ha deshecho.

—Esos campos... —murmuró Margarete con una mano en el corazón.

—Los nazis saben —continuó Preysing— que aumentan su poder mediante el terror y que el terror creciente anula las resistencias físicas y espirituales. Por eso quien desobedece a este régimen es un héroe moral. Yo rezo por estos héroes.

—Usted es valiente, monseñor. ¡No sabe cuánto me reconforta!

—No me avergüence, hija. No soy más valiente que monseñor Berning, quien apenas asumió Hitler habló del sufrimiento de los judíos pero... —hizo una larga pausa, tragó saliva—, luego se llamó a silencio. Habrá tenido sus razones. No soy más valiente que monseñor Faulhaber, o monseñor Groeber, o monseñor Bertram o monseñor Winter. Son pocos los que se pronuncian por una resistencia más dura.

Extendió su mano hacia el antebrazo de Margarete:

—Pero usted no afloje, hija. No me importan las facturas, ya sabe. La obra de San Rafael es lo más caritativo de este gigantesco y criminal manicomio. Debemos ayudar la emigración judía con toda nuestra fuerza. Antes de que sea tarde.

400

—¿En qué puede ser peor el futuro? —Edith pensaba que ya habían tocado fondo—. Los nazis humillan y maltratan a la gente como si fueran bestias; a los judíos les han quitado la ciudadanía y los derechos más elementales. ¿Qué más pueden hacerles? ¿Qué más? Los han empobrecido y desmoralizado. La mayoría ha perdido hasta los reflejos vitales. Están vencidos, entregados.

Konrad Preysing se rascó la nuca, acomodó el solideo y bebió el resto de su café.

—Los nazis obtuvieron este trágico resultado con una aparente legalidad, hija, sin guerra y con embajadas de todos los países en las calles de Berlín —se levantó, fue a su escritorio y extrajo varios cuadernos; los hojeó y separó uno—. Fíjese: en 1933 los nazis promulgaron cuarenta y dos leyes raciales, restringiendo a los judíos derechos para ganarse la vida, gozar de la ciudadanía plena y educarse normalmente. ¡Cuarenta y dos leyes antisemitas en un solo año! A esas medidas antihumanas, injustas, las llamaron "leyes" —dio vuelta una hoja—. En 1934 parecía que ya no había qué agregar. Usted acaba de decirme qué más pueden hacerles ahora. Bueno, en 1934 añadieron diecinueve medidas nuevas, tan crueles y espantosas como las anteriores. En 1935 reactivaron la inspiración y promulgaron veintinueve. En 1936, con motivo de las Olimpíadas, quisieron mostrarse benignos y rebajaron la producción de esas "leyes" a veinticuatro. Bajaron otra vez en 1937: veintidós. ¿Qué le parece? Un pozo sin fondo, una maldad inagotable. Y en este terrible 1938 ya van... —dio vuelta otra hoja del cuaderno— van, ¿cuántas le parece?

—No llevo la cuenta, monseñor. Estoy pasmada.

—Entonces escuche —hizo bocina con la mano—: ¡han pasado las setenta! ¿Qué tal? Es el frenesí, los nazis están más productivos que nunca. Claro, no podía ser de otra forma: masticaron Austria sin resistencia, comprueban que la prensa internacional es inoperante y que en Evián treinta y dos países manifiestan en forma oblicua que no les importa el destino de los judíos. Se han excitado como fieras. Ahora exigen disparates tales como que todo judío varón agregue a su nombre la palabra Israel, y toda mujer la palabra Sara.

401

Y si ese varón o mujer tiene un nombre derivado de la palabra *Deutsch*, debe suprimirlo.

—¡Inventan cada cosa! —resopló Margarete.

—Pero con un objetivo: aumentar el oprobio. De ahí mis pronósticos lúgubres, muy lúgubres. Cada mes, cada año, será peor.

—Me cuesta imaginar algo peor. Estoy tan alterada que mi fantasía ha dejado de funcionar.

Preysing se llevó ambas manos a la cabeza no sólo como gesto de sufrimiento, sino para impedir que algunos monstruos escaparan de su cráneo. Luego, con los oscuros párpados caídos, farfulló:

—Edith: hasta ahora los nazis han recurrido a la máscara de la ley. Inclusive han cuidado ciertas formas; con hipocresía, es cierto, pero las han cuidado. Pero se están dando cuenta de que no es necesario: el mundo les teme y los deja hacer. Entonces, ¿qué vendrá a continuación?

—¿Qué quiere decir? —Edith había enronquecido.

—¿Hace falta ser vidente? La militarización y el desenfrenado espíritu bélico sólo pueden llevar a una Segunda Guerra Mundial. ¿Hace falta ser vidente para percibir que tanta deshumanización de los judíos sólo puede conducir a su matanza masiva? ¡No queda otro camino!

Konrad Preysing se hundió en el sillón y las mujeres miraron el piso. Guardaron silencio. Luego Margarete recogió los papeles en su hondo portafolios. Lo hacía con fatiga, lentamente. El obispo llenó otra vez los vasos con agua. Parecía necesitar mucho líquido para apagar el incendio de su corazón.

—Mi padre fue asesinado por los nazis —evocó Edith con la voz entrecortada—. Ocurrió hace cuatro años. Luego murió mi madre, de un tumor cerebral.

—Margarete me informó. Espantoso. Imagino la extrema pesadumbre que cayó sobre usted. La impotencia y la rabia. Es difícil hallar consuelo ante cualquier crimen, pero es más doloroso aún cuando se trata de crímenes como éstos, tan injustos. Cuesta percibir los designios de Dios.

—Estuve enojada con Dios. Creo que sigo enojada. Hoy,

frente a nuestro domicilio, asesinaron a un anciano de la misma forma que a mi padre.

Margarete y el obispo la acariciaron con los ojos.

—En este mes —prosiguió Edith— los judíos celebran Iom Kipur, el Día del Perdón. Cada Iom Kipur es el aniversario de la muerte de papá. Lo había ido a buscar al término del servicio y un pelotón nazi lo mató a golpes. Desde entonces, para Iom Kipur, necesito ir a una sinagoga. Es mi infaltable homenaje.

—¿Me está pidiendo permiso? —susurró Preysing.

—No sé si es eso.

—Si es permiso, lo tiene ya. Si es mi opinión, le digo que vaya, por supuesto. Pero tenga cuidado.

—Te presentaré a Cora Berliner —propuso Margarete—. Es la principal colaboradora del doctor Leo Baeck, el más respetado rabino de Alemania. Ella te dirá a qué servicio te convendría asistir. Todas las sinagogas están vigiladas.

—Edith —el obispo tendió ambas manos sobre la cabeza de ella; pero su voz adquirió una grave resonancia—: no sólo le doy permiso, sino que le ruego: acompañe al pueblo de Israel, el pueblo de su padre, en estas dolorosas circunstancias —le apoyó el pulgar en la frente—. Tiene mi bendición.

Salieron del palacio por la misma disimulada puerta por donde habían entrado y caminaron con falsa tranquilidad hacia la parada del tranvía. Por suerte encontraron asiento. En la parada siguiente vieron una patrulla nazi que se detenía ante una tienda que exhibía los carteles injuriosos y una enorme estrella de David pintada con cal sobre la vidriera. Un uniformado permanecía en el vehículo con el motor en marcha mientras los otros irrumpían en su interior con las armas desenfundadas. El tranvía cerró las puertas y reanudó la marcha, pero Edith torció el cuello para enterarse: alcanzó a observar que empujaban a los clientes a la calle, gritándoles; a un hombre le pusieron el revólver en la cabeza. Margarete se limitó a cambiar la posición de su portafolios.

Edith apoyó su sien contra el vidrio. En esa calle abundaban los carteles: *Juden unerwunscht* (judíos no deseados) y *Nur für Juden* (sólo para judíos). Un banco amarillo se diferenciaba en un pequeño parque de los otros, negros, verdes o blancos; Edith ya lo conocía por su infaltable anuncio *Nur für Juden*; pero siempre aparecían vacíos porque nadie se animaba a gozar de esa cortesía, desde luego, a menos que estuviese al borde del colapso.

Margarete le habló sobre Cora Berliner y el rabino Leo Baeck. Sobre Baeck había escuchado en la Argentina a Bruno Weil y Elías Weintraub, quienes se deshicieron en elogios sobre su sabiduría y ejemplar coraje.

Descendieron en la séptima parada, ingresaron a la ruinosa Sociedad San Rafael y saludaron a quienes se amontonaban en la salita de espera. Se refugiaron en la oficina de Margarete porque necesitaban imperiosamente otra taza de café.

—Ya no es fácil que un judío pase por ario; conocen todos los trucos. Deberás manejarte con astucia. Las recomendaciones de monseñor Preysing son correctas.

—Tengo madre aria y pasaporte argentino. Para alguien medianamente razonable...

—No continúes. Se acabaron los razonables —depositó la taza sobre una pila de carpetas.

—El nazismo es un disparate, Margarete. Un disparate que genera ensañamiento.

Margarete se incorporó.

—A la inversa: el ensañamiento creó el disparate. Bueno, debemos trabajar. ¿No sientes el hedor de la angustia?

Mientras atendían a mujeres arrastrando niños y a viejos llorando el arresto de sus familiares, Edith volvía una y otra vez a preguntarse si su deseo de concurrir a una sinagoga no desencadenaría una tragedia. Pensó que Alberto las pagaría mal y Cora Berliner y el rabino Baeck también, por vincularse con alguien como ella munida de pasaporte diplomático. No estaba en Buenos Aires para poder darse el lujo de reunirse con judíos. Cora era funcionaria de la *Reichsvertretung* judía, puesta bajo la lupa de la Gestapo; debían tenerle registrado cada suspiro. Había tenido un desempeño brillante en la administración prusiana hasta que las leyes raciales la obligaron a renunciar. Era una bella y valiente experta en estadísticas. Se convirtió en la mano derecha del "cardenal" Leo Baeck. Margarete la había conocido en Caritas, adonde había llevado dos familias convertidas para que les brindasen ayuda. Se midieron los quilates y reconocieron que podían haber sido gemelas.

En cuanto a Leo Baeck, Margarete lo describió con más entusiasmo que a su venerado monseñor Preysing. Lo vio en media docena de ocasiones y le escuchó dos conferencias. Además de rabino, era un académico que daba clases sobre Talmud, homelética, escribía trabajos filosóficos y, últimamente, traducía los Evangelios del griego al hebreo con el fin —decía— de mostrar cómo se expresaban los judíos en su lengua original desde hacía dos mil años, incluido un judío llamado Jesús.

Las horas se densificaron. A la semana siguiente se reunió con Cora Berliner, pese a los riesgos que implicaba. Al verla y escucharla percibió el fulgor del bronce. No imaginaba que bajo tanta opresión circulase una tenaz resistencia judía. Cora era burbujeante y dulce. Le brindó suficiente información como para llenar varios boletines de la Hilfsverein. Pero ya no se trataba de datos, sino de riesgos mortales. Esta gente escribía una epopeya, pensó Edith, con una entereza que daba escalofríos. Mientras la observaba evocó a Alexander: "¡si me viese! ¡si papá supiera!" En la segunda oportunidad le manifestó su impaciencia por conocer al "cardenal". Cora prometió ocuparse.

Edith ya no sabía a qué atribuirlo. Si fue el honesto Preysing o la audaz Margarete o la intrépida Cora o el conjunto de recias experiencias en San Rafael: había disminuido su miedo. Se desconocía. Pensó que los seres valientes contagian un elixir que bombea desde el fondo del alma. El elixir circulaba por sus venas. La insistencia de Bruno Weil y Elías Weintraub para combatir parecía distante, ocurrida en el siglo pasado; pero ambos seguían activando en su corazón. Felicitaban su renacido coraje, eran parte del elixir.

Alberto eligió un momento de calma y le confió que estaba dispuesto no sólo a suspender su carrera diplomática, sino a renunciar a ella. Volverían de inmediato a Buenos Aires. Edith le rodeó cariñosamente la cara, le susurró que lo amaba mucho y que no debía llegar a ese extremo.

—La verdad, no sólo quiero irme por vos: soy yo quien no aguanta más —aclaró Alberto.

Ella lo dejó de una pieza al decirle que el regreso le había empezado a sonar como una fuga.

—Es una fuga.

—Me parece indigno. Estoy cambiando de opinión.

—¿Quedarte en Alemania? ¡No puedo creer lo que escuchan mis oídos!

—No demasiado tiempo: sólo un poco más. Es una obligación. Debo ayudar a la pobre gente.

—Nuestra ayuda no vale un centavo. ¿Qué podemos ofrecer, además de la lástima?

—Visas.

—¡Ya conseguí doce! Cuatro para la familia Federn y ocho para tres familias más. ¡Cuántas serán posibles aún? ¿Cinco, diez?

—Las cuatro de Federn te las dio Víctor French. Cada visa es una vida.

—Edith, el horror nazi ha conseguido dañar tu juicio —la abrazó, le acarició los cabellos—. Deberíamos irnos lejos, para que vuelvas a pensar con sensatez.

—Desde ahora, Alberto, no podría pensar en otra cosa.

—¿Visas?

Asintió. Él se llevó la palma a la frente, como si se sintiera afiebrado. Dio una vuelta por el living, alzó un almohadón y lo disparó contra un sofá. Partió sin despedirse.

El viernes por la mañana Edith le anunció que estaban invitados a una cena sabática en casa del doctor Leo Baeck.

—Estoy ansiosa por conocer a ese hombre.

—¿¡Qué?! —el espanto le erizó los cabellos.

—¿Te asusta?

—¡Es un rabino! ¿Adónde pensás llegar, bendita mujer?

—Me han explicado cómo entrar en su casa sin que nos vean.

—Yo no voy. Es la locura.

—Te imploro que vengas.

Alberto se paró con las manos colgantes, cansadas.

—Edith, usaré el argumento más simple para evitar una polémica absurda. Si llegara a saberse que compartimos una cena en casa del rabino Leo Baeck, ni hará falta que me arreste la Gestapo: Labougle en persona me echará a patadas.

Cuánta razón le asiste, pensó Edith. Pero no cedió.

—Está bien, querido. Acepto tus razones. Iré sola.

—Enloqueciste, mi amor. Enloqueciste —caminaba con furia—. No te puedo dejar ir sola, acabarás en Sachsenhausen.

—Ahora pienso que de veras sería menos riesgoso si voy sola. Por lo menos habrá alguien que gestionará mi libertad.

—¿Te estás burlando?

—Seguro que no, querido. No estoy para burlas ni para chistes. Va en serio: es mejor que no te involucres, no tengo derecho. Al fin de cuentas, soy yo quien tiene sangre judía.

—¿Qué estás diciendo? ¡A qué viene semejante cosa!

—Necesito hablar con ese hombre. El alma de mi padre late en mi cráneo. Alberto: comprendeme y... perdoname.

—¡Es tan peligroso! No estamos para aventuras. Los nazis no perdonan.

Se acercaron vacilantes mientras sus ojos despedían chispitas. Alzaron las manos y se abrazaron fuerte.

ROLF

Rudolf Schleier se encogió de hombros.

—Parece que era cierto —dijo.

—Yo no lo hubiera imaginado jamás —para Rolf era imposible resignarse.

—Así funcionan los complots, mi amigo.

—¿Cómo ocurrió?

—Lo sacaron durante la noche. Los ruidos llegaron hasta mi cuarto, que está junto al de él. Pero fue veloz. Antes de que yo terminase de abrir los ojos todo había acabado.

—Supones que...

—Lo interrogaron, seguramente. Si aún está vivo, se pudrirá en un campo de concentración.

—¿No lo...?

—Sí, es más probable que lo fusilen.

Rolf hizo crujir las articulaciones de sus dedos.

—¿Sabes qué me aflige?

—¿Que nos pase lo que a Eberhardt?

—No. Me aflije que los tentáculos de los enemigos hayan llegado hasta la guardia personal del Führer.

—No llegaron: los pusieron. Eberhardt no tenía suficientes méritos propios; lo infiltraron las recomendaciones de quienes manejan los hilos de la conspiración. Él era un títere.

Rolf también era empujado por recomendaciones. ¿Sería posible que...?

Eberhardt se había convertido en un amable compañero y le afectaba su suerte. Le había transmitido cuanto sabía, le había mostrado las intimidades de las tres residencias, le había referido los hábitos del Führer, explicado de qué forma se realizaba la inspección rápida y eficiente de un hotel. Le estaba agradecido y lamentaba que en estos momentos yaciera en un campo de concentración. O bajo tierra. ¿Qué lo había inducido a traicionar?, ¿algo de sangre judía?

Escuchó la respuesta tres semanas después, cuando le dijeron en tono alto y clandestino:

—¡Lo hizo por la patria!

No entraba en su cabeza que un atentado contra Hitler beneficiase a la patria. Pero ya tenía una visión menos ingenua del volcánico paisaje.

En septiembre llegó el capitán Julius Botzen a Berlín. Su red de *junkers*, empresarios, militares y políticos de derecha había sido activada en los últimos años. No sólo Rolf había aprendido a escribir con rebuscadas elipsis: Botzen lo hacía de maravillas, así como sus contactos.

Estaba ansioso por verlo. Sentía una enorme deuda con ese hombre que durante años se había comportado como el verdadero padre. Había estado alerta a las necesidades de la pobre Gertrud, a quien le hacía llegar puntualmente una mensualidad y había realizado vaya a saber qué tramo-

yas para mantener frenada la pesquisa sobre el estrangulamiento de Sehnberg. Su carta de recomendación y sus consejos le habían abierto puertas y empujado hacia arriba.

En un lacónico mensaje ordenaba que su reunión se man-
tuviera en secreto. No era explicable. Julius Botzen había
luchado por la causa nacional antes de que Hitler iniciara
su carrera y merecía ser aclamado en las calles.

Rolf abandonó la residencia para dar un paseo. Eran raros esos paseos, pero bien reglamentados. E imprescindi-
bles: la tensión que se vivía dentro resultaba agobiante. Caminó seis cuadras y entró en una ruidosa cervecería de la
Fasanenstrasse. Se sentó en la barra y pidió el clásico medio litro. Bebió un espumoso y largo sorbo, apoyó el recipiente y se secó los labios con el dorso de la muñeca. Un
hombre de civil, a su lado, pidió fuego. Rolf palpó en sus
bolsillos, extrajo la caja de fósforos y acercó la llama a la
punta del cigarrillo. Tras lanzar una bocanada de humo, el
extraño susurró:

—"Quince lobos". Tengo un mensaje. Cuando termine
de beber, sígame con disimulo.

Rolf le miró el perfil. Acababa de pronunciar la antigua e
inolvidable contraseña. Pero no era uno de los camaradas
del Tigre. No se parecía a Gustav ni a Otto ni a Kurt que,
según le había escrito el capitán, también alcanzaban buenas posiciones en el Reich. El hombre volvió a chupar su
cigarrillo, vació la jarra y se dirigió lentamente hacia la salida. Rolf dudó. Palpó su revólver y su puñal, pagó la cerveza
y lo siguió.

El extraño se detuvo a comprar el *Volkisches Beobachter*.
Lo hojeó apenas, lo dobló y lo puso bajo el brazo. Reanudó
la marcha hacia el oeste. Rolf caminaba tras de él a unos
diez metros de distancia. Analizaba su nuca, sus hombros y
su marcha para descubrirle la identidad. De pronto se inclinó para atarse los cordones de los zapatos. Cuando Rolf
llegó a su lado se puso de pie y volvió a solicitarle fuego.
Mientras le alcanzaba la llamita hizo pantalla y rozó la mano
de Rolf, introduciéndole un papel. Se alejó a paso firme
mientras en una ventana de enfrente caía el visillo.

Rolf deslizó el papel en su chaqueta y fue hacia un espacio verde. Encontró un banco, cruzó las piernas y con gesto displicente lo examinó.

"Dentro de diez minutos, en la pensión *Zum alter Turm*, habitación 37. Julius".

Miró a diestra y siniestra para cerciorarse de que no había espías, rompió el mensaje y guardó los fragmentos en su mano a fin de arrojarlos en la alcantarilla. Había visto esa pensión. Sí, estaba frente al sitio donde el mensajero se había inclinado para jugar con los cordones.

Enderezó las correas de su uniforme y caminó hacia la pensión que exhibía una torre rematada por una giralda con la inscripción *Zum alter Turm*. Cruzó la calle e ingresó. El conserje lo saludó con la obsecuencia que todo alemán sensato debía rendir al negro uniforme de la SS.

No se sintió obligado de dar precisión alguna y caminó por el corredor hacia la habitación 37. Se detuvo ante la puerta, aguardó unos segundos e inspiró hondo. Luego dio dos golpes suaves y cortos seguidos por otro, más intenso.

Se entreabrió la puerta y asomó un envejecido ojo marrón claro semicubierto por enmarañadas cejas. La puerta volvió a cerrarse para desenganchar la cadena. Luego se abrió plenamente. Rolf permaneció duro mientras se le dibujaba una sonrisa ante la reaparición de los espesos bigotes. Botzen lo tomó enérgicamente del brazo y lo hizo pasar; giró la llave.

—*Heil Hitler!* —exclamó Rolf, exultante.

El capitán le estrechó la mano y lo contempló desde el pelo a las botas. Movió la cabeza con aprobación.

Sobre una mesita se apilaban carpetas y Rolf pensó que quizás eran las mismas de su escritorio en la avenida Santa Fe. El mobiliario se completaba con un ancho ropero de luna central, la cama y otra pequeña mesa.

Botzen abrió un cajón, extrajo una botella de coñac y la mostró con gesto interrogativo. La depositó sobre la mesita, en el espacio que dejaban las carpetas.

Durante veinte minutos dieron vueltas en torno a sus actividades, aunque era Rolf quien contaba más. Botzen lo escuchaba atento. Al verter coñac por tercera vez, dijo:

—He preparado este encuentro durante cuatro años.

Rolf lo miró perplejo.

Entonces el capitán habló largo y tendido, con la mayor carga persuasiva de la que era capaz. Para Rolf el mundo empezó a ponerse patas arriba. Al cabo de dos horas y media creyó entenderlo, pero sin que se esfumara la sensación vertiginosa. Ante su mente se había instalado un panorama distinto, distinto por completo.

Pidió más coñac.

La captura, interrogatorio y ejecución del joven oficial Eberhardt Lust efectuados con rapidez y secreto dejaron de sonarle excepcionales. Lo impresionó enterarse de que Julius Botzen también lo supiera.

Se tendió en su cama a reflexionar, sin el ajado libro de Hitler. Hasta aquí había pensado que los acontecimientos tenían un desarrollo recto, que las cosas eran tal como se las veía. Desde hacía ocho años le venían inculcando en forma clara un conjunto de ideas que se convirtieron en parte de su cuerpo. Había absorbido las encendidas enseñanzas de Botzen y había sido entrenado por Hans Sehnberg. Había participado en acciones que le dejaron cicatrices y coraje. Había llegado a ser el jefe de los Lobos y tenido la entereza de estrangular al degenerado de Hans. Había aprendido a amar a la patria sobre todas las cosas (y a odiar a sus enemigos sobre todas las cosas). En el Reich había cumplido paso a paso su entrenamiento de SS.

Tenía gratitud por el capitán. No se olvidaba de ningún episodio, ni siquiera de aquel viaje forzado a Bariloche para rescatar a su padre. Antes de subir al barco le había aconsejado no incorporarse a la *Wehrmacht*, sino a la SS. Su carta de recomendación y la del embajador Edmund von Thermann habían tenido la fuerza de una varita mágica. El árbol genealógico que había inventado era más contundente que un análisis de sangre.

Pero hasta esa tarde Rolf no había sabido lo esencial: que el capitán lo había seguido recomendando y apuntalando a distancia. Al enterarse, casi se le cayó la copa. Botzen tenía incluida en su amplia red de conexiones al *Obers-*

turmführer von Lehrhold y al *Brigadeführer* Von Ruschardt, entre otros. Así se explicaban mejor sus avances y privilegios.

En el carozo del intenso monólogo Botzen exclamó:

—¡Perteneces al campo de la aristocracia! ¡Eres como mi hijo! ¡Eres mi hijo!

Le explicó que la aristocracia había comenzado a perder sus expectativas en el Nuevo Orden. No sólo el Führer prescindía de ella, sino que era marginada por una horda de oportunistas que se infiltraban como el líquido de las cloacas (oportunistas, como solía denunciar en Buenos Aires, como había dicho el electricista que Rolf había mandado a Sachsenhausen). La aristocracia iba quedando relegada a la sola oficialidad del Ejército, donde aún abundaban los "von". Urgía salvar la patria de un derrumbe que la propaganda ocultaba.

Rolf empezó a mover rítmicamente su rodilla (¿no era el Führer nuestro salvador?).

Botzen primero le mostró que todos los niveles del Estado habían sido infiltrados por ignorantes de las clases bajas. Cuando logró perforar su incredulidad, le hizo ver que la propaganda encubría la grave situación con slogans y datos falsos: hacía creer que todo marchaba bien, que sólo lloverían triunfos, pero muchos generales ya lo dudaban, y se resistían. Pruebas al canto: en 1934 Hitler había mandado a fusilar a los generales Schleicher y Von Bredow; la ocupación de Renania se había efectuado sin el acuerdo del mariscal Von Blomberg, nada menos que el ministro de Guerra, quien andaba pálido como un muerto. Otra prueba reciente: por criticar la política con Checoslovaquia, el general Von Fritsch acababa de ser acusado por la Gestapo de homosexual.

El Führer estaba maniatado por su entorno. Era terrible. No era el mismo Hitler de la primera etapa, cuando todos confiaban en él. La buena sangre germánica que hubiese abonado correctamente la resurrección del Reich era sustituida por advenedizos irresponsables, bajo su expresa autorización. Esa bosta de oportunistas embrutecidos se afanaba por exterminar a generales como Schleicher, Von Bredow y Von Fritsch, a políticos honestos y a nobles de prosapia;

querían barrer a quienes podían enderezar el curso de la nación.

—Pero el Führer... —transpiraba Rolf—... el Führer ve más lejos y más claro que nadie.

—Es un hombre, Rolf. Un gran hombre. Pero tiene sus límites.

—¿Límites? —le sonaba herético: el Führer no tenía límites, era el superhombre que habían anunciado los filósofos.

La Noche de los Cuchillos Largos no había sido la única en que degollaron a opositores fuertes y tibios. Había habido otras noches. La purga era permanente. Como las de Stalin en su imperio. Algunos funcionarios desaparecían de súbito, devorados por el aire. Los campos de concentración estaban llenos de patriotas que se revolcaban en la nieve y la mierda junto a los judíos. ¿Por qué? ¿Para qué?

Julius Botzen calculó el momento para decirlo. Introdujo la palabra "conspiración" envuelta en lubricante.

Tras semejante ingesta de ponzoña Rolf fue a dormir con un peligroso y extraordinario secreto. Ahora sabía que los planes para eliminar al Führer fermentaban desde hacía mucho, desde que desencantó a quienes le prestaron un apoyo condicional. Esos planes no estaban a cargo de la oposición democrática e izquierdista, que había sido diezmada, sino de militares y monárquicos, quienes confeccionaron y pusieron en marcha varios proyectos, que hasta ahora habían abortado por diversas razones. No obstante, el complot proseguía, los verdaderos patriotas no iban a permitir que el Reich naufragase.

—¿Cómo se puede ser leal y desleal al mismo tiempo? —había farfullado.

—¡Siempre leal! —replicó Botzen—. La lealtad es con la patria, con el Reich, con el Káiser. Lo has jurado.

—También juré lealtad al Führer. La más importante de las lealtades.

—Vale por sobre todo la lealtad a la patria; eso lo entiende un oligofrénico. El Führer es para la patria, no para sí mismo, porque en este caso caeríamos en una grave corrupción del concepto. Al Führer lo usan Goebbels, Himmler, Bormann, Goering y Heydrich para su propio beneficio.

Rolf giraba en el lecho recordando la inverosímil conversación que había mantenido en *Zum alter Turm*. Botzen le había confiado algo imposible de digerir. De repente Rolf se sentó con los ojos abiertos y abrazó sus rodillas (me ha complicado la vida, ¡carajo!). Debería delatarlo como los niños de la Volksschule a su padre. Y Botzen, con los aliados cuyos nombres vomitaría en el interrogatorio, sería acribillado sin clemencia. ¿Pero, cómo delatar a su bienhechor? Le debía la carrera, el uniforme de SS. Desde ultramar Botzen se había esmerado por su ascenso, aunque los objetivos de fondo eran opuestos a los imaginados: lo quería como un ariete de su conspiración. Lo había hecho llegar a guardia personal del Führer para que se convirtiera en su asesino. ¿Eso era lo que se había propuesto Eberhardt? Seguramente. Y había acabado mal, muy mal. Botzen mismo le había contado que la lucha era sorda pero sangrienta; los opositores de la aristocracia estaban siendo eliminados; dos de ellos habían sido encontrados con limpios agujeros en la nuca.

La eliminación de Hitler provocaría una renovación automática de su entorno, aseguró. La inversa era imposible. Con la muerte del Führer el Ejército se haría cargo del poder. Los oportunistas serían barridos por una gigantesca escoba, como en la Argentina tras el derrocamiento de Yrigoyen. Botzen quería salvar el Reich, era un patriota, pero... ¡atentar contra el Führer! Volvió a recostarse, afiebrado.

Matar a Hitler era posible, claro que sí. Como si hubiera tenido una premonición, lo había pensado durante sus guardias; abundaban los momentos en que uno de sus servidores podía atacarlo de cerca, hasta con arma blanca. No era posible salir con vida del atentado. No obstante, si se buscaba una cornisa, cierto ángulo, la proximidad de un corredor... Mejor aún: si se tenía la habilidad de correr en su ayuda como si le hubiera disparado otro, entonces, tal vez.

Se masajeó las sienes: ya estaba planeando lo que Botzen aún no había propuesto. Pero era seguro que se lo propondría. El estrangulamiento de Hans Sehnberg no lo había horrorizado en su momento; al contrario, le había gatillado una idea: convertirlo en su brazo homicida dentro de Alemania.

—Necesitamos un verdadero salvador.

Ya no lo era Adolf Hitler, prisionero de su entorno y su vanidad. Alguien debía allanar el camino de los Cascos de Acero, los *junkers*, los nobles, los militares, la esencia del país. En un tramo de su exposición el capitán había evocado el desdén que sentía por Hitler el difunto presidente Hindenburg. Pero la vejez había podido más que su desprecio.

Miró su reloj. Hacía tres horas que daba vueltas en la cama.

EDITH

Se trasladó en tranvía hasta la calle Goethe, cerca de cuya parada la recogió el canónigo Lichtenberg en su desvencijado auto. La previno que darían unas vueltas para despistar los seguimientos. En el camino hablaron sobre el rabino Baeck mientras observaban los preocupantes vehículos que se ponían al lado. Edith necesitaba llegar a ese hombre legendario, porque lo consideraba una referencia vigorosa de su propia identidad. Sabía que esta aventura podía acabar en tragedia.

Supo por Margarete y Cora que Baeck había tenido el coraje de desobedecer a la Gestapo cuando le ordenaron presentarse en día sábado a sus oficinas de la Alexanderplatz. Respondió que en esa jornada él no concurría a oficina alguna. Los nazis tuvieron que tragarse la réplica porque ya habían experimentado las reacciones que se levantaban en el exterior apenas amenazaban causarle daño. Eran tiempos en que aún les importaba la opinión extranjera.

En 1934, el mismo año en que asesinaron a Alexander, Leo Baeck redactó una Carta pastoral para que fuera leída en los servicios de Iom Kipur. Refutaba a quienes pretendían convertir a los judíos en culpables de las desgracias del mundo. Luego convocaba a fortalecerse en la nobleza del acervo heredado y recreado a lo largo de centurias, imploraba no doblarse ante los agravios y ejercer la ayuda mutua con espíritu optimista. La Carta fue distribuida poco antes de que se sancionaran las Leyes de Nuremberg.

La Gestapo obtuvo una copia antes de que la Carta pudiese llegar a los feligreses y notificó a los rabinos que serían arrestados si la leían en público. No la leyeron. Pero de una forma misteriosa circuló ante millares de ojos y la escucharon millares de oídos.

El único arrestado fue su autor. Era la primera vez que lo ponían tras las rejas. Cumplió el operativo un oficial llamado Kuchmann, quien lo empujó al vehículo militar y lo condujo a la cárcel de la calle Prinz Albert, donde lo encerró como a un asesino. Kuchmann preguntó burlonamente: "¿Por qué no tuvo la deferencia de mostrarnos eso antes?" Baeck mantuvo un altivo silencio. Cuando le trajeron la comida la rechazó porque sólo ingería productos *casher*. Ni Kuchmann ni los guardias estaban acostumbrados a semejante insolencia y el cocinero de la prisión, azorado, cocinó arroz con canela tras haber obtenido el consentimiento de Baeck. A los pocos días el ministro de Relaciones Exteriores informó a la Gestapo que decenas de iglesias americanas protestaban enérgicamente por su arresto y que nadie "podía desvalorizar su influencia enorme". Lo pusieron en libertad.

Llegaron a Schoeneberg, donde Baeck se había mudado. Aún no era noche cerrada y Edith pudo observar los espacios verdes que amaba el rabino. Zigzaguearon dudosos y finalmente estacionaron en un rincón. En menos de un minuto desaparecieron. Aparentemente, ningún ojo indiscreto los había detectado.

En el segundo piso los recibió un hombre alto y elegante, cuya lechosa barbita y enormes ojos mansos certificaban que era el anfitrión. No se equivocaban sus colaboradores que, a sus espaldas, le decían "cardenal" o "príncipe". Sostuvo la mano de Edith entre las suyas, grandes y calientes. Luego presentó a los otros invitados, unas quince personas; algunos eran jóvenes discípulos y otros maduros colegas. Cora Berliner la besó en ambas mejillas. En los rostros de la gente brillaba la satisfacción de ser visitados por dos católicos; valía como un gesto de solidaridad. Sabían que Lichtenberg era sacerdote aunque vestía ropa secular para impedir sospechas.

Natalie, la esposa de Baeck, había fallecido el año anterior. Se había dicho que las penurias y desvelos la habían inducido a suicidarse. Baeck, en su estremecedora oración fúnebre, había anunciado: "debemos aprender a sobrevivir y luchar sin la dulce compañía de Natalie". Multiplicó sus dicterios contra el despotismo de Nínive y Babilonia e instruyó a los rabinos para que lo imitasen. La multitud entendía la elipsis, no las bestias de la SD. Pero un espía, al salir de su letargo, metió en la cárcel a siete rabinos de Berlín: "¿Nos toman por idiotas?". Baeck consoló a los rabinos diciéndoles que efectivamente tomaba a esa gente por idiotas, pero convenía variar las referencias a la abominación.

Sus sermones aumentaron los decibeles: "sufrimos una propaganda brutal que pretende con inescrupulosa astucia volcar a todo el pueblo de Alemania en nuestra contra", pero "las injurias rebotan contra quienes sólo nos inclinamos ante Dios y permanecemos de pie frente a los hombres". En los servicios religiosos miraba a los espías que apenas se disimulaban entre la muchedumbre para decirles que "los judíos tenemos mil años de contribuciones a la cultura de Alemania mientras otros recién pretenden comenzar sus mil años". En otra ocasión sobresaltó a las losas al manifestar que "las familias judías crecieron enhebradas a la historia de este país y, por lo tanto, nos es difícil, por nuestra instrucción, aceptar que *Mein Kampf* y el programa nazi fueran otra cosa que las alienadas proyecciones del populacho".

Sobre las paredes del pequeño departamento se extendían los libros como las hiedras en los muros, rodeando incluso las ventanas por abajo y por arriba. En el living abundaban silloncitos y almohadones para que en su reducido espacio cupiera mucha gente. Pero Leo Baeck, pese a su fortaleza y sabiduría, pese a estar rodeado por gente que lo amaba, transmitía soledad.

Invitó a ubicarse en torno a la mesa cubierta con mantel blanco. Edith recordó los escasos *Cabalot Shabat* que había disfrutado en Buenos Aires, especialmente en la casa de Bruno Weil. Le habían explicado su rica significación. El sábado marca la ineluctable vigencia del tiempo y la

417

imprescriptible dignidad de toda criatura viva. Es recibido como una reina o una novia; fue cantado por poetas de todos los siglos. Durante la semana el hombre padece fatigas y humillaciones, pero el sábado lo convierte en un príncipe unido al cielo.

En su carácter de anfitrión, y por la ausencia de su esposa, Baeck encendió las velas mientras pronunciaba la bendición alusiva. Después leyó el Salmo 92. Pronunció los milenarios versículos en tono convincente, como si recién hubieran sido dictados por un ángel: "Aunque florezcan como hierbas los impíos y brillen todos los malhechores, están finalmente destinados a la eterna ruina"; "El justo se elevará como palmera, como cedro del Líbano se alzará". Luego leyó el Salmo 93: "Más que la voz de las aguas incontables, más potente que la resaca del mar, es potente el Señor en las alturas".

Cerró la Biblia e invitó a ponerse de pie. El rabino cubrió entonces sus ojos con ambas manos para pronunciar la frase con la que generaciones de judíos soportaron el fuego y la espada. Esa actitud ayudaba a una intensa concentración. Y todas las bocas, incluso la de Edith y la del canónigo Lichtenberg pronunciaron con respeto: *Shemá Israel: Adonai Eloenu, Adonai Ejad* (Escucha Israel: el Señor nuestro Dios, el Señor es Único).

Luego alzó su copa y pronunció el *Kidush*, la bendición del vino. Recordó el par de acontecimientos que certificaban la generosidad de Dios: la Creación del mundo y la salida de Egipto.

—Tanto la Creación como la salida de Egipto no quedaron archivados: tenemos el extraño privilegio de proseguirlos durante nuestra vida. Son designios que escapan a la limitada inteligencia de los hombres. Somos protagonistas de una creación que no cesa y somos protagonistas de la eterna lucha por la libertad, que tampoco cesa. Siéntense, por favor.

Recogió un grande y hermoso pan dorado, lo espolvoreó con sal y luego lo partió. A cada comensal le dio un trozo.

—Este segundo pan —agregó mientras se ocupaba de

arrojarle otro poco de sal y partirlo también— evoca el maná extra que nuestros antepasados recibieron en el desierto los días sábados.

Dos mujeres se ofrecieron para ir a la cocina y traer las soperas humeantes.

Bastó que los paladares se reconfortasen con el sabroso caldo para que se abrieran las compuertas de la ansiedad. El joven que estaba a la izquierda de Edith dijo que esa mañana, antes de entrar en la *Hochschule*, había visto cómo metían violentamente a un cura en un auto militar; acababa de cometer un delito.

—¿Qué delito?

—Ayudó a cruzar la calle... a un ciego judío.

—Ya ni respetan las sotanas —cabeceó Lichtenberg.

Se produjo un breve silencio, atravesado por el ruido de las cucharas. Los ojos se dirigieron hacia Baeck, quien apoyó la servilleta en sus labios y explicó algo sabido, pero que dicho por él adquiría mayor evidencia.

—No están educados para respetar sino al Führer y sus órdenes. El resto de la cultura, de la civilización, es bazofia. Hitler no creó un partido político: creó un movimiento militar de autómatas al que llamó partido político.

—Pero nadie se da cuenta —lamentó el joven.

—Lo grave —prosiguió Baeck— reside en que el pueblo ama los uniformes e idealiza los conflictos bélicos. En vez de reconstruir nuestro país con las tradiciones humanistas que tiene de sobra, fuimos desviados hacia una nueva cruzada llena de rencor y egolatría. Al principio los nazis no disponían de dinero para confeccionar uniformes y los reemplazaron por la esvástica en el brazo, los saludos eréctiles, la formación de bandas armadas y las canciones agresivas. Después vinieron también los uniformes.

—Uniformes para luchar contra enemigos ficticios y comunidades indefensas —se quejó un hombre de mediana edad llamado Perelstein.

—Lo confesó el mismo Hitler —Baeck abrió las manos ante lo obvio—: "Si el judío no existiese, lo hubiéramos tenido que inventar".

—Todavía no consigo entender cómo ha trastornado millones de cabezas —dijo Edith—. Millones. Es algo que escapa a mi inteligencia.

Cora la miró desolada; sus dedos se movieron deseosos de cruzar la mesa y abrigar los de Edith.

—Ya lo dijo Goebbels —aseguró el rabino—: "La estupidez del pueblo no tiene fin. Por lo tanto propaganda, sólo propaganda es necesario". Antes de Goebbels Hitler escribió en *Mein Kampf* estas palabras, más o menos: "Uno de los factores para que una mentira sea creída es la dimensión de la mentira. La masa del pueblo, con su primitiva simplicidad, cae víctima más fácilmente de una mentira grande que de una mentira chica". La mentira de Hitler y la propaganda de Goebbels se concentraron en lo más abyecto del hombre: el odio, la destructividad, la envidia y el resentimiento. Son los cuatro pilares del demonio. Y están dibujados en las cuatro patas de la esvástica: mírelas con atención y recuerde. Cuatro patas: odio, destructividad, envidia y resentimiento —volvió a empuñar la cuchara.

—Cada día es más dramático que el anterior —dijo Lichtenberg—. Ni siquiera sabemos cómo portarnos, qué hacer, por dónde suministrar ayuda. En Caritas y en San Rafael nos sentimos desbordados.

Las miradas giraron hacia Leo Baeck, quien corrió su plato vacío hacia adelante.

—Todavía no matan judíos en la calle de manera frecuente, pero eso vendrá. Sufro al decirlo, debo decirlo. Lo que ahora se hace y lo que vienen haciendo desde antes de tomar el poder, sólo lleva a un lugar: el genocidio. La lógica existe; y las tendencias también —levantó su copa y bebió un sorbo de vino—. Debemos ser francos. Yo insisto en que es urgente la emigración de los judíos alemanes. Sus mil años de vida en este querido país han llegado a su fin. Así está hecho el mundo: todo llega a su fin.

—¡Pero no tenemos adónde dirigirnos! —exclamó un hombre con barbita, parecido a Baeck, pero más joven.

Los ojos húmedos del rabino descendieron hasta el blanco mantel.

—Es nuestro escollo, por cierto. El mundo revela hasta dónde llega su insensibilidad, su crueldad. Desde que Hitler asaltó la Cancillería hasta hoy, septiembre de 1938, los Estados Unidos sólo admitieron 27.000 judíos. ¿Qué les parece? ¡Una miseria! La burocracia americana está llena de hombres que salieron de country clubs y fraternidades universitarias donde no se admiten judíos. Fueron educados para ser antisemitas. Y no es mejor Gran Bretaña, donde el doctor Jaim Weizman presiona sin cesar. La semana pasada recibí otra de sus apesadumbradas cartas: no consigue que abran las puertas de Gran Bretaña y menos las de Palestina. Cuando, ardiendo de fastidio, Weizman le gritó a un ministro: "Y bien, entonces denuncie los malos tratos que en Alemania se cometen contra los judíos!", le contestó sin inmutarse: "Tampoco es posible, porque no podemos interferir en los asuntos internos de otro país".

—¿Y Francia? —señaló Lichtenberg—. En San Rafael muchos piden ir a Francia. Al fin de cuentas sólo es necesario cruzar la frontera, incluso a pie. Y podrían retornar enseguida, cuando cese el nazismo.

—¿Cuando cese el nazismo? Sobre eso, mi querido canónigo —Baeck le llenó la copa—, quiero desengañarlo: los nazis no cesarán sino después de una gran tragedia. Su veneno no se diluirá por arte de magia, sino mediante espantosas convulsiones. Pero usted se refería a Francia. Y bien; en la reunión oficial que hace unas semanas mantuvieron Ribbentropp y Georges Bonnet surgió el tema de los judíos. El ministro francés no se quejó por los malos tratos que nos infligen, sino por la corriente ilegal de judíos que cruza a su país y genera inconvenientes económicos. ¿Qué me dice? Los judíos que penetraron en Francia fueron objeto de una cacería y varios terminaron en Suiza, donde tampoco se les dio un tratamiento hospitalario. Miles fueron devueltos a Alemania, no es un secreto.

—La negativa del mundo a aceptar judíos es tan grande que ya produjo dos consecuencias vergonzosas —dijo el hombre parecido a Baeck—: por un lado el negocio del soborno y la estafa compartido por nazis y decenas de cónsules. Por otro el respaldo indirecto que reciben los nazis a su política.

—Esto es lo más triste —asintió Baeck—. Primero los nazis decretaron la persecución; luego agregaron la expulsión, etapa en la que estamos ahora y debemos aprovechar. Pronto vendrá la matanza.

—Pero usted no se va, doctor —lo interpeló una mujer—. Sabemos que ha recibido ofrecimientos.

—Es verdad. Pero abandonar a mis hermanos me hundiría en la desesperación. Saldré con el último judío. Tengo el sencillo deber de velar por ellos en la casa de la aflicción.

—También pidió que yo me quedase —denunció Perelstein.

—Comprendió mis razones —sonrió Baeck—. Perelstein es un experto en agricultura y entrena a miles de jóvenes en el único oficio que aceptan algunos países para dejarlos entrar. No obstante, saldrá antes que yo. Espero.

—Enseño agricultura en una institución dedicada a la formación de rabinos. —Perelstein se dirigió a Lichtenberg y a Edith con una mueca.

—La *Hochschule* enseña ahora de todo —intervino Cora—: decenas de profesores judíos expulsados de la Universidad hallan refugio y consuelo en ella.

—No podemos seguir llamándola *Hochschule* —lamentó el joven que estaba a la izquierda de Edith—. Los nazis decretaron cambiar su nombre por el de *Lehranstalt* a fin de rebajar su categoría.

—Es la obsesión de estos fanáticos, decididos a no dejar en pie ningún signo judío de valor —explicó Baeck—. Personalmente, no me molestaría que la llamasen colegio o escuela elemental o lo que fuera.

—¡Cuánta injusticia, Dios, cuánta injusticia! —balbuceó Lichtenberg mientras se acariciaba su fina nariz con los ojos cerrados.

Estalló un fuerte golpe, seguido por una insolente gritería. Cora y Perelstein se incorporaron de inmediato. El joven sentado a la izquierda de Edith hizo lo mismo con tanto susto que su silla cayó al suelo. Los golpes y las voces no podían ser otras que las de un pelotón de asalto.

Leo Baeck extendió ambas manos:

—Calma. Tardarán algunos minutos en llegar. Ustedes —señaló a Lichtenberg y Edith— escapen por la ventana de la cocina: el muro tiene suficientes hendiduras para que puedan bajar como si fuese una mala escalera; y después corran hasta su auto y evapórense. Usted, Perelstein, salga por la ventana del baño: da a un patio interior con una puertita que usa el jardinero y comunica con el edificio vecino; aparecerá en otra calle. El resto debe permanecer sentado: no podríamos huir todos.

—¿Por qué Perelstein?

—Por la misma razón por la cual no debe irse de Alemania: es demasiado valioso.

Lichtenberg empujó a Edith para que saliese primero. Apoyada en el alféizar, tanteaba con la punta del zapato las hendiduras del muro que daban al parque. Hasta ellos llegaba aún la asordinada voz de Leo Baeck tratando de contener el nerviosismo de sus comensales. Una violenta ola negra de uniformes penetró en la sala cuando Lichtenberg ya introducía sus manos y pies en los huecos del muro. Añosos árboles oscurecían la zona. Lichtenberg apretó los hombros de Edith para que se acuclillara entre los arbustos mientras recuperaban fuerzas. En lo alto seguían encendidas las luces del departamento de Baeck, pero se apagaban las de los vecinos: la irrupción de la patrulla aconsejaba irse a otro mundo.

Reptaron hacia el automóvil. No hablaban, no podían. En la garganta seca de Edith ahogaba la vergüenza del abandono, de la traición; ella huía mientras los demás iban a ser objeto de vaya a saber qué malos tratos. Lichtenberg abrió la puerta y estuvieron a punto de entrar cuando una voz estentórea les cortó la respiración.

—¡Alto!

Los rodeó un grupo de SS.

—¡Qué hacen aquí!

—*Heil Hitler!* —saludó Lichtenberg con el brazo en alto—. Salimos a tomar aire, deseábamos dar un paseo, señor...

—¡SS Rottenführer!

—Señor SS Rottenführer —repitió Lichtenberg.

—¡Sus documentos!

Lichtenberg entregó su cédula y Edith su pasaporte argentino. Una linterna iluminó las fotografías y luego los rostros. La operación se prolongaba: la luz de la linterna enfocaba los documentos y luego brincaba a los rostros, en especial las pupilas, con la intención de encandilar.

—¿Es usted cura? —preguntó el SS.

—Canónigo.

—No usa sotana.

—Circunstancialmente.

—Ha violado la ley.

—No violo la ley. No es obligatorio usar siempre sotana.

—Me refiero a algo peor.

—¿...?

—Estuvo en la casa de un judío. Y eso es violar la ley.

Lichtenberg ya tenía las conjuntivas rojas por la quemadura de la linterna y trató de mirar al nazi invisible.

—¡Yo no violo la ley! —repitió con las últimas reservas que le quedaban; no sabía qué argumentar.

—¿Qué hacía usted con un canónigo? —la voz se dirigió a Edith. Y lo hizo con tanta violencia que la obligó a retroceder un paso.

—Lo ayudo en el Centro Cultural y decidimos salir después de muchas horas de trabajo.

—¿Centro Cultural?

—San Agustín.

—¡Una organización de maricones!... —miró con desprecio al canónigo—. Usted váyase, y piense más en el Führer. Váyase, le he dicho.

Lichtenberg vacilaba.

—Pero ella, ella estaba conmigo —resistió.

—¡Fuera! —aulló el SS Rottenführer.

—Es, es la esposa de un diplo...

—¡Por favor! —lo interrumpió Edith; lo único que faltaba era complicar a Alberto.

—¿Esposa de quién? —preguntó el nazi levantándolo de las solapas.

—Esposa de un diplomático, es una señora casada.

—¿Y usted el asqueroso amante? ¡Ja, ja, ja! ¡Estos curas sí que son una mierda! ¿Así que sale de noche por los parques con mujeres casadas? ¿Pero no es judía, verdad? ¿Es usted judía, señora casada?

—Soy argentina.

Bajó la linterna al documento y de inmediato le apuntó la luz a los ojos.

—Me acompañará —sentenció.

Lichtenberg la tomó de la mano.

—No.

—¡Fuera de aquí! —rugió el SS Rottenführer mientras dos oficiales levantaban a Edith.

—Estaba conmigo, soy responsable de su seguridad, debo llevarla a su casa —imploró mientras estiraba sus dedos para retenerla—. Por favor, señor SS Rottenführer.

Le hicieron una zancadilla y cayó sobre el pavimento.

—¡Fuera! —repitió el jefe al sacerdote mientras empujaban a Edith hacia un auto militar que arrancó enseguida.

Lichtenberg corrió tras el vehículo en un absurdo intento de recuperación.

ALBERTO

Aún no era tarde y esperaba a Edith leyendo en el sillón hamaca de nuestro dormitorio.

Sonó el timbre. La forma de pegarse al botón me hizo pensar en la Gestapo. Sospeché lo peor y volé hacia la puerta. Cuando me asomé al recibidor, ya Brunilda había dejado pasar a un hombre que parecía tiritar dentro de su traje azul oscuro.

—¿Doctor Lamas Lynch?

—Sí, soy yo. ¿Qué se le ofrece?

—Perdóneme —no hablaba con claridad—. Soy el canónigo Lichtenberg, del Centro San Agustín. Edith...

Al instante comprendí todo. Corrí a vestirme y, ante su propuesta de seguirme con su viejo auto, lo introduje sin cortesía en el mío. En mi precipitación ahogué el motor y, transpirando, le hice preguntas para ordenar su relato. El canónigo no cesaba de culparse por haber permitido que se la llevasen; nunca se rescataba a nadie en la jungla de prisiones nazis.

—Ni siquiera su pasaporte diplomático alcanzará para abrirnos la debida puerta, doctor.

—¿Esos imbéciles no vieron que ella también tenía un pasaporte diplomático? —volví a estimular el arranque.

—Creo que sí; pero eran oficiales de baja graduación, unos analfabetos. Y Edith no quería complicarlo a usted.

—¿Complicarme? ¡Vaya tontería!

—Al jefe del grupo sólo le impactó que era una mujer casada paseando con un sacerdote. Y por eso la llevó, supongo. Tiene la mente podrida. ¿No deberíamos pasar a mi auto?

Arranqué al fin y disparé hacia Schoeneberg. Seguramente la habían encerrado en el cuartel más próximo al domicilio de Baeck. Por las calles circulaban pocos vehículos privados: casi todos eran de la policía. Cuando avisté las luces del cuartel con las esvásticas flameando y botas haciendo guardia en la puerta, mi pie aflojó el acelerador para no despertar sospechas por exceso de velocidad, pero no pude apretar el freno. Pasé de largo y doblé en la esquina. Lichtenberg me miró atónito. Le dije que no tenía sentido presentarnos de esa manera, como dos gallinas que ruegan la clemencia del zorro. Empeoraríamos su situación: no sabíamos si había confesado haber visitado a Baeck; tampoco sabíamos si había dicho que era medio judía.

—¿Entonces? —me miró angustiado.

Tomé otro rumbo y aumenté la velocidad. Su nombre había aparecido delante de mí como un chispazo. Era el único que conocía los vericuetos del albañal.

Le ordené levantarse. Se manifestó francamente disgustado, porque acababa de regresar de Viena, adonde lo había mandado Labougle para auditar lo que quedaba de nuestra embajada tras la anexión de Austria. Cuando le expliqué, maldijo por lo bajo la execrable ocurrencia de celebrar el *Shabat* en casa de un rabino.

—Su mujer es una imbécil, señor consejero —caminó nervioso alrededor de la mesita ratona.

—Le advertí lo mismo que usted. Pero ahora debemos salvarla. ¡Víctor: ayúdeme!

—Espere, espere —amplió su vuelta por el coqueto living enfundado en una larga bata de seda verde; tenía el pelo revuelto y la barba naciente, por lo que parecía notablemente envejecido. Dio un puñetazo sobre la palma y fue hacia el escritorio disimulado por un biombo japonés. Sacó libretas.

—¡French! —exclamé—. Por favor, no podemos demorar tanto. Vaya a vestirse, yo busco las direcciones que necesita.

—¿Vestirme? —su arrugada cara dibujó un enorme signo de interrogación—. ¿Para qué?

—Tenemos que buscar a Edith. Encontrarla. Sacarla.

—Yo no me visto, señor consejero. Ni salgo de aquí. No sea torpe —siguió buscando en sus libretas.

Miré a Lichtenberg en busca de ayuda, pero estaba más estupefacto que yo.

—Esos asuntos se arreglan desde aquí, amigo mío. Por teléfono. Y sólo por teléfono. Sin meter la nariz ni la pata. ¿Entiende? Siéntense. A los dos les digo. Y sírvanse una copa, allí están las botellas. Así me dejan trabajar tranquilo.

Al cabo de dos horas y media escuché la frenada de un vehículo ante la casa de Víctor French. Estuve a punto de salir corriendo a la calle, pero el dueño de casa me hundió en el sillón:

—Usted no se mueve; ni usted tampoco, padre.

Sonó el timbre. French alisó su bata y ordenó con los dedos su cabellera. Ensayó unos pasos tranquilos, elegantes, y fue a abrir.

—*Heil Hitler!* —rugió alguien.

—*Heil Hitler* —contestó French.

—¿Es usted el señor Víctor French, secretario de la Embajada argentina?

—Sí, señor oficial.

—Traigo a una señora, por órdenes superiores.

—Gracias, señor oficial.

Escuché el taconeo, puertas de auto que se abrían y cerraban. Enseguida entró Edith. Contraje mis puños para no correr a su encuentro hasta que Víctor cerrase. Entonces saltamos el uno hacia el otro y nos abrazamos conmocionados.

—¡Gracias, Dios mío! —Lichtenberg levantó sus palmas al cielo.

Víctor French examinó las botellas del bar y ninguna lo satisfizo.

—¡Bah! Ni ganas de beber me quedan. Ustedes me arruinaron la noche. Ya no podré dormirme ni con un mazazo en la cabeza.

—Nos vamos —dije—. No le puedo describir el tamaño de mi gratitud.

—¿Gratitud? Entonces vuelvan a sentarse. Los condeno a hacerme compañía hasta que me venga el sueño.

Miré a Edith, que estaba pálida, exhausta.

—Ella no da más...

—Tiene tan roto el equilibrio como yo; tampoco se dormiría. Charlemos un rato, nos relajará. Prepararé café con mis propias manos. Sabrán qué es un buen café en esta inmunda cloaca.

Edith no podía contarme lo que acababa de vivir. El paso por los círculos diabólicos del poder quitaba el habla. Sólo atinó a emitir algunos calificativos de repugnancia y desdén. No la dañaron físicamente por la sencilla razón de que no tuvieron tiempo. Estaban por empezar cuando les llegó la orden de liberación.

Víctor trajo una enorme bandeja con el mejor servicio de café que vi en Alemania.

—Y ahora me voy a desquitar —amenazó—. Les contaré mis impresiones sobre Austria anexada.

Tendí mis manos para rogarle que no lo hiciera: excedía lo que podía digerir en una sola noche.

—Al revés, señor consejero: masticando vidrio en polvo nos entrenamos para el vidrio en fragmentos grandes. Porque eso es lo que viene. Hay que prepararse.

Edith aflojó su nuca sobre el respaldo del sofá; Lichtenberg se frotó la rodilla del pantalón, donde quedaban huellas de su caída.

Sorbí el delicioso café mientras French confesaba que él no había estado preparado como había supuesto. Y que ninguno de nosotros lo estaba. Pensé que tenía razón, aunque no era el momento para hablar de eso: me sentía agotado.

Pero él necesitaba compartir para no ahogarse. Había confiado en Francia y Gran Bretaña: protegerían a la bella y pequeña Austria. Confió en los tratados.

—¿Saben qué acabo de ver en la paradisíaca Viena anexada al Reich? ¡No pongan esa cara! —vertió más café sobre los pocillos. Edith se enderezó para escucharlo, le estaban volviendo las fuerzas—. Es como aquí, sólo que en otro escenario más, ¿cómo diría?, más rococó. Vi catedráticos con gorros académicos, y mujeres y viejos, que debían fregar las calles con cepillos, en cuatro patas, mientras alegres rondas nazis les hacían burla. Vi mujeres arrastradas por los cabellos y ancianos tironeados por sus barbas. La policía miraba divertida y cómplice. Por las dudas palpé mi pasaporte diplomático y seguí a un grupo de muchachones que forzaba a unos judíos para que entrasen en una sinagoga. Simulé festejar su proeza, por curiosidad. Tanta excitación enardece. Entonces vi cómo los hacían arrodillarse a patadas frente al Arca y gritar *Heil Hitler*. No les alcanzó y ordenaron que gritasen "los judíos somos mierda", "infectamos el mundo", "merecemos la hoguera".

—¿Podríamos cambiar el tema de conversación? —imploró Edith.

French vació su pocillo y vertió coñac en cuatro redondas copas.

—En Berlín tengo amigos. Gente que llamo amigos. ¿Captan la diferencia? Muchas veces miro sin ver. En Austria, en cambio, vi. Vi lo que acá me pasa de largo. Como a ustedes.

—A mí no me pasa de largo.

—¿Pero usted vio cómo se meten en las casas y arrancan los pendientes de las mujeres temblorosas y luego las llevan a los cuarteles para que limpien las letrinas? Bueno; lo vi en Viena. Creo que está llegando lo peor. ¿Saben a qué me refiero? ¿Lo sabe, padre? Me refiero a que ahora los nazis demuestran que por resentimiento se puede violar y profanar todo, todo, todo. El resentimiento autoriza cualquier desmán.

—Es lo que dijo el rabino Baeck —lo interrumpió Lichtenberg—. Y agregó al resentimiento el odio, la agresividad y la envidia. Las cuatro patas de la esvástica —abrió los dedos y dobló el pulgar.

—Es una elocuente imagen. Siempre la esvástica me pareció una araña —bebió—. Hitler debe mantener la movilización continua. Después de un triunfo tiene que venir otro. Si la máquina para, el régimen se derrumba.

La cabeza de Edith cayó sobre mi hombro.

—Nos vamos, querida.

—Mi amigo Zalazar Lanús, de nuestra embajada en Londres, sufre tanta vergüenza por la debilidad del gobierno de Su Graciosa Majestad ante la inescrupulosidad de Hitler como si fuese un ciudadano inglés.

Víctor la ayudó a ponerse el abrigo y nos despidió en la puerta con un abrazo. Al girar el picaporte agregó un párrafo asombroso:

—Nos queda una remota esperanza: hay rumores de complot militar.

ROLF

Resonaban soeces consignas anti-checoslovacas en el impresionante Congreso partidario de Nuremberg. El planeta, encogido, aguardaba la definición del Führer.

El 10 de septiembre Rolf escuchó a través de su radio el denodado esfuerzo del presidente Benes de Checoslovaquia por calmar la tormenta. Habló desde la estación central de Praga. Sorprendía su voz apacible, porque era inminente el ataque alemán. Dijo: "Creo firmemente que lo único que se necesita es fuerza moral, buena voluntad y confianza mutua... En paz deberíamos resolver nuestras diferencias nacionales... Nuestro país será uno de los más hermosos, mejor administrados y más equitativos de la Tierra... No hablo con miedo al futuro; nunca tuve miedo. Siempre he sido optimista y mi optimismo es más fuerte ahora que en cualquier otra circunstancia. Preservemos la tranquilidad. Y, sobre todo, no olvidemos que la fe y la buena voluntad mueven montañas".

Goering respondió con otro discurso: "Un insignificante

segmento europeo acosa a los seres humanos. Esa miserable raza de pigmeos, los checos, gente sin cultura, que nadie sabe de dónde provienen, oprimen a un pueblo con cultura; y detrás de ellos está Moscú y la eterna máscara del demonio judío."

El 12 de septiembre habló por fin Hitler. Desde el imperial estrado de Nuremberg rugió insultos y amenazas. Pero no exigió la inmediata entrega de los Sudetes. Tampoco exigió el plebiscito, que había sido su caballo de batalla. Insistió en la autodeterminación. Era una simple táctica, porque entre las agresivas frases recordaba al mundo que había fijado un ultimátum para que se estableciera dicha autodeterminación.

Sus frases produjeron un inevitable crecimiento de la hostilidad. Los nazis de Alemania y los Sudetes salieron a las calles, hicieron flamear las esvásticas y gritaron "¡muerte a los checos y los judíos!". Atacaron comercios y apalearon a sus propietarios. Las nubes de borrasca se extendían como el ala de un cuervo.

Chamberlain se ofreció a volar hasta la residencia de Berchstegaden para entrevistar al Führer: el altivo Imperio Británico se doblaba. Hitler y su entorno, en cambio, consolidaban su apostura. La prensa del Reich alimentaba el fuego de las masas. Algunos titulares helaban la sangre: "Mujeres y niños son masacrados por tanques checos", "Régimen sanguinario: nuevos asesinatos de alemanes a manos checas", "¿Ataque con gas venenoso en Aussig?" "El terror checo en los Sudetes empeora de día en día".

Gracias a Botzen, Rolf sabía que algunos generales se oponían al intento de engullir un pedazo de Checoslovaquia y luego el resto. El general Ludwig Beck, cuyo sombrío rostro había visto en la residencia de Berlín, era uno de los más firmes cuestionadores de la política consensuada por Hitler, Goering, Himmler y Goebbels. Sostenía que Alemania aún no estaba en condiciones de soportar una conflagración en alta escala y tampoco le parecía bien que la *Wehrmacht* se lanzase a la conquista de nuevos territorios. Sus palabras le costaron la jefatura del Estado Mayor, aunque no se lo marginó de sus funciones militares por su prestigio en la alta oficialidad. Botzen suponía que Beck podría ser el José Félix Uriburu de Alemania.

La inminencia de grandes acontecimientos deterioró la nerviosa cara de Hitler. Rolf continuaba muy cerca de él, pero en su espíritu no fluía el agua pura de su recta lealtad, sino punzantes ambivalencias. Lo miraba ordenar, hablar, caminar, sentarse y levantarse más bruscamente de lo acostumbrado, y esto disminuía la fascinación que lo había hechizado al principio. Hitler era bajo, de espalda redonda, manos débiles, mejillas fláccidas y ojos glaciales. Hasta su bigote, que antes parecía erizado, ahora caía como lluvia sobre sus labios tensos.

Era difícil que lo hiciera; pero también probable. Un tiro en la nuca y de inmediato se instalaría el nuevo gobierno; Rolf sería lanzado a la cumbre de la gloria. Su miserable infancia, sus sufrimientos, su preparación y su carrera cobrarían una dimensión inusitada. Estas quemantes ideas lo obligaban a mantenerse atento e insomne.

—No te resultará difícil —dijo Botzen finalmente—: en un tiempo creíste que lo importante era ser leal a Sehnberg. ¿Acaso te arrepientes de haberlo eliminado?

No, no se arrepentía. Por lo menos en forma clara. Pero Hitler no era Sehnberg. Las consecuencias también serían diferentes. Con Hans había bastado frenar la investigación, con Hitler explotaría el universo.

Lo decisivo era resolver cuándo, dónde y cómo. Debía fijarse mejor en las rutinas del Führer y el resto de la guardia; anotarlas, hacer cálculos.

El lunes 26 de septiembre Adolf Hitler quemó las últimas naves en el Palacio de los Deportes de Berlín. Gritó como una fiera herida y hambrienta. Amenazó tomar posesión de los Sudetes el sábado siguiente. Ya no quería autodeterminación ni plebiscito ni ningún otro recurso dilatorio. Si el cerdo de Benes no entregaba los Sudetes en cinco días, iría a la guerra, como se merecían él y su asqueroso pueblo. Millares de fanáticos hicieron retumbar el salón. Desde una punta del estrado Rolf percibió que eran los aplausos de siempre, pero que no pensaban seriamente en la guerra. Hitler conseguía resultados a puro ladrido, pero Botzen aseguraba que el final sería una guerra desastrosa para el Reich.

El Führer agregó más insultos personales al presidente de Checoslovaquia y prometió dos veces que ésa era su última demanda territorial. También se refirió a sus conversaciones con el primer ministro inglés. "Le aseguré que cuando los checos se reconcilien con las otras minorías, el Estado checo no me interesará más; y, si prefiere, estoy dispuesto a darle otra garantía: ¡no quiero un solo checo bajo mi gobierno!" Hacia el final Hitler repitió sin pudor que el único responsable por el mantenimiento de la paz era el presidente Benes.

Rolf decidió que estaba en un buen lugar para dispararle. Lo cubrían banderas, gallardetes y oriflamas como excelente parapeto. Los miles de ojos estaban capturados por la boca ululante. Nadie lo vería apretar el gatillo. Era un guardia personal y resultaría obvio que mantuviese en alto su arma, incluso humeante. Tras el tiro correría hacia la víctima simulando afán por protegerla; la multitud funcionaría como óptimo caos. El crimen sería perfecto.

Durante su discurso el Führer parecía grandioso y pequeño a la vez. Su voz tronaba, pero su hombro reproducía el tic de Lehrhold con más frecuencia que nunca. Estaba nerviosísimo. No todos lo podían advertir con nitidez. Incluso podía ver los pequeños golpes que su pie derecho daba contra el atril. Transpiraba copiosamente. Sus puños subían y bajaban, su pelo se agitaba sobre la frente, su boca se abría y cerraba como las fauces de un lobo desesperado, su cabeza saltaba.

Cuando terminó, cayó sobre una silla. Mientras atronaban los aplausos, Goebbels subió a la tribuna y remató:

—Una cosa es segura: ¡jamás se repetirá 1918!

Hitler lo miró con una expresión salvaje, como si ésas fueran las palabras que hubiera querido pronunciar y no habían venido a su mente. Se incorporó con brusquedad, con fuego en las órbitas, extendió su brazo derecho y golpeó sobre el estrado.

—*Jaaaaaa!!*

De nuevo cayó exhausto.

ALBERTO

Edith concurrió a las ceremonias de Iom Kipur en la gran sinagoga del rabino Leo Baeck, pese a la ominosa experiencia vivida aquel sábado. Era un indeclinable homenaje a Alexander y yo no tuve coraje ni convicción para oponerme. Había pasado en varias ocasiones por la Fasanenstrasse y admirado la belleza arquitectónica del templo, que reunía la sobriedad románica con el estilo de la región. Lo habían inaugurado a principios de este siglo en presencia del Káiser, sus ministros y delegaciones de todo el Reich.

No quiso que la acompañase: Labougle no vería con buenos ojos semejante provocación. Al despedirla le pedí que comprobase si en su cartera llevaba el pasaporte y le rogué que lo esgrimiera y proclamara si fuese necesario. La besé tiernamente.

No me moví de casa ni del teléfono, ansioso por verla regresar. Temí una repetición de la peripecia.

En ese Iom Kipur de 1938 Edith comprobó que los judíos llenaron la sinagoga de la Fasanenstrasse. Todas las sinagogas de Alemania marcaron un récord de asistencia: invocaban a Dios, escuchaban palabras de consuelo y exteriorizaban un inverosímil desafío. Esto fue prolijamente registrado por la SD y causó irritación en los altos círculos del régimen: los judíos respiraban. Era necesario aplicarles otra medida, mucho más destructiva que las anteriores.

A esa altura de los acontecimientos, como había dicho Víctor, nada se oponía a la acción despiadada. Los nazis gozaban de absoluta impunidad. Neville Chamberlain y su colega francés entregaron Checoslovaquia y, en forma indirecta, se entregaron a sí mismos. El mundo había encendido luz verde para los nazis.

Un objetivo tentador era deportar a los judíos de origen polaco: cincuenta mil personas. Ni lerdos ni perezosos, en la noche del 27 de octubre empezaron el higiénico operativo de arrojar al otro lado de la frontera, con eficiente maquinaria, dieciocho mil niños, hombres y mujeres. Semejante barbarie obtuvo un premio sorpresa: el gobierno polaco se negó a dejarlos ingresar en su territorio, y de esta forma aportó su respaldo a la política racista de Berlín. Los expulsados debieron permanecer en tierra de nadie, vigilados por los cancerberos de ambos países que mostraban al mundo su coincidente aversión.

Un muchacho de 17 años llamado Herschel Grynszpan se enteró en París de que su familia era víctima de semejante abuso y, enloquecido, corrió a desquitarse. Obtuvo un arma y disparó contra un funcionario de la embajada alemana en París: el secretario de tercera Ernst von Rath. La noticia cubrió la primera página de los diarios, especialmente de Alemania, y produjo una histérica resonancia en los noticieros de radio y cinematográficos sobre "los criminales judíos".

El embajador Labougle convocó a una reunión para advertirnos que se había producido un brusco aumento de la tensión y estábamos en vísperas de algo inusual.

—Me cuesta imaginar algo inusual, señor. Lo inusual es cotidiano aquí —dijo Víctor French.

—Mi colega de la embajada americana asegura que si Von Rath muere, habrá represalias.

—¿De qué tipo? ¿Atacar Francia? Eso sí sería inusual, por el momento. Pero respecto de los judíos, ¿qué más podrían hacerles? —pregunté.

No sospechábamos que eran las vísperas del más grande pogrom de Occidente. Un día antes Víctor French me detuvo en un pasillo.

—Labougle tiene razón. Se prepara una represalia de padre y señor nuestro. Si muere Von Rath, arderá Troya.

—¿Te lo dijeron tus "amigos"?

—Sí, pero no se atrevieron a adelantarme qué es Troya.

El 9 de noviembre a la noche recibimos en casa, para cenar, a Margarete Sommer y el canónigo Bernhardt Lichtenberg. Hacía tiempo que Edith quería agasajarlos. Supuse que habría mucho para decir.

—El alemán medio está contento y cree en la propaganda —dijo Margarete—. Si no es antisemita asegura que Hitler es una buena persona, pero agrega con un suave lamento: "lástima que odie a los judíos".

—La mayoría ni se lamenta. Durante siglos los protestantes leyeron las rabiosas páginas antisemitas de Lutero.

—¿Lutero fue antisemita?

—Al principio defendió a los judíos, pero cuando no pudo convertirlos vomitó el ácido de Satanás. Pidió la quema de las sinagogas. Fue un nítido caso de resentimiento alemán. Y cristiano —dijo Lichtenberg.

—Falta coraje para asumir los deberes que nos legó Cristo: deber de amar, ocuparnos del prójimo.

—Leo Baeck calificó el primer boicot contra los judíos —recordó Edith— como *Día de la Cobardía*.

—Nunca fue más exacto. Era el ataque gratuito a una parte del pueblo alemán que tenía mil años de historia. Y nadie dijo nada: ni los católicos, ni los protestantes, ni las universidades, ni las sociedades empresarias, ni la prensa, ni siquiera el presidente Hindenburg, que tenía los días contados. Fue una vergonzosa cobardía.

—En nuestra Embajada hay mucha preocupación por las consecuencias que provocará la muerte de Von Rath.

—Es la excusa para dar otro gran paso —vaticinó Margarete.

—¿Qué paso?

—Más deportaciones, supongo. No les alcanza con echar a los judíos polacos: están impacientes para que se vayan todos los demás.

Antes de las nueve de la noche sonó el teléfono. Era Víctor French. Me aconsejó no salir a la calle.

—¿Qué ocurre?

—Se están produciendo muchas reuniones en la cúpula. Parece que Reinhard Heydrich ha redactado unas órdenes que harán historia.

—¿Órdenes?

—No puedo decir más. ¡No salgan! Chau —cortó.

—Es mejor que regresen —aconsejó Edith a sus amigos.

Margarete miró a Lichtenberg en forma interrogativa y Lichtenberg recordó su aventura en lo del rabino Baeck.

—Sería sensato irnos antes de que empiecen las escaramuzas. Me huelo algo terrible.

Los acompañamos hasta la fría y silenciosa calle. Nos

436

despedimos angustiados. Lichtenberg llevaría a Margarete
en su desarticulado automóvil.

Fui a mi escritorio para ordenar papeles. Papá me había
escrito que estaba moviendo Buenos Aires para conseguir
mi traslado a Londres, París u otra capital europea sin fascistas. Cuando habló con el ministro, tío Ricardo ya había
hecho sus propias gestiones a favor de mi permanencia en
Berlín "porque garantizaba una extraordinaria venta de ganado al Reich". ¿Qué era lo que yo debía hacer? ¿Sabotear
mi propia misión?

—No me marcharé todavía —porfiaba Edith—. Debo
ayudar a Margarete y a Lichtenberg. Me necesitan, apenas
cuentan con sus manos y las manos de poquísima gente.

Simulé comprenderla.

Esa noche sólo pude dormir por breves fragmentos. Tuve
una pesadilla y me incorporé transpirado. Una gritería bramaba a lo lejos. Miré el reloj: tres y diez. Palpé a mi lado y
no encontré el cuerpo de Edith. Prendí el velador: estaba
junto a la ventana, separando con una mano la cortina. Me
desconcertó verla vestida. Antes de que pudiese articular
una palabra, comunicó disfónica:

—Salgo. No doy más. Están incendiando Berlín.

—De ninguna manera. Basta de desatinos, Edith. ¿Qué
estás buscando? ¿Que te manden a un campo de concentración?

—No lo podrán hacer impunemente —dijo mientras sacaba un abrigo del guardarropas.

Salté de la cama. Evitó mirarme; estaba tensa, devorada
por la impaciencia.

—Te acompaño.

Me vestí a la disparada. Ella ya estaba junto a la puerta
de calle.

—¿Para qué hacemos esto? —me quejé al salir a la des-
templada intemperie.

La noche trepitaba electricidad. Comprimí el brazo de
Edith: a derecha e izquierda se elevaban resplandores. Escuchamos retumbar una carrera; al minuto apareció un grupo de hombres y mujeres profiriendo gritos. Edith se apretó
contra mí; la horda se dirigía a un punto que atraía como

437

imán y recorrió la calle sin prestarnos atención. Sus últimos integrantes se deshilachaban de la columna, pero agitaban los puños con vehemencia. Edith me obligó a seguirlos.

Torcieron en una esquina rumbo al más cercano resplandor. Los edificios no dejaban ver dónde crecía el incendio, pero aumentaban las personas como afluentes de un río. En unos minutos nos convertimos también en moléculas de la correntada. Emergió la gran sinagoga de la calle Oranienburg. Pensé en la destrucción de Cartago: de las altas cúpulas brotaban lengüetazos incandescentes y una humareda llena de chispas que se expandía como un fantástico animal; la ciudad entera iba a ser tapada por la incesante nube.

Mirábamos atónitos la convulsión de llamas mientras la turba nos arrastraba hacia el interior. En vez de un silencio reverencial, dentro retumbaba un clima de fiesta en medio de las fogatas prendidas en veinte partes y que iluminaban las paredes en forma siniestra. Me pareció haber retrocedido al tiempo de los bárbaros. Hombres, mujeres y jóvenes arrancaban paneles de la *boiserie*, cargaban pilas de libros y trasladaban sillas y los arrojaban al fuego. Contemplé la majestad de los altos muros, hacia donde se elevaban los brazos de las hogueras, pero Edith clavó sus ojos en el Arca con los rollos de la Biblia. La habían abierto de par en par y, mientras uno se colgaba de una hoja labrada para romper sus goznes, varios muchachos se dedicaban a extraer los rollos aullando como hienas; los arrojaban al piso, los desenvolvían, pateaban y desgarraban.

El edificio era enorme y la mampostería demasiado resistente, de modo que había tiempo y trabajo para quienes se ocupaban de avivar brasas o romper y profanar objetos. El centro permanecía aún intacto y desde allí pude ver el exterior a través de los pórticos abiertos: me pregunté qué hacían los bomberos en la calle, quietos como en la platea de un cine.

La gritería se abrió camino a través de una nueva correntada y tanto Edith como yo tuvimos el horrible privilegio de observar una escena como la que nos había relatado Víctor. No era Viena, era Berlín. Tironeados de las barbas, una

438

media docena de viejos que habían arrebatado de los lechos fueron obligados a pisar los rollos de la Torá y después a arrodillarse sobre ellos y gritar *Heil Hitler!* Edith soltó mi mano y corrió a brindarles ayuda. Menos mal que sus lágrimas podían interpretarse como efecto del humo, sus gritos no se entendieron por el fragor y su indignación podía interpretarse como odio a los judíos. De lo contrario hubiéramos perecido.

La saqué a la calle.

—¡Tiene asfixia! —justificaba—, ¡tiene asfixia!

Edith hundió su cara en mi hombro; sus dientes castañeteaban. Afuera nos recibieron los disparos que la turba practicaba con los adoquines del pavimento. Los arrojaban contra los altos vitrales. Era un festín espectral en medio de la humareda.

La muchedumbre comenzó a desplazarse al próximo objetivo: los negocios.

Algunas barras de hierro giraban como lanzas de un ejército antiguo. Pronto se oyó el estruendo de los cristales. El escándalo de las explosiones era festejado con alaridos. Los implacables bastones no sólo destruían vidrieras, sino ventanas, y eran arrojados como jabalinas hacia los pisos superiores donde residían los propietarios. Al mismo tiempo, hombros y barrenos golpeaban las puertas, las rompían o tiraban abajo; luego hollaban los escombros, penetraban en los comercios y en las viviendas como un ventarrón.

A considerable distancia los policías contemplaban sin moverse. Un par de ellos cambiaba opiniones con los igualmente inmóviles bomberos, cuyos carros de agua sólo protegerían a las hordas, no a las víctimas.

Los gritos de la gente agredida en medio de la noche me erizaron los nervios.

—Es horrible, Edith. ¡Vámonos!

Edith corría de un lugar a otro sin saber qué hacer, dónde entrar, a quién prestar ayuda. Los ataques se multiplicaban en redondo. La depredación aumentaba el júbilo, cada pedrada estimulaba a la siguiente, cada insulto a uno peor. Yo corría tras ella sujetándola del tapado.

—¡Vámonos!

De pronto advertí que los nazis regresaban del interior de las viviendas acarreando hombres, mujeres y niños en ropas de dormir, como si fuesen ganado. Le tapé los ojos: era demasiado. Pero arrancó mis dedos y se lanzó hacia las víctimas con los brazos abiertos. El llanto y las imprecaciones se mezclaban con las injurias, los empujones y las risotadas. La atrapé por la cadera y, con todas mis fuerzas, la levanté por el aire y la monté sobre mi hombro. Se opuso con ferocidad; me pegó en la espalda y me tiró del cabello.

—¡Cógete a esa judía! —bramó alguien.

Empujé como un poseso para evadirme de la multitud. Descendí a Edith y la abracé rogándole perdón. Ella lloraba e hipaba y también pedía perdón.

—Regresemos —imploré.

—No.

—¿Vamos a pasarnos la noche recorriendo Berlín?

Empezó a trotar rumbo a otro funesto resplandor que no podía ser sino alguna sinagoga. Su rubio pelo despeinado le confería una belleza salvaje, casi armónica con lo que sucedía en nuestro entorno. La anunciada represalia estaba en su apogeo: hacia donde se dirigiesen los ojos era posible encontrar decenas de hogueras tan espeluznantes como las de la calle Oranienburg. Los nazis habían decidido terminar con los judíos.

Las escenas se repetían en círculos dantescos. Los fanáticos nos empujaban e invitaban a imitarlos; eran bestias cebadas. Y no era menos aterrador observar a los policías y bomberos prolijamente alineados como soldaditos de plomo.

La masacre rodaba con estruendos y súplicas. Se mezclaban los berridos de bebés asustados con las exclamaciones de quienes apaleaban gozosamente.

Corrimos hacia otra columna. Corrimos sin lógica, como si fuese posible detenerla.

—¡Ya sé adónde van! —dije agotado.

—No me importa, tenemos que hacer algo...

—¿Qué vas a hacer? Atacarán el hospital de niños discapacitados. Será espantoso.

Mi cabeza latía como si fuera a estallar. Los nazis consideraban el doble de repugnantes a los niños discapacitados: por su sangre y por su minusvalía. Imploré a Dios que al menos allí interviniese la fuerza pública. Llegamos agitados e impotentes, rodeados por un torbellino de furia; se venía una masacre. A pedradas y con bastones de acero rompieron los vidrios, luego forzaron las puertas y se derramaron como una ola de petróleo hirviente. Penetraron en los consultorios, sacaron a patadas a los médicos de guardia y manosearon a las enfermeras. Otros daban vuelta las camas con los pacientes adentro. Desde la calle, retorciéndonos los dedos, mirábamos el caos. Se encendían las luces y casi todas las ventanas eran abiertas frenéticamente. No podía dar crédito a que la mitad de los invasores fueran mujeres.

Edith apretaba sus puños contra las mejillas. De súbito voló al interior del hospital. La seguí azorado, tropecé en los escalones de la entrada y la perdí de vista. Caí de rodillas, sentí náuseas y frío. Se me nubló la vista, estaba a punto de desmayarme. Palpé la pared mientras resbalaba al suelo. Quedé inmóvil, estupidizado. Alrededor retumbaba un estruendo fantástico. Acepté que se me habían terminado las fuerzas y decidí esperarla ahí, derribado en el pasillo.

Pero Edith no regresó en la siguiente media hora. Entonces me armé de coraje, trepé sobre mis rodillas e ingresé en lo que eran los escombros de una interminable cámara de tormentos. Se mezclaban quejidos y llantos. Enfermeras con sangre en los rostros enderezaban las camas y consolaban a los niños. Unos pocos médicos, con los delantales desgarrados, distribuían agua en jarras de latón para beber y lavar; uno me miró asustado: creyó que era un miembro de las bandas que acababan de irse. Mis suelas pisaron vidrios, papeles, colchas, trozos de madera, comida volcada, cartulinas, frascos. No encontré a Edith ni siquiera junto a las desconsoladas criaturas.

Di una vuelta en torno a la manzana; contemplé los recodos de ambas veredas y los ventanales aún abiertos del hospital. Pensé que era una suerte que no se les hubiera ocurrido prender fuego al edificio. Me parecía reconocer a Edith en cada bulto, en cada espalda. Pero no era. Aumentó mi ansiedad. Di otra vuelta más rápido. Entonces supuse

que habría marchado hacia la hoguera de la otra cuadra
era una sinagoga. Pero tampoco la encontré. La chusma
contemplaba feliz las llamas bajas, cuya declinación no se
había producido por la acción de los bomberos, sino porque del templo ya no quedaban más que ruinas. Edith no
podía haber ido lejos. Mis pulmones ardían humo.

—Dónde te has metido, mi amor.

Comercios, sinagogas y viviendas se habían transformado en un colchón de brasas. Por entre las cenizas emergían
macabros trozos negros, como brazos de un naufragio. La
antorcha que había sido Berlín horas antes había pasado
a convertirse en una doliente parrilla. Incluso mermaba la
gente.

Busqué a mi enajenada Edith hasta que el hielo de la
madrugada me advirtió que acabaría como alguno de los
cadáveres tendidos sobre el pavimento.

Doblé hacia nuestra casa: tal vez hubiera vuelto.

Levanté las solapas y guardé mis manos en los bolsillos;
salía vapor por mis narices y caminé pesadamente: mis pies
cargaban plomo. En eso brotó a mi espalda un nuevo fragor. De una calle lateral ingresaron varios centenares de niños en ropa escolar que marchaban acompañados por adultos. Me pareció alucinante ver niños en ese tétrico amanecer, cantando estribillos antisemitas. Su ropa negra y su formación imitaba a la SA. Mi aturdimiento me llevó hacia la
pared, contra la que pretendí fundirme. Desfilaron junto a
mi piel y olí su aliento a bestezuelas. Tuve la esperanza de
que torcerían en la esquina. Pero no fue así: se detuvieron
ante una escuela. Se amontonaron con cierto orden. ¿Era
su escuela? Parecía que no, porque no entraban. Y no entraban porque era una escuela judía. Entre chicos y adultos,
vivando al Führer, forzaron las puertas. En cuanto cayeron
pujaron por ingresar. Como era temprano para encontrar
alumnos, se dedicaron a romper los vidrios de las ventanas
y dispararon por ellas, como enormes escupitajos, libros,
cuadernos, instrumentos musicales, cuadros, biblioratos,
cajas, bancos y hasta pizarrones. Mis pies trabados se libe-
raron de golpe y salí corriendo antes de que la pila de objetos se transformase en hoguera.

Crucé los grupos residuales que todavía, como borrachos, seguían ululando por las sucias calles de Berlín. Me pareció irreal que sonara un piano. Ocurría en medio de la calzada: un hombre orlado por restos de vajilla rota, arrancaba escalas.

—Todavía suena este maldito piano judío —reía feliz.

Mis ojos siguieron alertas ante cada nuevo bulto. Pero no tropecé con mi amor, sino con otra gente desesperada. Familias o porciones de familias deambulaban en forma macabra como asteroides que no se atrevían a regresar a sus maltrechas viviendas. El sufrimiento les brotaba como un halo azul; se alejaban medrosos de quienes portaban adoquines. Un grupo de tres niños, dos adultos y una anciana fue rodeado por hombres provistos de bastones; los comprimieron en un anillo y empezaron a insultar. Me acerqué para tranquilizar a las fieras, ya tuvieron bastante, les iba a decir. Empezaron a patearlos.

—¡Ya tuvieron bastante! —grité.

—*Jud?!* —los ojos se volvieron hacia mí.

Huí como una exhalación. Mientras mis pies alcanzaban una velocidad que no correspondía a mi fatiga, sentí que sus palos me daban alcance.

Vehículos armados hicieron chirriar sus neumáticos en la esquina. Paré de golpe, mareado, y procuré imitar a un ciudadano nazi, aunque no me alcanzaba el aire del mundo para recuperar el aliento. Los vehículos cargaban judíos rumbo a los campos de concentración. Soldados, policías y SS buscaban con perros a quienes intentaban esconderse en los zaguanes o en sus viviendas violadas. De súbito vi las calles desiertas: los asteroides se habían evaporado.

Deseé estar navegando en el fondo de una pesadilla; la pesadilla cesa en algún momento. Pero me derrumbé al verificar lo peor: Edith no había regresado a casa. Telefoneé a Víctor con la garganta llagada. Su mucamo me informó que ya se había ido a la oficina.

—Venga —fue lo único que me dijo desde su despacho.

Tomé un par de aspirinas y cambié la ropa húmeda que acabaría con mi salud.

—¡Su mujer es un caso de escopeta! —reprochó fuera de

sí apenas me vio—. Ya telefoneé a mis "amigos" y no encontré a uno solo. Están divirtiéndose en la más grande partida de caza que hubo en la historia. No pararán hasta encerrar en los campos de concentración a miles de judíos. ¿Qué digo? ¡Decenas de miles!

—¿Qué hago?

—No sé... Esperar. ¿Tenía su mujer consigo el pasaporte?

—No puedo quedarme a esperar.

—Tampoco sirve correr al pedo. ¿Lo escuchó a Joseph Goebbels?

—¿Cuándo lo voy a escuchar? ¿No ve cómo estoy? —protesté irritado—. Pasé la noche en la calle.

—Transmitió un mensaje por radio.

—¿Qué dijo?

—Más o menos esto: que el cobarde crimen contra el diplomático alemán en París provocó una justificada reacción popular durante la noche. Fue un espontáneo desquite contra edificios y bienes judíos a lo ancho y largo de toda Alemania y Austria. Pero se acaba de ordenar el cese inmediato de todas las demostraciones hostiles. La respuesta final al asesinato de París será dada por vía de la legislación.

—Cese inmediato...

—¡Una mentira! Una más. ¿No le dije que salieron de caza?

—¿Y qué otra cosa pueden legislar?

—Vea, señor consejero: se sienten tan poderosos y felices que algo más inicuo ya se les va a ocurrir. Por ejemplo, multar a las víctimas. Sería el colmo de la inmoralidad. Pero ese colmo es la novedad que estas bestias le imponen a nuestro tiempo.

Fui a mi propio despacho y me despatarré en el sillón. Desde el escritorio me miraba el retrato de Edith. Lo levanté con ambas manos, lo contemplé con amor y reproche, le pregunté dónde se había metido. Su sonrisa dulce y sus grandes ojos castaños se negaron a responder. La besé.

El teléfono sonó en medio de la noche como las trompetas del Apocalipsis.

—¡Hola!

—Doctor Lamas Lynch: lo llama el Embajador.

—¿Cómo?

—Pide que venga de inmediato a su residencia.

—¿A la residencia? ¿A estas horas?

—De inmediato.

Me vestí a oscuras para no despertar a Edith, que había regresado a media tarde, exhausta. Tras la fatídica noche se había encerrado en Caritas para ayudar a los judíos conversos que habían acudido en abrumadora cantidad. Había envejecido. Durmió crujiendo los dientes. Abrió los párpados y encendió el velador, alarmada.

—No te preocupes, querida. Seguro que me llaman por un cable de Buenos Aires. No les habrá alcanzado nuestro informe de ayer y querrán más detalles.

—Nunca te han llamado a estas horas.

—Te ruego que vuelvas a dormirte. Con uno que se desvele, alcanza. Te vas a enfermar.

—Avisame si es grave.

—No tiene por qué ser grave. Qué sé yo, todo es grave.

Subí a mi auto y las calles huecas me permitieron llegar a la residencia en minutos. El mayordomo, que no podía disimular el peso de los párpados, me condujo al despacho de Labougle.

—Buenas noches.

—O buenos días —sonrió cansado—: son las cuatro de la madrugada.

Había otro hombre, que se puso de pie.

—Le presento al capitán de corbeta Julius Botzen.

Botzen tendió la mano y me saludó en perfecto español.

—Supongo que oyó hablar de mí —infló su pecho mientras atusaba los gruesos bigotes blancos.

—Me parece que sí. ¿No había sido el Agregado Naval del Reich?

—Exacto. Del Reich, como bien dice: del verdadero Reich.

—¿...?

—El capitán Botzen solicita asilo político —Eduardo

Labougle se incorporó, bostezó y ordenó a Alberto—: Ocúpese de tomarle los datos y cablegrafíe a Buenos Aires. Quiero que la decisión venga de allí hoy mismo, antes de que se produzca un infernal embrollo diplomático.

—Tengo muchos amigos en Buenos Aires —refirió Botzen con un toque de imploración.

—Por eso mismo —concluyó Labougle, quien le estrechó la mano y salió del recinto; estaba manifiestamente incómodo.

Apoyé mis manos en la cadera, luego las crucé sobre el pecho, después las dejé caer a lo largo de mis piernas. Miré hacia uno y otro lado en busca de auxilio, pero lo único que cabía hacer ya había sido explicitado: sentarme con papel y lápiz, tomar notas y enviar un cable a la Cancillería con suficiente consistencia para que los eslabones burocráticos no se atrevieran a frenar el trámite. Vaya a saber qué problemas nos acarrearía brindar asilo político en esas sensibles circunstancias.

—Usted oyó hablar de mí, pero no me conoce —afirmó con arrogancia.

—Sería conveniente que me informe con sinceridad sobre las razones que lo obligan a pedir asilo, así evitamos futuros problemas.

—Usted escuchó a su embajador: sabe que tengo poderosos amigos en Buenos Aires. La Argentina me debe mucho.

—No podemos empezar por ahí. Protegerlo, señor capitán, significará tensiones con la Wilhelmstrasse.

A Botzen le relampagueó la mirada. Hubiera querido trompearme. Seguro que pensaba quién sería este jovencito insolente para ponerlo en vereda. Pero guardó las formas. Antes de seguir, adelantó su vigoroso mentón hacia la cafetera.

—¿Puedo beber otra taza?

Apreté el timbre que estaba bajo la tapa del escritorio y reapareció el soñoliento mayordomo, que se ocupó de satisfacerlo.

El capitán bebió lentamente, con los ojos semicerrados, pensativos. Su poderosa cabeza lucubraba la mejor forma de presentar su caso, así el cable viajaría con suficiente cantidad de elementos favorables. Me pareció leer en su arrugada piel que estos argentinos carentes de historia no estaban en condiciones de entender el sufrimiento moral de un viejo prusiano.

Empezó por lo conocido: había sido Agregado Naval del Segundo Reich, cuando Alemania tenía un verdadero Káiser que estaba rodeado por una vasta y auténtica nobleza. La Gran Guerra no sólo había humillado a su país, sino que también había destronado al Káiser, dispersado la aristocracia y producido un siniestro vacío. El vacío pretendió ser llenado por el chorrito de agua insalubre de la República de Weimar. Alemania nunca había sido una república, nunca había sido decididamente democrática. Sus raíces se hundían en los grandes mitos, sus gobiernos debían exultar autoridad.

—No me han despertado para escuchar una clase de historia —lo interrumpí fastidiado.

—Por eso —continuó Botzen como si nada— él abominó desde el principio la frágil República y se entusiasmó con sus enterradores, los nazis. En la Argentina prestó grandes servicios a la expansión del nazismo. Fue un fanático de Adolf Hitler.

Se interrumpió.

—¿Ya no lo es más? —aproveché la pausa para hacerle la pregunta.

Me miró, vació el pocillo y siguió con su discurso.

—A principios de año regresé a este país, mi país.

Depositó la pequeña taza sobre el escritorio.

—No se trata de una frustración personal. Se trata de que este régimen no se interesa por el verdadero Reich, sino por otra cosa. La excelencia ha sido reemplazada por la mediocridad. Cualquier ignorante puede conseguir altos cargos si demuestra que adora al Führer y no duda en partir cráneos. Reina una extraordinaria confusión. Yo mismo estuve confundido —hundió sus ojos en los míos—. ¿Qué más puedo decirle? En vez de un Káiser, tenemos... —dudó unos segundos, pero continuó adelante—... tenemos un bigote cuadrado que nos llevará a la catástrofe.

Se detuvo de golpe y miró en torno.

—Es gravísimo lo que acabo de decir —pareció arrepentido—. Ya no me controlo como antes. Estas palabras no se perdonan, ¿verdad? No las ponga en el cable. Conozco su oficio: en el cable no hace falta poner mucho —levantó el índice para aleccionarme—. Vea, doctor: escriba que he prestado grandes servicios a la Argentina, a los vínculos entre Argentina y Alemania, que la comunidad germano-hablante me venera, y que ahora solicito asilo porque soy un disidente... tibio. Eso sí: no puedo andar por las calles, estoy amenazado de muerte.

—¿Tanto?

—Sí.

—Pero usted, por lo que ha insinuado, prestó servicios al Reich; es o ha sido nazi.

—Importantes servicios. También los prestaron Roehm y su gente. Y muchos otros. Fueron asesinados. Hitler mata sin emoción, y seguirá matando, le aseguro. Soy el próximo de su lista.

—Lo encuentro exagerado, demasiado crítico —ironicé.

—Porque fui excesivamente fanático. ¡Confié tanto en Hitler! Pero he caído en la cuenta de que ni siquiera es un militar, ni un estadista, ni un hombre equilibrado. Lo excita la furia de los mediocres, de los impotentes.

—Muy psicológico. Pero coincido; se me ha puesto la piel de gallina.

—¡Entonces, comparte mi opinión!

—Necesito registrar por qué lo persiguen. La expresión "tibio disidente" no conmoverá a Buenos Aires.

—Usted no necesita más datos.

—Podría ser una treta suya.

—¿Treta? Absurdo. ¿Con qué fin?

—Para espiarnos durante su asilo. La Gestapo necesita enterarse de lo que dicen los informes que elaboran las embajadas.

—¿Aquí, en la residencia? ¿Los asuntos importantes se tramitan en el dormitorio del embajador?

Sonreí. Era astuto.

—Quizá podamos solicitarle un pago.

—Sería ruin. La tradición del asilo político no lo permite. Tampoco la tradición argentina, que siempre ha sido generosa con los extranjeros.

—Pero usted se siente perseguido por traición. Fue fanático a favor y ahora fanático en contra. No podría dejar de mencionarlo en el cable.

—¡Está equivocado! Ni siquiera es la palabra correcta. No soy un traidor: me ha desilusionado quien debía llevar a buen puerto mis esperanzas. La traición, en todo caso, la ha cometido él. Mire: estuvieron a punto de matarme y lo intentarán de nuevo. Por eso solicito asilo. Eso es todo. Para las mentes estrechas de su ministerio añada que viví en Buenos Aires más de veinte años, sin manchas en mi foja, y que necesito un salvoconducto para salir de Alemania con el cuerpo entero.

La situación del capitán fue discutida y resuelta en la cancillería argentina con demora. Produjeron finalmente una respuesta negativa: "evitar problemas con el gobierno alemán". La Noche de los Cristales Rotos, como se empezó a denominar el pogrom que precedió al repentino ingreso de Botzen en la residencia, había impuesto una parálisis en las áreas diplomáticas. Cada mínima acción podía convertirse en un agravante de la borrasca.

Eduardo Labougle convocó a Botzen, cerró la puerta y le transmitió la mala noticia.

El capitán palideció.

—Deberá solicitar asilo en otra embajada.

—¡Yo no merezco esto! —exclamó indignado.

—Créame que lo lamento. Pero usted comprenderá.

—Es la más terrible ingratitud que jamás hubiera sospechado. ¿Consumí veinte años de mi vida en Buenos Aires para recibir esta bofetada? Veinte años. Fui y soy amigo de la más brillante sociedad porteña. Le aseguro que cometieron un error. Mi caso no fue visto por gente entendida.

—La decisión está firmada por el canciller. No puedo modificar una coma.

—¿Entonces debo salir a la calle?, ¿permitir que me arresten o me peguen un tiro en la nuca?

—Lo dejaré seguir alojado en mi residencia hasta que encuentre otro sitio.

—¿Cómo lo voy a encontrar? La Argentina es mi segunda patria, la que mejor puede simpatizar con mi caso. Vine aquí protegido por las sombras. ¿Deberé recorrer nuevamente las calles de noche? Hay perros buscándome por todo Berlín. Al escucharme hablar en español su mayordomo me abrió enseguida. ¿Cree que me abrirán las puertas en otro sitio?

—He retado a nuestro personal por haberlo dejado entrar sin autorización. El mayordomo estaba más asustado que usted. Por otro lado, hay otras embajadas que hablan español. Vea, capitán: por los servicios que dice haber prestado a la Argentina, me ofrezco a ayudarlo en sus gestiones. Empezaremos por el camino más corto: la República Dominicana.

—¿Por qué ese país?

—¿No le gusta?

—No dije eso. Me sorprende su elección.

—Es el único país que otorga con mayor liberalidad visas a emigrantes judíos.

—¿Pretende hacerme pasar por judío?

—No era mi intención. Pero si resultara conveniente para resolver su caso...

—¡De ninguna forma! ¡No soy judío ni quiero parecerlo! Es lo único que faltaba.

—Entonces no entiendo por qué se ha enemistado con el Reich.

—Porque no es un Reich, sino el imperio de los mediocres y los oportunistas. Me gusta que limpien el país de judíos, pero no me gusta que los reemplacen con los lúmpenes. Una mierda por otra peor.

—Bueno, estimado capitán: si está de acuerdo, me comunicaré con mi colega dominicano. Pero recuerde, si no quiere pudrirse en mi residencia como un huésped no deseado, opte por acompañar a emigrantes judíos. No quiero problemas con el Reich.

—¡Maldita mi suerte!

ROLF

Un soldado le abrió la puerta de atrás. Rolf saludó con el brazo extendido y penetró en el coche sin quitarse la gorra. Le gustaba sentirla sobre su cabeza.

Dispararon hacia la residencia del embajador argentino, donde el auto frenó sin apagar los faros. Su ayudante trepó veloz las escalinatas y apretó el timbre. El mayordomo se sobresaltó. No supo si cerrar en sus narices porque el mensaje no era cortés; ningún SS era cortés. Preocupado, fue hacia Labougle, que cenaba con invitados. Caminó en puntas de pie, se inclinó y susurró la noticia.

—¿Está aquí? —el embajador contrajo la frente.

El mayordomo también levantó las blancas cejas, asombrado de que revelase el secreto a los demás comensales.

—Sí, aguarda en el auto.

—Le dijo que estamos en medio de una cena, ¿verdad?

—Sí, pero insistió en que era urgente.

—Siempre urgente. Que pase, entonces.

Julius Botzen palideció.

—No se preocupe —dijo Labougle—: mi residencia es territorio extranjero —y enseguida se dirigió a los restantes—: Un SS *Untersturmführer* está muy apurado.

A la señora de Labougle se le fruncieron las comisuras. Alberto y Edith intercambiaron miradas, lo mismo que Javier Vasconcellos, embajador de la República Dominicana y su esposa.

—Sigan comiendo —pidió Labougle—. Espero que eso lo incomode.

—Un SS no se incomoda por nada que afecte a los demás —sonrió el dominicano mientras empuñaba su tenedor—. Usted lleva muchos años en Berlín. Perdón —se dirigió a Botzen—: ignoro qué piensa un antiguo *Stahlhelm*.

Botzen comprimía los cubiertos. Sus ojos de color marrón claro irradiaban angustia. Se limitó a tragar saliva; sospechó que esta sorprendente interferencia no era ajena a su asilo; todo asilado vive aguardando un ataque.

451

En la puerta sonaron las botas.

Rolf ingresó con los faldones de su capote abierto. Echó una olímpica mirada al conjunto sin fijarse en nadie en particular, estiró su diestra y aulló un *Heil Hitler* que hizo vibrar los caireles de la araña. Este saludo brindaba el beneficio de aclarar la voz e imponer desde el vamos la magnitud de su presencia.

—*Heil Hitler!* —le respondieron suave, como eco obligado.

Botzen abrió grandes los ojos. La pasmosa irrupción de su antiguo discípulo le generó un vórtice de pensamientos inquietantes. ¿También venía a pedir asilo? ¿O había delatado el secreto? Dicen que un SS puede traicionar a su padre, pero jamás al Führer. ¿Lo había traicionado a él?, ¿tan pronto? Hacía dos semanas que habían dejado de comunicarse, cuando empezó la cacería de los involucrados en el complot. Botzen le mandó un mensaje cifrado para que jamás retornase a *Zum alter Turm*. La Gestapo había allanado dos refugios y acribillado cinco patriotas. Botzen tuvo que empaquetar a la disparada, quemar media docena de carpetas y huir de la pensión, cuando el conserje dormía tras su mostrador. Ningún domicilio resultaba seguro y fue a esconderse en la residencia de Labougle. ¿También estaba Rolf en peligro? ¿O venía a proponerle un nuevo plan? Le miró los fríos ojos azules en lo alto de su imponente estampa.

Edith y Alberto también quedaron fijados al *Untersturmführer*, cuyo uniforme lo hacía más sorprendente aún.

—Señor embajador Labougle —dijo en cortante alemán—: necesito hablarle en privado.

El embajador pidió disculpas a los comensales y guió al SS hasta su biblioteca mientras el mayordomo los seguía a prudencial distancia para responder al infaltable pedido de café y bebidas.

—Café —dijo Rolf tras la pregunta.

El embajador no le ofreció cigarrillos, pero jugueteó con un cenicero, listo para escuchar las razones de esa inoportuna visita. Rolf cruzó las botas, y se permitió preguntarle por la identidad de quienes lo acompañaban en la mesa.

Labougle pensó que este hombre era muy joven o tenía demasiado poder; no podía ignorar que enfrentaba a un embajador con las credenciales en regla. Esta indagación era un insulto que la SS estaba en condiciones de infligir a ciudadanos alemanes, no a extranjeros que cumplían servicios. Se miró la uñas y respondió:

—Los diplomáticos solemos reunirnos con personas de diversa índole. También es diverso el vínculo; pueden ser funcionarios del país, colegas de otros países, algunas amistades que se hacen al pasar.

—Interesante —Rolf acomodó la esvástica de su manga izquierda.

—¿Cuál es el motivo de su visita, señor SS *Untersturmführer*?

Rolf lanzó un chispazo y por primera vez Labougle tomó conciencia de la malignidad que brotaba de sus órbitas:

—El que hace las preguntas soy yo —refunfuñó como un tigre.

—Disculpe —al instante se arrepintió de haber dicho disculpe; este sujeto invadía su hogar y le faltaba el respeto.

—¿Quiénes son? —repitió la pregunta.

—Se lo digo porque me cae simpático... —torció la boca—, no porque deba hacerlo.

—Lo escucho.

—El embajador de la República Dominicana y su esposa, mi consejero y su esposa...

—Nombres.

—Javier y Mercedes Vasconcelos, Edith y Alberto Lamas Lynch. En el ministerio de Relaciones Exteriores están debidamente registrados.

—Ahá —sus ojos se entrecerraron como si los hiriera un inexistente humo—. ¿Quién más?

—El capitán de corbeta Julius Botzen.

—Bien. Por este señor Botzen he venido.

—Ha solicitado asilo político.

—Debo comunicarle, señor embajador —descruzó las piernas—, que no lo necesita.

—¿...?

—Ha prestado grandes servicios a nuestra causa. Y

ha prestado grandes servicios a su país, a la Argentina.

—Así es.

—Surgieron equívocos lamentables. El capitán Julius Botzen supone que el gobierno lo persigue. No es cierto.

—Vino desesperado, con el corazón en la garganta, como si lo estuviesen por ejecutar.

—Puede volver a su casa en cuanto lo decida: hoy, mañana, la semana próxima. Es un buen ciudadano.

—Estoy atónito, señor *Untersturmführer*. Me asombra el tamaño del equívoco. Si es así, nos quita un gran problema de encima.

—Su gobierno no acepta que usted le prolongue el asilo, ni quiere darle un salvoconducto para Buenos Aires.

—¿Lo sabe?

—Y los dominicanos estudian el caso.

Labougle entendió que tenía frente a sí a un hombre claramente informado.

—Mejor que se lo diga usted, señor *Untersturmführer*. A mí no me creerá.

—Con gusto.

Apretó el timbre y apareció el mayordomo, a quien dio una telegráfica instrucción. En dos minutos ingresó el capitán de corbeta Julius Botzen. Avanzó como una fiera ante el peligro. Rolf le tendió la mano. El estrechón fue corto: simularon desconocerse.

—Señor embajador —pidió el SS—, ¿podría dejarnos hablar a solas?

Labougle se levantó. "Estos nazis hacen lo que quieren, incluso en casa ajena", pensó iracundo. Cerró la puerta y fue adonde sus invitados.

—¡Qué noche! Primero tuve que abandonarlos yo, ahora el capitán Botzen. Espero que no deba levantarse nadie más.

Al cabo de media hora reapareció el capitán atusándose los espesos bigotes. Sus mejillas estaban encendidas. Tras él venía el SS, tan serio y hostil como al principio. Botzen retornó a su silla y miró el postre que le esperaba entre los cubiertos. Labougle depositó la servilleta junto a su plato y caminó hacia Rolf, que miraba a lo lejos, quizás al cortinado. Aulló el consabido *Heil Hitler!*, taconeó y giró hacia la calle.

454

Labougle se esmeró en despedirlo como correspondía a su rango, pero el SS le dio groseramente la espalda.

Al subir a su automóvil Rolf se dirigió a su ayudante.

—Quiero que vigilen de día y de noche a la joven rubia de ojos negros que está ahora en la cena.

EDITH

La comida les quedó atragantada.

—No es un sosías —le susurró Alberto mientras comprimía el tenedor—: es el que tiró la cama de Yrigoyen a la calle, el que me guió hasta tu casa.

A Edith le empezó a doler la cabeza.

—El sujeto que conociste en Bariloche, ¿te acordás? Y que descubrimos en el Tigre con la banda de asaltantes. Ahora es un oficial de la SS. ¡Increíble!

Ella no quería escuchar porque recordaba todo, con una luz que cegaba. Claro que era Rolf, el canalla de Rolf. ¡Pensar que le había despertado fantasías románticas en la casa de sus tíos! Que la buscó a la salida del colegio Burmeister como un joven tímido y al cabo de pocos meses desapareció por una discusión absurda. Era uno de los agresores a la sinagoga, quien la arrancó del brazo de su padre, y la arrastró por el pavimento y la metió a la fuerza en un auto robado y la condujo al parque Lezama y la abofeteó y la... Se apretó las sienes. Era el asqueroso que la... mientras, ¡ay! partían el cráneo de su padre a patadas. Alberto conocía lo superficial de esa historia, pero no lo macabro.

En Edith apareció un deseo nuevo y terrible: vengarse. Le temblaban los puños. Esa bestia no merecía perdón. Por su culpa había dejado tendido a su padre, que no habría muerto de haberlo acompañado al salir de aquella trampa. Por su culpa había padecido una preñez inmerecida. Por su culpa había sufrido un aborto y un raspaje y ahora no conseguía embarazarse de nuevo. Por culpa de ese maldito había sido hundida en una ciénaga de pecado.

Tras la partida de Rolf la sobremesa no logró sostenerse a pesar de los esfuerzos de Labougle y el embajador domi-

455

nicano. Botzen, a su vez, no quiso largar prenda sobre su conversación con el SS.

—Hablamos —se limitó a decir—. Nada nuevo.

—Pero el oficial aseguró que usted podía regresar a su casa. No sólo nadie lo persigue, sino que lo respetan y quieren. Su asilo no tiene fundamento.

—Señor embajador: me persiguen.

—¿Continuamos entonces las gestiones ante nuestros amigos dominicanos?

—¡Por supuesto que sí! —miró a Javier Vasconcelos—. Pero ya anticipé que no quiero ser confundido con emigrantes judíos.

—Mi pequeño país es el único que se manifiesta generoso con los judíos. Es un mérito que usted, un perseguido político, no debería descalificar.

—No discuto eso. Por razones de gusto y sensibilidad, no quiero mezclarme con esa raza. ¿Es tan difícil entenderlo? Mis diferencias con el Tercer Reich radican en asuntos más importantes que el destino de una u otra minoría. Sólo pido que atiendan mi caso.

—Su posición dificulta mis gestiones —lamentó el dominicano.

—Le ruego que las prosiga.

Edith miró a Alberto y expresó fastidio: "¿Es a esta basura que nuestra embajada brinda protección y, además, ayuda frente a otras embajadas?" La estremeció el brote de una idea: parecía una maligna travesura. Es lo que debía hacer. Cubrió sus ojos con la mano, para retenerla.

En el regreso Alberto manejó con excesiva lentitud. Las ventanillas estaban cerradas, no había espías y se explayó en conjeturas sobre las peripecias recientes. Pero Edith no contestaba. En su cerebro crecía el plan que pondría fin a la carrera del execrable Rolf. Iba a conseguir que lo arrestaran, que lo interrogasen y, seguramente torturaran. Era posible que sus huesos fuesen a parar a un campo de concentración.

Cuando estacionaron junto a su casa, otro automóvil, con los faroles apagados, se detuvo a unos cincuenta metros de distancia.

456

Edith calculó once posibles derivaciones de su temeraria acción y la preocupó una muy grave: que los nazis considerasen cómplices a Labougle y Alberto. Debía evitar tamaño despropósito y perfeccionó su estrategia. Era obvio que la información no tenía que ser detallada: sólo debía impresionar. La denuncia tenía que llegar al cuartel central de la Gestapo, donde prenderían las alarmas.

Estaba decidida a escribir un anónimo eficaz, provisto de los mayores recaudos. La ira que le había producido Rolf en uniforme estimuló su ingenio como nunca antes. En la vida se hubiera considerado capaz de hacer algo tan repugnante. Pero era una obligación. Urgente e inexcusable. También incompartible.

Usaría tinta, pluma y papel que compraría sólo para esta ocasión y luego arrojaría a un tacho de basura alejado. Emplearía letra gótica, que no practicaba desde su adolescencia; pero más seguro aún sería que intentase escribir con la mano izquierda: aunque resultara pésima la caligrafía, se esmeraría por la claridad; esto la pondría a salvo de eventuales pruebas grafológicas en caso de que el plan fallase. Los esbirros de la Gestapo eran criminales, no estúpidos.

A la tarde ordenó los útiles que había comprado en un comercio de la Schillerstrasse. Eligió denunciar solamente a Rolf; si involucraba al antisemita de Botzen complicaría a la embajada.

Pero su conciencia le decía una y otra vez que el odio daba malos consejos, que actuaba con apuro infantil, que su indignación se había desenfrenado, que debía conversarlo con alguien, con Alberto, con Margarete, con Lichtenberg. No, no lo haría. Vetarían su plan. Peor aún: apagarían su furia. Y ella no quería ser anestesiada.

Ensayó varios borradores. Se decidió por el que decía en forma escueta que el SS *Untersturmführer* Rolf Keiper, gracias a sus conocimientos de español y contactos previos, suministraba informaciones secretas a los países latinoamericanos contra un pago en efectivo. Dio como ejemplo el anuncio de dos cambios ministeriales en curso, aún no comunicados a la prensa: el de Relaciones Exteriores y el de Agricultura (la noticia había sido transmitida confidencialmente por Víctor French a Alberto). Agregó que el SS Rolf Keiper también vendía secretos más graves, relacionados con las dotaciones de la *Wehrmacht* y la *Luftwaffe*.

Era suficiente. Por delaciones infinitamente más pequeñas terminaron en la fosa decenas de alemanes que hasta el día anterior se suponían inmunes.

Sin quitarse los guantes con los que había manipulado el papel, lo dobló e introdujo en el sobre que sólo tenía escrito el destinatario. Recortó la estampilla y la pegó sobre el ángulo superior derecho. Luego deslizó esta bomba en su cartera. De inmediato completaría su trabajo en un buzón que estaba en el camino a San Rafael. Las letras del destinatario decían en torcidos caracteres góticos *Geheimnis Staatspolizei*.

Avanzó rápido hacia el buzón. Abrió su cartera y deslizó el sobre por la ancha boca. En el fondo de la misma cartera llevaba envuelta la pluma con que había escrito el anónimo: lo arrojó en un tacho de basura semiabierto. Al día siguiente, en otro tacho de otra calle se liberó del frasco de tinta. El resto del block de papel fue cortado en pedacitos y arrojado al fuego. Bajo las insolentes botas de Rolf se abriría el infierno.

Desde que había llegado a Alemania, nunca había sentido tanto alivio. Alexander Eisenbach apareció en sus sueños con rostro apacible.

ALBERTO

No me gustó la noticia. Tío Ricardo había enviado un extenso cable para anunciar su visita al Tercer Reich. Acababa de decidir el viaje, que consideraba "trascendental" para el futuro de la Argentina. Por si surgían obligaciones protocolares durante su estancia, avisaba que su esposa María Julia, debido a su deteriorada salud, no lo podía acompañar. Para que se enterase Labougle y el resto de nuestra representación, el cable añadía que el embajador Edmund von Thermann y la condesa Vilma le habían ofrecido una despedida fastuosa a la que habían concurrido ministros, prelados, estancieros y altos dirigentes nacionalistas.

No mencionó a mi padre, quien seguramente se abstuvo de concurrir a la Embajada alemana en caso de que lo hubieran invitado porque Ricardo acababa de hacerle otra zancadilla. Le sobraba astucia para embaucar a tirios y troyanos y consiguió que los avances de mi misión, encaminada a aumentar la venta de carnes, lo beneficiara especialmente. Papá, en una flamígera carta, me explicó en detalle cómo él y otros hacendados habían tenido que deglutir su felonía. Lo que más lo indignaba era no haber aprendido de la experiencia: Ricardo mostraba falta de decoro desde que era chiquito.

Llegó otro cable sobre el mismo asunto: de Leandro García O'Leary, que aún seguía a cargo de Europa Central. Recordé su cinismo, sus muecas y la poco disimulada perfidia de sus órdenes. Pedía que la Embajada le brindase trato preferencial a Ricardo Lamas Lynch y, entre otras atenciones, le mandase un auto con chofer al puerto de Hamburgo para trasladarlo a Berlín, y le reservara dos habitaciones en el Hotel Kempinski (una para su secretario). También solicitaba que le organizasen entrevistas con altos dirigentes del gobierno y el partido; debía ser presentado como uno de los políticos nacionalistas más importantes de la Argentina.

Labougle me preguntó si lo acompañaría como intérprete. Dije que no era bueno mezclar familia y trabajo y recomendé a Víctor French, quien no sólo dominaba la lengua, sino el panorama político del Reich mejor que nadie. Labougle expresó entender las causas de mi reticencia con una velada sonrisa y dijo está bien.

La única razón por la que yo accedería a verlo era para que me ayudase a obtener otro destino diplomático; si bien no conseguía un sillón ministerial para sí, gozaba de creciente influencia. Pero no fui al Kempinski, mi resentimiento se unía al de mi padre, y hubiera sido regalarle una muestra de afecto que no merecía; nos encontramos en la Embajada, donde me saludó con majestuoso porte y me prodigó un largo y emocionado abrazo. Acto seguido me separó para contemplarme de pies a cabeza; sus manos apretaron mis hombros y por su cara se expandió una sonrisa. Dijo que yo estaba igual que en Buenos Aires. La verdad es que él estaba igual: alto y erguido, imponente a pesar de sus angostos hombros. Como siempre, peinaba con raya al costado y llevaba su monóculo en el bolsillo superior izquierdo, cuya cadena prendía a la solapa. De su cuello nacarado emergía una ancha corbata de seda fijada con un alfiler dorado.

Me presentó a su secretario, un joven de mi edad.

Edith insistió en invitarlo a casa. No hacerlo significaba un insulto. Si yo le quería pedir que intercediese, debía simular alegría por su presencia.

Reconozco que me cuesta escribir sobre él; papá consiguió transferirme su tirria. También me costó hablar: mi tío estaba más fanatizado que nunca. Cuando quedamos solos dejó a un lado su artificial apostura y habló sin parar. Venía con un exaltado nacionalismo que producía ronchas; consideraba que sus líderes pronto se harían cargo del poder en la Argentina. Necesitaba dialogar con los jerarcas locales para aprender de la extraordinaria experiencia nazi, a fin de trasladarla a nuestro país. ¿Qué se debe hacer con la oposición, con los sindicatos, con los judíos, con los ateos, con los socialistas, con los indiferentes? Alemania había eliminado estos problemas de raíz. En la Argentina las condiciones estaban maduras para el gran salto: nunca hubo tantos amigos del Reich entre militares, políticos, sacerdotes, hacendados como en los últimos meses. El empuje de Hitler los tenía fascinados. La gente se peleaba por ser invitada a las recepciones del embajador Von Thermann y su adorable mujer.

Traía cartas del arzobispo de Buenos Aires para sus pares de Colonia y de Maguncia, sitios distantes de Berlín para la mentalidad europea, no americana: iría a verlos personalmente porque deseaba conocer en forma directa cómo celebraban los fieles de Cristo la liquidación del peligro bolchevique.

De pronto advertía nuestras miradas inquietas y formulaba preguntas. Pero era evidente que no quería opiniones negativas. Para él Alemania era un país de centenaria cultura y legendaria fortaleza plenamente resucitado; en Berlín abundaban teatros, exposiciones y conciertos. Quería saber cómo se sentía una experta en arte como Edith en la tierra de sus padres, pero cuando ella intentaba contestar con alguna crítica, él la interrumpía con nuevas preguntas. Era claro que no le interesaba la respuesta precisa, sino confirmar sus preconceptos.

Pero Edith finalmente habló. Y cómo.

Habló sobre la perversidad nazi y trató de desasnarlo sobre la penosa realidad que había descendido sobre la Iglesia a la que Ricardo pretendía servir. Él finalmente simuló escucharla, pero no: su piel era más dura que la de un acorazado. Suponía que los alegatos de Edith provenían de su rencor judío. Ni las dramáticas opiniones del obispo Preysing, ni los trabajos de instituciones como San Agustín, Caritas y San Rafael, ni los nombres de sacerdotes metidos en campos de concentración le movieron un pelo.

Luego Ricardo nos propuso cambiar de tema y refirió algo de la familia. Reiteró que su hermano seguía con los anacrónicos berrinches liberales; incluso se había vuelto amigo de Salomón Eisenbach, quien lo visitaba cada vez que venía de Bariloche. Era curioso que un hacendado tuviese afinidad con un productor de dulces, rió.

—Tiene más afinidad con él que conmigo —aparentó sufrimiento y perplejidad.

Gimena, María Elena y María Eugenia estaban bien, felizmente, pero extrañaban a Alberto, como era lógico. Mónica seguía un poco díscola y había empezado a noviar con un joven médico nacido en Italia. Agregó, como al descuido, que Gimena solía llevar flores al sepulcro de Cósima.

A Edith le saltaron las lágrimas y salió por unos minutos.

Labougle le organizó una recepción de homenaje. Concurrieron dos generales de la *Wehrmacht*, jefes de la Gestapo, funcionarios de Relaciones Exteriores y Economía, un director de la SD y tres altos oficiales de la SS. Labougle nos hizo participar a todos los que componíamos la Embajada y tuvo la idea de aprovechar la ocasión para invitar a unos argentinos que habían llegado al país para estudiar de cerca el prodigio hitleriano; entre ellos recuerdo a un simpático capitán agregado a nuestra Embajada en Italia cuyo nombre era Juan Perón.

El asilo de Botzen llegó a oídos de mi tío. Parecía que se conocían. Aunque el capitán accedió a permanecer recluido en su cuarto durante la recepción por razones obvias de protocolo, cuando se fue el último de los invitados mi tío solicitó verlo. Labougle reflexionó sobre los inconvenientes que provocaría este encuentro, pero no tuvo más alternativa que consentirlo.

Los dos hombres se prodigaron un saludo aparatoso. Botzen peinó con insistencia sus frondosas cejas y mi tío se encajó el coqueto monóculo. Expresaron alegrarse por este "casual" encuentro en Berlín, ya que no hacía mucho se habían visto por última vez en Buenos Aires. Pero las cosas habían tomado un rumbo inesperado: mientras mi tío continuaba firme con sus productivas relaciones, Botzen había perdido su base de sustentación. Botzen le aseguró que, pese a la coyuntura desfavorable, en el Reich terminaría por imponerse lo mejor del país; en ese momento se reconocería ampliamente cuán grande había sido su contribución. Mientras tanto debía esperar. ¿Y qué mejor sitio para esperar que su querida Argentina? Por eso rogaba al doctor Lamas Lynch que intercediese ante el Ministerio de Relaciones Exteriores para que le permitieran regresar a Buenos Aires. El doctor Lamas Lynch sabía muy bien cuánto beneficio había aportado durante veinte años. La mirada de Botzen refulgió tanto que mi tío debió bajar la suya.

Tras despedirse del capitán mi tío fue a la calle acompañado por Labougle, su secretario y yo. Guardó su refulgente monóculo en el bolsillo superior de la chaqueta y, sin la menor reticencia dijo que Botzen era un mal sujeto, ahora completamente inútil y, para colmo, un traidor peligroso. Refirió que no le había temblado el pulso cuando había ordenado asesinar a un instructor alemán que le había servido en la organización de los *Landesgruppen*.

—¡Échelo a la calle! —recomendó a Labougle.

Ferdinand se arrojó sobre el cajón y sacó un cuchillo de punta. Estaba furioso y borracho, gritaba que la iba a matar. El biombo se pobló de monstruos. Rolf, agitado e indeciso, permanecía sentado y transpiraba furia en su húmedo lecho. Su madre se defendía con voz inútil. Ferdinand la tironeó de los cabellos para degollarla. Rolf saltó entonces y se precipitó sobre el borracho. El cuchillo había penetrado en la garganta y producía un chorro de sangre. Pero la víctima no era Gertrud, sino Hitler. La sangre le manchaba el bigote y Ferdinand clavaba sus uñas en el hombro de Rolf para apartarlo.

Abrió los ojos.

—Qué... qué...

Un oficial de la Gestapo le sacudía el hombro mientras le apuntaba con un revólver. Perdido entre el sueño y la inexplicable realidad no conseguía enderezarse. Junto al oficial que lo zarandeaba había otros, también concentrados en su cuerpo desnudo.

—Por qué... ¿Qué hice?

—Vístase —ordenó el oficial hundiéndole el caño del revólver entre las cejas—. No, con el uniforme no.

Trastabilló hasta su guardarropas. Extrajo un pantalón de brin; se abrochó mal la camisa. Intentó calzarse las botas, pero le dieron un puntapié en la rodilla.

—¡Suficiente! En marcha.

Fue empujado como un buey al sacrificio. Iba descalzo y con los extremos del cinto flojos porque no lograba unirlos a la hebilla. El arma penetró su omóplato y fue la más clara advertencia de que no debía resistirse. Se sintió tan desamparado e impotente como cuando los soldados habían invadido su casa en Freudenstadt y violado a su madre.

—Es un error...

—¡Cállese!

Lo introdujeron en un vehículo militar. Había suficientes uniformados para reducir a una docena de enemigos. Rolf sabía que mientras más lo alejaban, más grave se tornaba su futuro. Le quitaban su posibilidad de apelar a los superiores que le tenían confianza. Podía terminar en un campo de concentración donde nadie era escuchado.

—Soy un SS, soy un colega de ustedes.

El arma se clavó más hondo en su cuerpo; parecía ansiosa por atravesarle el pulmón.

—Estoy seguro de que hubo un error. Soy guardia personal del Führer. El Führer se enojará si se entera de...

Un puñetazo le cerró la boca. Sus encías empezaron a sangrar. Luego tres soldados empezaron a descargarle golpes al estómago, los genitales y la cabeza. No tenía forma de protegerse. Entendió que la mínima oposición incrementaría los golpes. Ya no lo azotaban con puños, sino con bastones. Se enrolló como una lombriz. Los soldados le bajaron aun más la cabeza, hasta hundirla entre los tobillos. Desde esa posición no podía mantener un diálogo. Tampoco interesaban sus palabras, no eran jueces. Sólo cumplían una orden y lo hacían con placer. Rolf mismo había cubierto misiones análogas en Munich, Lübeck y Marburgo. No le habían dado información sobre la víctima; pero mientras más encumbrada parecía, mientras más se empeñaba en mostrar credenciales, más gusto se sentía en humillarla. No había escapatoria, ni por la fuerza, ni por la razón, ni por el soborno.

Fue remolcado a una gruta. Le fallaba la pierna izquierda como consecuencia de la patada y sentía dolores en la cabeza y los genitales. No podía reconocer el sitio, cuyas paredes e irregularidades corrían velozmente hacia atrás, como si viajara en tren. Acabó tendido sobre una cama dura. No era siquiera una cama, sino una plataforma de mampostería con una frazada áspera que oficiaba de colchón. Cerraron la puerta de acero, dieron vuelta llaves, pusieron candados y cruzaron barrotes.

Quedó a solas, en penumbra. La celda era estrecha y desproporcionadamente alta, como un tubo. De una claraboya que no alcanzarían sus dedos ni trepándose a una silla puesta sobre la cama, descendía un débil haz de luz. Las paredes estaban sucias con restos de comida y algunas inscripciones desesperadas.

Cerró los ojos y se masajeó. Había sangrado en varias

partes. Necesitaba entender este vuelco inesperado e injusto. ¿Por qué mierda le hacían esto? En algún momento lo interrogarían. Entonces podría enterarse. No tenía sangre judía, no era un agitador político. Tal vez lo ligaron con el complot. Sí, era lo más probable. En los últimos días habían ejecutado a varios sospechosos, arrestado culpables e inocentes, destituido a oficiales de la *Wehrmacht* y obligado a que Botzen buscase asilo. Se había puesto en marcha una purga. Pero nadie estaba enterado de la propuesta que Botzen había conseguido meterle en la cabeza, a contracorriente de lo que más amaba su corazón. Nadie. Tampoco amenazó la vida del Führer aunque pensó en ello; dos o tres veces estuvo tentado, pero ni sacó el arma de la cartuchera. ¿Cómo se habían enterado, entonces?

Botzen había sido muy cuidadoso en la confección de su plan. Lo había madurado durante años. Y le había llevado años avanzar de eslabón en eslabón. Había decidido contribuir al derrocamiento de Hitler con un individuo armado que consideraba óptimo: Rolf. Porque Rolf, entre otras cosas, había tenido el coraje de estrangular a su propio entrenador; le vio agallas. Era el indicado para convertirse en SS y ascender a la intimidad del Führer. En *Zum alter Turm* le reveló este prolongado secreto porque habían llegado a la última etapa, la más heroica.

Dio media vuelta sobre la dura superficie; los golpes recibidos le producían puntadas en la cabeza y latidos en una rodilla. Miró hacia la luz que atravesaba la sucia claraboya y volvió a repetir que Botzen fue muy cuidadoso. La correspondencia que mantuvieron durante años no había dejado filtrar la mínima sospecha sobre su desencanto del Führer; la ayuda que desde ultramar brindó a su carrera había estado siempre envuelta en sigilo. Sus pocos encuentros personales en Berlín fueron más discretos que los de la mafia. Ni sus aliados más íntimos sabían —le aseguró— que Rolf dispararía contra Hitler.

Pero alguien más sabía. Claro. Alguien. Volvió a rotar y evocó las facciones del sujeto que le entregó el mensaje de Botzen. Ese individuo sabía que Botzen lo esperaba para algo ilegal. Tal vez había sido arrestado, tal vez lo habían

465

hecho cantar. Habría mencionado a Botzen y a cuantos le parecían involucrados en sus negocios para que cesara la tortura. La tortura estimula la imaginación y produce ocurrencias arbitrarias para que se tranquilice el verdugo. Si el verdugo pide nombres, se le dan nombres y más nombres. No importa si culpables o inocentes, porque llega un momento en que se esfuma la diferencia.

Hasta hacía pocas horas, nadie estaba más libre de sospechas que él, pensó. Incluso lo había convocado el general Sepp Dietrich para encargarle una delicada tarea: sacar a Botzen de su asilo. La Gestapo lo quería interrogar por sus vínculos con los conspiradores. El plan de Dietrich era una trampa: su antiguo, joven y varias veces recomendado discípulo devenido oficial de la SS y guardia del Führer, lo debía convencer de abandonar la residencia porque nada ni nadie lo amenazaba.

En la prisión lo dejaron languidecer. Ni siquiera le trajeron agua. Se cubrió con el borde de la frazada maloliente. Seguro que lo habían arrestado por culpa de aquel mensajero. Debía empeñarse en negar todo vínculo con el complot o acabaría con una bala en el cráneo. Pero debía aceptar que había ido a entrevistarse con Botzen. Esto daría credibilidad a sus palabras. No era un secreto que había sido su mentor de ultramar. Si le preguntaban qué habló con Botzen en la pensión, diría que habló sobre su carrera, sus inolvidables días en Dachau, el honor de servir al Führer. Botzen habría comprendido que estaba frente a un nazi cabal y seguramente había metido violín en bolsa; ni se referiría a los temas que ahora investigaba la Gestapo. Rolf agregaría que, cuando el general Dietrich le encomendó sacarlo de la Embajada, recién advirtió que el viejo andaba en cosas turbias o había perdido el sano juicio.

Lo despertaron dos guardias provistos de látigos. Retrocedió contra la pared.

—Tengo que hablar con un jefe... —rogó encogido.

—¡Camine!

Lo empujaron por lúgubres pasillos hasta una salita de interrogatorios. La reconoció por el austero amoblamiento, un escritorio central, varias sillas y una lámpara de foco móvil. Lo sentaron frente al escritorio. De cada lado lo vigilaba un guardia; había otro en las sombras, todos armados. Un escribiente acomodaba sus útiles cuando de súbito irrumpió un oficial que, tras el *Heil Hitler* de rutina, se ubicó frente a Rolf.

Giró la lámpara hasta que dio contra los ojos del reo, que ya tenía las manos atadas al respaldo de la silla.

Las primeras preguntas fueron formales y calmas: identidad, tareas, vínculos, ideología. Rolf contestó en forma concisa, atento a las inevitables cuestiones de fondo. Pero el interrogatorio no apuntó hacia lo que esperaba, sino a sus ventas de información a países latinoamericanos.

—¿Mis qué?...

La pregunta era precisa: ventas de información. Primero debía confesar a qué países, luego desde cuándo y por último identificar sus contactos.

—No sé de qué me habla, oficial. Yo no vendo...

El primer golpe de la sesión le torció la cara.

—¡Soy leal al Führer! —exclamó con burbujas de saliva sanguinolenta—. No me confunda con un cerdo judío o con un bolchevique. Jamás se me ha ocurrido vender información.

Otro impacto le torció la cara en sentido opuesto.

—No repita las excusas de siempre, señor Keiper —susurró el oficial con lento desdén—. Más vale que no mienta. Le aconsejo que me cuente la verdad cuanto antes, y en el orden que le pedí.

—La verdad... es eso. Nunca he vendido información.

Un latigazo le abrasó el tórax como fuego. Enseguida otro, un tercero, un cuarto. Dejó de respirar. Se tambaleó con las manos atadas al respaldo de la silla y cayó de lado.

—Necesita más ablande —sentenció el oficial.

Rolf fue llevado a otro cuarto, donde cinco guardias lo sometieron a una paliza brutal. Cuando perdió el conocimiento lo depositaron sobre una camilla y lo devolvieron a la dura cama de su celda.

Despertó confuso. Un médico le controlaba la tensión arterial. Dijo algo incomprensible y luego preguntó si quería tomar sopa.

—Aproveche, recién se la trajeron.

Rolf se enderezó apenas y volvió a caer, cruzado por lanzazos de dolor. El médico lo ayudó y pudo acomodar su espalda contra el muro. Le puso en las manos el cuenco humeante. La sopa mojó sus labios resecos. Se atragantó, tosió y escupió.

—¡Beba más lento!

Asintió como un niño, se secó con el extremo de la frazada e intentó de nuevo.

Lo mantuvieron incomunicado otros dos días, pero con provisión de alimentos. Sus heridas fueron desinfectadas y vendadas.

Rolf dejó de pensar en el mensajero que lo había delatado e hizo un esfuerzo sobrehumano para descubrir las verdaderas causas del absurdo interrogatorio. Evocó las preguntas del oficial, palabra por palabra. De ellas se deducía que no había correspondencia entre el complot y su arresto. Lo acusaban de algo sin sentido. Repasó las intrigas que habían llegado a su conocimiento y que en el entorno del Führer abundaban como alimañas en un pantano. Quizás tenían envidia a su carrera, a la confianza que le dispensaba el general Dietrich. Pensó también en círculos más alejados: sus camaradas y superiores en el Instituto de Dachau, el Ministerio de Educación, las giras con el Führer, el rector de la Volksschule. "Venta de información", carajo... ¿Qué quería decir?

Como la luz que se abre entre frondosas nubes, asomó un nombre. No era el del mensajero ni de ninguna de las figuras que había conocido en Alemania. Lo rechazó: era tan absurdo como el interrogatorio. El nombre volvió a presentarse. ¿Por qué no aceptarlo como posible? Era un hijo de puta, un gran hijo de puta. Se secó la frente con la olorosa frazada. Había acusado a Hans Sehnberg del mismo delito: venta de información. Dijo que vendía información al degenerado de Ricardo Lamas Lynch. Pero, ¿vendía información? Botzen inventó la idea. Porque era el mismo Botzen

468

quien comerciaba en la clandestinidad, ¡información entre otras cosas! Y le pasó el cargo a Sehnberg. La muerte de Hans le había servido para blanquearse, echándole la culpa de todo. Por lo tanto, era Botzen quien había hecho la denuncia contra Rolf. Botzen se dio cuenta de que Rolf servía a dos patrones, era leal al complot y al mismo tiempo era leal al Führer; prometió matarlo, pero jamás lo haría. Rolf había dicho al embajador argentino lo que mandaba decir el general Dietrich para cubrir las apariencias, pero a él le contó que la Gestapo lo arrestaría. Rolf no deseaba que Botzen abandonase la residencia porque estaba seguro de que en la tortura el viejo cantaría y lo complicaría. Botzen comprendió que su discípulo no le tenía confianza. Y que sólo era fiel a sí mismo. Entonces se decepcionó de Rolf como ahora Rolf se decepcionaba de él.

Siguió lucubrando. Botzen no quería pudrirse en la residencia y entonces decidió usar a Rolf como había usado a Sehnberg. Negoció un salvoconducto a cambio de entregar nada menos que a un guardia del Führer. Para hacer más creíble su maliciosa ofrenda inventó la especie de que vendía información a países latinoamericanos. Ahí está: países latinoamericanos, los que él conocía; vivió en Buenos Aires, pidió asilo en la Embajada argentina y aguardaba emigrar a la República Dominicana. ¿A quién si no a Botzen se le podía haber ocurrido eso de vender información a países latinoamericanos?

Debía manejar con astucia este descubrimiento atroz.

El oficial le preguntó en el siguiente interrogatorio sobre los cambios de ministros en Agricultura y Relaciones Exteriores.

—¿Cambios? —Rolf se acomodó el vendaje de la cara; algunos rumores habían llegado a sus oídos mientras hacía guardia—. No sé a qué se refiere.

—Cambio de ministros —repitió.

—Hace tiempo que Von Ribbentropp suena como ministro de Relaciones Exteriores y se dice que habría un relevo en el Ministerio de Agricultura —explicó Rolf extrañado.

El oficial hizo una seña a su ayudante y partió. Rolf fue devuelto a la celda sin nuevas palizas.

Horas más tarde abrieron la gruesa puerta metálica y lo condujeron por el espectral corredor hacia otro piso. Había luz y olor a desinfectante; en vez de cárcel le pareció un hospital. Temió que lo sometiesen a una cirugía castradora. Le adjudicaron un cuarto provisto de cama, colchón, sábanas y un pequeño escritorio. El contraste abrumaba: era casi un palacio. No alcanzó a sentir el placer del nuevo lecho e ingresó el mismo médico con un carrito de curaciones. Lo saludó amablemente.

—¿Qué significa esto?

—Su situación ha mejorado. Tengo órdenes de conseguir su plena recuperación.

Una semana después le comunicaron que estaba libre. Le entregaron el uniforme y le comunicaron que un auto militar lo esperaba para llevarlo de regreso.

No había más explicaciones; tampoco las tenía que pedir. Conocía el método: en casos como el suyo seguirían vigilándolo para confirmar las sospechas. No debía considerarse invicto, aún.

Retornó al puesto de siempre como si nada hubiese pasado, pero con la ansiedad de resolver en forma definitiva la amenaza que oscurecía su horizonte: si Botzen había podido inventar una calumnia tan grande para lograr un salvoconducto, una demora en su obtención podría inducirlo a confesar que Rolf había sido encargado por los conspiradores eliminar al Führer. Por un dato como ése no sólo le entregarían un salvoconducto, sino que le pondrían una guardia de honor en el puerto.

El general Sepp Dietrich lo recibió sin formular preguntas. Un mes más tarde le dijo:

—Ese señor Julius Botzen sigue enterrado en la residencia del embajador argentino. La Gestapo arde de impaciencia porque ese hombre conoce al resto de los conspiradores. Me han vuelto a pedir que usted lo convenza de salir a la calle, aunque sea por un corto paseo.

—No es fácil, no se atreverá a dejar la cueva sin un salvoconducto.

—No habrá salvoconducto, ni siquiera para que se mude de embajada, si antes no escupe los nombres que guarda su sucio cerebro. Convénzalo para que regrese a su pensión, o salga a tomar una cerveza. Asegúrele que nadie lo va a molestar.

ALBERTO

Los imbéciles de Chamberlain y Daladier no se daban cuenta de sus errores. Creían posible impedir la guerra ofreciendo más víctimas al vientre de Moloch. Le dieron sin adecuada resistencia el Sarre, Renania, Austria y Checoslovaquia, le dieron a los judíos que sus mandíbulas trituraban felices. ¿Qué vendría después? La política de apaciguamiento fracasaba; para regímenes como éste no había transacción posible porque quería y necesitaba algo más que la derrota ajena: quería y necesitaba su denigración. Algunos ingleses parecían darse cuenta.

Víctor French me contó que su amigo Zalazar Lanús, de nuestra Embajada en Londres, había visto a obreros excavando refugios antiaéreos en Hyde Park y Regent's Park. Le dijo que se movilizó la Armada y que varios altos oficiales iban y venían de París, dispuestos a proclamar "basta".

Zalazar Lanús le contó aquello que no podíamos leer en Berlín: cómo había sido la sesión del Parlamento británico cuando Chamberlain informó que no renunciaba a lograr un acuerdo con Hitler y propuso, pese a las ofensas, visitarlo por tercera vez, donde él determinase, para salvar la paz. La respuesta de Alemania no llegaba y algunos diputados pensaban que no llegaría nunca. Pero en plena sesión, como si un dramaturgo hubiera ideado el libreto, fue depositado ante el presidente de la Cámara un cable con el asentimiento de Hitler y Mussolini para celebrar una conferencia cuatripartita en Munich. Por un instante —Zalazar Lanús aseguraba que había sido un caso único en la historia de Inglaterra— el viejo Parlamento perdió el dominio de sus nervios. Los diputados se pusieron de pie, aplaudieron y gritaron; las galerías retumbaron de alegría. Nunca se había producido semejante explosión de júbilo en el adusto recinto. A él lo había hecho lagrimear tanto anhelo por preservar

la paz. Los militares más precavidos, en cambio, olfatearo
una trampa.

El embajador alemán informó a Berlín hasta qué punt
Gran Bretaña estaba dispuesta a cualquier sacrificio par
impedir la conflagración. Chamberlain no viajó a Munic
para negociar la paz, sino para implorarla. Nadie quer
imaginar el tipo de capitulación que le habían preparad
Los militares ingleses, empero, continuaron excavando e
los parques, exigían la multiplicación de las fábricas de ar
mas, instalaban cañones antiaéreos y distribuían máscara
antigás. Pero la mayoría de la gente soñaba con la habili
dad del primer ministro y confiaba en la picardía de su ros
tro de pájaro. Viraban el dial de la radio para escuchar lo
noticiarios y enterarse sobre el curso de la negociación. Pa
saron jornadas insoportables de ansiedad, incluso para lo
miembros de nuestra Embajada. Hasta que de pronto s
abrieron las nubes y estalló una insólita esperanza: Hitle
Mussolini, Chamberlain y Daladier habían llegado a u
acuerdo óptimo. Más aún: el primer ministro Nevill
Chamberlain había conseguido firmar con Hitler un tratad
para la solución pacífica de todos los conflictos entre amba
naciones. La radio de Londres repitió hasta el cansancio e
mensaje acuñado por el premier: *Peace for our time.*

Al regresar, el ministro agitó desde la escalerilla del avió
un papel que aseguraba la paz para nuestro tiempo. La gen
te lloraba de alivio. Zalazar Lanús lloró en nuestra Embajada con los demás funcionarios; era un momento histórico.
En seguida los diarios de Gran Bretaña reprodujeron la cabeza de pájaro con impecable traje de tweed y la inolvidable fotografía. Por la noche la gente se ponía de pie en los
cines y se abrazaba cuando el noticiero mostraba la escena.
Al día siguiente los obreros suspendieron las excavaciones y
muchos fueron a devolver las espantosas máscaras antigás.
Chamberlain era el héroe de una hazaña sin precedentes;
los comentaristas aseguraban que, con su firmeza política y
su pesado estilo, había logrado frenar la rapacidad de Alemania. En París se propuso erigirle un monumento: algo
nunca visto ni sospechado en la conflictiva historia de las
relaciones anglofrancesas.

472

Después cayó la desilusión como una avalancha. Se supo cuán incondicional había sido la rendición de Chamberlain y Daladier en Munich ante la intransigencia de Hitler, respaldado por Mussolini. Se supo con cuánta indignidad habían servido en el altar de Moloch el impotente cordero de Checoslovaquia.

Los primeros ministros de Francia y Gran Bretaña no imaginaron que, antes de que se secara la firma del tratado, Hitler lo violaría en todas sus cláusulas. La verdad fue proclamada por Goebbels, cuando gritó a la multitud enardecida: "Inglaterra fue aplastada contra la pared".

Víctor French emitió un largo suspiro.

—Lástima que todavía nadie se anime a asesinar a Hitler.

—¿Puede alguien ser tan loco para intentar semejante cosa?

—El complot es cierto. Han encontrado y ejecutado a varios personajes. Tal vez alguno consiga burlar las barreras.

—Imposible. Eso es imposible.

—En Alemania hay de todo. También infinitos locos.

—¿No podrían enviar las democracias un asesino profesional, un buen espía, un comando? Se juega la paz del mundo.

—No. Las democracias se dejan destruir, no atinan a defenderse. Será alguien de aquí. O nadie. Las democracias tuvieron un rosario de oportunidades para detener a Hitler. No lo hicieron. Bueno, les pesará. Lamento ser pesimista.

Edith continuaba trabajando en Caritas y San Rafael pese a las advertencias del embajador. Era un torbellino de actividad. Estaba más delgada y casi siempre ojerosa. Hasta se había recortado su rubio cabello para no demorarse en las mañanas. No le oculté mi preocupación. Ella me entendía y lamentaba que así fuera.

—No puedo dejar este trabajo.

—Ruego al cielo que no terminemos en un campo de concentración.

—Debemos luchar, Alberto. Yo no confío en las negocia-

ciones con Hitler ni en sus promesas de paz. ¿Cómo pueden algunos ser tan ingenuos?

—Eligen ser ingenuos.

—Mucha gente de buena voluntad cree de veras que u
tratado es un tratado y que el derecho funciona. No se d
cuenta de que el nazismo ha inaugurado una nueva inmo
ralidad.

—Es un monstruo. Y estás luchando contra un monstruo
Edith. ¿Creés posible tu éxito?

—No contra el monstruo. Sí con sus víctimas, aunqu
parcialmente. Los pocos éxitos que Margarete y yo y su
colaboradores conseguimos, suenan a gloria.

Rodeé su cara con ambas manos y le besé las mejillas.

—Te amo.

—Las víctimas son personas que de la noche a la maña
na se convirtieron en portadoras de una plaga absurda. Le
quitan todo, las hunden en un campo de concentración
las expulsan sin clemencia. Ah, no olvidar que los genero
sos nazis les dejan el traje puesto y sólo diez marcos en e
bolsillo.

—¿Para qué atormentarnos más?

—Porque no hay visas, Alberto. Te lo recuerdo otra vez
Nuestro cónsul las sigue negando y nuestro gobierno man
da decir que no le interesa la gente desvalijada.

—Yo usé esas palabras. He hablado de nuevo con el cón
sul y me aseguró que entiende la emergencia, pero no pue
de transgredir órdenes. Víctor French ya nos ha provisto de
una buena cantidad por otra vía.

—¿Las considerás suficientes? Las víctimas de este despojo aceptan irse a cualquier parte, al Polo Norte o al Polo
Sur, a China, al Sahara o al Caribe. Y debemos ayudarlos
¿Te imaginás familias con hijos y hasta nietos que recorrer
el planeta rumbo a tierras donde se hable cualquier idioma
donde deban someterse a leyes extrañas y trabajos desconocidos? Tendrías que ver el desfile que recorre las oficinas
de San Rafael: empresarios, artistas, profesores universita-
rios, jueces, médicos, músicos.

—No lo repitas: estoy enterado.

—Tengo que hablar, Alberto. Durante el día trago litros

474

le aflicción. ¿A quién puedo recurrir? ¿A tu tío Ricardo?

—Menos mal que ya partió. No lo aguantaba ni a diez metros de distancia.

Volví a besarla y me levanté para buscar un licor. Abrí las ventanillas del bar y extraje el Bayleys que Víctor me había regalado al volver de su breve estadía en Londres. Llené dos copitas y coloqué una en la pálida y tensa mano de Edith.

—Ha empezado un éxodo —dijo ella—. Incontables seres pisoteados han decidido partir. Esperan la ayuda de gobiernos sensibles y de instituciones de beneficencia. Esperan nuestra minúscula ayuda. Requieren visas, permisos y dinero. Ya sé que recito la misma letanía. Disculpame.

—¡Qué podemos hacer!

—Si cada uno hiciera un poco... ¿Sabés qué me impresiona más? Los judíos convertidos. Sus antepasados al menos sabían por qué se los maltrataba: eran los iluminados de una fe, de una elección, de un Libro. Pero esta gente perdió su antigua identidad y ya nada les importa de su pasado, de su tradición. Se sienten alemanes y hermanos de los cristianos, los mismos cristianos que tanto les pedían la conversión y ahora que la han realizado los ignoran.

Repetimos la dosis de Bayleys y nos fuimos a dormir. Lo cual no siempre podíamos hacerlo en forma apacible. De modo alternativo sacudíamos nuestros hombros para arrancarnos las pesadillas. Nos abrazábamos, besábamos e intentábamos conseguir la escurridiza calma.

En la Embajada las conversaciones no eran mejores. Además de comentar la evolución del régimen y sus alternativas con las declinantes potencias de Europa, llegaban noticias sobre purgas en la URSS, el sangriento balance de la Guerra Civil Española y el creciente sometimiento de Mussolini a los caprichos de Hitler.

Otra escapada de Víctor French a Londres me hizo sospechar que Zalazar Lanús era algo más que su amigo. Trajo un perrito pequinés del que no se desprendía ni siquiera en la oficina. Mi secretaria comentó con asco que lo había vis-

to besándole el hocico. Víctor estaba locuaz y usaba en ex
ceso las manos. Su nerviosismo le movía el nudo de la cor
bata, desprendía los botones del chaleco y desestabilizaba
su disimulado peluquín. Cada vez que cruzaba un espejo se
detenía a controlar el peluquín y, aparentando mirar sus ore
jas, lo corría según el desplazamiento sufrido. En una oca
sión exclamó horrorizado:

—¡Cielos! ¡Me parezco a Hitler!

A principios de 1939 lo invité a cenar en casa. Apenas se
sentó le ofrecí un cocktail. Aceptó con desconfianza porque
era un experto en la preparación de bebidas. Apenas verti
el Martini sobre un vaso se levantó y me rogó que no siguiera con el estropicio.

—Un Martini no se sirve como si fuese agua —protestó
indignado.

Eligió tres copas con fino pie de cristal y pidió que las
enfriase.

Edith encogió los hombros y yo decidí complacerlo. Cuando le devolví los vasos en condiciones, agregó:

—No se trata de whisky, por lo tanto el hielo debe ser
puesto después, no antes. Hay que servirlo puro, ¿ve?, y
revolver, nunca agitar.

Fui a sentarme mientras lo contemplaba finalizar su
tarea.

La indigna reunión cuatripartita de Munich parecía quedar lejos. Hitler, como un tigre cebado, apresó la cercenada
Checoslovaquia. Luego ocupó Memel. A continuación la
prensa dirigida por Goebbels reclamó Danzig y el corredor
polaco. La tensión seguía creciendo. Zalazar Lanús estaba
desesperado; llevaba tantos años en Londres como Víctor
en Berlín; se consideraba inglés.

—Yo, en cambio, nunca podré considerarme alemán con
estos nazis de por medio.

Su amigo le había asegurado que la gente del común
detestaba la guerra y se ilusionó con la política apacigua-
dora de Chamberlain; pero ahora sentía angustia. En la
calle, en los pubs, en las entradas de los edificios repetía
una y otra vez que el bueno de Chamberlain se había molestado en viajar a las residencias de Hitler sin reciproci-

dad alguna; que le llevó cordialidad, buena voluntad y comprensión; que efectuó concesiones. Pero ninguna concesión había sido suficiente. Hitler siempre juraba que era su última exigencia, y unos meses después pedía otra. Su voracidad no tenía límites, se incrementaba con cada bocado. La oposición inglesa reclamó entonces una actitud firme y se reanudaron los preparativos para la defensa antiaérea. También volvieron a distribuirse las máscaras antigás porque no se había borrado el recuerdo de la Gran Guerra; además de las nuevas máscaras, se revisaron las que se habían distribuido antes de Munich. La situación había retrocedido al horrible clima del año anterior, pero con menos esperanzas.

—Mi amigo presiente el bombardeo. Quiere huir de Londres. Todas las semanas da un ansioso paseo por los muelles para ver partir los transatlánticos desbordados. Pero los canallas de Buenos Aires no aceptan cambiar su destino, como tampoco el mío.

Sacó un pañuelo y se secó los ojos.

—Temo que se enferme. Los presentimientos de Zalazar Lanús son más confiables que un cheque suizo. Tiene un incomparable olfato.

Víctor amaba alargar las sobremesas "para recuperar el amor a la noche que reina en Buenos Aires". Se fue cuando nos vio bostezar. Pero nuestros bostezos no se convirtieron en apacible dormir, sino en insomnio. Coincidíamos con Edith en que los presentimientos de Zalazar Lanús eran correctos.

ROLF

La tarea encomendada había proseguido incluso durante su arresto, porque la orden de un SS *Untersturmführer* no podía dejarse de cumplir sin una orden en contrario. En consecuencia, durante la ausencia y luego, tras el retorno de Rolf, siguieron amontonándose informes sobre movimientos y actividades de "la joven rubia de ojos negros".

Devoró los datos para entender las razones que la ha-

477

bían traído a Alemania. Estaba casada con el consejero de la Embajada, aquel criollo de mierda, perdido y asustado que Rolf había guiado cuando el golpe de 1930. Le llamó la atención su apellido, seguro que era un pariente del degenerado Ricardo Lamas Lynch, y tan corrupto como él. Decían los informes que "la joven" salía por las mañanas y regresaba por las tardes, concurría a misa los domingos y a veces otros días más. Pasaba horas en Caritas y San Rafael; en dos oportunidades había ingresado a la residencia del obispo Preysing por una puerta lateral; efectuaba compras en los negocios que quedaban cerca de su casa; raramente viajaba en automóvil. En su hogar servía una sola mucama de nombre Brunilda. "La joven" no tenía hijos. Desde que empezó su seguimiento visitó en el siguiente orden los consulados de Noruega, China, Grecia, Suecia, Bélgica, México, Suiza, Chile y Egipto; en una ocasión había ido a las oficinas de la Embajada argentina y en tres a cenar con su marido en las residencias de Holanda y Perú.

Rolf se miró al espejo en forma prolongada. Interrogó a sus preocupados ojos azules sobre los pasos a dar. Uno ya lo había decidido el general Dietrich: se entrevistaría de nuevo con el canalla de Botzen esa misma noche porque el embajador Eduardo Labougle y su esposa se encontraban en Leipzig. El segundo empezaría al atardecer.

Llamó a sus subordinados y formuló las órdenes con suficiente claridad para que no se produjese falla alguna. Luego optó por dedicar las horas que faltaban a un trascendente cambio de rutina. Un operativo de semejante magnitud debía ser memorable.

Fue a su habitación, se quitó las botas y colgó el pesado uniforme. Buscó en el dial una excitante música bailable y elevó el volumen para escucharla desde el baño; abrió el grifo de agua caliente hasta llenar la bañera. Se cortó las uñas de las manos y los pies, cuidadosamente; luego se afeitó. Probó con el codo la temperatura del agua y se sumergió despacio. Apoyó la cabeza sobre el toallón enrollado que había dispuesto en un extremo y casi se durmió canturreando bajito. Al cabo de media hora se vistió con ropa limpia. Lustró con su manga la brillante visera de la

orra, sonrió a la calavera y salió a la calle fría rumbo a un
buen restaurante.

Debía estar en forma. La venganza es el placer de los
dioses, le dijeron desde que era adolescente. Comió con
apetito y bebió un litro de cerveza. Dio una vuelta por las
calles iluminadas y regresó a su cuarto. Aún faltaban dos
horas. Volvió a encender la radio. El noticiario informaba
que Chamberlain y su ministro de Relaciones Exteriores habían llegado a Roma para apaciguar a Mussolini. En la estación, el vanidoso premier caminó ida y vuelta con la sombrilla en una mano para saludar a la pequeña multitud de
residentes británicos que el Duce había convocado para darle
la bienvenida. Al mismo tiempo Von Ribbentropp era recibido en París por su colega Bonnet; los ministros de Francia
y Alemania habían firmado una declaración en la que aseguraban solemnemente que no existían entre ellos cuestiones limítrofes pendientes y habían prometido consultarse de
inmediato en caso de un eventual desacuerdo.

Levantó su ejemplar de *Mein Kampf* y se puso a releer;
le caldeaba el espíritu. A las once destapó una botella de
kirsch. El dulce fuego se expandió de la cabeza a los pies.
Calzó la gorra y se miró nuevamente en el espejo: la calavera sonreía.

Antes de subir al auto su ayudante le informó que el segundo operativo ya había comenzado sin inconvenientes.
Se dirigieron entonces a la residencia del embajador argentino. Un mayordomo soñoliento y con la chaqueta sin abro-
char respondió asustado al dedo que parecía haberse pegado al timbre. Reconoció al ayudante de Rolf, quien le comunicó que el SS *Untersturmführer* debía reunirse con el
capitán de corbeta Julius Botzen. El tembloroso hombre atinó a informar que el señor embajador se encontraba de viaje y él no tenía autorización para dejar entrar personas ajenas, pero de inmediato entendió que era peligroso resistir y,
tras aclarar que el señor capitán de corbeta ya dormía, dijo
"sean ustedes bienvenidos, pasen por favor".

El ayudante bajó por la escalinata de granito y comunicó
lo que acababa de escuchar. Rolf le hizo una seña y su ayudante abrió la puerta del auto.

—Iré solo. Espérenme aquí.

El mayordomo le solicitó un minuto para avisar al señor capitán que tenía visita.

—¿Desea tomar un café, señor SS *Untersturmführer*?

—Lo haré junto con el capitán.

—Bien —se alejó.

—Un momento. Lo acompaño. No hace falta que el capitán se vista; podremos hablar en su dormitorio.

El mayordomo se sorprendió, pero ya había decidido no efectuar objeciones.

Golpeó la puerta varias veces, con respeto, antes de que sonara la dormida voz de Julius Botzen.

—Lo buscan, señor.

—¿Quién?

Rolf apoyó la mano sobre el picaporte y entró.

—Tráiganos café.

El mayordomo partió rápido hacia la cocina y Botzen manoteó la perilla del velador. Parpadeó ante la sorpresa. Se incorporó en el lecho mientras sus manos buscaban algo sobre la frazada, un revólver tal vez.

Rolf echó una mirada a la alcoba, bastante suntuosa para un asilado político. La cama era de bronce, había un ancho guardarropas con luna central, anaqueles llenos de libros un escritorio con silla giratoria y dos pequeños sillones tapizados en rojo. La ventana estaba cubierta por un grueso cortinado. Del cielo raso colgaba una fuerte araña; el techo estaba cruzado por vigas de madera. Sobre la mesita de noche yacía su reloj de bolsillo con una larga cadena de oro y un portarretratos con la imagen del último Káiser. Rolf la reconoció: era la misma fotografía que colgaba en la avenida Santa Fe, ante la cual había jurado y a la que había visto noche tras noche durante las sesiones de adoctrinamiento. La nostalgia tenía un agrio regusto.

Sintió olor a encierro o a viejo, parecido al de su maloliente padre.

—Levántese —dijo—. Tenemos que hablar.

Botzen frunció las cejas, tosió y se sentó en la cama con las piernas colgando. Buscó con la punta de sus dedos las pantuflas, se paró con el piyama abultado sobre el pecho y a entrepierna y caminó hacia el guardarropas, de donde extrajo una bata oscura. Luego fue a sentarse en un sillón, frente al que ocupaba ya su discípulo.

—Hace mucho que no tengo noticias tuyas, Rolf —carraspeó hasta arrancar el esputo.

El mayordomo ingresó con la bandeja humeante. Entregó un pocillo a cada uno y esperó que se sirvieran el azúcar.

—Gracias —dijo Rolf—. Puede retirarse. No precisamos nada más.

El hombre hizo una reverencia y desapareció sin ruido. Cerró la puerta. Rolf lo siguió y echó llave. Ante la mirada absorta del capitán aclaró que no quería ser molestado.

—Tengo que hacerle una pregunta —interpeló sin rodeos—. Usted lo negará. Sólo quiero saber cómo pudo hacerle llegar un mensaje a la Gestapo desde esta residencia.

Botzen había empezado a beber y se atragantó. El café humedecía la boca del marino y salpicó sus solapas.

Mientras, el mayordomo se sentó en la cocina a fumar un cigarrillo; por la estrecha ventana veía un segmento de la calle iluminado en forma tenue por los faroles nocturnos. Podía divisar el guardabarros del auto en que había venido el SS. Vaya hora para discutir sus cuestiones, pensó. Era cierto que el capitán se mostraba amable con el personal de la residencia, pero ya resultaba molesto; no siempre se lo podía incluir en las recepciones del embajador ni en sus cenas íntimas. El capitán insistía no tener inconveniente en permanecer recluido, pero mejor si conseguía un salvoconducto y se mudaba a cualquier otra parte, aunque fuese la luna. Abrió el diario y se puso a leer los avisos comerciales.

Tras quince minutos de un diálogo de sordos Rolf miró la araña y las vigas del techo por cuarta vez. Decidió que ya era tiempo de pasar a la cruda acción. Se frotó las grandes manos y se incorporó lentamente.

—¿Sabe, capitán? He llegado a una conclusión terrible: nunca le he perdonado la vergüenza que infligió a mi padre en su despacho, delante de mí. Nunca.

A Botzen se le cayó la mandíbula. Esto sí que era una sorpresa. Le rodaron hilos de sudor; presintió que la noche acabaría mal. Por primera vez tuvo miedo de este mucha-

481

cho que se quitaba la chaqueta del uniforme y la acomodaba sobre el respaldo de la silla giratoria.

Rolf se arremangó la camisa como si estuviese por emprender una tarea pesada.

—No entiendo —carraspeó Botzen—. Deberíamos conversarlo, si te duele. Tu padre...

—Hemos estado conversando, capitán. Pero es inútil. Usted primero da y luego quita. A mi padre le dio trabajo y después lo echó del trabajo. A mí me hizo ascender y ahora me hunde con denuncias absurdas. A mi padre lo obligó a cagarse delante de su escritorio y a mí me quiere ver muerto en un campo de concentración para salvar su sucio traste. ¡Usted me ha metido en una trampa!

—¡Por Dios! ¿Qué trampa? Te elegí para una misión patriótica. Te ibas a convertir en un héroe nacional.

—En un traidor.

Negó, desesperado. Tenía anudada la garganta. Presentía la incontrolable tempestad.

Rolf se paró frente al tenso capitán como si fuese un obelisco. Antes de que lograra esquivarlo, diez dedos le comprimieron la tráquea y las carótidas, furiosamente. Entre la asfixia y la impotencia el rostro del viejo se ingurgitó. Apenas emitía ahogados sonidos mientras hacía denodados esfuerzos por liberarse. Las mejillas enrojecían y se abultaban cómicamente. El torniquete era implacable. Los ojos de color marrón claro se tornaban más claros por la cianosis que los rodeaba; muy abiertos saltaban implorantes hacia los dientes apretados de Rolf.

Su resistencia no tenía sentido ante la endemoniada fuerza que lo derrumbaba hacia una creciente penumbra. El cuello le dolía menos, ya no sentía el mortal estrangulamiento. Su cerebro ingresaba en una rápida desertización. Se aproximaba el fin.

Botzen se aflojó sobre el sillón como un muñeco de trapo. Colgaban sus manos negras; una pantufla había volado hacia la cama. Inconsciente, aún emitía un ronquido sibilante. Rolf buscó en el guardarropas un cinto largo para acabar su solitaria tarea; tenía que hacerlo con arte. El tirante del techo funcionaría a la perfección.

Luego de colgarlo estiró las mangas de su camisa, se puso la chaqueta y levantó la gorra. Salió del dormitorio y cerró la puerta. Quería que apareciese el mayordomo quien, en efecto, llegó apresurado apenas lo escuchó taconear en el vestíbulo.

—El capitán Botzen está muy afligido. Me pidió que nadie lo molestase. Quiere dormir.

—Entendido, señor SS *Untersturmführer*.

—Fue categórico —amenazó con el índice—: que no lo molestasen por nada.

—Así será.

—*Heil Hitler!*

Subió al automóvil y se perdió en la noche. El mayordomo apagó las luces y, obediente, se encerró en su cuarto.

EDITH

Los ayudantes de Rolf eligieron la arbolada Fasanenstrasse para el secuestro. Frenaron junto a la vereda y, antes de que pudiera entender lo que pasaba, un soldado le tapó la boca y otro le levantó las piernas. Edith fue sumergida en la parte posterior del coche. Le anudaron una mordaza, le ataron las manos y apoyaron las botas sobre sus hombros. El auto se escabulló hacia las afueras de Berlín.

Giraba los despavoridos ojos y capturaba fragmentos de sus raptores. Vio las botas negras, sus pantalones negros y muy lejos, en lo alto, las chaquetas negras y los mentones desafiantes. El olor a combustible se mezclaba con el olor a goma, cuero y muerte. La ceñida mordaza le cortaba un labio.

En media hora llegaron al albergue de oficiales. Había pertenecido a una familia judía expulsada luego de una prolija expropiación que incluyó esta casa y su colección de arte. La empujaron hasta el primer piso y la introdujeron en un dormitorio. Le quitaron la mordaza, las ligaduras, y le explicaron que era inútil huir: estaba rodeada por guardias y perros amaestrados. Imploró en vano que le explicasen el motivo de su arresto.

Cerraron con llave y ella se sentó sobre la cama, pálid[a] de miedo. Lo único que deseaba era comunicarse con A[l]berto y rogarle que no se preocupase, que seguía viva. Otr[a] vez torturaba su amor y su paciencia con una desaparició[n] inexplicable. Al comprobar que no regresaba, se angustiarí[a] con razón; zarandearía el mundo para encontrarla.

Pasaron lentas horas. Le dolían el estómago y el pech[o;] la brutalidad del operativo y su rabiosa impotencia le pr[o]vocaban puntadas erráticas. Un doble cortinado cubría l[a] ventana. Vacilante, fue a investigar. Las hojas estaban so[l]dadas y en el exterior había rejas. A lo lejos brillaban débi[-]les luces de granjas. Caminó a lo ancho y a lo largo de[l] dormitorio pensando cómo liberarse. Le habían quitado l[a] cartera, donde estaba su pasaporte. Sus secuestradores de[-]bían haberse dado cuenta de que era la mujer de un diplo[-]mático y que este atropello provocaría un conflicto.

Tocó las paredes suntuosamente empapeladas y observ[ó] los cinco cuadros al óleo que las adornaban. Había un to[-]cador bien provisto y un ancho guardarropas. La vitrina con[-] tenía botellas de whisky, kirsch, ron y vodka. Era una pri[-]sión de lujo. ¿Por qué la habían traído? No la secuestraron [en] la salida de San Rafael, sino a varias cuadras de distancia[.] ¿La habían estado siguiendo? La SS y la Gestapo cazaba[n] sus víctimas donde fuera, incluso en los teatros o en un[a] cervecería. ¿Por qué la capturaron en la calle, lejos de lo[s] testigos? ¿Por qué sólo a ella?

—Alberto... —lo nombraba y la fuerza de su amor le brin[-]daba un tenue alivio.

Ya habrían revisado su cartera y visto el pasaporte. ¿Po[r] eso la habían encerrado aquí y no en una sucia mazmorra[?] Por más que forzaba conjeturas, el enigma no prometía re[-]solverse.

Un suboficial ingresó con una bandeja y la depositó so[-]bre la mesita, sin mirarla. Otro permaneció vigilando. Edit[h] le rogó hablar por teléfono, simplemente para anunciar qu[e] estaba bien, delante de ellos incluso. El suboficial dio medi[a] vuelta, taconeó y cerró.

—¡Dios mío!

Volvió a caminar junto a las cuatro paredes, palpándola[s]

484

como si pudiera encontrar una puerta secreta. Al rato hizo una inspección de la comida: demasiada calidad para una prisionera desprovista de derechos. ¿Qué deseaban obtener de ella?

Las largas y vacías horas tenían un seguro efecto desestabilizador. Edith probó un bocado y se tendió en la cama con la luz encendida.

Pasada la medianoche el silencio fue desgarrado por la brusca frenada de un automóvil. El sueño la había cubierto apenas, como un tul. Se incorporó asustada. Escuchó ruidos de pisadas y voces. Los tacos incrementaron su intensidad: venían hacia ella. Bajó de la cama y se quedó frente a la puerta. Dieron vuelta a la llave, giró el picaporte e ingresó un corpulento SS, cuya gorra parecía llegar al cielo raso.

Edith retrocedió, atónita. Rolf cerró y, con una sonrisa próxima a la mueca, dijo con desdén:

—Lamento haberte hecho esperar.

Ella apretó los puños; el alud le oscurecía la vista. ¿No había llegado a la Gestapo su delación anónima? ¿La habrían desestimado por absurda? Rolf debería estar en un calabozo o en un campo de concentración, purgando sus maldades. Pero seguía ostentando poder, como si nada hubiese ocurrido. La venganza había fracasado.

Rolf se quitó la gorra y la chaqueta con parsimonia. Abrió la vitrina y reflexionó ante las etiquetas variadas.

—Seguro que preferís whisky, pero yo elegiría kirsch. ¿Qué te parece?

—¡Debo irme ya! Este secuestro provocará un escándalo. Saldrás perjudicado, Rolf —su voz era una conmovedora mezcla de terror y súplica.

—Tranquila. ¿Por qué no tomás asiento?

—Debo partir ahora mismo. Estoy retenida desde la tarde. Mi Embajada ya debe estar moviendo cielo y tierra —sus cuerdas vocales se encogían.

—No lo creo —destapó el kirsch y llenó dos copitas.

—Mi marido es el consejero. Tiene rango diplomático reconocido por el Reich. Este secuestro es inadmisible. Y muy grave.

—Depende —le tendió una copita—. Lo que decís no es
novedad. Estoy informado de tu vida y actividades.

—¿Qué hice?

—¡Salud!

—¿Qué pretendés? No quiero vueltas, por favor. ¿Qué
pretendés? —el cinismo de Rolf le hizo explotar la iracundia—. Rápido, porque debo regresar a casa antes de que tu
ministro de Relaciones Exteriores te pida una explicación.

—Muy exaltada, Edith; muy exaltada —su sonrisa parecía burlona, pero contenía odio—. En primer lugar, te ruego
que apacigües tu insolencia; estás frente a un oficial de la
SS. En segundo lugar, lo que pretendo es algo lindo.

—¿Lindo? Yo no tengo información para darte si es eso
lo que estás buscando; mi vida es legal.

—No hablemos como sordos. Tu información no me interesa en absoluto; en todo caso, tal vez le resulte útil a la
Gestapo.

Llenó de nuevo su copita.

La Gestapo, pensó Edith. La Gestapo debió haber leído
con más atención el anónimo que le había mandado con el
mayor de los esmeros. Cientos de alemanes acabaron con
un tiro en la nuca por delaciones menores. La Gestapo no
exigía pruebas irrefutables, no era prolija para matar.

—Como estás muy ansiosa, te diré que mi intención consiste en proseguir nuestro viejo y frustrado vínculo. Pero ahora
lo haremos desde una posición más... simétrica.

—No te entiendo —presintió lo peor.

—Sí que me entendés, no te hagas la despistada, no repitas la maldita técnica de engañarme.

Edith se sentó en una silla y Rolf empezó a deambular.
Por momentos se quedaba delante y por momentos detrás
de ella. Edith le escuchaba la respiración, le escuchaba los
latidos de su sangre. Era un animal peligroso.

Mientras caminaba, Rolf bebía una copita tras otra y
monologaba. Evocó aquel remoto viaje a Bariloche, un verdadero viaje de mierda. Evocó a los tíos de Edith, que recordaba como si los hubiese visto ayer: Salomón tenía anchos bigotes entrecanos cuyas puntas retorcía sin cesar y
Raquel lucía pómulos altos, ojos azules y hermosas piernas

que mostraba como una refinada puta. Nunca tuvo la oportunidad de hablarle tan claro como ahora. Raquel era una puta regalada, ¿no?

Arrojó la copita contra la pared y miró sus restos oscilantes sobre los dibujos de la alfombra. El capitán Botzen se había interesado por su padre y, durante años, se ocupó de que no le faltara dinero a su madre. Susurró que Botzen era un canalla bueno —se le entrecortó la voz—. Ahora le tenía un poquito de lástima.

Edith calculó que ya había ingerido más de media botella de kirsch.

Siguió hablando. ¿Por qué decía estas cosas? Porque necesitaba volcar sobre Edith las toneladas de rabia que juntó durante años. Ella se había burlado y abusado desde el primer día que lo vio, impunemente. Era falsa y ruin: lo había dibujado en secreto. ¿Por qué? ¿Por qué nunca le mostró el retrato? Para clavarle agujas, para eso.

No escuchaba las asombradas protestas de Edith y dijo que las agujas le habían emponzoñado la vida, aumentado el alcoholismo de su padre y la decadencia de su pobre madre. Después, en el tranvía, Edith le había preguntado sin rodeos qué eran los *Landesgruppen*, con quienes Rolf andaba relacionado, si simpatizaba con los fascistas. ¿Por qué le había formulado esas preguntas? ¿Qué perjuicio adicional quería infligirle?

Tapó la botella de kirsch y la reinstaló en la vitrina. Ella sintió un corto alivio. En realidad había llegado el momento culminante. Rolf le miró la cabellera en cascada y, con un temblor fino, le acercó sus manos a los hombros; las mantuvo quietas a poca distancia. Edith las miró con aprensión; emitían electricidad.

Las grandes manos se apoyaron por fin sobre la nerviosa piel. El contacto de Rolf pretendía ser tierno, pero ella pegó un respingo. Rolf acercó sus labios al blanco cuello.

—¡Me has vuelto loco, Edith! —susurró.

Ella se desprendió y corrió hacia el extremo de la alcoba.

—No... —adhirió su espalda a la pared.

—Yo te quiero, Edith —dijo sin pensar en el significado de las palabras—. Me pasé noches soñando este momento.

487

—No, no... Estás borracho.

Rolf fue hacia ella lentamente, en actitud suplicante.

—Desde que te encontré en la residencia del embajador no salís de mi cabeza. Necesito besarte.

—Estás lleno de odio.

—No me rechaces otra vez. Has vivido rechazándome.

—No te rechazo. Estoy casada, quiero a otro hombre.

Rolf abrió los brazos.

—¡No te merece! Es un cobarde, huía. Yo le mostré el camino a tu casa —se desabrochó el cuello.

—Los dos huían.

—Dejame besarte.

—Ya me besaste. ¡A la fuerza! ¿Te acordás?

—Deliro por vos. Nunca me fijé en otra. Nunca. Acabo de darme cuenta de que es así.

—¡Me violaste!

—Tu sola presencia me enardece, ¿qué puedo hacer? Me has hechizado —la abrazó de súbito e intentó llegar a su boca.

—¡Me violaste y embarazaste, Rolf! Con una vez alcanza.

Rolf siguió forcejeando. Ella le mordió la muñeca.

—¡Casi tuve un hijo tuyo! —gritó a su oreja.

Ocurrió un instante de perplejidad, luego de parálisis.

La soltó.

Edith corrió hacia una silla y la levantó para defenderse como lo había hecho su tío contra Ferdinand. Pero en Rolf se había desencadenado el caos. Inmóvil, las manos colgando, miraba a Edith con ojos ciegos. Se le revolvía el orbe. Jamás hubiera imaginado ni por reducción al absurdo que podía convertirse en padre mediante un hijo gestado por una mujer de la raza inferior.

Edith estalló en lágrimas. Otra vez la confluencia del indeseado embarazo y la muerte de su padre la volvían a desgarrar. ¿Qué podía entender este hombre bello y maligno sobre el vía crucis que le había impuesto? ¿Qué podía entender de las ganas de matarse que tuvo en aquellos días?

Rolf la miraba con los ojos en blanco y movía sus dedos

grandes, indecisos. Dio unos pasos hacia la vitrina y sacó nuevamente la botella de kirsch casi vacía; la acabó de un tirón. Se sentó y dejó caer su cabeza entre las rodillas abiertas; el transpirado pelo parecía gotear.

—Ya me has hecho suficiente daño, Rolf.

—Nunca supuse... —balbuceó—. De todas formas, era lo que merecías.

—¿Merecía? Tus cómplices asesinaron a mi padre.

—¿Mis cómplices?

—Lo mataron a patadas y cachiporrazos frente a la sinagoga. ¿Te acordás o no? Lo mataron mientras me arrancabas de su lado para violarme.

—Yo no lo maté —eructó y sacó el revólver de su cartuchera. Su embriaguez lo hacía oscilar.

Le apuntó a la cabeza.

—Yo no lo maté ni ordené que lo mataran.

—Rolf...

—Me atribuís una muerte que no cometí. Siempre tu maldito deseo de perjudicarme.

—Guardá el arma.

—Tu muerte me aliviará. Hace rato que debí liquidarte.

Quitó el seguro y le apuntó a los ojos.

—A tu padre lo mató el hijo de puta de Sehnberg —dijo tambaleándose—. Lloro su muerte, como lloro al traidor de Botzen y a todos los canallas como él. También voy a llorar por vos.

Ella retrocedió hasta la pared y la palpó ansiosa. Este hombre estaba perdido; debía encontrar algún bastón o algún florero.

—Lo único que deberías hacer, Rolf, es dejarme ir —se desesperaba por ganar tiempo.

La voz paradójicamente calma de Edith le revolvió los sesos.

Bajó el brazo y disparó al piso, con rabia. La explosión hizo caer la botella vacía de kirsch, que se partió en pedazos. Edith estaba rígida.

Enfundó el revólver humeante, eructó piedras, se puso la chaqueta y salió chocando los muros.

Dos minutos después, antes de que ella lograra recuperarse, el suboficial que le había traído la comida le devolvió la cartera.

—Venga conmigo; tengo órdenes de llevarla a su casa.

Abrazó fuerte a Alberto. Entre besos y lágrimas le contó de manera fragmentaria, incomprensible, su oscura odisea.

—Insisto en que volvamos a Buenos Aires de inmediato —dijo Alberto mirando el reloj: eran las cuatro de la madrugada—. Si no me han concedido el traslado hasta ahora, pese a las insistencias y las presiones de papá, no me lo darán en años. Renuncio a esta carrera de mierda.

—No sé qué decirte. Estoy asustada, confusa.

—¡Si te vieras! —le acarició los cabellos—. Yo también estoy asustado.

—Pero no deberíamos huir... —le estallaba la cabeza.

—¿Otra vez? Te salvaste de un loco. ¿Cuántas veces más tendrás esa suerte? El país está lleno de locos.

—También quiero irme, la verdad es que quiero irme ya. Pero algo aquí dentro, ¿entendés? Algo no lo permite. Es tan complicado.

—¿No permite salvarte?

—No quiero ser cómplice de la victoria nazi, Alberto. Si nos vamos, contribuimos a su victoria.

—Querida, nuestra contribución no pesa un gramo de polvo.

—¿Habrá ocurrido en vano la muerte de mi padre? ¿En vano el sufrimiento de millones? ¿En vano las ofensas que me han infligido?

—Sí, en vano. Y en vano todo tu sacrificio, Edith.

—No. La ayuda de San Rafael es lo poco digno que quedará de estos tiempos.

—¿Me estás proponiendo seguir aquí?

—Lo decís de una forma... Bueno, sí, no me perdonaría abandonar a Lichtenberg, a Margarete. Aunque al mismo tiempo quisiera esfumarme de aquí. ¿Podés entenderme?

—Ellos tienen la protección de un obispo. Vos no; además, hay quienes se han enterado de tu sangre judía.

—Mi marido es diplomático —Edith se apretó contra su cuerpo.

—No es suficiente garantía —le levantó los cabellos y le acarició la nuca—. Mi mayor deseo, ahora, es estar lejos, muy lejos de Berlín.

Alberto tenía razón, pensó ella; debían marcharse enseguida.

—Aguantemos dos meses más —rogó—. Sólo dos meses. No quiero partir de golpe; los afectaría. Están muy solos.

—Está bien: en dos meses nos vamos. Como sea.

—Estoy segura de que podrás conseguir el traslado. Tu tío prometió...

—Nunca le tuve confianza. Y los burócratas desconocen el apuro.

—Avisaré en San Rafael que nos marcharemos en dos meses. Los iré preparando.

—Ya has sufrido bastante, querida. No acepto que te inflijan una sola injuria más. Te llevaré y buscaré con mi auto todos los días; se terminaron tus caminatas. Y si me demoro, me esperarás dentro de San Rafael —le pellizcó cariñosamente la mejilla.

Ella sonrió y se fueron a dormir.

Al día siguiente Alberto volvió de la Embajada con una desagradable noticia: el capitán Botzen había intentado suicidarse.

—¿Cómo? —parpadeó Edith.

—Lo descubrieron al llevarle el desayuno. Estaba tendido en el piso de su habitación, inconsciente, respirando apenas, con un cinturón alrededor del cuello. Como consecuencia de la prolongada asfixia parece que quedará hemipléjico y afásico.

—¡Horrible!

—Labougle negoció su entrega al gobierno. Exige que lo internen en un hospital. Me parece lógico. Lo vinieron a buscar en ambulancia, espero que sean fieles al compromiso.

491

El 12 de febrero de 1939 falleció el Papa Pío XI. Ma garete se enteró por boca de monseñor Konrad Preysing d que el pontífice había redactado un severo documento cor tra el nazismo, pero no había alcanzado a darle forma def nitiva. *Mit brennender Sorge*, la comprometida Carta Pas toral de 1937 quedaba como el solitario y poco difundid documento de su creciente preocupación. En Roma s interrupieron las gestiones ajenas a los suntuosos ritos fúne bres. Los cables aseguraban que su sucesor sería el Secreta rio de Estado, Eugenio Pacelli, cuya influencia sobre el cole gio de cardenales nadie ignoraba. Una multitud se reunía diario en la Plaza de San Pedro para aguardar la fumat reveladora.

Mientras, Hitler seguía decidido a violar las garantías qu había ofrecido a Londres y París; cada vez le interesaba me nos la opinión de sus gobiernos, parlamentos y fuerzas a madas. Sus gritos empezaron a quitar el sueño de los má optimistas. Su sombra se extendía como las nubes del inmi nente diluvio.

Eugenio Pacelli fue elegido nuevo Papa y escogió el nom bre de Pío XII. La gente rezaba y se regocijaba: seguro qu iba a perfeccionar el reinado de su predecesor. La corona ción imponente congregó altas personalidades y una fervien te muchedumbre. Se desplegaron símbolos y fastos, *urbi e orbi*. La prensa llenó el Vaticano de corresponsales para di fundir los inacabables detalles de la pomposa coronación El poder de la Iglesia continuaba y debía mantenerse. Er posible que el flamante pontífice, conocedor del alemán y de los alemanes, influyera sobre el cada vez más desenfre nado Hitler.

Hitler, mientras, ocupó Bohemia y Moravia. París y Lon dres recibieron las notificaciones sobre el arrogant despliegue nazi como si hubiera sido programado por ello mismos. Lord Chamberlain había prometido que no acu saría al Führer de obrar con mala fe; así lo venía haciend desde que asumió su cargo. Pero de pronto desconcertó a sus conciudadanos y al universo: en Birmingham pronun ció un discurso que giraba en 180 grados su política de apaciguamiento y denunció a Hitler por romper en forma unilateral los tratados. Algunos periodistas filtraron que "el cobarde pájaro" había preparado otro discurso, tan condescendiente como los anteriores, pero la mitad de sus ministros, la mayoría de los diarios y casi dos tercios del Parlamento se estaban levantando en armas contra su irresponsabilidad. Entonces se vio obligado a reescribirlo en el tren.

El 29 de marzo se rindió la ensangrentada Madrid a las fuerzas de Francisco Franco, quien había obtenido la significativa ayuda de Italia y Alemania mientras los simpatizantes de la República se manifestaban neutrales. La carnicería de la Guerra Civil llegaba a una sepulcral culminación. El desenfreno criminal dejó un sobrecogedor millón de muertos. Terminaba una contienda que serviría de modelo y prefacio a la que estaba por comenzar.

Winston Churchill, desde la oposición a Chamberlain, sintetizó el panorama: "Francia y Gran Bretaña pudieron elegir entre la indignidad y la guerra. Eligieron la indignidad: tendrán la guerra".

Margarete, mientras revolvía el café, pronosticó que ella y Lichtenberg acabarían en un campo de concentración. Edith le tomó la mano y quiso alejarla de semejante idea. Los campos de concentración eran la nueva versión de los circos romanos, dijo entonces.

—Se llenan de mártires mientras los opresores dan rienda suelta al sadismo, y se divierten. No soy una santa, pero me da fuerzas pensar que, en el mejor de los casos, llegaré a ser una mártir.

—Te necesitan viva, Margarete.

En el rostro de Alberto se dilató la sonrisa mientras leía la extensa carta de su padre. Quería comentar su contenido a Edith, sentada a su lado, pero la impaciencia lo bloqueaba: párrafos sucesivos atrapaban sus ojos y su garganta. Contuvo las ganas de compartir novedades hasta leer la última palabra y luego, rodeando la cintura de su mujer, la obligó a incorporarse y dar vueltas al ritmo de un tarareado Danubio Azul.

Emilio le informaba que había logrado su cambio de destino: en la Cancillería confirmaron que iría a México con su actual rango de consejero; en cualquier momento le llegaría la resolución. Pero lo más feliz de este desenlace era que antes de partir hacia la capital azteca debería permanecer unos meses en Buenos Aires. No podía haber conseguido algo más perfecto.

Lo extrañaban mucho —decía a continuación—. Gimena lo mencionaba a diario. Y no sólo a Alberto: tanto Emilio como Gimena tenían las manos llenas del cariño que debían a esa deliciosa muchacha que era Edith. Los seis meses que pasarían en Buenos Aires serían disfrutados intensamente, para borrar tantos dolores.

Confirmó que Mónica llevaba flores a la tumba de Cósima una vez por mes y que en algunas oportunidades la habían acompañado sus hermanas y Gimena. En cuanto a Raquel y Salomón Eisenbach, nunca dejaban de visitarlos cuando venían a Buenos Aires; eran una pareja culta y agradable con la que se sentían cada vez más cómodos. Emilio decidió efectuar su postergado viaje a Bariloche; la insistencia de Salomón había acabado por convencerlo. ¿Querrían acompañarlo Alberto y Edith? En ese caso irían también María Eugenia, Mónica y María Elena; se produciría una concentración familiar inolvidable en un paraje cuya belleza, decían, era también inolvidable.

Dentro de cuatro meses se iba a casar Mirta Noemí Paz con Lucas García Unzué y ya habían anunciado a Gimena y Emilio que estaban invitados a la boda. La noticia era doblemente buena porque revelaba que se habían superado las tensiones con los Paz.

Ahora se disponían a pasar quince días seguidos en la estancia Los Cardales. Emilio quería supervisar personalmente las mejoras introducidas en los campos y tenía la intención de estudiar las perspectivas de la producción lechera; tenía informes de que le brindaría un enorme rédito a corto plazo. Un pequeño dato triste era la muerte del alazán Flecha, ocurrida tras una prolongada infección.

La melodía del Danubio Azul no cesaba. Los pies de Edith y Alberto danzaron sobre la alfombra del living con la intensidad de la primera vez, en la residencia de los Lamas Lynch en Buenos Aires, sobre la avenida Callao.

Tal como había prometido, Alberto la llevaba y traía de San Rafael. Salían juntos por las mañanas luego de compartir el desayuno y la lectura de los diarios. La dejaba junto a la chapa que exhibía los relativamente eficaces emblemas del Vaticano y enfilaba hacia su oficina en la Embajada. Por la tarde le telefoneaba con suficiente antelación a fin de no tener que esperarla más de unos minutos delante de la vigilada puerta. Había llegado la resolución de la Cancillería argentina y en un mes debían partir hacia Buenos Aires. En un mensaje adjunto, el canciller manifestaba estar conforme con el trabajo realizado por Alberto en Berlín. Era cuestión de ir quemando horas y días; incluso ya habían comenzado a empacar.

Ese 29 de marzo empeoró el tiempo. Bajó la temperatura de golpe y una ventisca con aguanieve sacudía las flacas ramas de los árboles. Alberto manejó con dificultad por las calles de tránsito perezoso, indeciso. Se asomó por la ventanilla para ver mejor y sus cabellos fueron tironeados por la ráfaga. A un lado estaban las ruinas de una sinagoga destruida en la Noche de los Cristales. Avanzó con el pie puesto en el freno; miraba el reloj y aumentaba su ansiedad. A dos cuadras de San Rafael lo sobresaltó una multitud. Esto era inexplicable porque los católicos se cuidaban de mostrarse demasiado cerca del viejo edificio y la Gestapo impedía cualquier manifestación pública, en especial frente a entidades de dudosa filiación. Disminuyó aun más la velocidad hasta quedar detenido. Lo cruzaron fragorosos vehículos militares. Comprendió que se trataba de una razzia. Se mordió los labios y tocó bocina, pero ya no pudo avanzar: la policía le cruzó un coche y desviaba imperativamente el tránsito hacia la derecha. Sin darse tiempo para apagar el motor ni cerrar la puerta, corrió hacia la sitiada San Rafael quemado por un atroz presentimiento.

Se abrió camino entre los uniformes, motocicletas y coches negros sin pensar en las consecuencias de la agresividad que le brotaba del cuerpo. En un camión los esbirros amontonaban a hombres y mujeres que sacaban a los empujones de San Rafael. Alberto dejó de diferenciar entre la espalda de un uniformado o los brazos de un civil y empujó con redoblada furia. Separaba los obstáculos con insolencia, aunque automáticamente murmuraba "perdón, déjenme pasar". Ojos y armas giraron hacia él.

—¡Alto!

—¡Vengo a buscar a mi esposa! —le brillaba la transpiración, pese al frío.

—No puede entrar ahí. ¡Retroceda!

—Soy diplomático.

—¡Fuera! No es lugar para diplomáticos.

Alberto intentó llegar al camión repleto de gente asustada.

—¡Alto! ¡Alto!

Vio a Edith en el hueco del vehículo militar y perdió los estribos. Un soldado lo tomó por el hombro derecho y casi lo levantó. Alberto se desprendió rabioso y maldijo. Le descargaron un bastonazo en el cuello.

—¡Fuera de aquí! ¿Entiende?

—¡Mi mujer! Soy diplomático. Devuélvanmela —el pelo le cubría la frente, sus labios estaban cubiertos de espuma.

Lo empujaron hacia atrás.

—¡Fuera!

Desesperado, empujó también. Tamaña rebeldía encrespó a los nazis. Otro bastonazo le dio en el vientre y un soldado le tironeó los pelos para forzarlo a marcharse. Alberto le devolvió un puñetazo en la cara. La respuesta fue peor, masiva. Lo rodearon, lo hicieron caer y descargaron patadas en tropel.

El incidente desvió la atención del operativo y quedó parcialmente descuidada la vigilancia de los arrestados. Edith saltó entonces a la calle y se abalanzó sobre el tumulto de soldados que castigaban a Alberto. Su irrupción produjo un giro lamentablemente trágico. Dos soldados la alzaron por las axilas y la devolvieron al hueco del trepidante vehículo militar. Alberto aprovechó para levantarse y, pese a las contusiones, saltó tras ella. Estaba deformado por la paliza recibida. Escuchaba los aullidos de su mujer, la cabeza le daba vueltas, no iba a permitir que se la llevasen.

—¡Alto!

Sus doloridas piernas renguearon grotescamente hasta el borde del camión. Sonó un disparo. Alberto agitó los brazos como alas y se elevó unos centímetros. Sus cabellos se abrieron en abanico mientras voceaba ¡Ediiiiiith! Vio sus ojos negros, increíblemente cerca y su despeinada cabellera de oro. Escuchó extraños sonidos y vio a la gente del Teatro Colón, vestida con elegancia, que rumbeaba hacia la confitería en una de cuyas mesitas lo aguardaban sus padres. Vio el altar iluminado de la iglesia de San Roque y la hermosa mano de su novia, en cuyo dedo puso el anillo nupcial. Hasta sus labios llegaba la perfumada y suave mejilla de Edith.

Luego tambaleó.

Aterrorizada, ella fue testigo de su lento desmoronamiento sobre el húmedo asfalto. Gritó "¡No puede ser!", como se grita cuando abruma la certeza de que algo horrible es. Los soldados la empujaron al espantable fondo del camión y cerraron la puerta trasera con gruesas barras. Los metales del vehículo fueron atravesados por un llanto tan desgarrador que pareció detener el viento.

Tras quince horas de hacinamiento e incertidumbre Edith fue separada del grupo y llevada a la Embajada argentina en otro coche militar, con fuerte custodia dentro y fuera del vehículo. La entregaron al embajador Eduardo Labougle en persona. Estaba envejecida.

Entonces se enteró, con sus oídos más llagados que nunca.

Alberto había sido perforado por dos balas y trasladado en ambulancia a un hospital. No murió en el acto, sino en el camino; los médicos sólo pudieron certificar su defunción.

La noticia le produjo vértigo y estuvo a punto de caer. Una puñalada le cruzó el esternón. Dejó de respirar. Labougle le tomó la cabeza con ambas manos. En la calle seguían rugiendo las ráfagas y esperó unos minutos antes de continuar. Insistió en que bebiese algo de café y terminó de cumplir con su obligación de comunicarle que el gobierno del Reich había querido evitar nuevos problemas y por eso la liberó. La liberó aunque la habían acusado de participar en las actividades subversivas de San Rafael, Caritas y San Agustín, lo cual merecía pesadas sanciones. A cambio de esta libertad debía irse del país en el término de cinco días como máximo. La autorizaban a llevarse los restos de su marido, si era su voluntad repatriarlos.

El sollozo de Edith se mezcló con bramidos y ahogos. No podía soportar lo que escuchaba, quería arrancarse los cabellos. El Dios de la crueldad no terminaba de quitarle seres queridos.

Pálida y ojerosa, ayudada por Margarete, empacó las pertenencias de Alberto. Las suyas deseaba quemarlas. Entre los objetos que guardó estaba el cuaderno donde su marido había volcado apuntes de su vida, una extraña mezcla de diario y memoria. La última frase decía "coincidíamos con Edith en que los presentimientos de Zalazar Lanús eran correctos". Eran presentimientos trágicos, eran los que se estaban convirtiendo en una tenebrosa realidad. Curiosamente, el cuaderno empezaba con una referencia ajena a su propia historia, "un sujeto llamado Rolf Keiper". Edith movió la cabeza ante los absurdos del destino o las inexplicables razones de Dios.

EPÍLOGO

Buenos Aires instruyó con inusitada rapidez a su Embajada en Berlín para que los reclamos por el "accidente" fuesen más formales que duros.

El embajador Eduardo Labougle fue trasladado a Chile; la tensión generada por el "accidente" exigía un cambio de titular a fin de no perjudicar las cordiales relaciones de ambos países.

Víctor French por fin consiguió ser sacado de Alemania, esta vez con rango de embajador: Egipto era un país donde podría encontrar consuelo a sus angustias, aparentemente alejado del nudo bélico. Pero se despidió con una fiesta triste.

Margarete Sommer pasó a trabajar en la *Berliner Hilfwerks*, que asistía a los perseguidos no arios. Denunció ante el cardenal Bertram las deportaciones de judíos hacia el Este y las atrocidades que se cometían contra ellos. Por milagro sobrevivió a las persecuciones y a la guerra. Continuó ayudando a los refugiados. En 1956 visitó la Argentina y se reencontró con Edith. Falleció en 1965.

El general Ludwig Beck no cesó de conspirar contra el Führer. Se las ingenió para seguir vinculado a la *Wehrmacht* y participó en el levantamiento del 20 de junio de 1944. Condenado a muerte en un juicio vil, se le permitió suicidarse con un revólver. Pero el tiro que se disparó no fue mortal y lo ultimó un sargento, con patriótico placer.

El canónigo Bernhardt Lichtenberg fue nombrado prelado magistral de la Catedral Santa Eduviges de Berlín. Rezó abiertamente por los judíos y los internados en los campos de concentración. Por su osadía fue arrestado el 23 de octubre de 1941; en el interrogatorio declaró que, como sacerdote, estaba obligado a rechazar la doctrina nazi. Fue encarcelado de por vida por cometer "abusos desde el púlpito". En 1943, con precario estado de salud, lo condenaro[n] al campo de concentración de Dachau. Falleció durante s[u] traslado. En el año 1995 el Papa Juan Pablo II lo elevó a l[a] dignidad de los altares.

El rabino Leo Baeck, único hombre de quien Hitler dij[o] tener aprensión, fue finalmente encerrado en el campo d[e] Theresienstadt, donde permaneció hasta el final de la gue rra. Al ser liberado viajó a Gran Bretaña y los Estados Uni dos, donde fue recibido con veneración. Se convirtió e[n] emblema de la resistencia espiritual contra el totalitarismo.

Ricardo Lamas Lynch siguió militando en el nacionalis mo católico argentino con fuerte convicción, celebró el gol pe de Estado de 1943, no ocultó su adhesión al nazifascism[o] y en febrero de 1946 ofrendó los votos de sus simpatizante[s] a Juan Domingo Perón a cambio de su ambicionada silla d[e] diputado nacional. Lo apoyó el padre Gregorio Ivancic. Tam bién predicó en favor de Perón el padre Antonio Ferlic.

Emilio Lamas Lynch, en cambio, deploró el golpe del añ[o] '43 y colaboró activamente en la Unión Democrática anti peronista. Jamás volvió a hablar con su hermano.

María Eugenia y María Elena se casaron con hijos de es tancieros. Mónica, en cambio, con un médico italiano; la pareja decidió radicarse en los Estados Unidos.

Edith se instaló en Bariloche, en casa de sus tíos. Volcó su duelo y su rabia en la pintura. Alberto reaparecía en do lorosos sueños. También Rolf.

Rolf fue ascendido a *Obersturmführer*. Tras la invasión de Polonia en septiembre de 1939, fue asignado al frente oriental, donde se desempeñó con júbilo asesino.

Salomón Eisenbach se retorció los encanecidos bigotes y confesó a Raquel su profunda aflicción: la humanidad ha bía adoptado un modelo desaprensivo y cruel del que no sería fácil liberarse.

Otros títulos de la colección

Actos de amor
JUDITH MICHAEL

Mariquita Sánchez
MARÍA SÁENZ QUESADA

Jaque al poder
Juegos de Estado
Actos de guerra
Deuda de honor
Órdenes presidenciales
TOM CLANCY

La peste
ALBERT CAMUS

Mi amigo el Che
RICARDO ROJO

Narciso y Goldmundo
Fabulario
Pequeño mundo
Rosshalde
HERMANN HESSE

Esta edición de 8.000 ejemplares
se terminó de imprimir
en el mes de febrero de 2000
en Litografía Roses S. A. Gavà (Barcelona)

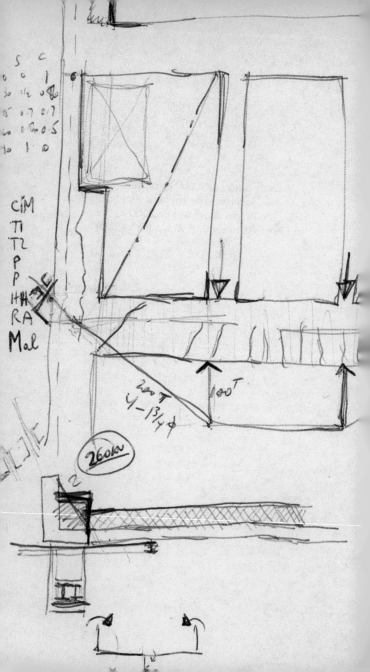